U0421879

Yes Minister

是，大臣

[英] 乔纳森・林恩
安东尼・杰伊　编著
王　艺　译

生活・讀書・新知　三联书店

English Version © Ally Pally Enterprises Ltd & Antony Jay Productions Ltd
Simplified Chinese Copyright © 2017 by SDX Joint Publishing Company.
All Rights Reserved.
本作品简体中文版权由生活 · 读书 · 新知三联书店所有。
未经许可，不得翻印。

图书在版编目（CIP）数据

是，大臣／（英）林恩，（英）杰伊编著；王艺译．—北京：生活 · 读书 · 新知三联书店，2017.11 （2024.10 重印）
ISBN 978－7－108－06010－5

Ⅰ．①是… Ⅱ．①林… ②杰… ③王… Ⅲ．①长篇小说－英国－现代 Ⅳ．① I561.45

中国版本图书馆 CIP 数据核字（2017）第 137055 号

责任编辑 刘蓉林
装帧设计 蔡立国
责任印制 董 欢
出版发行 生活 · 讀書 · 新知 三联书店
（北京市东城区美术馆东街 22 号 100010）
网 址 www.sdxjpc.com
图 字 01-2017-4930
经 销 新华书店
印 刷 河北松源印刷有限公司
版 次 2017 年 11 月北京第 1 版
2024 年 10 月北京第 9 次印刷
开 本 889 毫米 × 1230 毫米 1/32 印张 20
字 数 448 千字
印 数 39,001－44,000 册
定 价 86.00 元
（印装查询：01064002715；邮购查询：01084010542）

目 录

编者的说明

有必要在此阐述一下我们把几百万字的日记删减成一本篇幅相对较短的书所使用的方法和原则。

詹姆斯·哈克从进入内阁之日起就记录了这些日记。他有时候是每天，更多的时候是周末在他自己选区的家中向卡式录音机口述这些日记。他原本的打算只是为自己保存记录，但他很快就意识到，一本描述一个内阁大臣日常斗争的日记有其内在的价值。

在全职加入政界之前，哈克先当过一名理工专科学校的讲师，后来是《改革》杂志的编辑。这些日记一开始作文字录入时，基本上读不通，原来的口述非常随兴，有点像他讲的工科课程。另外，他对事件的说法存在大量的矛盾，既有就这本书自身而言的，也有与其他外在证据客观对比得出来的。作为一名新闻记者，哈克不具备报道事实的特殊才能。

除了那些矛盾，还有大量无聊的重复，这种情况在政治家的日记里是不可避免的。多年的政治训练和经验教会了哈克在一个词就足以表达的地方用上二十个词，在仅仅几千个字就足够的情况下动用几百万字来讲述，并且用语言来模糊事实、搪塞问题，从而让他们在别人面前显得莫测高深。高深莫测可以成为某些政治家的庇难所，在那里获得暂时的安稳。

不过滥用语言的天分虽然对一个活跃的政治家非常宝贵，但对一个想当作家的人却没什么价值。他显然曾经打算修改这些日记，为供出版而提高其清晰度、准确性和实用性。然而，到晚年时，他放弃了这项计划，因为——据他的遗孀哈克夫人（现在仍是）说——他觉得没理由让自己成为唯一一个遵循这些标准出版回忆录的政治家。

因此本书的编者不得不承担起这份重任，并在工作过程中发现要明确理解哈克的录音还有一大障碍。本书前几章在这位伟大的政治家生前已经从录音整理成文，而且他本人大致看过，还就选材和编排提出了一些他自己的初步建议。可惜当他大限来临之际，后面几章尚未录入完毕，而且——奇怪的是——随着每一次录音时间的推进，哈克的讲话变得越来越含混不清而且情绪激烈。这可能要归咎于录音机的故障，但并没有使我们的重任变得轻松一点。

无论如何，这些日记为我们了解 1980 年代不列颠的治国之道提供了独有的贡献，而且因为哈克写这些日记的愿望是让公众能够更多——而不是更少——地明白政治程序，所以我们对这些日记进行了毫不留情的删减。在删减过程中，我们遇到了三个重要领域上的问题：时间上的、技术上的以及诠释上的。

首先，时间上的问题。我们尽量保持原来日记的叙事元素，在此基础上我们继续探究具体的情节，并一直追踪到事件的结束。我们始终力求保持按时间顺序逐日叙述，尽管原本的录音带要混乱得多。这种方式会冒一点不完全符合历史事实的危险，因为哈克任职期间的大多数时候自己也都深处困惑之中，原本可以要求日记也反映出这种困惑。但是如果我们让日记完整地反映出他的困惑，那么这些事件就会令读者费解，就像当初令他费解一样。

技术上，我们把句子补充完整并断句标点，厘清混用的比喻并改正语法错误，只有当原文可以让我们洞悉哈克的思想状态时才予以保留。

最后，诠释方面，我们假定书中含糊不明的地方是他在有意玩弄政治手腕。虽然他的确经常搞不清状况，但有时候又确实是他故意语焉不详。

我们相信这些日记准确反映出了我们的一位杰出的国家领导人的思想；如果这个映像显得尚不明朗，问题恐怕不是出在镜子上。哈克本人以多种方式处理事情，读者必须得自行判断每一段陈述所代表的含义：

（a）发生了什么，

（b）他相信发生了什么，

（c）他愿意发生了什么，

（d）他想让别人相信发生了什么，

（e）他想让别人相信他相信发生了什么。

按照一般原则来讲，政客们记忆中关于失败的内容不如成功的可靠，关于久远的事件不如新近的可靠。既然哈克的政治生涯，和所有的政客一样，无法避免地大多以失败组成，那么这些日记就可能冒着历史价值很小的风险。不过好在这位大人物没有时间按照后来的事态发展更改或删节日记，使得我们能够从这一团乱麻中挑选出对研究那一时期不列颠历史的学者们具有独特价值的文献。

本书涵盖了哈克担任行政事务大臣的全部历程。这是他第一次进入政府内阁。这个部作为一个综合机构组建于数年前，沿用1960年代威尔森内阁中乔治·布朗经济事务部的思路，用以协调政府部门的行政管理。从理论上讲，该部门交给哈克的是一种四处巡察的任务，去调查并限制整个体制中的行政管理方面的低效和超支，不管问题出在哪里。不幸的是，行政事务部不仅为限制文官而建，还不得不由文官来任职。因此读者就可以想见哈克那一番辛苦的必然结果了。

尽管如此，本书的编者还是有点迷惑不解，哈克，一个在他自己的政治交易中如此善于混淆视听的人，怎么会难以应付一群手法在本质上和他相似的文官。哈克的无辜，流露在这些日记中的，着实令人同情。

以《是，首相》为名的续书所涵盖的哈克的职业生涯从他进军唐宁街十号失败开始，写到他升任（当时的）上议院并在任上去世为止。

当然，我们也有其他的资料来源。哈克难免对某些谈话和事件一无所知，如果当初他知道的话，无疑会改变他的理解和看法。我们很幸运，按照“三十年规则”解密的所有汉弗莱·阿普尔比爵士的备忘录和议事录，都已经对我们开放了。我们还很幸运的是，由于阿普尔比爵士是个一流的文官，全心全意地相信把一切事物都付诸文字的职业道德，因此我们同样受益于汉弗莱爵

1. 开放政府

10月22日

不错，这会儿恐怕已经是23号星期五的凌晨了。我兴奋至极。我刚刚从伯明翰东区回到国会。在野多年之后，我们的政党终于赢得大选再度执政了。

选举结果公布之后，我去了奥尔德曼·斯波蒂斯伍德[1]家办的庆功会，还看见罗伯特·麦肯齐在电视里说："是的，吉姆·哈克[2]回来了，他在优势微弱选区的票数增长赢得了这场竞选。当了这么多年的影子大臣，看来他几乎是一定能在新政府内阁获得一席之地了。"

---

① 斯波蒂斯伍德是哈克所在选区的党主席。

② 本书主角全名为詹姆斯·哈克，詹姆斯（James）一名在英文中的昵称为吉姆（Jim），文中非正式场合多用后者。——译者

不过罗宾·戴似乎表示怀疑。我真希望麦肯齐的预言没有落空。

10月23日

我还在期待中，但我怀疑罗宾·戴是不是知道些我不知道的事儿。

从早饭起我就一直守在电话旁。从来没有一个可能当上内阁大臣的人会在新首相被任命的二十四小时之内走到电话机二十英尺以外的地方。如果你在二十四小时之内都没接到电话，你就进不了内阁了。

安妮一上午都在不停地给我续咖啡，午饭后我回到电话旁的扶手椅时，她叫我没事儿的话就帮她收拾晚饭用的甘蓝。我跟她解释说我没法去，因为我正在等电话。

“等谁的电话？”有时候安妮真是有点迟钝。

电话响了。我一把抓起来。是弗兰克·韦塞尔，我的特别政治顾问，说他正在过来的路上。我告诉了安妮。她并不高兴。

“他为什么不干脆搬过来？”她酸溜溜地问。

有时候我还真不太能理解她。我耐心地向她解释，弗兰克是我的政治顾问，在所有人里我最倚重他。“那么你干吗不娶**他**呢？”她问。“我现在宣布你们俩为丈夫和政治顾问。没有妻子能够把被政治结合在一起的人拆开。”

安妮的处境相当为难，这我知道。当个下院议员的妻子是十分费力不讨好的。但是现在我要当大臣了，她终于得到报偿了！

电话铃整天响个不停。奥尔德曼·斯波蒂斯伍德、燃气公司、弗兰克，还有各种有的没的人都打电话来祝贺。“祝贺什么呀？”我对安妮说，“难道他们意识不到我正在等那个电话吗？”

她说：“听这口气好像你要当部长大臣似的。”

“是的，”我说，“不过哪个部，这才是关键。”

突然安妮尖叫起来。我没法相信自己的耳朵。“这是开玩笑！”她大叫，然后开始扯自己的头发。我断定她必然是有些紧张。

“你是不是有点紧张？”我问。她又叫唤起来，还扑到地板上。我本想叫辆救护车，但是又怕负面宣传会在这么关键的节骨眼儿上影响我的事业——“新任大臣夫人穿着疯人病服被带走”。

“你是不是有点紧张？”我又问了一遍，小心翼翼地。

“不，”她大喊——“不，不，不！我不紧张。我不过是个政客的妻子。我不能有感情。我只是个快乐无忧的政客夫人而已。”

于是我问她干吗脸朝下趴在地板上。“我要找支烟。我一支也找不到。”

“到烟盒里找找看。”我建议，尽量保持镇定。

“那儿是空的。”

“吃片维利姆安定。”

“我找不到维利姆，不然我干吗找烟！吉姆，出去给我弄点儿来。”

我对安妮解释，我根本不敢离开电话。安妮一贯缺乏理解力的表现又暴露出来了：“我说，要是首相想让你进那个什么倒霉内阁，你不在他会再打的。不然你也可以给他打回去。”

安妮永远也理解不了政治的微妙之处。

[哈克对自己进入内阁的前景很没把握，因为他先前曾经主

持马丁·沃尔克与新首相争夺党内领导权的竞选。问题在于首相是否会强硬到足以忽视吉姆·哈克，或者说，为了顾及党内团结，首相是否会不得不给他一个好位子。——编者]

到这一天结束的时候，我已经从小道消息得知比尔拿下了欧洲。倒霉的老欧洲！比尔既不会讲法语，也不会讲德语。其实他连英语也讲不好！马丁拿下了外交部，不出所料，杰克搞到了卫生，弗雷德拿下了能源。

我把这些任命都告诉了安妮，她问我谁拿到了大脑。我想她说的是教育部。

10月24日

最终我还是当上了内阁大臣。

今天我首次同那些文官见面，我必须得说我印象深刻。

度过了一个不眠之夜以后，我在大约上午9点，接到了唐宁街十号的电话，弗兰克·韦塞尔和我立即登上了开往伦敦的火车。我打车到了十号，在那里被首相授命接管行政事务部。

这是一个重要的位子。我觉得在内阁中的地位大概可以排到第八或者第九。另外马丁提醒我（在他打电话祝贺我时），行政部是个政治坟墓，有点像内务部，而且首相可能把我提拔得太过了——一个报复性的抬举。我下定决心牢牢把握住行政部，让首相知道我不是那么容易对付的。

我原本期待当农业大臣的，因为我已经在影子内阁当了七年的农业大臣，而且在这上头也有不少好点子，但是由于某些不明不白的原因，首相却没这么决定。

[我们发现了农业部常任秘书安德鲁·唐纳利爵士致内阁秘

士本人的私人日记，我们还要向档案局以及卷帙浩繁的阿普尔比文档的保管人致以我们的谢意。

最后还有几句感激的话。我们由衷地庆幸能够在汉弗莱·阿普尔比爵士步入垂暮之年以前和他进行过一些谈话，避免遇到他后来语言不流畅、思想不集中、说话老是跑题的情况。我们还要向圣迪姆那老年精神错乱病院的工作人员表达谢意，那是他晚年居住的地方。

我们尤其要感谢伯纳德·伍利爵士，巴斯大十字勋章获得者，前文官首脑，曾在本书所涵盖的时间范围内担任哈克的私人秘书。他慷慨地利用自己的时间对照他自己的记忆和记录来核实我们所选的材料。不过，任何错误和遗漏的责任，当然，都是我们自己的。

乔纳森·林恩

安东尼·杰伊

牛津大学，哈克学院

公元 2019 年 9 月

书阿诺德·罗宾逊爵士的备忘录，他恳求阿诺德爵士要确保哈克得不到农业部，因为他对该部过于“了解”。内阁文件显示阿诺德爵士设法向首相表达，最好别让哈克到农业部，因为“他琢磨这个部的时间有点长了，恐怕会有点老套”。——编者]

我一走出十号，就有一辆公务车接上我，直接把我送到行政部。我在大门前受到了即将成为我私人秘书的伯纳德·伍利和他助手的迎接。他看上去是个挺讨人喜欢的小伙子。

让我意外的是，我们一下车他立马就认出了弗兰克·韦塞尔，不过他把弗兰克的姓念成“灰鼠儿”，[①]这事儿经常令弗兰克恼火。

我们穿过了漫长的走廊。到达我办公室的时候，弗兰克和助理私人秘书已经不见了。伯纳德让我放心，弗兰克正有人招呼着呢。他们真的相当不错，而且得力。

我的办公室很大，有张大办公桌，一张会议桌围了一圈儿椅子，还有几把扶手椅围着一张茶几，形成一块休闲区。除此之外就没什么特色了。伯纳德直接走向酒柜。

“喝点什么，大臣？”

我点点头。“吉姆。”我说，因为我希望以后直接以名字相称。

“‘金’酒？”他说，把我的话听错了。

“不，”我说，“吉姆。叫我吉姆。”

伯纳德说：“如果对您都一样的话，我还是更愿意叫您大臣，大臣。”

“大臣，大臣？”这让我想起了《第二十二条军规》里的梅

---

① 伯纳德·伍利把 Weisel 念成 Weasel（鼬鼠）。——译者

杰梅杰。之后我明白了他的意思。我问他："这是不是说我也得叫你私人秘书，私人秘书？"

伯纳德说我只管叫他伯纳德。我相信我迟早会说服他叫我吉姆的。

过了一会儿，汉弗莱·阿普尔比爵士来了。他是行政部的常任秘书，该部文官的首脑。他大概五十出头，我这么觉得，不过——不知怎么的——不显老。他彬彬有礼、精明能干，一个典型的行政官僚。他欢迎我来到该部。

"我想你们以前见过面。"伯纳德说。我又一次为这个年轻人的消息灵通感到意外。

汉弗莱爵士说："是的，我们交过锋，大臣在去年的公共财务委员会上就预算问题对我大加盘问。他提出了所有我希望不要有人提出的问题。"

这好极了。汉弗莱爵士显然是在赞美我。我试图表现得轻描淡写。"是呀，"我说，"反对党就是要提让人棘手的问题嘛。"

"是呀，"汉弗莱爵士说，"政府就是要对它们不予理睬嘛。"

我很惊讶。"但你回答了我所有的问题，不是吗？"我反问。

"我很高兴您这么想，大臣。"汉弗莱爵士说。我不太明白他这么说是什么意思。我决定问问他部里还有些什么人。

"简单地说，先生，我是常务次官，所谓的常任秘书。伍利在这里是您的首席私人秘书。我也有一个首席私人秘书，他是常任秘书的首席私人秘书。直接向我负责的有十名副秘书、八十七名次级副秘书以及二百一十九名助理秘书。直接向首席私人秘书负责的是普通私人秘书。首相将任命两名政务次官，您也要任命自己的私人政务秘书。"

“他们都会打字吗？”我开了个玩笑。

“我们谁都不会打字，大臣，”汉弗莱爵士平静地回答，“麦凯夫人会打字——她是您的秘书。”

我分辨不出他是不是在开玩笑。“真可惜，”我说，“不然我们可以办个事务所了。”

汉弗莱爵士和伯纳德笑了起来。“很有趣，先生。”汉弗莱爵士说。“太逗了，先生。”伯纳德说。他们是真心被我的诙谐逗笑了呢，还是仅仅赏个脸而已？“我估计他们都这么说，是吧？”我冒昧地问了一句。

汉弗莱爵士消除了我的这个疑虑。“当然没有，大臣，”他回答，“完全没有。”

我决定立刻着手工作。我在办公桌后面坐下，郁闷地发现是一只转椅。我不喜欢转椅。不过伯纳德当即向我保证，办公室里的一切都可以按我的要求更换——家具、装饰、图画、办公程序。我是无可置疑的头儿！

伯纳德接着告诉我，他们有现成的两种椅子，用来适应两种大臣——“一种可以轻松折叠，另一种可以一圈儿一圈儿地打转。”回头想想，恐怕又是伯纳德开的一个小玩笑。

我决定是时候开诚布公地告诉他们我要干什么了。“坦白讲，”我说，“这个部该对整个白厅①陈腐的官僚习气做个大清理了。我们需要一把新扫帚。我们要打开窗户，放些新鲜空气进来。我们要免去那些官样文章，好好精简一下这部老掉牙的官僚机器，我们要进行大扫除。有太多没用的人就坐在办公桌后头。”

---

① 白厅是英国政府机关的代名词。——译者

我随即意识到**我**就恰恰坐在一张办公桌后头，不过我确信他们明白我说的不是我自己。

我解释说，我们必须先打发走那些仅仅为彼此制造工作的人。汉弗莱爵士非常有帮助地提示说我的意思是要重新安置他们——我估计，这**确实**是我的意思。我当然要减少冗员，但我实在不想为这些人的失业负责。

不过关于大扫除还有新扫帚，我的意思是我们必须有一个更具开放性的政府。我们在竞选的时候对此做出了承诺，我想要履行这个诺言。我们得跟全国人民坦诚相待。我把这些话都对汉弗莱和伯纳德说了，让我惊讶的是，他们竟然全心全意地赞成这些想法。

汉弗莱提到去年我在下议院就此问题所作的发言。他还提到我发表在《观察家》上的文章、《每日邮报》上的访谈，还有我的竞选宣言。

他对我了解得这么多还真打动了我。

汉弗莱随即就出示了建议草案，还要把我的政策落实成白皮书。我大吃一惊。这些行政官员的效率还真惊人呢。汉弗莱爵士甚至告诉我，他们计划把白皮书叫做“开放政府”。

在新政府当选三十六小时之内，在我到达办公室几分钟之内，所有这些草案就都提供给我了。而且是在周末！真是了不起的家伙。我问汉弗莱是谁做的这些。

“那老掉牙的官僚机器，”他笑着回答，“不是认真的，大臣，我们充分了解改革的需要而且已经着手施行了。”

我告诉他我有点吃惊。

“我还以为我得一直跟你们较量呢。”我说。

汉弗莱爵士评论说，人们对文官有些荒唐的看法。

“我们在这儿只是帮助您制定和贯彻您的政策。”他解释说。

他看上去真诚至极。

那些草案我得装在红盒子里带回伦敦的公寓，其中有一份《简化建筑计划申请审批程序的提案》。太棒了。汉弗莱爵士还能够从议会议事录中引证我今年早些时候在上院提出的颇为有趣的问题：

> 詹姆斯·哈克先生（伯明翰东区）：大臣是否认识到建筑计划申请迫使人们在20世纪盖间平房比在12世纪造一座大教堂还要慢呢？
>
> 反对党大笑，而政府党大喊：“可耻！”
>
> [其实他们喊的是“放屁”。——编者]

由于今天是星期六，我们商定下周一上午开始正式办公。但是他们给了我六只红盒子要在周末看，四只今晚就得看完，还有两只明天完成。伯纳德告诉我，前任大臣看文件看得有点懈怠，尤其在竞选期间。

我当然不会懈怠！我会成为一名好大臣。我会逐一审阅他们交给我的所有文件。

10月26日

我用整个周末的时间看完了所有的红盒子。用了九个小时。我赶早上7点15分的火车去尤斯顿，那辆公务车来接我，9点20分到达办公室。

有关开放性政府的草案表面上都挺动人的，不过我偏巧知道这些文官相当擅长拖延术。我在今天的一次会议上向汉弗莱指出了这一点。我想他已经开始知道谁是这里的头儿了。

不过要紧的事情还得先来。一天的工作从工作日程表开始，我万分惊讶地发现已经有无数的预约在里头了。我问怎么可能是这样，因为这些人压根儿不知道谁会赢得大选。

伯纳德说："我们知道终究会有位大臣，大臣。"我告诉他别再这么叫了。

汉弗莱爵士解释说："女王陛下希望即使没有政治家，政府公务也照常进行。"

"那不是非常困难吗？"我问。

"是……但又不是。"汉弗莱说。我得说，我想象不出没有政治家的话怎么可能进行治理。恐怕是汉弗莱的痴心妄想吧……

我的工作日程表相当吓人。周四上午10点内阁会议。这个星期有九次内阁委员会会议。明天晚上在法学院做演讲，明天上午10点半会见英国计算机协会代表团，周三大学名誉副校长午餐会（还有一个演讲），周四上午全国国营雇主会议开幕（又是一个演讲），等等，等等。

我注意到工作日程表全是用铅笔写的，所以估计许多内容是可以而且会被更改的。我对伯纳德指出我还有其他各种任务。

伯纳德一脸茫然。"比如呢？"他问。

"这个……首先，我参加了四个党内的政策委员会。"

"我肯定您不会把党置于国家之上的。"汉弗莱爵士说。我从来没这样考虑过这个问题。当然，他是完全正确的。

对了，他们今天晚上还要再给我三只红盒子。当我有点面露难色的时候，汉弗莱爵士解释说，有许多决策要定，还有许多公告要批。接着他又试了别的招数说："其实我们可以把工作量减到最少，这样您只做重要决策就可以了。"

我一眼就看穿了他的伎俩。我坚持**我**要做出**所有的**决策，审阅**所有的**文件。

他们拿了五只红盒子让我今天晚上看。

10月27日

今天我发现我们同弗兰克·韦塞尔之间产生了问题。今天是周二，我想起来自打上周六上午我来到行政部就没再见到他。

说得再准确一些，我其实也是因为他大吵大嚷着要进来，直到闯进我办公室的时候，才真正想起这回事。

似乎他打从周六起就一直等在接待室。（我估计他周日还是回家了。）伯纳德试图告诉他，他自己、汉弗莱和我正在召开非公开的会议，但我立刻解决了这个问题，我要求弗兰克作为我的顾问应该在部里有个办公室。

汉弗莱爵士试图蒙混过关，说已经有整个部在为我做顾问了。但是我仍然坚持。

"好吧，"汉弗莱爵士说，"我想我们在瓦尔塞姆斯托[①]还有空闲的办公室，是不是，伯纳德？"

弗兰克大吃一惊，"瓦尔塞姆斯托？"

"是呀，很吃惊，是不是？"汉弗莱爵士欣然说道，"政府在伦敦到处都有房产。"

---

① 瓦尔塞姆斯托（Walthamstow）在伦敦东北偏远郊区。——译者

“可是我不想去瓦尔塞姆斯托。”弗兰克扯着嗓门说明。

“那里是瓦尔塞姆斯托一个很不错的地方。”伯纳德插话说。

“而且我看瓦尔塞姆斯托本身就是个很不错的地方。”汉弗莱爵士补充说。

弗兰克和我对视了一下，要不是他们这么殷勤有礼，而且，好吧，有绅士风度，你会觉得他们正使劲要把弗兰克排挤出去呢。

“我就要在**这儿**，就要这栋大楼里的办公室。”弗兰克说，语气坚定而且嗓门极高。

我表示赞同。汉弗莱爵士立刻放弃了抵抗，并且让伯纳德马上去找间合适的办公室。为了双重保险，我接着说我期望所有他们给我看的文件弗兰克都能拿到一份副件。

伯纳德似乎很吃了一惊。“所有的？”

“所有的。”我说。

汉弗莱爵士立即同意：“这个可以照办——所有适当的文件。”

照我看，这些文官并不像人们说的那么难对付。他们多数情况下肯合作，而且即使一开始不肯，只要态度坚决，也立刻就肯了。我认为我终于摸到点门道儿了。

10月28日

忙乱了四天之后，我总算有了点时间反思——为了后人——反思我上任的这头几天。

首先，行政部的官员们对所有情况的掌控令我深有感触。第二，他们居然完全愿意跟弗兰克·韦塞尔合作，不过是在压力之下。

第三，我这么依赖这些文官也让我感触颇深。我，跟我们新政府的所有成员一样，除了一些二手消息，对于白厅的工作一无所知。因为我们长期在野，现政府中只有三个人（包括首相）以前任过公职。我以前从来没见过红盒子里头的东西，从来没会过一位常任秘书，而且也根本不知道事情到底是怎么办的。[这同1964年工党政府所处的境况相似——首相哈罗德·威尔森是内阁中唯一当过内阁大臣的成员。——编者]这使得我们比大多数新政府更依赖我们手下的文官。谢天谢地，他们办事还算得体。

[接下来的那个周一，汉弗莱·阿普尔比爵士在帕尔默街改革俱乐部见到了内阁秘书阿诺德·罗宾逊爵士。汉弗莱爵士在他私人日记里记录了会面的情况。

那些高级文官可能是因为三十年来一直在备忘录或者会议记录的页边写评注，所以即使是空白纸张也只写在页边，看到这个还是很有趣的。——编者]

阿诺德和我[于11月2日]交换了对新政府的看法。他的新内阁跟上一届没什么差别。我的新伙计学起规章制度倒是很快。

我向阿诺德打探美国大使的消息——有传言说他跟首相在一起待了很长时间。

阿诺德证实了此事。但他不肯说到底是为了国防还是贸易。他担心走漏消息——所以先不要让内阁听说此事还是绝对必要的。

我正确地推断这事跟国防和贸易都有关，换言之，就是新的航空航天系统合同。

这项航空航天合同是大选后两周内首相的一项成功之举。当然，这事已经酝酿了好几个月，但显然是要由新首相揽这个功了。

这意味着四十五亿美元的生意，以及中部和西北部地区无数的就业机会。而且全在赢得微弱多数席位的选区——真够巧的！

这是个有用的情报。我从阿诺德的话推断出，假如有个大臣要摇摆英美合作的小船，就会使首相陷入极度的难堪。有人会落水。其实就是断送一个新任大臣充满希望的政治前途。

所以，我要确保那只灰鼠儿[①]收到那批新式美国产姓名地址写印机的发票副本。当然他还没收到，因为这事是保密的。不过我想这会儿正是时候。

我吩咐我的秘书要确保那只灰鼠儿会在一堆文件快到底儿的地方发现这张发票。让这家伙觉得是他自己的斩获。

[**汉弗莱爵士和阿诺德爵士在俱乐部喝餐后白兰地时，伯纳德·伍利也来喝了一杯餐后咖啡，加入了他们的谈话。——编者**]

我问小伯纳德对我们的新任大臣有何看法。伯纳德很满意。我也是。哈克一口吞下了所有的日程安排，而且上周六和周日似乎柔顺得像只羔羊一样把那些盒子都完成了。他马上就会被训练得服服帖帖的。

我告诉伯纳德，所有我们要做的就是避免他这个胡闹的"开放政府"。伯纳德却说他还以为我们是赞同"开放政府"的。我但愿我没有过分提拔小伯纳德。他还有太多要学的呢。

我解释道，我们把"开放政府"做成白皮书就是因为你

---

① 指弗兰克·韦塞尔。

总得从标题上就把那些小麻烦处理掉。这样比写在法令全书中的危害性要小。

这就是“逆向关联法则”：越是你不想做的事情，就越要不断地谈论它。

伯纳德问我们：“‘开放政府’有什么不对的吗？”我几乎不能相信自己的耳朵。阿诺德以为他是开玩笑。有时候我真疑惑伯纳德到底是不是个人才，要么我们是不是应该把他打发到烈士公墓管委会去任职。

阿诺德格外明确地指出，“开放政府”在表述上就是个矛盾。你只能要么搞开放，要么办政府。

伯纳德声称一个民主国家的公民有知情权。我们解释说，实际上他们有不知情的权利。知情就意味着同谋共犯和内疚不安，而不知情还保有某些尊严。

伯纳德接着说：“大臣要实行开放性政府。”看来多年的训练在伯纳德身上有时候完全不起作用。

我指出不能人们要什么就给什么，如果那对他们没什么好处的话。比如，对一个酗酒者就不能给他喝威士忌。

阿诺德又适时地补充说，如果人们不知道你在做什么，他们也就不知道你做**错了**什么。

当然，这不仅仅是官员们的防卫技巧。伯纳德必须明白，他不能用帮助他的大臣自曝其丑的方式为其效劳。我们的每一个大臣，要不是对大臣们的行为有严格得密不透风的保密措施的话，他们在上任的头三个星期内就已经成为笑柄了。

伯纳德是私人秘书。我是常任秘书。秘书一词本身的含义就是：一个能够保守秘密的人。

伯纳德问我打算怎么做。我自然不能让他知道我要让灰鼠儿有个重大发现的计划。伯纳德对哈克忠心耿耿，这会让他太有压力的。

我问伯纳德能不能保密。他说他能。我回答说我也能。

[阿普尔比文件 14/QLI/9a]

[哈克当然对上述会见完全不知情。——编者]

11月5日

今天是盖伊·福克斯日[①]。办公室里也焚烧了他的塑像。这一天正是强调议会和女王陛下政府至高权力的日子。

弗兰克·韦塞尔挥舞着一份文件冲进我的办公室，“你见过这个吗？”他用四千分贝的高音问我。

我很高兴那些文官现在把所有的文件都给他了。我这样说了。

“这些不是，”他轻蔑地说，“不是**真正**的文件。”

“哪些真正的文件你没拿到？”我想知道。

“我怎么会知道？既然我没有拿到！”

这话当然完全正确。而且我也不知道对此他能做些什么。

[这当然是管理学家们称为“冰箱灯”症候群的一个实例，也就是说：关上门以后灯还亮着吗？只有打开门才能知道——这样的话，门就再也关不上了。——编者]

不过弗兰克并不想讨论怎样从文官那里获得必要情报的问题。

---

① Guy Fawkes（1570—1606），天主教阴谋组织成员，曾计划于1605年11月5日炸毁上议院，暗杀国王和议会成员，后被处死。此后每年11月5日人们都要焚烧其塑像以示庆祝。——译者

“他们想给我一堆废纸。不过看看我找到了什么——哦嗬！我们逮着他们了，我们抓住他们的小辫子了。”

我还是不知道他在说什么。弗兰克进一步解释。

“我们抓住了该死的汉弗莱·阿普尔比爵士，还有那个势利鬼私人秘书，目中无人的伍利先生，抓他们一个正着。”

他拿着一叠文件在我面前挥舞着。我**还是**不知道他在说什么，不过我的确觉得他骂起人来妙语连珠——也许我应该让他起草我明年的会议发言。

我让弗兰克坐下，平心静气地解释。他发现了一些普通办公设备购物发票，它们具有重大政治意义。行政事务部显然是购买了一千台电脑显示器，每台一万英镑。一千万英镑，都是纳税人的钱。而且这些机器是匹兹堡制造！

这真令人震惊。汉弗莱对此事一直保持沉默。而我也不觉得奇怪。我的选区伯明翰东区就生产电脑配件，而且失业人数正不断增长。政府的行政部门不买英国货会引起公愤的。

我派人去找汉弗莱。他整天都在开会，不过弗兰克和我明天会找他当面对质。我着实感激弗兰克。汉弗莱爵士肯定会大吃一惊，我们这么快就发现了这档子事儿。

11月6日

跟汉弗莱的会面极为成功。

我把电脑显示器的发票给他看。他承认部里给整个白厅购置了这个品牌。

“但这些不是英国货。”我指出。

“很遗憾这是事实。”他表示认同，有那么点惭愧。

“我们在伯明翰东区生产这种机器。”

“质量不同。”他说。

这话极有可能是对的，但就算这样我当然也不能承认。

“它们的质量更好，”我坚定地说，“它们来自我的选区。”我叫汉弗莱去取消合同。

他回答说这在他的权限以外，合同只能由财政部来撤销。要撤销已经自愿签订的合同，对行政部门来讲是个政策上的重大改变，尤其是跟海外供应商签订的合同。

他（态度有点无礼，我觉得）建议我把这事提交内阁。“也许他们会推迟讨论核裁军或者中东问题来谈谈办公设备。”

我知道这没可能的，现在进退两难。如果合同不能撤销，我还有什么脸面去见选区的党组织呢？

“为什么要让他们知道？”汉弗莱爵士问。“为什么要让**任何人**知道？我们保证这事绝不会泄露出去的。”

我大吃一惊。难道汉弗莱不明白保密此事同我们“开放政府”的新政策背道而驰吗？他也和我一样坚决支持这一政策的。

弗兰克一字一顿地说出了唯一的选择：“即使这份合同不能取消，也必须公之于众。”

汉弗莱问为什么。我一时也想不出怎样回答。但是弗兰克立刻就想出来了。“两个原因，”他解释道，“首先这是我们的竞选宣言。其次，这会让前任大臣像个卖国贼。”

这是两个无可反驳的理由，我实在是非常感激弗兰克。而且他比汉弗莱爵士更高明。也许汉弗莱爵士并不像我以前想的那么聪明吧。

汉弗莱好像对公之于众的想法很紧张。“但是想必，”他对弗兰克说，“你不会建议大臣在一次演讲中明确提到这项机密的交易吧？”

“一次演讲！”弗兰克说，“当然！就是这个答案。”

这是弗兰克的一条绝计。我在职员工会上的演讲就要提到这项会引起公愤的合同。我们还要提前向新闻界公布。

我都告诉了汉弗莱。弗兰克说：“瞧，现在是谁在管理国家？”我觉得他这种兴奋有点幼稚，但完全可以理解。

汉弗莱爵士显得越发忧虑。我征求他的意见，结果完全在意料之中。“我想，如果我们得罪了美国人，恐怕是令人遗憾的。”

不出所料而且荒唐可笑。我毫不含糊地向汉弗莱指出，是时候有人在贸易方面给扬扬得意的美国人点儿厉害尝尝了。我们应当考虑的是英国穷人，而不是美国富翁！

汉弗莱说：“大臣，如果这是您的明确意愿，整个部都是您的后盾，不遗余力。”这算得上忠心耿耿。该夸奖的地方也要夸奖。

我说这的确是我的明确意愿。于是伯纳德说，演讲稿一写好，他就送去传阅以获得批准。

这对我来说是个新闻，我从没听说过“批准”这档子事，又是官僚主义和无谓的文书工作。这事与任何其他部毫不相干。而且如果另一个部门不同意，他们尽可以公开表态，“开放政府”要的就是这个。

汉弗莱请求我把演讲稿送去传阅，哪怕就是为了吹吹风。开始我反对这样，但他争辩说“开放政府”要求我们对舰队街[①]的朋友和政府同僚应该一视同仁地提供信息，我想这话颇令人信服。

① Fleet Street，位于伦敦市中心的一条街道，20世纪80年代中期以前许多报馆集中于此，遂成英国新闻业的代名词。——译者

会议结束时，我对汉弗莱下达的最后指示就是让演讲稿直接见报。

“大臣，”他说，“我们当然要为您的最高利益服务。”

弗兰克和我为“开放政治”打了一场大胜仗。

[行政事务部的档案内发现了哈克演讲的打印稿。上面有弗兰克·韦塞尔和伯纳德·伍利的建议，还有哈克的批语。——编者]

行政事务部
对职员工会的演讲稿

众所周知，我们已经向人民保证实行“开放性政治”，那就让我们照计划进行下去。人民有权知道我所知道的一切。我已经发现，就在上个月，上一届政府签订了一项从美国进口价值一千万英镑办公设备的合同供政府部门（**此处弗兰克批注：**政府官僚机构。**哈克复：**对，好！）之用。

同样的产品——而且是更好的产品——就在英国制造。由英国的工人在英国的工厂制造。结果呢，匹兹堡的推销人员强硬自大地把次等美国货硬塞给我们，与此同时，英国的工厂却在闲置，而英国工人在排长队领救济品（**此处伯纳德批注：**失业津贴？**哈克复：**救济品！）。

那么好，即便是美国佬要愚弄我们，英国人民也有最起码的知情权。我们要在困境中与他们做斗争，我们要与他们斗争。

11月9日

今天是灾难性的一天，事态急转直下。

我的演讲做完了。正在办公室看新闻稿，伯纳德拿着一份首相私人办公室的议事录闯了进来。

顺便说一下，我已经弄明白了，议事录也好，备忘录也好，呈文也好，都是一回事。大臣们给文官以及在自己相互之间传阅议事录，文官们相互传阅的是备忘录和议事录，而他们向大臣递交的则叫呈文。

[这是因为议事录用来采取行动或者命令采取行动，而备忘录则提供辩论的背景材料，有关得失利弊等。这样文官就可以像政客们一样彼此传阅这两种文件——不过作为文官不该告诉大臣该怎么办，所以要递上呈文，用这么个词的目的就是要表明一种谦卑和尊敬的态度。当然，议事录也可以是正式会议的记录，于是这层含义就引出了文官那句有名的定律：会场上文官记事磨笔头儿政客议事磨时间。——编者]

不管怎么说，这份议事录说得明明白白，要我们今后几周都得对美国佬十分亲善。我意识到我那份已经见报的演说稿发得太不是时候了。

我大惊失色。不光为自己运气不好，更为自己身为内阁成员却对即将与美国人达成的防务协定一无所知感到难以置信。我在伦敦经济学院学到的集体领导负责制学说究竟发生了什么变化？

唐宁街十号

发送各部：

通知如下，首相计划于下月访问华盛顿，并切盼此次访问可促成一项重要英美防务贸易协定签署。该协定的重要意义无可估量。

11 月 7 日

这时候汉弗莱爵士冲进我的办公室，看上去有些惊慌失措。

“这么闯进来真不好意思，大臣，但是十号已经乱套了——他们显然刚看了您的演讲稿。正在问为什么咱们不事先征得批准。”

“你怎么说的？”我问。

“我说我们信奉‘开放政治’。但这好像把事情弄得更糟了。首相要在议院见您，立刻。”

我意识到这下我可能完蛋了。我问汉弗莱有可能会怎么样。汉弗莱爵士耸了耸肩膀。

“予也首相，夺也首相。”

我心中忐忑不安地离开办公室。当我走向走廊时，仿佛听到汉弗莱爵士又补了一句：“同心颂扬首相圣名。”不过我估计肯定是我想象出来的。

汉弗莱、弗兰克和我匆匆向白厅走去，路过“一战”阵亡将士纪念碑（这时候出现真够应景儿的）。那会儿寒风凛冽，我们直奔议院。我得在议长的座椅背后见首相。

［并不是真的在椅子背后，是指议院的一个区域，首相、反对党领袖、两党组织秘书、议长以及其他人在此中立场所会面以安排议会事务。首相办公室也在那儿。——编者］

我们在首相办公室外面等了几分钟。我们的党鞭维克·古尔德就出来了。他径直向我走来。

“你这人真是个大麻烦，你说是不是？”维克真的以自己的粗暴态度为荣。“首相气得都快上墙了，正暴跳如雷呢。你不能绕世界发表那种演说呀。”

“这是‘开放政府’。”弗兰克说。

“闭嘴，灰鼠儿，谁问你了？”浑蛋维克反咬一口。典型的党鞭嘴脸！

“韦塞尔。”弗兰克庄重地说。

我立即为弗兰克辩护：“他是对的，维克。这是‘开放政府’。写在我党宣言里，是我党的一项政治纲领。首相也信奉‘开放政府’。”

“‘开放’，是的，”维克说，“但不是泄露。”很幽默，但我不这么想！“在政治上，”维克继续毫不留情地说，“你得学会圆滑巧妙地说话——你这个笨蛋！”

算他说到点子上了。我感到非常不安，不过部分是因为我实在不乐意在汉弗莱和弗兰克面前这么丢人现眼地受人呵斥。

“你当大臣多久了？”维克问我。无聊透顶的问题。他知道得一清二楚。他这是明知故问做效果。

“一周半。”我对他说。

“那我估计你可能已经创造了一项吉尼斯世界纪录，”他回应说，“我已经能想到头条的大标题了——‘内阁就对美贸易问题发生分歧，哈克带头反抗首相！’这就是你要的，是吗？”

随后，他扬长而去。

接着内阁秘书阿诺德·罗宾逊爵士走出首相办公室。汉弗莱爵士问他有什么消息。

阿诺德爵士说了同样的内容，只不过用的是白厅语言：“这篇演说稿令首相有些为难。确定已经给新闻界发稿了吗？”

我解释说我给了明确指示要在中午12点把稿子发出去。阿诺德爵士似乎对汉弗莱爵士十分恼火。“你真吓到我了！”他说。我从来没听到过一个文官用这么严厉的口吻跟另一个同行讲话。“你怎么能让你的大臣不走正当渠道而陷入这种处境呢？”

汉弗莱向我求救。“大臣和我，”他开口说道，“都信奉‘开放政府’。我们想打开窗户，放点新鲜空气进来。对吗，大臣？”

我点点头，但说不出话。阿诺德爵士头一次直接跟我说话了。

“好呀，大臣，这是个不错的政党宣言，但是却害得首相个人身处困境。”这话，以阿诺德爵士的语言来说，大概是他对我说的话中最具威胁性的了。

“可是……我们对‘开放政府’的承诺又算怎么回事呢？”我总算问出了口。

“这会儿，”阿诺德爵士冷冷地说，“看来该是‘开放政府’的禁猎期了。”

汉弗莱爵士随即对我低声耳语出我最害怕的事：“您打不打算起草一封辞呈？当然，只是以防万一。”

我知道汉弗莱只是想助我一臂之力，不过这在危难中确实没提供多少精神援助。

我看只剩下一个办法了。“不能把这事儿遮掩一下吗？”我突然说。

汉弗莱，他也够可以的，竟然完全被这个提议难住了，甚至好像没明白我在说什么。这些文官还真挺天真的。

“遮盖一下？”他问。

“是的，”我说，“遮盖一下。”

“您是说，”汉弗莱显然是终于弄明白了，“压下来？”

我并不真的想用“压”这个字眼儿，但是不得不承认这正是我的意思。

汉弗莱于是说出了如下的话："我明白了。您的提议是说：我们在您所制定的'开放政府'的指导方针框架内，应该采取更有弹性的态度。"文官们都有着非凡的天分，把简单的概念包装得极为复杂。

回头想一下，这正是一种我应该培养出的真正才能。他的措辞能让我显得一点也没有改变姿态似的。

不过，随着伯纳德身形矫健如美国骑兵飞驰过地平线一般冲进候见室，我们也化险为夷。

"关于那篇新闻稿，"他上气不接下气地说，"看起来有些变化，能让我们重新考虑一下我们的形势。"

一开始我还不太明白这是什么意思。不过他接着说部里还没废除部间批准程序，也就是说追加的中止令已经生效，也就是说**万事大吉**了！

换句话说，我的演讲稿压根儿就没发给新闻界。这真让人喜出望外，稿子**只是**送到了首相私人办公室。在得到首相和外交部批准**之前**，行政部的值勤办公室从未收到过把演说稿发出的指令，因为稿子涉及到了美国。

看来这一奇妙的侥幸疏忽救我于存亡之际。当然，我不会让汉弗莱看出我如释重负。事实上，他向我道了歉。

"这完全是我的错误，大臣，"他说，"新闻稿控制程序早在'开放政府'时代之前就在实行了。我不知怎么就忘了去撤销。我真心希望您会原谅这次失误。"

这种情况下，我觉得话还是越少越好。我决定要宽宏大量，"没关系，汉弗莱，"我说，"毕竟，我们大家都会犯错误。"

"是，大臣。"汉弗莱爵士说。

2. 正式访问

11月10日

我发现要完成所有的工作是不可能的。日程总是满满的，得不停地写发言稿，发表讲话。红盒子里装满了文件、公文、备忘录、会议记录、呈文和信件，每天晚上都得仔细审阅。这还只不过是我工作的**一部分**而已。

我在这里担任的职务类似一家重要大企业的总经理，但实际上我先前无论是对部里的工作，还是对任何形式的管理工作都毫无经验。从政经历并不是从事政府工作的准备。

不过把自己变成一家大公司的总经理似乎还是不够，我还得努力把它当兼差。我必须经常离开行政事务部去参加议会的辩论、投票，参加内阁和内阁委员会以及党的执行会议，现在我明白，别说把工作干得漂亮，就算勉强胜任也是不可能的。我真的很沮丧。

谁能认真想象一下，有哪一家公司的董事长会像个伊斯兰苦修士那样，不论什么时候——下午或者晚上的任何时刻，铃声一响就一跃而起，撇下办公室的会议，像史蒂夫·奥维特[①]那样狂奔八分钟，到马路那头的大楼，穿过议会走廊，然后再跑回办公室继续开会。这就是每次分组表决铃响时我不得不做的事。有时候一个晚上就有六七次。我到底知不知道自己投的什么票？当然不知道。又怎么可能知道呢？

今天我一到办公室就立刻被满满的收文篮弄得心烦意乱。满得都要溢出来了。但发文篮却空空如也。

伯纳德正耐心地等我去看他刨出的一篇奥妙难解的文章，用来回答我昨天所提的问题：在联合王国辽远的土地上，比如苏格兰和北爱尔兰这些地方，我有些什么实际权力？

他得意地递给我一份文件。上面写道：在 1978 年（苏格兰）行政程序条例第 214 条 A 款第 3 分款的规定之外，经一致协定：在法律规定的执行范围内，处理责任部门之间非正常以及不确定之情况属行政事务大臣权限。

我茫然地盯着这份文件看了个地老天荒，仍然如坠五里雾中，就像过去念书的时候面对恺撒的《高卢战记》和微积分那样。我真想睡觉。但这会儿才早上 9 点一刻。我问伯纳德这都是什么意思。他似乎对我的问题很不解，又瞟了一眼他拿来的那份文件。

“呃，大臣，”他开始说了，“它的意思是说，在 1978 年（苏

① Steve Ovett，英国运动员，曾于 1980 年的莫斯科奥运会上赢得八百米赛跑的金牌。——译者

格兰）行政程序条例第 214 条 A 款第 3 分款的规定之外……”

我打断他。“不用给我念，”我说，“我刚刚才给你念过。它是什么**意思**？”

伯纳德茫然地盯着我：“就是它说的意思，大臣。”

他并不是不想帮忙。我意识到，尽管白厅的文件对于说普通英语的人来讲完全不可理解，但它们就是用白厅人的日常语言写的。

伯纳德急忙出去，到私人办公室给我拿来工作日程本。

[私人办公室紧挨着大臣办公室。里面有私人秘书和三四名助理私人秘书的办公桌，包括一名日程秘书——全职的。私人办公室里间连着私人办公室外间，大概有十二名工作人员，都是做秘书和文书工作的，处理答复议会质询、信件等事务。

进大臣办公室得穿过私人办公室。整天都有人，不管是外来的还是部里的人员，都来来往往，没完没了地穿过私人办公室。

于是，私人办公室有点成公用的了。——编者]

“请允许我提醒您，大臣，十五分钟后您要会见工会代表，英国工业联合会的代表是在那之后半小时，中午 12 点要见国家企业局的代表。”

我的绝望感又添了几分。“他们都要干吗？——简单点儿。”我问。

“他们都担心通货膨胀、紧缩和再膨胀的情况。”伯纳德告诉我。他们把我当什么了？王国大臣，还是自行车打气筒？

我指着收文篮。“那我什么时候处理所有这些信件呢？”我疲惫地问伯纳德。

伯纳德说：“您**一定**明白，大臣，您其实并不**一定**要处理嘛！”

我根本不明白这档子事儿。这话听起来不错。

伯纳德接着说："只要您愿意，我们可以只起草一份正式复函，用来答复任何来信。"

"什么是正式复函呢？"我想了解一下。

"无非是说，"伯纳德解释道，"'大臣委托我对您的来信表示感谢。'然后**我们**就答复说：'此事正在考虑中。'如果我们愿意的话，甚至可以说：'正在积极考虑中！'"

"'考虑中'和'积极考虑中'的区别是什么？"我问。

"'考虑中'意味着我们已经把文件弄丢了；'积极考虑中'是说我们正在努力寻找！"

我想这大概又是伯纳德开的小玩笑之一，但我并不绝对有把握。

伯纳德确实很想告诉我该怎样做来减轻我这些信件的负担。"您只要把每封信从收文篮挪到发文篮里就行了。如果您想看复信，就在页边写个批注。如果不想看，您就再也不必看到或者听说这封信了。"

我好震惊。我的秘书坐在那儿，一本正经地告诉我，只要把一大堆未予答复的来信从办公桌的一边搬到另一边，就是我要做的全部？

于是我问伯纳德："那么大臣是干什么的呢？"

"制定决策，"他流利地回答，"只要您制定出决策，我们就能遵照执行。"

在我看来，要是我不看信件就会在某种程度上消息不灵通，那么所谓的决策数量就会少之又少。

更糟糕的是：我压根儿就不会**知道**我需要做出哪些决策。我将会依靠我的文官告诉我。我估计那样就剩不下多少决策可定了。

于是我问伯纳德："隔多久制定一次决策呢？"

伯纳德迟疑起来。"嗯……时不时吧，大臣。"他亲切地回答。

得尽快强硬起来。我决心要开始在部里把我的意图贯彻下去。"伯纳德，"我坚定地说，"**这个**政府要治理国家，不像我们的前任那样光是当权而已。当国家在走下坡路时，得有人登上驾驶座，把脚放在油门上。"

"我想您大概是指刹车吧，大臣。"伯纳德说。

我简直不知道这个热心的青年是在帮我呢，还是在拿我开涮。

11月11日

今天我又见到了汉弗莱·阿普尔比爵士。已经两三天没看见他了。

在我办公室开了一个关于布兰达总统正式访问联合王国的会。我从来没听说过布兰达[①]这个国家。

伯纳德昨晚给了我一份摘要。我在第三只红盒子里找到的。可是我没时间去研究。我叫汉弗莱告诉我布兰达的情况——比如，它在哪儿？

"它还相当年轻，大臣。过去被称为英属赤道非洲。就是地中海下边几英寸那一小块儿红的。"

我看不出布兰达跟我们有什么关系。这肯定是外交部［外交与联邦事务部——编者］的事儿。但他们向我解释说，这里存在一个行政上的问题，因为总统到达时，女王陛下正好在苏格兰的巴尔莫拉宫。所以她必须赶到伦敦来。

① 这是一个作者虚构出来的国家，现实中并不存在。——译者

这让我惊讶。我一直以为国事访问都是好几年以前就安排好的。我就这么说了。

“这不是国事访问，”汉弗莱爵士说，“这是政府首脑访问。”

我问他难道布兰达的总统不是国家元首吗？汉弗莱爵士说他的确是，同时也是政府首脑。

我说，如果他只是作为政府首脑来访，我看不出为什么女王得去迎接他。汉弗莱说这是因为**她**是国家元首。我弄不明白这个逻辑。汉弗莱说国家元首必须去迎接一个国家元首，即使这个来访的国家元首不是以国家元首，而是以政府首脑的身份到**这里**。

伯纳德决定接着解释。“这全是帽子的事儿。”他说。

“帽子？”我越发糊涂了。

“是呀，”伯纳德说，“他来这儿戴的是政府首脑的帽子。他也是国家元首，但这不是国事访问，因为他没有戴他那顶国家元首的帽子，可外交礼仪却要求，尽管他戴的是政府首脑的帽子，他还是必须受到……”我看得出他在拼命避免把那些比喻混淆起来，又舍不得放弃自己精心构思而成的比喻手法。“……皇冠的迎接。”他成功地想出最后一顶帽子，总算把话说完了。

我说不管怎么样，我可从来没听说过布兰达这个国家，我不明白干吗要为这个非洲次等小国的正式访问操心，汉弗莱·阿普尔比爵士和伯纳德·伍利当即脸色煞白，我望着他们吓呆的脸。

“大臣，”汉弗莱说，“我求您别叫它非洲次等小国。它是个LDC。”

LDC 对我来讲是陌生的词。布兰达似乎曾经被称为不发达国家。不过这个称呼明显有冒犯性，于是它们被叫做发展中国家。这一称呼又明显有高人一等的样子。于是它们就变成了欠发达国家（Less Developed Countries）——或者简称 LDC。

汉弗莱爵士告诉我**必须**弄清楚有关的非洲术语，否则就会造成不可弥补的损失。

总而言之，“欠发达国家”这个说法似乎尚未冒犯到谁。一旦有冒犯的可能，我们已经随时准备好立刻用 HRRC 来代替 LDC。这是“人力资源丰富国家”（Human Resource-Rich Country）的简称。换句话说，它们就是人口严重过剩，乞求资助。然而布兰达并**不是**一个 HRRC。它也不是“富裕”或者“贫穷”的国家之一——显然我们也不再使用这两个名词，而代之以“南北”对话。实际上布兰达似乎是一个“即将富裕”的国家，假定有这么个叫法，而且假定它不至于冒犯我们的“亚非”或者“第三世界”或者“不结盟国家”的兄弟们。

“布兰达从现在起近几年内**将会拥有**巨大数量的石油。”汉弗莱爵士透露。

“噢，我明白了，”我说，“所以说它根本不是个 TPLAC 了。”

汉弗莱爵士一时不解。能让他不解一次真令我高兴。“TPLAC？”他小心翼翼地询问。

“非洲次等小国（Tin-Pot Little African Country）。”我解释道。

汉弗莱爵士和伯纳德都吓了一跳。他们看起来深为震惊。他们紧张地环顾四周，确认我的话没有被别人听去。他们的确没觉得好笑。真够蠢的——谁会认为我的办公室被人窃听呢！［也许是呢。——编者］

11 月 12 日

今天早晨的上班路上我灵机一动。

昨天同汉弗莱开会时已经交代他去安排从巴尔莫拉接女王来会见布兰达总统。但今天早晨我想起我们有三个补缺选举将要在三个苏格兰优势微弱选区举行，有一个缺是因为一位议员虽然腐败、欺诈，却又一次被他的选民选上，他太震惊了，以致心脏病突发死掉。另外两个缺是在新政府成立之后，两名议员升迁为上院议员而空出来的。[加官晋爵和/或心脏病突发，当然，是对腐败和欺诈事业的两种最常见的报偿。——编者]

我把汉弗莱叫到我办公室。“女王，”我宣布，“根本不用从巴尔莫拉赶过来。”

一时的静默。

“您是提议，”汉弗莱爵士一脸愁苦地说，“让女王陛下和总统在电话里互致正式问候？”

“不是的。”

“那么，”汉弗莱爵士更加愁苦地说，“或许您只是要他们大声对喊。”

“也不是，”我兴高采烈地说，“我们将在苏格兰举行正式访问。就在圣鲁得宫。”

汉弗莱爵士即刻反应。“不可能。”他说。

“汉弗莱，”我说，“你确定已经对这个想法予以充分考虑了吗？”

“这不是咱们能够决定的，”他回答，“这是外交部管的事。”

我已经准备好接这一招了。我昨天花了一个晚上研究那份白天害我大伤脑筋的倒霉文件。“我不这么认为，”我说着，拿出那份文档挥舞着，“在行政程序条例第3分款的规定之外等等等等……在法律规定的执行范围内等等等等……属行政事务大臣权限。”我靠到椅背上瞧着。

汉弗莱爵士语塞了。“是的，不过……您为什么要这样做呢？”他问道。

“这可以使女王陛下免去一趟无谓的旅行。而且还有三个苏格兰优势微弱选区要办补缺选举。访问一结束我们就举行。”

他一下子镇静下来。“大臣，我们举办政府首脑访问的理由不是为政党，而是为国家。”

他说的有道理。我有点说溜嘴了，但我尽力把话扯回来。“不过我的计划的确表明苏格兰是联合王国中地位平等的一员。她也是苏格兰的女王。而且在苏格兰有许多优势微……”总算及时制止了自己，我想，“……经济不景气的地区。”

但是汉弗莱爵士明显对这个绝妙的主意持反对态度。“我无法认为，大臣，”他讥笑着，趾高气昂地用一副贵族般的轻蔑态度瞧着我，“我无法认为我们可以利用我们的君主卷入，请恕我使用这个字眼儿，一场肮脏的拉票活动。”

我不认为争取选票有什么肮脏的，我是个民主派并引以为荣，而且这样做正是民主的体现！不过我知道我必须得想出一个更好的理由（至少能让文官买账的），否则这个精彩的计划就要搁浅了。于是我问汉弗莱，布兰达总统为什么要来不列颠。

“要就共同利益的事情交换意见。”他回答。为什么这人一直坚持用官方公报的语言来说话呢？还是他不由自主呢？

“那告诉我他为什么要来。”我以过分的耐心问他。我准备好直到问出真正的答案为止。

“他来这里向不列颠政府订购大批近海石油钻井设备。”

妙极了！我一路紧逼。“那他在哪儿能看到所有我们的近海设备呢？阿伯丁、克莱德河畔呀。”

汉弗莱爵士还想争辩：“是的，不过……”

“你有多少石油钻塔在赫斯尔米尔呢，汉弗莱？”他没有为这个问题感到高兴。

“但是行政上的问题……”他又开始了。

我威严地打断他：“行政上的问题正是建立这个部所要解决的。我相信你能办妥此事，汉弗莱。”

“可是苏格兰这么远。”他此刻在哀诉、抱怨呢。我知道我已经把他击退了。“也没那么远吧，”我一面说，一面指着挂在墙上的联合王国地图。“就是那粉红的一小块儿，在波特斯巴上头大概两英尺。”

汉弗莱并没有被逗乐——“很滑稽，大臣。”他说。但**即便**这样也不会让我尴尬。

“就是要在苏格兰，”我断然说道，“这是我的**决策**。我在这儿就是干这个的，是不是，伯纳德？”

伯纳德不想站在任何一方得罪汉弗莱或者得罪我。他陷入了困境。“唔……”他说。

我打发走汉弗莱，叫他着手进行安排。他昂首阔步走出我的办公室。伯纳德的目光始终粘在地板上。

伯纳德是**我的**私人秘书，就此来讲，他似乎理所应当站在我这一边。但另一方面，他的前途都仰仗部里，也就是说他不得不站在汉弗莱那一边。我看不出他有什么脚踏两只船的可能性。但显而易见的是，只有他成功地做到这一点，实质上不可能的这一点，他才能继续青云直上。这一切都莫名其妙。我必须试着弄清楚我能不能信赖他。

11月13日

我在加的夫召开的市财政和行政首脑会议上发表完讲话，回来的路上跟伯纳德闲聊了几句。

伯纳德提醒我汉弗莱的下一步行动，就是苏格兰这档子事儿中，恐怕会成立一个部际委员会进行调查并且报告。

我觉得部际委员会就是一个绝望官僚最后的避难所。当你找不出理由来反对你不想做的事，你就成立一个部际委员会来慢慢地扼杀它。我把这话对伯纳德说了，他表示同意。

“政客们就是出于同样的理由设立了皇家专门调查委员会。”伯纳德说。我开始明白为什么他是个可以高飞的人了。

我决定问问伯纳德，汉弗莱反对这个想法的**真正**原因。

“关键在于，”伯纳德解释道，“一旦他们都到了苏格兰，整个访问就落入了苏格兰国务大臣的权限之内。”

我说汉弗莱该为此高兴呀，工作减轻了嘛。

伯纳德立即指出我的错误。显然，问题就在于汉弗莱爵士喜欢盛装打扮去皇宫，白领结、燕尾服还有勋章，一样都不能少。但是在苏格兰，整个规模就要小得多。没有那么多的招待会和宴会。至少是没有那么多能让汉弗莱爵士出席的，只有苏格兰事务部的常任秘书才有份儿。汉弗莱爵士甚至可能无法受邀参加答谢宴会，因为布兰达驻爱丁堡的领事馆怕是非常之小。

我压根儿没在所有这些礼仪方面的事情上动过一点儿的心思。不过按照伯纳德的说法，所有这些出风头的事对常任秘书都极为重要。我问伯纳德，汉弗莱是不是有好多勋章可挂。

“相当多，”伯纳德告诉我，“当然他老早就得到了K。现在是

KCB。不过又有传闻说他在下轮授衔名单里有可能获得 G。”①

“你怎么听说的？”我问。我认为授衔的事通常都是严格保密的。

“我从小道儿消息听说的。”伯纳德说。

我想假如汉弗莱得不到 G，我们就会从长满酸葡萄的小道儿上听说了。

［这次谈话后不久，一张便条由汉弗莱爵士送至伯纳德·伍利处。像往常一样，汉弗莱爵士把字写在了页边。——编者］

行政事务部

伯纳德：

已同外交部常任秘书谈及对苏格兰的正式访问。

可惜我部大臣已同外交大臣谈过了。我推测他们是好友。

看来内阁对此事完全一致。他们公然发布了于访问当日举行三个补缺选举的书面文件。

布兰达总统正式访问日程（初稿）

14:00　总统下飞机并受到女王陛下迎接。

14:07　奏国歌：《上帝保佑女王》——约 45 秒；

《布兰达赞歌》——约 3 分 25 秒。

① K 是爵士衔，KCB 是高级巴斯勋爵士，G 是大十字勋章，GCB 是巴斯大十字勋章爵士。

布兰达领事馆似乎就是个小窝棚。答谢宴会基本没多大地方，我就不去了。还省心了呢，真的。

不过外交部常任秘书暗示有内部消息。我们这位蒙戈维尔来客恐怕有麻烦。可能是政变。

有可能一个与英联邦保持友好关系的非洲国家会成为跟古巴搭上关系的敌对LDC。

在这情况下，一切都会很好。

14:11　女王陛下和总统检阅仪仗队。

14:15　女王致欢迎词。

14:18　总统简短答辞。

14:30　上车，前往霍利鲁得宫。

15:00　到达霍利鲁得宫。

汉·阿

［汉弗莱爵士说的“一切都会很好”大概是指取消正式访问，而不是指又一个中非国家倒向共产党。——编者］

11月18日

从上次记日记到现在已经好久了。一方面是由于周末被那些劳神的选区事务占用了。另一方面是由于工作压力——部里那些劳神的事儿。

我感觉工作和我正在被隔离开。并不是说我没事可做，我的盒子里装满了无关紧要和无足轻重的废物。

昨天下午我根本无事可干。没有任何会见。伯纳德不得不建议我到下院去听那里的辩论。我还从来没听到过这么荒谬的建议。

今天下午晚些时候，我在办公室翻看布兰达总统来访的接待计划，同时打开电视新闻。让我大吃一惊的是，报道说布兰达发生了政变，据他们猜测是马克思主义者发动的。还报道，由于布兰达的石油储量，此事引起国际社会的广泛兴趣和关注。似乎是武装部队总司令、那位与阿拉伯古代皇帝同名的萨利姆·穆罕默德上校已经被宣布为总统。或者就是他自己宣布为总统的，这个可能性更大。没有人知道前任总统情况如何。

我大惊失色。伯纳德正和我在一起，我叫他立即为我接通外交大臣的电话。

“咱们要倒频吗？”伯纳德问。

“倒到哪儿去？”我说，接着就明白了他的意思，觉得自己在犯傻。随后我又意识到这是伯纳德又一个愚蠢的建议：就电视新闻刚报道过的消息进行一次电话会谈有什么可倒频防窃听的呢？

我打通了马丁在外交部的电话。

真难以置信，他竟然对布兰达政变的事一无所知。

“你怎么知道的？”我告诉他时他问道。

“电视上播的。你不知道吗？你是外交大臣呀，老天呐！”

“是呀，”马丁说，“不过我的电视机坏了。”

我简直不相信自己的耳朵。“你的电视机？难道你没收到外交部电文？”

马丁说：“收是收的，不过要滞后很久。大概得三两天吧。我总是从电视里了解国际新闻。”

我觉得他是在开玩笑，但看起来又没有。我说我们必须确保正式访问照常进行，不管来访的是什么人。有三个补缺选举在那里等着呢。他表示同意。

我挂断了电话，不过在这之前嘱咐马丁有任何新的消息都要让我知道。

“哪里，是你要让**我**知道，”马丁说，“你是有电视机的人呀。”

11月19日

见汉弗莱爵士是今天早上的头一件事。他很是愉快，笑得嘴都合不上了。

“您听到那不幸的消息了吧，大臣？”他开了腔，毫不掩饰地笑着。

我点点头。

“这只是个小小的麻烦，”他继续说，用双手做了个转动的手势，“车轮正在运转中，要取消这次访问安排其实十分简单。”

“你不用这样做。”我告诉他。

“可是大臣，我们别无选择。”

“我们有，”我反驳说，“我已经同外交大臣谈过了。”他的脸似乎微微抽动了一下。“我们正要向新总统重新发出邀请。”

“新总统？”汉弗莱目瞪口呆，“可是我们甚至还没承认他的政府呢。”

我用双手做了个同样的转动：“车轮正在运转中。”我微笑着。我终于享受到乐趣了。

汉弗莱说：“我们都不知道他是谁。”

“一个叫穆罕默德的人。”我解释。

“但是……我们对他一无所知。他是何等样人？”

我指出，我认为是相当诙谐地指出，我们并不是考虑让他加入文学俱乐部。我说我才不在乎他是何等样人。

汉弗莱爵士想要强硬起来。“大臣，”他开腔说道，“布兰达现在一片混乱。我们不知道谁是他的后台。我们不知道他是有苏联背景，还是只是个普通的布兰达人发了狂。我们不能冒外交上的风险。”

“政府别无选择。”我说。

汉弗莱爵士尝试了一个新花招，“我们还没做完文案呢。”我才不理这种废话。文案工作被文官们奉若神明。我完全可以想象汉弗莱·阿普尔比爵士临终之前，卧榻上围着他的全是遗嘱和保险单，他抬起头说：“我还不能一走了之，上帝，我还没有做完这些文案呢。”

汉弗莱爵士步步逼进：“王宫坚持女王陛下应该得到适当的简报，不做文案是不行的。”

我站起身：“女王陛下应付得来。她一向都能。”这下我已经把他置于不得不批评女王陛下的地步了。

他颇能对付，他也站起身。“毫无疑问，”他回答道，“他**是**谁？他可能没有良好的教养。他可能对她言行粗鲁。他可能……很放肆！”他迟疑了一下，“而且他肯定要和女王陛下合影——如果那时才发现他是又一个艾迪·阿明[①]怎么办？那后果就会可怕得超乎预想了。”

我必须说，最后一点确实让我有点担心。但还不到要放弃三个优势微弱选区那么严重。我向汉弗莱阐明相反的意见。“是由

---

① Idi Amin（1925？—2003），1971 年通过军事政变成为乌干达总统，1979 年被推翻后流亡海外，直至去世。——译者

于国家的利益，”我说，“使得这次访问至关重要。布兰达有可能极为富裕。他们需要石油钻塔，我们在克莱德的造船厂闲着没事做。而且布兰达对于政府的非洲政策还具有战略上的重要意义。”

“政府并没有制定非洲政策。”汉弗莱爵士说。

“现在就有了，”我厉声说道，“而且假如这位新总统有马克思主义者支持，那么还有谁比女王陛下更能把他争取过来呢？更何况苏格兰人民已经得到我们的承诺，将在他们那里举行重大国事活动，我们可不能说话不算数。”

“更不用说，”汉弗莱爵士冷冷地添了一句，“还有三个优势微弱选区的补缺选举了。”

“这跟那个毫无关系。”我说，一面怒视着他。他说：“当然无关，大臣。”不过我也拿不准他有没有相信我。

接着电话铃响了，伯纳德接的，是马丁从外交部打来的。

伯纳德听着，然后告诉我们，布兰达的新总统已经宣布他预计下周访问英国，维持其前任的安排。

这让我很受震动。外交部终于接到消息了，我问伯纳德，电报是不是从蒙戈维尔打过来的。“根本不是，”他说，“是外交大臣的司机从他汽车收音机里听到的一则新闻简讯。”

现在的结果就是，要取消这次由我或马丁所建议的访问就只能靠首相的决定了。而我已经决定要举办下去了。又是一个决策。毕竟还是做了很多决策呢，很好。

11月26日

今天是期待已久的正式访问的第一天。穆罕默德总统到达的镜头在电视中播出。伯纳德和我在办公室里观看——我必须承认我有点提心吊胆，怕他真的会有点粗野。

一架大型喷气式客机着陆了，机身上写着“布兰达航空公司”。这让我极为震惊。英国航空公司眼下已经快要不得不把他们的协和式飞机抵押出去了，而这个小小的非洲国家却拥有自己的航空公司，还有大型喷气式客机之类的。

我问伯纳德布兰达航空公司一共有多少飞机。“一架也没有。”他说。

我告诉他别犯傻，用用自己的眼睛。“不，大臣，这是弗雷迪·莱克尔的，”他说，“他们上个星期把它租下来，又特地重新漆过的。”显然大多数穷国（我是说，LDC）都这么做——开联合国成员大会的时候，肯尼迪机场的跑道上挤满了顶着冒牌国籍的飞机。“事实上，”伯纳德会心一笑，补充道，“有一架747曾经在一个月内分属于九家不同的非洲航空公司。他们称之为迷惑人的大家伙。”

除了这迷惑人的大家伙绕着普雷斯蒂克机场滑行以及女王有点冷淡的表情外，我们在电视屏幕上没看到什么事情发生。伯纳德把今天的日程表交给我，并解释说，已经为我订好了晚上从国王十字火车站到爱丁堡的卧铺票，因为根据紧急指令我今晚必须在议院参加投票，所以会错过最后一班飞机。这会儿播音员拿出那种只有皇族出场时才使用的特殊低沉的BBC腔，恭敬地宣布：我们即将首次看到萨利姆总统了。

于是从飞机里走出了查理。我的老朋友查理·乌姆塔利，我们一块儿上的伦敦经济学院。压根儿不是什么萨利姆·穆罕默德，是查理。

伯纳德问我能不能确定。真是傻问题。谁能忘得了查理·乌姆塔利这样的名字呢?

我让伯纳德把汉弗莱爵士找来，他听说我们现在对我们的正式访客有所了解，感到很高兴。

伯纳德的官方简报什么都没说。真够惊人的！外交部什么情况都不了解是够惊人的。也许他们希望一切都可以从汽车收音机里得到。全部简报只是说萨利姆·穆罕默德上校几年前改信伊斯兰教，他们不知道他的本名，于是对他的背景也基本上一无所知。

我却能够告诉汉弗莱和伯纳德他的**全部**背景。我告诉他们，查理是一个激烈的政治经济学家，他总是先抢占制高点，然后击败所有人。

伯纳德似乎松了口气："好了，这就好了。"

"为什么？"我问。

"我想伯纳德的意思是，"汉弗莱爵士帮忙解释说，"既然他上过一所英国的大学，他就会知道怎样行为得体。即使他上的是伦敦经济学院。"我始终搞不清楚汉弗莱是不是在有意刺伤我。

汉弗莱关心查理的政治色彩。"你说他激烈，是指政治方面吗？"

从某种程度上是这样。"查理的情况是，你和他在一起永远都搞不清状况。他是那样一种家伙，他跟在你后头走进旋转门，却从你前头走出来了。"

"没有深切的信仰吧？"汉弗莱爵士问。

"没有。查理唯一深切投入的就是查理。"

"噢，我明白了。一个政治家，大臣。"

这肯定是汉弗莱的一个小玩笑。不然他绝不会这么无礼。不过有时候我怀疑汉弗莱借口"玩笑而已"，说出的却是他的真实想法。尽管如此，我还是能够用他自己特有的口头禅来回敬他，打击他一下。“很滑稽，汉弗莱。”我讥讽地说。我还指出，因为查理只在这里待一两天，他不会造成多大损害的。

汉弗莱爵士似乎仍有担心，“反正您记住，大臣，”他说，“是您想让他来的，不是我。”

“请谅解我，汉弗莱，我必须继续处理信件。”我说，同时努力压住心头怒火。

“那在此之前，”汉弗莱爵士说，“您要是能看一下这份有关非洲政治的简报，我将万分感激。”他递给我一份厚厚的卷宗。又是文件！我才不看。

“不，谢谢，”我说，“我想那些情况我都了解。”

“哦，那好，”他愉快地说，“因为人们不愿意破坏FROLINAT和FRETELIN之间微妙的势力均衡，对吧？”

我想他看出来他已经把我难住了，于是他不依不饶：“我是说，如果新总统对ZIPRA比对ZANLA更为支持，更不用说ZAPU和ZANU了，那么CARECOM和COREPER可能会把GRAPO扯进来，当然这就意味着要重新考虑同ECOSOC和UNIDO的所有老问题，而且IBRD和OECD之间的争端可能再度爆发……如果这种情况发生，HMG又将如何？”[①]

---

① FROLINAT是“乍得全国解放阵线”的法文缩写；FRETELIN是“东帝汶（一个被印尼占领的葡萄牙小殖民地）独立革命阵线”的葡萄牙文缩写；ZIPRA是“津巴布韦人民革命军”；ZANLA是“津巴布韦非洲国家解放军”；ZAPU是“津巴布韦非洲人民联盟”；ZANU是“津巴布韦非洲民族联盟”；CARECOM是“加勒比共同市场”的缩写；COREPER是“欧洲共同体常驻代表委员会”的法文缩写；ECOSOC是“联合国经济社会理事会”；UNIDO是“联合国工业发展组织”；IBRD是“国际复兴开发银行”；OECD是“经济合作与开发组织”；GRAPO不可能与这番谈话有关，因为它是“十月一日反法西斯革命小组”的西班牙文缩写。

不排除汉弗莱爵士试图把他的大臣搞晕的可能性。

我唯一听得懂的缩写词是 HMG［女王政府（Her Majesty's Government）——编者］。如他所料，我说——尽我所能摆出漫不经心的样子——那我不妨浏览一下吧。

“咱们火车上见。”他说，随后若无其事地离开了。恐怕是让他赢得了一次小小的精神胜利。

这时伯纳德催我赶紧去议会。可是收文篮里的一大堆信件正恐怖地成倍增长，好像在自我繁殖似的。“这些东西怎么办？”我无助地说，“我该怎么办呢？”

“这个，大臣……”伯纳德开口了，他的目光几乎难以察觉地向发文篮闪了好几次。我明白我基本上没别的可选了。我抓起整摞信件，郑重地把它们从收文篮挪到发文篮。

这是一种怪异的感觉，我觉得既愧疚又轻松。

看来伯纳德认为我做得对，也许历来如此。“这就对了，大臣，”他用温和的语调说，“送出去比收进来好。”

11月27日

昨天晚上是一场可怕的经历，我不想轻易就讲出来。

而且今天还得去解决一个巨大的危机。这都是我的错。而且我还不知道我能不能处理得了。哦，老天呐！

我正坐在头等厢的床上写日记，同时担心今天还会有什么事在等着我。

从头说起吧。罗伊把我从议院送到国王十字火车站。我到那儿以后时间还很充裕。我找到我的车厢，订好了早上的茶点，就在火车刚刚出站而我的裤子才脱了一半的时候，有人气急败坏地来敲门。

“谁呀？”我喊道。

“伯纳德。”是伯纳德的声音。是伯纳德。我让他进来。他气喘吁吁而且满头大汗，我从没见过他这副样子。我又想起我也从来没见过任何一个文官有这副样子。他们平常似乎都冷静克制得怪吓人的，好笑的是，看到他们某些时候也像其他人类那样惊恐万状，没头苍蝇似的乱转，倒让人放心了。

伯纳德手里抓着一叠棕色的吕宋纸大公文袋。

“进来吧，伯纳德，”我安抚地说，“到底有什么事呢？”

“看看这个，大臣！”他语调夸张地说，并且把其中一个棕色的公文袋塞到我胸前。

我彻底被惹火了。伯纳德没完没了地把文件塞给我。我的卧铺上已经有四只红盒子了。

我把公文袋又塞给他。“不，我不看。”我说。

“您一定得看，”他说，又把公文袋塞回来，好像我们在玩传球似的，“这是头等要事。”

“每件事你都这么说。”我对他指出，并且继续脱裤子。

伯纳德告诉我，他让我看的是提前写好的萨利姆总统明天（现在就是今天了——哦，天呐！）要用的演说稿，由布兰达大使馆发出传阅的。

我没兴趣。这些演说从来都是老一套：很高兴来到这里，感谢友好的接待，两国之间的联系，相同经历的纽带，今后愉快而富有成果的合作，以及一切常见的废话。

伯纳德承认这些废话都在演说中，同时坚持要我赶紧看一下重要的段落——他用红笔画了线的段落。他接着说他正在火车上散发文件副本。在火车上？我看他已经昏头了——但他解释说汉弗莱爵士和外交大臣以及外交大臣的常任秘书，还有我们的新闻官以及其他要人都在这趟列车上。我还没想到这个。

我打开文件袋，看到了最骇人听闻的东西。一篇我们**不可能**同意发表的演说稿。

> ……布兰达人民在争取自由的斗争中，与凯尔特民族有着共鸣。我们也曾经为打破不列颠殖民主义的锁链而战斗。请追忆你们曾经有过的辉煌，记住威廉·华莱士、布鲁斯的罗伯特、班诺克本和克洛登。布兰达人民敦促苏格兰人和爱尔兰人起来反抗英格兰的压迫，摆脱帝国主义的枷锁，加入到自由民族国家的行列中来……

接着汉弗莱爵士走进来，穿着……顺便提一下，一件颇为惊人的金色丝绸晨缕，上面满满地绣着一条红色中国巨龙。我永远也想不到汉弗莱会穿这么一件长袍。看来我即使只穿了衬衫和短袜，也不会那么惹眼了。

“嗯，大臣，”汉弗莱爵士开口说道，“看来我们被人牵到头皮了。”然后他又说他并不愿意说他对我说的这些话，但他还是对我说了这些话。

“我们要颜面扫地了。”我说。

“不是颜面，大臣，”他温和地说，“只是帝国主义的枷锁。”

我问他是不是还想搞笑。因为这种情况下我实在看不出还有什么笑可搞。我觉得他说了一句“不，只是我的小小枷锁”，但是因为火车的噪声，我也不能完全确定。

我重申得采取点儿措施。苏格兰的三个补缺选举尚悬而未决，还不算对阿尔斯特地区的影响！“这真是一场灾难。”我低声说。

汉弗莱爵士似乎压根儿没想为缓和局势尽心。“确实如此，”他郑重地表示赞同，还百上加斤，“一场灾难，一场惨剧，一场轰动的、天降的、巨大的祸事。”他停下来喘口气，然后直截了当地加了一句：“而且这是您造成的。”

这些话一点儿用也没有。“汉弗莱，”我斥责道，“你拿薪水是要给我提建设性意见的，建设性的！”

“总之，”汉弗莱爵士回答说，“这难道不像是在泰坦尼克号撞上冰山之后给船长提出建设性意见吗？”

“赶紧，”我说，“我们肯定还能做点**什么**。”

“我们可以唱《和我在一起》。”

又响起敲门声，随后伯纳德闯进来。“大臣，外交大臣要跟您说句话。”

马丁进来了。

“啊，是外交大臣。”汉弗莱爵士此刻倒谄媚得很。

“是我，”马丁说。他知道他是谁。“你看过那演说稿了？”

我还没答话，汉弗莱爵士就抢在前面插话：“是的，我的大臣担心政府要颜面扫地了。要扫苏格兰的地吧，看起来。”

我对汉弗莱愚蠢的双关语已经有点受够了。我问马丁，萨利姆·穆罕默德怎么会要在这儿发表这种内容的演讲？马丁推测这是面向他们本土人说的，好向其他非洲人表明他是个不折不扣的反殖民主义者。

伯纳德从门口探进头来，建议我们起草一个声明来回应这个演讲。我觉得是个好主意。于是他宣布他已经把新闻出版署的比尔·普里查德带来了。

我们这儿已经有我、汉弗莱、马丁和伯纳德在我的卧铺车厢里了，而比尔·普里查德有着橄榄球第一排前锋的体格。“再给点儿地方好吗？”他乐呵呵地问着，把汉弗莱撞得脸朝下一头栽倒在卧铺上。

我问汉弗莱起草个声明是不是好主意。

“嗯，大臣，”他站起身的时候慎重地回答，虽然穿着那么傻气的中国风晨缕，还是一副官僚架势，“就操作层面来讲，实际上，我们有六种可行方案。第一，无所作为；第二，发表声明，谴责这一讲演；第三，提出正式抗议；第四，中止援助；第五，断绝外交关系；第六，宣战。”

听起来还真有不少选择。我高兴起来，问他该怎样做。

“第一，如果我们无所作为就等于默认这篇演讲；第二，如果我们发表声明，我们只会像傻瓜；第三，如果我们提抗议，会被置之不理；第四，我们无法中止援助，因为我们没有向他们援助过；第五，如果我们断绝外交关系，就无法洽谈石油钻塔的合同；第六，如果我们宣战，那就只**可能**显出我们反应过度。”他停顿一下，“当然，要在昔日我们早就派一艘炮艇过去了。”

到这会儿我绝望了。我说：“我看是绝对没法子了。”

他们都满怀惊恐地盯着我。显然，是没法子了。

在汉弗莱列举各种可能性时，伯纳德并不在场。现在他又挤回车厢。

“外交与联邦事务部常任秘书正从走廊过来。”他通报说。

“哦，恐怖，”比尔·普里查德小声嘀咕，“这儿快要像加尔各答的黑牢了。”

随即我就明白他所指了。外交部常任秘书弗雷德里克·斯图尔特爵士，在他的朋友圈中以“大块头”闻名，他撞开了门。这下把伯纳德拍到墙上，把马丁撞飞到洗脸盆上，而汉弗莱又脸朝下扑倒在卧铺上。这个肉山一般的大家伙说道：

“我可以进来吗，大臣？”他竟有一副让人意想不到的尖嗓子。

“你可以试试看。”我说。

“该来的都来了。”比尔·普里查德呻吟着，那一身颤动的大肉球硬是挤进小小的包厢，挤得比尔贴着镜子，我贴着窗子。我们都极为亲密地紧贴着站在一起。

“欢迎加入常站委员会。”汉弗莱勉强撑直身体说。

“这可怕的事我们该怎么办？我是说这可怕的**演讲**。”我不安地补上一句，以免冒犯到大块头。他的秃顶反射着头上的灯光，闪闪发亮。

“那么，现在，”大块头开口说，“我想我们知道这背后的用意，不是吗，汉皮？”

汉皮？这是他的昵称吗？我对他刮目相看。他显然以为我在等着他答话。

“我想弗雷德里克爵士的意思是说演讲中那段冒犯性的话也许，我们是不是可以这样说，是讲价的筹码。”

“是棋局中的一步。”大块头说。

“是战斗中的第一枪。”汉弗莱说。

“是开局的起手。”伯纳德说。

这些文官真是些擅长陈腔滥调的行家。他们能一直这样说上一宿。他们真能，除非有人打断。我打断了他们。

“你们是说，他有所求？”我敏锐地说。幸好还有明白人。

“如果不是的话，”大块头斯图尔特问道，“干吗要事先给我们一份副本？”这一点看来毋庸置疑。“但不幸正常渠道都不通畅，因为使馆人员都是新来的，我们也才刚见到这份讲稿。又没有谁对这位新总统有任何了解。”

我看出汉弗莱意味深长地看了我一眼。

“我了解。”我自告奋勇，但有点不情愿。

马丁一脸惊讶，大块头也是。

“他们以前是大学同学，”汉弗莱转向我，“老同学的交情？”这似乎是个问题。

对于事态的这一转变我并不十分高兴。毕竟，我有二十五年没见过查理，他可能不记得我了，我不知道我能起多大作用。“我觉得您应该去见见他，弗雷德里克爵士。”我回答说。

“大臣，我想您的分量更重。”大块头说。他似乎没意识到这话里还可以有话。

有一阵子静默，其间比尔·普里查德使劲想憋住笑，结果忍不住只好咳嗽起来。

“这么说我们大家都同意，”汉弗莱爵士问道，“有分量的这位应该去见穆罕默德了？”

“不，应该**吉姆**去。”马丁说，于是被他超重的常任秘书恶狠狠地瞪了一眼。而新闻官憋着气发出更多的咳嗽声。

我意识到我别无选择。“好吧，”我同意了，转向汉弗莱爵士说，“但是你要和我一起去。”

“当然，”汉弗莱爵士说，“我不会让您自己去的。”

这是**又一个**刺伤吗，还是只是我多心了？

还是今天：

查理·乌姆塔利——也许我今后最好还是叫他萨利姆总统吧——上午10点在他所下榻的古苏格兰宾馆套间接待了我们。

"啊，吉姆。"他站起身亲切地招呼我们。我都已经忘掉他那一口漂亮的英语了。"请进，见到你真高兴啊。"

我真的是，怎么说呢，为他热诚的接待感到相当高兴。

"查理，"我说，我们握着手，"好久不见了。"

"你不用对我这么见外。"他说着，转身叫他的助手给我们大家上咖啡。

我介绍了汉弗莱，然后大家都坐下来。

"我一直觉得常任秘书是一个卑微的职务。"他说。汉弗莱挑起了眉毛。

"对不起，您说什么？"

"听起来像个助理打字员之类的。"查理乐呵呵地说，而汉弗莱的眉毛已经挑到头发里去了。"但相反的是，"他以同样的语调说下去，"您才是真正掌管一切的，不是吗？"查理一点也没变。

汉弗莱心满意足地恢复了镇定。"算不上一切吧。"

接着，我祝贺查理成为国家元首。"谢谢，"他说，"不过这并不困难。我又不用去做那些麻烦事，比如费劲去竞选，"他停顿一下，然后若无其事地加上一句，"或者补缺选举。"说着朝我们温和地一笑。

这是个暗示吗？我决定什么都不说。于是过了一会儿他接着说："吉姆，当然我是很高兴见到你的，不过你这次是纯粹的叙旧呢，还是有什么事特地要谈？因为我确实需要最后润色一下我的演说稿呢。”

又一个暗示？

我告诉他，我们已经见到那份事先发来的讲稿。他问我们喜欢不喜欢。我则问他，作为老朋友，能否有话直说。他点点头。

我试图使他明白那段关于殖民主义压迫的话有点——怎么说呢，事实上是**极度**令人难堪的。我问他有没有可能把有关苏格兰人和爱尔兰人的那段话整个删去。

查理回答说：“这些话，我深感其实。当然英国人不至于相信真话是可以被压制的吧？”

这招儿厉害。

这时汉弗莱爵士试图帮上忙。“我不知道是不是有什么可以说服总统考虑把有问题的词句重新斟酌一下，以便把重点从具体事例转移到抽象的概念上，而又不至于影响主题的概念完整性？”

算是帮上点儿忙。

我抿一口咖啡，脸上显出若有所思的神情。

连查理也没弄懂，我不认为他能弄懂，因为他停了好一会儿才说：“趁着你在这儿，吉姆，我可不可以就我将要在会谈中向首相提出的建议征求一下你的意见？”

我点了点头。

于是他告诉我说，他在布兰达政府搞的小变动已经使他们石油工业的一些投资者感到恐慌。在他看来其实完全没有必要。所以他希望从英国得到一些投资以渡过难关。

我们终于谈到正题了。

我问他要多少。他说五千万英镑。

汉弗莱爵士看起来有些担心。他给我写了张小纸条：“问他什么条件。”于是我问了。

“十年后开始还本。不收利息。”

我听着还行，但汉弗莱却呛到一口咖啡。于是我提出五千万是笔巨款。

“哦，好啊，既然如此……”查理开了腔，我看出他打算结束这次会面了。

“但我们还是谈谈这个事儿吧，”我安抚住他。又从汉弗莱手里接到一张条子，上面写着按平均利率百分之十算，如果是十年的免息贷款，那他实际要的是五千万英镑的无偿赠予。

我谨慎地把这一点向查理指出。他非常合理地（我这么认为）解释说，这完全对我们有利，因为他们将用这笔贷款去购买克莱德制造的石油钻塔。

我看得出这里头的机关，但这会儿我又从汉弗莱那里收到一张条子，狂草一般几乎无法辨认，写着：查理要我们给他五千万英镑好让**他**用**我们**的钱购买**我们**的石油钻塔。（我得说一下，是他画的线。）

我们不能一直像顽皮的小学生那样传纸条，于是我们进而小声交谈。“我觉得这听起来相当合理。”我低声说。

“您不是认真的吧？”汉弗莱嘟嘟囔囔地反对。

“大量就业机会。”我反驳一句，然后问查理如果我们达成这笔交易，他是否会对演说做适当的删改？现在大家都摊牌了。

查理装出一副惊讶的样子，表示没想到我把这两桩事联系到一起，不过同意做删改。但无论如何，他要马上知道结果。

“讹诈。”汉弗莱爵士的音量已经提高得像舞台上的悄悄话了，从王子街对面都听得到。

"你是指我还是指我的建议？"查理问道。

"你的建议，当然，"我仓促应道，随即意识到这问题是个局，"不，也不是你的建议。"

我转向汉弗莱，说我认为我们可以同意这个建议，这类交易毕竟有过先例。[①]

汉弗莱爵士要求单独同我说句话，于是我们走出来，站在走廊上。

我不明白汉弗莱为什么这么火冒三丈。查理已经给了我们一条出路。

汉弗莱说我们永远也收不回这笔钱，因此他不可能向财政部担保，而财政部也绝不可能向内阁担保。"您是在提议，"他夸张地表态说，"用五千万英镑的公款来给您的政治困境买条出路。"

我解释说这是外交手段。他说这是腐败。我说："GCB（巴斯大十字勋章爵士）。"声音小得刚刚好听得见。

一段长时间的静默。

"您刚才说什么，大臣？"

"没什么。"我说。

汉弗莱看似突然坠入沉思。"从另一个角度来讲……"他说，"……我们并不想让苏联人在布兰达投资，对吧？"我摇摇头。

---

① 哈克有可能想起了卡拉汉政府时代与波兰达成的造船交易，那笔交易中，联合王国借给波兰人无息贷款，使得他们可以用我们的钱购买我们的油轮，而这些油轮此后就要同我们自己的航运业竞争。这批油轮要在泰恩塞德建造，那是工党控制的高失业率优势微弱选区。可以说成是，工党政府在用公款收买工党选票，不过没人这么说。也许是因为，就像细菌战一样，没人愿意冒险去使用一种无法控制的、到头来会危及自身的武器。

"是的，我明白您的意思了。"他小声低语。

"而且如果我们不投资，他们就会。"我说，给他来个顺水推舟。

汉弗莱开始完全站在我这一边来列举论据。"我估计我们可以劝服说，我们作为南北对话的一方，有责任对……"

"TPLAC们？"我说。

汉弗莱不理会我的俏皮话。"的确，"他说，"而且如果我们坚持获得从现在起十年内石油收入百分之一的股权……是的，总的来说，我认为我们可以就我们对第三世界的义务拟订一个游说方案，把外交部拉进来……还有萧条地区的就业问题，这就可以让劳动就业部和苏格兰事务部站在我们这边……钻塔的建造还会动员起贸易与工业部，而且，如果我们能向财政部保证不危及收支平衡……是的，我想我们大概可以促成对此事的共识了。"

我想他已经得出结论了。我们就一起回到了查理的房间。

"总统先生，"汉弗莱爵士说，"我想我们终于可以相互达成协议了。"

"你们知道我出的价。"查理说。

"你也知道我的，"我说，冲着汉弗莱爵士一笑，"每个人都有个价格，不是吗？"

汉弗莱爵士又摆出高深莫测的模样，也许这就是他们身上那种所谓的官气吧。

"是，大臣。"他回答。

3. 节约运动

12月7日

在选区度过一个极为忙乱的周末之后，我坐在进城的火车上，翻开《每日邮报》。上面有一大篇文章对我进行人身攻击。

我环顾车厢。通常头等车厢都坐满了看《泰晤士报》《每日电讯报》或者《金融时报》的人。今天似乎所有的人都在看《每日邮报》。

让我们裁掉吉姆·哈克！

作者：约翰·皮尔格里姆——特约调查员

议员吉姆·哈克大人阁下承诺要兑现政府精简行政部门的誓言，扫除白厅和市政厅那些好事之人的掣肘。但是有多少人意识到行政部门反而日益庞大呢?

我发现，有不少于**四个**部负责检查同一类军服的供应：国防部检查收货是否与订单相符；贸易与工业部检查军服是否按政府所定标准制作；劳动就业部检查制造商是否遵守劳动力规划标准；而吉姆·哈克手下的乌合之众则检查其他所有人！

吉姆·哈克本人就是白厅人员超编最明显的例子。就让我们从裁掉他开始，至少可以节省一份薪水。

我一走进办公室，伯纳德就把那份报纸递给我，还问我看到没有。我告诉他我已经看过了。伯纳德说弗兰克已看过了而且要见我。接着弗兰克就进来问我看过这篇文章没有。我告诉他我已经看过了。

弗兰克接着就给我念起来。我不懂他为什么要念给我听。我告诉他我已经看过了。看来，把这篇文章大声念出来会让他觉得好受些。这却使我觉得更难受了。

我不知道这报纸每天能卖出多少份。“二百万,三百万？”我问伯纳德。

“哦，**不**，大臣。”他回答的样子仿佛我说了个多么大得过火的数字似的。

我催他快点儿回答。“那，有多少呢？”

“嗯……四百万份,”他有点不情愿地说,“所以只有……一千二百万人看过这篇文章。一千二百万或者一千五百万。很多报纸的读者并不识字，您知道的。”

弗兰克这会儿变得十分气人。他不停地说“你看这段了吗”,

然后又念出一段骇人听闻的话。比如：“**你们**是否了解在税务局工作的人比在皇家海军服役的人还要多？”这对我来说是新闻，可是当我看伯纳德时，他点头表示确有其事。

“或许，”弗兰克还在高声念那份该死的报纸，“或许政府认为收税是国防的最佳形式。”

伯纳德原本在窃笑，看到我并没有笑起来，又使劲用咳嗽掩盖住笑声。

这时弗兰克当我什么都不懂似的，告诉我这篇文章在政治上破坏性极大，我必须把裁减行政官员作为头等大事来抓。他说的无疑是正确的，但要做到谈何容易。

我向弗兰克指出了这一点。“你猜怎么着？”他气愤地说，“你已经被驯服了。”

我不屑于回答。再说，我也想不出怎么回答。

[文官用语，指让一位新任大臣依照他们的观点来看待问题，叫作“驯服”。如果一位大臣已经驯服到能自觉以文官的视角来看待一切事务，这在威斯敏斯特就被认为该大臣已经“归化”了。——编者]

汉弗莱爵士走进来，他手里挥舞着一份《每日邮报》。“您看过了吗？”他开口说。

这太过分了。我发作起来。“是。是！是！！！我已经看过这份该死的报纸了。**我看过，你看过，我们全他妈都看过了。我讲得够明白了吗？**”

“足够了，大臣。”一阵短暂而折磨人的沉默之后，汉弗莱爵士冷冷地说。

我平复了自己的情绪，请他们全部落座。“汉弗莱，”我说，

"我们只好裁减行政官员了。这个部一共有多少人？"

"这个部？"他含糊其辞，"噢，这个，我们这个部很小。"

"有多小？"我问，却不见回答，我决定放胆猜一下。"两千？……三千？"我提出最坏的假设。

"大约两万三千，我估计，大臣。"

我吓了一大跳。两万三千人？在行政事务部？两万三千名行政管理人员，都是用来管理其他行政管理人员的？

"我们必须得做一次 O&M［组织与方法调查（Organisation and Method Study）——编者］，"我说，"看看有多少人是我们用不着的。"

"我们去年做过这种事，"汉弗莱爵士泰然自若地说，"而且我们发现我们需要再增加五百人。不过，大臣，我们总可以关掉您的官僚主义督察办[①]。"

我已经料及于此。我知道汉弗莱不喜欢这个。他怎么可能喜欢呢？但是我们不裁这个。首先，这是深受选民欢迎的措施。而其次呢，这是自我来到这里之后唯一的一项成就。

"这是为普通公民提供的机会，用来帮助我们设法制止对公款的浪费。"我重申。

"公众，"汉弗莱爵士说，"完全不懂浪费公款的事。我们才是专家。"

我咧嘴一笑："我可以把这话写下来吗？"

汉弗莱变得焦躁起来。"您知道我不是那个意思，"他厉声说

---

① 官僚主义督察办是哈克的一项创新，欢迎公众前来举报他们在政府部门亲身经历的任何极端官僚主义事例。四个月后被解散。

道，“督察办只不过是个寻衅滋事者的信箱。”

“它得保留。”我回答。

我们互相瞪着，冷冰冰地。最后汉弗莱爵士说：“好吧，一时半会儿，我也提不出别的什么节约之道了。”

这真可笑。“你是认真想告诉我，”我问，“我们没有任何可以精简的了吗？”

他耸耸肩。“好吧……我认为我们可以裁掉一两名茶水小姐。”

我又火儿了。我告诉他不要荒唐。我告诉他我要事实，要答复。我将它们一一列出：

1. 有多少人在此工作？

2. 他们都在干什么？

3. 我们有多少幢楼？

4. 都有什么人和什么东西在这些楼里？

我把这些讲明白了。我要求一次彻底的调查。首先我们要把自己的部门整顿好，然后我们就要处理白厅的其他部门。通过彻底的调查，我们才能知道哪里要裁减开支、裁减人员以及裁减程序。

汉弗莱有点不耐烦地听着。“文官，大臣，”他趁我停下来喘气之际回答说，“只是为了贯彻议会颁布的法律而存在的。只要议会为了越来越多地控制人民的生活还在不断立法，那么文官就必须要增加。”

“哈！”弗兰克发出一声嘲笑。

汉弗莱爵士转过脸，面无表情地盯着他。“我是否可以认为韦塞尔先生不赞成我的话？”

“哈！”弗兰克又来一声。

弗兰克也不断让我心烦不安。“弗兰克，要么痛快笑，要么干脆别笑。”我教训他。

“大臣，”汉弗莱站起身，“我完全领会您的要求了。所以请原谅，我想我最好开始行动。”

汉弗莱爵士走后，弗兰克告诉我，真情被人故意掩盖。显然，一位西北地区的审计官单单在他的辖区就节省了三千二百万英镑的开支，而那些文官却把这消息压了下来。我问为什么。“他们不愿意节省，”弗兰克不耐烦地说，“叫汉弗莱爵士去裁减文官不就相当于让酒鬼去炸酿酒厂吗？”

我问伯纳德这事是不是真的。伯纳德说他不知道，但如果真是这样，他会深感惊讶。我叫他们两人都去核实一下。伯纳德说他会从内线去了解，而我和弗兰克商定去做更多的搜猎。

[几天后的某个时刻，伯纳德·伍利和汉弗莱·阿普尔比有过一次交谈。汉弗莱爵士在这次见面后写了一份备忘录，我们在瓦尔塞姆斯托的行政部人事档案中发现了这一备忘录。——编者]

下午5点一刻伍利来谈西北地区审计官节省三千二百万英镑的事。我表示我十分惊讶。

伍利说他也十分惊讶，还说我们一点都不知道这件事，实在令人难以置信。

他有时候显得天真得让人不放心。我，当然，全都知道。我惊讶的只是这事怎么会泄露出去。这事有可能造成的结果就是在下一年PESC的评估[PESC就是公共支出审查委员会（Public Expenditure Scrutiny Committee）——编者]中减少财政部拨给我们的经费。

我觉得如果我想对伯纳德·伍利有更多的了解，就得让谈话随便一些。[为了实现这个目的，汉弗莱爵士要走出他的办公桌，来到谈话区，点明5点半已经过了，并递给伍利一杯雪利酒。]于是我问他为什么发愁。他透露出他真心希望行政部能节约开支。

这让人震惊。显然他尚未抓住我们工作的基本要领。

总得有个办法来衡量行政工作的成就。不列颠利兰公司可以用利润的多少来衡量其成就。[不列颠利兰公司就是那家在1980年代投入了纳税人几十亿英镑的汽车制造厂的名字，目的是为英格兰中西部地区提供充分的就业机会。更准确地说，利兰是以亏损的多少来衡量其失败的。——编者]然而，文官不能盈利或亏损。**因而**，我们以职员人数和预算的多少来衡量成就。显而易见，大部门就比小部门更有成就。伍利连这个简单的命题就是我们整个体制的基石这一点都没弄懂，居然还能从行政管理学院毕业，真是不可思议。

没有人叫西北地区审计官去节约三千二百万英镑。假设人人都这么做？假设人人都在各地开始不负责任地节约呢？

伍利随即辩称大臣要求节约开支，这进一步透露了他的无知、盲目。我不得不向他阐明生活中严酷的现实：

1. 大臣们来了又走。在所有部门中，大臣的平均任期不到十一个月。

[蒙蒂·芬尼斯顿爵士担任英国钢铁公司董事长的十年间，跟至少十九个工业大臣打过交道。——编者]

2. 不管大臣自己有什么激烈反应，我们都责无旁贷地要协助大臣为部里争取经费。

3. 不过，必须允许大臣反应激烈。政客就喜欢激烈，他们需要活力——这是体现他们成就的替代品。

4. 认为大臣是“民主选举”出来的，所以我们就必须去做他要求的每一件事，这种论点是经不起严格推敲的。议员并不是“人民”选出来的——他们是由他们本地选区的政党选出来的，也就是说，由三十五个穿破雨衣的男人或者三十五个戴傻帽子的女人选出来的。下一步的“选举”程序同样是胡闹：一共只有六百三十名议员，一个有刚刚超过三百名议员的政党就组成政府——在这三百人中，有一百个太老太蠢，当不了大臣，还有一百个太年轻太幼稚。于是剩下这一百个议员便填充了一百个政府职位。实际上毫无选择可言。

5. 由此推断，既然大臣们未经过适当的挑选或训练，那么尽可能事事为他们安排以供其做出正确决策，就成了我们对国家的责任。

最后我教导伍利怎样对大臣解释那三千二百万英镑的事。我提供了下列多种可能性。可以说：

(a) 他们在西北地区改变了会计制度；

或者 (b) 重划了地界，导致本年度的数字没有可比性；

或者 (c) 这笔钱是用来补偿过去两年每年一千六百万英镑的特殊额外支出，现在已经停止了；

或者 (d) 这只是一种账面上的节省，这笔钱下年度都要花掉；

或者 (e) 一笔巨额支出推迟付款，因此该地区下一年度就会相应超支；[术语称为分阶段处理。——编者]

或者 (f) 有一次未曾预料但十分重要的人员和制造业

搬迁到异地，而该地区的支出相应增加了；

或者（g）一些大型项目在会计年度初期为节约而取消了，结果这笔已经按预算拨款的支出并未发生。

伍利看似明白了。我担心他迄今为止还是没有受到足够的训练。我打算对他密切关注，因为尽管有这些情况，我仍然认为他是有前途的。

他主动告诉我，弗兰克·韦塞尔正在进行搜猎。当然，是我安排了一辆公车协助他的。[这是文官的典型做法，给那些来找茬儿的局外人提供公车。司机就会，在最低限度上，可靠地汇报他所去过的地方，即使只是为了计算行车里程。

司机是白厅最有效的消息来源之一。他们的乘客往往疏忽大意，忘记了他们在后座上讲的每句话都能被前座听见。更何况，大臣们总爱忘记机密文件，把它们丢在车里。

情报是白厅最有价值的硬通货。司机们用情报做交换。——编者]

[下面一系列汉弗莱·阿普尔比爵士和弗雷德里克·斯图尔特爵士之间来往的备忘录发现于一份部级档案。——编者]

来自外交部常任秘书弗雷德里克·斯图尔特爵士的备忘录：

亲爱的汉皮：

我担心你们那位大臣还在无谓地努力要节约。

大块头

12月10日

汉弗莱爵士给弗雷德里克爵士的答复：

亲爱的大块头：

希望这次像政府所有其他节约运动一样——三天发布新闻，三个星期的内阁备忘录，然后中东发生危机，于是一切恢复正常。

H.

12月10日

弗雷德里克爵士的回复：

亲爱的汉皮：

希望你是对的，但是为什么不碰碰运气呢？我建议再来个“请君入瓮行动”。

“节约从自身做起。先树立个人榜样。己所不欲，勿施于人。”诸如此类。

大块头

12月11日

汉弗莱爵士的回复：

大块头：

好主意！要试一下。谢谢。自我牺牲大概一向都是解决之道。

H.

又及：市长阁下的宴会上见。

12月11日

［哈克的日记继续下去。——编者］

12月15日

今天我们开了节约开支的大会。弗兰克已经做了两个星期的搜猎。会议并不完全如我所愿，但我们目前的确有了一个真正的行动方案，尽管不是我所期望的那个。

参加会议的有汉弗莱爵士、伯纳德和弗兰克，弗兰克带来了一些看上去让人震惊的内幕，是关于发生在我们中间的挥霍浪费。我告诉汉弗莱爵士他会为这一切非常震惊的，而且看起来这些新的事实正是对官僚主义懈怠草率和自我放纵行为的严厉谴责。

汉弗莱爵士似乎很关心而且有兴趣，他迫切地想了解在哪些领域可以有机会进行引人注目的节约。

弗兰克准备了两份文件。一份关于人力资源，一份关于房屋。我决定先看看房屋那份。

“查德威克大楼，”我开口道，“西奥德利街。”

“一幢巨大的建筑，”弗兰克说，“却只有几个人在里边办公。”

汉弗莱说他碰巧知道查德威克大楼。“目前那幢楼的确没得到充分使用，但是它已经被指定为新设立的环保委员会办公楼。事实上我们还在担心，等到所有的办公人员入驻时，那幢楼够不够大呢。”

这个算合理。于是我继续看下面的史密斯夫人大楼，在瓦尔塞姆斯托。这是完全空置的。

“当然。”汉弗莱爵士说。

我问他此话怎讲。

“安全问题，大臣，我不能再多说了。”

“你是指 MI6[①]？”我问。

汉弗莱摇摇头，什么也不说。于是我问他**到底**是什么意思。

“我们不承认有 MI6 存在。”他回答。

我从来没听到过什么话有这么蠢。我指出每个人都绝对知道它的存在。

“尽管如此，我们不承认。这张桌上不是人人都经过了检疫的。”

检疫是个如此愚蠢的表达方式。我觉得这个词听上去是用在猫身上的。

“是的，还没说搜猎呢，大臣，”汉弗莱爵士尖刻地说，眼睛盯着弗兰克，“史密斯夫人大楼是最高机密。”

“瓦尔塞姆斯托的一幢七层楼房怎么个机密法儿？”我嘲讽地问。

“只要想得到就能办得到，”汉弗莱目光闪烁地（我觉得）回答。虽然是一副友善的样子，但我看得出，只要弗兰克在场，他就不打算谈及任何即使只是稍微涉及安全的事情。我不打算叫弗兰克离开，于是不得不勉为其难地推进到后面两个大而无用的累赘。

“海德公园路的惠灵顿大厦，估价七百五十万英镑。萨克维尔广场的威斯敏斯特老市政厅楼，估价一千一百万英镑。两幢楼

---

① 指英国情报局。——译者

里的工作人员都极少，堆的都是档案柜。”

“请问这些估价出自何处？”汉弗莱爵士问。

“该地区办公用房的现行价格。”弗兰克说。

“啊。**很不幸**，”汉弗莱爵士拿出了他最热心肠的口吻说，“没有一幢楼能真的值到市价。”

我问为什么。

“惠灵顿大厦没有防火梯，也没有安全出口，而且大楼的结构也经不起改造，所以不能作为办公楼出售。”

“那么**我们**又怎么能使用它呢？”弗兰克咄咄逼人地提问。

“政府办公楼不需要防火安全许可证。”

“为什么？”弗兰克追问。

“也许，”汉弗莱回答，“是因为女王陛下的文官不那么容易上火吧。”这回他轻声地笑起来。他又幽了一小默。他似乎越来越扬扬得意了。我可不喜欢这样。

［事实上，政府办公楼也必须遵守大多数防火法规，不过至于逃生手段就不必了！——编者］

我们在节约的事情上没什么进展，于是我问威斯敏斯特老市政厅为什么不能作为办公楼出售。

“那是一级保护的文物建筑，不能改变目前指定的房屋使用者——环保委员会，您知道的。”

我们全无进展。弗兰克继续推进，建议我们卖掉贝肯斯菲尔德大街上 3—17 号房产。

“那里，”汉弗莱说，“有一个三层的钢筋混凝土地下室。”

“所以呢？”我说。

“建在那里以防万一。”汉弗莱爵士说。我等着他把话说完，但是过了一会儿才看出来，他认为自己已经把话说完了。

“万一？”我终于问出来。

“您知道，大臣，”他说，一副欲言又止、话里有话的样子，“紧急政府指挥部，如果。”

我被弄糊涂了。“如果什么？”

汉弗莱这会儿又摆出他最高深莫测的样子。“如果……您知道是什么。”他回答的声音轻得我几乎都听不到。

“什么？”我拿不准我是不是听清了。

“如果您知道什么？”

“我什么都**不知道**，”我困惑地说，“什么呀？”

“什么？”现在汉弗莱爵士似乎也困惑了。

“你什么意思呀，如果您知道什么？如果，我知道是指什么——什么呀？”

汉弗莱终于决定把他的意思表述明白了。“到紧要关头，大臣，大厦将倾、鸟兽俱散的时候……即使一切都瘫痪了，也得有个地方让政府继续运行呀。”

我仔细地考虑了一阵子。“为什么？”我问。

汉弗莱似乎被这个问题搞得错愕不已。他向我解释，好像我是个反应迟钝的五岁小孩似的：“政府不会仅仅因为国家被颠覆而停止工作。毁灭已经够糟糕的了，不能让无政府状态使它变得更糟糕。”

显然，汉弗莱担心的是那许多叛乱余孽的威胁。

不管怎么说，这无疑是国防部的事，而我能够明白的是要处置贝肯斯菲尔德街3—17号房产已经在**我的**职权范围之外了。

弗兰克的单子上还有一幢基本还没用上的楼房。这是我最后一注了。“中央登记处的那幢什么情况？”我问道，根本没抱什么希望。

“没有建筑许可。”汉弗莱一脸轻松自在的笑容，俨然一个连赢五盘，比分遥遥领先的选手。

弗兰克突然插进来。“他怎么会全都知道？”他挑衅地问，然后转向汉弗莱爵士发难，“你**早就知道**我去过哪儿了。”

我还没想到这一层，不过弗兰克显然说对了。我正要借此来攻击汉弗莱，他却先发制人解除了我的武装：“当然，我们知道他去过哪儿。怎么了，难道他是要偷偷摸摸地打探吗？”

我可没准备好接这一招。我立即感觉到自己身陷窘境。

汉弗莱不依不饶：“我的意思是说，我们**确实**相信公开调查，不是吗？”

我无言以对，于是摆出公事公办的态度合上了这份房产档案。[无论如何，不可能一下子把所有这些政府大楼都卖掉。如果你一次性把伦敦的政府地产全都投放市场，你就会搞垮整个市场——就像钻石那样。——编者]

我转向人力资源。在这方面我觉得自己踏实多了。

“显而易见，”我开口道，“在森德兰有九十名文官正重复做着白厅这里另外九十个人的工作。”

汉弗莱点点头。“这是内阁决定的。为东北地区创造就业机会。”

我们终于在某件事情上达成了共识。“我们把这些人裁掉吧。”我提议。

弗兰克迫不及待地插进来说：“对，这样搞一把就裁掉了九十个文官。”不知怎的，“文官”这个词从弗兰克嘴里吐出来，听上去感觉他们比卑劣的盗贼还要可恶。如果我是个文官，我觉得弗兰克的说法是会冒犯我的，不过我得说，汉弗莱爵士似乎并不太介意。

不过他拎出了弗兰克的另一个措辞“搞一把”。[实际上，这是爱德华·希思的措辞，原本是说搞一把降低物价，不用说，压根儿没有发生过。——编者]“或者确切地说，”汉弗莱爵士说，“搞一次罢工吧。”

“什么？”我问。

“就个人来讲，大臣，我全心全意地赞成这个行动。一项可观的节约措施。但是……我应该提醒您，那是一个经济萧条地区。因而才有了当初创造就业机会的计划。政府要显示出极大的政治勇气，才能在一个经济萧条的优势微弱选区裁员。”

我们默默无语地坐了好一阵子。我不得不说，我觉得汉弗莱肯提醒我一个优势微弱选区危在旦夕算是有公平竞赛精神的。通常文官对那些重大的政治考量是不感兴趣的。

显然，我不可能去冒让当地发生罢工的危险。到如今我对这些节约的事儿是真的一筹莫展了。我决定把球踢回给汉弗莱。

“瞧，汉弗莱，”我说，“这些都很对……但是……怎么说呢，我就是不信在行政部门真是没的可节约吗？我到处都看到浪费的现象。”

“我同意您的话，大臣，”这番回答大大出乎我的意料。“的确有可以节约的领域……”

“那么……”我打断他，“**在哪里**？看在上帝的份儿上！”

让我惊讶的是汉弗莱爵士突然变得非常积极。“我有时会觉得我们整个办公的方式太过铺张浪费。您知道，汽车，家具，私人办公室人员，娱乐设备，复印机……”

这可太妙了。我完全同意。我使劲儿点头。

“不过，这里有个困难。”他补充道。我的心又往下一沉，但我还是等着听下文。“如果上头那些人继续享受各种方便和舒适的设施，却把下面人的这些东西都撤销的话，肯定会引起深刻的怨恨情绪，更不用说那些极为坏事儿的宣传了……”

他停了下来，等着看我的反应。我不是很起劲，这个我必须承认。原来汉弗莱的方案是他和我要先做个表率，所谓节约从自身做起，己所不欲，勿施于人，云云。

我质疑汉弗莱：“这个就真能省那么多钱吗？”

“直接地，不行，”他说，“但是作为整个政府部门的一个表率……不可估量！”

弗兰克随即提出了一个决定性的理由来支持汉弗莱的计划。他指出为此会有大量的宣传。他让我们想象报纸上出现这样的标题：“大臣是引路人”，或者“精简机构——哈克树榜样”。我们甚至想到一个直呼名字的标题：“省下这个，吉姆如是说”。

我同意让汉弗莱以最快的速度将这个方案付诸实施。我对它的成效拭目以待。此时此刻，我满怀希望。

12月20日

星期天上午。我正在选区的家中记日记。

好几天都腾不出时间记日记，因为节约运动增加了大量的额外工作。不过，我相信这一切都是值得的。

星期五晚上回家这一路真够恐怖的。我到家已经半夜，安妮都睡了。显然她准备和我共进晚餐，但是已经没戏了。

我原本想打车从白厅到尤斯顿，可当时雷雨交加，根本就没有出租车。所以我只好坐地铁去，还抱着三只沉甸甸装满文件的红盒子，然后在尤斯顿又误了火车。所以带着一身的疲惫和雨水回到家。

我抱歉吵醒了安妮，并且把我这一趟苦旅讲给她听。

“你那辆公务车怎么了？”她不安地问。

“我已经把它给裁了，”我自豪地解释，“我把公家配的司机也给裁了，还有那些豪华家具，还有酒柜，还有我手下一半的办事员。”

“你被开除了！”她说。安妮常常会蹦出些极其大惊小怪的荒唐结论。我解释说，这是个节约运动，我正在为摆脱虚架子、奢侈品和特权做表率呢。

安妮似乎不能理解。“你简直疯了！”她发作起来，“你当了二十年的后座议员，一直在抱怨自己没设备，没帮手。如今这些都有了，你却统统放弃了。”

我想解释，可她让我根本插不上话。“二十年来你一直想要成功——但如果成功给你带来的好处还不如失败，那你图个什么呢？”

我解释说这一举措最终会给我带来更大的权力。

安妮无动于衷。“那你要是当上首相，又该怎么个出门法儿？一路搭便车吗？”

为什么她就理解不了呢？

12月21日

今天节约运动有了大进展。

现在办公有点跟不上，因为我的私人办公室少了十二个人。伯纳德要加班加点，我也是。但显然我们不需要那么多人手在外边，替我看信、替我写信，以及预约会见，还要接电话、起草对质询的答复等——总之——保护我不受外界的干扰。我不需要这么些人替我挡驾。我是人民的代表，我应该对每一个人敞开大门，不是吗？

不过，我们还是得避免像今天上午那种糟糕的情况出现，当时我要去一个会议上致开幕词，却迟到了一个半钟头。更倒霉的是，那还是个提高办公效率的会议！

还有，因为我们取消了清洁工的夜班（真是个有效的节约措施，要我说），所以我得让一个清洁女工在我办公室用吸尘器。伯纳德和我不得不扯着嗓子讨论一周的工作日程。但我相信这点小麻烦是能克服的。

明天我和东北地区人力规划局局长布拉夫先生有个关键的会晤，讨论精减人员问题。我从没见过他，但伯纳德告诉我，此人热衷于裁员。

最大的进展就是得到了媒体的报道。《每日快报》的头版报道写得别提多好了。

不供奢侈午餐，哈克厉行节约

“节约从自身做起。”今天用纸碟吃着三明治的吉姆如是说，他为英国那群头戴礼帽、大腹便便的官僚树立了榜样。

伯纳德·伍利爵士（与编者谈话时）回忆：

我对吉姆·哈克的第一次节约运动记忆犹新。尽管当时我还不够成熟，但是察觉到了汉弗莱·阿普尔比爵士已经制造了一个潜在的灾难性局面。

我单枪匹马一个人管理私人办公室，只有两三个打字员帮忙，这简直是不可能的。差错是一定要出的，并且迟早会出大乱子。

乱子来得比我预料的还快。12月21号，哈克在头一天刚刚见了几个善意的媒体，罗恩·沃森就未经预约来到部里。沃森是行政交通和政府后勤部门工会的总书记。

他要求立即见大臣，因为有“令人不安”的关于紧缩和裁员的传闻影响到他的会员。这些传闻显然来自大量吉姆·哈克正可笑地引以为傲的新闻报道。

我告诉沃森任何人未经预约是不能见大臣的，然后就离开私人办公室去了党组秘书办公室。由于人手不够，我甚至不得不干些跑腿的差使。要是我们人手够用的话，也绝不至于任由沃森没经预约就擅自闯进哈克的私人办公室。我让一名打字员为沃森安排与哈克的会面。

很显然，就在我离开办公室后，人力规划局的布拉夫来电话说他在纽卡斯尔误了火车，没办法赴约了。沃森在一边听见，意识到哈克当时正有空，于是直接走进了他的办公室。

还因为当时没有其他的私人秘书，拜节约运动所赐，导致没有人去拦住他。而且也没有人去通知大臣，说他见的是沃森而不是布拉夫。

于是发生了莫大的灾难。

12月22日

今天，一切都乱了套。彻底的灾难。

下午3点，我正等着见东北地区人力规划局的布拉夫先生。一个男子走进我的办公室，我顺理成章地把他当成布拉夫了。

"布拉夫先生？"我说。

"不，"他说，"我叫罗恩·沃森。布拉夫先生不能来赴约了。"

我自然认为沃森是布拉夫派来见我的。所以我打断他的话，感谢他的到来，并且请他坐下，对他说："我说沃森先生，谈话前我得先强调一点，这事绝不能泄露出去，如果工会听到一点风声那就出大乱子了。"

"我明白。"他说。

"**当然**会裁员，"我继续说，"不可能不裁员就精简一个庞大的官僚机构。而且到最后，还是大批人员。"

他问我难道不要和工会方面先磋商一下吗？

我继续自掘坟墓。"我们会像往常那样做做样子先磋商一下，"我愉快地说着，一点也没意识到大难即将临头，"不过你知道工会分子都是些什么样的人。就是蛮不讲理，榆木脑袋死心眼儿。"我怎么能跟一个素不相识的陌生人这么说话呢？

"所有人都这样吗？"他彬彬有礼地问。

这个问题让我惊讶。我以为他知道得很清楚，毕竟，他必须跟这些人打交道。"差不多吧，"我说，"他们感兴趣的只是相互挖取对方的会员或者让自己上电视出风头——他们的大嘴巴从来都闭不上。"

我清清楚楚地记得我说过的每一个字。每个字都铭刻在心。更有甚者，所有的话都当着我的面儿做了笔录——而沃森一走出我的办公室就把这份记录交给《旗帜报》了。

接着这个人还专门向我询问有关司机和交通服务人员的情况。“他们是最先要辞退的，”我说，“我们在汽车和司机上头浪费了大笔的钱。更何况他们都是些穷极无聊的人。”

到这个时刻，沃森才说出他其实不是布拉夫的代表，而是行政交通和政府后勤部门工会的总书记。他来我办公室原本是为了核实要裁减他们会员的传言是不是真的！

哦，我的上帝！

12月24日

昨天和今天都明显缺少圣诞的节日气氛。

所有行政部门的司机都参加了罢工。我昨天上午到办公室之前已经读了报上所有关于罢工的消息。所有的报纸都引述了罗恩·沃森所引述的我的话：“当然会裁员，一大批。”

我责问伯纳德怎么可能让这种事情发生。

“CBE，大臣。”他闷闷不乐地回答。

我拿不准他什么意思。是我该荣获 CBE？——还是他?

他解释说：“不可能到处都照顾得到。”（Can’t Be Everywhere.）文官使用的又一个愚蠢的简称。“在正常情况下……”他的话停了下来。毕竟，我们俩都知道这场悲剧是怎么发生的。

伯纳德提醒我当天所有的安排。办公人员的圣诞聚会，几个会议——都是些无关紧要的事。我整天都在躲避媒体。我想跟汉弗莱爵士讨论一下目前这个局面，可是显然他一整天都不在。

安妮和我受邀出席晚上 8 点法国大使馆的圣诞宴会。我叫伯纳德给我备车——刚一开口随即意识到没有司机。我让他打电话给安妮，让她开我们自己的车来接我。

伯纳德早就想到这点了，但是似乎我们的车整天出毛病，安妮想送到修理厂去。我及时和她通上了话，告诉她等等再修——这车把我们从白厅送到肯辛顿应该还不至于出问题。

安妮开车来接我。我们穿着晚礼服出发了。

然而我又一次失算了。这该死的车在骑士桥抛锚了。正值高峰时段，还赶上倾盆大雨。我试图把车修好。当时我穿着无尾礼服。我问安妮要雨伞，她说伞在我这儿。我知道是她拿着伞。我们对着对方大叫大喊，她竟摔门下车走掉了，丢下我和这辆堵住了海洛兹街圣诞高峰时刻车流的汽车，喇叭尖声地响着，司机们都对我破口大骂。

我到法国大使馆时晚了一个半小时，全身精湿，还沾满了油污。我立即喝下三四杯香槟——在这种情况下谁能不这么喝呢？我需要这个！

我离开的时候，其实没怎么喝醉，就是找东西有点儿费劲，这我得承认，我把钥匙掉到汽车旁边的排水沟栅栏上。接着钥匙又从栅栏格漏下去了，所以我不得不趴在地上伸手去够钥匙。偏巧几个报社的狗杂种就在一旁。

今天早上宿醉非常厉害。我觉得全身无力又难受得想吐。报纸还真在可劲儿地消费我所谓的醉态。在如今这个年月还真是让人难以置信地不负责任：

节约先生香槟酒会后醉倒阴沟边

另一份报纸的标题是："使馆招待会后哈克疲惫不堪情绪

激动”。

汉弗莱爵士大声朗读，并且评论说这个可能要好一些，比起第一篇。

“好一些？”我问。

“嗯……有区别，不管怎么说。”汉弗莱爵士说。

我问有没有人说过比“疲惫不堪，情绪激动”更过分的话。伯纳德告诉我，威廉·希基说我“紧张过度”。我倒不怎么介意这个说法，可是后来汉弗莱爵士补充说——为了进一步说明——“其实原话是，紧张过度得像只壁虎。”

到如今，我觉得事情也没法更糟了。然而我错了。伯纳德让我们看《每日邮报》今天的头条，那是个惊人又恐怖的消息，号称**我**正为行政部招募额外的雇员。

哈克新募文官四百人

本报政治编辑部

> 在所谓的“节约运动”期间，行政事务部大臣詹姆斯·哈克又多招募了四百名文官。

我要求汉弗莱爵士对此做出解释。他早有准备，这是一定的。

“大臣，是您**要求**这些额外人员的。您要求进行一次彻底的研究，一次调查，收集事实和数据。这些措施没人手不能干呀。如果您安排更多的工作，就得雇更多的人来干。这是常识。”

我下巴刚挨了这一拳，他又往脑袋上来了个右勾拳。“要是您还坚持保留您那个官僚主义督察办的话，至少还要再设四百个新职位。”

我彻底被击垮了。我头痛，我恶心，我的事业看来是毁了。我在报纸上被游街示众，而自打我来这儿以后唯一付诸实施的我自己的主张现在也不得不放弃了。

然而，自始至终，从我来到这儿的第一天起，所有的常任文官似乎都在尽可能地从各方面帮助我。那么是他们彻底愚蠢无能？还是我呢？是他们假装帮忙却在暗地里阻挠我的每一个行动吗？还是说他们理解不了部里工作的新方式？他们是不是在试图帮助我，迫使我向部里的政策靠拢呢？大臣的政策和部里的政策有什么不同吗？我为什么要问这么多没有答案的问题？海有多深？天有多高？［欧文·伯林语。——编者］

办公室里一片沉默。我不知道我们该怎么处理那四百个监督我们节约运动的新人或是另外四百个官僚主义督察办的新人，再或是其他任何事情！我只管坐在那里等着，盼着我的脑袋不再嗡嗡作响，然后快点儿有什么人提个建议出来。

汉弗莱爵士开恩了。“大臣……如果我们能够结束节约运动并且关闭官僚主义督察办的话，我们就可以立即向媒体发个通告，说您削减了八百个职位。”他显然是事先周密策划过的，因为他当即就从腋下取出一只薄薄的文件夹。“如果您愿意批准这个草案……”

我无法相信这个不着边际的建议。削减八百个职位？“可是压根儿就没人在这些职位上，”我满心疑惑地指出，“还没安排过任何人呢。”

“这是更大的节约，”他立即回答，“我们还节省了八百份裁员费。”

“可是……”我试着解释，“……那是弄虚作假。是不诚实的，是玩弄数字游戏，是掩人耳目。”

“是一篇政府发布的新闻稿，实际上。”汉弗莱说。我这一生见过一些玩世不恭的政客，但这话出自我的常任秘书之口，真让我大开眼界。

我无力地点点头。显然，如果我想避免用四百名新雇员来推行节约这一灾难，我就必须得放弃我所珍视的督察办里的四百名新雇员。一个必然的等价交换。毕竟，政治就是玩弄可能性的艺术。[这句格言通常被认为出自R·A·巴特勒，但实际上是俾斯麦（1815—1898）在1867年与迈耶·冯·瓦尔德克的一次谈话中说的。“Die Politik ist die lehre von Möglichen.”——编者]

不过，有一个关键的核心问题，这个问题就是这次大灾难的根源，还完全没有得到解决。“但是，汉弗莱，”我说，“那么我们到底该怎么精简行政部门呢？”

片刻的沉默。然后他说：“呃……我想我们可以减掉一两名茶水女工吧。”

4. 老大哥[①]

1月4日

圣诞节没什么新鲜的。这周在选区中过的。我参加了选区党组织例行的圣诞联欢会，探望了养老院、综合医院，以及各式各样的集会，而且一切都进行顺利——我的照片上了四五次当地小报，我还避免了让自己说出任何需要负责任的话。

但是，我感觉得到一种怨恨情绪，而且意识到自己正处于双重压迫的困境之中。地方上的党组织、选民、我的家庭，他们**所有人**都为我进入内阁而骄傲——然而他们又都怨恨我为他们花的时间太少，还热衷于提醒我，让我知道自己没什么了不起，只不过是他们地区的下院议员而已，我不应该“自视过高”。他们对

① Big Brother，是英国作家乔治·奥威尔的小说《1984》中的独裁者。——译者

我的态度是又卑又亢。实在不知道该怎么处理这种情况。

只要我能告诉他们我在白厅究竟过的什么日子，他们就会知道，让我自视过高的危险绝对不存在。汉弗莱·阿普尔比爵士会保证这一点的。

今天回到伦敦，接受《话题》电视栏目的罗伯特·麦肯齐的采访，他为全国信息库的事情向我提了好多难以回答的问题。

录节目之前，我们在会客室见面，我试图找到他要从什么角度切入。我们之间有些紧绷，这是必然的。[麦肯齐一向把会客室称作会敌室。——编者]

"我们要讨论的是削减政府的过度开支以及诸如此类的事，对吧？"我问，并立即意识到我措辞很糟糕。

罗伯特·麦肯齐乐了。"你想谈政府的过度开支吗？"他说着，眼光一闪。

"关于我要削减它的方法，这是我的意思。"我坚定地说。

"谈完全国信息库之后，如果还有时间，我们再说这个。"他说。

我努力要说服他，人们对信息库并不感兴趣，这不是什么要紧的事。他说他认为人们对此**非常**感兴趣，并担心会有"老大哥"。这让我很恼火，于是我告诉他不能以这种骇人听闻的说法来贬低国家信息库。罗伯特回答说既然我刚才已经说它不是什么要紧的事，这又有何不可呢？

我们离开了会客室。在演播室等着节目开始，一个姑娘拿着一只粉饼不停地跑来跑去，还往我脸上拍粉，害得我没法好好思考。她说我的脸有点红。"我们可不能那样，"罗伯特愉快地说，"不然《每日电讯报》会怎么说呢？"

就在我们开录之前，我说我不打算回答那些老掉牙的问题，比如“我们是否正在创建一个极权国家”之类的。

回想起来，这或许是个错误。

[我们在BBC的档案馆找到了罗伯特·麦肯齐对詹姆斯·哈克的采访记录。——编者]

这份记录根据录音做出，而非据原稿抄录。由于听错的可能性以及在某些情况下难以区分各个发言者，BBC不能保证本稿的绝对精确性。

题目：1月4日，罗伯特·麦肯齐与下院议员詹姆斯·哈克阁下的访谈

麦肯齐：晚安。“老大哥”正盯着您吗？更准确地说，您知不知道政府正在建立您的档案？

它有个听起来无伤大雅的名称“国家综合信息库”。它意味着任何一个文官只要按一下按钮，就能检查你生活的每一个细节——你的税单、你的病历、你开的车、你住的房、违过的章、失过的业、孩子的成绩单，一应俱全——而那个文官可能碰巧就是你的隔壁邻居。

近来，人们越来越担心计算机革命为政府带来的这一强有力的极权主义武器，而操纵这一武器的人就是行政事务大臣，议员詹姆斯·哈克先生阁下。

大臣，您是不是正在为把这个国家打造成一个极权国家而奠基呢？

哈克：要知道，我很高兴你向我提这个问题。

（停顿）

麦肯齐：既然如此，大臣，能否给我们一个答复呢？

哈克：（继续说）可以，这当然。我是要给你一个答复，如果可能的话。正如我说的，我很高兴你问我这个问题。因为……嗯，因为这是很多人在问的问题。为什么呢？因为……嗯，因为很多人都想知道这问题的答案。咱们应该把这一点说清楚——不要拐弯抹角——事实是明摆着的，这的确是一个非常重要的问题，而且人民有权知道。

（停顿）

麦肯齐：但是大臣，您还没有给我答复呢。

（停顿）

哈克：我很抱歉，是什么问题？

麦肯齐：我想知道，如果我在这次采访中冒犯了您，您会不会回到您的办公室，按个按钮，查查我的税单、我的病历、我的违章记录……

哈克：哦，得了吧，罗伯特，你和我一样清楚，这不是我们在这个国家的行事方式。不管怎么说，组织不起来。

麦肯齐：您是不是说，大臣，您是打算那样做的，但是目前还没有能力办到，是吗？

哈克：（继续说）我们不是没能力。我们当然可以审查你，只要我们想的话，那是说，呃，对**人民**进行审查。不是你，当然，我不是指你。但是，我们对人民没兴趣。呃，那是说，我说我们对人民没兴趣的意思，不是说我们对人民没兴趣，当然我们是有的，我的意思是，我们不是**以那种方式**对人民有兴趣，如果你明白我的意思，因为我们永远不会审查……人民。

麦肯齐：那么信息库有什么用呢，既然不是为了对人民进行审查？

哈克：你知道，**那是**一个非常有趣的问题。（停顿）瞧，问题就是，人民不过是被报纸上一两篇大惊小怪的文章吓到了。它是一台计算机，仅此而已，它用来储存信息，加速政府工作，以此避免文书人员的大量增加。计算机是福音。

麦肯齐：但是如果你把信息输入计算机，以后就会把信息输出来！

哈克：不一定。

麦肯齐：那么你是花费两千五百万英镑来储存你永远都用不着的信息吗？

哈克：不——是的——不，好吧——是的，不，会有保护措施的。

麦肯齐：（继续说）比如呢？

哈克：呃，我们会全面考虑各种可能性。但这是一件复杂的、技术含量极高的事情，你知道。

麦肯齐：好吧，也许我能帮您一把。让我给您读一段出自前两年《改革》杂志编辑之手的文章摘录吧。我想他的名字是吉姆·哈克。文章的标题是"'老大哥'和不那么公开的公务"。原文如下："如果我们要保护公民不受政府暗中监视，亟须采取三条措施。第一，没有大臣特别签署的授权书，公务人员不得查阅另一部门的档案；第二，未经授权的探查必须作为犯罪论处；第三，每一个公民应有权查阅他本人的档案并修订错误。"您对这些建议怎么看，哈克先生，是大惊小怪吗？

哈克：不是，这个，我支持它，我是说，这些措施都必须实施。呃，在适当的时候。

麦肯齐：为什么不是现在呢？

哈克：这个，罗马不是一天建起来的。这个还在审查中。但是……嗯，这些事情都需要时间，你知道的。

麦肯齐：哈克先生，我现在是在同《改革》杂志的前任编辑，还是一位文官发言人对话呢？

哈克：（继续说）这个，我们还没有谈到保护措施。我新设的官僚主义督察办，这是一个，还有……

麦肯齐：哈克先生，看起来我们不久就会需要一大群督察了呢。非常感谢。

我觉得我说得有点儿语无伦次，但罗伯特说我防守得漂亮。我们回到会客室，又喝了一杯拜年酒。我赞赏他找到了我那篇旧文——真是一招妙举。他说是一个帮他做调研的女孩子找到的，并问我要不要见见。我谢绝了——并说我只要回办公室查查她的档案就行了！

晚上我看了这个节目。我觉得还可以。不管怎么说，我希望汉弗莱爵士满意。

1月7日

今天下午办公室里对我三天前在电视上露面的意见有分歧。

事情是在下午4点同汉弗莱爵士、伯纳德和弗兰克·韦塞尔开会时发生的。

汉弗莱和伯纳德认为我很出彩，又高贵又得体。但是弗兰克的沉默却在这一片赞扬声中显得格外突出。当我问他怎么看时，他只是像匹马那样喷了下鼻子。我请他做出解释。

他没有回答我，而是转向汉弗莱爵士。“我恭喜你，”他开口说道，态度甚至比平时还差劲些，“吉姆现在完全被驯服了。”汉弗莱想找个借口离开。

“请原谅，灰鼠儿先生……”

“韦塞尔！”弗兰克厉声喝断，他转向我，“你有没有意识到你说的都只是这些文官安排你说的话呢？你是什么，人还是话筒？”

没有人为他小小的语言游戏发笑。

“对一位政治顾问来说这件事可能很难理解，”汉弗莱爵士说，带着他最为骄矜的态度，“我只是一名公务人员，我只不过遵照我的主公的指示办事而已。”

弗兰克的火气消了一些，咕哝着说：“你的主公，典型的愚蠢该死的称呼，你们那些公学里的扯淡话。”如是等等。我得说，这个称呼也让我很感兴趣。

“如果大臣是女的，”我问道，“会怎样呢？你怎么称呼她？”

汉弗莱立刻显出行家里手的样子，他就爱回答有关举止和礼仪方面的问题。“是的，这是极为有趣的。我们曾经为此寻找答案，那是1947年，我担任首席私人秘书，而伊迪丝·萨默斯基尔博士被委任为大臣的时候。我不怎么愿意称她为我的主妇。”

他止住话。是为了增强效果，我一开头这么想的，但后来看他对此好像还有话要说。

“找到个什么样的答案？”我问。

“我们仍在等待答案。”他解释道。

弗兰克冷嘲热讽地插话进来。“这个还在审查中，罗马不是一天建起来的，是不是，汉弗莱爵士？这些事情需要时间，不是吗？”

弗兰克实际上正在开始让我感到不安。他对文官们的敌对情绪与日俱增。我不知道为什么，因为他们已经给了他一间办公室，他可以随时来找我，而且他们告诉我他们已经把所有可能对他有用的文件都提供给他了。现在他开始把矛头指向我了。他脾气暴躁得像头笼中困兽。或许他新年的宿醉还没过去。

汉弗莱要走，我也是，但伯纳德开始给我讲我的工作日程——这又引起一番争执。伯纳德告诉我明天早晨8点要在帕丁顿和他碰头，因为我要在斯旺西的机动车执照办理中心召开的市财政午餐会上发表讲话。弗兰克随即提醒我原定明天晚上要到纽卡斯尔去，在补缺选举会上发表演说。伯纳德向我指出这两件事没法都办到，于是我向弗兰克解释了这个情况。弗兰克指出这次补缺选举对我们很重要，而斯旺西之行不过是个文官的社交聚会，于是我向伯纳德解释了这个情况。伯纳德随即提醒我这次会议早就列入我的日程了，而且他们都认为我应该到斯旺西去，于是我向弗兰克解释了这个情况，之后弗兰克又提醒我中央大厦[党的总部——编者]认为我应该到纽卡斯尔去，不过我没有向伯纳德解释这个情况，因为到这会儿我已经解释得不耐烦了，就这样说了。然后弗兰克要伯纳德解释为什么给我安排重了。伯纳德说没有人告诉过他纽卡斯尔的事，我问弗兰克为什么他没告诉伯纳德，弗兰克问我为什么没告诉伯纳德，而我则指出我不可能每件事都记得。

“我要去斯旺西。”我说。

“决定了吗？大臣。”伯纳德问。

“这是最后的决定。”我说。

弗兰克随即打出了他的王牌。“首相认为你应该到纽卡斯尔去。”他说。为什么他到现在才说，蠢材？我问他能不能确定。他点点头。

“伯纳德，我看我最好还是到纽卡斯尔去。”我说。

“决定了吗？”弗兰克问。

“是的，这是最后的决定，”我说，“现在我要回家了。”

“**这个**就是决定了吗？”汉弗莱爵士问。我拿不准他问我是为了弄清楚，还是为了取笑？我还是觉得他完全让人莫名其妙。不管怎样吧，他接着说：“大臣，我认为您做了一个错误的决定，如果我可以这样说的话。您的斯旺西之行是计划中的，已经公布过了，您不能真的甩手不管呀。”

这越发不可能了。他们似乎都认为我应该同时在两个地方出现。我让他们找出一个能把我从斯旺西送到纽卡斯尔的办法——火车、汽车、直升飞机，怎样我都不在乎——这两个约我都得赴。“而现在，”我宣布，“我要回家了——这是最后的决定！”

“最后的最后决定？”伯纳德问。

他的意思同样让人摸不着头脑。

我离开的时候，伯纳德交给罗伊——我的司机——四只红盒子，并要求我确保今晚审完，因为这些都是明天要用的委员会文件，还有必须在周末以前发出的信件。

“而且如果您是个乖孩子，”弗兰克蹩脚地模仿伯纳德的腔调说道，“您的保姆会给您一块糖吃。”

我真的没必要容忍弗兰克这些激怒我的话。我跟这群该死的常任文官打交道是被迫的，但弗兰克能在这里只是因为有我的特别邀请。我可能得早点儿提醒他这一点。

我到家时，安妮正在收拾箱子。“终于要离开我了？”我乐呵呵地问。她提醒我说明天是我们的结婚纪念日，我们已经定好要去巴黎的。

我大惊失色！

我试图向她解释斯旺西和纽卡斯尔的事。她认为她不愿意在斯旺西和纽卡斯尔度过她的结婚纪念日，尤其不愿意在机动车执照办理中心举办的市财政午餐会上度过。我能理解她的想法。她叫我去取消这些会，我说我不能，于是她说她要自己去巴黎。

于是我给伯纳德打电话。我告诉他明天是我妻子的结婚纪念日——安妮说：“也是你的！”——也是我的。伯纳德很无聊地打趣说，怎么这么巧。我告诉他我明天要改去巴黎，而且这是最后的决定，而且我知道我之前已经说过最后的决定，但现在这个才是真正的最后决定——我告诉他必须把一切事情处理好。接着**他**说了有三分钟，然后到我挂电话时，我明天还是得去斯旺西和纽卡斯尔。

这些行政官员能够说服你做或者不做任何一件事。我好像就是不再知道自己的主意了。

安妮和我在怒火中沉默了一阵，最后我问了她这一天中真正重要的问题：她有没有看见我上的电视采访（当时我在伦敦，她在选区）。

“我看见一个貌似你的人。”

我问她这么说什么意思。她不回答。

“弗兰克说，我只是文官的话筒。”我愤愤不平地嘟囔着。

安妮说：“就是。”

我很震惊。“你是说……你同意？”

“当然，”她说，“你其实可以雇个演员来替你说这些话。他还能说得好点儿呢。还有你在电视台的时候，干吗不索性用个橡皮图章来签发信件，或者叫个助理秘书来签——反正也都是他们写的。”

我试图保住尊严。“助理秘书不写我的信，”我说，“次级副秘书写。”

“我不需要再多说了，大人。”她说。

“你也觉得我成了个傀儡吗？”

“我觉得。也许他们应该让猪小姐[①]去干你的工作。至少她更漂亮。”

我必须得说，我深感受伤和挫败。我叹口气坐到床上。我实在觉得要流眼泪了。这就是一个内阁大臣通常的感受吗，我纳闷，还是说我就是个糟糕的失败者？我想不出是什么地方出了毛病，但肯定在某个地方。

“我不知道该怎么办，”我轻声说，“我就是被工作压得透不过气来。我真的很郁闷。”

安妮提议，既然我们去不成巴黎了，至少可以到街角的饭店去吃一顿安静的烛光晚餐。我告诉她我去不了，因为伯纳德告诉我今天晚上得看完三只红盒子。

---

① Miss Piggy，美国木偶剧人物。——译者

安妮说了一番话，改变了我对自己处境的整个看法。她说：“你这话什么意思，‘伯纳德告诉我’？你主编《改革》的时候完全不是这样——你到了那里，你告诉人们该做什么，你提出要求，而且能够实现！有什么东西改变了吗？你还是你——你现在只会听任他们踩在你的头上。”

于是突然间，我看出这是事实。她是对的。这也是为什么弗兰克总是含沙射影地攻击我。不是我卡住他们的脖子，就是他们卡住我的脖子！这是丛林法则，就跟内阁里一样。

“那会儿你删改、撕掉了多少篇文章？”她问道。

“百八十篇。”我记得。

“那这会儿你撕掉多少官方文件呢？”

“一篇也没有，”我告诉她，“这是不允许的。”

她面带责备地冲我笑，我意识到我仍然没有冲破这个有害的行为模式。

“不允许的？”她握住我的手，“亲爱的，你是大臣。你可以做任何你想做的事。”

她是对的。我是。我能。而且，不知怎么的，所有我的官员都已经把我驯服了。现在我明白这一点了。老实说，我是如此地感谢安妮，她这么有远见卓识。好吧，他们要吃上一惊了。突然间，我迫不及待地想到办公室去。我的**新年决心**就是：**掌权**。

1月11日

今天情况有所好转。

但只是稍好一点点而已。**我的**态度很好，但不幸的是，**他的**似乎没多大改变。

我把汉弗莱召进我的办公室。我不认为他会喜欢被召进来。接着我告诉他，弗兰克绝对是正确的，罗伯特·麦肯齐也是——国家综合信息库必须改变组织方式。

让我意外的是，他顺从地同意了。“是，大臣。”他低声说。

“我们要具备一切可能的内部安全措施。”我继续说。

“是，大臣。”他又低声说。

“立即执行。”我加了一句。这让他吃了一惊。

“呃……您说立即执行的准确意思是什么？”

“我的意思是立即执行。”我说。

“噢，我明白了，您是说**立即执行**，大臣。”

“咱们一个意思，汉弗莱。”

到目前为止，进行得还算不错。不过在谈话一开始完全接受之后，他现在又开始一点一点地瓦解我的决心。

“唯一的事情是，”他开始了，“也许我应该提醒您，我们还处在本届政府上任的头几个月中，有极为大量的工作要进行，大臣……”

我打断他。“汉弗莱，”我坚定地重申，“我们要修改信息库的原则。现在！”

“可是您不能，大臣。”他说，公然表达出来了。

“我能，”我说，想着昨晚和安妮的谈话，我语气坚定，“我是大臣。”

他又改变了策略。“的确您是，大臣，”他说，迅速从盛气凌人切换至卑躬屈膝，“而且是一位杰出的大臣，如果我可以这样说的话。”

我无视他的花言巧语。“不用说奉承话了，汉弗莱，”我回答说，“我要让所有公民都有权查阅他们自己的档案，我要立法规定未经许可擅自使用私人档案是非法行为。”

“很好，”汉弗莱爵士说，“会照办的。”

这倒抢占了我的上风。“对，”我说，“好，那么我们就干吧。”心里嘀咕这里头有什么圈套。

我猜对了。是有个圈套。汉弗莱爵士利用这个机会向我解释，在内阁同意的情况下，可以把事情交给大臣委员会处理，然后再交给官员委员会。在那之后，当然就一路顺风——直接到内阁委员会！接着又回到内阁。我打断他，指出我们就是从内阁**开始**的。

“那只是政策，大臣，”汉弗莱解释说，“到这个关头内阁才不得不考虑具体建议。”

我勉强承认这点，但是提出回到内阁之后，我们就可以执行了。汉弗莱爵士同意——但前提是如果内阁提出任何问题，这几乎是肯定会的，那么这些建议将不得不再次回到大臣委员会、官员委员会、内阁委员会和内阁。

“这些我都知道，”我生硬地说，“我是假定内阁不提什么反对意见。”汉弗莱爵士挑了下眉毛，显然不想再做评论。

其实这些我一点也不知道——这些立法通过的复杂程序从来不会让反对党或是后座议员弄明白的。

“所以内阁之后，我们就可以执行了。对吗？”

“是的，”他说，“送交议院委员会主席，然后到议会——当然那里还有一个委员会的阶段。”

但是突然间情况明朗了。突然间我意识到，他正在搅浑整个局面。蒙眼布魔术般地从我眼前被拿掉了，“汉弗莱，”我说道，

"你在谈立法——但是**我在谈**行政和程序上的改变。"

汉弗莱爵士得意地笑了。"如果公众要拥有采取合法行动的权利，那么立法就是必要的，而且是非常复杂的。"

对此，我自有答案。"没有必要为了让公民能看自己的档案而立法，不是吗？"

汉弗莱爵士仔细想了一下。"对——"他终于说了，极为勉强。

"那咱们就这样执行了。"第一回合的胜利，我想。

但汉弗莱爵士到了这份儿上还是不肯让步。"大臣，"他开始说，"我们是可以**稍微**快一点，但是仍然有极为大量的行政问题。"

"你看，"我说，"这事肯定早就提出来过。这个数据库的工作已经准备好些年了，又不是一夜之间实现的——这些问题肯定讨论过。"

"是，的确。"他承认。

"那么得出了什么结论呢？"我问。

汉弗莱爵士没有回答。开始我以为他在考虑，后来我又以为他没听见我说话，大概因为什么奇怪的原因。于是我又问了一遍："得出过什么结论？"声音提高了一点，以防万一嘛。又一次没有明显反应，我以为他有什么毛病了。

"汉弗莱，"我叫他，开始有点担心他的健康和精神状况，"你听得见我说话吗？"

"我的嘴被封住了。"他用没封住的嘴回答。

我问他到底什么意思。

"我无权谈论上届政府的计划。"他说。我一头雾水。

"为什么不可以？"我问。

"大臣——您会愿意您私下里在这间办公室说的做的桩桩件

件今后都泄露给您的对手吗？”

我从没想到过这点。当然，我绝对被吓到了。这一直都会是个威胁，我永远都不能在我自己的办公室中畅所欲言了。

汉弗莱爵士知道他击中了我的痛处，他乘胜追击：“我们不能给您的政治对手提供弹药来攻击您——反之亦然。”

当然，我能明白他的道理，但是这件事情有一个本质上的不同。我对汉弗莱爵士指出，汤姆·萨金特是我的前任，他不会介意的。他是个非常正派的人。毕竟，数据库不是个党派政治问题，所有党派的政治家在这个问题上都是一致的。

但是汉弗莱不为所动。“这是原则，大臣。”他说，并且补充说要不就不公正了。

这是个有力的论据。我自然不想做任何不公正的事。所以我估计永远也没法知道我来之前这里发生的事了。还是想不出什么办法来。

那么，我们做到哪一步了呢？我们已经确定不需要立法来使公民看到自己的档案，但还有大量不明所以的行政问题先要解决。

今天还发生了另外一件事。伯纳德说由于新闻界对于我在《话题》节目中露面的反应不佳（伯纳德称之为“不完全有利”），另一家电视台要我上他们的《世界焦点》节目。这些电视台真可笑，你有重要事情要公布的时候，他们从来都没兴趣，但是一旦出了点小差错，电话铃就响个不停。一开始我让他推掉，但是他说即使我不去，这个主题他们也照做不误，这样的话就没有人替我说话了。

我问汉弗莱，鉴于我们今天进展有限，关于信息库保护措施我该说些什么。“大臣，也许您可以提醒他们，罗马不是一天建成的。”

真帮了个大忙呢！

我回想这次会谈，把它全写到日记里的时候，这会儿我才觉得今天真是毫无进展。但是一定存在**某种**办法让汉弗莱爵士和行政部照我说的去做。

［根据哈克的经验和挫折，不妨记住，如果一个白厅委员会没有彻底解散，它就会继续下去，再来个克里米亚委员会也未可知，还很可能会有个定量供应簿委员会和一个身份证委员会呢。——编者］

1月12日

今天有个很幸运的机会，我学到了一些对付汉弗莱爵士的方法。

我在下议院的吸烟室碰到汤姆·萨金特。我问他可不可以聊聊，他说正乐意不过。

“在野的感觉怎么样？”我开玩笑地问他。

像他这么优秀的政治家才不会正面回答我的问题。“当政的感觉怎么样？”他回答。

我觉得没理由东拉西扯，我很老实地告诉他，没有我原来期望的感觉那么好。

“汉弗莱把你控制住了吗？”他笑道。

我对这个问题支吾了一番，而是说办什么事都难得很。他点点头，于是我问他：“**你**办成过什么事吗？”

“基本上没有，”他高高兴兴地回答，“我到那儿一年多以后才搞清楚他的手法——然后当然就又该大选了。”

从他的谈话中可以知道，他提到的手法就是汉弗莱的拖延战术。

据汤姆说，这套战术有五个步骤。我谈话时做了记录，供将来参考。

第一步：汉弗莱会说行政部门还处在上任的头几个月中，有极为大量的工作要进行。（汤姆很清楚地知道他的废话。那正是汉弗莱前天对我说的话。）

第二步：如果我撑过了第一步，他就会说他非常欣赏这个目标，当然得做点什么——但这是不是达成目标的正确办法呢？

第三步：如果我还没被吓住，他就会从我怎样做转移阵地到我**什么时候**去做，亦即“大臣，因为种种原因，现在不是时候”。

第四步：据汤姆说，许多大臣都停在了第三步。但如果还没有，他就会说政策碰到了困难——技术上的，政治上的，以及/或者法律上的。（法律上的困难最有效，因为它们可以让人全然不解，而且还能永无休止。）

第五步：最后，因为前头的四个步骤已经耗了三年，所以在最后一步只要说：“我们已经临近下一次大选前的预备期了——所以我们没法保证这项政策能通过。”

这些步骤能够拖延三年是因为在每一步，只要大臣不催，汉弗莱爵士就绝对什么都不做。而且他正确地估计到，大臣还有太多其他的事情要做。[整个过程被称为创造性怠惰。——编者]

汤姆问我正在设法推行什么政策。当我告诉他我正设法让国家综合信息库不那么“老大哥”时，他放声大笑。

“我料定他假装这全都是新的吧？”

我点点头。

“老奸巨猾的家伙，”汤姆说，“我们为这事花了好几年。我们已经把白皮书基本都准备好要发表了，但大选到了。我已经都办妥了。”

我简直难以相信自己的耳朵。我问他行政上的问题。汤姆说不存在——全解决了。而且汤姆猜到我问及过去的情况时遭遇了沉默——“这个精明的王八蛋，他把过去的工作都一笔勾销了。”

不管怎样，现在我知道了五个步骤，再来对付汉弗莱可就完全不一样了。汤姆建议我不要泄露我们这次谈话，因为那样就乐趣全无了。他还警告我要小心“文官的三种沉默”，那将是汉弗莱走投无路时的最后一招：

1．当他们不想告诉你真相时的沉默：**谨慎的沉默**。

2．当他们不愿采取任何行动时的沉默：**固执的沉默**。

3．当你发现他们的错误，而他们又站不住脚时。他们暗示只要可以自由地告诉所有人，他们就完全可以为自己辩护，但是由于他们太高尚，乃至不会这样做：**勇敢的沉默**。

最后，汤姆告诉我汉弗莱的下一个行动会是什么。他问他们今晚给了我几只盒子：“三只？四只？”

“五只。”我供认，有点儿惭愧。

“五只？”我竟搞到如此地步，他的惊讶难以掩饰，“他们跟你说了第五只不用太费心吗？”我点点头。“这就对了。好吧，我打赌，在第五只盒子最底下会有一份请示报告，解释为什么任何涉及信息库的新举措都必须推迟——那么如果你没发现没读到，他们就不往下做事，然后六个月后，他们会说他们早就向你汇报过这事了。”

还有一件事我要问汤姆，他真的已经极为友善而且帮上了很大的忙。他当权多年，担任过各种政府职务。所以我对他说：“我说，汤姆，你了解所有文官的花招呢。”

“不是所有，”他咧嘴笑起来，“就几百个而已。”

“好，”我说，“那你怎么制伏他们？你怎么迫使他们做一些他们不想做的事？”

汤姆苦笑着，摇摇头。“我的伙计，”他回答，“如果我知道的话，我就不会在野了。”

1月13日

昨天晚上，盒子里的文件看到很晚，导致我晚了一天才写下昨天的收获。

汤姆帮上了我的大忙。我回到家吃晚饭的时候，把这些全都告诉了安妮。她不能理解为什么汤姆作为反对党的一员，会这么帮忙。

我向她解释说，反对党并不真的是反对派。他们只是被称作反对而已。其实他们只是在野的反对党。而文官则是在朝的反对派。

于是晚饭后我翻阅盒子里的文件，果不其然，在第五只盒子的最底下，我找到了关于信息库的请示报告。不仅仅是放在第五只盒子的底下——为了双重保险，这份报告还不知怎的，就偏偏被不小心夹在了一份长达八十页的福利措施报告书里头。

顺便说一下，汤姆还把他有关信息库的私人文件借给了我，是他离职时保留的。非常有用！

那份请示报告中包含了已经预料到的拖延用语：“问题尚在讨论中……工作程序尚未定案……不可贸然行事……若无矛盾指

令，建议等待新的发展情况。”

安妮建议我打电话告诉汉弗莱我不同意。我不愿意——当时是凌晨2点，他可能睡得正香呢。

“为什么你工作的时候，他却可以睡觉呢？”安妮问我，“毕竟，他已经让你马不停蹄地忙了三个月。现在轮到你了。”安妮接着说。

“我恐怕不能那么做。”我说。

安妮看着我。“他电话号码多少？”我一边问着，伸手去拿电话本。

安妮很合理地补充了一句：“毕竟，既然它放在第五只盒子里，你就不可能更早发现它，不是吗？”

汉弗莱接电话的声音含糊不清，很奇特。显然我是把他从睡梦中叫醒的。“真对不起这么晚打电话给你，你不是正在吃晚饭吧，是吗？”

“不是，”他说，听起来有点困惑，“我们早就吃过晚饭了。现在几点了？”

我告诉他是凌晨2点。

“天哪！”他听起来似乎完全清醒了，“是什么危机事件？”

“没有危机事件。我还在看红盒子里的文件，而且我知道你一定也还在努力办公。”

“哦，是的，”他说，忍住了一个呵欠，“埋头苦干呢。”

我告诉他，我刚刚看到关于信息库的文件。

“噢，您已经发现……”他不卡壳儿地更正了自己的话，“您已经看过了。”

我告诉他，我认为他有必要马上知道我对这份请示不满意，我知道他会乐意再花点时间多做一些工作，还有我希望他不介意我给他打了电话。

“一向乐于接到您的电话，大臣。”他说，我想他是把话筒摔下的吧。

我挂上电话才想起，忘了告诉他要在明天内阁开会之前来找我谈这事。我正要拿起电话筒时，安妮说：“现在不要打给他。”

我为她突然表示出对汉弗莱爵士的仁慈体贴深感意外，不过我同意了。“不打了，可能确实晚了点。”

她笑了：“对，让他先睡十分钟。”

1月14日

今天上午，在我这场旨在控制汉弗莱和我的行政事务部的战役中取得了一点小小的进展，不过还没取得胜利。

但我随身带着与汤姆·萨金特的谈话记录，而汉弗莱爵士——正如汤姆所料——在战斗中用上了他的拖延战术。

“汉弗莱，”我先开始，“你起草信息库的保护措施没有？”

“大臣，”他回答得似是而非，“我非常赞赏您的想法，我完全同意有必要提供保护措施，但我疑惑这是不是达到目的的正确方式。”

“这是我的方式，”我果断地说，并且把我小本子上记的第一条反对意见勾去，“而且这是我的决定。”

汉弗莱很意外他的反对意见这么快就被漠视了，根本未经拖延——他如此惊奇只好直接进入了他的第二步。

“即便如此，大臣，”他说，“现在真的不是时候，因为各方面的原因。”

我勾掉了小本子上的第二条，回答说："现在正是时候——保护措施必须与整个系统平行发展，而不是滞后——这是常识。"

汉弗莱被迫推进到他的第三个反对意见。汤姆的确把他的手法分析透了。

"不幸的是，大臣，"汉弗莱固执地说，"我们以前尝试过了，但是，怎么说呢……我们遇到了各种各样的困难。"

我从我的小本子上勾掉了第三条。汉弗莱到这会儿注意到这个了，并且试图从我背后偷看小本子上写了些什么。我把本子拿开，不让他看。

"什么样的困难？"我询问。

"比如说，技术上的。"汉弗莱说。

幸亏仔细研究了汤姆的私人文件，我已经准备好了对答。"根本没什么问题，"我轻松地说，"我已经做了一些研究。我们可以使用跟美国国务院和瑞典内政部相同的基本档案质询程序。没有技术问题。"

汉弗莱爵士明显地慌乱起来，但是他仍然坚持。"还有棘手的行政问题。所有部门都会受到影响。必须建立一个部际委员会……"

我不等他说完就打断了他。"不，"我坚定地说，"我想只要你肯调查一下，你就会发现现行的安全程序是适用的。现在只是做一个扩展。还有其他的吗？"

汉弗莱大惊失色地盯着我。他实在想不明白我怎么会如此全面彻底地掌握情况。我仅仅是做出了一番如有神助的推测吗，他为此疑惑。见他一时无语，我决定帮他一把。

"法律问题呢？"我伸出援手。

"是的，大臣。"他立即附和，希望最后把我难住。法律问题始终是他的拿手好戏。

"好，好。"我说，同时把我小单子上的倒数第二步勾掉。他又想来看看我写了些什么。

"有一个问题，"他小心翼翼地开始说，"就是我们是否有法定权力……"

"我可以回答这个，"我庄严地宣布，"我们有。"他惊奇地看着我。"不管怎样，所有相关工作人员都受他们聘用合同的约束。"

他无法争辩，当然，我是对的。他抓住了最后一根救命稻草说："但是，大臣，还会有增设人员的问题——您有把握得到内阁和议会政党的通过吗？"

"完全有把握。"我说，"还有其他问题吗？"我看看我的单子。"不，没有其他的了。好，那么我们就开干吧！"

汉弗莱沉默不语。我纳闷他这个算是谨慎的、固执的还是勇敢的沉默？固执的吧，我猜。

最终，还是我说了话。"你不说话呀。"我评论道。他还是沉默不语。"顺便问问，你为什么如此沉默呢？"

他意识到不能不说话了，否则就没戏唱了。"大臣，看来您还没意识到这里有多少工作要做。"

我若无其事地问他难道过去就从未研究过保护措施吗，比如在另一届政府，因为我记得以前有过针对议会质询的书面答复。

他的回答大致如下："大臣，首先，我们已经一致同意这个问题是不公正的。其次，即使曾经做过研究，那它也不存在或者没必要，更何况我也无权说如果曾经做过研究，就会曾经有一个规划小组，即使这个小组曾经存在，对此我也无权评论，如果这个小组曾经存在，现在也已经解散了，其成员已经回到原部门去了，如果的确曾经有过这样一些成员的话。”或者诸如此类的话。

我一直等着他滔滔不绝地把这些废话讲完，然后才抛出我的最后通牒。我告诉他，我要求信息库所需的保护措施立即准备好。他告诉我这不可能。我告诉他这可能。他告诉我不可能。我告诉他可能。我们就这样一来一往（可能，不可能，可能，不可能），像一对三岁小孩儿，怒目相向，直到伯纳德突然走进来。

我不打算透露汤姆已经告诉我保护措施万事俱备只欠使用了，因为那样我手里就没有王牌了。

正当我反复考虑这个难题时，伯纳德提醒我有几个约会：内阁10点钟的会、英美协会午餐会上的讲话、今晚《世界焦点》节目的访谈。我问他能不能让我摆脱那个午餐。“真的不行，大臣，”他回答说，“这事已经公布，列在日程中了。”

于是瞬间豁然开朗了。一个最精彩的计划在我脑中形成了，堪称世纪之举！

我告诉汉弗莱和伯纳德，今晚一定要看我在电视中露面。

[下面是哈克当晚在《世界焦点》节目中受访的记录。其中包含他第一次挫败手下官员赢得的真正值得纪念的胜利。——编者]

本文仅是未经修订的录音文字记录。未经节目负责人同意，不得发表。

《世界焦点》——1月14日——对哈克的采访。

主持人：今晚出现在镜头前的是行政事务大臣吉姆·哈

克阁下，他是有关“老大哥”信息库这一论争的中心人物。他此刻正与戈弗雷·芬奇对话。

芬奇：大臣，正如您所知，本周有一个公开抗议，是关于行政官僚部门显然正在着手为这个国家的每个公民建立个人档案材料的事情。有传闻说，这并非是您的政策，您是愿意为公民个人提供保护措施的，但是您的每一步举措都受到行政机器的掣肘。

哈克：您要知道，戈弗雷，是有很多关于行政部门的无稽之谈。其实它是出色、高效的专业组织，能以惊人的速度做出巨大的成就。它是由有才干、有献身精神的成员组成的，他们尽其所能把政府的政策变成法律。

芬奇：谢谢你的广告，大臣。现在我们可以开始节目了吗？

哈克：事实是，文官们和我在这整件事情上是完全一致的，我们的提案现在正准备要发表。

今晚我高兴地宣布，从3月1日起，联合王国的每个公民都有绝对的权力检查他的个人档案，并核对他或她曾向政府提供的信息。

其次，没有大臣的书面授权，任何一个公务人员都不允许到另一个部门查阅个人档案。在下周的议会上，我将会宣布，法律赋予公民对任何一个私自查阅其档案的公务人员提起诉讼的权利。

芬奇：唔……那是，呃……唔，那是非常引人注目而且鼓舞人心的事，大臣。为什么你不早点儿说出来好让大家放心呢？

哈克：坦率地讲，戈弗雷，我原本不相信这些文官能如期实现。但是，他们已经向我证明了他们可以。说真的，我的常任秘书为此把他的名誉都押上了。

如果做不到，会有人名誉扫地。

伯纳德·伍利爵士（与编者谈话时）回忆：

吉姆·哈克总是将这个绝妙的计策归功于我，因为我无意中说的那句有双重意义的话："这事已经公布，列在日程中了。"

不过，我个人认为哈克是受了爱德华·希思那个著名策略的启发，希思当首相时，不顾文官的反对，想要宣布给养老金领取者增加十英镑的圣诞补助。在十号遭受了若干星期的阻挠之后，他索性出现在《全景》电视节目，把此举当作既成事实予以公布。事情办成了。事情办成得晚了一点，但是事情办成了。

我清楚地记得吉姆发表声明时汉弗莱·阿普尔比脸上的表情——特别是当他说他的常任秘书把名誉都押上了时。

他转过脸对我说："不能这样办。"我没回答。

随后他对我说："好吧，伯纳德，你对大臣的表演有何看法？”

我被迫说，照我看，这下被将死了。

1月15日

今天是我当大臣以来最开心的一天。

“昨天晚上你看我上电视了吗？”我兴高采烈地问汉弗莱，他正情绪低落地走进办公室，看上去活像葬礼上的索尔贝里[①]先生。

“当然。”他紧绷着嘴回答。

其实他看没看都无关紧要，因为今天一早的新闻已经对我的电视访谈做了全面报道。

“我怎么样？”我问他，作无辜状，“好吗？”

“一次最为精彩的演出，大臣，如果我可以这样说的话。”他故意用模棱两可的话回答。

“你可以，你可以。”我说，假装没注意到这些。

“大臣，我们苦干了一夜，我很高兴能告诉您，我们已经赶出了提案的草稿，可以在指定日期之前达到您所期望的目标。”

换句话说，他花五分钟时间从档案中翻出了去年汤姆当大臣时已经达成一致的那些提案。

“干得好，汉弗莱，”我诚恳地说，“你瞧，我告诉全国人民你有多出色，我说对了。我对你完全信任。”

“的确如此，大臣。”他从牙缝里说出这话。

他拿出一只装着他的提案的文件夹。

“这些是你的提案吗？”我问。

---

① Mr. Sowerberry，狄更斯小说《雾都孤儿》中殡仪馆老板。——译者

“是的。”

“这是我的。”我说，也拿出一只文件夹。

“您也有提案？”他很吃惊。

我叫汉弗莱念出他所提的保护措施。然后我再念出我的。我们可以做个比较。

汉弗莱开始念了。“壹——个人资料——1A，保护措施必须要求适用于以下……”

我实在忍不住了，从我的文件夹里读起来，加入他，和他一起，齐声一致，我们念道：“……两项准则——了解的必要以及了解的权利。1A（i），了解的必要。只有当官员被认为有显而易见的了解的需要时，方可被提供信息。”

我们看向彼此。

“看来我们想到一块儿去了。”我评论说。

“这些提案从哪儿来的？”他追问。我什么都不说。过了一会儿他又问一遍：“这些提案从哪儿来的？”

“汉弗莱，”我的口气略带责备，回答他说，“我的嘴被封住了。”

5. 大难临头

1月18日

我在国家信息库这件事情上从汤姆·萨金特那里得到的帮助，对那些置身于光怪陆离的政界之外的人来讲，可能有些难以理解。是有点奇怪，虽然公众读到的都是两个主要政党的成员大量发表谩骂演说，相互痛斥对方无能、无品、愚蠢至极、玩忽职守，但跨党派的友好关系实属寻常。事实上，与对立党派的成员交朋友远比同党内人士交朋友容易——因为一个人同反对党成员之间不存在直接竞争个人职位的关系，但是与本党同僚之间则恰恰如此。

在野期间，所有我的内阁同僚与我，理所当然地处于激烈竞争中。而近来这三个月里，我们都在忙着对付**真正的**反对派——文官——以至于完全腾不出工夫相互倾轧。不过我有种预感，从最近内阁的气氛来看，有人又要玩点政治花样儿了。

还有许多其他的事情让我不安，这个周末我正好有点时间考虑了一下。我意识到早先（实际上就是我当大臣第一个星期）的开放政府其实存在现实问题。我现在明白了，要是人们不再保有秘密，他们也就别想保住权力。

事实上，说句看似自相矛盾的话，政府越是不开放，反而就越开放。开放政府就好比是现场演出：观众看到的是表演，并做出反应。但是就像演出一样，为了能公开秀出一些东西，就必须得先在私下里做很多事情。所有的东西都得在排练过程中进行删改，不到排演正确是不会公之于众的。

这一切的障碍又提出了另一个问题——那就是文官对大臣们保密。他们说他们没有，但我肯定他们有。当然，我现在也完全赞成对公众保密，理由我刚才已经说过，但这应该是我的特权，作为人民选举出的代表，来决定什么时候让人民不明真相。而不应该由文官来决定让**我**不明真相。

不幸的是，让他们理解这点非常困难。

我还学会了几条常用的经验。我绝不应该对汉弗莱表现出自己的希望和担忧，只要我能避免——尤其是涉及政党的担忧。如果你暴露出你的政治弱点，他们就会毁了你。你必须让他们总也猜不透。

我现在明白了我应该总是让文官先表态。绝不要说“我认为……”，而总要说“**你**认为……怎样？”

我还学会了“是”和“不”的用法。你总是可以把“不”变成“是”——而反之不成立。此外，你要说“不”，就让私人办公室替你说——但你要说“是”，就得抢先私人办公室一步亲自打电话去说。这样的话，**他们**落埋怨，**我**当好人。

实际上，亲自打电话这一点至关重要。整套制度的设计就是用来阻止你亲自做任何事情。在文官们看来，你一个电话都不应该打，一个问题都不应该处理。任何一个拿起电话试图处理事情的大臣都会大难临头。比如你要处理一项外贸业务，文官会从各个方面攻击你，信口开河地说什么“这是外交部的事……正确的渠道……政策岌岌可危……您**确实**明白的，不是吗？……要是出了差错怎么办？……您是要负责任的大臣”。如是种种。

对于像我这种公众人物来说，这是非常打击斗志的。你一个不小心，他们就会把你吓得连往伦敦郊外的波特斯巴打电话都不敢了。

更有甚者，你做每一件事都被人谨慎地观察着、监督着。我的所有电话，除了我用私人专线打的以外，伯纳德全都要听。理论上是让他可以替我做点有用的记录，以充分了解我的观点和活动——的确！但是众所周知，情报是把双刃剑。［并非偶然的是，世界上多数拥有实权的官职都被称为秘书——国务秘书（国务卿）、常任秘书、秘书长、党务秘书（党的书记）等。“秘书”意即被委以机密之人，亦即“中坚分子”。——编者］

不过我必须得说，自从知道了伯纳德一直在监听我说的每一句话，我发现这倒是一条宝贵的途径，可以用来传递我对我那些常任官的批评意见！

今晚，我的一只红盒子里有一份提交给智囊团的关于文官人员过剩的报告草案，这已经是第三稿了。［“智囊团”是“中央政策研究组”的俗称。——编者］我还是不满意。对此我有很多问题打算明天上午去问。

1月19日

我们开了个会来讨论这份写给智囊团的报告。我告诉汉弗莱我还是不满意，而他则热心地提出要重新起草。

这似乎不算是个答复。我指出，他已经重新起草过三次了。

伯纳德为此争辩：“这话并不准确，大臣。”

我对他说我会算数，这就是第三稿了。“确实如此，”他说，“起草了一次，重新起草了两次。”典型无聊又迂腐的诡辩。伯纳德对于语言使用的精确性有种白痴般的强迫症——幸亏他不是在政界。

我告诉他不要吹毛求疵，汉弗莱打圆场说，他很乐于第三次重新起草报告。他当然乐于。不用说还有第四次、第五次。“还有第六次呢，”我接着说，“但还是不会说**我**要它说的内容，它说的是**你**要它说的。而我要它说的是**我**要它说的。”

“您要它说什么呢？”伯纳德问。

“我们想要它说您要它说的。”汉弗莱轻声细语地说。

“我确信，”伯纳德唠叨个没完，“部里不会要您说一些您不要说的话。”

我又试了一次。这是我在四个星期里第四次解释我的观点：“六个星期前，智囊团问我们要文官人员过剩的证据。我已经简单明了地向一群文官传达了三次——而我每次拿到的都是一份完全不知所云的草案，说的都是些跟我告诉他们要说的完全相反的内容。”

“恕我冒昧，大臣，”汉弗莱爵士（虚伪地）反驳说，“既然完全不知所云，您又怎么知道它说的是相反的呢？”他的确是个善钻空子的狡辩大师。

“所有我要说的就是，”我直截了当地解释说，“文官严重超编，必须精减。”

“我确信我们都想这么说，”我的常任秘书满口谎言，“而这也正是报告里所说的。”

“不，它没有。”

“是，它有的。”

于是我们就说着“哦，不，它没有”，“哦，是，它有的”，“哦，不，它没有”，来来回回说了一阵。于是我给他念了几段草案里的内容。比如，那里头说，分阶段裁员大约十万人，“不符合公众利益”。意思是：这**符合**公众利益，但不符合文官利益。还有这句“民意尚无准备接受此举”，意思是：民意已有准备，但文官还没有。往下这句，“不过这是个紧迫的问题，因此我们建议成立一个皇家委员会”。意思是：这是个讨人厌的问题，但我们希望皇家委员会提出报告时，那就是四年以后，大家已经把这事忘得一干二净，要么就是我们另外找了个替罪羊。

[哈克开始懂得文官的暗语了。还有其他一些例子：

“我认为我们必须谨慎行事。”意即：我们不打算做这件事。

“你有没有把所有可能的后果都考虑进去？”意即：你不能做这件事。

“这是个令人有点费解的决定。”意即：愚蠢！

“并非完全坦率。”意即：可恶。

“至尊至敬的大臣……”意即：大臣，这是我听过最蠢的主意。——编者]

汉弗莱看不出有什么办法可以打破这个僵局。“大臣，我只能建议我们再重新起草报告。”好极了！

“汉弗莱，”我说，“你能不能直截了当地回答一个直截了当的问题？”

这个问题让他完全措手不及，他停在那里想了一下。

“只要您不要求我采用粗略笼统或是过于简单的方式作答，比如简单的是或不是，”他用一种既真诚坦率又含糊其词的态度说，“我会尽全力效劳。”

“你的意思是能？”我问。

一场激烈的思想斗争似乎正在他心中进行着。“能。”他终于说。

“那好，”我说，“现在我就提个直截了当的问题。”

汉弗莱爵士的脸挂了下来。“哦，”他说，“我还以为刚才那个就是了。”

我不屈不挠：“汉弗莱，在你给智囊团提供的证据中，你是否打算支持我认为行政机构人员超编、人浮于事的看法呢？‘是’或者‘不是’！直截了当地回答！”

我还能把这个问题说得更简单明了吗？我想不能了。这就是答复：“大臣，既然硬要我给出一个直截了当的回答，那么我得说，就我们所知，从总体上来看这个问题，考虑各方面的因素，从各部门的一般情况来看，那么归根结底，或许这么说是符合事实的，就是说，到头来，您会发现，笼统地说，坦率地讲，不管怎样，其实还没有非常多。”

我正在这番话里晕头转向的时候，他又补充上了，无疑是为进一步说明：“就人们所知而言，在现阶段。”

我做了最后一次努力。“你要说‘是’还是‘不是’？”我问他，没抱什么希望。

“也是也不是。”他挺帮忙地回答。

“假定，”我说，“假定**没让**你直截了当地回答呢？”

“哈，”他高兴地说，“那我就得用点时间了，大臣。”

汉弗莱永远不会改变。我肯定是改变不了他。今天我进展不大。不，连不大都谈不上，——我压根儿没进展，又迟缓又艰难。这场谈话以汉弗莱的建议而告终，他建议我把草案带回家再钻研两天，因为这样我有可能会发现它真的讲了我要它讲的内容。这当然是个浪费时间的白痴建议。他无非是想耗到我受不了。

“要是它没说出我要它说的内容呢？”我不耐烦地问。

汉弗莱爵士笑了。“那么我们将乐于为您重新起草一份，大臣。”他说。

又回到了起点。

1月20日

我非常细致地琢磨了一番昨天的情况。我不打算把这份草案还给部里重新起草。我要自己写，而且不到让他们来不及修改的时候都不还给他们。

我跟伯纳德说了这个事，他认为这是个好主意。我告诉他的时候要他严守秘密，我希望我能信任他。我确信我能。

［哈克没有考虑到文官可能对自己人施加的压力。汉弗莱爵士在此后两星期里多次问起第四份报告草案的事，并且注意到伯纳德·伍利的回答总是含糊其词。终于伯纳德受邀到汉弗莱爵士在帕尔默街的俱乐部领受一次劝诫小酌。我们在汉弗莱爵士的私人文件中找到了这次会见的备忘录。——编者］

伯·伍来俱乐部小酌。

我问他部里给智囊团的报告怎样了。

他说："你是说，大臣的报告吗？"这话不是没意义的。

在回答我问为什么报告还没还给我们的时候，他建议我去问大臣。这是个最不能让人满意的答复。

我解释说我就是要问**他**。由于他固执地保持沉默，我指出他不像是在回答问题。

"也是也不是。"他说。他完全知道这是我最爱用的答复之一，我觉得有必要责备他的无礼。

在回答其他问题时，伯·伍坚持说大臣在尽职地处理他那些盒子里的文件，却一再拒绝解释草案被搁置的原因，仅仅是建议我去询问大臣本人，因为他（伯·伍）是大臣的**私人**秘书。

看来他在为自己的处境担心，显然是大臣要他保证对某一消息严守秘密。于是我决定大大加重他的担忧，把他置于一个必须设法让我和他那位大臣两人都能满意的境地，这样才能显示出他称得上是个可以高飞的人。[**"可以高飞的人"指注定会提拔到文官最高官阶的年轻人。——编者**] 否则的话，他就得选择站在一边或另一边，那样就会暴露出他没能力在大风大浪里走钢丝。

所以我提醒他，他是行政部的雇员。忠于他的大臣固然值得尊敬，但一个大臣的平均任期只有十一个月，而伯纳德的职业生涯，照他的希望，要持续到六十岁。

伯·伍巧妙地应付了这一情况。他选择向我提出一个假设性问题，这一向是个好主意。

他问我：**如果**一位纯粹假设的大臣对某个部向某个委员会提交证据的草案不满意，**如果**这位假设的大臣打算用他自己和他们党派总部里的政治顾问们一起写出的假设的草案来取代原来的，**如果**这位大臣打算在临近委员会听证的最后日期才拿出自己的报告，让别人来不及重新起草，**如果**那个假设的私人秘书知道——被要求保密——这份假设的草案，这位假设的私人秘书该不该把这消息传给那个假设的部里的常任秘书呢？

好问题。当然，我回答伯·伍说，如果被要求保密，那么没有哪个私人秘书应该把这种消息传出去。

伯·伍比我原先以为的还要有出息。[**阿普尔比文件 23/RPY/BC**]

2月1日

自从我决定接手那份智囊团报告到现在已经有两个星期了，定稿进行得很顺利。弗兰克和他那帮人一直干得很卖力，我也一直挑灯夜战。这情形似乎让汉弗莱很恼火，这让我颇感开心。

今天他又问起我草案修订稿的修订稿。“给中央政策研究组的报告怎么样了？”他问。

“你是说智囊团？”我跟他耗时间。

“是的，大臣。”

“你要它干吗？”我问。

“好让我们再起草一份。”

“没那个必要了。”

“我想有必要，大臣。”

“汉弗莱，”我坚定地说，“起草文件不是文官的专利。”

“这是一种高度专业化的技巧，”他回答说，“文官以外的人很少能掌握得了。”

“胡扯，”我说，“起草文件很容易，这是个人人都会玩的把戏。”

“但难免会动点火气。”他回答。其实他真挺风趣的，真的。

我为他的玩笑暗笑了一下，改变了话题。但是他不肯放过我。“那么可以把草案还给我吗？谢谢了！”他坚持着。

“当然。”我笑着说。他等在那里，可是干等了。

“什么时候，大臣？”他问，试图回敬我一个微笑，不过肯定是咬着牙挤出来的。

“过一阵。”我漫不经心地说。

“那是**什么时候**？”他强笑着咆哮起来。

“你老说咱们办事不应该太匆忙的。”我调侃地说。

于是他要求我给他一个直截了当的回答！还真有脸说！不过，既然他开始使用我的词汇来问话，那我就用他的来回答。

“在适当的时候，汉弗莱，”我真的觉得很享受，“在条件充分的时候，到恰到好处的关头，当时机成熟的时刻，当必要的程序结束的时候。不能急于求成，你明白的。”

“大臣，”他说，一点儿好情绪都不剩了，“这件事越来越紧急了。”

他急得不知所措。好极了。我的战术大获全胜。“紧急？”我淡然地说，“你**确实**学会不少新词呢。”我不认为我这辈子曾经对任何人这么无礼过。我觉得真过瘾呀！我一定得试试更频繁地这么做。

"我希望您原谅我这么说，"汉弗莱爵士用他最最冰冷的态度开口说道，"但我开始怀疑您有什么事在瞒着我。"

我做出一副震撼、吃惊、困惑、无辜——全套虚情假意的样子。"汉弗莱！"我用我深为震惊的腔调说道，"我们相互之间肯定不会存在什么秘密吧！"

"我很遗憾，大臣，但有时候一个人迫于不得已就得考虑到这种可能性，就是说考虑到所有情形，顾及所有可能，事情在某种程度上，用不那么好听的话来讲，可能是在以一种并非完全坦率的方式进行。"汉弗莱爵士正在用他危机时刻所能想得起来的最简明的语言来攻击我。并非完全坦率，的确！就像说任何人撒谎都是违反议院的原则一样，这句话显然也违背了白厅的行事准则。

于是我最终决定说出实情。我告诉他我已经自己修订过那份修订稿了，我对此很满意，不想请他再重新修订了。

"可是……"汉弗莱爵士要开口。

"没有可是，"我喝止他，"我从文官那儿得到的全是拖延战术。"

"我不会把文官的拖延说成是'战术'，大臣，"他圆滑地回答，"这就把懒散错当成策略了。"

我问他我们不是已经成立了一个委员会来调查文官的拖拉作风吗？他回答说是的。

"怎么样了？"

"噢，"他不当回事儿地说，"还没碰过头呢。"

"为什么没有？"我要知道。

"好像是……给拖延下来了。"他承认。

我得让汉弗莱认识到彻底改革是目前真正的要求，这一点至关重要。我提醒他我创建的全党行政事务特别委员会是个巨大的成功。

这么说恐怕是个错误，因为他立即问我委员会做出了什么成就。我只好承认目前**尚未**做出什么成就，但我指出我们党派对此十分满意。

“真的吗？”他问，“为什么？”

“上周一《每日邮报》登了篇十英寸长的专栏文章，这只是个开始。”我得意地回答。

“我明白了，”他冷冷地说，“政府是用专栏的篇幅来衡量成就的，是吗？”

“也是……也不是。”我笑着说。

但他还是非常关心我重新起草的报告草案。

“大臣，”他坚定地说，“您要递交的证词不但不真实，而且——更严重的是——还不明智。”我看这是汉弗莱迄今为止最直白的表达之一了。“这话我们以前已经说过了：**行政部门的扩大是国会立法的结果，并不是因为官僚帝国的建设。**”

我开始认为汉弗莱是真相信这一点的。

“如此说来，”我说，“你是要我在接受质询的时候告诉国会，造成这么庞大的行政部门是他们的过错吗？”

“这是事实，大臣。”他坚持道。

他似乎理解不了我要的不是事实，我要的是能告诉国会的东西。

我要向他说明白这一点。“汉弗莱，”我说，“你是我的常任秘书。你打算支持我吗？”

“我们一直都支持您，但是给您抬轿子，大臣，不是给您抬棺材。”

这话似乎隐约有点威胁的意味。我问他到底要**说什么**。随着我越来越激动，他反倒越来越冷静。

“我原本以为，”他用最尖利的声音，过度清晰地咬字发音，有点会让人想起伊迪丝·埃文斯夫人扮演的布莱克内尔夫人，“我的意思已经极为清楚了。不可以把这样的报告递交给一个会把它公开发表的机构。”

他一如既往地完全搞不懂我的意图。我解释说**正因为**报告要公开发表，我才要提供证词。**我**，大臣，才是决定什么时候该保密的人，**不是**那些常任官员。

我似乎让他完全无话可说了。于是，静下来琢磨了好一阵子之后，他又问可不可以再提一个建议。

“只要你明白直说。”我回答。

“如果您一定要去做这该死的蠢事，”他说，“也别用这该死的蠢办法去做。”

2月2日

今天早上去十号的路上，伯纳德给我看了内阁的议事日程。让我惊骇的是，我得知内阁要讨论我提出的——或者说**被称为**是我提出的——关于撤销地政局的提案！在此之前我压根儿没听说过这档子事儿。这个方案要把剩下的职能移交给地产管理局。目的是减少自治政府部门的数量，这些部门已经增加了9.75%。伯纳德告诉我，我已经签署过这份文件了。天知道我是什么时候签的——我估计肯定是几个星期前的某个时候放进某个红盒子里的，但我想不起来了。过去那一个多星期我一直在忙着给智囊团写报告，别的什么也没做。不管怎么说，我没法记住我每天凌晨一两点钟赶着看的每一份文件——事实上，我一份也想不起来了。是得有个更好的体制。

伯纳德肯定地告诉我真的没必要了解这个提案，因为据他的小道——也就是私人办公室的渠道——得来的消息，这项提案会顺利通过。

[遗憾的是，这种情况并不像读者以为的那么偶然。由于时间紧迫以及诸多立法上的复杂问题，大臣们常常不得不向内阁提交一些他们自己尚未审阅或者尚未完全理解的提案。因而，大臣的政策，比如大臣本人有强烈的个人意见或做出个人承诺的政策，与部里的政策有时候会表现出明显的差别。——编者]

2月3日

今天是到目前为止的最黑暗的一天。恐怕不仅是我当大臣以来最黑暗的一天，也是我从政以来最黑暗的一天。

我万分沮丧。

不过，我还是觉得我必须把这一天里的事情都记录下来，我要照它们发生的顺序来记录。

看来今天上午汉弗莱爵士参加了常任秘书的每周例会。似乎是他在会上透露了我给智囊团起草报告的事情，结果遭到了两位同僚的指责。

汉弗莱向伯纳德抱怨过我的所作所为，似乎是这样，而伯纳德——似乎是唯一一个我可以完全信任的人——告诉了我。显然弗雷德里克·斯图尔特爵士（外交部常任秘书）确确实实对汉弗莱说过：一旦你容许一位大臣动手起草报告，那他下一步就要开始决定政策了。

难以置信！

当然，这是事实。我已经学会了，谁起草了文件，谁就夺得了胜利。

[这就是当时文官惯于在会议召开**之前**就写好会议记录的原因。这样做有两个效果。首先，这有助于会议主席或秘书确保讨论沿着事先既定的路线进行，并且由某人提出正确的观点。其次，由于这些大忙人通常都不大记得会上商定的内容，事前就把它定下来是极为有用和方便的。只有当会上得出的结论与事先写下来的会议记录有根本上的冲突或者截然不同时，官员们才不得不重写。所以，提前写好的会议记录能够决定很多会议的结果，不管事实上与会者可能说了什么，或是达成了什么。——编者]

汉弗莱爵士和弗雷德里克爵士正在讨论汉弗莱的（**不是**我的！我得补充一句！）关于减少自治政府机构数量的计划时，碰到唐纳德·休斯博士①，他无意中听见了他们的谈话。

休斯透露，智囊团建议接受减少自治政府部门数目的想法。这消息使汉弗莱爵士深为震惊，因为并不是所有部的证词都提交了——比如我们的就还没送去！

不过，他们似乎已经非正式地报告过了，而且不管我们说什么，很显然现在报告是不会改变的。休斯博士向汉弗莱爵士解释说，中央政策研究组才不会让大臣们的证词这类低劣的东西去辱

① 唐纳德·休斯博士是首相的高级政策顾问。他从外界进入政府工作，是个强硬、聪明、固执的人，而且对文官素无好感。

没他们那高尚的头脑！

汉弗莱爵士一开始并没有对唐纳德·休斯的消息感到不快。作为一个经验丰富的文官，精简政府机构的建议自然而然地在汉弗莱脑海中唤起另外一幅景象，那就是要招募大批新职员以供专门处理精简工作。

然而，计划压根儿不是这么一回事。汉弗莱在今天上午早晨9点［同义反复——编者］召开的紧急会议上通知我，唐纳德·休斯博士提出了以下观点：

1. 吉姆·哈克一直在力求削减行政部门的冗员。

2. 他最终会获得成功。

3. 为促进此举，财政部、内务部和文官部均已建议撤销行政事务部。

4. “首相对此计划报以微笑。”（他的原话）

太可怕了！我的工作岌岌可危。

看来首相是迷上这个想法了，原因是它简洁明了，引人注目，而且会在政治上广受好评。

在这个计划中，行政部的所有职能将全部纳入其他各部。

那我的命运呢？显然要向新闻界和公众鼓吹，我已经秉持一颗公心，以自我牺牲的精神，获得了成功。而我就要被踢到上议院去了。

唐纳德·休斯还在往伤口上擦盐，似乎把这事描述成“赞许、晋升和去势，一举三得”。他好像还建议我应该被授予“神风突击队哈克勋爵”的封号。

很明显，休斯对他自己和这个方案都深为满意，可能是因为他自己针对行政部门的铺张浪费和官僚主义作风正在进行一场圣战。让人哭笑不得的是：在这些事情上我完全赞同他——但不是以**我的**工作为代价的，谢谢您了。

这无疑证实了我的直觉，那就是内阁的政治混战又要开始了，而且我们面临的显然是一场大战。每个人都反对我们。财政部、内务部和文官部的常任秘书们都一定会获得更大的权势和影响力。我那些掌管这几个部的内阁同僚们也是如此。还有，当然，我一直知道行政部是个政治坟墓，而首相赐给我的可能就是一杯毒酒——毕竟我确实主持过马丁与首相竞选的运动——顺便得说一句，首相这个人的座右铭是"败则怨恨，胜则报复"！

为公平起见，唐纳德·休斯指出汉弗莱也得找出路。"霍斯费里街有个职业介绍所，"他曾经不怀好意地说，"19 路公共汽车就停在门口。"

这是我在过去二十四小时中听到的唯一给了我一点小乐趣的事。我可不认为汉弗莱从牛津毕业以后还坐过公共汽车。

所以今天上午汉弗莱给我带来最新消息时，我被吓到了。我一开始觉得难以置信。我对汉弗莱说我被吓到了。

"您被吓到吗？"他说，"我是被吓到了。"

伯纳德说他也被吓到了。

那么，毫无疑问，情况确是吓人的。

我毫不怀疑情况正如汉弗莱爵士所描述的唐纳德·休斯所描述的那样。听上去都是真的。而且就在昨天，汉弗莱还看到了财政部、内务部和文官部的部门联合建议。而且休斯跟首相走得那么近，所以他肯定知道内情。

我问汉弗莱，不管是不是被送到上议院，我会不会得到另一个位子。还有，顺便说一句，如果要授予我贵族头衔，我绝对会拒绝的。“有这么个传言，”汉弗莱爵士严肃地回答，“是有个新位子，主要负责工业协调的大臣。”

这是到当时为止最糟糕的消息。工业协调。那就意味着罢工。[①]

从现在起，不列颠的每一次罢工都会是我的错了。太妙了！

我考虑了一阵子这个问题。我的沉思被汉弗莱爵士语调阴沉的询问打断了：“您有没有考虑过**我**会遭遇什么情况，大臣？我可能被派到农渔部去。我以后的职业生涯就要用来讨论鳕鱼定额了。”

伯纳德冒失地微微笑了一下，于是汉弗莱又转向他：“至于你，年轻人，如果你的大臣垮了，那么你原本可以高飞的名声——虽然算不上什么——也彻底毁了。你搞不好要在斯旺西的车辆执照办理中心度过余生了。”

“我的老天！”伯纳德轻声说。

我们默默地坐着，陷入各自悲惨的想象之中。过了相当长一段时间，我发出一声长叹，汉弗莱也发出一声，然后是伯纳德。

当然，整件事情都是汉弗莱爵士的错。减少自治政府部门数目是个愚不可及的建议，正撞到我们的敌人手里。我这样说了。他却说这都是我的错，因为是我向智囊团提议分阶段削减行政部门。

我对这个荒谬的说法嗤之以鼻，因为智囊团压根儿就没**看见**我们的报告。可是汉弗莱透露，党组织从中央大厦提前送了一份拷贝给首相。

---

① 哈克显然说得很对，根据措辞必须委婉的原则，陆军部被改称为国防部，负责失业事务的部则被改称为劳动就业部。

那么也许是我们俩一起害我们陷入了这个境地。不管怎么说，争论也毫无意义，于是我问汉弗莱有什么建议。

又是一阵令人沮丧的沉寂。

“我们可以提交一份文件。”他最终说。

“提些什么？”我问。太有才了！

汉弗莱问**我**有没有什么建议。我没有。我们又转向伯纳德。

“你怎么看，伯纳德？”

“我觉得这事太吓人了。”他重复道。他还真是有用。

接着汉弗莱提议我们要合力对付这件事。这建议挺新鲜，至少说起来是。我原以为他的工作就是在一切情况下跟我配合呢。这话听起来像是一个忏悔。况且，他所认为的合作通常就是他告诉我做什么，然后我照办。现在看看这把我们搞到什么地步了！

尽管如此，我还是问他到底有什么主意。

“我对您满怀尊敬，大臣。”他开始说起来。这太过分了。我告诉过他再也不要用这种无礼的语言对我讲话！显然，他是要暗示我对这件事的任何意见都会遭到他的藐视。

但是汉弗莱反复重申他**的确是**要大家通力合作。“我需要您。”他说。

我必须承认我颇有点感动。

于是，让我万分惊讶的是，他提议我们去请弗兰克·韦塞尔。

汉弗莱显然是要重新做人了。尽管这有可能为时已晚，于事无补。

“您知道，大臣，要是首相支持一个计划，白厅自身不可能去抵制。内阁大臣们的计划很容易被抵制……”他立即纠正了自己的话，“……被修改，但首相的情况不同。”

一言以蔽之，他的计划是在威斯敏斯特和白厅共同反抗这个计划。因此他相信弗兰克能有助于动员下院的后座议员站到我这一边。

我提出舰队街可能会有用，要是弗兰克能把新闻界争取到我们这边的话。汉弗莱脸色煞白，欲言又止，但值得称赞的是，他还是同意了。“如果没有别的法子，那即使舰队街也……”他小声嘀咕着。

2月4日

弗兰克昨天不在。因此我们今天和他见面。

他才听到消息。我们问他有什么看法。这是我记忆中头一次看到他无言以对。他只是悲伤地摇着头。我问他有没有什么主意。

“我什么也想不出来……我被吓到了。”他回答。

我们都同意这确实吓人。

于是我来掌控大局。“我们不能像淋湿的母鸡那样光是拍翅膀。我们得做点儿什么挽救这个部别被关张。弗兰克，你通过党组秘书办公室去动员后座议员和中央大厦，在这一切开始之前就要阻止住。”

“实在抱歉我又得挑个小毛病，大臣，但您其实没法在事情开始之前就阻止住呀。”伯纳德插嘴，这个头号儿湿母鸡。他在危急关头还真没用。

弗兰克指出我这个想法不算太好，因为这个撤销行政部的方案有可能深受后座议员的欢迎。于是我指出这是汉弗莱的主意，其实无所谓啦。

伯纳德一整夜深思熟虑带来的提议是在新闻界掀起一场宣传活动，用整版的广告来赞美这个部。他给我们提供了几个口号：“行政管理拯救国家”以及“文书工作真有趣”。

我们面对这些想法都目瞪口呆。于是他又提出一个：“文书工作凝聚国家”。

有时候伯纳德真让我绝望。

好长一阵沉默之后，汉弗莱心灰意冷地说：“毫无疑问，大难临头了。”

我们谁也看不到现实中有任何避免灾难的希望。

太可怕了！

2月5日

即使头悬利剑，日子也还得过。

今天我们开会讨论欧洲通行证。这完全是个新生事物。我甚至从来都没听说过。当然关于这事的信息前几个晚上就已经放在我的红盒子里了，但我太过情绪低落，心事重重，以至于任何材料我都没看明白。

欧洲通行证似乎是一种新的欧洲身份证，所有欧共体国家的公民都要携带。据汉弗莱说，外交部打算支持这个想法，以此为交换条件，来解决如山的黄油、成湖的葡萄酒、海量的牛奶、羊肉大战以及臭烘烘的鳕鱼。

显然，首相想让我提出必要的立法建议。

我可真是被**吓坏了**。

汉弗莱爵士对我的反应感到意外。他原本以为这是个好主意，因为我向以亲欧洲知名，而且他认为从长远来看欧洲通行证能够简化行政手续。

弗兰克和我试图向官员们解释，由我来提出这样一个方案将是政治上的自杀。英国人不愿意随身携带强制性的身份证件。我会被指控试图带来一个警察国家，我还没有完全从信息库的纠纷中恢复过来呢。“难道我们打了两次世界大战为的就是这个吗？”我都能听到后座议员们这样叫喊。

“可这跟驾照没什么两样。”汉弗莱说。

“这是钉在我棺材上的最后一颗钉子。”我说。

“您把它叫作欧洲俱乐部通用卡，这样可以脱身吧？”伯纳德说。我告诉他要么闭嘴，要么出去。

弗兰克问为什么非得由我们来提这个建议，而不是外交部？好问题。

“就我所知，”汉弗莱解释说，“首相原来的确建议由外交部来提案，但外交和联邦事务部的大臣认为这是内务部的法案，而内务部主张这在本质上是行政事务。首相就同意了。”

弗兰克说：“他们这是在把炸弹邮包传来倒去。”

你能怪他们吗，既然他们都能听见定时炸弹的嘀嗒声了。

汉弗莱随即悲痛地评述说这个身份证法案恐怕将是我们部里办的最后一件事了。

与文官不同的是，弗兰克和我还是很疑惑，外交部居然会认真考虑欧洲通行证这样的议案。我们两人都能清晰地看出这给反欧洲派提供了弹药。我问汉弗莱，外交部怎么会不明白，这将多么有损于欧洲一体化的理想。

“我肯定他们明白，大臣，”他说，“所以他们才支持。”

这让我更加困惑了，因为我印象中外交部一直是亲欧洲的。

“是还是不是呢？”我问汉弗莱。

“也是也不是，”他当然这么回答，“请原谅我这种表达。外交部亲欧洲是因为它实质上是反欧洲的。事实上，行政机构一致渴望确保共同市场不起作用。这就是为什么我们要加入它的原因。”

这话听起来像个谜语。我让他再解释一下。他的论点基本如下：不列颠的外交政策在过去至少五百年内都是相同的目标——要制造一个分裂的欧洲。为了这个缘故，我们与荷兰人一起打西班牙人，与德国人一起打法国人，与法国人和意大利人一起打德国人，又与法国人一起打德国人和意大利人。[荷兰人反对西班牙国王菲利普二世的叛乱，拿破仑战争，第一次世界大战以及第二次世界大战。——编者]

换句话说，就是分而治之。而且外交部没有任何理由来改变这个到现在都一直行之有效的政策。

我当然清楚这些，但我认为这些都是久远的历史。汉弗莱却认为这实际上就是现行政策。瓦解欧共体对我们来讲是必要的，他解释说，所以我们必须打入内部。我们以前曾经试图从外部去打破它，但是做不到。[指的是我们一度徒劳地加入EFTA，即欧洲自由贸易联盟，该组织成立于1960年，而英国于1972年退出。——编者]现在我们进去了，我们就可以彻底把它弄个一团糟。我们现在已经挑拨德国人斗法国人，法国人斗意大利人，意大利人斗荷兰人……而外交部极为满意。这就像过去一个样。

这番话听得我目瞪口呆。我还以为所有我们这些公开亲欧洲的人都信仰欧洲统一理想呢。我对汉弗莱爵士说了，他只是暗笑。

于是我问他：既然我们不信仰欧洲理想，那为什么我们还要推动其成员国的增加呢？

“同样的道理，”答案来了，“就像联合国。越多的成员国，你就越能挑起更多的争论，它也就变得越是没用，成不了事。”

这些耸人听闻的犬儒主义论调使我深受打击，我这样说了。

汉弗莱爵士沾沾自喜地赞同我。“是的，大臣。我们称之为外交手腕。就是这些让不列颠强大的，您知道。”

弗兰克，历来都像只小猎犬似的，还要继续担心欧洲通行证的问题。“欧共体其他国家对强制携带身份证件会有什么想法？它们不会抵制吗？”

汉弗莱爵士认为不会。“德国人会喜欢这个，法国人才不理会，而意大利和爱尔兰一团混乱根本推行不下去。只有不列颠人才一肚子怨恨。”他说得对，这当然了。

我只得说，对我来讲，这一切都开始显得可疑，都像是个要除掉我的阴谋。弗兰克在这件事情上不同意阴谋论，理由是**不管怎样**，我都要被除掉了，反正我这个部就要被撤销了。

但我私下里还是怀疑首相就是想把这件事做得万无一失。弗兰克叫我别这么疑神疑鬼，但是我相信如果人人都在设计反对他，**他**也会这么疑神疑鬼的。

“我们站在您这边，大臣。”汉弗莱爵士试图安慰我。生活还真充满惊喜呐！

接着我想到一个主意。我突然意识到马丁会站在我这边。我不知道为什么我之前没想到这一点。他是外交大臣——而且，我明确地知道，马丁是真心亲欧洲的。（汉弗莱称他为“天真汉”。）再说，我主持过他反对首相的竞选，要是我被排挤走了，他也一定会失利。

我们安排了星期一同他见面，地点在下院。确切地说，我想不出他**怎么**能帮上忙，但我们共同努力会找到某种方法的。

2月8日

万事大吉。这一仗打胜了。我的事业，汉弗莱的事业，还有行政部，全靠一次精彩的政治投机得救了，为此我极其骄傲。当然还加上一点小运气。不过这一天已经非常令人满意了。

我们都秘密地聚集在马丁的办公室。他一如既往地满口平庸的俏皮话。

“你干了一件大力士参孙的壮举呀，吉姆。”

我大概看上去一脸茫然。

“你瞧，你要精简行政部门，你做到了。你把整个上层建筑都拉倒了——然后把你自己也埋进去了。”

我不知道我是该微笑呢，还是该称赞他风趣，还是该怎么样。

汉弗莱爵士当然迫不及待地要参加这个比喻的游戏。“一场皮洛士王[①]式的胜利，代价惨痛。”他悲痛地吟咏着，大概是想提醒我们大家，他才是个古典学者。

“有什么点子吗？”我问马丁。

他什么都没有。于是我们又陷入了令人极为沮丧的沉默。

弗兰克还在费劲琢磨首相为什么要搞欧洲通行证这个谜团，后来的事实证明幸亏他这样做了。“我想不明白。这么做毫无意义。首相怎么可能看不出这会对政府造成损害呢？”

我赞同，并且评论说欧洲通行证这件事是打我入阁以来降临

---

① Pyrrhus，古希腊伊庇鲁斯王，公元前280年曾率兵赴意大利与罗马军队交战，虽胜利但损失惨重。——译者

到政府头上的最糟糕的祸事。[我们不认为哈克在这里说的话是他实际的意思。——编者]

马丁对欧洲通行证这件事相当镇静。“每个人都知道这实现不了。”他说。

他说的“每个人”是指什么人？我当然不知道这事实现不了——更何况，到昨天以前我甚至都不知道有这么回事。

马丁接着说：“首相必须得一直参与这件事，直到他拿到拿破仑奖。”

众所周知，拿破仑奖是北约组织的一个奖项，每五年颁发一次。有一枚金质奖章，一场布鲁塞尔的盛典，还有十万英镑。首相在候选人中一路领先。这个奖项授予自拿破仑以来对欧洲团结贡献最大的政治家。[也就是说如果不算希特勒在内的话。——编者]

“评奖委员会六个星期以后开会，”马丁说，“因此很显然，首相在船入彀之前还不想把它掀翻。”

我好像听见伯纳德喃喃地自言自语说，船怎么入彀呢，话音很轻，或许我听错了，但是他不肯把他的话再说一遍，又让我相信我其实没听错。

“而且，”马丁又说，这回终于讲到点子上了，“一旦得奖，可以想见，首相就会把欧洲通行证丢到一边了。”

我想到一个绝妙的主意。我没法完全理清楚，它正在我脑海深处慢慢成形。但首先我需要一些答案。

“马丁，”我问，“有多少人知道这次拿破仑奖的得主？”

“这是最高机密，”他说。当然，我失望了。“最高机密”意味着人人都知道。

但这次似乎不是。“**最高机密，**最高机密。”马丁说。

我一下子激动得语无伦次。“你们不明白吗？”我说，“后座议员……泄露……”

一脸困惑的汉弗莱问我是不是指威尔士国民党。

于是就在这一时刻上帝站到了我这一边。门开了，进来的是唐纳德·休斯博士。他道歉说他待会儿再来，但我拦住了他。我告诉他，他正是我要找的人，我要向他请教，并请他坐下来。

他假装出热情帮忙的样子。但是他警告说如果是马跑了之后才要关上马厩，那么即便是他也无能为力了。我谄媚地说，我肯定他不会无能为力的。我对他说的是我正陷入一个道义上的两难境地——当然，这是我即时编造出来的。

我的两难处境是这样的，我说。我告诉休斯我知道一位后座议员正打算就不列颠是否要实行欧洲通行证的问题向首相提出质询。

休斯当即紧张起来。“哪个后座议员？欧洲通行证是最高机密。”

“就像拿破仑奖得主一样吗？”我问。

我们小心翼翼地相互打量着——我还不能完全确定下一招要怎么出手，不过多亏伯纳德插进一句灵机的回答：“我想大臣说的是某个假设的后座议员。”老好伯纳德。

休斯说提这种问题的可能性微乎其微。

我没理会这话，并解释说如果这个问题被提出来，只有两种可能的答复：如果首相说“**是**”，就会在国内损害到政府——但如果首相说“**不**”，就会在欧洲更大地损害到政府。考虑到拿破仑奖，也会损害到首相本人。

休斯点点头，等着我。于是我继续说：“假定有一个假设中的大臣风闻了这位假设中的后座议员的问题，在事发之前，他该怎么做？”

“一位忠诚的大臣唯一负责任的做法，”他谨慎地说，“就是不要让这问题提出来。这点显而易见。”

“要压下一个议员的问题可是件严肃的大事。”我说。当然，他和我两人都知道，迄今为止，并没有问题，也并没有这样一个后座议员——但可以有，如果我决定安排的话。

“唯一能阻止他的办法，”我提出，“也许是让这位后座议员提个别的问题，要求首相平息撤销行政事务部的谣言。”

就是这样。我提出了一笔交易，坦白公开地。现在明明白白地提出来了。休斯屏气考虑了片刻，想找条出路。但是并没有。

值得称道的是，他处理得很高明，立刻说出一堆得体的话：“但我确信……不管是什么让你这么想？……除了全力支持，没有任何问题……”诸如此类。

这时的汉弗莱终于弄明白了怎么回事儿，加入进来给予致命一击：“可你几天前才说撤销这个部的计划已经出台，而且首相对此计划报以微笑。”

“是一笑**置**之，”唐纳德·休斯对答如流，“是一笑**置**之，不是含笑**对**之。这想法荒谬，可笑，绝无可能。玩笑而已。”做得漂亮——我还真佩服他。

于是我请他从首相办公室搞一份会议记录出来，二十四小时内散发到各个部，把谣言扑灭，好让我们大家都能分享这个玩笑。

“你真觉得这样有必要吗？”他问。

“有呀。”汉弗莱、伯纳德、弗兰克、马丁和我异口同声地回答。

休斯说既然如此，他确信这事能办到，而且会是他的荣幸，他多么乐于跟我们大家一起闲聊，请原谅他还有事，接着就离开了。估计直奔十号了。

这一场较量，设局，然后出招，是我最精彩的表演之一。我对自己极度满意。

伯纳德在唐纳德·休斯走后问我，休斯是不是**真**能为我们把这事办好。“难道首相自己没有头脑吗？”他问。

“当然有，”我对伯纳德说，“不过用尼克松总统的心腹查克·科尔森的话说，一旦你握住了他们的蛋，他们的心和脑就得跟着了。”

6. 知情权

2月9日

今天我有个环境问题要处理。几个环保主义者组成的代表团向我递交了一份请愿书。厚厚六大本，全是签名。就算没有上万，也得有好几千。

他们抗议我提出的新法规，那是为治理现有制度中的混乱和异常现象而提出的——其实现行的也**称不上**什么制度，只不过是个乱七八糟的大杂烩。地方当局、旅游部门、国家公园、国民托管组织、乡村委员会、CPRE[①]全都在背后中伤、推诿责任，而且没人知道它们在哪儿，一件事儿也没见干成。新法规的唯一目的就是收拾这个烂摊子，让所有这些可恶的委员会配合工作。

---

① The Council for the Protection of Rural England，英格兰田园保护理事会。——译者

我跟代表团解释了这个情况。“你们知道委员会是什么吧？”我说，“成天吵架、误事、浪费大家时间。”

“**我们**就是一个委员会。”其中一人说，这是个相貌平平，年龄不详的戴眼镜女子，不过明显出身于汉普斯特德的上层中产阶级。她看上去颇有些恼火。

我解释说我指的不是**她的**这种委员会；我努力要做的一切就是建立一个办事程序简单明了的新机构。老百姓的钱就可以节省下来了。在我看来，这应该受到大家的欢迎。

然而，这些汉普斯特德中产阶级的代表们担心的是某个叫作海沃德灌木丛的地方。看来，在新方案之下，它会与其他一两处地方一样，失去其受保护的地位——因为要妥善管理该地没什么经济价值。

但是这处海沃德灌木丛似乎被这群怪人中的几位当成了不列颠文化遗产一个至关重要的组成部分。“獾世世代代生活在这个地方。”一位年长的上层社会主义分子气急败坏地说，这是个迈克尔·福特[1]那类的上流人物。

“你怎么知道的？”我问，纯粹出于好奇。

“《卫报》上这么说的。”一个穿着平头钉皮靴的热血青年说。

居然什么都相信！你只要到市面儿上混上一个星期，你就会连报纸上印的当天日期对不对都开始怀疑了！不管怎样，那年轻人塞给我一份《卫报》。

我看了他用红笔圈出来的报道。实际上，《卫报》是这样说

---

① Michael Foot，英国工党领袖。——译者

的：獾居于此地因居于此地以生存[①]。

我把这句话大声读出来，并且大笑，但他们似乎毫无幽默感。接着一位巨臀被棕色花呢套装裹得紧紧的中年女士提出质问："如果你家花园里被一群巨獾盖了许多办公楼，你会怎么想呢？"

巨獾？我对这种荒诞的想法强忍着没笑出来，这时另一个怪胎自以为是地接着说："人类没什么特殊的，哈克先生。我们不能凌驾于自然之上，我们都是其中的一部分。人也是动物，您知道的。"

显然我早就知道这个了。我不就是从下议院来的嘛。

伯纳德大概十分钟后帮我把他们打发走了。我没给他们什么承诺，只说了些惯用的套话，什么适当时候会把所有意见都考虑进去之类的。但我关心的是，部里竟然没有一个人告诫过我，统一乡村行政部门会意味着取消那些倒霉獾的特别受保护地位。倒不是我在乎那些獾，而是我已经获准告诉国会和新闻界此事无损于公共环境。

明天我得跟汉弗莱一起处理此事。

我还得解决一个问题，为什么我的时间净被浪费在这种毫无意义的会谈上，现在我想要的是用更多时间会见部里的基层工作人员，了解他们的问题，从总体上想清楚怎样才能更有效地管理这个部。

［我们发现了汉弗莱·阿普尔比爵士和伯纳德·伍利往来的一些值得引起注意的备忘录，写于本周内。——编者］

---

① The bodgers have dwelt in it for in it for generators．这是一行印错的、语意含混的句子。——译者

来自常任次官

伯·伍：

我了解到大臣一直在擅自安排不受监督地会见本部基层官员——助理秘书、各部门负责人，甚至还有高级行政官员。请解释。

汉·阿

2月9日

来自私人秘书

汉弗莱爵士：

大臣想认识本部各级人员，并了解他们的工作及理由。

伯·伍

2月9日

来自常任次官

伯·伍：

这些会见必须立即停止。如果大臣与下面的人谈话，他就会了解我们自己都不知道的事情。我们的整个地位会动摇。

汉·阿

2月10日

来自私人秘书

汉弗莱爵士：

大臣认为这样的会见增加了我们对情况的了解。他还表达了要更好管理本部的愿望，现在情况相当不错。

伯·伍

2月10日

来自常任次官

伯·伍：

我想你应该十分谨慎。我对你近来的备忘录很不解，而且我怀疑大臣是否完全直言坦白。我一定要说，你应该立即积极考虑此事，并扪心自问是否已经考虑过全部内在的可能。大臣在此范围内的活动容易引起不当的，甚至令人追悔莫及的后果。

汉·阿

2月11日

[翻译："考虑过全部内在的可能"意即"你把工作搞得一团糟"。"不当的，甚至令人追悔莫及的后果"意即"你正面临被调到阵亡将士管理委员会的危险之中"。——编者]

来自私人秘书

汉弗莱爵士：

如能就此事进一步赐教，本人将不胜感谢。

伯·伍

2月11日

来自常任次官

伯·伍：

请注意以下几点：

1．你提到增加对情况的了解。尽管这种志向是可取并值得尊重的，但是请记住，如果以牺牲你自己的权威为代价来增加了解就是愚蠢的。

2．当一个大臣真的开始管理他的部时，情况是不会顺利的。那会相当糟糕。管理本部不是大臣的职责。那是我的职责，对此我已经有二十五年的训练和实践了。

3．如果大臣获准管理本部，我们就会有：

（i）混乱。

（ii）创新。

（iii）公开辩论。

（iv）外部监视。

4．一个大臣有三项功能：

（i）他是一个辩护人。他让国会和公众觉得部里的措施看上去合情合理。

（ii）他是我们在威斯敏斯特的代言人，他带着我们的立法在国会通过。（注意：我们的，不是他的。）

（iii）他是我们的饭票。他的责任就是在内阁中为**我们**争取**我们的**工作所需的经费。

请注意：同负责人员和高级的行政官员一起审查部里的工作程序和实施不是他的功能。

汉·阿

2月12日

伯纳德·伍利爵士（与编者谈话时）回忆：

当时我相当年轻而且不成熟，我还是有点不知道怎么把汉弗莱爵士的建议付诸实践，因为大臣亲自安排了这些约见的日程，而且他已经完全胜任了工作。

我找机会见到汉弗莱爵士，试图向他解释，只要大臣有时间，我就没法阻止他做他想做的事。

汉弗莱爵士大发雷霆！他问我为什么大臣会有空余时间。他告诉我要确保大臣**永远没有**空余时间，而一旦他有空，就是我的错。我的工作就是制造各种活动。大臣必须发表演说，去外地访问，公费出国旅行，接见代表团，审阅红盒子里堆积如山的文件，还有被迫应付危机、不测和恐慌。

如果大臣的工作日程里有空白，我就得去填上。而且我还得确保当他在我们控制范围之外打发时间的时候不会带来危害——在下议院就是一例。

好在，我确实记得我多少做了一点小小的补救，我告诉汉弗莱爵士，大臣——就在我们说话的当口——正在陷入一场毫无意义的会谈，关于保护沃里克郡的獾。

事实上，他是如此满意，以至于我表示我还会设法去找些其他濒危物种来缠住大臣。汉弗莱爵士回答说不必到远处去找了——不能把大臣的时间填满的私人秘书就是一种濒危物种了。

2月10日

今天上午，我提出了那件濒危毛皮动物的事，以及我曾告诉下院此事无损于环境的事实。

汉弗莱爵士说我没跟下院说过这个。我的讲话里有这样的话："对公共环境没有**重大**损害。"

我认为这是一回事，但汉弗莱爵士纠正了我的错误。"恰恰相反，究其实在，这完全不同，大臣。几乎任何事物都可以被攻击成有损公共环境，而几乎任何事物也都可以辩解成对公共环境没有重大损害。我们必须重视'**重大**'这个词的重大意义。"

我指出六大本签名簿总不能说是非重大吧。汉弗莱建议我看看里头。我看了，使我极为震惊的是，我发现每本里头只有几个签名，全加在一起至多百十来个。这是个狡诈的花招——在报纸上登一张附有六大厚本签名簿的请愿书的照片，远比在一张精美纸张上的一串名字更让人印象深刻。

的确，有关那些獾的宣传的确可能真的相当有破坏力。

好在汉弗莱已经组了一篇新闻稿，说那个有关的灌木丛仅仅是取消了注册，并不是濒危；而沃里克郡全境内有大量的獾；还有獾同布鲁氏杆菌也有一定联系；还反复重申"对公共环境没有重大损害"。

我们找来了新闻官，他同意汉弗莱，认为这事不可能成为全国性新闻，也就在《卫报》的内页登上几行而已。我们达成一致意见，也就是说只有都市中产阶级知识分子才关心乡村保护，因为他们没必要住在那里。他们只是读到那里。伯纳德说他们的抗议与其说是由于愤怒，还不如说是由于梭罗。我对他的俏皮话开始有点厌烦了。

于是我们完满解决了动物王国的问题。现在我继续提出那个重要的基本原则问题：为什么在我向下议院宣布之前没有人告诉我全部的事实？

汉弗莱的理由让人吃惊。“大臣，”他平淡地说，“有人这样主张——这的确是很中肯的——有些时候有些事情大臣还是不知道为好。”

我简直没法相信自己的耳朵，但居然后头还有呢。

“大臣，”他继续巧舌如簧，“您在下议院和记者招待会上的回答很精彩。您有自信，所以您说的话也令人信服。如果那个施加生态压力的组织当时已经像獾一样在您身边缠来绕去的，您还能用同样的自信力说话吗？”

我没理会那个惹人厌的玩笑话，虽然汉弗莱总是想卖弄风趣，我还是觉得他是无意中说出来的。我深为震惊的是，他公然断言他有权把我——这个人民的代表——蒙在鼓里。绝对骇人听闻！我就这样告诉了他。

他试图告诉我这对我最为有利，我还从没听到过这么虚伪的论调。我告诉他这无法容忍，绝不能再发生这种事。

我要看到它不会发生。

2月16日

过去的一周里弗兰克·韦塞尔和我一直在奋力工作，要制订一份改组这个部的计划。目的之一是要让各级各部门官员向我汇报。

今天我试图向实际上拒绝听我讲解的汉弗莱爵士解释我的新制度。

他从一开始就打断我，并且告诉我他有些我也许不想听的话要说。他把这话说得仿佛是什么新鲜事儿似的。

正巧我的录音机还开着，于是为子孙后代录下了他说的话。

他对我说的原话是："大臣，传统上对行政管理职责的分配是严格明确的，目的是让大臣从行政琐事中解放出来，把管理职能交给那些被其经验和资格塑造得更能胜任这类卑微工作的人，从而使他们的政治领导人脱身出来承担更为繁重的责任，并从事显然要与他们的崇高地位相匹配的深邃的思考。"

我不能想象他为什么认为我不想听这些话。或许他认为这会让我感到不快——但是你怎么可能为一番你一个字都听不懂的话而感到不快呢？

于是我又一次请求他用白话表达他的意思。这样的要求总是让他惊讶，因为他总是令人不可思议地认为他说的就是白话。

不过，他还是冥思苦想了一番，然后毫不含糊地，选择了单音节的词来表达他的意思。

"您到这儿不是来管这个部的。"他说。

我吃了一惊。我说我认为我是来干这个的，而且公众也这么认为。

"尽管我对您满怀尊敬，"他说，这会儿我克制住自己没打他一耳光，"您错了，公众也错了。"

于是他接着说管理本部是**他的**工作。而我的工作是制定政策，让法案通过以及——首要的是——确保内阁拨给部里的预算。

"有时候我怀疑，"我对他说，"你所关心的只有预算。"

"它确实很重要，"他尖刻地说，"如果没人关心预算，那这个部就会小到连一个大臣也能管理了。"

我相信这不是他对我说话应有的态度。

不过，我没有不快，因为我相信道理在我这一边。"汉弗莱，"我严厉地质问，"难道我们要在民主本质的认识上产生根本的分歧吗？”

同往常一样，他一遇猛攻就立即退却。“不，大臣，”他用他最谄媚的语气说，现在就是一副尤利亚·希普[①]的嘴脸，“我们仅仅在分工上有争议。我只是说管理一个部这种卑微的琐事降低了您的身份。您是为了更加高尚的使命而来的。”

当然，这种糖衣炮弹对我无效。我坚持要行动，就现在！为此，我让他看了我的改组计划。他答应尽最大努力将之付诸实施，并成立一个拥有广泛权限的调查委员会，这样到最后我们就能够依据长远考虑做出正确决策。他坚持主张这样做比轻率地急于求成更为可取，而且考虑不周的行动可能会引起难以预料的后果。这让我十分满意；他已经承认有进行广泛改革的需要，我们不妨也相信改革会顺利进行。

另一方面，当我很高兴地把所有日常的文书工作交给汉弗莱和他的官员们时，我将能直接获取**所有的**信息。最后，我明确表示，我再也不要听到那句话：“有些事大臣还是不知道为好。”

2月20日

今天是星期六，我一直待在选区的家中。

我很担心露西［*哈克的女儿，当时18岁——编者*］。她有时候好像真有点情绪失控。我觉得都是我的错。这么多年来我花在她身上的时间太少了，这是由于工作压力等诸多原因，下院里头几乎所有那些成功的同僚与他们的家人和不断惹麻烦的未成年子女都是剑拔弩张的关系，这当然不是偶然的。

---

① Uriah Heep，狄更斯小说《大卫·科波菲尔》中的人物。——译者

但这也不能都是我的错。她自己肯定也**有点**错！想必是！

她半夜才回家，又很晚才下来吃早饭，那会儿安妮和我刚要开始吃早了点儿的午饭。她一脸嫌恶地抄起《每日邮报》——就因为那不是《社会主义工人报》或是《真理报》吧，我猜。

我同往常一样，一上午很快浏览了所有的报纸。《卫报》内页上一则短讯的标题给了我迎头一棒——“杀獾屠夫哈克”。这篇报道严重歪曲我而偏袒那些多愁善感的自由派窝囊废——真的不奇怪，每家报纸都得迎合自己的读者群。

> 哈克承认取消海沃德灌木丛的被保护地位可能意味着獾聚居地点的终结。
>
> 不列颠野生动物保护协会的一位发言人说：“哈克已经签发了獾的死刑执行令。”

好一个“伪报”。

露西下楼时，我宽容地忍住没对她说“下午好”，并且在她告诉我们她在静卧休息时，我也没有挖苦说她在静坐示威。

不过，我的确问了她昨夜为什么回来那么晚，她回答起来有点傲慢：“有些事情当爸的还是不知道为好。”“不许胡说。”我厉声喝道，不用说，她有点诧异。

她告诉我她出去跟腹泻有关，我立即关心起来，建议她去看看医生[①]。随即意识到，她说的是托派。我反应这么迟钝是因为我还不知道她是个托洛茨基分子。上次我们谈话时她还是个毛主义

---

① 原文 with the trots（腹泻）与托洛茨基分子的简称 Trots 读音相同。——译者

者呢。

“彼得是托派。”她解释道。

“彼得？”我脑子里一片茫然。

“你只见过他大约十五次。”她用她最尖刻的语调说，这种声调是少女们专门留着跟她们的父亲说话用的。

这时候，安妮明明知道我这个周末打算看完五只红盒子，却要我跟她一起到付现取货商店购物，通厨房下水道，还有修剪草坪。我有点急躁地向她解释红盒子的事，她竟说它们可以等。

“安妮，”我说，“也许你忽略了一个事实，我是君主的大臣。女王陛下政府中的一员。我做的是一份**非常**重要的工作。”

安妮不可思议地无动于衷。她只是回答说，我有两万三千名文官做帮手，而她连一个也没有。“你可以待会儿再摆弄那些备忘录，”她说，“下水道得现在就修。”

我还没顾上回答她的当口，露西从我面前一伸手，把刀上的橘子酱全甩到了我的内阁会议记录上。我试图把它刮掉，反而又抹上了一层黄油。

我叫露西去拿块布来，一个简单不过的要求，激起她的突然爆发，倒让我大吃一惊。“你自己去拿，”她咆哮起来，“你现在不是在白厅，你要知道。‘是，大臣……’‘不，大臣……’‘请问我可以舔舔您的鞋吗，大臣？’”

我被噎得话都说不出了。安妮站在我这边插话，虽然不像我希望的那么坚定。“露西，亲爱的，”她温言责备，“这么说不对。那些文官对你爸爸总是俯首帖耳，却从没真正把他放在眼里。”

这太过分了。于是我告诉安妮，只不过两天前我还在部里赢得了一场重大的胜利呢。为了证明此话不假，我把塞满了文件的五只红盒子指给她看。

她并不认为这表明我的成功。“你只是暂时占了汉弗莱·阿普尔比爵士的上风，现在他们又压过你了。”

我认为她没弄明白。我把我的道理解释给她听：汉弗莱曾经**直截了当**地对我说，有些事情大臣还是不知道为好，这意味着他有事瞒着我。很可能是重要的事。所以现在我坚持，部里发生的**所有事情**都得让我知道。

不过，她的回答让我重新考虑了自己的处境。她充满爱意和深情地对我笑着说：

“亲爱的，你到底是怎么当上内阁大臣的？你这个呆子。”

我又一次被噎住了。

安妮接着说下去：“你还不明白吗，你正中他的下怀？他肯定开心死了。你已经公然请他用那些毫无价值的信息把你吞没了。”

我一时醍醐灌顶。我一头扎进红盒子——里头都是些可行性研究、技术性报告、各种委员会过期的文件、办公用品申请单……全是破烂儿。

这相当于第二十二条军规。那些混账。他们给你的信息要么少得让你弄不清状况，要么多得让你找不到状况。

你赢不了他们。他们对我又是追击又是堵截。

2月21日

有些人认为一个大臣的生活有反差，正好可以使他头脑清醒，平易近人，而且脚踏实地。我却认为这些状况快让我精神分裂了。

整整一周我都在保护、照料和严密的包围之中。我所有的愿望都成了不可违抗的命令（当然不是真正本质性的问题，而是日常的琐碎小事）。我的信有人写，我的电话有人接，我的看法有人请示，随时有人恭候服侍，我要去哪儿都有公车接送，大家都毕恭毕敬地跟我讲话，仿佛把我当成上帝。

但这些都只适用于处理政府事务。当我去处理党派事务或私人事务时，整个机构就丢下我不管了。如果我去出席党务会议，我就必须自己去，必要时还得乘公共汽车；如果我为选区事务回家，也没有秘书陪着；如果我要发表党内演说，没有人为我打字。因此每个周末，像一件价值连城的古董刻花玻璃那样被人在手心里捧了五天之后，我就得调适自己去洗洗涮涮以及疏通下水道。

本周末我在星期五晚上坐火车回家，而星期六早晨竟然有公车送来了五只红盒子！

昨天几乎彻夜未眠，老想着安妮跟我说的话。今天醒来摇摇晃晃地下楼去用早餐，没想到会看到——颇让我吃惊——露西正靠在椅子上一脸敌意地等着我。她已经找到了昨天的《卫报》，而且一直在看那篇关于獾的报道。

“这儿有一篇和你有关的消息，爸爸。”她用指责的语气说。

我说我已经看过了。她不由分说还是对我念了出来：“杀獾屠夫哈克。”

“爸爸已经看过了，亲爱的。”安妮说，以示忠诚。露西全当没听见，把整篇报道大声念了出来。我告诉她这都是胡说八道，但她一脸怀疑的神色，于是我决定向她详细说明。

“第一，我并不是杀獾屠夫；第二，獾并不是快要灭绝的物种；第三，取消保护地位不一定意味着獾要被杀死；第四，如果为了一个拯救不列颠自然遗产的总体规划而不得不牺牲几只獾的话……活该！”

选择“总体规划”这个词语，总是不妥当的，尤其是不该对着看“二战”片长大的一代人说。“您的总体规划，我的元首，”我的宝贝女儿喊着，行了个纳粹式敬礼，“为达目的不择手段，是吗？”

且不说这是个左派狂热分子完全荒谬的言论，只说她怎么有胆量批评别人信奉“为达目的不择手段”——当然我并不信奉也没必要信奉这个——她其实是小题大做。

“这是因为獾没有选举权，不是吗？”这个尖锐的问题彻底把我问住了。我不太明白她到底要干什么。

“如果獾有选举权，你才不会消灭它们。你会跑到海沃德灌木丛，去握它们的爪子，亲吻它们的小崽子。你一向都这么巴结的。恶心！”

显然我连自己的女儿还没巴结好呢。

安妮又来打圆场了。“露西，”她说，我觉得太温和了点，“你这么说可不太好。”

“但这是事实，不是吗？”露西说。

安妮说：“是……啊，是事实……不过，嗯，他从事的是政治。爸爸不能不巴结啊！”

真多谢了。

“这件事得制止住。”露西说。她谴责完我，现在又来命令我了。

“太晚了，”我不怀好意地笑了，“已经做出决定了，宝贝。”

“那么，我去制止它。”她说。

傻丫头。“好啊，”我说，“这很容易。只要你被提名为候选人，在大选中获胜，从后座议员中脱颖而出，被任命为大臣之后废除法案。不成问题。当然啰，到那会儿獾的情况可能就有所改善了。”

她怒气冲冲地离开了，而且感谢上帝，她一天都没回家。

［与此同时，伯纳德·伍利对于向大臣保密的做法越来越感到不安。他觉得自己难以适应文官运用“了解的必要”这一原则为根据安排所有保密活动的观念。最后他给汉弗莱爵士递交了一份备忘录，要求进一步解释为什么大臣不应该知道他想知道的任何事情。答复如下。——编者］

伯·伍：

国家是由大臣们根据我们提供的各种备选建议做出决策来治理的。

如果他们掌握了所有的情况，他们就会看到许多其他的可能性，其中有一些可能不符合公众利益。而且他们可能会制订他们自己的方案，却不是从我们提出的两三个方案中选择一个。

只要是由我们制订建议，我们就能引导他们做出正确的决定。

我们文职人员还不至于愚蠢或不明智到相信任何问题都只有一个正确的解决方法。然而，我们的公职就是把大臣引向我们所说的“共同立场”。

为了把大臣引向共同立场，有些关键词要写进建议使之更具吸引力。

大臣们通常会接受包含以下词语的建议：“简单”“迅

速”“受欢迎”和“低廉”。

大臣们通常会拒绝包含以下词语的建议：“复杂”“长期”“昂贵”和“有争议的”。

最重要的是，如果你想把一个建议写得让大臣肯定会拒绝，那么你应该把它说成“无畏的”。

记住，以此方式引导大臣才使得不列颠有今日。

汉·阿

2月22日

［汉弗莱·阿普尔比爵士在这张备忘录中所选择的词汇值得推敲。例如，“共同立场”是政府在1970年代头四年中进行了两次改组之后，高级文官的常用词汇。它似乎意味着文官在不干扰执政党的情况下所能够推行的政策。“无畏”一词在这个语境中甚至比“有争议的”更具破坏性。“有争议的”只意味着“这会使你失去选票”，“无畏”则意味着“这会使你落选”。——编者］

2月22日

亲爱的爸爸：

明天我和我的同学兼恋人彼得打算在海沃德灌木丛举行二十四小时的静坐抗议，声援那里的獾。

“拯救獾”的静坐会是裸体的。

如果獾的保护地位到2月22日星期一下午5时仍不予恢复，或者不能作出令人满意的保证，那么我们将把这一事件公诸报界和其他传媒。

我们将在下午6时举办裸体记者招待会。

露西·哈克

2月21日（星期日）

[以上信件是伯纳德·伍利于2月22日星期一在办公室里打开哈克的红盒子时发现的。信封上的收件人是“爸爸”，但按照规定，私人秘书有权拆阅包括**绝密**在内的所有各类信件，除非信封上特别标有“亲启”字样。此信未标“亲启”。下面仍是哈克的日记。——编者]

今天下午似乎没完没了。我觉得我多多少少已经经历过了厄运的种种明枪暗箭，但迄今为止，这还是我政治生涯中最不好过的一个下午。不过，我还是要从头写起。首先，《旗帜报》上登了贾克的漫画。

接着我午饭后从内阁委员会回来，伯纳德和汉弗莱极为不安地慢慢蹭进办公室。我问出了什么事。

接下来的四分钟里，他们似乎是在说谜语。

“可以说，有件小小的尴尬事。”汉弗莱爵士说。

“有多小？”我问。

一开始他不着边际地说不想夸大这件事，也不想引起任何过分的恐慌，可话虽如此……等等，等等。我叫他有话快说，他告诉我他要交代一件事，我叫他袒露胸襟讲出来。

“这可不是最令人愉快的措辞，在目前这种情况下。”他令人费解地回答。我对他说的话还是一头雾水，不过事情很快就会再清楚不过了。

但汉弗莱就是不知道怎么把坏消息告诉我。太反常了。首先他说海沃德灌木丛会有一个二十四小时的静坐抗议，是由一个女学生和她的男朋友领导的。我看不出两个不负责任的游手好闲之徒想要出——但出不了的——风头会有什么大问题。

于是我就像个白痴一样这么说了。（如果说今天我上了一课的话，那就是不可鲁莽行事。如果你不想让自己到最后像个十足十的傻蛋，那么在了解全部事实之前，不要作出**任何**反应。）

可是我偏偏止不住滔滔不绝。“没人会感兴趣，”我说，“人人都很烦这些讨人厌的学生。他们就是一群暴露狂，你知道的。”

“既然如此，”汉弗莱爵士说，突然变得不那么神秘了，“他们看起来确实会暴露点什么。这是个裸体的静坐抗议。”

这看起来是成了个问题。显然会引起新闻界相当的注意，甚至可能会上通俗小报的头版。不过令人遗憾的是，汉弗莱还是不给我全部真相，于是我又继续说下去，让自己每一分钟都更像个白痴。“我真不知道那些学生脑子里在想什么。真可怕。不知羞耻！都是他们家长的错。没把他们教育好，让他们这么放肆，灌输给他们那些时髦中产阶级反政府的胡言乱语。”接着我又唠叨了一通如今缺乏权威，这些学生的无政府主义都是他们父母疏于管教的显著证明。

到了这个节骨眼儿，汉弗莱总算良心发现，向我透露那位学生的名字是哈克小姐。一时间我还以为是个巧合，随即恍然大悟。我这一辈子还从来没自觉这么愚蠢过！我确信（至少我**认为**我确信）汉弗莱并非有意要尽可能彻底地羞辱我。不过他做到了。总有一天我会向他都讨回来的！

把自己纷乱的情绪收拾好之后，我说但愿新闻界不至于认为此事值得他们大老远赶到沃里克郡去。我即使在说的时候也明白自己在说废话——为了这样一则消息，新闻界不远万里跑到南极也愿意。

汉弗莱和伯纳德只是怜悯地看着我，并且给我看了那封信。

我注意到露西要在下午 5 点向新闻界发布消息。很内行。这样错过没什么人看的晚报，从而赶上所有的日报。身为一个政治家的女儿，她已经学到点儿**东西**了。

伯纳德接着说他觉得他最好提醒一下，露西十分钟内会从公用电话亭打过来要答复。

我问怎样才能消灭这条消息，两人都沉默不语。“出个主意。”我说。

“来一点家长的权威和管教怎么样？”汉弗莱提议道。我告诉他别犯傻了。

“要是您能让她好好听听道理……”伯纳德主动说。

我解释说她是学社会学的。

“噢，我明白了。”他郁闷地说。

又是一段长时间的沉思。之后我建议叫警察出面。

汉弗莱摇摇头，同时构想出报上肯定会出现的大标题——“大臣指使警察镇压裸体的亲生女儿”。

“我可不保证能**彻底**消灭这条消息，大臣。”他说。

我们又一次坐在愁苦的沉默之中，叹息声不时在屋内回响。汉弗莱突然振奋起来。“要不这样……”他说。

“怎样？”我满怀希望地说。

“要不……”他又说，“……我查一下档案？”

真不好意思我竟然情绪完全失控。“太不可思议了！”我大喊大叫。“你一年挣三万多英镑就为了干这个吗？我女儿马上就要让自己登上《太阳报》的整个头版了，可能还要上第三版，而你能想到的只有**档案**！太有才了！”

他一直等到我叫喊完。“不过……”他说。

“它们都在外边。”伯纳德说，迅速地指了一下私人办公室。汉弗莱以最快的速度消失了，在我来得及再次吼他之前。

伯纳德和我绝望地大眼瞪小眼。“不知道他们会用什么角度？”我说。

“广角吧，我觉得，”我瞪了他一眼，“噢，我明白您的意思了。对不起。”

我满脑子里想着的就是下一次我在下院回答质询时，反对党会怎么拿这事寻开心。“这位骄傲的父亲有什么要说的吗？”“大臣的家属是不是曝光太多了？”“大臣没有试图掩盖一下吗？”甚至还有：“大臣管理行政事务部有没有比管理自己的家庭好一些？”

我对伯纳德说了最后一个问题，因为那是我的阿喀琉斯之踵[①]。我还尖刻地补充，我猜伯纳德会希望我告诉世人是汉弗莱爵士在管理这个部。

伯纳德看上去真心实意地感到震惊。

“当然不会，大臣，我不会，”他忿忿地说，“我是您的私人秘书。”

“你是说，”我怀疑地问道，“在危急关头，你会站在我这边，

---

① 致命弱点之意。阿喀琉斯是《伊利亚特》中的英雄，除脚踵外，浑身刀枪不入。——译者

而不是汉弗莱那边？”

伯纳德回答得很直接：“大臣，我的任务就是让危急不要发生！”

[这实际上是私人秘书职责的一个精确定义。——编者]

就在这时露西的电话打进来了。她在一个公用电话亭。我抓起话筒。一开始我试着要哄她。“我收到了你的小纸条，”我说，试着跟她打哈哈，“你知道，我上了一下子当。我还以为你是当真的呢。”我那点笑声自己听着都觉得假。

“我是当真的，”她冷冷地回答，“彼得和我马上就给交流通讯社和报业协会打电话，之后我们就去灌木丛。”

于是我苦苦哀求。我求她想一想这会对我造成的损害。她回答说，要受灭顶之灾的是獾，不是我。

这个问题她真是大错特错！这可能会终结我前途远大的事业。

很明显她就要实施她那可怕的计划了，就因为我不能为了她改变我的政策，这时汉弗莱手里挥舞着一份档案跑着冲进门来。我以前从没见过他跑。他断断续续地说有新进展，并且问可不可以跟露西说几句话。

他拿起电话，打开档案开始解释他的发现。“我刚刚找到政府野生动物观察员的最新报告。让我们对整个情况有了进一步的了解。”

他继续解释说，很明显，在海沃德灌木丛并**没有**獾的聚居地。报告中的用语是这样的：“獾栖息于此的最后证据——粪便、新近翻动过的泥土等——记录于十一年前。”

露西显然跟伯纳德和我一样吃惊。我在我的另一只电话机上听着，伯纳德也是，用他的电话。她问报上为什么会说那里有貛。汉弗莱解释说关于那些可怜的貛的消息是当地一个房地产开发商向报界透露的，是虚假的。

露西立即心甘情愿地相信了汉弗莱的话。对托派分子来说，房地产开发商就是撒旦在地球上的代表。她要求解释。

“地方政府计划用灌木丛那块地建一所新的成人教育学院，但开发商想把灌木丛买下来建写字楼和豪华公寓。”

“但是，”露西打断他，“如果那里是受保护的，他不能用啊。”

“不能用，”汉弗莱赞同，“但是地方政府也不能用。而且他知道，要是他们不能用，他们就会把钱花在别的地方。这样，十二个月以后，他就会卷土重来，证明那里没有貛，主要是取消保护然后建他的写字楼。”

从彻底的沉默中，我可以断定露西深为震撼。汉弗莱接着补充说：“这是房地产开发商的惯用手法。震惊，不是吗？”

我完全不知道汉弗莱对房地产开发商是这种看法。我原本以为他还挺喜欢他们的。

露西问汉弗莱到底有没有野生动物在灌木丛里。

“是，有一些，”汉弗莱说着，翻看着档案，“这里显然是被伯明翰人当个垃圾堆在用，所以那里有不少耗子。”

“耗子？”她轻声说。露西讨厌耗子。

“是的，几千只呢，”汉弗莱说，善意地加了一句，“我想它们也可以算是野生动物，以它们的角度来说。”他顿了一下又接着说：“要是让那个开发商占了便宜就可惜了，不是吗？”

“我想是的。”她回答。很显然拯救貛的静坐抗议取消了！

汉弗莱又带着极大的热情和绝对的虚伪补充说：“不过，请允许我对你的观点和献身精神表示极大的敬意。”

她没要求再跟我说话，直接挂断了电话。这场危机结束得和开始得一样突然。她绝不可能在周围有大量老鼠的地方搞一场裸体友爱集会——这点和新闻界不同，当然。

我一再向汉弗莱祝贺。“这没什么，大臣，”他谦逊地说，“这都是档案里的。”

整个事件都让我吃惊。那房地产开发商该是个多么狡猾透顶的浑蛋。我让汉弗莱把报告给我看看。

突然，他又变回遮遮掩掩的老样子，他告诉我那报告并不那么有趣。我再次要求要看，他像个犯了错误的小学生那样把手放到了背后。

于是我豁然开朗。我问他那个故事是不是真的。他声明他不懂我的问题。于是我问他，再一次，清楚地问他，方才他讲给露西的那个惊人的、恰当的故事中有没有一句是真话。

他看住我，然后缓慢而谨慎地问道：“您是真的想让我回答这个问题吗，大臣？别急着回答。”

这是个好问题。一个非常好的问题。如果我的猜测正确的话，我能想得出知道真相没什么好处，而且是极没好处——我将不得不对露西不诚实，这是我从没做过也永远不会做的事！

“不，”过了片刻之后我说，“嗯，汉弗莱，别费心回答了。”

“正是如此，”他说，又像我以前看到的那样扬扬得意了，“也许您会注意到，有些事情对大臣来说还是不知道为好。”

7. 任人唯亲

［3月初的时候，吉姆·哈克差点儿卷入一场会动摇政府同时也会不光彩地提前终结他政治生涯的丑闻，命悬一线。令人啼笑皆非的是，哈克会发现他在为与自己无关且没有参与的事情负责——不过作为一位大臣，他还是有责任的。——编者］

3月2日

今天我来到办公室，情绪甚好。我把红盒子都完成了。我觉得自己完全能胜任工作。昨天所有的提问［议会质询——编者］我都处理得相当好，昨晚在一场宴会上发表了一篇不错的演讲，而且正期待着明天要在广播里做一次讲话。都是精彩的宣传。我发现人们终于开始知道我是谁了，这都是由于我近来一直在设法为自己树立的高调形象。

我问伯纳德，这次广播讨论会有哪些内容。我以为会涉及北约组织。伯纳德说，事实上是有关工业合作的。

我印象中就是这类的事情。总之是某种合作。

这次讨论会所请的人和往常一样都是BBC硬性安排组合的：一个政治家、一个雇主和一个工会会员。

我注意到准备请的工会会员是乔·摩根，他曾经是索利赫尔工程项目的职工大会代表。我说这很好，因为这意味着我们可以在广播中谈论这项工程。

让我奇怪的是，这句无可争论的话却使得汉弗莱爵士极为焦虑。

“大臣，您不打算在广播里提到索利赫尔工程吧？”

“我当然会，”我说，“这是政府和私营企业成功合作的杰出范例。”

“您为什么这么说呢？”他问道。

有那么一会儿，我想不出为什么。后来我记起来了。“因为你说它是，”我指出，“怎么了？你改变你的想法了？”

“没有，”他谨慎地说，“但是……如果您在广播时忽略掉这一说法，我会感到愉快得多。”

“为什么？”我问。

他说为时过早。我指出这项工程六个月前就动工了，因此不可能称之为过早。

“精确地说，”他说，“事实上有点过期了。”

太离奇了！**既**过早**又**过期。

汉弗莱立刻更正他的蠢话。他只是想说“不是时候”，他声明。于是再一次地，我问他**为什么**？

“我的意思是，您不认为这事对普通民众来讲有点无趣吗？”他嘀咕着说。

我不明白为什么。这是真正进行中的一个工业合作的实例。就是当下。**极为**有趣。我这样对他说。

汉弗莱看上去越发急迫。“正是如此，大臣，”他说，“这件事**太**有趣了，事实上，这样存在着一个危险，会模糊掉您想要在广播中阐述的要点。”

“我的要点是什么？”我问道，突然一下子想不起来了。

汉弗莱也一脸茫然。“伯纳德，大臣的要点是什么？”

伯纳德提醒我们：“私人项目用上政府资金后会更有社会责任感，政府项目接受私人投资后会更有效率。”

这正是我的主要论点，提到索利赫尔工程显然会强调这一点。汉弗莱真是个扫兴的人。他光会到处泼冷水。

但是他仍然不罢休。“大臣，”他执意说，“我必须以我的全部诚意非常严肃地劝告您，不要在明天的广播中提到索利赫尔工程。”

我再次问为什么？他再次躲闪。不过，到这会儿我已经猜着了。“会不会是，”我冷冷地问，“你打算在下个月欧洲政府行政会议上把这项计划的功劳全揽到自己头上？”

汉弗莱说：“您说什么？”——换句话说，他没有否认！因此我知道我猜对了，于是我着实把他责骂了一顿。

“你的主题发言会得到好好的报道，是不是？好吧，让我来告诉你一些无法改变的事实，汉弗莱。最终对人民负责的人是政治家，得到功劳的也是我们。不是文官。”

汉弗莱插话进来。他向我保证，只要不是明天，他只会为我高兴，不会跟我抢功劳。谎话！

我不理会这种拖延手法。“汉弗莱，”我坚定地告诉他，“我不会听信这一套。我要从索利赫尔工程中尽可能地获得政治资本——我看到好东西时是识货的。”

［哈克完全错了。汉弗莱·阿普尔比爵士试图对索利赫尔工程的所有情况保持沉默有其充分的理由。当天晚些时候，伯纳德·伍利意识到这里的情况远比哈克所看到的要复杂，于是想办法与汉弗莱爵士会了个面。——编者］

伯纳德·伍利爵士（与编者谈话时）回忆：

我明白汉弗莱·阿普尔比爵士在努力掩盖某件事。不过，我固执地要求我有必要全面了解这件事，因为似乎没可能把一项地处我国最大城市中心区、占地九英亩、价值七千四百万英镑的建筑工程掩盖起来，即使是汉弗莱·阿普尔比爵士亲自出手。

汉弗莱爵士告诉我，他打算尝试使用公务机密法案。我评论说，这么大一项工程，我看没法保密。

“这是个大秘密。”汉弗莱爵士回答。

我也看不出在每一个人都知道这项工程的时候，有什么可援用公务机密法案的可能。我当时还少不更事，还不能完全理解公务机密法案不是用来保护秘密而是用来保护官员的。

汉弗莱爵士试图用来解释他含糊其词的理由竟然是，因为大臣没有问起索利赫尔工程的背景情况，可见他并不想了解。那么当然，标准的文官做法就是不要用大臣没想要了解的情况去烦扰大臣。

我鼓足勇气表示，我可以向大臣暗示，我相信有一件丑闻与索利赫尔工程有关。自然，我要让汉弗莱爵士明白，我也可以**不**这么做，如果我本人充分了解内情的话。

汉弗莱爵士这才把话说清楚，相当勉强。我了解到索利赫尔工程是由汉弗莱爵士代表行政事务部与斯隆企业的迈克尔·布拉德利合作经办的。这事早在我晋升到私人办公室以前就发生了。

后来，索利赫尔工程项目报告送来了，其中有一段内容对斯隆企业和布拉德利先生的财务可靠性表示怀疑。[**“对财务可靠性表示怀疑”，意即布拉德利有可能快破产了。——编者**]

然而，报告出来时，汉弗莱爵士已经对布拉德利信誓旦旦，所以在他看来把工程做下去是个相对有利的冒险。

既然我知道了全部事实，我就陷入了一个会惹上麻烦的处境。当然我不能告诉大臣我在私下里从常任秘书这里知道的情况。同样地，我有义务尽可能阻止大臣把自己卷进这件事。看来我所能做的事情就是苦谏汉弗莱爵士。

我解释说，如果大臣知道全部事实，他肯定不会傻到把这些事实都广播出去。但是汉弗莱爵士坚持说，作为原则问题，大臣们永远不该知道他们不该知道的事情。就像特工人员那样，因为他们可能被抓起来严刑逼供。

“被恐怖分子吗？”我问。

“被BBC。”他回答。他还解释说，局势尚可挽回。银行还在犹豫是否要取消抵押人的赎回权——一场潜在的灾难。他要在那一周与银行董事长德斯蒙德·格莱兹布鲁克爵士共进午餐。所以与此同时，在广播或报纸上都绝对不可以提到索利赫尔工程。

这看起来是一次掩盖丑闻的行动，我对于自己扮演的角色极感忧虑。我对常任秘书说明了我的看法，但他坚称这不是掩盖丑闻，这是为国家利益所采取的负责任的慎重操作，以防不必要地暴露那些非常合理正当的办事程序，而不合时机的泄露会严重损害公众的信任。

这听上去甚至比我想的还糟——像水门事件！然而，汉弗莱爵士对我解释说，水门事件与此完全不同。水门事件发生在美国。

3月4日

今天，我就索利赫尔工程的事发表了广播谈话，现在开始对此稍感不安。

我和BW［伯纳德·伍利——编者］驱车前往BH［广播大楼——编者］。我问伯纳德，关于汉弗莱爵士不想让我在广播中提到索利赫尔工程的理由，我有没有猜对。这个问题似乎引起了伯纳德极大的痛苦，但他只是缓慢而愁苦地摇摇头。

于是我对他说："汉弗莱不想让我提到这件事的真正原因是什么？"

伯纳德选择了用一个问题来回答我的问题，也就是说，没有回答——"您不觉得他给出了六七条非常有说服力的理由吗，大臣？"

"不，"我说，"你觉得呢？"

他把这个问题也回避掉了。“我相信，”他含含糊糊地说，“汉弗莱爵士知道他在做什么。”

我相信他知道。我只是希望**我**知道汉弗莱爵士在做什么！

我决定换个方法来处理。我感觉得到，而且我认为我没有错，伯纳德对我还是怀有一定忠心的。于是我问他，他会怎么建议我呢。

这让他惊恐万状。“这个，”他惊慌失措地说，“不应该是**我**来建议您，大臣，但如果是的话，我就必须得建议您，您最好还是按照汉弗莱爵士的建议去做。”

“为什么？”我问。

“这个，”他犹豫着，“就是这样，这个，嗯，有些工程计划有某些方面就是，要小心处置，给予合理的斟酌，当情况允许的时候，没有表面上的理由说为什么，通过适当的妥协让步，如果一切顺利，在适当的时候，嗯，当时机成熟的时候，嗯，嗯……”

“伯纳德！”我打断他，“你在说胡话，伯纳德。”

“是，大臣。”他可怜巴巴地承认了。

“你为什么会说胡话，伯纳德？”我询问。

“这是我的工作，大臣。”他回答，并且垂下了头。

很明显他在瞒着我什么事情。但是什么事情呢？也许是为了出口气，我愚蠢地决定在广播中谈论这项工程，把这件事——管它怎么回事——公之于众。

但是现在我疑心这是不是一个错误。

不管怎样，我们录制了这次广播，而我用了相当长的时间，以相当大的热情谈论了索利赫尔工程。

［我们得到了这次广播讨论的文字记录，并把相关部分印在下面。参加者有哈克、乔·摩根——商业和行政工人联合会总书记，以及乔治·康韦爵士，国际建筑公司董事长。——编者］

哈克：（继续说）我很愿意指出，现在有了一个切实可行的完美范例，正在索利赫尔实施。政府资金和私人投资的真正结合。

摩根：花言巧语。

哈克：不，不，它……嗯，请原谅，乔，它对我来讲是本届政府正在从事的一切工作的象征。我个人对索利赫尔工程极有兴趣。

康韦：空话。

哈克：不，这不是空话，砖头和砂浆已经在那儿了。证据确凿，如果我可以用这个词的话，我们的政策真的在实践中奏效了。而且还有……

节目主持人：谢谢你，大臣。还有什么要说吗，乔治爵士？

康韦：我只想重申，合作原则没有任何不好，只要，只要，国家或者工会不要来干扰管理决策就好了。

节目主持人：谢谢你，乔治爵士。乔·摩根？

摩根：（继续说）天哪，哦天哪，哦天哪。我们都知道，乔治·康韦爵士说的都是过气资本家的花言巧语。如果要让合作真有什么意义的话，它就必须是工会、政府和企业之间平等的合作关系。按照这个顺序。

节目主持人：大臣，最后说一句？

哈克：是的，这个，我想，从根本上我们是相当一致的。基本上是的。对吗？我们都认识到，只要我们能够通力合作，我们就能够缔造一个新的不列颠。而且我很高兴有这个机会同两位主要的缔造……主要的参加者讨论这个问题。

节目主持人：谢谢你。刚才是国会议员、行政事务大臣，尊敬的吉姆·哈克与国际建筑公司董事长乔治·康韦爵士以及商业和行政工人联合会总书记乔·摩根的谈话。

结束后我没时间去"会敌室"喝上一杯，但是我要离开时，乔·摩根强行把我留住了。

"哦，"他说，似乎很随兴地，"我希望不介意我提起这件事，哈克先生，不过我想知道你能否为我们的会员申请伯明翰特别津贴说句话？"

我很自然地向他指出，我不可能在BBC的播音室处理工会的谈判。更何况，这是劳动就业部的事。

于是他发表了一句奇怪的评论。“我刚才正在想，瞧，”他说，“这次广播之后，人们可能会开始提关于索利赫尔工程的问题，想知道更多的情况，你懂吗？”

“我希望他们提。”我固执地说。是的，我希望！

然后他说：“但是，据我们所知……”他眨眨眼。“……有些事情……”他又眨眨眼。“最好不要被发现。”然后他用他的食指在他的鼻子一侧上点一点，又眨眨眼。“我相信我们彼此都懂的。”

他咧开嘴笑着，又眨眨眼。我开始怀疑他试图要告诉我点什么。但是什么呢？或许——一个更有可能的解释突然从我脑中闪过——他知道点什么，**而且他认为我也知道**。可不管那是什么，**我不知道！**

我要争取点时间。我看他又眨眼就问他眼睛里是不是有什么东西。“就是眨眨而已。”他快活地回答。

我看上去肯定显得极为呆滞，但是他肯定把我当成了一个极善出牌的高手。他继续说下去：“别再装蒜了，哈克，我们抓住你的小辫子了。我要求比伦敦津贴低十个百分点，我们最后以低三十个百分点成交。我们送你一个战胜我们的功劳。”

“不会有伯明翰津贴，”我心不在焉地说，我的脑子在急速运转，“在这件事上，你最好还是请辞吧。”

“如果有人不得不请辞的话，”摩根反驳说，“那可不会是我。”

请辞？这个人在暗示什么？

“你这话什么意思？”我问道。

“索利赫尔工程啰，当然是这个。你在广播里把功劳全揽下来的时候，我还真不敢相信。当然这要有极大的勇气。”勇气——这个可怕的词怎么会跳进这场讨论？“不过你究竟是什么上了身？”

我不知道他在说些什么。他竟兴高采烈地突然念起诗来：

向右开炮，
向左开炮。
哈克先生奔向死谷。

我想不明白他在说些什么。我是真的越来越担心了。

[似乎就在哈克上广播的同一天，汉弗莱·阿普尔比爵士与德斯蒙德·格莱兹布鲁克爵士在帕尔默街一家俱乐部共进午餐。最一反常态的是，汉弗莱爵士在会面后既没做笔记，也没做备忘录。这项遗漏——打破了白厅生涯的习惯和训练——表明汉弗莱爵士极其害怕这次会面中所讨论的事情会被公众知道。

幸运的是，尽管如此，多年后出现了这样一封信，是德斯蒙德爵士在3月5号，即第二天，寄给他正在巴巴多斯过冬的妻子的。——编者]

最亲爱的小太阳[格莱兹布鲁克夫人——编者]：

希望你度假愉快，身体健康，皮肤晒成金棕色，别喝太多朗姆潘趣酒。

这里一切顺利。昨天和行政部常任秘书老汉弗莱·阿普尔比共进午餐，为我退休后在一两个不错的“光国”机构里谋到位子取得了一点进展。[“光国”（Quango）——半自治非政府机构（Quasi-Autonomous Non-Government Organisation）的缩

写。——编者]

他工作上出了点问题。他在索利赫尔工程中跟一个名叫布拉德利的白痴暴发金融家搅和到了一起。似乎是那个暴发户卷款跑路了，留下老汉弗莱两手空空独自承担。反正我没弄明白所有细节，因为红酒喝太多了，不过长话短说，由于布拉德利埋不了单，汉弗莱想让我们银行接手这项合同。他保证说女王陛下的政府会使它成为一项成功而有利的事业等等一堆废话。谁听说过政府办的事会是成功和有利的呢？他以为我是昨天才出生的吗？

自然，我是十分乐意帮助老好汉弗摆脱困境的——又不需要我破费什么，那是当然，因为我明年就要退休了。不过我告诉他这事得由董事会决定，行或不行都有可能。他相信了我的话，或者假装相信了，不管怎么说吧。我自然选择这个时机提出我正想听听部里新的合作委员会的消息。我在谋求主席的职位——八千英镑年金，兼职——正好用来补足我那点微薄的养老金，你不觉得吗，小太阳？

让我惊讶的是，他告诉我，我的名字已经列在一两个“光国”机构的**候选名单**上了。候选名单，你听听！真是侮辱人。“光国”机构不可能突然要选人，政府从来不在没人替代的情况下更换“光国”机构里的负责人。[**当时大约有八千个带薪职位在“光国”机构里，都是由大臣赏赐的，以纳税人每年五百万英镑的负担为代价。**——编者]

当然啰，汉弗莱假装为我谋到一个“光国”职位很困难的样子，就像我假装为了让银行借款给他很困难。

他兜了一个最不着边际的大圈子。他提到牙科研究所顾问委员会，还问我懂不懂牙齿的事情。我指出我是个银行家。既然我不懂牙齿，于是他排除了牛奶营销委员会。我自己是看不出这里有什么联系。

他提出了海上倾废代表委员会，问我住得离海近不近。我问骑士桥够不够近——但显然不够。这样看来，我也争取不到克莱德河净化管理委员会的职位了。

后来在吃饭的时候，每上一个菜汉弗莱就有个新点子。牛排让他想起肉类营销委员会；但是我对肉类一窍不通。我吃肉这件事还不足以让我胜任。于是肉类和家畜委员会也被排除了。我点了多佛鲽鱼，这又让汉想起那个白鱼管理局。后来，上蔬菜的时候，他又提出马铃薯营销委员会、全国蔬菜研究站的主管、全国生物标准委员会或者农作物与饲料委员会。

拿起红酒他提出食物和饮料培训委员会。我要芥末的时候，他提到食物添加剂和污染物委员会，后来我们看见邻桌上的黛安牛排点火时，他又提出消防设施检查委员会、不列颠安全理事会和圣约翰流动医院。

当然，所有这一切都说明，他也正在寻求一笔交换。不过这还是有点羞辱人，因为最后他颇有点怨气地问我：如果我对这些“光国”机构中的**任何一个**都不了解，那么我**到底**了解些什么？我被迫解释说我没有什么特别了解的东西——毕竟，我是个银行家。干这个不需要了解什么。

然后他又问我有没有什么我可以参加的少数派组织。我提出银行家。我们肯定是少数派。他似乎不认为那是个解决办法。

他对我解释说“光国”机构任命的理想人选是一位黑人、威尔士籍、伤残女性工会成员。他问我是否认得一个这类人，但我并不认识。

我说女性不是少数派，工会成员也不是。汉弗莱同意，但是他解释说他们都是同样的偏执狂，毕竟，这是一切少数派的显著特点。

于是到整篇废话结束时，他基本上是说，我的“光国”职位归根结底就在他那个部的工业合作委员会，那个主席的位子由他的大臣授予。

这听上去的确挺理想。文件很多，不过老汉弗明白表示毫无必要去看；事实上，如果我不费心去看，他会很高兴的，这样在每月的例会上我就不会有太多话要说。

这样看来我们都搔到了对方的痒处。我会在我的董事会上讲句话，而他会在他的大臣面前讲句话，下周我到海边去见你。

爱你的

大熊德西

3月5日

今天跟我的司机罗伊交谈，让我非常焦虑。昨天录完广播没见到他，接我的是个顶班司机。

罗伊问我录得怎么样。我说很顺利，我谈了政府与企业合作的事情，还有米德兰地区正在进行的一个最有意思的工程。

我以为他没听说过此事。我错了。

“您不是指索利赫尔工程吧，长官？”

我吃了一惊。“是的，”我说，“你听说过这事？”

罗伊轻声偷笑。

我等着，但他什么也没说。“你在笑什么？”我问。

“没什么，长官。”他说。然后他又偷笑。

他显然是听说过什么。

“你听说过什么？”我问。

“没什么，真的。”

我可以从后视镜里看到他的脸。他在笑。我不喜欢这种笑。

他显然在笑索利赫尔工程的某个方面。但是哪方面呢？出于某种原因，我觉得有必要为之辩护。向我的**司机**？我准是疯了。但是我说了：“我们认为它是政府和私营企业成功合作的杰出范例。”

罗伊又偷笑。他真的让我不安。

“罗伊，什么事这么好笑？”我逼问，“这整件事你都知道些什么？”

“也没多少，您要是在行政部和迈克尔·布拉德利先生的办公室之间，也就是从法灵顿街44号到索利赫尔市伯明翰路129号之间的路程上来回过三十次，您也会知道这么多的。”他回答。

“来回三十次？”我大吃一惊，“和谁？”

“哦，”罗伊兴高采烈地说，“您的前任，长官，还有汉弗莱爵士，主要是他。”他又偷笑。我恨不得杀了他。到底有什么这么好笑？我倒想了解一下。“头几次他们去得都很愉快。他们不停地谈论成功合作的杰出典范之类的话。后来……”他停住加强一下效果，“……后来愁云惨雾就开始来了，如果您明白我说的是什么的话，长官。”

愁云惨雾？他指什么？“愁云惨雾？”

“这个，不，不算愁云惨雾，准确地说，”罗伊说，我一时放下心，“其实更像是走投无路。”

我自己的心情也只得随着愁云惨雾变成了走投无路。“走投无路？”我问。

“嗯，”罗伊说，“您是了解内情的，不是吗，长官？”

我点点头。“是，我了解。”我估计我肯定有点缺乏说服力，因为我那该死的司机又偷笑起来。

“有没有……嗯……某个……呃……你刚才想到的某个具体的内情？”我尽量用一种轻松的态度问，脑子里仍是一片混乱。

“没有，”罗伊坚决地说，“我的意思是，有些事儿可疑的话，它就是可疑，不是吗？您并不知道那点儿迹象具体是从哪儿来的。”

“可疑？”他知道的是不是比他说出来的还要多？是**什么**可疑呢？

“好吧，”罗伊继续帮忙地说，“我的意思是说，我并不是真的知道，对吧？就我所知布拉德利先生可能挺正派的，虽然汉弗莱爵士用那些话说他。不过您对这些比我知道的多，长官。我只是个司机。”

是呀，我苦涩地想。我知道什么呢？我他妈只是个大臣。

3月7日

整个周末我都在想能不能从罗伊那儿弄出更多的消息。他是知道得更多，还是已经把他知道的都告诉了我呢？也许他还能从司机的信息网中打听到更多。消息是司机之间的硬通货。他们到处泄露。但另一方面，他也有可能把**我**对索利赫尔工程一无所知的消息拿去交易——这会对我非常不利，不是吗？

不过问题在于，如何去摸清罗伊是否知道更多又不丢我自己的面子。（或者说不再丢**更多的面子**。）我听说，司机可以为一枚帝国勋章保持沉默——我能不能暗示或者答应给他一枚帝国勋章来换取更多的消息呢？但我该怎么暗示呢？

这些都是既愚蠢又无望的想法。首先，我要设法从我的常任秘书那里了解真相。然后，我要从私人秘书那里设法。再之后才应转向我的司机。

广泛地考虑了我在过去六个月中所遇到的难题后，我突然意识到，只要还让文官完全控制招聘工作，我就不可能当个好大臣。也许要制止文官聘任他们自己的人还不太可能，但是我们政治家总该努力制止它像弗兰肯斯坦[①]那样成长起来。

索利赫尔工程——我决心要查个水落石出——这整件事情提醒我对部里的活动了解得有多么不全面。我们政治家几乎不知道情况是不是被隐瞒了起来，因为连隐瞒本身也被隐瞒了。我们只被提供各种选择，而**所有**这些选择都是常任官员所许可的，反正他们把那些决定强加给我们的方法跟魔术师在三张牌戏法中把纸牌强加给观众的方法是一样的。“任选一张牌，都是我的牌。”可是不知怎的，我们总是选中他们要我们选的牌。那到底是怎么回事？我们似乎从没选择过文官所不赞成的行动。因为我们太忙，没时间亲自起草任何文件，而起草文件的人就

---

① Frankenstein，英国女作家玛丽·雪莱同名小说的主人公的名字，一个创造怪物又被其毁灭的科学家。——译者

是胜利者。

事实上，我想得越多，这个部就越像一座冰山，十分之九在水面以下，看不见，无法了解，并且极其危险。而我被迫一辈子殚精竭虑修剪这座冰山的顶端。

我的部有一个伟大的目标——让行政管理、官僚主义和文书工作受到控制。然而，我手下官员所做的一切却是不但确保行政事务部不能实现目标，而且还要达到相反的目标。

不幸的是，绝大多数政府部门实现的都是它们目标的反面：联邦事务部让我们失去了联邦，工业部削弱了工业，运输部导致公共运输系统的解体，财政部让我们破财——我可以无休止地列举下去。

而他们最厉害的技巧就是低调。这些所谓的公仆丝毫不受严酷现实的影响，生活的一般规则并不适用于文官：他们不受通货膨胀的影响，他们不会受失业的影响，他们自动获得荣誉。

饭碗永远不会丢——唯一的削减体现在招聘计划中。我还发现 1975 年的强制性 5% 所得税缴纳政策中只有两种情况可以豁免——年度工资定量增长的收入和专业人员的业务收入：年度工资定量增长的收入是因为这是文官加薪的方式，而业务收入则是议会顾问团——起草这项法案的律师们——坚持的结果。否则的话这项法律根本起草不出来。

那么我上任将近六个月来学到了什么呢？看来只有一点，那就是在与极为不要脸的官僚主义脸对脸时，我基本上是软弱无能的。不过很棒的是我认识到了这一点，因为这意味着他们没能驯服我。如果我被驯服了，我现在就会相信：a）我拥有极大的权力；b）我手下的官员对我唯命是从。

所以希望还是有的。而且我暗自决定明天不把笼罩在索利赫尔工程上的迷雾弄个水落石出就绝不离开办公室。肯定有**某个**法子可以弄清是怎么回事的。

3月8日

今天真正大开眼界。

我有几天没见到汉弗莱爵士了。应我的要求，我们碰头讨论索利赫尔工程。我解释说，我曾经在广播中满腔热情地谈到这项工程，但是我现在有了新的想法。

“有什么特别的理由吗？”汉弗莱爵士礼貌地问。

我没有旁敲侧击。“汉弗莱，”我说，“索利赫尔工程进行得都顺利吗？”

“我相信建筑工程进行得相当令人满意，大臣。”他对答如流。

我耐心地解释说那并不是我的意思。“有什么事情正在进行吗？”我问。

“施工正在进行，大臣。”他汇报。

“是的，”我努力压住火气说，“不过……有什么情况出来了，不是吗？”

“是的，的确。”他回答。终于让我有了一些进展，我想。我松了口气。

“出了什么情况？”我问。

“第一层楼造出来了，”汉弗莱爵士说，“第二层楼几乎也快出来了。”

我开始表现出我的烦躁。“汉弗莱，拜托了！我说的是整个工程的基础。”

“啊，”我的常任秘书庄重地回答，“我明白了。”

“关于这个，你能告诉我些什么？”

“好吧，就我所知，大臣……”这回来了，我想，终于是实情了吧，“……基础是六英尺厚的上好建筑碎石上浇筑砾石和混凝土。”

他把我当作一个十足十的大笨蛋吗？

“汉弗莱，”我严厉地说，“我想你明白我说的是财务方面。”

于是他又闲扯到我们与建筑公司的合同上，还有通常的分期付款，还有种种没用的废话。我打断了他。

“那是什么，”我质问，“我不知道的那件事情？”

“您指什么，准确地讲？”这是他闪烁其词的回答。

在一种歇斯底里的状态不断升级的情况下，我还试图解释，“我不知道。就是说……有些事情我不知道，因为我找不到合适的问题来问你，因为我不知道该问什么。我不知道的事情到底是什么？”

汉弗莱爵士在那里装无辜。

“大臣，”他说，“**我**不知道您不知道什么。那有可能是任何事情。”

“但是，”我坚持，“你正有事情瞒着我，不是吗？”

他点点头。

“**什么事情**？”到这会儿我已经快要爆发了。他屈尊俯就地冲着我笑，真让人无法忍受。他解释说部里的工作就是保护大臣不受日复一日的大量无关的信息大潮的干扰。

这不是我要寻求的答案。我站起身，做出最后一次尝试来解释我的问题——以防万一他没有理解。“听着，汉弗莱，”我开始说，“我知道关于索利赫尔工程有些事情是我所不知道的，而我知道**你**知道。我知道**伯纳德**知道。**乔·摩根**知道。看在老天的份儿上，连我的**司机**也知道。只有站出来在不列颠人民面前谈论这件事的这只可怜的老替罪羊对于正在发生的事毫不知情。”

汉弗莱只是盯着我。他什么也没说。于是我试图对他清清楚楚地说出来。

“汉弗莱，”我说道，抵抗着要去扯头发的冲动，自己的，或者是他的，“能不能请你回答一个简单的问题？”

“当然可以，大臣，”他说道，“什么问题？”

“**我不知道！**”我怒吼着，“你告诉我我才能问！”

3月10日

今天仿佛过不完了。毁灭就在眼前。

这是从跟汉弗莱的又一次会面开始的。气氛无疑是冰冷的——弗兰克·韦塞尔也在场，要讨论他关于“光国”机构的新文章。

我今天对讨论“光国”的事一点兴趣也没有，它与我目前的问题似乎没有直接关系，虽然文章中充斥了“终止那些大臣赞助的丑闻”和“任人唯亲”之类的话。汉弗莱称之为“最富想象力的”，弗兰克把这话理解为赞许。弗兰克还没了解到“有创造性的”和“富于想象力的”是汉弗莱最厉害的批评词汇之二。

弗兰克的方案是把所有“光国”的任命权都交给议会的特别委员会。“为这些职位选择最佳人选，而不是那些老交情、党棍，还有那些你侬我侬搞利益互换的人。”他的语言表现出他惯有的魅力。

在我看来这是个好方案，我还建议我们把它提交立法。

“这当然是个新颖的建议。”汉弗莱评论说。“新颖”——这是另一个否决词！

但汉弗莱继续阐述他的观点，那就是推翻正在顺利运转的现行制度是不合理的。

顺利？我从没听见过这种废话。就在今天早晨，我还收到一份为新设立的工业合作委员会——最新成立的一个“光国”机构——推荐主席的建议。谁的名字被推荐上去了呢？竟然是德斯蒙德·格莱兹布鲁克爵士。“他从没在工业系统干过，”我对汉弗莱说，“他从没接触过一个工会会员，而且他说过很多恶意攻击本届政府的话——这就是一个顺利运转的制度提出的建议吗？”

“但他会是一位出色的主席。”汉弗莱爵士说。

“他是个无知的小丑。”我认真地解释。

“尽管如此，”汉弗莱爵士说，“还是个出色的主席。”

我对汉弗莱说，格莱兹布鲁克在我的底线之外。我绝对拒绝任命他。任命他，等我死了吧，我声明。

办公室里顿时安静了一阵子。随后汉弗莱爵士说，“大臣，在您做出**最后**决定之前，我想有件东西您应当看一下。”

他拿出一份部里的档案。封面上写着“**索利赫尔工程——绝密**”。为什么是绝密？我打开它。我明白了为什么。布拉德利，我们部的合作人，身负了七百五十万英镑债务，行将破产，而整个工程正濒临崩溃的危险。

我目瞪口呆。绝对目瞪口呆。我问汉弗莱为什么这事一点都没让我知道，而他则白痴一般地唠叨说他是如何深切地意识到我肩上的沉重负担。对我来讲，在最近几天里他已经使这些负担又沉重了不少。

“如果这事传出去，”我有气无力地说，“它会是所有报纸的头条。一桩公开的丑闻。一场灾难。”

“骇人听闻。”伯纳德加了一句。他一向这么安慰人！

然后有那么片刻，弗兰克给了我一线希望。“挺住，吉姆。”他抓起档案，“看，这个报告的日期在选举之前。你是清白的。”

“不幸的是，”汉弗莱轻声嘀咕，“按照大臣负责制的惯例，罪责必然落在……”

弗兰克打断他：“可是每个人都会知道这不是吉姆的责任。”

“的确如此，”汉弗莱爵士悲痛地摇摇头，“但是民主责任制的原则需要在特殊情况下有人做出牺牲——克里契尔·唐事件①那种。当前有狼后有虎的时候……是不是这个情况，大臣？”

我说不出话。

弗兰克没有被吓住。“当然，他只需要指明日期吧？”

“啊，这个，”汉弗莱爵士拿出他最伪善的表情，“一个软弱的人或许会设法脱身。但体面的做法只有一种。正如大臣清楚知道的那样。”他悲伤地盯着我，再次摇摇头。我觉得我在出席自己的葬礼。

“你不觉得弗兰克的话可能有点道理吗？”我问道，决心奋

---

① 1954年的克里契尔·唐事件可能是大臣为部里发生的丑闻负全责的最后一例。当时的农业与渔业部大臣托马斯·达格代尔爵士对此事毫不知情，而且也不可能知道。然而他认为，依据宪法，作为大臣应为属下官员的错误行为向议会负责，尽管他们的行为并非听命于他，而且也不可能得到他的批准。他辞去职务，被踢到上议院，而原本大有前途的政治生涯就此结束。自那以后，再没有一位大臣会——视你的观点而定——如此负责或者说如此愚蠢了。

战到底。

“是的，”伯纳德说，“除非没有那个广播，播出时间是……”

“今天。”我打断他。

“……今天，”伯纳德接着说，“您公开证明您自己与这项工程的成功有关。事实上，这个广播随时就要播出了。”

我们大眼瞪小眼地互相看着。然后伯纳德冲出去找收音机。

我大叫道，“伯纳德，联系 BBC，制止它。”

汉弗莱说：“我祝您好运，大臣，但是——呃，您知道 BBC 的脾气。”

“是的，”我同意，“但想必处于这种情况，一场危机，一个非常时刻，一桩丑闻……”

“是的，”他点点头，“如果您这么跟他们说，他们可能会把广播安排到黄金时段。然后重播，还要录制《时事大观》。”

“我要命令他们取消。”我说。

“大臣企图审查 BBC”，汉弗莱又阴郁地捏造出一则头条标题。

我当然能明白他的意思。这事显然没希望了。我正要非常非常委婉地请求他们，这时伯纳德拿着一只半导体收音机匆匆进来，我的声音正在里头说着那些可怕的事情，关于政府资金和私人投资的真正合作，关于我对索利赫尔工程有如何强烈的个人兴趣，还有这如何成为本届政府正在从事的一切工作的象征——是我们的政策真正在实践中奏效的具体证明。

我关掉了它，完全听不下去。我们心灰意冷地默默对视着。

我等着。没有人说话。

最终，还是我说了。

“汉弗莱，”我平静地问，“你为什么会让我说这些话？”

"大臣，"他又装出他那副"我不过是一介卑微文官"的态度，"我只能提建议。我的确提了。我提了最强烈建议。但是当一个建议者的建议被忽视的时候……"

他的话音越来越弱，很明显能感觉到他还保留了一些至关重要的信息没让我知道。

"现在提吧。"我冷冷地说。

"当然，大臣。"他想了一下，"现在，有可能巴特利茨银行会接手斯隆企业，那样就万事大吉了。"

银行！我从没想到过这个。这简直好得不像是真的！

"但是……"汉弗莱说。

显然**确实**好得不像是真的。

"但是……银行还在犹豫。不过，现任的董事长明年就要退休了，正急着找个位子。比如某个'光国'机构主席之类的。"

我看绝对没问题。"给他一个呗，"我立即说，"就把你提议给那个笨蛋德斯蒙德·格莱兹布鲁克的位子给他。那么，这个现任董事长是谁？"

"德斯蒙德·格莱兹布鲁克。"汉弗莱解释道。

突然一下子，事情都清楚了。

我觉得我有必要保留一个体面点儿的停顿，在我说出他其实也不真是那么个坏家伙之前。

弗兰克领会得异乎寻常地慢。"他一直在攻击现任政府。"他怒气冲冲地说。

我对弗兰克解释说，偶尔任用一下我们的敌人对我们有好处。这是民主——政治家的风度。

弗兰克似乎没有被这个观点打动，他吵啊吵的，直到最后我只好叫他闭嘴。

我问汉弗莱，还有谁知道关于这份可恶的索利赫尔报告？只有乔·摩根，汉弗莱告诉我——这一下子就解释了他怎么那么有把握地来要伯明翰津贴。敲诈！

于是这时候我想到德斯蒙德·格莱兹布鲁克可能还需要个**副**主席，一个在工业领域有实际经验的人，也许是一个工会会员。我对汉弗莱提起这个想法，他认为是个极好的主意，并且立即提名乔·摩根。**我想那**是个极好的主意。

"'光国'需要两个人，大臣。"汉弗莱微笑着，于是我们当即给他们两人都打了电话。

弗兰克一言不发地看着我们，然后在我们刚刚结束与德斯蒙德和乔的简短谈话时，他超级令人惊讶地爆发了——"这正是我一直在说的，"他叫嚷着，甚至比平时还要大声，"这正是这个制度的问题所在。任人唯亲、互惠交易、腐败。"我没法相信自己的耳朵。弗兰克指控**我**腐败。哪儿来的想法！他显然是疯掉了。

"我那篇废除'光国'的文章怎么办？"他叫喊着，脸红脖子粗地。

"很好，弗兰克，"我平静地说，"有想象力，有创见。"

"新颖。"汉弗莱补充。

接着，弗兰克宣布他不会让我把它压制下去。好像我会干这种事情似的！我？压制文章？我是个民主派，信奉开放政府。弗兰克肯定完全疯掉了。

"我会通过别人把它捅到内阁去，"他用他本来就大的嗓门的最高音量威胁说，"我会让它成为党的政策。你们瞧着吧。"

他雄赳赳地走向门口，然后停下来，转过身，脸上挂着喜乐的笑容。我一点也不喜欢他这种样子，每当弗兰克一笑，你就知道有什么非常严重的事情要发生了。“新闻界，”他轻声说，“新闻界。要是新闻界掌握了这些……”

然后突然之间，我灵机一动。“弗兰克，”我温和地说，“我一直在想。当然，这完全是另一个话题，但是你有没有想过去‘光国’机构工作？”

“哦，不，”他回答，露出他那最让人不愉快的笑容，“你收买不了我！”

我耐心地解释说我并无他意。我的想法是，比废除“光国”体制更好的办法就是让它工作。如果我们设置一个委员会来监督和报告所有“光国”机构的组织和活动，这就是个办法。它可以由级别非常高的人员组成，大部分是枢密院官员。我知道弗兰克私下里一直向往与枢密院官员有密切交往。我解释说这样的机构需要真正有能力的人，研究过“光国”机构的人，了解这套制度弊端的人，“鉴于你的了解和关注，”我最后作结，“汉弗莱建议提名你担任。”

“枢密院官员？”弗兰克说，一副神往的样子。

“这取决于你，当然，”我补充说，“但这是一项为公众付出的重要服务。你觉得如何？”

“你是改变不了我的观点的，你知道，”弗兰克若有所思地回答，“世上还有正直这回事。”

汉弗莱和我急忙一起就正直的重要性附和弗兰克，我们还指出，实际上正是他的正直才使他成为这个“光国”机构如此优秀的成员。

“你要知道，”汉弗莱说，他本能地意识到弗兰克巨大的罪恶感需要不断被赦免，也意识到他在工作上深深信奉清教徒的道德观，“这将是非常艰巨的工作。我相信在这个‘光国’监督机构工作，要参与大量艰苦的海外旅行，到其他重要的政府中心去考察他们是怎样管理这些事务的，像日本、澳大利亚、加利福尼亚、西印度群岛……”

“塔希提岛。”我帮他补充。

“塔希提岛。”汉弗莱爵士赞同。

“是的，”弗兰克说，脸上带着剧烈的受难的表情，“那**会是**艰苦的，不是吗？”

“**非常**艰苦。”我们两人一起说。好几遍。

“但这一切都是为公众服务，不是吗？”弗兰克满怀期待地问。

汉弗莱和我低声地说：“为公众服务，正是。”重复了一两次。

接着弗兰克说：“那我关于‘光国’的文章怎么办？”

我告诉他那是非常珍贵的，他应该自己好好保存。

汉弗莱还建议在档案中保留一份副本存档——同索利赫尔报告放在一起。

8．慈善社会

3月13日

有效阻止了索利赫尔工程酝酿的可怕丑闻，并且同弗兰克·韦塞尔就他所建议的改革“光国”机构的小问题做了一笔交易，以此为代价，我摆脱了汉弗莱害我陷入的严重困局。在这些事情发生之后，这个周末我决定好好考虑一下我的各种抉择。

首先一点是清楚的，弗兰克必须得离开，他实在是太笨拙了，虽然在野期间他对我还是极有用的，但我看得出，要当我的职业顾问他还缺乏那种应该时常显露出的精明、灵活和谨慎。

［这两段话的内在矛盾表明，哈克进入白厅五个月之后，发现自己对汉弗莱爵士的看法处于混乱不堪的状态。——编者］

无论如何，前天打发走那个自命清高、不可收买的弗兰克去那些重要的政府中心——加利福尼亚、牙买加和塔希提岛——执行他那艰巨的考察任务之后，我已经如释重负。几个月来，我第一次感到轻松自在，仿佛昨天才真正赢得了时间。

现在我可以大体上对文官，尤其是对汉弗莱爵士得出一些结论了。我开始认识到，出乎我意料的是，在公开机构中的高级文官[①]头脑确实近乎他们所自诩的那么聪明。然而，一个文官自身实际上没有目的或者目标需要去努力达成，所以他的高智商通常都是用来避免犯错。

文官大约每隔三年要调一次新职位，这是为了使他们在升迁过程中获得全方位的经验。实际上，这只能确保他们从不会对一项政策的成功与否产生任何个人的兴趣：一项稍有点儿复杂的政策从头到尾实施下来就需要三年多的时间，所以一名文官要么在这过程完成之前就不得不走，要么在其开始很久之后才来。这也意味着你永远无法把失败归咎于任何个人：在结束时负责的人会说开错了头，而曾经在开始时负责的人会说收错了尾。

怪异的是，文官似乎赞同这套制度，他们不愿意文官在情感上卷入政策的成败。政策是大臣们的事。大臣或政府因之上台或下台。文官们自视为一心为公、公正无私的顾问，试图以完全不偏不倚的公心来贯彻执行大臣或政府认为合适的任何政策。

除非他们并没有这样，他们有吗？难点就在这里。

因为常任秘书们总是设法把所有党派的大臣们引向“共同立场”。[换句话说，就是部里的政策——一种他们所希望的能连续不断地贯彻执行的政策，不论哪一个党派掌权。——编者]

补记：考虑到避免犯错是他们的首要任务，那让人意外的就

---

① 这是指次级副秘书及其以上的八百名文官。

是他们犯了多少错误呀！

3月14日

今天，周日，都用来看红盒子，还有为明天的PQ［议会质询——编者］辛苦备战。

跟所有稍具理智的大臣一样，我十分看重PQ。虽然选民们主要通过报纸和电视了解大臣的行动，但他的实权和影响力都来自下议院。一个大臣千万不能让自己在下议院里像个白痴，如果他不学会在那里做出让人满意的表现，他的位子就坐不长久。

这种可怕的事每月发生一次。PQ相当于把基督徒投给狮子，或者中世纪格斗考验的现代翻版。一个月中的某一天我列在第一轮受质询，来自另外某个部的某位大臣则列于第二轮。另一天再倒过来。［还有第三轮，但是没人知道派什么用场，因为从来没有人列入第三轮。——编者］

我在第一轮被质询之前的好几个周日和周一，绝对是极度痛苦。我想这些日子对文官来说也是极度痛苦的。伯纳德有一位助理私人秘书，专门用全天的时间为各种可能提出的补充问题收集答案。文官的庞大军团围坐在白厅，尽情发挥他们亢奋的想象力，设法预知可能会从后座议员那里冒出来的补充问题。通常来说，我当然会比我的文官更能猜透一个PQ的政治内涵。

然后，当这恐怖的时刻来临，你就得站在下议院，通常周围挤满了人，质询刚好安排在午饭后而且被认为是一大趣事，因为经常有机会看到大臣把自己弄得狼狈不堪。

不过，今晚我还是有理由放松一下的，心里清楚我已经一如既往地为明天的质询时间做好了充分准备。有一件让我自豪的事情是：不管汉弗莱爵士在处理行政事务方面如何胜过我，[①]我一直为自己能熟练掌控下院而感到骄傲。

3月15日

我简直难以相信，今天的PQ竟是一场灾难！一场完全没有预见到的大祸事。尽管我的确设法从失败之中，以很大的代价获得了皮洛士王式的惨胜。我一大早就来了，把所有——自以为！——可能提出的补充问题都重新过了一遍，还在午饭时让伯纳德测试了一回。

第一个问题是伯明翰西南区的吉姆·劳福特提出的，他问我关于政府承诺减少公共医疗卫生部门行政人员一事。

我拿出了准备好的回答，话说得有点自我吹嘘——吹的是写材料的文官，当然，不是我！

［我们在议会记录中找到了有关的对话，并把它印在下面。——编者］

行政事务大臣（吉姆·哈克先生）：政府已经实现了11.3%的行政人员和办事人员的减少，并且实际上正在进一步节省开支。鉴于卫生部门行政人员薪水低、精神不振，并不断受到抨击的事实，我想借此机会为他们对卫生机构的顺利运行所做出的巨大贡献表示祝贺。

劳福特先生：我肯定下院会欢迎大臣的颂词。我察觉到

① 这标志着哈克在这方面的意识在日益增强。

这实际上是他的卫生行政人员替他写的，但不管怎样，他出色地读下来了。[反对党大笑]但是大臣可否解释一下，他对下院的保证怎么与他部里这份摘要相符。我来引述一下："我们很担心行政人员和办事员7%的增长。不过，如果把数据处理人员从'行政人员'重新归类到'技术人员'，[议员们：'哦！']如果医院中的秘书人员重新命名为'辅助工人'，[议员们：'哦！']再如果把比较基数从财政年度改为自然年度，那么数字就会显示下降11.3%。"大臣是否愿意评论一下这套卑劣的欺骗手法？

议员们：回答！回答！

有什么人把这份倒霉的文件透露给了劳福特。他带着一种抑制不住的喜悦挥舞着它，胖胖的脸上满是兴奋。所有人都喊着叫我回答。汉弗莱——或者什么人——又在使他的老花招，简单地用改名换姓的法子来掩盖行政和秘书人员的数量增加。但无论用什么称呼，玫瑰花仍然是玫瑰花，这是华兹华斯的诗句。[事实上，是莎士比亚说过："无论用什么称呼，玫瑰花依然芬芳。"哈克以前只是个新闻记者和工业大学的讲师。——编者]这事看来会成为一件真正的政治丑闻。而丑闻无论用什么称呼，都仍然是丑闻。[或者说不管用什么称呼，丑闻依然臭气熏天？——编者]如果这个秘密被保住了，那么把人员增加7%移花接木为减少11.3%，就会被认为是一个漂亮的手法——可一旦被泄露出去，它就一下子进入了卑鄙欺诈的行列。更有甚者，还是一次**不成功**的卑鄙欺诈——绝对最糟的那种！

我在这样的状况下搪塞得相当好。

议员们：回答！回答！

吉姆·哈克先生：对于尊敬的议员正在挥舞的那份文件，我毫不知情。

[反对党哄笑并高喊："为什么不知道？"]

劳福特先生：我很乐于把日期和文件提供给大臣，以换取他开展一次完全独立调查的保证。

[反对党欢呼。]

吉姆·哈克先生：我会很高兴调查这件事。[反对党高喊"隐瞒真相""辞职""粉饰"！]

感谢上帝，我这一方的一名后座议员出来给我解围了。格里·钱德勒问我是否可以向我的朋友们保证，这次调查不会由我的部，而是由一位独立的、得到下院尊敬的调查人员来执行？我只能说我很高兴做出那个保证。

于是我在那个问题上几乎算是满足了下院的要求。然而，我明天必须得与汉弗莱和伯纳德就整个事件进行一次非常严肃的谈话。我并不介意这类欺骗，但是让我在质询时被人家看笑话那绝对不能允许！

这甚至对**他们**也没什么好处——我无法为本部辩护，不是吗？

3月16日

今天从早晨开始就不太顺。

罗伊［哈克的司机，像所有司机一样，是白厅中消息最灵通人士之一——编者］照常在8点半左右来接我。我叫他把我送到部里去，因为我打算把整个上午用在卫生部门的行政问题上。

他立刻开始刺激我。

“有人正在广播里说那件事，”他漫不经心地说，“说卫生、教育和运输部门的问题是因为政府中所有的头头脑脑们都去私人医院看病，送他们的孩子们上私立学校……”

我一笑置之，尽管那笑声听上去怕是有点沉闷。“很好啊。喜剧节目，是吗？”

这种平均主义的东西，虽然愚蠢，但如果不小心提防，总是有那么点危险。

“而且他们坐着公务车上班。”我的公务车司机说。

我不屑于回应。于是他持续说下去：

“您不觉得这相当有道理吗？我的意思是说，如果您和汉弗莱·阿普尔比爵士坐 27 路公交车去上班的话……”

我打断他。“完全不切实际，”我坚定地解释说，“事实上，我们的工作时间已经够长了，没工夫每天多花一个小时等公交。”

“是呀，”罗伊说，“所以您得让公交服务效率更高，不是吗？”

“我们当然会的。”我说，试图赶快结束这个话题。

“是呀，”罗伊说，“那正是他刚才说的，瞧！”这家伙真该成为一名电视采访记者。

“卫生部门也是这样，”罗伊不屈不挠地接着说，“您是私人医疗保健协会的成员吧，长官？”

这关他屁事。但我没这么说。相反，我亲切地笑笑，问他收音机里还谈些什么。

“我想是《昨日议会》节目，长官。”他回答，边伸手去开收音机。

“不，不，不，别麻烦，别麻烦了。”我随口尖叫起来，但太迟了，他拧开了收音机，我迫不得已听自己讲的话。

罗伊听得很有乐趣。进入第二轮质询时，他才关掉收音机。之后是有点尴尬的沉默。

“我算是侥幸过了，是不是？”我满心期待地问。

罗伊轻笑。“您算幸运啦，他们没有问您新建的圣爱德华医院的事。”他友善地说。

“为什么？”

“这个……”他咂咂嘴，“他们十五个月以前就把医院建好了——可到现在还没有一个病人呢。”

“我估计，”我说道，“是卫生部还没有足够的经费来安排工作人员吧。”

“哦，它有**工作人员**，”罗伊说，“五百个行政人员，就是没病人。”

这会是真的吗？这话听上去不太可能。

“谁告诉你的？”我小心翼翼地问。

“嘴皮子。”

“嘴皮子？”

［这是司机们用来形容消息最灵通人士的行话。——编者］

“我的同事查理，”他解释，“他都知道，他是卫生大臣的司机。”

我一到办公室就立刻紧急召见汉弗莱。我直接告诉他我被昨天的辩论吓到了。

“我也是，大臣。”汉弗莱说。我对于他如此强烈的赞同感到有点惊奇。

“如此愚蠢……无能！”我继续说。

"我同意，"汉弗莱说，"我想不明白您是怎么回事。"

我错愕地看着他："你说什么？"

"居然同意做一次完全**独立的**调查……"

原来如此。我立即喝止他。"汉弗莱！"我威严地说，"我说的不是这个。"

汉弗莱爵士看上去困惑不解："但是您提到愚蠢和无能。"

"是你的，汉弗莱！"我咆哮起来，"**你的！**"

看来轮到他吃惊了。"**我的**，大臣？"他不肯相信。

"是的。你的。你怎么能让我陷入那种境地呢？"

平心而论，他本人并没有让我陷入困境，而是他那个宝贝部害的。然而，汉弗莱似乎不打算致歉。

"这是摘要中的一个小漏洞，我们没法预见到每件事。"然后他的脸上又露出十足十的恐怖表情，"可是要容许一次完全独立的调查……"

这话我已经听够了。"我也不是特别想搞一次调查，"我指出，"但是如果你快要淹死的时候，有人扔给你根绳子，你就会抓住嘛。"

"那不是一根绳子，"汉弗莱爵士回答，"是一个绞索。您应该站出来为部里说话——那是您在这儿该做的事。"

那可能是**汉弗莱**认为我在这儿该做的事。事实上，知道他认为我在这里还**有点儿**该做的事还是不错的。但是我知道如果我不制止他，他还会给我上一堂有关大臣职责的课。

大臣的职责是文官发明的一样趁手的小伎俩，用来让大臣陷入困境，把文官开脱干净。它意味着，在实际上，文官管理一切并做出一切决定，可一旦出了什么岔子，就由大臣来顶罪。

“不，汉弗莱，这不行，”我坚决地在他继续说下去之前打断他，“我昨天为质询做了充分的准备。我把所有的问题甚至包括几十条补充问题都充分过了一遍。星期天我准备到半夜，昨天午饭也没吃，我做了充分准备，”我决定把这句话再说一遍，“**充分准备！**”我说，“但是在我的摘要中没有一丁点儿有关你篡改过这些数据的迹象，以至于我对下院做出了让人误解的回答。”

“大臣，”汉弗莱用他最委屈的口气说道，“您说的您要行政人员数据减少，不是吗？”

“是的。”我同意。

“所以，我们减少了。”

我开始模模糊糊察觉到他的意思了。“但是……你只减少了**数据**，不是行政人员的实际人数！”

汉弗莱爵士皱起了眉头：“当然。”

“好，”我耐心地解释，“那并不是我的意思。”

汉弗莱爵士显出受伤害的样子：“这个，说真的，大臣，我们又不会读心术。您说减少数据，于是我们就减少了数据。”

这显然是胡说八道。我的意图他知道得一清二楚，但是他故意从字面上理解我的指示。正是由于文官这种愚蠢和无能，才使这个国家真正要吐血身亡了。

[我们假定哈克并没有按字面意义来使用“吐血身亡”这个词。——编者]

“是怎么传出去的？”我问，“又一次泄露。这不是一个部，是个漏勺。”我对这小小的俏皮话有点得意。当然，汉弗莱爵士不予理会。“我们该怎么履行职责呢？”我继续说，“既然后座议员能获悉所有这些事实。”又一次沉默。自然会这样，那个问题是没有答案的。“不管怎样，”我下结论说，“至少一次调查给了我们一点时间。”

“定时炸弹也给点儿时间的。”我的常任秘书评论道。

所以我等待着看他有没有排除定时炸弹的本事。显然没有。

“其实只要您说我们会搞一个部内调查，”他抱怨道，“这样我们就可以拖上十八个月，到最后说它揭露了若干不正常情况，现在已经予以纠正，但是并未发现任何证据显示有刻意的误导，诸如此类。”

我让自己的注意力暂时转移一下。“但**确实**有刻意的误导。”我指出。

“我从来没说过没有，”汉弗莱爵士不耐烦地回答，“我只是说没有这种证据。”

我想我看上去一脸茫然。他向我解释：

“一次专门设置的内部调查，目的就是发掘一大堆无凭无据的事。如果您说不是刻意的，有可能被证明是错的。但是如果您说调查发现没有**证据**显示是刻意的，您就不可能被证明是错的。”

这是我对文官善用伎俩的一次最有趣的了解，日后我将会明白部内调查的**真正**含义。即使一次完全的部内调查，估计也就意味着发现了更大一堆无凭无据的事。

不过我还是得处理眼前这件事，也就是说我已经同意了一次独立调查。“我们有没有可能，”我深思熟虑后提议说，“让一个独立的调查找不到证据呢？”

“您的意思是，操纵它？”汉弗莱爵士冷冷地质问。

这个人的双重标准继续让我好生惊讶。

“这个……是的！”

“大臣！”他说，好似深为震惊似的。这个他妈的伪君子。

“既然你能操纵一次内部调查，那操纵一次独立调查又有什么问题呢？我倒想知道知道。”不过我早就知道答案了——要操纵独立调查可能会被人**抓住把柄**。

“不，大臣，在一次独立调查中一切都取决于谁是主席。他必须绝对明理。”

“如果他明理，”我评论说，“那就肯定存在着他会把一切事都抖出来的危险。”

汉弗莱爵士又变得让人困惑不解了：“不，如果他明理，一个明理的人会懂得什么是该做的。他会察觉到各种暗示。他会对整体问题有一种敏锐的、富有同情心的洞察力。”

他**就是**在建议我们去操纵它。他只是喜欢包装起来说而已。

“哈，”我说，“所以，‘明理’实际上是指‘不老实’了？”

“当然不是！”他否认得太快了。窃以为汉弗莱爵士确乎辩解得太多了。“我是说，”他又试图解释，“一位具有广泛理解力的人……”

我决定提出点建议来缩短他兜的这个圈子。

“那么，一个退休政治家怎么样？”

“……并且要绝对正直。”汉弗莱补充。

“哦，我明白了，”我停下来想想，“一个学者或者商人怎么样？”

汉弗莱爵士摇摇头。

“好吧，”我说，知道他心中已经有人选了，“说出来吧。谁？”

“这个，大臣，我想或许……一位退休的公务员。”

我明白了他的意思。“好主意，汉弗莱。”多年来的训练对你还真是好处多多呢！

“莫里斯·威廉斯爵士可以胜任。”他继续说。

我对此没有太大的把握。“你不觉得他可能会过于独立吗？”

“他正盼着一个贵族头衔呢。”汉弗莱爵士轻声说，面带笑容。他仿佛感觉到自己正从袖子里拿出一张王牌。

我很惊讶：“这件事不会给他一个贵族头衔，不是吗？”

“不会，但正确的发现会给他加上几分。”

加分。这对我是个新概念。汉弗莱解释说这些分数加到一定程度，你就会得到一枚徽章。这话听起来有道理。

“好，”我果断地说，“就是莫里斯爵士了。”谢谢老天，我发现做出决定还真容易。

“谢谢您，长官。”汉弗莱笑着离去了。他在称心如意的时候，还真是个讨人喜欢的人，或许他的主意会让我们摆脱真被一场独立调查揭露出什么的尴尬局面——无论揭露的是一些我们自己都不知道却应该知道的事，还是一些我们知道得清清楚楚却不想让别人知道我们已经知道的事。

当然，经过进一步思考，我意识到还有第三个——而且更现实的——可能性：一次独立调查会揭露一些汉弗莱知道而我不知道而他又不想让我知道的事，于是我就会因毫不知情而像个傻瓜。

换句话说，像昨天发生的那样。

所以也许不妨照他的建议去做，直到哪天老天有眼让我知道些他所不知道的尴尬事儿为止。

3月17日

今天跟伯纳德·伍利开了一次长会。

首先，他关心古巴难民。那是自然。我也关心他们。议会和新闻界正对政府拒绝帮助他们酝酿着一场大风波。

我试图指出财政部不肯给我们钱不是我的错。

我斗不过财政部。没人能斗得过财政部。

我已经决定不为难民做什么事了，因为我也没能力做什么事。不过，关于昨天罗伊透露给我的新建的圣爱德华医院，伯纳德和我却进行了一次富有成果的、披露真相的谈话。一开始显得罗伊的消息仿佛有误。

“您要我去了解伦敦北部一间所谓空置医院的情况……”伯纳德开始说。

我点点头。

“这个，正像我跟您提醒过的，司机的信息网并不完全可靠。罗伊弄错了。”

我很欣慰。“你怎么打听到这个好消息的？”我问。

“通过私人秘书的信息网。”

这让我印象深刻。虽然私人秘书的信息网有时候比司机的信息网要滞后一点，但可靠得多了——事实上几乎是百分之百的准确。

“还有呢？”

伯纳德解释说这所医院只有三百四十二名行政人员。其余一百七十名是搬运工、清洁工、洗衣工、花匠、厨师等。

这看起来是个非常合理的数字。于是我问有多少医务人员。

“哦，**这些**一个也没有。”伯纳德随意地回答，仿佛这种情况不管怎样都是明摆着的。

我拿不准我是不是听对了。“一个也没有？”我小心翼翼地问。

“一个也没有。”

我决定把话说清楚。“我们是在谈论圣爱德华**医院**，不是吗，伯纳德？”

“哦，是呀，”他愉快地回答，“它是全新的，您知道的。”他补充一句仿佛就解释了一切。

“怎么个新法？”

“这个，”他说，“它是八个月前完工的，工作人员都配齐了，但不幸的是，当时政府削减开支，结果，就没剩下钱可以提供医疗服务了。”

我心里逐渐堵得慌。“一座全新的医院，”我轻声重复着，以确认我确实没听错，“有五百名员工却没病人？”

我坐着静静地想了一会儿。

随后伯纳德有益地补充说：“嗯，其实有一个病人的，大臣？”

“一个？”我说。

“是的——副院长从脚手架上跌下来，摔断了腿。”

我恢复了常态。“我的天哪，”我说，“要是我那会儿在下院被问到这事可怎么办？”伯纳德看上去很不好意思。“为什么我不知道？为什么你不告诉我？”

“我也不知道！”

“为什么你不知道？**究竟**谁知道？这件事怎么会没泄露出去？”

伯纳德解释说，在卫生部显然有一两个人是知道的。他们还告诉过他，这种事并不罕见——事实上全国各地有好几家这样的医院。

看来有一套规范的手段防止这类事情泄露出去。“显然，他们设法让那里看上去像个建筑工地，所以到目前为止还没人知道这医院已经在运营。您知道，脚手架、翻斗车和其他东西还在那儿。正常情况。”

我一时说不出话。“正常情况？”我说不出话。[显然并不是完全说不出话。——编者]

“我觉得……”我又一次痛下决心，“……我**觉得**在反对党抓住这个把柄之前，我最好亲自去看一下。”

“是，”伯纳德说，“挺奇怪的，到现在新闻界还没发现，不是吗？”

我告诉伯纳德，我们的新闻记者绝大多数都是外行，他们连发现今天是星期四都有巨大困难。

“今天其实是星期三，大臣。”他说。

我对他指指门口。

[这个周五，汉弗莱·阿普尔比爵士在帕尔默街的改革俱乐部与卫生和社会保险部的常任秘书伊恩·惠特彻奇爵士会面，他们谈到了圣爱德华医院。幸亏汉弗莱爵士在他特备的一张长条备忘录纸上记录了这次对话的内容。汉弗莱爵士喜欢尽可能把字写在纸边的空白处，但如果不可能，貌似纸边的空白纸也会让他备感舒适。——编者]

伊恩因哈克突然对圣爱德华医院感兴趣而紧张是可以理解的。

[我们可以从这一记录推断伯纳德·伍利先生（当时的）把圣爱德华医院的事告诉了汉弗莱爵士，但是当我们就此盘问伯纳德爵士（现在的）时，他却记不得这么做过了。——编者]

我解释说我的大臣对这家医院没有病人十分关注。对此我俩都觉得很可笑，我的大臣让自己显得很荒唐：一家医院没有医护人员时，怎么会有病人呢？

伊恩颇为正确地指出，他们卫生部在管理医院方面有极丰富的经验。第一步是解决这个地方顺利运行的问题。有病人在那里一点儿帮助也没有——他们会碍手碍脚。因此，伊恩建议我告诉哈克现在是圣爱德华医院的试运行阶段。

然而，可以预料这会在政界引起更大的不安，我敦促伊恩对以下问题做出解答：试运行阶段要持续多久？我被迫提到我的大臣已经同意了一次完全独立的调查。

伊恩再次重申他听到独立调查后所感到的震惊。的确，我毫不怀疑他的震惊表达了整个白厅的感受。

尽管如此，我还是不得不进一步敦促他：我得要一个表态，表示我们**最终**会把一些病人送进圣爱德华医院。

伊恩爵士说只要可能，我们会的。他确认他有意让医院住进一些病人，可能在一两年后财政状况松快些的时候。

这在我看来是完全合理的。他不可能在关闭其他医院的同时，在圣爱德华医院开设四十间新病房。财政部不会接受，内阁也不会接受。

但是我了解我的大臣，他才不会用相同的眼光看待此事。他有可能**仅仅**因为医院不给病人治病就试图关掉整个医院。

我向伊恩提到这个可能性，他说这种想法完全没可能。工会会阻止它的。

在我看来，工会在圣爱德华医院恐怕还不够活跃，但是伊恩对此有对策——他提醒我比尔·弗雷泽，那个索斯沃克医院的狂热分子。恐怖的人物。他可能会有用。

伊恩打算动用他，我估计。[阿普尔比文件 19/spz/116]

[或许我们应该指出，哈克不会知道上述谈话，因为汉弗莱爵士的备忘录是一种纯粹私人社交性质的备忘录。——编者]

3月22日

今天我就卫生机构管理的事情跟汉弗莱爵士摊牌了。

我让人在中央大厦[哈克所在党的总部——编者]为我做了大量调研，因为我没法从我自己的部里获得清楚的统计数字。骇人听闻！

他们每年都在不断改变可比数据的算法，这样就无从核实哪一类官僚机构正在增长。

"汉弗莱，"我开口道，手中完全掌握了精确的数据，"整个国家的卫生机构是一个官僚机构疾速膨胀的先进典型。"

汉弗莱似乎漠不关心。"当然不是，"他回答，"不是疾速膨胀。最多只是缓慢增长而已。"

我告诉他白痴官僚机构的实例每天像潮水一样涌来。

"从谁那儿？"

"议员们，"我说，"还有选民，还有医生，还有护士。公众。"

汉弗莱毫不关心。"捣乱分子。"他说。

我大吃一惊。"你说公众？"

"他们就是最糟糕的那部分。"他评论说。

我决定给他看一些我的研究结果。首先，我给他看了一份关于听诊器的备忘录。[碰巧，哈克保留了他在日记中提到的所有备忘录的复件。这使我们对国家卫生机构在1980年代的管理情况有了饶有兴味的了解。——编者]

皇家联合医院

听诊器申领单

鉴于目前供应情况，无法提供你们申请增加的听诊器。

不过，我们现在能够供应更长的软管供现有听诊器使用。

采购部

汉弗莱爵士对此事不以为奇，还评论说既然有更长的软管可供，那这个答复就合情合理。

伯纳德接着居然进一步提出，这样可以为医生节约大量损耗——听诊器有了足够长的管子，他们就可以站在一个地方听病房中所有病人的心跳。

我希望并祈祷他是在说笑。

接着我又给汉弗莱看了圣斯蒂芬医院关于卫生卷纸和太平间的备忘录。

发自：院长

发至：全体医务人员

圣斯蒂芬医院的太平间在圣诞节期间将要关闭。在假期内要求医务人员合作，不对该部门施加压力。

发自：医院服务员

发至：全院人员

请注意，软卫生卷纸只供病人使用，不供工作人员。近几个月的情况显示，由于种种原因，工作人员一直在使用软卫生卷纸。

汉弗莱爵士无视这些备忘录。他争辩说，卫生机构正如政府所要求的那样有效而节约。

于是我给他看一份来自地方卫生局制服监制中心的奇特文件：

地区卫生局

<u>护士制服</u>

情况显示最近交付的护士服装乃用透明衣料制成。领到这些服装的护士应向制服监制中心主任报告。他将对该问题的性质予以评估。

制服监制中心负责人

汉弗莱颇有雅量地承认他为这篇胡说八道的文字感到惊讶。“亏您还能找到这个。”他笑着说。

我把我的王牌留到了最后。到这时连汉弗莱也关心起圣诞晚餐的备忘录了。

弗洛伦斯·南丁格尔医院

伙食变更

节日安排

请注意，周二的甜食将作为周五的第一道菜供应，周五第一道菜将作为周四主菜供应。圣诞晚宴将于除夕供应，而新年联欢会将于节礼日举行。当然，意即员工于1月7日须自备午餐。

今年耶稣受难日宴会将于4月13日周二举行。

伙食科长

12月13日

汉弗莱至少肯承认，如果我们花钱雇人在整个国家卫生机构制造所有这些毫无意义的胡言乱语，那可能是有什么东西出了点儿问题。而我今天早晨得知在十年间，卫生机构行政人数已经增加了四万，而医院床位数却减少了六万。这些数据本身就能说明问题了。

更有甚者，卫生部门每年的开销已经增长了十五亿英镑。这是个真实的数字！

但是当我提供这些数据的时候，汉弗莱爵士似乎很满意。"啊，"他沾沾自喜地说，"要是英国工业能赶上这个增长记录的话就好了。"

我莫名惊诧！"增长？"我说，"增长？"我重复一遍。是我的耳朵有毛病吗？"增长？"我大喊。他点点头。"你是在说，治疗越来越少的病人好让我们能雇用越来越多的行政人员，是在合理使用国会批准的纳税人提供的经费吗？”

“当然。”他又点点头。

我努力向他解释，这些钱批下去为的只是对病人有好处。让我极度惊讶的是，他干脆否认这一主张。

“恰恰相反，大臣，它对**每个人**都有好处——由于表达出他们的关心和同情而有好处。把钱批给卫生部的时候，议会和国家都感到被净化了。解脱了。升华了。这是一种献祭。”

当然，这是纯粹的狡辩。“这钱应该用在治疗病人上头，肯定是吧？”

汉弗莱爵士显然认为我的评论是不恰当的，他执迷于他愚蠢的牵强附会。“当一场献祭完成时，没有人会问祭司仪式之后要把祭品派什么用场。”

汉弗莱错了，错，错，错！在我看来国家**就是**要关注金钱不被滥用，而我作为国民的代表，就需要看到这个。

“我对您满怀尊敬[①]，大臣，”汉弗莱开口说道，这是他各种保留手段中最善用的冒犯方式之一，“人们关心的只是不**亲眼看着**这笔钱被滥用。”

我拒绝接受这种论点。我提醒他精神病医院丑闻所引起的骚乱。

他一如既往地愤世嫉俗，声称这样一场骚乱恰好证明了他的观点。“这些滥用已经顺利进行了几十年，”他说，“没有人会稍作关心去搞清楚他们的钱用来做什么——事实上，那是他们的祭品。让他们出离愤怒的是让他们知道了实情。”

① 真正的意思是，毫不尊敬。

我意识到这一整套巧妙的理论，无论真假，都正被汉弗莱当作烟雾弹在使用。我决定问一个直截了当的问题。

“只为员工的好处而保持一所医院的运营是没有意义的，这我们究竟同意还是不同意？”

汉弗莱并没有给我一个直截了当的回答。

“大臣，”他埋怨道，“这不是我会提出的问题。”

之后他就默不作声。

我指出这就是我提出的问题。

“的确。”他说。

然后等在那里。

显然，他不打算回答任何直截了当的问题，除非是用他认为完全可以接受的方式提出的。

我认输。“好吧，”我厉声说，“你会怎么提呢？”

“说到底，”他开始说，“医院的首要功能**之一**是治疗病人。”

“之一？”我说，“之一？那其他的呢？”

他不理会我打断他，还假装我一个字都没讲过，继续用极为平静的口气说下去。“但是，在我们弄到钱来请护理和医务人员之前，那个功能我们还实现不了。也许在十八个月左右之后……”

“十八个月？”我吓坏了。

“是的，大概到了那个时候我们也许可以开上一两间病房。”他说，终于承认我说过的话了。

我认为这都是废话和胡扯。我勒令他立刻去开辟几间病房——并且不止一两间。

对此他提出要组建一个部际委员会来审查尽早接收病人这种

建议的可行性。

我问他要多长时间可以形成报告。

“不长，大臣。”

“多长？”

不要他说我就知道答案了——“十八个月。”我们异口同声。

“了不起！”我嘲讽地加上一句。

“谢谢。”他回答，彬彬有礼地不予理会。这事儿是没希望了。

因此我提出一个新的建议。“我建议我们把这家医院现在雇用的人都辞掉，然后用这笔钱来开放在其他医院关掉的病房。”

[正如汉弗莱爵士所预测，哈克准备关闭整个医院。——编者]

“然后等我们能够负担得起时，”我又嘲讽地加上一句，“我们再开办有**医务人员**的圣爱德华医院！如果你有此好心的话。”

汉弗莱随即辩解说，如果我们现在关闭医院，就会使开设一家**有病人**的医院再多推迟几年。“您这话，”他指责地说，“好像只因为那里没病人，员工们就无事可做似的。”

“那他们**做**什么？”我问。

汉弗莱显然正等着这个问题呢。他迅速递给我一张单子，一张包括所有行政部门及其职责的单子——不管有没有病人。够离谱的。

圣爱德华医院

各处室目录

（1月1日起有效）

该部门目录旨在方便部门间联系。

人事处发布

1．应急计划处

针对罢工、空袭、核战争、火灾蔓延、食物或饮水中毒等。在此类危机中，你们的地方综合性医院将成为幸存者的救护中心。

2．数据及研究处

该处当前正在属区内进行全面人口普查工作，以供医院为妇产科、小儿科、老年病科以及男女两性平衡等未来的需要做好准备。

3．财务处

根据入院费用水准、通货膨胀率、地方和全国性资金等变量规划账目、资产负债表，现金流动估算。

4．采购处

采购药品及其他用品，做出预算，复审现行及将来的目录与价格表。

5．技术处

估算所有设备请购单，并比较成本效用。

6．基建处

从事第三期建造计划，计算成本，联系施工以及在1994年完成医院最后一期工程的所有其他必要工作。

7．维修处

医院建筑物自身及院内极复杂昂贵的医疗设备和技术设备的维修工作。作为一项节约措施，该处还包括清洁处。

8．伙食处

该处的职责不言自明。

9．人事处

一个非常忙碌的部门，处理休假、国家医疗保险及工资待遇。自然，该处包括若干从事员工福利的官员，需要他们照顾五百多名雇员。

10．行政处

负责打字、文书、文具、办公室家具及设备，各部门之间的联系，协调日常工作程序等。

我读这份材料的时候分辨不出（直到今晚仍然分辨不出）汉弗莱有没有在恶作剧。第十个处室由管理其他管理人员的管理人员组成。

我细细地看完，然后端详他的脸。他看上去很严肃。

“汉弗莱，”我说，缓慢地，谨慎地，“这里——没有——病人！开设——医院——为的是！病人！生病的人！医治——病人！”

汉弗莱爵士无动于衷。“我同意，大臣，”他说，“但是这里列出的所有这些重要工作都必须继续下去，不管有没有病人。”

“为什么？”我问。

他一脸茫然。“为什么？”

“对。为什么？”我重复。

“我不明白。”他说。

我绞尽脑汁，想还能用什么字眼儿来表达。但最终放弃了。

“为什么？”我问。

“大臣，”他说，“难道您会因为没有战争而取消军队吗？”

一个完全似是而非的论据，我这样告诉他。他问我如何定义“似是而非”。我避开这个问题，急忙指出医院与之不可同日而语，医院必须讲效果！

看来我终于触动了他。他完全甩掉了那副沾沾自喜的样子。

“大臣，”他郑重其事地说，“我们不是根据效果，而是根据行动来衡量成就的。而且行动是相当大量的，也富有成效。这五百个人正严重地超负荷工作——完整的编制本该有六百五十人。”他打开他的公文包。“我可以请您看一下圣爱德华医院发来的文件吗？”

是我**最不想看**的东西。

“不，不必了，”我坚定地回答，“够了就是够了。把他们全都解雇。”

他断然拒绝。他说这是不可能的。他重复说，如果失去我们的行政人员，这间医院**永远**开不成。于是我告诉他只解雇辅助工人。他说工会不会接受。

我采取折中方式。我吩咐他解雇一半行政人员一半辅助工人。我告诉他用医务人员来代替他们并且开放一两间病房。我还告诉他，这是我在这个问题上的最后决定。

他还要继续讨论下去。我不允许。但他对整个情况似乎有得意之态，这让人担忧，而且他临走时说，他会跟卫生部的工会谈一下。他坚持认为这种解决方式的可能性微乎其微。

我开始觉得仿佛爱丽丝在梦游仙境一样。

[本周稍晚时候，汉弗莱·阿普尔比爵士与行政工会联盟总书记布莱恩·贝克有一次会晤。这似乎是在汉弗莱爵士办公室内举行的另一次见面之后进行的私下会面，佐以一杯雪利酒。极为反常的是，汉弗莱爵士对此次会面似乎没做记录、备忘录或者提

及，甚至在他的私人日记里也没有。这表明他认为这次讨论可能非常令人难堪。不过，幸运的是布莱恩·贝克在工会全国执行委员的下一次会议中提到了这次秘密讨论，而且内容见于会议记录。——编者]

行政工会联盟

其他事项：

贝克先生向执行委员会汇报一次高度机密的会谈。他与行政部常任秘书汉弗莱·阿普尔比爵士进行过一次谈话，双方均同意对此次谈话应绝对保密，仅限于两人之间。汉弗莱爵士提出圣爱德华医院的问题。贝克先生表示他准备在这类谈判中采取温和路线；他感到我们理由不充足。坚持主张政府在一家空置医院无限期地保留辅助员工恐怕有困难。

汉弗莱爵士指责贝克先生是失败主义，并要求他捍卫他的会员们。贝克先生报告说，他初听此建议时深感惊讶，直到后来汉弗莱爵士指出，三百四十二名管理人员必须有工人供他们管理——否则他们自己也会失业。

贝克先生对于汉弗莱爵士表示可能被迫解雇一些文官感到惊奇。但是正如汉弗莱爵士对他所说：“我们正生活在奇怪而动荡的时代。”

贝克先生问如果我们开展劳工行动，汉弗莱爵士有没有可能支持工会？汉弗莱爵士指出他的职责所在是保持政府机器的运转，不大可能支持一种显示团结的示威。

尽管如此，他暗示他不会对我们的会员广泛而有效的抗议行动加以严厉指责。

贝克先生希望了解大臣在此事中的立场。汉弗莱爵士解释说，大臣连咨询调解和仲裁局与全国和地方政府公务员协会之间的区别都不知道。

贝克先生随即表示，如果要他造成有效的混乱，需要汉弗莱爵士提供一些积极的帮助和支持。由于医院空置了十五个月而且在未来一两年内也没有希望开设任何病房，他告诉汉弗莱爵士我们的工会会员都很乐天知命。

汉弗莱爵士问比利·弗雷泽是不是也乐天知命。一开始贝克先生以为汉弗莱爵士不知道弗雷泽在索恩沃克医院工作，但是汉弗莱爵士暗示他可能很快会被调到圣爱德华医院。

助理总书记评论说这是个好消息。如果工人中有真正的激进分子作基础，那么为我们在圣爱德华医院的会员们提高工资和工作条件是大有可为的。

最后，贝克先生汇报说，汉弗莱爵士送他出门，并对他兄弟般的同志们致以良好的祝愿，还唱起了《我们会胜利》。

执行委员会敦促贝克先生在未来的所有协商中都要对汉弗莱·阿普尔比爵士有所留意，因为他要么是他本阶级的叛徒，要么就是装疯卖傻。

[哈克的日记继续下去。——编者]

3月25日

今天我正式视察了圣爱德华医院。真是大开眼界。

欢迎委员会——我在最广泛的意义上使用这个词，因为我无法想象出一群比他们更不欢迎我的人了——在台阶上排成列。

我见到了罗杰斯夫人，行政主管，还有一个可怕的格拉斯哥人，叫比利·弗雷泽，拥有车间工会代表联合谈判委员会主席的头衔。罗杰斯夫人大约四十五岁，非常瘦长，黑发中带着几缕灰白——一位来自汉普斯特德的非常优雅的女士，说话含混不清。

“见到您真高兴。”我对弗雷泽说，主动和他握手。

“我倒没指望这个。”他粗鲁地说。

我被带领着参观了几间空病房，几处的确熙熙攘攘的行政办公室，到最后是一套空无一人、布满灰尘的巨大手术室。我询问它的造价。罗杰斯夫人告诉我，算上放射性治疗室和重病特别护理室，一共花了二百二十五万英镑。

我问她难道这地方不投付使用她都不觉得过分吗?

“不，”她愉快地说，“从某些方面来讲是很好的事情。延长它的使用寿命。减少管理费用。”

“但是这里没有病人。”我提醒她。

她同意。“然而，”她补充说，“医院最必不可少的工作还是要继续的。”

“我想治病是医院最必不可少的工作。”

“管理一个五百人的机构是一项重大工作，大臣。”罗杰斯夫人说，开始显得对我不耐烦了。

“对，”我气急败坏地说，“但是如果他们不在这里，他们就不会在这里了。”

“什么？”

显然，她没有弄明白我的意思。她的头脑完全不开窍儿。

我决定这是做出决定的时候了。我告诉她，这种情况不能再继续下去了。要么她让病人进医院，要么我就关掉它。

她开始唠叨起来："是呀，这个，大臣，经过一定的时间，我肯定……"

"不要经过一定的时间，"我说道，"**现在**。我们要解雇你手下的三百人，然后把省下来的钱用于支付医生和护士的费用，这样我们就可收一些病人进来了。"

这时比利·弗雷泽开始插进来说些讨厌话。

"哎，听着，"他开腔道，"没有那三百人，这医院就没有作用。"

"你认为它现在有作用吗？"我询问。

罗杰斯夫人还在毫不动摇地自以为是："它是国内运转得最好的医院之一，它正等着领弗洛伦斯·南丁格尔奖呢。"

我问是什么奖，请教了。

"已经得了，"她骄傲地对我说，"作为本地区最卫生的医院。"

我默默地企求上帝赐予我力量。然后我告诉她我已经讲明了我最后的决定，三百名员工必须走人，请医生和护士，接收病人。

"你的意思是，三百份工作没了？"比利·弗雷泽敏锐的头脑终于反应过来了。

罗杰斯夫人已经反应过来了，但罗杰斯夫人清楚地感到这家医院不需要病人。她说无论如何只有几个基本的医务人员也做不了任何重大手术。我告诉她我不在乎她是不是要做重大手术——她除了静脉曲张、疝气和痔疮以外什么都做不了我也不管。但是必须得**做点什么**。

"你的意思是说三百份工作没了吗？"比利·弗雷泽愤怒地说，似乎仍旧在要求对这个别人十分钟以前就明白了的简单问题做解释。

我清清楚楚地告诉他："是的，我是这个意思，弗雷泽先生，医院不是个就业的地方，它是个治病的地方。"

他脸色铁青。当他开始对我大声辱骂的时候，他那一缕缕恐怖的胡须上满是唾沫，他小小的红眼睛爆发出阶级仇恨和酒精。"它就是我的会员就业的地方，"他大吼着，"你要让他们失业，是不是？你个杂种！"他尖叫起来，"这就是你所谓的慈善社会吗？"

我为自己骄傲。我保持淡定。"是的，"我冷静地回答，"我宁可对病人慈善，而不对你的会员。"

"我们会出去罢工。"他大吼。

我难以置信。我对这个威胁极为欢喜。我当面笑他。

"好啊，"我愉快地说，"去吧。有什么关系呢？你能伤害到谁呢？请吧，去罢工，越快越好。把所有这些行政人员都带走，"我加了一句，朝高贵的罗杰斯夫人的方向挥挥手，"这样，我们就不必付你们工资了。"

伯纳德和我离开了圣爱德华医院的战场，我感到自己毫无疑问是今天的胜利者。

在政治领域，要享受把对手彻底打翻在地的快乐极为难得。这是一种美好的感觉。

3月26日

看来我并没有完全把对手打翻在地。整个局面急转直下。

伯纳德和我今天下午很晚还坐在办公室里庆贺我们昨天的胜利。我当时恐怕有些沾沾自喜地说，比利·弗雷泽的罢工威胁正合我意。

我们打开电视新闻。一开始是一则说英国政府又一次受到美国政府压力要接收更多古巴难民的报道。随后——爆炸性事件！比利·弗雷泽出现了，他威胁说，如果我们解雇圣爱德华医院的工人，伦敦整个国家卫生机构会在今天午夜举行罢工。我彻底完蛋了。

[我们有幸得到了有关电视新闻节目的文字记录，并复制如下。——编者]

BBC

新闻主播：大伦敦地区的国家卫生机构各医院全部工人将于星期五子夜时分举行罢工。在圣爱德华医院解雇一百七十名工人的提议引起了争议。我们连线工会活动家比利·弗雷泽。

切换画面

比利·弗雷泽：我们正举行罢工，抗议失业。我们要使伦敦所有的医院真正瘫痪。全部要彻底停顿：没有输血、没有手术、没有癌症治疗，什么也没有！直到恢复了慈善社会为止。

记者：但是你怎么能对病人这样做呢？

比利·弗雷泽：我们没有在这样做，是哈克先生在这样做。

记者：在把这些可怕的惩罚强加于无辜的公众之前，你不应该三思而行吗？

比利·弗雷泽：我可以向你保证，并且我想借此机会向社会公众保证，我们将千方百计谋求解决之道。

汉弗莱在这一时刻走了进来。

“哦，”他说道，“你们正在看这个。”

“是的，”我的话从牙缝挤了出来，“汉弗莱，你告诉过我你去同工会谈。”

“我谈了，”他回答，“可是，这个，我能做什么呢？”他无奈地耸耸肩。我确信他对付工会已经尽力了。但是在哪儿出了岔子呢？

我问他我们现在该怎么办。

但是汉弗莱过来，显然是为了另一件事——同样急迫。事实上是另一桩爆炸性事件！

“看来莫里斯·威廉斯爵士的独立调查会不利于我们。”他开始说。

我吓了一跳。汉弗莱向我保证过威廉斯是明理的。他告诉过我这人想要个贵族头衔。

“不幸的是，”汉弗莱爵士咕哝着，尴尬地盯着他自己的鞋，“他也在设法以难民安置联合委员会主席的身份获得贵族头衔。”

我问难民工作是不是比政府调查工作能得到更多加分。

他点点头。

我指出我们实在没钱来收容更多的难民了。

这时又来了第三号爆炸性事件！电话铃响了。是十号打来的。

我接过电话。我被一个高级政策顾问严厉地告知，十号已在6点钟的新闻上看到比利·弗雷泽。他所说的十号指首相。十号希望尽快找到一项和平解决方案。

当我在深思来自唐宁街的委婉而沉重的威胁时，汉弗莱仍然在喋喋不休地说着那些烦人的古巴难民。如果我们能安置一千人，莫里斯爵士就会满意了，他说。

当我要再次解释我们没有时间也没有钱去开办一家一千张床位的旅馆……突然灵光一现！

一个最漂亮的解决方案被我想到了。

一千名难民没地儿住。一千张床位的医院，人员齐备。好运终究在我们这边。匹配得妙不可言。

汉弗莱当然看出我在想什么，并且似乎准备好了抵制。“大臣，”他开始说，“那家医院拥有价值几百万英镑的高科技设备。它是为患病的英国人建的，不是为健康的外国人。医疗机构排队等病床的名单长着呢，这将是极为骇人听闻的财务上的失职，把所有的投资浪费在……”

我打断了这滔滔不绝的沙文主义虚伪扯淡。

“但是……”我关心地说，“独立调查怎么办？让他们进入我们部里吗？你不是说过莫里斯爵士的调查会不利于我们吗？这就是你希望的吗？”

他顿住了。“我明白您的意思了，大臣。”他若有所思地回答。

我吩咐伯纳德立即让圣爱德华医院的全体人员复职，去告诉莫里斯爵士，我们提供了一所可以安置一千名难民的全新的医院，并且告诉新闻界，这是我的决定。人人都会得偿所愿！

伯纳德要我说句话供新闻稿引用。好主意！

“告诉他们，”我说，“哈克先生说这是一个困难但又不得不做出的决定，如果我们不列颠人要使自己够得上……慈善社会之名的话。”

我问汉弗莱他是否同意这一切。

“是，大臣。”他说。我想我觉察到他的语调中有一丝钦佩之意。

9. 死亡名单

3月28日

我坐在这里一如既往地进行我周日晚间的回顾和思考，我越发清楚地意识到，罗伊（我的司机）对于白厅内发生的事情知道得比我要多得多。

白厅所在之地是世界上隐秘的一平方英里。对避免出差错的极力强调（这是文官真正的职责所在，因为这是他们唯一的真实动机）也意味着同样有必要避免公开。

正如传闻阿诺德爵士在几个月前讲过的那样："如果没人知道你在做什么，也就没人知道你做错了。"

[或许这就解释了为什么政府公文总是如此令人费解。写公文为的就是保护主管公文的人员。——编者]

因此，提供——或者说压制——消息的方式就成了政府顺利运转的关键。

对避免差错的关注不可避免地导致了要把一切都记录在案的需要——文官把**一切**都记下来，还要抄送给他们的同僚。（这也是因为"兄弟们有事要同担"，伯纳德曾经这样跟我解释。）在复印机发明之前，财政部的工作比现在更得力，因为那会儿它的官员没有这么多文件要看（所以让他们犯晕的事也较少）。

文官们对文件的渴求欲壑难平。他们尽一切可能要得到情报，也尽一切可能把情报发送给他们的同僚。除了紧追别人的文书工作，他们居然还有时间做其他事，这真让我惊叹不已。当然，如果他们真做了事情的话。

让人称奇的还有，如此巨量的文稿居然绝少为公众所知——真得归功于白厅的保密人才。因为文官恪守的信条就是情报只能在绝对必要的时候才能透露给他们的政治"东家"；给公众则要在绝对瞒不住的时候。

不过我现在明白了我可以从他们的办法中学到一些有益的教训。首先，我必须对伯纳德和罗伊多加注意。我决心从今天起不会再让虚假的优越感成为罗伊和我之间的隔阂——换句话说，我不会再假装自己比司机知道得多了。明天，他到尤斯顿来接我时，我会要求他把听到的信息都告诉我，我还要告诉他不要以为大臣知道的秘密比司机多。

进一步考虑，我并不需要跟他说这个——他早就知道了！

说到私人秘书的小道消息，最好玩的是听说上周汉弗莱爵士受到阿诺德爵士一番训斥。这会让汉弗莱深感沮丧，因为他最重视同僚的看法。

还有一条小道消息的渠道比私人秘书和司机的更灵通，也更有影响——那就是常任秘书们的小道消息。（至于内阁同僚们，当然，就不要指望小道消息了，因为他们之间没有私交，彼此不怎么了解，而且除了在内阁和投票厅之外基本碰不上面。）

我猜测，这次训斥也有可能会影响他在阿诺德退休后成为内阁秘书的机会，或者毁了他在布鲁塞尔谋个好差事的可能性。

幸好，这不是我的问题。而且，当我跟我的密探——伯纳德和罗伊谈及此事时，他俩（各自地）一致认为汉弗莱爵士不会陷入困境。除了他那笔可观的随通胀浮动的退休金外，一位前常任秘书只要愿意，总是可以安排到一份工作——运河及航道部门，或**其他什么地方**。

至于伯纳德，我近来对他的忠心深有所感。在不危及他自身前途的情况下，他似乎总是尽全力为我效劳。事实上，对于我们两人之间存在的这种和谐共处、亲善友好的关系我几乎越来越担心了——如果他更多地显示出这些品质，那么他几乎肯定会被调到别的地方去了。早晚有一天，部里会觉得他对**我**越是有用，对**他们**就越是没用。

3月29日

今天下午我坐在办公室处理一些信件时，伯纳德背后拿着什么东西悄悄溜了进来。

“请原谅，大臣，”他说，“有些关于您的报道，我想您该瞧瞧。”

我很高兴。“关于我的吗？那好呀。”

伯纳德面露难色。“这个……”他咽下一口唾沫，“恐怕这是登在《私人侦探》上的。”

颤抖着，我接过那份惹人厌的小报，用食指和拇指远远地拎着它。我没有勇气打开它。通常是新闻官把有关你的剪报送过来。如果他把这任务交给了伯纳德，那就意味着是可怕的消息。要猜测《私人侦探》上登的内容是没意义的。

“他们……嗯……曝光了点事。”伯纳德说。

惊恐的念头从我脑海中一一闪过。刹那间，我的一生都在眼前闪过。国际标准化组织顾问职位的事，我疑惑？还是我给萨万德拉博士写的品德评语？还是约翰·波尔森家那场倒霉的聚会？

这些我连对伯纳德都不敢提。所以我装作若无其事的样子。“好吧，”我说，扬起头，“他们给我编排了些什么登在他们龌龊的小报上？”

“或许您还是自己看比较好吧。”他说。

于是我看了。

极度令人难堪。

> 上周向《私人侦探》的读者披露过的涉及安全措施的格思里绝密报告继续使大臣们陷入窘境。看来在野时受到电话窃听、窃听器监听以及二十四小时监视的现任内阁大臣之一，不是别人，正是烜赫的吉姆·哈克，他的行政事务部管理着其他两万三千名行政管理人员。颇具讽刺意味的是，正是烜赫的吉姆掌管的这个部，目前负责供应政府所需的一切计算机控制的窃听装置。这大概使他成为了政府的头号窃听者。

我立刻派人把汉弗莱叫来。我必须确定这则谎言是否属实。

这一小则龌龊的报道中有一点尤其让我不解——“烜赫什么意思？”我问伯纳德。

“我想它的意思是‘杰出’吧……多多少少地。”他解释。

这倒还好，**如果**是这意思的话。不过《私人侦探》用这么一个词，似乎显得有点过于仁慈了。我必须记住什么时候再查查字典。

汉弗莱来了，看了那篇报道，并且居然轻率地对那个窃听玩笑满不在乎。

“这是真的吗？”我问道。

“啊，绝对不是，大臣。”他明确地回答。在他接下去说话之前，我暂时松了口气，“这不过是他们的小玩笑之一。我想没有人会真把您当作一个窃……我是说……那是……”

我勃然大怒。“汉弗莱，我不是在讲那个低级的小玩笑。我是问你这篇报道的主旨是不是真的——我有没有被监视过，还有我现在是不是在对窃听装置负责？”

“当然……”汉弗莱含含糊糊地说，现在那些伎俩我看得是多么清楚呀！“当然您不会相信您在那种龌龊小报上看到的报道喽？”

［“龌龊小报”显然是当时白厅对《私人侦探》的通俗叫法。——编者］

我再问他一遍：这是否属实？

汉弗莱爵士再次拒绝做直截了当的回答。“我认为我们不应该对此事太认真，大臣。”他温文尔雅地说。

我大怒。我告诉他我把此事看作对我隐私权的极其粗暴又难以容忍的干涉。如果他不认为这有什么不对，我可是非常在意的，而且我要求非常严肃地对待此事。我提醒汉弗莱那篇文章说明我——一个自由公民，而且是一名国会议员，曾经一直处于全面监视之下。监视是对民主的侵犯。我问汉弗莱他有没有意识到这违反了欧洲人权公约。

他镇静如故。“监视，”他说，“是同有组织的犯罪做斗争的必不可少的武器。”

我难以置信。那不是监听我——一名政治家的理由。“汉弗莱，”我问，“你把政治家说成有组织的犯罪吗？”

他笑了。“这个……也是无组织的犯罪。”他开玩笑。我并没有被逗笑。他意识到他有点儿过，于是又赶紧找补。“不，说真的，大臣……”

我打断了他。我提醒他我自己过去的成就使我在这种情况下尤其感到难堪。

“我在《改革》当编辑时，写过一篇抨击这类侵犯人权行为的社论。更有甚者，我还发动过一场全国性的请愿行动，反对官僚主义的好事之徒到处窥探和电话窃听。而**现在**我却得知，”我继续愤怒地说，“——从《私人侦探》那里，请注意，不是从你那里得知——**竟然**是**我**在这里主管的整个操作层面的事。”这太令人尴尬了。

汉弗莱爵士只是点点头。

我问了一个我必然要问的问题。

“为什么你没告诉过我？”

“因为，”来了一个我必然会得到的答案，“您没问过。”

“好吧，”我说，“感谢上帝还有新闻自由。感谢上帝在这个国家至少还有一份勇敢、公开、无所畏惧的报纸。”

伯纳德又开始提醒我，之前我对它有不同的评价，但我制止了他。不过，我借此机会为他讲解，他真的必须把他的政治触角磨得锐利些了。他需要学会更灵活地适应形势的发展。

他明白了我的意思，我这么想——我这么希望！

接下来提出的问题必然要涉及我被窃听的谈话录音带以及/或者文字记录肯定是有的。它们在哪里？

“我猜想，”汉弗莱敷衍地说，好像这事真的没那么要紧，“它们肯定都放到报告里了。”

“那谁拿到过那些报告？”我想知道。

“我猜想内务大臣一直拿着……拿到过它们。”他迅速纠正自己的话。但还是不够迅速。

“一直拿着？”我尖叫起来。“你是说，这事**仍在进行中**？”

他试图平息我的怒火，但没有成功：“不，大臣，不是对您，不是现在。**现在**他拿到的是女王陛下政府反对党现有成员的报告。”

这里头的操作方法我还是弄不明白。“谁把这些报告交给内务大臣？”我问。

他耸耸肩。“MI5，估计是吧。”

“看来你对这一切倒心平气和。”

他笑了。他实在是让我恼火，这个扬扬自得的……［此处删去若干骂人话。——编者］

我对此事当然不会心平气和。我大发雷霆。我谴责这整套行径。“真是**骇人听闻**，”我坚称，“一个不列颠公民——就我来说，一个**德高望重**的不列颠公民，一个致力于为自己的同胞服务而献身的公民……而这些幸灾乐祸、厚颜无耻的官僚分子却时时刻刻都在窃听他的每一句话。他所有的私人电话。他和他老婆的争吵。他跟他女儿的大吵大闹。他跟他会计师的私人安排。”也许我扯太远了——说不定这房间正遭窃听呢！“这并不是由于我有什么见不得人的事，我的生活是极坦率的。”

“的确，的确。”汉弗莱和伯纳德齐声赞同。

“但这是个原则问题。”

我停下来，等着。球已经到他那半场了。汉弗莱爵士肯定有话要说。但是既没有解释也没有争辩。

汉弗莱爵士就坐在那儿，表示赞同地把头侧向一边听着，完全像一位弗洛伊德学派的心理分析家坐在卧榻的一端，听着一个精神病人的胡言乱语。

他长时间没说话之后，我意识到他**没有**意识到球在他那半场。

“为什么？”我问。

汉弗莱爵士猛然醒悟，两眼看向我。“哪个事情为什么？”他回答，“为什么监视？还是为什么监视您？”

“都是。”

“不论哪个，”他温和地笑着，“答案是一样的。”

我血管要迸裂了。我厉声喝道：“那为什么你要分成两个问题？”

对此又没有回答。

[汉弗莱爵士无法向哈克解释他不想冒险回答一个哈克没有提出的问题。——编者]

于是汉弗莱开始了他一贯的解释。“我原本以为这事完全显而易见。大选前谣传您有可能被任命为国防大臣。如果首相考虑让您主管国防部，您肯定能明白，让 MI5 确认您对安全并无威胁是符合国家利益的吧？”

“但我的隐私权受到了侵犯。”我指出。

他露出他最得意的笑容：“但总比您的国家受到侵犯要好些，大臣。”

我必须说，我能理解这一点。其中不无道理。

但是我肯定汉弗莱从来没有经历过我当时感觉到的感觉，而民主就是有关个人的感觉和权利的——这就是民主与专制的区别。

我对他说：“**你**有没有被监视过，汉弗莱？”

他吃了一惊。“我？”

“你。你，汉弗莱。”

他趾高气昂地说：“我是一名文官。”好像这就能完全结束这场讨论似的。

“伯吉斯和麦克莱恩，还有菲尔比也曾经是。”我说道。

他不安起来，但他迅速抛出反证。“他们不是常任秘书！一个人只有一生忠于职守、可靠、正直，才能成为一名常任秘书。最严密的选拔程序只筛选出最正直、最忠诚、最谨慎的公务人员。”

我注意到他对“谨慎”的强调。又是那些秘密的事，这回算是公开承认了。我也注意到，他热情洋溢地形容常任秘书时想的就是他自己，实际上，形容的就是他自己。而且我还注意到他的回答是想当然，就算常任秘书从来没有安全隐患，而汉弗莱说他**从来没有**被监听过。但他又不是生来就当常任秘书的，他是吗？

既然汉弗莱所形容的常任秘书们的优良品质，从某种程度上讲，论证了这些人不需要受到监视，那么我要问他怎么看待大臣？回答不出我所料。

“大臣们，”他说，“拥有全面的让人眼花缭乱的美德，其中包括……嗯……这个，包括令人羡慕的思想上的灵活性和道德上的机动性。”

我怂恿他做进一步解释。

“你不能信任大臣们。”他直率地说，我被他的无礼吓了一跳。“我现在是直言相告。”他毫无必要地补充。他妈的我管这个叫傲慢无礼。“得说明一下，我并不是指我们不能信任**您**，大臣——我们当然能。但一般来讲，大臣们不像文官，大臣们完全是随机选出来的——由于首相心血来潮，为了报答得到过的可疑的恩惠，或者为了避免任命某个真正有才干的人，以防日后可能对他构成威胁——不是指**您**，当然，大臣。**您**当然是值得信任的。**您**本人几乎可以成为一名文官了。”

［汉弗莱爵士肯定把这当作一种恭维。的确，顶级的恭维。不过，哈克肯定应该把这当作一种他可以被驯服的暗示。遗憾的是，他让这番恭维给迷惑了。——编者］

我平复下来。我想他并没有胡说八道。

我让他继续说。“大臣，您能相信您的每个内阁同僚都永远不会泄露真心话吗？”

我要真实作答，就免不了要在某种程度上对我的内阁同僚显示出不忠。

“那您觉得反对党的后座议员又怎样呢？”他问。

这是个简单的问题。“你当然不能信任那伙人。”我大声说。

“的确如此，”他说，利索地将了我一军，“**您**当时正是反对党的后座议员啊！”

跟汉弗莱争辩这类问题始终难以取胜。不过他致力于赢得辩论——而我致力于办成事情。

所以我中断了辩论。我做出自己的决定，那就是停止各种监视。这是个原则问题。

他反对说，这是内务部的事，很多情况都不在我们的权限之内。

这点我并不担心，我肯定能让这事在未来更难执行。既然我负责设备，我就要负责（在设备使用之前）为我们大家采取一些适当的民主保障。

“您是否打算建议，”他嘲讽地问，“人们要等到在表格上签名同意之后才可以受到秘密监视呢？”

我比这高明。“不，”我温和而坚定地说，“我提议两院设立一个由上院高级法官任主席的特别委员会，来批准每一个监视申请。未经重新申请者，每次监视不得超过两周。”

随后我要他立即着手实施。

他不再争辩，但离开的时候态度冷若冰霜。

今天我满脑子主意。汉弗莱大步流星走出去之后，我告诉伯纳德给每个内阁成员送一份备忘录。

我还考虑安排一个我们的后座议员向内务大臣提出质询。诸如：**内务大臣能否向下院保证他的内阁同僚中从未有一人受到过政府的监视？**这会让他震惊的。而且会把这件事大白于天下。我们且看这是否只是内务部的事！我认为不是！

最后，我让伯纳德为我约《快报》的沃尔特·福勒本周晚些时候在下院的安妮酒吧见面喝一杯。

“谈什么？”伯纳德想知道。

“政治上不谨慎的第一条定律，”我回答，“酒后吐真言。”

[沃尔特·福勒是《快报》的议会记者，这意味着他可能已经当上了该报的政治编辑或者政治编辑部的主任。议会记者是独具特色的不列颠制度，是迄今为止任何一个民主国家用来驯服和钳制新闻界的最佳手段。

这是因为新闻界要求自由的时候政府就难以审查他们，但如果他们主动放弃自由就好办了。

1980年代有一百五十个议会记者，他们享有特权，可以在两院后面的接待厅混迹于议员和大臣们之间。然而，作为记者，他们不得坐在皮椅子上——这个非常合情合理。他们既不得报道他们亲眼所见的任何事情——比如议员们互殴——也不得报道他们无意中听到的任何事情。

你可能会问：谁规定什么事情他们不能做？谁订的所有这些限制？回答是：议会记者们自己！

作为对能够自由接近议员和大臣的回报，他们实行了最惊人最详尽的自我审查制度。

议会记者收到从唐宁街十号首相的新闻秘书那里每天发布的简报，以及从下院领导人和反对党领导人那里每周发布的简报。所有这些简报都不能署出处。

议会记者们争辩说，作为对他们自我审查的回报，他们会更大量地获悉关于政府及其意向、计划的信息。政治家们喜欢议会记者制度，因为他们可以透露任何老掉牙的废话，而记者们通常照单全收。既然他们是私下里听到这些的，他们就相信这一定是真的。

用事后诸葛亮的观点回顾，我们相信议会记者制度只不过是不列颠当局处理潜在危险或批评的一种典型手法——拥抱这种危险，而后闷死它。

议会记者制无疑阻止了政治记者们到外面去寻找新闻材料，因为他们只须坐在安妮酒吧（这个酒吧是专为新闻界提供的，在威斯敏斯特宫的十三家酒吧中，这里酒类的消耗量第一——这就足以说明问题了！）的尽头，一个"漏缝"就会找上门来。

最后，还要就泄密说上一句。因为在白厅没人能自由获取信息，所以人人都在泄密。每个人都知道没有其他方法可以推动车轮的运转。

同样，每个人都假装说泄密是"不存在的""不磊落的""暗箱操作的"，或者也就等于说是卑鄙的。这是因为谨慎是白厅内最被看重的才能，甚至在"可靠"之上。也或许谨慎是说你"可靠"的终极标准吧！

每当"泄密"的事情发生，大家都义愤填膺，并且会由首相成立一个泄密调查组。但这种调查到最后鲜少见得到报告，因为怕造成难堪的后果——绝大多数的泄密来自"十号"（一个委婉的说法），绝大多数关于预算的泄密来自"十一号"（又一个委婉的说法）。——编者］

3月30日

我如约跟沃尔特·福勒在安妮酒吧见了面，并透露了我限制监视的计划。

沃尔特看上去有点怀疑。他说这是值得做的事，但我坚持不到头。这让我更加坚决。我告诉他我打算坚持到底，并在适当的时候就此事推动内务部。我问他这事能不能成为一条报道——我知道能，不过记者们都喜欢别人尊重他们的意见。

沃尔特肯定这可以成为一篇报道。"'大臣为反电话窃听而斗争'——好，有内容。"他喘着粗气喝掉了三分之二品脱的特供酒。

我问他要发在哪儿。他打算放在国内消息版的显著位置。我有点失望。

"不在头版？"

"嗯……"沃尔特犹豫地说，"我能署来源吗？'大臣疾呼！'"

我立刻否决。

"那我从哪儿来的这个消息呢？"沃尔特哀怨地说，"我估计我不能说'官方公布'或者一个'政府发言人'吧？"

我告诉他，他估计对了。

我们默默地思索其他选择。

"就说'大臣左近的消息源'怎么样？"一两分钟以后他问。

"别指望，"我指出，"我不想让人人都知道是我告诉你的。你有没有可能写'威斯敏斯特不断升温的猜测'？"

沃尔特忧伤地摇摇头。"有点弱。"他说，又喘起了粗气。他就像一架破旧的手风琴。他从他脏兮兮的口袋里掏出一只样子粗糙简陋的烟斗，用短粗的食指将烟丝塞进烟筒，那指甲下面有一道又粗又黑的污垢。

我望着他出神。"用'非官方发言人'如何？"我建议，随即第一股烟雾就把我围住了。

"这周我用过两次了。"沃尔特回答说，愉快地污染着伦敦市区的空气。我暗暗咳了几下。

这是真话。这话本周已经用过两次了。我已经注意到了。"内阁像个漏勺一样在泄密，不是吗？"

他点点头。"是——嗯……"他通过他满是烟垢的牙齿往他烟雾缭绕的嘴里又灌了一些苦啤酒，“……我们可不可以说这出自漏勺的一个领导班子成员？”我看着他，“呃……内阁？”他赶紧纠正自己。

我摇摇头。

“那你觉得‘消息灵通人士’怎么样？”他提议。

这看起来是个好主意。我有好几个星期没当“消息灵通人士”了。

“好，”我说，“我就当这个吧。”

沃尔特偷笑起来。“真是个笑话，不是吗？”

“什么？”我茫然地问。

“一个人的常任秘书是汉弗莱·阿普尔比爵士，却要把这个人说成是‘消息灵通’。”

他冲我龇着一口黄牙。我想他是在笑。我没有报之以微笑——我只是冲他龇了一下牙。

3月31日

安妮今天从选区来伦敦。

于是我把我们一直受到监视的事情告诉了她。我本以为她会像我一样愤慨，但她看不出有在意的样子。

我力图让她明白这种不法行为的严重程度。“我们电话里讲的每一句话，我们交谈的每一句话——全被录下来，写下来了。真丢人。”

“是，我明白……”她若有所思地说，“是有点丢脸，让MI5的人知道我们的生活有多无聊。”

“什么？”

“全都会曝光的，”她说，“或者已经曝光了。你在家里说的话都还是你对公众演说的那些——国民生产总值、国有企业借贷需要、党代会议事日程草案之类的……”

我解释说，我不是指**那个**。我的意思是所有我们家庭内部的私人谈话都被他们窃听了。

“天哪，是呀，”安妮说，“我还没想到这个……‘你拿汽车钥匙了吗？’……‘没有，我还以为**你**拿了呢’……‘没有，我给你了’……上帝呀，这会让政府垮台的！”

“安妮，”我生气了，“你没把这当回事。”

“你怎么会这么想？”

“你还是没弄明白我们的隐私权受到了怎样的侵犯。他们可能听到了我们两人说的话……在床上。”

“那要紧吗？”她问，装出吃惊的样子，“你的呼噜里头有密码吗？”

我想，她是在向我暗示什么。就在上星期，她接受一家少女杂志采访时害我非常尴尬，她们问她和我上床睡觉时地球是否在动。“不，”她回答，“连床都不动。”

这也许是一次战役的部分内容吧。

这就是。她接着说了：“马上就是公休日的周末假期了，为什么我们不出去过个长周末呢，两三天，像过去那样？”

我的第一个反应是我不能去，随即又一想：为什么不呢？我都想不出一个理由。话说回来，政治家也需要度假嘛。我同意了。

“咱们去金斯伯里庄园。”她说。

“好，”我说，“在哪里？”

她瞪着我：“就是我们度蜜月的地方，亲爱的。”真好笑，我居然忘记了那地方的名字。我试图回忆那地方的样子。

“就是你第一次向我解释你那关于流通速度对货币供应净增值影响理论的地方。”

我完全想起来了。“哦，对了，这下我知道那个地方了。”我说。

安妮转过身对着她的床头灯：“你们都听见了，伙计们？”

[次日，情况有了惊人的发展。特工处与汉弗莱·阿普尔比爵士和伯纳德·伍利取得联系，一份恐怖主义分子的暗杀名单被发现，吉姆·哈克的名字作为一个潜在目标出现在上面。

名单显然是由一个自称国际自由军的组织制订的。——编者]

伯纳德·伍利爵士（与编者谈话时）回忆：

我们无法想象怎么会有人要暗杀大臣。他是这么和善。

不过汉弗莱·阿普尔比和我完全达成一致，绝不可能拿大臣的生命冒险，因此必须运用整套安全措施来保护他。

[哈克的日记继续写下去。——编者]

4月2日

伯纳德今天早上跟我打招呼的样子像只老母鸡。他热忱关切地询问我的健康情况。

我想可能是因为我上班有点迟到的缘故。我睡得不太好——“我觉得好像要死了似的。”我说道。

伯纳德对汉弗莱爵士耳语：“可能就是这样。”当时我没听懂，但现在我觉得这话太不得体了。

我其实相当愉快。我泄的密已经见效，一条报道已经出现在《快报》上——“哈克着手限制电话窃听”。按照事先的约定，我被称为消息灵通人士，沃尔特没有署名——消息来自“本报政治记者”。

汉弗莱爵士纳闷地说，他们从哪儿得到的消息，并且盯住了我。我自然不承认。

［人们常说，国家是唯一一艘从顶上漏水的船。——编者］

“不管怎么说，”我接着讲，“这一泄密只是更加巩固了我在这件事情上要行动的决心。”

汉弗莱问我是否考虑过各种可能的后果。这是文官们在问我有没有意识到我在说胡话的惯用表达。就这件事情来讲，从后来发生的情况表明，我还**没有**完全考虑到各种可能的后果。

于是我回答说自由公民享有隐私权。一个绝对的权利。

我怎么能说这种话呢?

不过当时我还不知道仅仅五分钟后就要获悉的情况，这些杂种还没有告诉我。

“假定……”汉弗莱爵士平静地提出，“让我举一个纯粹假设的例子吧，假定 MI5 有理由怀疑这些‘自由公民’正策划暗杀一位女王陛下的大臣呢？”

我发表了一番小小的讲话。我谈到不列颠人民的自由，以及这如何比几个大臣的生命更加重要。我说自由是不能打折扣的，但大臣们是可以牺牲的。“公众人物的生命成为暴徒和极端分子的目标肯定在预料之中，一名大臣有义务把自己的生命视如泡影，并站起身说：‘我就在这儿，尽管来吧！’而不是惊慌失措畏畏缩缩地躲在警察国家的电子设备和秘密话筒以及所有丑陋的装置后面。”我和我的这张大嘴巴呀！

汉弗莱爵士和伯纳德面面相觑。前者想说话，但我明白表示此事不容争辩。

“不，汉弗莱，关于这件事我不想再听到更多了。你做事躲躲闪闪，偷偷摸摸。但是一个自由国家的政治家必须被看成自由与真理的捍卫者。不要再为电话窃听向我提出任何辩解了——这些话我在斯大林回忆录里可以找到。”

“其实，”伯纳德找碴儿说，“斯大林从没写过回忆录。他太守口如瓶了。他害怕人民会读到这些。”

汉弗莱成功地打断了我们。

“大臣，”他坚持道，“您**必须**容我对此再说一件事。”

我告诉他可以再说一句话，但要简短。

“特工处发现您的名字在一份暗杀名单上。”他说。

我想我肯定听错了。

“什么？”我说。

“特工处发现您的名字在一份死亡名单上。”他重复了一遍。

莫名其妙。一份死亡名单？为什么是我？

“一份死亡名单？”我问，“你指什么？一份死亡名单？”

“一份暗杀名单。”他说。

他真是个笨蛋。“我知道你说的死亡名单的意思，但是……你什么意思？”

汉弗莱这会儿和我一样困惑。

“我不知道怎么才能表达得更清楚，大臣。”他哀怨地说。

显然，我想要他解释的是，比如这是一份什么样的名单，从哪里得到的，为什么我会在上面——我的脑子里涌出了几十个有待回答的问题，这就是为什么我会词不达意。

汉弗莱爵士试图回答他认为我正在问的问题。

“讲明了说吧，大臣，秘密调查显示，有一些目前来源尚不清楚的文件，但其阴谋如果得逞，会使内阁产生一个空缺促成一次补缺选举。”

我还是不懂他的意思。

“您被列在一份死亡名单上，大臣。”

我们是在说车轱辘话。“谁……？”我气急败坏地说，“……什么？”

“啊，”他说，“我明白了。它叫‘国际自由军’。看样子是新成立的城市游击队。”

我吓得几乎失禁。“但是他们跟我有什么仇呢？”我低声说。

伯纳德提醒我最近隐约传言内阁要改组，我的名字在一两份和国防部有关的文件中被提到过。

我问他们会是甚等样人。伯纳德和汉弗莱只能耸耸肩。

“好难讲，大臣。有可能是爱尔兰分裂组织，或者是巴德尔—迈恩霍夫分子，或者是巴勒斯坦解放组织，或者是黑色九月分子。有可能是国内的疯子——无政府主义者，毛主义分子。也有可能是利比亚人、伊朗人或者意大利红色旅，反正谁也说不准。”

“不管怎么样，”伯纳德补充说，“他们之间确实都有联系。这帮人可能只是一个独立杀手的新组织。特工处都不知道从哪里下手。”

这**非常**鼓舞人心，我必须得说！我受不了他们在谈论某些企图杀死我的狂热分子时那种冷漠、无情、无动于衷的样子。

我使劲想要抓住一根稻草。

“是有一个**名单**的名字吗？你说一份名单？不是只有我吧？”

“不只是您，大臣。”汉弗莱爵士确认。

我说我猜名单上得有好几百个名字吧。

“只有三个。”汉弗莱说。

“三个？”

我处于震惊的状态，我想。或者是恐慌。其中的一种。我只是坐在那里，不会想也不会说。口干舌燥。

正当我想说点什么，随便什么的时候，电话铃响了。伯纳德接的，好像是某个名叫福雷斯特少校的从特工处向我介绍情况。

伯纳德去接他进来。他出门时转过身用和蔼的语调对我说：“试试从这样一个角度看问题，大臣——被列进入围名单总是好事。至少他们知道您是谁。”

我眼中冒火地看着他，他赶紧走了。

汉弗莱爵士补充了背景材料。特工处显然通报了内务大臣（这是惯例），后者建议派侦探来保护我。

我看不出来他们能怎么保护我。侦探怎么能保护我不中刺客的子弹呢？没人能。人人都知道这一点。

我把这个想法说给汉弗莱听。我大概指望他会反对——但他没有。“从这个角度看问题，”他回应道，“即使侦探保护不了任何人，他们也可以确保让刺客得到应有的惩罚，在受害者中枪之后。”

多谢了！

伯纳德把福雷斯特少校带进来。他是个又高又瘦，脸色惨白的人，有点紧张畏缩的样子。他真的一点也鼓不起人的信心。

我决心必须让自己做出勇敢的表现。抬头，挺胸，抖擞精神，诸如此类的。我一直大谈领袖风范。如今我不得不向他们——也向我自己——证明，我确是当官的材料。

这位少校准备向我介绍典型的危险隐患和常规的防范措施时，我笑着要他放心。“我用不着把这事看得太严重，不是吗？”我以骑士的潇洒风度问道。

“这个，长官，在一定程度上，这取决于您，但我们确实建议……”

我打断了他：“你瞧，我能理解有些人可能被吓得惊慌失措，不过，嗯，这就是工作，不是吗？无非是日常生活的一部分。”

福雷斯特少校用一种奇怪的目光注视着我。“我钦佩您的勇气，长官。”他说话的语气仿佛真把我当成了语无伦次的白痴。

我肯定我已经显示出了足够的沉着镇定，我得让他说话了。“好吧，开火吧。”我说。这是个不祥的比喻。

“看一下这个，”他说，同时把一份复印件塞到我手里。“这里有您需要知道的一切。熟读，牢记，而且不要外传。”

［承蒙苏格兰场大都会警察博物馆的好意，借给我们一份《安全防范措施》，也就是递给哈克的那份文件。其内容不言自明。——编者］

安全防范措施

暗杀危险大体分为四类：

一、枪弹；

二、炸弹；

三、毒药；

四、意外事故（所谓的）。

还存在熏死、扼死、刺死、溺毙、勒毙、仪式性剖腹的可能性，但绝大多数在联合王国较为罕见。

一、枪弹

狙击手有各种可以隐蔽的地方：

1. 高层建筑物；

2. 与你的汽车并行的另一辆汽车；

3. 在人群中悄悄地向你靠近；

4. 作为不速之客出现在你家门口；

5. 藏身于一辆停放的车中；

6. 将手枪伸进你的车窗等。

防范措施：

1. 避开人群；

2. 远离窗户（你的家中和办公室将安装防弹网状窗帘）；

3. 不得自己开门；

4. 紧闭车窗，驾车时紧锁车门车窗；

5. 遇红灯不得停在人行道边；

6. 如有车辆从你前方横拦，切勿撞击车身中部，应朝任一轮胎转轴方向将其撞开。

注意：特工处警员不仅为你开门，还将提供一切可能的保护和掩护：警报器、选区当地警察部门二十四小时巡逻、专用锁、电话监听，等等。

二、炸弹

1．汽车炸弹——每天早晨或在汽车有一段时间无人照看之后用装在长竿一端的镜子彻底检查汽车底盘的下部；

2．信件/邮包炸弹——不得亲自开封任何邮件。

注意：在此期间你的全部邮件由他人转交。

三、毒药

1．他人馈赠的食物和饮料、巧克力、糖果等——皆视为有嫌疑；

2．早晨检查牛奶瓶盖有无针刺注射小孔；

3．避开带伞接近你的陌生人——用伞顶金属部位戳进小/大腿的方法。

四、意外事故

1．跌落

不得在下列地点的边缘行走：

（1）人行道；

（2）河流；

（3）堤防和码头；

（4）铁路站台。

避免乘坐地铁，拥挤的人群中极易作案。

2．触电

下列家电皆有嫌疑：

（1）电视机；

（2）电水壶；

（3）面包机；

（4）音响；

（5）电热毯等（这些设备也可以用作饵雷炸弹的引爆装置）。

3．窗户

如果被人从下设铁围栏的高窗上推下，头朝下坠落。这样快些。

我把这文件通读了一遍。看起来似乎我幸存的机会微乎其微。但我必须继续保持勇气。

福雷斯特少校走后，我问汉弗莱，警察怎样在这些恐怖分子找到我之前找到他们。这似乎是我唯一的希望。

汉弗莱爵士说，对所有可能的嫌疑分子进行电话窃听和电子监视是找出这些杂种的最有效手段。

“但是，”他小心翼翼地补充，“这确实会导致对个人隐私难以容忍的侵犯。”

我仔细地考虑了他这番话的暗示。

于是我得出结论，一个略有不同的结论，尽管我认为他或许误解了我先前说过的话。

我解释说，从另一方面讲，既然民选代表代表的是人民，那么任何对这些民选代表的攻击，**在本质上**，就是对自由和民主的攻击。其理由是清楚的。这种威胁从根本上打击了人民愿受自己选中的领导人管理的不可剥夺的民主权利。因此，这些领导人的安全必须在一切可能的手段下受到全力保护——无论我们对如此做的必要性以及被迫采取的措施感到多大的遗憾。

我把这些都解释给汉弗莱听。他完全赞同——尽管我不喜欢他选择的字眼。“辩得漂亮，大臣，”他回答，“正是我的观点——否则您就死定了。”

4月5日

今天有点小尴尬。

我的请愿书到了。

反对电话窃听和电子监视的请愿书，我一年半前还是在野党并且担任《改革》杂志编辑时所写。伯纳德把一辆堆满了练习本和大叠纸张的大推车推进办公室。现在已经有了二百二十五万人的签名，一项组织工作和献身精神的巨大胜利。可真见鬼，我究竟该拿这个怎么办呢?

现在我明白——现在我有了在野时无法获得的**全部**事实，这是当然——全面监视是抗击有组织的恐怖和犯罪活动的一项不可缺少的武器。

伯纳德理解了。他提议把请愿书存档。

我还不敢肯定存档是不是解决办法。我们已经知会代表团说收到了请愿书——他们再也不会要看这些东西了。他们会设想请愿书已经在可靠的人手里，因为我就是这一切的发起人。

我叫他去粉碎这个东西。“伯纳德，”我说，“我们必须确保没人可以再找到它。”

“要这样的话，”伯纳德回答，“我想还是存档最好。”

[这种情况并非没有先例。

1965年4月，内务大臣告知下院重启对提摩西·伊文思案件的调查“毫无用处”。这话无视反对党前座议员的一位领导人弗兰克·索斯凯斯爵士的强烈呼吁，他的原话是：“我对内务大臣的呼吁至为恳切。我深信，如果对于公正以及对于我们司法制度的声誉和公众良心曾有过一笔欠债的话……那么这笔债现在应该由内务大臣来偿还。”

相当有趣的是，大选恰在发起和提交请愿书之间举行。结果，驳回弗兰克·索斯凯斯爵士要求调查的强烈呼吁——以及请愿——的内务大臣正是弗兰克·索斯凯斯爵士。——编者]

4月11日

我刚刚过了我生平最糟糕的复活节周末。

安妮和我像往常一样出外共度我们平静短暂的周末。

嗯——基本上像往常一样。不幸的是，半个特工处的人都跟我们在一起。

我们到树林里要来个清幽的午后漫步时，那整个地方挤满了条子。

他们和善紧密地跟着我们——着意保护，可是导致安妮和我除了谈天气之外都没话可聊。他们全都瞧着别的地方——**不是**，我得赶紧补充，不是出于礼貌或者对我们私生活的尊重，而是在看能不能发现可能有杀手越过迎春花丛向我扑来。

我们到一家可爱的餐馆吃午饭。似乎整个苏格兰场的人也都来了。

“几位用餐？”我们进去时领班问。

“九位。”安妮没好气儿地说。这个周末没有如她所愿。

领班带我们到窗边一张不错的两人桌就座，但是被一位警官否决了。“不行，那里不安全，”他低声对我说完又转身对一个同事说，“我们已经为目标选定那张桌子了。”

目标！

于是安妮和我被护送到厨房门边一个挤迫的小角落，坐在一张狭小的桌子旁。厨房门就在我们身边梆梆地又开又关，整顿饭都是。

我们就座后有个侦探来向我汇报。“您坐在这儿。警官罗斯坐在那边，监视厨房门——那是您的逃跑路线。我们**预计**厨房工作人员中间没有刺客，因为我们上午很晚的时候才在这里订的位。我会坐在窗口。如果您听到枪声，就钻到桌子下面，我会应付的。”

我确信他是要让我们放心。

我告诉他，我一点都不担心。就在这时我听到脑袋边砰的一声，我猛地钻到桌子下面。

真是丢死人了——几秒钟后我探出头来，发觉是邻桌刚刚开了一瓶香槟。我不得不假装我刚才只是在演习。

到了这会儿，说了那么一堆逃跑路线、厨房里的刺客什么的，我的食欲都没了。安妮也是。我们邻桌的一名侦探点了一份波洛尼亚实心面条，带一份 T 字骨牛排外加青豆、豌豆、花椰菜和土豆片——还有一瓶 1961 年的菲利普·罗斯柴尔德男爵庄园葡萄酒，至少是这些！听见这些也没吊起我们的胃口。

那个侦探看到我们在盯着他，就笑容满面地解释说，他的工作让他精疲力竭。

我们忍了将近两天。星期六晚上我们去看电影，但这让安妮更加愤怒。她一直想看电影《假凤虚凰》，但最后我们还是去看了一部 007——我知道警探们都不喜欢外国电影，拖着他们去看一部英文字幕的法国电影不太合适。

安妮气得脸色铁青，因为我把他们的选择放在了首位。她这样说的时候，我明白了她的意思。再说我一向反感 007 影片——都是关于暗杀阴谋的，我真受不了。

我们中途退场时，警探们烦透了我们。

最后，回到旅馆，躺在床上，紧张得都绷住了，上厕所都免不了有人监视、跟踪、监听，我们听到卧室门外一段压低声音的对话。

"他们还会再出去吗？"

"不会，他们已经上床睡觉了。"

"目标现在在里面吗？"

"在——目标和他妻子上床了。"

"他们看起来假期过得没那么高兴，是不是？"

"是，不知道怎么回事。"

我们当即决定起床回家。

但是我们能太平安静吗？当然不能。我们周日凌晨 1 点 45 分抵达伯明翰的家中时，前院里站满了本地警察，个个都想显示自己在尽职尽责。花圃被踩得乱七八糟，探照灯在房子四周不停地照射着、阿尔萨斯警犬龇牙咧嘴地狂吠……疯人院一个！

现在我们躺在我们**自己的**床上，仍然很紧绷，在巡警检查一番之前还是不能上厕所，仍然有侦探敲卧室的门，一边长驱直入，一边说："请允许我检查一下窗户，长官。"还增添了一些其他的乐趣，比如狗叫声和每隔二十九秒就把整个卧室照个透亮的探照灯。

我可怜巴巴地想把事情尽量往好处想，我告诉安妮她很快会习惯当名人之妻的。她什么都没说。我想她多半宁愿当个名人的遗孀吧。

感谢上帝，我们以前还没在家里受过监视呢。

4月13日

复活节次日我睡了一整天，因为夜里无法入睡。

今天我回到办公室，试图应付恐怖的沃尔特·福勒一次艰难的采访，他不知怎么听到些关于请愿书的风声。他似乎觉得我把自己前年发起的请愿压下来是反常之举。当然，他又不知道，我现在处境变了，看待整个监视问题的眼光也更新鲜更清晰了。

"我不明白，"他抱怨道，"你说你要全力制止窃听和电话监听。现在你收到了请愿书。二百二十五万个签名，对你的主张是绝好的推动。而你现在连句乐于接受的话都舍不得让我引用。"

我以不可动摇的决心来保持沉默。我说的任何话都可能被引用，你根本不能信任新闻界。

"做一实施请愿书中主要建议的承诺怎么样？"

我意识到不得不打破自己不可动摇的决心了。"是这样，你知道，沃尔特，"我以最屈尊俯就的态度说，"事情不是那么简单的。"

"为什么不？"他问。

"出于安全考虑。"我说。

"总是这个，"他说，"但是你自己说过'安全'是理屈词穷的官僚们最后一个借口。"

这个讨人厌的兔崽子。我决心再次保持沉默。

然后沃尔特说："好吧。我想我会制造一个更大的新闻——'大臣驳回自己的请愿'"。

我的决心又一次动摇了。"镇定，沃尔特，"我脱口而出，"别犯傻。"

"你接受请愿还是拒绝？"他问，给了我一个简单的选择。

"不。"我谨慎地回答。

接着真相大白了，他**其实**已经知道了我的处境。"我们的编辑要我问一下是不是被列入自由军死亡名单后，多多少少改变了您的观点。"

当然是！显而易见！如果不是我才是十足的傻瓜呢。

"当然不是，"我说，"多么荒谬的想法！要不是你刚刚提出来，我还没想到过呢。"

他不相信我，但也提不出什么证据。"但是我还能怎么解释你的论调突然变了呢？"

这时我有点走投无路了，但是谢天谢地，伯纳德敲门进来，适时解救了我，他说汉弗莱想跟我说句话。

汉弗莱进了门。沃尔特不肯走，直到我问他可否回避。但他没有离开大楼——他只说他会在外面等我们结束。

汉弗莱问我周末过得是否愉快。这个有施虐狂倾向的浑蛋，他肯定知道我周末是怎么过的，特工处一半的人都跟着我——这些罗曼蒂克的条子胳肢窝下头全都夹着史密斯和韦森斯手枪。

他同情地点点头："公务的负担。"

"不能再这样下去了！"我说。为什么我这张大嘴就关不住呢？

"很高兴您这样说，"他平静地回答，"因为不会再这样做了。”我下巴几乎掉下来。“我们刚从特工处获悉，对您的保护正要撤销。”

撤销？我吓坏了。我想他误解了我。我问他为什么。

“警方面临严重的人员编制不足。”

我正想问是不是有人受伤，突然我明白了他的意思——人手不够。他是说人手不够！因为警方人手不够就允许我被杀死吗？我心惊胆战。

“明天的契克斯别墅会议上，苏联总理会受到更为严重而危险的威胁。”他继续说。

更为严重而危险的威胁？恐怕是对**他**更为严重而危险。我不顾一切地要找一个让他们保护我而不是他的理由。“他是俄国人，”我说，“我是英国人。”

于是汉弗莱进一步透露了为什么对我的保护会被撤销。

“实际上，大臣，特工处确信对您生命的威胁已经减少了。”

自然我迫切要知道他们凭什么这么他妈有把握。

“凭监视，大臣。他们窃听到了一段谈话。”汉弗莱似乎不情愿告诉我。我要他说真话，我有权利知道，而且我要一个直截了当的回答。

他点点头，然后又照常说了一堆叫人摸不着头脑的话。天知道他说了些什么，我是弄不明白的。

伯纳德·伍利爵士（与编者谈话时）回忆：

我记得汉弗莱爵士的话，因为我当时做了记录。他解释说鉴于哈克的职责在性质上有点含糊和不明确，并且鉴于哈克在政治进程中对核心的考虑与决策所产生的影响可能是次要且非本质性的，有必要重新调整他们行动的侧重点，因此将清除哈克的决定从他们当前的行动日程中剔除。

[哈克的日记继续下去。——编者]

因此我要求他说明白的英语。于是他说自由军明显已经确认我不够重要，不值得暗杀。

他尽量把话说得委婉，这个我看得出来。即便如此，这还是有点打击人。不是指他们决定不暗杀我，这个当然，而是指对我的自尊心有点打击。

我问汉弗莱对这一新局面有何看法。“当然，我不同意他们的看法。”他说。

“你的意思是，”我问，“你认为我**应该**被暗杀吗？”

“不，不。”

“你的意思是，我不够重要吗？”

“是的，**不**！我是说您**是**足够重要的，但他们无论如何不应该暗杀您。”他如释重负地叹了口气。

不管怎么说，看来我已经脱离了危险，也许这总是好事。我指的是，当个重要的死人是毫无意义的，不是吗？不过，既然连疯狂的恐怖分子都怀疑我在政府中的重要性，那么很显然某些形象工程得立即着手了。

这时伯纳德问我要不要跟沃尔特·福勒把采访进行完。当然，我正乐得呢。

他被带了进来，我立即发话。我叫伯纳德用手推车把请愿书推进来，让沃尔特看到它有多大。

伯纳德说，“请愿书？可我以为您说……”

“是的，我说过，”我赶紧打断他，“你能把它弄过来吗，伯纳德？”他仍是一脸茫然。“用直觉，伯纳德。”

他恍然大悟。“啊，是的，的确，大臣，”他急忙说，“您是说，要我去拿您说您很满意的请愿书？”

这小伙子学乖了。

沃尔特要我回答他的各种问题。我让他坐下。然后我告诉他，我热烈地欢迎请愿书，那不是可以藏得起来的事。

“至于死亡名单，”我总结说，“这个——大臣是可以牺牲的，但自由却是不能打折扣的。是不是这样，汉弗莱？”

“是，大臣，”我的常任秘书微笑着回答，完全接受了暗示。

10. 荣誉头衔

4月23日

我今天开了个很不满意的会，跟各级秘书——副秘书、次级副秘书和助理秘书。

我询问了包括办公设施、文具购置、园林管理、信息处理设备以及继续教育预算等方面的节约情况。

跟平常一样，我得到的还是一贯含糊又丧气的嗫嗫嚅嚅，诸如“不，大臣”，“恐怕不行，大臣”，“看来不可行，大臣”，“可惜的是不行，大臣”，“我们已经尽了最大努力，大臣”，“已经削减到家了，大臣，唉”，等等。

我高声指责说既然海外留学生要付全额学费了，那至少大学不应该再花我们这么多钱了。

有个人说：“除非您把您提出的一些情况作为例外处理。”

由于与会的其他人都没有谁准备理出需作例外处理的情况，我也看不出我有什么可提的。于是我说看来这是目前唯一有可能节约的地方了，我们除了牢牢抓住这个也别无选择了。

会议一结束伯纳德就又一次提醒我，十号的授衔秘书一直在问我有没有批准我们部推荐的受勋人员名单。

奇怪了，这大概是伯纳德第八次问我了。我讥讽地问他，授衔是不是真的已经成了整个行政部的头等大事。

伯纳德一点也没察觉到我的讥讽，回答说对那些名单上的人来说这的确是头等大事。“他们压根儿没离开过电话，”他哀婉地说，“有些人看上去已经三个晚上没睡觉了。”

我稍微有点儿吃惊，我以为这一切不过是种形式。“大臣们从不否决文官受勋，不是吗？”我问。

“几乎不。但理论上还是有可能的。他们都被这次的推迟搞得焦虑不安。”

我突然意识到伯纳德刚才跟我说的是那些人**已经知道**自己在名单上了。怎么会？卷宗上明明标着绝密。

我提到这一点时，他遗憾地冲我摇摇头。“哦，大臣。”他回答，同时以满是善意的态度冲我笑笑。

我为自己的天真感到好笑，也感到难堪。但是把所有的精力都用在担心受勋上……哪怕拿出四分之一用在削减开支上呢。我问伯纳德怎样才能让部里的人以向往帝国勋章和高级巴斯勋位爵士头衔的热情来向往节约呢。

伯纳德眼中一闪。“这个，”他说，带着点儿我从没注意过的有点调皮的味道，“我一直在想……”然后他迟疑了。

“说下去。”

“不，不，不。”

“是什么？”

“不。没什么，大臣。”

我迫不及待。我知道他有锦囊妙计。“说吧，伯纳德，”我命令，“快说出来。”伯纳德没说出来，而是勉强地解释说这不是他分内的事，他不该做出建议，而且他**也许**不能做出这种提议，但是“……这个……假定您拒绝推荐那些每年没能把自己的预算削减百分之五的文官受勋怎么样？”

“伯纳德！”

他立即打退堂鼓。

“啊，对不起，请原谅我，大臣，我知道我不该说……”

“不，不。”我说，急忙让他放心。伯纳德有的是好主意，但他需要更多的信心。“这主意太有才了！”

而且这的确是个才华横溢的点子。我得意扬扬，这是我们唯一能控制文官的手段。大臣们挡不住他们加薪升职。大臣们不写他们的鉴定报告。大臣们没有真正执行纪律处分的权力。但伯纳德说对了——我可以不给他们授衔！太有才了。

我祝贺他并且一再感谢。

“您自己想出来的，大臣！”

我一开始没明白他的意思。“不，你想出来的。”我大度地告诉他。

“不，**您**想的，”他意味深长地说，“**求您了！**”

我明白了。我点点头，并鼓励地笑笑。

他看上去竟越发不安了。

[几天后，汉弗莱·阿普尔比爵士应邀出席他的母校——牛津大学贝利学院举行的贵宾宴会。他在他的私人日记中提到了本次宴会及其后的讨论。——编者]

贝利学院丰盛的贵宾晚宴之后，接着是佐以波特葡萄酒与核桃仁的私人谈话，与院长和财务主管一起。看得出，他们对削减经费忧心忡忡。威廉爵士[**威廉·格思里爵士，院长——编者**]看上去有点醉了——喝葡萄酒喝的。他的脸红红的，他的头发现在差不多都白了，但一双蓝眼睛依然清澈透亮。相当有爱国精神，真的。克里斯托弗[**克里斯托弗·维纳布尔斯，财务主管——编者**]看上去仍然像个严肃的皇家空军前军官，那是他当上牛津导师之前的事——身材高大，干净利落，言谈举止都一丝不苟。

我问院长感觉如何，他回答说：觉得自己很老了。但他又笑起来："我本来就是个不正常的人，我很快还会成为一个过时的人，可我还是甘愿被人骂死。"非常滑稽！

我们正在喝极为可口的1927年方塞卡[①]时，格思里和维纳布尔斯开始告诉我他们打算把剩下的都卖掉。贝利学院还剩下两大桶这种酒，财务主管告诉我它们可以卖个大价钱。我没法明白他们要说什么。我只是震惊。当然，这是个绝妙的震撼战术。接着他们又告诉我如果他们把所有的藏画和银器都卖掉，他们就可以偿还新楼房的全部贷款了。

他们认为——或者是希望我认为——贝利学院就要走投

① 优质波特葡萄酒。——译者

无路了。

原来，问题出在政府规定对海外留学生全额收取学费的新政策。贝利学院的留学生数量向来格外多。

财务主管告诉我，他们不能收取每年四千英镑的全额学费。基本上也没人会交。

他说他哪儿都去过了！跑遍了整个美国，筹集资金，向印第安纳州波当克和爱荷华州塞达拉匹兹的居民们推销牛津教育。

但是竞争是很残酷的。显然光非洲就遍地都是英国教授，疯狂地试图向当地人推销社会学。还有印度。还有中东。

我奉劝他们去做现成的事——让不列颠的学生来填补空额。

我这一想法遭遇了非常冷淡的回应。“我可不觉得这是非常有意思的事，汉弗莱。”院长说。

他解释说要尽一切可能避免招收本国学生！**招什么**也绝不招本国学生！

理由是简单的经济原理，贝利每招一名联合王国的学生只得到五百英镑。因此，必须得招四百个本国学生才能填补五十个外国学生的空额。一个教学班的学生人数就会变成原来的四倍。师生比例就会从一比十变成一比三十四。

我明白他们的意思了。正如我们所知，这可能是文明的终结。正如我们所知，这肯定是贝利学院的终结。会出现集体宿舍、大教室。会与沃姆伍德·斯克拉比斯监狱或者苏塞克斯郡大学没什么两样了。

而哈克正是有权改变这一切的大臣。我原本没有意识到这一切的牵连，那是DEC［教育与科学部——编者］的决定。我们的决定不需要阐明理由，我们的决定只要推动行政车轮运转就行了。①

［虽然汉弗莱爵士和吉姆·哈克一起负责这些经费削减的执行，但奇特的是，教育和科学部没有和其他任何有关部门商量——比如外交部或卫生和社会保险部或行政事务部——就做了决定。——编者］

我建议我们必须让哈克相信贝利学院的独特性和重要性。应该邀请他来学院参加贵宾晚宴，并向他说明这一情况。

院长很明显地担心哈克——他忧虑这个人的认知水平是否能够理解这一情况。

我指出这个情况对任何具有小熊维尼那种认知水平的人来说都是能够认知的。

他们问我哈克**是否**具有小熊维尼的认知水平。显然他们以前跟政治家打过交道。

在这一点上我还能够让他们放心。我**相当**有把握地保证他具有小熊维尼的认知水平，在他状态最好的时候。

离开牛津的时候，我充分确认我必须设法让贝利学院成为公认的特殊机构（像帝国理工学院那样），因为它做出了非同寻常的成就。［这个形容词选得好！由于哈克生活中

① 实际上，牛津大学的招生规模是由大学补助委员会限定的。贝利学院可能根本不准多招国内学生，除非从其他学院弄到生源，而其他学院也不见得会同意，因为这让他们自己陷入困境。

的这一幕主要和头衔有关——不管配得上配不上，该得不该得——我们觉得读者此刻可能有兴趣了解一下剧中人已经被授予的主要头衔：

威廉·格思里爵士——功绩勋章获得者，皇家学会会员，不列颠学会会员，博士，十字勋章获得者，硕士（牛津大学）。

英国皇家空军上校克里斯托弗·维纳布尔斯——优异服务十字勋章获得者，硕士。

汉弗莱·阿普尔比爵士——高级巴斯勋爵士，皇家维多利亚勋章获得者，硕士（牛津）。

伯纳德·伍利——硕士（剑桥）。

詹姆斯·哈克阁下——枢密院官员，下院议员，学士（伦敦经济学院）。

阿诺德·罗宾逊爵士——圣迈克尔和圣乔治大十字勋章爵士，高级维多利亚勋爵，硕士（牛津）。——编者]

4月28日

今天上午，汉弗莱又缠住了我。

“两件事，”他说，“第一件，部里推荐的那份受勋人员名单的事。”

我告诉他我们得把那件事先放一阵再说。

他变得非常紧张焦虑。我尽量不显出要消遣他的样子。他告诉我不能再放了，因为我们已经极为接近五周的期限了。

[受勋人员至晚要在公布五周前得到通知，是从理论上给他们留出拒绝的时间。这种行为是罕见的。实际上，唯一记录在案

的一个文官拒绝一个爵位的事情发生在1496年。那是因为他已有了一个。——编者]

我决定我尚不能批准部里那份受勋名单，因为我还在做一些研究。[基本上可以肯定的是，哈克是指有位党内助理研究人员在做一些研究，而他则读过报告。——编者]我发现所有受勋人员中有百分之二十是文官。而这个国家其他的人是要做出特殊贡献才能获得一枚勋章的，在他们日常工作之外的贡献。你我这样的人必须干一些特殊工作，比如照顾低能儿童，干足二十七年，每周六个夜晚——然后咱们才有可能获得一枚帝国勋章。但是文官的爵士衔是按比例来的。

这些荣誉头衔，不管怎么说，从本质上讲都是荒谬可笑的——就拿帝国勋章来说，按照《惠特克年鉴》的说法，该勋章是大不列颠帝国最荣耀的礼遇。难道白厅里就没有人注意到我们已经失去帝国了吗?

文官们这么多年来一直在两头获利。艾德礼当首相的时候年薪五千英镑，而内阁秘书年薪两千五百英镑。现在内阁秘书挣的比首相多了。为什么呢？因为文官从前以荣誉头衔作为长年忠于低薪、低养老金、低津贴的职务的补偿。

现在他们享有可以跟最成功的私企老板相比的薪水（猜猜看是谁在负责这种可比性研究？），不受通货膨胀影响的养老金、配有司机的公车——同时他们**仍然**自动获得荣誉头衔。

[哈克是对的。文官无疑为他们自身的福利操纵了这种授衔制度。正如收入政策一直被那些掌控它的人所操纵一样。例如，1975年工资政策就为文官的增长额及律师的手续费提供了豁免权。不用说，这一政策是由文官和议会法案起草人（即律师们）起草的。

问题是：quis cutodiet ipsos costodes？[①]——编者]

所以既然文官可以免受我们这些人在经济生活中所面临的基本威胁——通货膨胀和失业，他们怎么有可能理解我们这些人的生活呢？

那么文官们又如何能既为自己创造这些引人注目的惠政却又能逃脱罪责呢？仅仅靠保持低调就够了。他们不知怎么的能设法让人们觉得谈论这类事情很没品。

但我是不吃那一套的。我现在相信行动！

我问汉弗莱对于将百分之二十的勋章发给文官作何解释。

“对他们忠于义务的合理回报。”

这是个相当值得效忠的好义务，我心想。

汉弗莱继续说：“女王陛下的文官为一份微薄的工资毕生辛劳，到头来默默无闻地退休。荣誉头衔是对他们忠心耿耿、谦虚谨慎地为女王陛下和整个国家贡献终生的一个小小补偿。”

漂亮的发言！但绝对荒谬。“一份微薄的工资？”我质疑。

“唉，是啊。”

既然汉弗莱似乎已经忘记了，我向他解释，他一年挣三万多英镑，比我多七千五百英镑。

他承认，但坚持说这仍是一份相对微薄的工资。

“相对于谁？”我问。

他有片刻卡了壳。“这个……比如说伊丽莎白·泰勒。”他提出。

---

① 翻译：“谁来护卫护卫者？”出自古罗马诗人尤维纳利斯的《讽刺杂咏》，而不是如政界通常以为的来自青少年讽刺故事集。

我觉得有必要向汉弗莱爵士说明，他绝不能跟伊丽莎白·泰勒相比。他们有重大区别。

“的确，”他赞同，“她没有在大考中拿到第一。”[1]

接着，他不屈不挠、坚持不懈地又一次问起我有没有批准那份名单。我开始出招儿了。

“不，汉弗莱，”我愉快地回答，“我不会批准把任何荣誉授给部里任何一个没有挣到它的人。”

汉弗莱一脸茫然的样子真是幅精彩的画面。

“您是什么意思，挣到？”

我解释说我的意思就是挣到。换句话说，做出了一些配得到它的事情。

他恍然大悟。他暴怒。“但那**闻所未闻**。”他高喊。

我平静地笑笑。“可能是吧。但我的新政策就是停止把荣誉授给所有那些没能把自己部门的预算每年削减百分之五的文官。”

汉弗莱没话说了。

所以过了一会儿我说：“我可以把你的沉默理解为同意吗？”

他立即有话说了。“您**不**可以，大臣。”他至为愤怒。“您哪儿来这么荒谬的主意？”

我瞟了一眼伯纳德，他正在专注地研究他右脚上的鞋带。“我想出来的。”我说。

汉弗莱气急败坏，语无伦次。“这太可笑了。这是不可能的。这是不能接受的。”这会儿汉弗莱已经有话说到不可阻挡了。“整个主意……从根本上打击了……这是终结的开始……是最终会捅

① 牛津大学里对古典文学学位课程第二部分的称呼。

破一切的楔子尖……韦奇伍德·贝恩[①]的方案……［大概是楔子一词让他想起了伍德的名字。——编者］要到哪儿是个头呢？废除君主制吗？”

我叫他别犯傻。这让他更火了。

“**没理由**这样，”他说，用手指头戳着空气，“去改变一个在过去运转良好的制度。”

“但它并不良好。”我说。

“我们必须给现行体制一个公正的评判。”他声明。这话表面上合理。但是我提醒他说，最高嘉德勋章是在1348年由爱德华三世国王创设的。“毫无疑问，这个体制的评判期肯定接近尾声了。”我说。

于是汉弗莱又尝试一个新花招。他说用悬而未决的节约运动来妨碍授衔恐怕会开创一个有危险的先例。

他所谓“有危险的先例”就是说，如果我们现在做了这件正确的事，那么下次我们就会被迫还要做这件正确的事。那么以此类推，什么事都不应该做了。［确切地说，很多事情可以做，但是任何第一次的事情绝不能做。——编者］

我对他说我不会改变我的主张。他又拿出了无耻的谎言，告诉我他完全抓住了我的意图并且已经视为己任，并且会竭尽全力付诸实施。

我要他直截了当地说出，他会不会实施我的政策。他给了我他一向的表示，我现在都能背出来了：建议我们设立一个有广泛调查权的部际委员会，这样到最后我们就有条件考虑所有的可

① Wedgewood Benn（1925—　），以英国工党左翼演说家闻名。楔子的英文是Wedge。——译者

能，并且根据长远考虑做出决策，而不是仓促地急于求成，而考虑不周的行动可能会引起难以预料的后果。[换言之：不！——编者]

我再也不会被这种扯淡话欺骗了。我告诉他我**现在就要行动**。他脸色煞白。我指出，在我看来，授衔在根本上是有害的。头脑不健全的人才会想要这种东西，它们激起的是谄媚、势利和嫉妒。“而且，”我坚定地补充，“全让文官得了去是不公平的。”

汉弗莱又来争辩，“我们**确实**做出了某些当之无愧的事情。我们是**文官**。”他说。

“你无非是喜欢在你名字后面加上几个字母来显摆，”我讥笑说，“如果大家知道这些字母代表什么，你就没法显摆了。KCB？巴斯温泉澡堂最高骑士司令？傻透了。他们会以为你是个管道工呢。我看该把这些最高勋爵通通冲到下水道里去。”

汉弗莱一点也没有被逗乐。“非常滑稽。”他傲慢地说，“您也喜欢在名字后边加上几个字母的，”他说下去，“PC（枢密院官员）、MP（下院议员）。还有您的学位——经济学学士，我看是这样。”他讥笑着，同时略略皱起他那优雅的鼻子，好像正闻到什么臭味似的。

“至少这是我自己挣来的学位，”我告诉他，“不像你的硕士学位。你们在牛津得了学士之后，他们就白给你一个硕士。”

“不是白给。花了四个基尼。”他恶狠狠地说。

我厌倦了这种幼稚的争吵。我已经让他溃不成军了。我告诉他我的政策已定，到此为止。“还有你的另一件事是什么？”我询问。

汉弗莱在授衔名单一事上受到如此大的震惊，以至于他已经忘记另外一件事了。不过过了一小会儿他又想起来了。

看来牛津大学贝利学院在新留学生收费规定之下将陷入严重的困境。

汉弗莱说没有什么比招收本国学生更让贝利学院满意的了，显然这是真话。但是他解释说贝利的留学生比例很可能是最高的，这样在热带病医学院和国际法学院造成的后果会相当严重，而且阿拉伯语系或许不得不彻底停办了。

我对整个情况表示同情，可是疑难案件会导致不正确的法律。我只是看不出有什么可能继续花本国纳税人的钱去教育外国人。

“不只是外国人，大臣。”汉弗莱解释。“如果，比如说吧，我们的外交部没有地方给新成员接受阿拉伯文化的熏陶，其后果是灾难性的——我们甚至可能最终出现一个亲以色列的外交部。到那时我们的石油政策会怎样呢？”

我说他们可以把外交新人送到其他地方去。

“其他什么地方，”他追问，“可以让他们学习阿拉伯语？”

“阿拉伯呀！”我提议。

他怔住了。这时伯纳德插话进来：“实际上，大臣，贝利学院有着突出的成绩。它多年来一直在填充不列颠帝国的监狱。”

我觉得这听上去不怎么像是推荐的话，我请伯纳德进一步说明。

“就像您知道的，”他说，“字母 JB 代表英联邦的最高荣誉。”

我不知道。

汉弗莱急切地做出说明。“就是蹲过不列颠的监狱（Jailed by the British）。甘地、恩克鲁玛、马卡里奥斯、本—古里安、肯雅塔、尼赫鲁、穆加贝……世界各国领导人的名单无穷无尽，其中包括一些我们的校友。”

我们的校友？他说**我们的**校友！这回真相大白了。

我宽厚地笑了。“你上的是哪间学院，汉弗莱？”

“呃……这完全是题外话，大臣。”

他今天的日子不太好过。“我就喜欢题外话，汉弗莱，”我说，“迁就一下嘛。你上的是哪间学院？不会那么巧恰好是贝利学院吧？”

“就是这么巧，”他挑衅地承认，“我就是贝利的，但这与此事无关。”

我不知道他怎么有脸说这种话。他真的把我当成十足的白痴吗？这时，蜂鸣器响了，把汉弗莱从进一步的羞辱中救了出来。是分组表决的铃声，因此我不得不赶到下院去。

出门时我想起来我得问一下伯纳德是该投赞成票还是反对票。

“反对票，”他回答并开始解释，“是个反对党的修正案，第二次正式宣读……”

但是到那会儿我已经走开了。这人是个笨蛋。辩论**是**什么无关紧要，我只是不想走错门。

[与此同时，有关哈克把节约和授衔联系在一起的计划的传闻已经通过白厅的两条主要小道——私人秘书的和汽车司机的——迅速传开了。大约只用了几个钟头就传到了内阁秘书阿诺德·罗宾逊爵士这里。汉弗莱爵士便应邀至阿诺德爵士处顺便闲谈，接下来的是一次富有启发性的面谈——不只对汉弗莱爵士，而且对历史学家都有所启发，由此可以了解，内阁秘书虽然理论上只是在同级别的官员中排位在前，但他其实是真正的**老大**。所有的常任秘书看上去都是平等的，但其中有些人比其他人更“平等”。

已经在瓦尔塞姆斯托的文官档案中找到了阿诺德爵士在汉弗莱爵士的鉴定报告上所做的批语，这些档案当然是遵照“三十年规则”才于几年前公开的。

汉弗莱爵士从未见到过这些批语，因为文官不得看自己的鉴定报告，除非在完全异常的情况下。——编者]

我告诉阿普尔比我对他的大臣把授衔与节约联系到一起略感不安。

阿普尔比说他找不到有效的论据来反对这个计划。

我表明我们认为这相当于会捅破一切的楔子尖，一个贝恩方案。我问他要到哪儿是个头?

阿普尔比说他和我持相同观点并且已经向大臣强调过了。他还让人有点奇怪地补充说，那个方案是“不可容忍但也是不可抗拒的”。

我持悲观态度。我告诉阿普尔比，我虽然没有任何训斥他的意思，但我要他保证这个计划不会付诸实施。

他听我提到没有训斥显得非常震惊。[文官暗语：在这样的高阶文官中，仅仅提到训斥这个词就是严厉而且深深刺痛人心的评语了。这表明内阁秘书公然违反了“与人为善论”——该论调宣称“一个合格的伙计不会告诉另一个合格的伙计一个合格的伙计应该知道什么”。阿诺德爵士是在暗示：汉弗莱爵士不是一个合格的伙计。——编者]

阿普尔比不能给我我所要求的保证。他只是说希望哈克不要照这一计划行事。

我不得不向他指出，光希望是不够的。如果授衔在行政部与节约联系到了一起的话，那么这股歪风会蔓延到整个政府。每一个部。

我再度怂恿他说我们可以指望他去制止这个计划。他说他会去试试。无能！我别无选择，只能给他最严重的警告，虽然我相信他知道自己在做什么，但这件事会引起其他人怀疑他究竟是不是一个明理的人。

这个可怜的伙计看上去为此痛苦不堪，就是要他这样。

结束这次面谈之前，我提起了我们母校贝利的院长来过电话，我已经保证阿普尔比会保证让哈克把贝利学院作为特殊情况处理。

阿普尔比似乎对这件事也没什么把握，不过他说已经安排让哈克受邀出席一次捐助人宴会。

我祝贺他这件事办得妥当，但看起来这也没让他振奋多少。我开始认为阿普尔比已经失去操控力了——至少对哈克。

也许阿普尔比并不是接替内阁秘书这种职务的绝对最佳人选。他并不是真正每个部都在行。或许在一个不那么艰苦的岗位上还能干得出色点，比如当个票据交换银行的行长或者一名欧共体官员。

阿·鲁

[把阿诺德爵士的报告与汉弗莱爵士本人对这次面谈的叙述加以对比倒是很有趣。——编者]

去内阁办公室见阿诺德。我们谈得很顺利，像往常一样。他对于哈克把授衔和节约联系到一起的主张非常忧虑，而且几乎同样忧虑着贝利学院的前途。我腹背受敌，但总体来讲，我觉得我还能让他放心我正不负众望地处理难题。[阿普尔比文件 31/RJC/638]

[哈克的日记继续下去。——编者]

5月4日

今天是牛津大学贝利学院的捐助人晚宴，我认为，绝对成功。

首先，在去牛津的路上我从小伯纳德口中听到一大堆有用的八卦。

显然汉弗莱爵士昨天被召到内阁秘书那里，而且，照伯纳德的说法，遭到了最为严重的斥责。为了伯纳德把节约和授衔联系到一起的妙计，内阁秘书真把他骂得体无完肤。

有趣的是，伯纳德继续把这说成**我的**计谋——在当时的情况下，因为我们正坐在公家的汽车里，而且罗伊[那位司机——编者]肯定在悄悄地记住我们说的每一句话，日后用来做交易。他无疑可以把汉弗莱遭到斥责的消息在车队卖个大价钱，不过，这条宝贵的消息在交易中应该抵得上好几条小秘密，我得想着点儿。所以两三天之内，罗伊就应该得到一些有用的消息，我必须得记得从他嘴里套出来。

我问伯纳德，内阁秘书对汉弗莱这么高地位的人实际上会怎样给予斥责。

“通常，”伯纳德告诉我，“是相当客气的。不过这一次，显然是没有顾忌可言了。阿诺德爵士对汉弗莱爵士说他实际上不是在训斥他。”

"到了**这个**地步？"

"他实际在表示，"伯纳德继续说，"有些人可能不认为汉弗莱是个明理的人。"

罗伊正竖起耳朵听着。

"我明白了，"我说，带着几分心满意足，"一顿暴揍。"

阿诺德爵士被这整件事情搞得如此烦恼，以至于我疑心他在这个问题上是不是有什么个人的利害关系。但我想不明白，我以为他肯定已经得到他份额中的全部勋章了。

我问伯纳德，阿诺德是不是已经拿到了他的 G。伯纳德点点头。[你得到 K 之后才可得到 G。G 是大十字勋章的简称。K 是爵士头衔。每个部门都有自己的荣誉头衔。行政部的是巴斯——汉弗莱爵士此时是一个 KCB，并且可能一直在期待他的 G——这样就可成为大十字巴斯爵士。

外交部的荣誉头衔是圣迈克尔和圣乔治勋章——CMG，KCMG 和 GCMG。外交部在其他行政部门中不得人心，所以普遍被理解为 CMG 代表 Call Me God（叫我上帝），KCMG 代表 Kindly Call Me God（请叫我上帝），而 GCMG 代表 God Call Me God（上帝叫我上帝）。——编者]

不过伯纳德透露说，尽管阿诺德爵士确实已经得到了他的 G，仍然还有大量的头衔可供他追求，比如：贵族爵位，一个 OM [功绩勋章——编者] 或者一个 CH [荣誉勋爵——编者]、嘉德勋章、蓟花骑士勋章，等等。

我向他问起蓟花骑士勋章。"他们把蓟花骑士勋章颁给谁，苏格兰人还是驴子？"我诙谐地问。

"这是有区别的。"伯纳德说。总是外交语言。

“你又没碰到苏格兰民族主义分子。”我回应，闪电般快速。我不受罗伊那两只顺风耳的影响。“他们怎么颁发蓟花勋章？”我问。

“一个委员会负责这个。”伯纳德说。

我叫伯纳德给我介绍一下这个贵宾晚宴的情况。“汉弗莱**真的**以为我会因此改变政府对大学财务方面的政策吗？”

伯纳德笑着说他听说贝利学院的宴会极为丰盛。

我们用了一个小时多一点到达牛津。四十号高速是条好路。四号高速也是，我又想起来。我觉得有些纳闷为什么我们有两条这么好的公路通往牛津，却还没有一条好路通往南安普敦或者多佛尔或者费利克斯托或者任何其他港口。

伯纳德解释说几乎所有我们的常任秘书都是牛津出身，而且牛津的多数学院又提供丰盛的宴席。

这话听上去难以置信——却有一定的真实性在里面。“但是内阁就这么放过他们吗？”我问。

“噢，不，”伯纳德解释，“他们坚决反对。他们说不许造高速公路让文官们去牛津赴宴，除非先造一条高速让内阁大臣们去中部地区打猎。这就是为什么50年代建的一号高速到莱斯特郡中部就停工的原因。”

这个论据看上去有一处缺陷。我指出十一号高速公路才刚刚完工。“难道剑桥各学院都不设宴招待你们吗？”

“当然，”伯纳德说，“但是剑桥已有很多年没有出交通部的常务次官了。”

［把哈克对这次晚宴的描述与伯纳德·伍利爵士对同一事件的回忆进行比较极为有趣。先看哈克的版本。——编者］

宴会本身进行顺利。

我知道他们想讨论他们的财务问题，所以当我们拿起波特葡萄酒跟核桃仁时，我决定打开潘多拉盒子，把猫放出来耍耍皮球。[哈克从未真正学会改掉他混用比喻的毛病。——编者]于是我说，对于一间濒临破产的学院而言，我们今天这顿饭可不算寒酸。事实上，当然，我们吃的是一次极其奢侈的宴会，有四道主菜和三种优质葡萄酒。

院长提出申辩，告诉我这次的菲茨沃尔特宴会是由一笔特定捐款支付的——菲茨沃尔特是16世纪一位伟大的捐助人。

财务总管补充说，我会看到他们在大多数夜晚吃的只是“母亲的骄傲”[①]和加工奶酪。

我说他们现在需要的是一个20世纪的捐助人，结果我这句单纯的话引出了一番有关大学各种捐助人的长篇大论。艾萨克·沃尔夫森显然只是历史上第三个以其名字在牛津和剑桥命名学院的人。耶稣和圣约翰分别是第一和第二个。

“捐助人得到的是某种不朽，”财务主管说，“他们的名字受到尊敬，流芳百世。威廉·德·维尔爵士，他的姓名就被刻在一个壁式烛台上，他曾在15世纪命令一支男爵的军队从贝利学院撤出——他把军队驻扎到圣乔治学院去了。”

我不想显得无知，但还是冒昧地说我确实不知道曾经有一所圣乔治学院。“现在没有了，”财务主管说，“再也不会有了。”

我们大家都暗自笑起来。

接着财务主管又对我讲起亨利·蒙克顿。

---

① 一种普通包装的切片面包的品牌，不是高档餐桌上常见的那种。

“蒙克顿广场就是以他的名字命名的。他阻止了克伦威尔把我们学院里的银器熔化掉用作新模范军的费用。”

汉弗莱补充道：

“他告诉他们剑桥大学圣三一学院的银器质量要好得多。”

周围发出更多的笑声。然后，院长尖锐地提出，现在看来，能让我们铭记这些捐助人的学院恐怕一间也留不下来了，除非外国学生的问题能够得到解决。

他们全都看着我，期待着。我已经习惯了这种压力，不过可以的话我自然也想帮个忙。所以我解释说人**总是**愿意尽力帮助他人的，政治家从事政治活动也只是出于帮助他人的欲望。我解释说我本人是个理想主义者。但是如果他们认为所有这些关于捐助人如何荣耀的话会说服我以某种方式帮助贝利学院的话，我就得指出我跟这类任何的荣誉无缘——毕竟，当你已经埋在地面六英尺以下时，把你的名字刻在一只银制烛台上也没多大意义。

这时候汉弗莱突然转变了话题，开始问大学什么时候颁发荣誉博士学位。院长说，仪式还要等上几个月，但校理事会几周内就会做出最终选择。

我觉得汉弗莱在这个当口提起此事并非完全偶然。

[上述这场仪式每年6月举行。在科德林顿万灵图书馆举行一场盛大的午宴，接着是一个午后的招待会。学位以拉丁仪式授予，在谢尔登剧院。所有的演讲都用拉丁语。在此时期，大学的名誉校长有政治家中的头号人物，以及哈罗德·威尔森爵士，还有评审会终身主席——当时的哈罗德·麦克米伦先生（后来成为斯托克顿伯爵）。——编者]

汉弗莱、院长还有财务主管——我意识到——都在暗示要给我一个学位。这并非没有吸引力。我一直暗自懊恼不是牛津剑桥出身，因为我的认知水平毫无疑问是完全够格的。而且伦敦经济学院出身的人肯定没几个能获得牛津的名誉学位。

院长非常得体地抛给我一个暗示。他说还有一个法学名誉博士尚悬而未决，他和他的同事们正在犹豫是该授予一位法官还是一名政府官员！

我建议说一个政府官员可能更合适，也许可以作为对大学名誉校长表达的敬意。我知道我论述得相当精彩，因为他们对我的话做出了满腔热情的反应——不过我其实已经记不清我是怎么说的了。

那天晚上由于至为激烈的思想交锋，我精疲力竭，在回家的汽车上就睡着了。

伯纳德·伍利爵士（与编者谈话时）回忆：

我看了哈克对这次宴会的描述，也看到过他的表现，我恐怕得说相当不准确而且是自我开脱的。

到了喝波特葡萄酒的时候，坦率地讲，哈克已经挺让人难堪地喝醉了。

院长、汉弗莱爵士和几位大学导师开始游说他，如果成为一所学院的捐助人——换句话说，如果他在留学生这件事情上能把贝利学院视为特殊情况处理，那么他就可以得到某种程度上的不朽。典型的牛津式“互搔痒处”的提议。

哈克提到关于沃尔夫森和耶稣两所学院的谈话也不是很全面。被告知沃尔夫森是耶稣和圣约翰之外，唯一一个在牛津和剑桥都有一所学院以之命名的人时，他看上去目光呆滞，面无表情。“耶稣？”他问。财务主管真以为他需要说明。“耶稣**基督**的那个耶稣。”他解释道。

哈克说他想帮忙时正在给自己倒一杯波特。他的原话，我清楚地记得：“是的，这个，一个人当然愿意帮助自己……我是说帮助自己的朋友，也就是说，帮助这个学院……当然不是为了什么荣誉……”他的意思完全显而易见。

院长和财务主管接着附和了一些场面上的套话：“快别这么想。”“我们怎么会有这么可耻的想法？”如此等等。

哈克随后就给我们发表了一通胡话，关于他如何为了帮助他人而从政，以及他是多么地淡泊荣誉——可是当那个名誉博士一被提及的时候，他立刻兴奋异常，以至于夹核桃时用力过猛，核桃壳的碎片像榴霰弹似的飞过餐桌。

接着就是他最后一件丢脸的事。

到了大家提出最后剩下的那个名誉博士（如果确有其事的话）应当授予一个法官还是一个政治家的时候，那些学者显然是在跟哈克开玩笑了。

他已经醉到看不出这些人只是拿他寻开心。我清楚地记得他发表的连篇醉话。这些话永远都刻在我的记忆中。

他开始说道：“法官？你们不会想让一名法官成为一个法学博士吧。政治家，”他说，“才是制定法律的人。而且是通过法律的人。”他补充说，显然没意识他的话是重复的。“要不是政治家的话，法官也就没法审判，他们会无法可依，懂我的意思吗？他们全都没工作了。排着长队的失业法官，还戴着愚蠢的假发。”

这番论调我记得那么清楚是因为想到头戴愚蠢假发的

失业法官的画面，对我太有吸引力了，任何跟法律界级别较高、自鸣得意的那群人打过交道的人想到这种画面都会有同感。法官的荒谬行为经常让我受刺激，他们在法庭上责备别人衣着不得体——比如女人穿长裤——而法官们自己却穿着奇装异服。

这个且由它去。哈克继续显出一副痛哭流涕、自伤自怜的样子，他只有在完全喝高了的时候才会这样。

“不管怎么说，法官的日子很好过，”他哀诉着，“他们用不着巴结那些电视制片人，用不着对记者撒谎，用不着假装喜欢他们的内阁同僚。你们知道吗？”他又砸开一颗核桃，一片核桃壳恶狠狠地击中了财务主管的左眼下方。“如果法官不得不忍受我的一些内阁同僚的话，那明天我们就会恢复死刑。也是个好事。”

这时，老汉弗莱爵士试图关上他的话匣子——但是没用。

因为哈克正讨伐地用手指着汉弗莱爵士。“我还要告诉你们另外一件事，”他说，俨然没有觉察到在座的没人想听另外一件事，“我没法把你送进监狱。”

汉弗莱听到这话有些不知所措。

哈克环顾四座。“我没法把他送进监狱，”他说，仿佛是在透露法律中一条新的违背常规的异常条款，“但如果我是个法官，我就能嗖地一下把汉弗莱送进斯克拉布斯监狱，不费劲，脚不沾地，镣铐当啷一锁，三年以后见。表现得好，减三分之一刑期。”

每个人都瞠目结舌地盯着哈克，而他停下来喘口气，从杯子里咕噜噜喝上几口，几滴1927年的方塞卡沿着他的下巴缓缓滴下来。作为学者，他们难得见到政治家在深夜时的行为。[**哈克的行为，当然，在下院是不会引起注意的，而且在那里会被认为是极其正常的——有可能，甚至在平均水平线以上呢。——编者**]

哈克还在讲着。现在他已经停不下来了。“但我不能那么对付老汉弗莱，”他语无伦次地怒喊起来，“我不得不听他的——哦，上帝！”他望着天花板，看上去像是就要哭了。“他老是说啊说的。你们知道吗？他的句子比杰弗里法官的还要长。”他狂笑起来。我们都盯住他看。“不，不，总而言之，政治家们更应该得，你们不要想把你们的名誉博士给法官——绝对不要。”

他终于停下来了。院长赶紧恢复镇定，试图调整五官，让它们显出友好的而不是厌恶的态度。他只是部分成功地做到了。

无论如何，他尽量告诉哈克说他已经出色地论述了自己的主张，而他业已意识到那份荣誉绝不可能送给法官。

周围都是一片嗡嗡嗡表示赞同的低语，导师们继续对哈克讲着让人难为情的奉承话。只有当你见过了一个学者在有望得到金钱或者名气时的表现，才会真正理解什么是阿谀奉承。

他们继续说，如果能看到哈克站在那里，在谢尔登剧院，穿着庄严的深红色长袍，在挤得满满的一群和他同样杰出的学者们面前接受博士学位，那将是多么美妙呀！哈克打着嗝儿，满嘴喷着酒气，两眼呆滞，他抓住椅子以免溜到地板上去，脸上还露出喜乐的笑容。

我永远记得那个夜晚。我向成熟又迈进了一步，因为我明白即使最严谨的学者也有他们的价格——而且不像你想象的那么高。

[哈克的日记继续下去。——编者]

5月5日

今天早晨头痛得厉害。我不知道为什么，不可能是宿醉，因为昨天夜里我没喝那么多。我不可能喝那么多，否则我也不会取得那么大的成功。

我们还要再开一次会调查削减行政经费的可能性，但是结果肯定会跟上次一样。

汉弗莱提前五分钟匆忙走进我的办公室，有话要私下谈。非常好的消息。显然，贝利学院院长昨夜把汉弗莱拉到一边让他来探我的口气，看我是不是有意接受牛津的法学名誉博士。

我假装吃惊。其实我一点都不惊奇，因为我知道昨夜我给他们留下了什么印象。

汉弗莱极力地向我说明这还算不上是一个真正的表示。显然，照汉弗莱的说法，大学的评议会或者某个人或者其他什么人正打算把名誉博士同众所周知的我对荣誉的敌视态度相提并论。

这有点打击人。我必须立刻把这种无稽之谈打压下去。“别犯傻，汉弗莱，那完全是两回事。”我解释道。

“也不尽然，大臣，”他回答，“这是关于接受一个博士学位，却没做什么能够挣得来这一荣誉的事，正如您自己可能会用您那让人耳目一新的直截了当的说法。”

“我是一名内阁大臣。”我有些生气地回答。

“您不正是为这个拿到了薪水吗？”油嘴滑舌的奸诈小人。

“问题是，”我告诉他，“一个人无法真正拒绝一个名誉博士。我还应该考虑到，如果我拒绝了，任何人都会看得出，这是我对行政部的侮辱——因为人家给我这份荣誉显然是对部里投了一次信任票，因为我，实际上，是部里名义上的首脑。”

汉弗莱再次表示此事尚未正式提出，之后就默不作声。显然他心里已经有了某种交易。我等了又等。

然后我灵光一闪。“顺便说一下，汉弗莱，”我轻松地说，“完全换个话题吧，我愿意在留学生这个问题上尽力帮助贝利学院。”

现在轮到汉弗莱假装吃惊了。“噢，好呀。”他说着，并且笑了。

我平静地解释说，尽管如此，我们还需要一个理由。我这么说的意思其实是找个借口。他已经准备好了一个，正如我所料。

“没问题。我了解到王室一直受到许多英联邦领导人的压力。我们不能让王室为难，所以我们应当重新指定贝利学院为英联邦教育中心。”

刹那间，我看到了一个机会，可以达成我想要的那笔交易。

“但是我怎么弄到钱呢？”我睁大了眼睛问，“你知道为全面削减百分之五的预算，我下了多大决心。如果我们能达到这个……唔，那一切都可以办到。”

我估计这是一个他无法拒绝的提议。我猜对了。“我们或许能够实现这些削减——”这可是前进了一大步——“而且我只能代表本部门说话，当然，只要把那个削减经费和授衔的事联系在一起的荒唐想法搁到一边就可以了。”

于是就这样了。一个双重的等价交换。公开进行。

支出调查委员会的成员围坐在我的会议桌旁。

上次的会议记录由大家点头通过了。接着我们讨论新的事项。首先是办公设施。汉弗莱爵士在通常要来介绍这方面情况的助理秘书之前抢先说话。那个年轻人正要张口说话，我就听到汉弗莱的声音："我要很高兴地说我们发现，通过出售海威库姆的一幢老办公大楼，已经削减了百分之五的经费。"

助理秘书看上去着实吃了一惊。显然汉弗莱事先没有告诉过他这笔**新交易**。

我很高兴。我也这么说了。我们直接转到第二项：文具购置。

一个副秘书在得到汉弗莱一个明白无误的眼神示意及微微颔首之后大声说道："是的，我们发现一种新的存货管理制度将会减少今年的开支。"

"减多少？"我问。

副秘书不敢肯定地迟疑着。"大约百分之五，不是吗？"汉弗莱顺畅地说。

副秘书喃喃地赞同。

"好，好。"我说。"第三：园林管理？"

一名次级副秘书以文官惯有的速度明白了路线已有所改变，说道：

"如果我们推迟计划中的新电脑的安装，我们可以在这里有所节省。"

"我们可以吗？"我说，假装吃惊。"省多少？"

他们都假装说他们记不得了，纷纷翻阅文件和卷宗。

一个聪明的主管充满希望地大声说："大约百分之五？"我

们都点头同意，各级文官都喃喃地说："就这个数。"

汉弗莱指出，电脑安装上头的节省也必然导致了信息处理费用的减少。我满怀期待地瞧着他。"减少了大约百分之五。"他说。

"这一切都非常鼓舞人心，汉弗莱。"我善意地说。

会上所有的人都不约而同地设法拿出了大约百分之五的削减，会后汉弗莱把我拉到一边讲句悄悄话。

"大臣，我刚想起一件事，部里向授衔秘书推荐的名单您看完了吗？"

"当然，"我用了最谦和的语调，"他们这些人谁都没问题，伯纳德会交给你的。可以吗，汉弗莱？"

"是，博士。"他回答。

一个恰当的赞美。我期待着下个月的典礼。

11. 顺杆爬

[一个政治家的一生中时常被迫做出错误决定，经济上的、工业上的，以任何标准看——除了一个标准之外——都是错误的决定。奇怪的是，有些从其他任何观点来看都是错误的事情却可以是政治正确的。有些政治正确的事情并不仅仅意味着它是获得选票的方法——它的确是——而且，只要一项政策获得选票，人们就可以论辩说那项政策是人民所需。那么，在一个民主国家，如果人民都投票的事情，怎么会是错的呢？

本章中的事件是慢慢大白于天下的。我们能够找到此事最早的出处不是吉姆·哈克的日记，而是一本叫作《磨炼你自己》的回忆录，作者是英国化工集团唯一坦率直言的董事长，身材矮小的格拉斯哥工业家和科学家，沃利·麦克法兰爵士。

麦克法兰以他质朴的语言和他执掌下的国有企业不屈服于

政府干预而闻名。他在化学和企业管理两方面都是专家——他（正确地）相信哈克对两者都知之甚少，甚至一无所知。他小瞧哈克的程度不下于对汉弗莱爵士的办事能力的轻视。像很多商人一样，他相信文官要经商的话，连个炒田螺的大排档也开不好。——编者]

摘自《磨炼你自己》：

4月16日，我和汉弗莱·阿普尔比爵士在行政事务部开了个会。这是第无数次关于凭意大利政府许可证在墨西赛德制造丙醇的会议。

让我意外的是，汉弗莱爵士似乎指出大臣那里可能会有问题。但他的语言一如既往地含糊不明，我无法确定。

我问他是不是还在磨叨，他不承认，却说我们不能想当然地认为大臣会赞同。

这件事在当时甚至现在对我来讲都是不可理解的。意大利政府正给我们提供巨额的合同，要在我们的墨西赛德工厂制造丙醇。这份合同意味着拯救了一家面临关闭的工厂。这意味着雇人而不是解雇人，这还意味着大笔的出口税。我们同德国人和美国人激烈竞争了两年才赢得这个项目。这件事看起来就是明白彻底地**必须**干下去。

阿普尔比提出一些有关大臣会怎么想的毫无价值的白痴问题。在我的经验中，大臣们是**不**想什么的。

我当英化集团董事长的十年间，和十九位大臣打过交道。他们从不停下来思考，即使他们具备了必需的基本智能——有几位确实不具备。事实上，他们通常都懒得和我谈话，因为他们经常都在和工会领袖谈话并且贿赂他们不要去罢工。

我告诉阿普尔比我的观点。他否认工会领袖受贿。当然，可能不是严格意义上的贿赂，但你该怎么称呼那些诸如“当个‘光国’机构主管吧，汤姆。来个爵位吧，狄克。来个贵族封号吧，哈利”之类的谈话？

阿普尔比说大臣担心丙醇计划。如果这样的话，为什么现在还没见说什么？

眼下我暂时地——也许是不明智地——漠视了大臣会担心的提法。他对这项计划从没表示过任何真正的兴趣，所以他对此也不会有任何了解。我天真地假设他的无知可能阻止他进行干预。反正，不管怎样，所有大臣都爱担心。我压根儿没见过一个不担心的大臣。

任何时候，只要你做大胆的、合乎商业规则的事，实际上，任何**有必要**做的事，大臣们都会担心。如果我从来没做过任何让这些胆小怕事、只会拉选票、亲小孩的脓包们担心的事，英化集团早十年就已经完蛋了。

阿普尔比说大臣们的担心集中在丙醇所含的**介**二氧芑这件事上。[**二氧芑是早几年意大利塞维索事故中泄漏的化学物质。据说会对胎儿造成损害。——编者**] 这很典型。介二氧芑完全不一样，它是一种惰性化合物。它有华盛顿 FDA [**食品与药物管理局——编者**] 的无毒害证明书，而且亨德森的委员会就要批准了。

不过，我看得出，尽管对化学一无所知，阿普尔比却还是有点担心。不然的话，就是在表达哈克的担心。

我补充说介二氧芑的名字没有出现在目前的提案中。这种化学品就叫丙醇，这样在政治上比较安全。

我们的会议结束时，阿普尔比保证事情只要能巧妙地处理，大臣不太可能提出什么反对意见。我提议让我一起去，可以对哈克随机应变，让那个自我中心的糊糊脑袋在这件事情上无话可说。

阿普尔比拒绝了我的建议，承蒙他慷慨回答说用不着我那独一无二让人耳目一新的随机应变，他也能把事情处理好。

我没那么有把握。于是，再一次，我被排斥在这次关键性的会议之外。

为什么政府一直在业务范围内聘用专家经营国有企业，然后每次又都在你试图做出经营决策时来干预呢？

［哈克的日记继续下去。——编者］

6月4日

今天上午汉弗莱带给我一些极好的消息，或者看上去是极好的消息。

他递给我一份文件，概述了一项墨西赛德的新工业规划。一言以蔽之，这项规划是让一家破落的化工厂变成英国化工集团利润最大的单位之一。一夜之间，就会让英化集团成为欧洲最大的丙醇制造商。

利益将是巨大的：主要的设备将在英国的工厂制造、当地政府按比例增加税收、墨西赛德的新工作、出口的外汇收入，这一切都好得似乎令人难以置信。

我这么说了。

“但这**是**真的，大臣。”汉弗莱爵士说，眉飞色舞地。

这怎么可能呢，我问我自己。**接着**我又问自己：问自己有什么用呢？于是我问汉弗莱。

“这怎么可能呢？”我问道，“潜在的危险是什么？”

“潜在的危险？”汉弗莱重复说。

“是的，”我重复道，“潜在的危险。什么是潜在的危险？”

我知道肯定会有什么潜在的危险。

“我不认为我能充分领会您的意思，精确地讲？”汉弗莱是在耗时间，我觉得出来。

我在说出自己的担心时也还没有想清楚。“这个……我的意思是，丙醇这个东西是意大利产品。那么为什么他们不在意大利生产呢？”汉弗莱保持沉默。这的确可疑。“为什么他们会送这样一份厚礼给我们？”

“这事没有什么潜在的危险，大臣，”汉弗莱爵士说，“这是极好的消息。”

我看得出，如果这**真是**极好的消息的话，那就的确是极好的消息了。

“是的，”我谨慎地赞同，“这**是**极好的消息。极好的消息，不是吗？”我对伯纳德说，他正在我右边做会议记录。

他向汉弗莱瞟了一眼，然后小心地回答：“是的，极好的消息。”但听上去并非毫无担忧。

我知道用笼统的方式问潜在的危险是什么也得不到的，所以我使劲地想，试图找到一个适当的问题。汉弗莱从来不会真的对我撒谎［*好吧，几乎不会。——编者*］而且只要我想得出适当的问题，就会给我一个适当的回答。

“好个老丙醇。”我边说边耗着时间。然后突然灵机一动：“丙醇是什么东西？”

“这相当有趣，”汉弗莱迅速说道，“在意大利北部的塞维索发生爆炸之前，这东西一向是用二氧芑来制造的。后来他们就不得不停产。现在他们开发了一种叫作介二氧芑的安全化合物，但是当然那家意大利工厂还被封着。所以他们要求英化为他们生产这个。”

“啊，”云雾开始消失了，“算他们倒霉，呃哼？”

“的确如此。”他满意地赞同。

“可是这种新物质绝对安全吗？”

“绝对。”他回答。

“好。”我说。看来我并没有接近真相。还是我已经接近了？

“汉弗莱，你是给了我一个明确绝对的保证，这种物质不仅安全而且百分之百安全吗？”

“是，大臣。”

好吧，那到底怎么回事呢？为什么我会在这毫不含糊的好消息中嗅出些许危险呢？“还有什么别的要补充吗，汉弗莱，如果现在不说，以后你可能要后悔的？”

“好吧，大臣，我觉得我应该指出，鉴于名称的相似之处，有些软弱的大臣可能会产生疑虑，但是没有一个刚毅果断的人会因这样一个站不住脚的理由而错过这样一个有利的项目。”

那么一切就是这样了。名称的相似之处。汉弗莱是对的。我以最明确的字眼儿对他这么说了。“绝对正确！我知道你说的那种大臣。政治上的软骨头。害怕做出任何可能会让什么人不舒服的决定。毕竟，每项决定总会让**什么人**不舒服。政府要做正确的事，不是去做受大家欢迎的事。如何，汉弗莱？”

汉弗莱完全赞同。“我自己也无法表述得比这更清楚了，大臣。”自命不凡的坏蛋。“我会告诉沃利爵士进行下去。”

这听上去比往常着急了点儿。汉弗莱向门口走去时，我止住他，要求进一步的保证。

“嗯……不过这项决定还是会受欢迎的，是不是？”

“非常受欢迎。”汉弗莱肯定地回答。

我还是觉得有种挥之不去的隐忧，就在身体里的什么地方。“汉弗莱，我只是想弄明白一点。你不是要我做出一个无畏的决定，是吗？”

汉弗莱显然被震惊了。“**当然**不是，大臣，”他坚持说。“甚至都不是一个有争议的决定。怎么会有这种想法呢！”

［这些日记的读者无疑会记得，一项有争议的决定仅仅让你失去投票，而一项无畏的决定会使你落选。——编者］

尽管如此，我要是就这么办了，如果出了什么差错，我知道我就必须得代人受过。所以我提出，也许我们还是应该把这件事提交内阁。

“依我看，”汉弗莱发人深省地回答，“这事越少提起越好。”

“为什么？”

“因为，”他耐心地说，“尽管介二氧芑是完全无害的，但这个名称会在无知和有偏见的人心中造成不安。”

我正要为他这样称呼我的内阁同事而责备他时（尽管他是对的！），突然意识到他是在指“地球之友”和其他那些疯狂的压力集团。

6月7日

关于丙醇制造厂的事，意见仍然没有完全一致。琼·利特勒——利物浦西南地区的议员——今天来找我。

我甚至都不知道她要来。我跟伯纳德确认时，他提醒我，她不仅是首相的 PPS［私人政务秘书，政府阶梯的第一级——不带薪的——编者］而且新的丙醇工厂就要建在她的选区。

我叫伯纳德请她进来。让我惊奇的是（嗯，并不**完全**让我惊奇），汉弗莱出现在门口，并且询问是否可以加入我们的谈话。

她走进来，我把她介绍给汉弗莱。她年纪将近四十，有点像个头发蓬乱的雪莉·威廉姆斯，很有吸引力，略带温柔的女性姿态之下隐藏着的是一个顽强的机会主义者。首相当然对她言听计从。

她的开场白颇为咄咄逼人。

“听着，吉姆，英国化工集团要在我的选区里干什么？”

“这个……”我刚要说话。

汉弗莱爵士插话进来：“他们很快会宣布一项非常激动人心的项目，包括新的就业和新的投资。”

她点点头，转向我：“是的，但关于这个项目有一些非常让人担心的传言。”

“比如说呢？”我用最热心的口气询问。

她小心地打量着我：“有关危险化学品的传言。”

我点点头。“是，这个，”我开始说，“显然，所有化学品都具有某种危险因素。”

汉弗莱又插话进来：“大臣的意思是传言毫无根据，没有理由惊慌。”

我点点头。这个回答很好。

看来她并不以为然。“反正都一样，”她坚持己见，“你能不能向我保证，吉姆，首先得进行一次全面的公开调查？”

这个，我必须说，似乎是个完全合理的要求。“其实，”我开始说，“进行一次公开调查不会有什么害处，也许……”

汉弗莱打断我：“大臣要说的是绝对没有必要进行一次公开调查。整个事情已经充分调查过了，报告很快就要发表了。”

汉弗莱，让我觉得，有点专横。显然，琼也这么觉得。

“听着，”她强有力地说，“我到这儿是来跟吉姆谈话的。”

而汉弗莱像往常那样友好地回答：“你的确在跟他谈话。”

“但是回答的不是他！是你！”

我完全能理解她。汉弗莱对我的帮助有时候会取得和他预期相反的效果，不幸的是，他并没有觉察到这一点。

“大臣和我，”汉弗莱爵士得意地继续说，“是一个想法。”

她火儿了：“谁的想法？你的想法？”她转向我：“听着，我有小道消息说这家工厂要生产污染过塞维索和整个意大利北部的化学品。”

“这不是实情，”我回答，抢在了汉弗莱可能进一步把事情弄糟之前。我解释说在塞维索生产的化学品是二氧芑，而现在这个是介二氧芑。

“但是，”她断言，“这肯定在实质上是一回事。”

我向她保证仅仅是名称相似而已。

“但是，”她坚持，“它的名称相同，只是前面加个‘介’字罢了。”

“对呀！”我附和道，“这样情况就完全不同啦。”

“为什么？”她问，“介是什么意思？”

当然，我一点也不懂。于是我被迫去问汉弗莱。

“简单，大臣，”他解释说，“意思是‘和’或‘后’，有时是‘外’的意思——这个词源自希腊文，您知道。”

[像所有的常任秘书一样，汉弗莱·阿普尔比爵士是个通才。他们大多数人学的是古典文献、历史、哲学、政治学和经济学，或者外语。当然你可能会指望行政事务部的常任秘书有个企业管理方面的学位，但是你当然想错了。——编者]

然后他继续解释说，介二氧芑的含义是“和”或者“后”二氧芑，这取决于这词属宾格还是所有格：属宾格的话，就是“外”或者“后”的意思，属所有格就含“和”的意思——就像在拉丁文中，凡单词需要在其前面具有“和”的意义时，就要用离格。

伯纳德补充说——这是他整个会议中第一次发言——当然希腊文是没有离格的，这个我记得很清楚。

我告诉他我的记忆中没有这回事，结果今天晚些时候他给我写了一张小备忘录，解释前面说的那些希腊语和拉丁语语法。

不过，我希望这些解释能让琼·利特勒满意。还希望她会像我一样，不愿意表露出自己的学识有限。但是没这么走运。

“我还是不懂。”她让人放松地说。

汉弗莱试图摆出一副势利的样子。“唉，老天呀，”他叹息道，“我原本以为这就够清楚的了。”这样做完全没有起作用。

她眨眨眼。“我坚持要知道的是，”她讲明，“二氧芑和介二氧芑真正的区别是什么。”

我不懂，这是当然。汉弗莱神气地来帮忙。“这很简单，”他大模大样地回答，“介二氧芑是二氧芑的一种惰性化合物。”

我希望这样就可以了。但是不。

她望着我求援。我，当然，一点都帮不上她的忙。于是我望着汉弗莱。

“嗯，汉弗莱，”我说，拼命虚张声势，“我**认为**我能明白，但是，呃，你能不能，呃，解释得再稍微清楚一点呢？”

他盯着我，冷冰冰地：“从哪种意义上呢，大臣？”

我不知道从何说起，我不得不再想一个适当的问题。但琼说道：“惰性是什么意思？”

汉弗莱爵士盯着她，默不作声。就在那精彩的一瞬间我突然意识到他对自己说的那些话也根本就不懂。

“这个，”他终于说话了，“惰性意思就是……不……勤快呗。”

我们都大眼瞪小眼地默不作声。

“啊。”琼·利特勒说。

“啊。”我说。

“连一只苍蝇也‘擒’不着。”伯纳德嘟囔着。至少，我觉得他是这么说的，但我让他再说一遍时，他却不肯说，陷入了沉默。

于是再一次地，琼·利特勒坚持问下去。

“但是，”她向我施加压力，“用常识的语言来说是什么意思呢？”

“你是说，化学上的？”我问她。我拿的是经济学学位。

“是的，化学上的。”她说。

再一次地，我转向汉弗莱。“是的，”我说，开始觉得好玩儿了，“化学上的意思是什么，汉弗莱？”

他转着眼珠，极尽能势地虚张声势，用他最高人一等的腔调说道："这个，我不敢肯定我能用外行的语言解释清楚，大臣。"

我管这个叫忽悠。"你懂**点儿**化学吗，汉弗莱？"我问道。

"当然不，大臣。我是读学术班的。"

[在任何英格兰公校中——当然"公"其实是指"私"——学术班意味着古典文献班。的确，如果你进入一所的确非常好的学校，你可以避免学习任何科学。——编者]

"还有我们既然在说这个，"琼·利特勒继续道，"那化合物是什么？"

"你也一点都不懂化学吗？"

"不懂，"她回答，"你懂吗？"

突然之间这一切显得极为可笑。我们几个对我们正在讨论的事情**一点儿**都不懂。琼、汉弗莱、伯纳德和我，都承担着对政府政策做出重大决定的责任——而你在整个联合王国都找不出四个比我们更不懂这方面知识的人了。

[极其意味深长的是，在座没有一个人想到给沃利·麦克法兰爵士打个电话。不过他只是一位专家，只是我们提到的那家国企的董事长而已。——编者]

我尴尬地咧着嘴笑，像个顽皮的小学生："我们**应该**知道点儿惰性化合物的事，不是吗？"

汉弗莱对这事毫无幽默感，他为忽悠我们又做了一次勇敢的尝试。

"化合物是……怎么说呢，你们都知道复合利息是什么，没错吧？"他用埋怨的口气说。琼和我点点头。"复合利息是个让人高兴的好东西。这个，化合物就是这么个东西。"

我瞪着他。他真的认为这么说能行吗？我看看琼，她也在瞪着他。但这是她第一次陷入沉默。于是我突然充满了希望。

“好吧，”我说，希望能试图给这场讨论做个总结，“那么就是这么回事。概括而言，我觉得我们的想法都一样，基本上是一致的，大体上可以这样讲。而且我们愿意随着它的发展继续讨论。”

利特勒开口了：“我没这么说过。”

事情毫无进展，于是我试图再次进行总结。我指出我们建立了共识，二氧芑和介二氧芑的唯一相似之处是名称。她看来还没明白这点。

我不顾一切地搜寻可以类比的事物。“就像利特勒和希特勒，”我解释说，“我们并不会因为这两个名字发音相似，就说你像希特勒。”

我意识到我说话不够得体，但话已经出口了。她火冒三丈。“问题不是这个。”她气愤地说。

“那么问题**是**哪个呢？”其实我心里已经有数了。

“问题是，工厂建在我的选区。”

当然我可以明白她为什么担心，但是如果汉弗莱对我说的是实话，她就没必要担心了。“这对选区有好处，”我说，“更多的工作，更多的钱。唯一可能为此捣乱的人只是几个狂热的环境主义者。不会让我们损失太多的，全算起来，也就一两百张选票。”

“我的多数票，”她平静地回答，“是九十一张。”

我没想到这个。她当然有理由。我不想为危及政府掌握的优势微弱选区席位而负责，尤其当这个位子上的议员是首相的议会私人秘书时。

她充分说出了她的论据：“不要忘了还有三个政府选区和我的选区接壤——都是优势微弱选区，多数票的票数都远低于两千。”

我不知道该说什么好。正当我考虑我的处境时，汉弗莱爵士又发话了。“利特勒小姐，”他开始说道，“我可以再插一句话吗？”她点点头。“英化集团生产丙醇这件事是众望所归——我说得对吗，大臣？”

“众望所归。”我赞同。

“这会创造就业机会，”汉弗莱继续侃侃而谈，“会增加地方政府的收入，还可以保证有利润的出口订单。”

“出口订单。”我赞同。

“此外，”他继续说，“这种化学品已经被华盛顿的 FDA 声明是安全的。”

“华盛顿。”我赞同。

“我们这里，”他继续说，“也正在准备**同样**一份报告。大臣认为这项计划对你的选区、对国家都完全有利。”

我附和说：“而且如果这东西有危险，我向你**保证**，我会制止它在这里生产。但是如果报告表明它是无害的，这样做很荒谬，不是吗？”

她静静地坐了一会儿，先是瞪着我，然后是汉弗莱。然后她站起身。她说她并不满意。（我不能怪她。如果是我的选区，我也不能肯定说我会满意。）她让我记住是党让我成为国会议员的——如果我们的党在下次选举中失利，我当然不能再继续当大臣了。

她在那方面说的也有道理。

而且，我还有一种惴惴不安的感觉，不出本星期，首相就会听到她的观点。

她离开后，汉弗莱看着我，显然是要我给一个放行信号。我告诉他，我得进一步考虑这件事，并告诉伯纳德把所有相关文件都放在盒子里，好带回家去研究。这样最后的决定会更为清楚。

6月8日

我研究了所有关于丙醇的文件，但还是不知道怎么办才好。

于是我叫汉弗莱来一起讨论我们受托办理的有关丙醇的报告。我一直在怀疑报告是否会真的得出有利于丙醇的结论，像汉弗莱爵士和沃利爵士所预料的那样。

我提出我是不是应该见见亨德森教授。他正在主持这份报告，或者他自己正在写，或者什么的。

汉弗莱说没必要见这个面。他显然是个卓越的生化学家，而且是精挑细选出来的。

当然他是被精挑细选出来的。但是为了什么结果呢？为了写出一份支持汉弗莱爵士和沃利爵士的报告吗？当然是的。但是他们之中肯定不会有人傻到去炮制一份报告说介二氧芑是安全的，如果它事实上是不安全的话。当然不会。我觉得我是在绕圈子。

不过我可以提出另一种可能性："假设他拿出一份谨慎地持观望态度的报告怎么办？"

"要是那样的话，"汉弗莱爵士愉快地说，"我们就不发表，我们用美国的报告来代替。"

我陷入分裂。一方面，如果这个计划太太平平地进行下去，那是极好的——就业，收入，等等！而且我得到了这样的保证。但是如果我放行以后出了个事故……后果就可怕到不堪设想了。

"有没有任何可能，他写出的报告说这东西有危险呢？"我想了解。

汉弗莱明显是被难住了。"不，不可能。这东西没有危险。"

他说。

他对这件事显然完全是诚心诚意的，可是他却提议我们不去发表一份谨慎地持观望态度的报告，如果亨德森确实这样写的话。

“为什么你会考虑禁止发表亨德森报告？”

他义愤填膺：“我绝不会禁止它发表，大臣。我仅仅是可能不发表它。”

“这有什么区别呢？”

“天壤之别。禁止发表是极权主义的独裁统治手段，你不可能在自由国家里做那种事。我们只不过采取民主的决定不予发表。”

言之有理。但是我对新闻界和议会该怎么说呢？我困惑。就说我们原本希望亨德森委员会能够证明我们做出了正确的决定，可是他们却说我们搞破坏，于是我们就假装这份报告根本就不存在？我向汉弗莱提出这个想法。

他并没有被逗笑。“很搞笑，大臣。”他说道。

于是我问汉弗莱：“我该说什么，如果我决定不发表的话？”

“政府有一套固有的禁止发表——就是，不发表——不需要的报告的程序。”

这对我来说是个新闻。我问怎样操作。

“您推翻它们。”他简单地解释。

怎么做？他说的时候我做了笔记。我想起来，他这办法可以用来推翻党内一些更为愚蠢的研究报告。

第一阶段：公共利益

1）你暗示这是出于安全的考虑。

2）你指出由于报告可能被曲解，所以它可能被利用来对政府施加不受欢迎的压力。[当然，任何事都可能被曲解。山上宝训亦可以被曲解。的确，汉弗莱·阿普尔比爵士几乎一定会争辩说，如果山上宝训是一份政府报告的话，它当然本来就不该发表，理由是这是一份彻底不负责任的文件：温顺的人将承受土地那段话就可能对国防预算造成不可弥补的损害。——编者]

3）接着你说最好等待一个经过较长时间范围的更为广泛而详细的调查结果。

4）如果没有一个这种调查正在进行中，那就更好。你可以委托人去进行一次。这样你就掌握了更多的时间。

第二阶段：推翻尚未公布的证据

这当然比推翻已经公布的证据容易得多，你要通过透露给新闻界间接做到这一点。你说：

（a）尚有重要问题未获答案。

（b）大部分内容尚无结论。

（c）其数据亦可用作他解。

（d）某些调查结果相互矛盾。

（e）某些主要结论已经受到质疑。

从（a）到（d）各点肯定是正确的。事实上，所有这些评论都可以用在一份看也没看过的报告上。例如，总有**某些**问题未获答案——比如那些还没提出的问题。至于（e），如果还不曾有人质疑某些主要结论，那就质疑呗！这样就有了。

第三阶段：破坏报告中的建议

这容易做到，用一套政府措辞就行了：

（a）“并非做出长期决策的真正基础……”

（b）“没有足够的信息可以作为有效评价的基础……”

（c）“没有理由从根本上重新考虑现行政策……”

（d）“从广泛意义上讲，它认可了当前的做法……”

这些措辞让那些没看过报告以及不想改变现状的人——也就是，几乎所有的人——感到舒服。

第四阶段：如果第三阶段还留有疑点，那么就推翻写报告的人

这必须是**非正式**的，你要解释成：

（a）他对政府心怀不满。

（b）他是个想出名的人。

（c）他在争取爵位。

（d）他在争取一个主席职位。

（e）他在争取一个大学副校长的职位。

（f）他曾担任过跨国公司的顾问，或者：

（g）他想担任跨国公司的顾问。

6月9日

今天丙醇计划上了电视新闻，该死的。不知怎么某个环保团体得到了这项计划的风声，于是在墨西赛德引发了一场骚乱。

那个新闻主播——或者无论是哪个写了新闻主播念的材料的人——也没起什么好作用。虽然他没说丙醇是危险的，但他从某种程度上试图暗示这个意思——使用了大量诸如“声称”之类的字眼儿。

[我们找到了 BBC 6 月 9 日“9 点新闻”的文字稿。相关内容如下。哈克的想法看起来是有道理的。——编者]

新闻主播：丙醇明显含有介二氧芑，英化集团声称这种物质是完全无害的。然而，它是二氧芑的一种化合物，而二氧芑就是上次泄漏事件的化合物。

（切入塞维索事故新闻片）

自 1976 年 7 月意大利北部塞维索工厂爆炸之后，有毒尘埃扩散半径超过四英里地域范围。由于二氧芑能对人类胎儿造成不可补救的损伤并引起其他严重疾病，整个村庄全部疏散，村民们被禁止返回原地已将近一年。

（切入墨西赛德抗议活动影片）一群妇女举着标语牌：“不要有毒工厂！”“婴儿杀手禁止入内！”“生命比利润更重要！”

今天，一群墨西赛德的抗议者在工厂大门外表达他们对英化集团计划的抗议。

利物浦妇女：我来告诉你我们要干什么。就我来说吧，沃利爵士可以把他的有毒化学品搬到别处去。我的女儿在三个月内就要生了，我可不能因为该死的意大利人让我的外孙成为畸形，我就跟你这么说。

记者：但是他们说介二氧芑是无害的。

利物浦妇女：哦，是呀。他们还说镇定剂是无害的呢，不是吗？好吧，如果真是那么无害，为什么意大利人不在意大利造呢，呃？你倒说说看！如果我们有个关心普通老百姓的政府，他们绝不会允许这种事。

（影片结束）

新闻主播：英化集团于今晚表示，一项有关丙醇安全问题的政府报告近期内将由行政事务部发表。今天，在布拉格，政府宣布由于……

［我们问一位老资格的BBC时事新闻工作者，如果他们赞成这项计划，那么这条新闻会得到怎样的处理，于是我们又做了“赞成版”与实际的版本相比较。——编者］

新闻主播：丙醇含有介二氧芑，它是一种叫做二氧芑的化学品的化合物，二氧芑在1976年意大利塞维索的爆炸事故中被泄漏。不同的是，介二氧芑是一种惰性化合物，且化学分析证明其完全无害。

（切入显示厂房和办公室的工厂影片）

这则消息今天在将要生产丙醇的工厂受到欢迎。该厂原定于今年年底关闭，但现在却要雇用更多的员工。合同将至少延续五年。

（切入工厂工人影片）

工厂工人：这是个好消息。我们终于又有活儿可干了。这真的让小伙子们都精神起来了。

（切入沃利爵士）

沃利爵士：大家都疯狂地为这项合同而工作，这意味着大量出口和大量就业。我们曾经面对德国人和美国人的竞争，所以这是为英国化学工业所投的真正信任票。

记者：介二氧芑没有潜在的危险吗？

沃利爵士：没有。有危险的是二氧芑。介二氧芑差不多像自发面粉一样没危险。

（影片结束）

新闻主播：一份政府报告将于近期发表，据了解，它将证实早些时候在美国进行的调查，该调查证明介二氧芑对健康无害。

6月10日

今天早上第一件事就是召见汉弗莱。我指出介二氧芑的事情是有爆炸性的。

他回答我说，它是无害的。

我不同意。“可能在化学上是无害的，”我说，“但是在政治上却是有破坏性的。”

“它不会伤害任何人。”他坚持。

我指出它会毁掉我。

我们刚开始谈话没多久十号就来电话了。政治办公室打来的。琼·利特勒显然已经确保十号昨晚看到了“9点新闻”。

我试图说明这只是地方上出现的一个小困难，却有出口和就业的大好前景。他们问多少就业机会：我不得不承认只有九十个左右——但是是高薪工作，而且是在一个高失业率地区。

这些话对十号一点作用也没有——我在同首席政治顾问说话，但他无疑是在奉命办事。和首相打这场特别的必输之仗毫无意义，于是我喃喃地说（因为汉弗莱在听，而伯纳德可能也在监听），我改弦更张同意他们的观点了，也就是说，这事会危及三四个优势微弱选区。

我挂上电话。汉弗莱带着挖苦的神情看着我。

“汉弗莱，”我谨慎地开口说，“有些情况影响了我。”

“我注意到了。”他干巴巴地回答。

我不理会他的双关语。我指出有完全正当的理由反对这项计划，比如失去公众的信任。

“您是说选票。”他插嘴。

我否认，这是当然。我解释说我并不完全指选票。选票本身并不是要考虑的事，但**公众的愿望**确是重大的需要考虑的事。我们是个民主国家，看起来公众似乎反对这项计划。

“公众，”汉弗莱爵士说，“是无知的而且被误导的。”

“你这是什么意思？”我质问。“是公众把我选举出来的。”

一阵犀利的沉默。

然后汉弗莱爵士继续下去：“大臣，一周之内这些都会烟消云散，而一年之内墨西赛德就会有一家安全又成功的工厂。”

“一个星期在政治上是很长一段时间。”我回答。[①]

“一年在政府里是很短一段时间。”汉弗莱爵士回应。

我开始生气了。他或许是在政府。但我是在政界的。而且首相不高兴了。

汉弗莱接着又试图指出我把党放在了国家之上。又是老掉牙的陈词滥调，我告诉他去找个新的。

伯纳德说，新的陈词滥调也许可能被说成是一种词语搭配上的矛盾。谢谢，伯纳德，为你所有的帮助！

我再做一次尝试想让汉弗莱明白。“汉弗莱，”我说，“你什么都不明白，因为你过着有保障的生活。我得生存，我不能反对首相。”

他非常尖酸，而且非常伤人。“您就非得那么在乎要爬上那根油腻腻的杆子吗？”

我迎头直面这个问题。“汉弗莱，”我解释，“这根油腻腻的

---

① 原话出自当时的哈罗德·威尔森先生。（Harold Wilson，英国工党领袖，两度出任英国首相。——译者）

杆子很重要，我非爬上去不可。”

“为什么？”

“因为，”我说，“它就在那儿。”

6月11日

今天《泰晤士报》上有一篇让人吃惊的报道。一次泄密。

亨德森报告为丙醇洗刷冤屈

我满腔怒火。

我问伯纳德，《泰晤士报》怎么会在我之前就知道了亨德森报告的用词。

“是一次泄密，大臣。”他解释。

这小子是个傻瓜。一望而知是一次泄密。问题是：谁泄露的？

再琢磨一下，可能他也不傻。可能他知情。而且不能说或者不肯说。

“那报告列的是‘机密’等级。”我指出。

“至少没列为‘内部传阅’。”他说。[“内部传阅”意即昨日业已见报。“机密”意即今日方可见报。——编者]

我决定要把伯纳德逼上绝路。“谁泄露的这个消息？汉弗莱吗？”

“哦，”他说，“我确信他没有。”

“你能肯定吗？”我尖声问。

“这个……他可能没有。”

“没有吗？”我用上了我最尖锐的声调。

“这个，”伯纳德窘迫地笑着，“**可能**是别的什么人。”

“这些泄密是不光彩的，”我对他说，“而且人们认为政治家才是泄密的人。”

“不过这已经众所周知了，不是吗？”伯纳德小心地说。

“在我看来，”我用责备的口吻说，“别人为了反对我们而泄露的远比我们自己泄露的要多得多。”

我接着仔细通读了《泰晤士报》的报道，那里面的好多词汇我几乎都能听得出汉弗莱的口授：“由于政治上的懦弱而拒绝英化集团的提案……”“哈克别无选择”，等等。

显而易见，通过这次泄密，汉弗莱认为他现在已经把这项计划的责任压到我头上了。

好吧，咱们走着瞧！

6月14日

我在周六拿到了我的那份亨德森报告，只比《泰晤士报》拿到他们的晚一天。不错。

这份报告让我无法摆脱丙醇计划。至少，当下找不出来。它说这是一种完全安全的化学品。

另一方面，《泰晤士报》也没让我担上什么责任。它毕竟只是非正式地泄露了一份报告草稿而已。

沃利·麦克法兰爵士是我今天的第一个约见者。汉弗莱也来了——出乎意料，出乎意料！

而且他们两人看上去都格外地开心。

我请他们坐下。接着沃利爵士就开始出招了。

“我从报上看到，”他说，“亨德森报告明显站在咱们这一边。”

我想也许他仍然以为我站在他那一边。不，肯定是汉弗莱已经向他介绍过情况，所以他假装他以为我仍然站在他那一边。

我不做应承：“是的，我也看到了。”

我用锐利的目光盯住汉弗莱。

他不安地在座位上扭来扭去。“是呀，那个委员会像个漏斗似的给泄露了。”他说。我继续盯着他，但是没有作答。毫无疑问他就是那个有罪的人。他厚着脸皮继续：“所以大臣，现在已经没有拒绝批准新工厂的真正理由了，是不是？”

我仍不应承：“我不知道。”

沃利爵士大声讲：“听着，吉姆。我们为这份合同连续干了两年。它对我们非常重要。我是董事长而且我有责任——而且我告诉你，身为一个化学家，介二氧苊是彻底安全的。”

“为什么你们这些专家总认为自己是正确的呢？”我冷冷地质询。

“为什么你们认为，”沃利爵士激动地反驳，“你们越**不**内行反倒越是正确的呢？”

我不是一个专家。我也从来不自称是专家，我这样说了。“大臣们不是专家。大臣们被选来管理恰恰是因为他们完全不懂……”

“你承认这个了？”沃利爵士欢喜地插话。我想是我自己一脚踩进去了。

我坚持住。“大臣们完全不懂**技术问题**。一名大臣的职责是考虑更为广泛的国家利益，而且，出于这个原因，我本人尚不能同意。”

沃利爵士站起身，发了脾气。（次序反了，我觉得。）“别装了，哈克，”他勃然大怒，“这是个错误决定，而且你知道这一点。这是软弱、胆小、怯懦。”

于是我火儿了。我也站起身：“我不是个懦夫。”

“坐下！”他杀气腾腾地低声说。他的眼里冒火，而且看上去确实一副准备打一架的样子。我决定小心为大勇，就坐下了。

他愤怒到疯狂的地步。说话时唾沫横飞溅满了我的办公桌：“你不就觉得你会失去那几个选区里一群没见识的傻瓜那几百张可怜的选票吗？可悲！”

“这是政治。”我解释。

“正是，”他轻蔑地同意，并且走到门口。然后又转过身，“我要给工业国务大臣打电话。如果你阻挠这个计划，我就准备辞职。”

他昂首阔步地走了出去。

我们彼此大眼瞪小眼。

过了一会儿汉弗莱爵士说话了。“您对刚刚的情况作何感想，大臣？”他委婉地询问。

我不肯表现出我的忧虑，尽可能轻松地回答：“我们只要另找一个董事长，仅此而已。”

汉弗莱做出不相信的样子。“另找一个？**另找**一个？这世上再没别人愿意接这份工作了。没有人想当国企的董事长。这意味着瞬间毁灭。他们很可能上任头一天就领解雇费。只不过是时间问题罢了。”

我仍不肯表现出我的忧虑。“我们会找到什么人的。”我说，以我并没有感觉到的信心。

“是，”汉弗莱同意，“找个没用的无名鼠辈或者某个美国老头。”

“未必。”我回答。

“哦，未必？”汉弗莱爵士追问。“那您怎么指望工业部能找到合适的接班人呢，既然我们刚刚迫使他的前任辞职，就因为我们为政治理由阻挠人家做出一项明智的商业决策？”

我看不出把这一切再来一遍有什么意义。“我别无选择。”我简单地回答。

汉弗莱爵士试着用阿谀奉承。“大臣，”他花言巧语，“一个大臣可以做他想做的。”

“不，”我解释，“这是人民的意愿。我是他们的领袖。我必须跟着他们。我良心上没有愧疚。我的双手是干净的。”

汉弗莱爵士站起身，冷冷地说道：“我本该想到，一个人爬油腻腻的杆子时要保持双手干净是极为困难的。”

然后他昂首阔步走了出去。

今天早上我还真是赢得了朋友而且感化了人。

我只剩下忠心耿耿的老好伯纳德了。

我们坐下考虑今天早上的大溃败会引起的各种可能性。显然我们必须避免沃利挑起公开的抗议，我们必须阻止他到《全景》节目接受采访，或者向新闻界发表声明指责我的政治干预。

我实在是左右为难。如果我阻止这项计划，《泰晤士报》和《每日邮报》会说我是卑鄙的政治懦夫。但是如果我给他们放行，《镜报》和《太阳报》就会说我谋杀未出世的胎儿。我赢不了。

唯一的出路就是如果亨德森报告对介二氧芑的安全提出**任何**

疑点。但是没有。我已经很仔细地读过了。

另一方面——我突然想起来——还没有别人看过它。因为还没有全部完成，这只是报告的**草稿**。

明天我要跟伯纳德谈谈这件事。恐怕答案会是见见亨德森教授，趁时间还来得及。

6月15日

今天早上在我们的每日工作例会上，我问伯纳德，亨德森教授是不是剑桥出身。

伯纳德点点头。

“他是哪个学院的？”我随意地问。

“国王学院，”伯纳德说，“怎么了？”

我没理会。“好奇而已——想知道一下是不是我以前上过的学院。”

“您不是上的伦敦经济学院吗？”他问。

“哦，是，我是。”我听到自己在说。软弱！我真得做得好点儿！

我叫伯纳德把他的档案给我拿来，还要了一本剑桥的校友录。

伯纳德勇敢地讲了出来。“大臣……”他怪紧张的，“您肯定知道……不是说您有任何这样的打算，当然……但是，这个，想要影响这种性质的独立报告怕是非常不正当的。”

我全心全意地赞同那是非常不正当的。实际上想都不能想。“但是我刚才想的是，我们是不是应该去和我的老朋友——国王学院的 R·A·克莱顿院长一起喝杯茶。”我让伯纳德给他打个电话。

伯纳德照办了。

“而且，”我加上一句，“谁知道呢？说不定亨德森教授常常顺便来和他的院长喝杯茶。这就成了一次愉快的巧合。不是吗？”

伯纳德只想了一眨眼的工夫，就赞同说这十分自然，既然他们都在同一个学院工作。

“一个巧合没什么不正当的，是不是，伯纳德？”

他不动声色地说：“巧合怎么会不正当呢，大臣？不正当性是以目的为其基础的，而巧合则排除了这一点。”

备忘：我必须学会使用更文雅的词语。

6月18日

我在剑桥过了至为满意的一天。

跟克莱顿——我在国王学院的老朋友——一起喝茶。他现在是贵族了，过着轻松的学术生活。

我问他从下院到上院什么感觉。

“就像从动物界到了植物界。”他回答。

由于一种奇怪的巧合，亨德森教授已经应邀来喝茶，克莱顿为我们引见。

亨德森似乎有点吃惊。“我必须得说，我没想到会遇见大臣。”他说。我们一致认为这是一次异常的巧合。

克莱顿看上去大为吃惊，问我们是不是认识对方。我解释说我们从未谋面，但是亨德森正在为我的部写一份报告。

克莱顿说这实在是个巧合，而亨德森和我一致认为这是一次**令人称绝**的巧合。

之后我们都平静下来，聊到格雷侯爵时，亨德森说，我一定很为他的报告草稿高兴。

我向他保证我很高兴，绝对高兴，而且我赞扬了他的艰苦工作。他，则谦虚地——而且实事求是地——承认大部分的艰苦工作是由华盛顿的食品和药品管理局做的。

我问他以前可曾写过政府工作报告。他说不曾。于是我告诉他，他的名字将永远和报告连在一起——《亨德森报告》。

“算是某种永垂不朽。”我补充。

他看起来很满意。他笑着，说他以前还从没这么想过。

然后我直取要害。“不过，”我随意地说，“如果有任何地方出了差错……”然后我打住。

他立即不安起来：“出差错？”他那学究气的小眼睛在他那学究气的角质大眼镜架背后眨呀眨的。

“我的意思是，”我沉重地说，“如果介二氧芑不像你说的那么安全。这是你的事业——你确实勇气可嘉。”

亨德森教授现在非常忧虑，勇气显然不是他想表现的。他还有些困惑，没有完全领会我的主旨。“我不明白，”他说，“介二氧芑的标准检测没有一项显示有毒。”

我停顿一下以求效果，然后：“没有一项**标准**检测。的确。”

我再次停顿，而他则默默地紧张着。

“您什么意思？”他用一种被卡住喉咙的高音说，听上去完全像大脑门大脚丫的高个子家伙发出来的。

我拿出我的小本子来加强我的记忆。“说来也怪，”我解释道，“我坐火车到这儿来的路上刚好做了点笔记。当然，我不是个生化学家，你知道，但我听说食品和药品管理局的报告中还有些重要的问题没得到解决。”

他琢磨这事。“这个……”他终于开口，又停住。

我继续："有些证据没有结论，有些结果尚有问题，而数据亦可作他解。"

亨德森试图明白所有这些话的意思，然后他说："但是**所有的**数据都可……"

我打断他。"对极了！从更为广泛、细致的更长期研究中有可能获得不一样的结果。"

"这个，很显然……"他开始了。

"是的，"我坚定地说，"你知道，如果有什么地方真的出了差错——即使是十年以后，一种延迟效应——好啦，新闻界会直指你的报告。而且如果又揭露出你曾经为一家跨国药物公司做过实验室测试……"

他吓坏了："但那是十五年前了。"

"十四，"我纠正，（这条极为有用的信息是在他的档案中发现的。）"而且你知道新闻界会怎样——'无风不起浪'。即使没有真凭实据，也会成为你脖子上的沉重枷锁。"

我能看出来亨德森在动摇，于是我加大压力。

"如果确实出了**任何**差错，大众媒体会毫不留情地刊出'亨德森报告牺牲者的垂死挣扎'。"

亨德森双脚抖动起来，他正处于受到惊吓的状态。"是，是，这个，我，呃，我不知道该怎么办。我是说。我不能改变证据。介二氧芑是一种安全药物。报告只能这么说。"

他绝望地看着我。我谨慎地绕开陷阱。我不会告诉他该在那份独立的报告中写些什么，那是最基本的错误。

"的确，"我同意，"的确，我看得出你别无选择。"

于是我就离开他了。

我踱步穿过房间去添茶的时候，看到亲爱的老克莱顿潜入我的座位，递给亨德森一块奶油脆饼。

我知道他会说什么。他会对亨德森说你要担心的只是结论的用词，那是历来新闻界唯一会看的部分。

目前报告写作：“就现有证据而言，委员会看不出有任何理由不进行下去。”

我确信克莱顿会建议用某种绝妙的替代语。我也同样确信亨德森会采纳他的建议。

6月22日

大获全胜。

今天我拿到了亨德森报告的最后定稿。除最后一段，都保持原样，那一段也只做了最微小的改动。

> 尽管委员会就现有证据还看不出有任何理由不进行下去，仍有必要强调，介二氧芑是一种相对较晚出现的化合物，如果否认进一步的研究有可能发现其产品会与危害健康有关将是不负责任的做法。

我立即致电伯纳德，叫他向新闻界发布这份报告。

接着我取消了今天所有的约见，坐火车去利物浦，那里又有一次抗议集会即将举行。新闻处通知了报纸、电台和电视台——于是，在一个光辉的胜利时刻，我在集会中，在电视上，对一群热烈欢呼的群众宣布，我不会批准英化集团生产丙醇。

我估计下次大选这四个优势微弱选区算是赢定了。

今天晚上回到家，我在《晚间新闻》看到了沃利爵士。他没有提到辞职——他不能，这是当然，因为他无计可施了。

他简单地发表了一项声明说，如果亨德森报告对介二氧芑的安全表示怀疑是正确的，那么显然不可能考虑在墨西赛德生产它。

6月23日

汉弗莱爵士今天对我的火气比我任何时候见过的都要大。

“您是不是觉得像个英雄？”他问。

“是，”我回答。“十号会高兴的。”

“恐怕是我亲眼见过的最差政府决策之一。”他咆哮。我才不会被这种公然无礼的态度惹到。

“恐怕是我做过的最佳政治决策之一。”我满怀信心地回答。

伯纳德沉默不语。

“**你**怎么想的，伯纳德？”我残忍地问。

伯纳德一脸绝望。“我想……那个，在心里考虑了所有情况……而且，呵……适当考虑过之后，这个……嗯……考虑到所有可能性还有，呵，所有观点，嗯，那个，这个，换句话说，我事实上，**一定**得说那个……您在电视里太上镜了，大臣。”

欣赏完伯纳德的苦苦挣扎之后，我转回到汉弗莱：“哦，顺便提一下，我们能不能给亨德森安排一个高级帝国勋章？或者大学副校长之类的？”

汉弗莱吓了一跳：“当然不行！他完全不可信任，彻底缺乏判断力。我还是想不明白他为什么在最后一段突然对他的整个报告表示怀疑。”

“因为，”我想都没想就回答了，“他有出色的判断力、伟岸的身躯和巨大的魅力。”然后我意识到我说了些什么。

汉弗莱也意识到了。“我本以为您说过您从没见过他。”电光火石之间我回答：“伟岸的智识。”

汉弗莱没有受骗。“那魅力呢？”他尖厉地质疑。

我快要被他困住了。“他……呃……他文字的魅力，”我无法令人信服地解释，“不是吗，伯纳德？”

“是，大臣。”伯纳德尽职尽责地回答。

汉弗莱爵士的脸上表情丰富。

12. 先见之明

7月1日

欧共体让人不可容忍地难以应付。几个月来，我一直和行政部协作要为所有的行政部门集体采购文字处理机，这样可以改变目前白厅各个部门零敲碎打地订购各式各样文字处理机的无序行为。

如果我们在行政部为所有部门集体采购，这笔钱就会大到足以使联合王国的制造厂商在系统开发上做出适当的投资。

连日来，我们已几近成功。几个月耐心的谈判即将得到回报。我已经全部准备好要向媒体发布重大新闻：我仿佛看到头条标题——“哈克巨额投资现代科技”“吉姆投票信任英国工业”“英国做得到，吉姆如是说”。

然后，今天上午，我们从倒霉的布鲁塞尔接到倒霉的欧共体的倒霉指令，说是所有欧共体成员国必须遵循某些烦琐的欧洲文字处理标准。因此我们**必须**为了去参加即将在布鲁塞尔召开的欧洲文字处理会议，跟一大批欧洲文字处理委员会进行协调而推迟所有工作。

我召集了一次会议讨论这整件事情。我详细介绍了目前的整个情况，而汉弗莱爵士和伯纳德只是坐在那里，每隔一会儿说一声“是，大臣”和“的确如此，大臣”。毫无用处。

到最后，我听烦了我自己的声音。[这是头一回吗？——编者]我要求汉弗莱给讨论做出点贡献。

他叹口气。“好吧，大臣，我恐怕这是我们硬要假装欧洲人而受到了惩罚吧。相信我，我充分理解您对欧洲的敌意。”

正如经常发生的那样，汉弗莱完全不得要领。我试图再做解释。

“汉弗莱，”我缓慢而且耐心地说，“我不像你，我是亲欧洲的。我只是反布鲁塞尔。你看起来倒是反欧洲亲布鲁塞尔的。”

他回避这个问题，假装对欧共体没什么意见。口是心非的小人。“大臣，我既不亲也不反任何人。我仅仅是个让大臣们的考虑结果可以倒进来的‘谦卑的容器’。不过肯定可以讨论的是：考虑到整个欧洲理想之荒谬，布鲁塞尔实际上是在知其不可辩而强为之辩，知其不可为而强为之。”

我告诉汉弗莱他是在信口开河，虽然我不想让自己听上去太浮夸，但欧洲理想是我们克服狭隘民族私利的最大希望。

他告诉我这话听上去并不浮夸——只是不正确。

于是我再次向“谦卑的容器”解释：欧洲是一个为共同目标而联合起来的民族共同体。

他轻声暗笑，于是我问能否让伯纳德和我分享一下他的乐趣。

他嘲笑共同体是联合一致的想法。“**客观地**看看吧，”他说，“这场游戏玩的就是国家利益，而且历来如此。”

我不同意。我提醒他我们加入欧共体就是为了加强自由国家之间的国际兄弟情谊。

汉弗莱又偷笑，这是最让人不安的。接着他开始告诉我他的理解——就更让人不安了。

“我们加入，”他说，“是为了离间法国和德国，从而压制法国。法国人加入是为了在商业竞争中保护他们效率低下的农民。德国人加入是为了洗刷他们种族灭绝的罪行并申请重新加入人类的行列。”

我对汉弗莱说我为他这种骇人听闻的玩世不恭深感震惊。我其实没法跟他争论，因为我感觉到，虽然有点不自在，但他的话中确有真实性存在。我说：“至少小国是为了无私的理由加入的吧。”

“啊，是呀，”他回答，“卢森堡是为了挣外快加入的——所有的外汇都流入了这个欧共体的首都。”

“不管怎么说，它的地理位置做首都很合理。”我争辩。

他笑了：“把政府设在布鲁塞尔，国会设在斯特拉斯堡吗？这就相当于首都在伦敦，下院在斯温登，行政部门在凯特林。”

“如果这些是真的，”我坚持不懈地说，“别的国家也不会这么想要加入了。”

“比如呢？”

“这个，就说希腊人吧。”

汉弗莱爵士靠在椅背上深思熟虑起来。“其实，”他沉思道，“我觉得很难理解希腊人。即使像我对外国人这么开明，这您知道。（他丝毫没有自知之明，真让我目瞪口呆！）但是希腊人想从中得到什么呢？——一座橄榄山和一个松香葡萄酒湖？”他看着我的脸，又歉意地补充说：“对不起，我想您有一些最好的朋友是希腊人吧。”

我实在听不下去这种玩世不恭的废话了。我试图扩大讨论范围，看看共同体的真正问题。

“布鲁塞尔的问题，”我开始了，“不在于国际主义，而是太多的官僚主义。”

我还没往下说。汉弗莱又一次打断了我。

“但是难道您看不出来，”他坚持，“官僚主义就是国际主义的结果吗？不然的话为什么一名英国专员会直接有个法国署长在他下头，一个意大利主任要向法国人汇报工作，这样一路下去。”

我不得不同意。“我同意。”我说。

“这是巴别塔。”他说道。

我又一次不得不同意。

“我同意。”我说。

“事实上，这个甚至更糟糕——这像联合国。”他补充一句。

我除了第三次同意无话可说。“我同意。”我说。

我们两人都止住话头面面相觑。我们讨论到哪儿了？我们做出什么决定了？接下来是什么？

伯纳德试图帮忙解决问题。“那么，或许，如果我可以插句话，或许你们事实上意见是一致的。”

“不，我们不一致！”我们齐声说。

这一点是一定的！

“布鲁塞尔是一团糟。”我说，继续探讨我关于官僚主义如何破坏国家之间关系的主题。我提醒汉弗莱说，据说典型的共同市场官员要具备意大利人的组织能力、德国人的灵活性和法国人的谦逊。他在这所有之上还得加上比利时人的想象力、荷兰人的慷慨以及爱尔兰人的智慧。最后，出于善意的考虑，他还得有安东尼·韦奇伍德·贝恩先生[①]的欧洲精神。

“那么现在，”我总结说，“他们都在试图搞砸我们出色的文字处理计划，这个计划完全符合英国的利益和我的利益。”

“当然，这两个，”汉弗莱补充，“是一回事。”

我瞪着他，并询问他是否有意讥讽。他否认。我则接受了他的否认（尽管是怀疑地）并继续探索我关于布鲁塞尔问题出在哪儿的理论。

“布鲁塞尔的官僚如此不可救药的原因**并不**在于管理一个国际组织的困难——而是因为这是一份肥缺。”

“一份什么？”伯纳德问。

“一份肥缺，”我重复，对我的话题越来越起劲了，“他们全都以红酒和鱼子酱为食。每个办公室里都放着成箱的好酒。有空调的奔驰汽车和私人飞机。这些官僚个个都把他的长嘴拱进了食槽，大多数人连前蹄也伸进去了。”

汉弗莱，一如既往地蹿起来为官僚们辩护。“恕我不敢苟同，大臣，”他以责备的口吻说，“布鲁塞尔满是辛勤工作的公务员，他们不得不忍受大量精疲力竭的旅行和单调乏味的接待。”

---

① 一位1970年代和1980年代初杰出的左翼政治家，出身贵族，在威斯敏斯特和牛津受的教育，主要以口齿不清、爱瞪眼睛以及急于为掩饰其特权阶级的家世出身而喜欢在工人合作社里大杯喝茶而让人记忆深刻。

极其单调，我自己心中暗想，干掉那么多熏鲑鱼还灌下那么多香槟酒。

“而且不管怎么说，大臣，”汉弗莱继续，“您怪错人了。”

他在说些什么？我摸不着头脑。

“我了解到，”他往下说，“是您的一位内阁同僚把您大宗购买文字处理机的计划预先通知了布鲁塞尔，所以这道指令才来得这么快。”

难怪我摸不着头脑，原来他又回到我们的话题上来了。跟他说话还真让人莫名其妙呢。

而且事情就是这样，是这样吗？又被出卖了！被一名内阁同僚！［还能有谁？——编者］不用悬赏就能猜出是谁——巴佐尔·科比特！该死的巴佐尔·科比特！我一想起巴佐尔·科比特，就真的对犹大·伊斯卡里沃都有好感了。［巴佐尔·科比特是另一个高个子、出身显贵、口齿不清、爱瞪眼睛的政治家，常常在嘴里叼着烟斗，好让人们觉得他“可靠”。——编者］

“科比特？”我问，虽然我知道。

汉弗莱微微颔首，表明的确是这位贸易与工业国务大臣狠踹了我们一脚。

我压不住火儿了。“他是个背信弃义、毫无忠心、傲慢无礼、顽固不化、爱出风头的小人。”汉弗莱凝视着我一言不发。我误解了他的态度。“要是这听上去太粗俗的话，我道歉，汉弗莱。”我补了一句。

“正相反，大臣，”汉弗莱回答，“跟他常任秘书说的话比起来，这些评价算宽宏大量了。”

我不明白科比特为什么对我做这种事——好吧，时间会说明一切，毫无疑问。

7月2日

我不用等很久就得到了答案。今天的《旗帜报》刊登了事关重大而且充满隐忧的消息。

内阁改组

本报政治记者

传言本届会议结束之前，首相将宣布重要的内阁变动。传言巴佐尔·科比特将……

又是巴佐尔·科比特。每次那个人出现在任何靠近我的地方，我都会感到如芒在背。

怎么我一点都不知道这次即将到来的改组呢？他们怎么知道的呢？我问汉弗莱这是否属实。

他当然含糊推脱："大臣，我不过是一名卑微的文官。我又进不去像内阁大臣和新闻记者这样显赫的圈子。"

我坚持不懈："这个传言属实吗？"

"是的。"

一个直接的答案！我有点吃惊。"你怎么知道的？"我问，"既然你进不去这样显赫的圈子。"

"我是说，"他解释，"是有这样的传言。"

我又担心又紧张，现在还是。一次改组，这里面充满了各种可能性。我进驻行政部时就计划的所有事情几乎都还没有开始呢。

我开始向汉弗莱解释这一点，他指出我在改组中大概不会被动到。我想他的意思是要我放心，不过也可能他是要告诉我，我的事业没有进展——原本应该有所进展的。

我问他是不是那个意思。他再次闪烁其词：“至少不会倒退。”

倒退？我还从来没有考虑过**倒退**！也许他压根儿没有在闪烁其词。

“你看，”我壮着胆子小心翼翼地问，“告诉我。我是说，我干得挺好，不是吗？”

“是，的确，大臣，”他圆滑地回答，“您干得挺好。”

他的话无可挑剔——其实，是我的话，真的！——但他说这话的口气似乎不那么确定。

于是我转向伯纳德，更加笃定地说：“我们干得挺好，不是吗，伯纳德？”

“是，大臣。”

就这些。看上去没什么其他鼓励的话要说了。

我觉得我只能自我辩护了。天晓得为什么！我说：“我的意思是，也许我不是政府中成就**突出**的人，但我不是失败者，我是吗？”

“不，大臣。”伯纳德说，有点出于责任感才这么说的，我觉得。我等着。如果我是在要人赞美的话，我就下地狱。终于伯纳德说话了：“嗯——您干得……挺好。”

但他真是这个意思吗？

如果是，他是**什么意思**呢？

我仿佛满肚子的话，不吐不快。“毕竟，”我说，“在某些方面我还是相当成功的。如果马丁去了财政部，我就有那么点儿可能去外交部了。”

我停顿一下。没有人说话。过了似乎好长一段时间汉弗莱才说话，这次明显带着怀疑的态度：“也许有可能吧。”

“你听上去不那么肯定。”我埋怨他。

值得赞扬的是，他奋起为自己辩护。“我是不肯定，大臣。”他回答，直视我的双眼。

我慌了。“为什么不？你听说什么了？”

他和平时一样泰然自若：“什么都没有，大臣。我向您保证。所以我才不肯定。”

我捡起那张让人反感的报纸，又瞪了它一眼，然后扔在地板上。

“那，”我一肚子委屈地问，“怎么《旗帜报》的鲍勃·卡弗对这次改组了如指掌，我们却一无所知？”

“也许，”汉弗莱琢磨着，“他有个首相的耳朵。”

这是明摆着的——我只能附和。“是的，”我说，“人人都知道他被首相揣在兜里。”

伯纳德兴奋起来：“这么说，首相肯定得有个巨大的耳朵。”

我又恶狠狠地瞪了他一眼。

我决定不再担心这件事，也不再提这件事了。

担心这件事毫无意义。反正也没什么可担心的。

不过。

于是我简短地谈了一下布鲁塞尔的文字处理会议。汉弗莱希望我们去参加。但**有可能**会在内阁改组之前。

我问汉弗莱知不知道改组什么时候进行。毕竟，这还是会相当大地影响到我可能要做的计划。

汉弗莱的回答跟平常一样帮不上忙，都是些这样的话：“我并不知道首相筹划改组之事的内情，即使确有改组之事；我也无从知道任何预定的日期，即使确有一个预定的日期；所以我认为您必须在假定没有改组这件事的情况下继续工作，并据此为自己或者为您的继任做出安排，如果您的确会有一位继任的话，当然您不会有的。”

我决定谢绝这个邀请，以防万一。我以前见过这种事。这会儿不是傻乎乎出国公费旅游的时候。你前脚离开这个位子，后脚就再也回不来了。

伯纳德·伍利爵士（与编者谈话时）回忆：

那次相当紧张的讨论我记得很清楚。哈克对我们说了不下六七次，他不会担心改组的事情，为这事担心毫无意义，这事就不再提了。

然后他大啃指甲。

他要离开办公室去下院的时候，我劝他不要太想着改组的事。

他极为愤慨。“我没有太想着这事，”他说，“我已经不想了。”

然后他要走时又停下，转过身对我说：“伯纳德，6点钟我们在改组院——呃，洗牌院——呃，下院见。”

［在之后的一周，汉弗莱爵士和阿诺德·罗宾逊爵士（内阁秘书）在文学俱乐部见了一次面，晚些时候伯纳德·伍利也加入了他们。汉弗莱写了一份备忘录，我们在瓦尔塞姆斯托的行政部人事档案中找到了。——编者］

与阿诺德见了一次面，他声称不能告诉我任何有关即将进行的改组的详情。他说他只不过是一名内阁秘书，不是《新旗帜报》的政治编辑。

不过他透露布鲁塞尔问起过哈克有没有可能担任下一任专员。似乎只要他想要，这个位子就是他的了。一个好欧洲人之类的。

伯·伍［**伯纳德·伍利——编者**］加入进来一起喝咖啡。阿诺德问他来个新大臣觉得如何，让我大吃一惊的是，伯·伍说他会感到遗憾。

当然，私人秘书通常对他们的大臣怀有某种忠心，但是这种感觉必须受到严格控制。在阿诺德爵士面前承认这种感情对伯·伍的事业没有好处。

接着，他错上加错，说我们都会怀念哈克，因为他开始拿得起工作了。

我立刻打发他回家。

后来我就改组这个问题私下里向他解释了下列要点。我要他保证会记住。

1）大臣们拿得起工作是个祸害是因为：

（a）他们会有主张。

（b）他们开始了解真相。

（c）他们会问你有没有完成六个月之前的指示。

（d）如果你告诉他们某件事办不到，他们就会翻出你以前写的这事好办的请示报告。

2）大臣们离开后，我们可以把往事一笔勾销，在一个新人身上重新来过。

3）首相们喜欢改组——让每个人都措手不及。

4）害怕改组的人**只有**大臣们。

伯·伍表示如果大臣们固定不变而常任秘书们轮流换班才有趣。我想他这么说只是气气我。他必须意识到这样的安排会直击这套体制的要害，而正是这套体制使英国能有今天。

为安全起见，我命令伯·伍记住以下三点：

1）权力与持久性同进退。

2）不持久就意味着没能力。

3）轮换就意味着阉割。

说到这些，我想或许伯纳德不久应该换个新职位。

［次日，汉弗莱爵士从阿诺德爵士那里收到一张写有一条关键信息的便条。——编者］

亲爱的汉弗莱：

不要太早开香槟。如果哈克去了布鲁塞尔，我遗憾地讲，你可能迎来巴·科。[①]

永远是你的

阿

7月8日

［哈克自然对上述信息一无所知。他的日记继续下去。——编者］

① 巴佐尔·科比特。

7月9日

还是没有改组的消息。

我一直熬夜到很晚，对付我盒子里的文件。今晚有三个。

报纸上仍然满眼都是关于改组的传言。安妮今天晚上问我这些传言是不是真的。

我告诉她我不知道。

她很惊讶。她认为我肯定知道，既然我在内阁。但这就是全部问题所在——我们会是最后知道情况的人。

安妮建议我去问首相。但显然我不能——这样会让我显得好像没有信心似的。

问题在于，我并不知道这会不会是好消息。我把这一点解释给安妮听："我不知道我是会上还是会下。"

"或者像以前一样转来转去。"她说。

我相当认真地问她，她认为我是成功者，还是失败者。

她说："我认为你干得挺好。"

"但是不是足够好呢？"

"我不知道，"她说，"是吗？"

"我不知道，"我回答，"是吗？"

我们坐在那里面面相觑。好难讲。我突然有了个念头。

"也许首相会觉得我太成功了，可能挑战到他的领导权。"

安妮从正在看的书中抬起头，眨巴着眼睛："你？"

我本来的确没有说我自己是这样的，不过她**如此**吃惊让我不那么愉快。

"不，"我解释，"是马丁。但他在我的支持下。所以如果首相打算排斥异己而且如果马丁不能太平地被铲除，他是铲除不掉的，外交大臣不能铲除，那么……我就显然是那个要被降职的人了。你明白吗？孤立马丁。”

她问我可能被发配到什么地方。“那很容易。枢密院长、掌玺大臣、艺术大臣、管旱涝灾害的体育大臣——不缺毫无用处的虚职。巴佐尔·科比特又一心想害我。”我提醒安妮。

“他存心要害所有的人。”她指出。这是实话。

“他是个巧舌如簧、眼冷心冷、顽固不化、两面三刀的小人。”我说，尽量说得公允。

她困惑了：“那他还这么成功？”

“因为，”我解释说，“他是个巧舌如簧、眼冷心冷、顽固不化、两面三刀的小人。”

还有他的电视形象不错，好多草根党支持他（虽然**所有**下院议员都讨厌他），他不知怎么哄骗得公众相信他是真诚的。

他最强大、最好用的武器就是双肘。我必须把科比特排挤出局，否则他就会把我挤掉。我向安妮解释双肘是政治家武库中最重要的武器。

“除了正直以外。”她说。

我恐怕一直笑到哭出来，眼泪都流到了脸上。我过了五分钟才喘过气来——让我觉得更可笑的是安妮瞪着我，一脸的不解，好像我已经疯了似的。

我还没有真正喘过气来，电话铃就响了。让我极感惊讶的是，电话来自贾斯通·拉鲁斯——布鲁塞尔。

“晚上好，commissionaire。”我说。也许我应该说 commissioner

就可以了。[①]

他来电问我愿不愿意被提名为欧共体的专员。我告诉他我很荣幸，但还得考虑一下，谢谢他想到我，等等。我问他十号知不知道此事。他闪烁其词。但最终还是说知道。

［多年以后在贾斯通·拉鲁斯的文件中找到的这次电话记录表明，他并非故意闪烁其词。哈克，可能是想炫耀自己通晓各国语言，问他 Numéro Dix 知不知道这个提议。拉罗西一开始没有把 Numéro Dix 和唐宁街十号对上号。——编者］

这意味着什么？

我和安妮讨论这件事。显然，这意味着要生活在布鲁塞尔，正如安妮所指出的。

但这**意味**着什么呢？**真正**的意味？是十号打发我走的阴谋吗？还是一个巧合？是一个暗示？是首相给我一条保全面子的出路？如果是这样，为什么十号还没告诉我？或者这事跟首相完全无关？这个空缺从什么地方冒出来的呢？而且这是一种殊荣——不是吗？为什么我的生活中总是充满无法解答的问题呢？

接着安妮想起另外一个问题："这是个好差使吗？"

我摇摇头。"这是个可怕的差使。英国政治对我而言就算是落幕了。比封为贵族还糟。彻底的失败。你只能重新组织一个政党再设法卷土重来。"

安妮问这个差使包括些什么。

我开始一一罗列。"这个嘛，"我告诉她，"你置身于极其恐

---

① Commissionaire，法语专员之意，但英文中也有这个词，意为门卫；英文专员为后一单词 commissioner。——译者

怖的欧洲官僚之间。这是一份大肥缺：年薪五万英镑，报销两万英镑。香槟和龙虾，宴会，出国访问，豪华酒店，豪华轿车和司机和私人飞机和饭后午休和克诺克—勒—祖特海滩的周末……”我突然意识到我正在说的话。真是奇怪，你怎么会说呀说的自己却听不见——听不见你所说的话中的含义。

“也许，”我总结道，“我们应该到那里看一下。”

安妮看来满怀希望。“为什么不呢？”她说，“有时候我认为我们应该有点失败。”

7月12日

今天早上和罗伊进行了一番有趣的对话。当然，改组的事他全知道。

我以为他是从《旗帜报》上看来的，像我这样——其实不然，他第一次听说这事已经是两星期以前了。（他为什么不告诉**我**？他明知道我的消息完全是仰仗他得到的。）

但是看起来他以为我知道。**所有**司机都知道。他们从首相的司机和内阁秘书的司机那儿知道的——显然这已经是公开的秘密了。

我不经意地问他，**他**听到过什么——试图由此显示出我也听到过一些。而我并没有，这是当然的。

“就是寻常消息，长官，”他回答，“科比特有可能要升官了，首相不能漏掉他。显然老弗雷德——可怜的老家伙，我是指就业大臣——他要被开除了。被踢到楼上去了。”

他看上去完全信任这消息。我问他，他是怎么知道的。

“他的司机被重新指派了。”

“那有什么关于我的闲话吗？”

“什么都没有，长官。”

什么都没有？他说的是实话吗？总得有**某些**关于我的闲话的。我就在这该死的内阁里呀，看在上帝的份儿上。

“挺逗的，不是吗？”罗伊说。“我的同事们和我还不知道该怎么看这事呢。”他从后视镜里会心地看了我一眼。“当然喽，您会知道自己要怎么样的，不是吗，长官？”

妈的他明明知道我一点也不知情。不然的话，他就是想探听一下，好有更多的消息可以到车队去交易。

“是，当然。”我回答，含含糊糊地。我本该到此为止，但这就像揭痂似的。“当然喽，有时候当局者迷——你知道，是成功呢还是……”他并没有解救我。我又试了一次：“你的同事们，呃……”

他打断了我，有点恩惠地来了一句：

“他们都觉得您干得挺好，长官。”

又来了！

7月14日

昨天全是开会。内阁、内阁委员会、三道金牌紧急通知的下院会议——我没有什么时间和伯纳德在一起，没时间正式谈一次话。

但伯纳德总是给予我忠诚的支持，他是个聪明人，我决定征求他的意见。

今天下午喝茶的时候，我告诉他我有点进退两难。

“看来是要改组了。”我开始说话。

他偷笑，我不明白为什么，他随即道歉："实在对不起，大臣。我以为您是在做……请说下去。"

"事情复杂化了，我完全是私下里对你说的，伯纳德，已经有人同我接触，要我到布鲁塞尔去当英国驻欧共体的专员。"

"这多好，"伯纳德说，"在改组中有张应急的王牌总是有帮助的。"

"但这**是**好事吗？"我抓住他的回答，"这就是我的难处。"他什么也没说。我问他是不是真的觉得，作为行政部的大臣，我干得挺好。

我想我希望得到高度的赞扬。"极好"可能会是个令人满意的回答。事实是，伯纳德点点头说："是的，您干得挺好。"

看来对于我的表现这个话题没有人打算做更进一步的表态了。这真的相当令人泄气。我没有取得耀眼的成就并不是我的错，汉弗莱在如此多的事情上阻挠我，他从来没有真正站在我这一边。"你瞧，咱们说老实话，"我对伯纳德说，"**挺好**不等于足够好，是不是？"

"这个……没错。"他小心地回答。

于是我问他有没有从小道上听到什么传言，关于我的。

他回答："什么都没有，真的。"接着他又补充说："只有英国驻欧洲的专员给外交部和内阁欧洲事务委员会发来一份电报，要您去当专员的想法来自布鲁塞尔，不过——到头来——还得由首相来任命。首相事实上已经跟外交大臣和内阁秘书广泛讨论过这事，并为试探您对此事的态度做好了铺垫。因为十号认为您会接受这样一个荣誉，您的一位同事来这儿担任我们行政部大臣的事也已经探过他本人的口风了。"他停了一下，然后又抱歉地补充说："恐怕我知道的就这些了。"

"没有别的了吗？"我极为讽刺地问他。

我随即又问是哪个同事被试探要来接替我在行政部的位子。伯纳德不知道。

可我的基本问题实际上还是没有解决。那就是，如果我不去欧洲，我是被推上去，还是下去——还是出去呢？

7月15日

传言改组迫在眉睫。报上全是这个，还是没有提到我，意味着议会记者们关于我的任何可能都还没听说过。

这非常让人心烦意乱。我简直没办法思考自己在部里的工作。我越来越被自己的前程——或者没前程的事困扰住了。我必须马上决定是接受还是谢绝欧洲。

我今天跟汉弗莱爵士开了个会。原本的主题是关于布鲁塞尔召开的文字处理会议。

我一开始就告诉汉弗莱我已经改变了主意。"我已经决定去布鲁塞尔了。"我说。我是想去看看，因为已经同安妮商量好了。但是汉弗莱误解了。

"您不是要从行政事务部辞职吧？"他问。似乎很震惊。我颇感欣慰。也许他对我的评价比我以为的要高吧。

我解除了他的苦恼。"当然不是。我是说这次文字处理会议。"

他明显放心了。然后我补充说："但我也想为自己去布鲁塞尔看看。"

"为什么？"他问。

"为什么不呢？"我问他。

“真的，为什么不呢？”他问我，“但是为什么？”

我告诉他我很好奇。他接受了。

接着我告诉他，为自己可能永久地跨过海峡做好铺垫，经过进一步考虑我觉得我对布鲁塞尔的批评有些草率，而且我发现汉弗莱对它的辩护十分令人信服。

这并没有像我预期的那样让他高兴。他告诉我，他进一步考虑了**我的**看法，他发现我对布鲁塞尔的批评很真实，也很明智。（这真的是汉弗莱在说话吗？我不得不掐自己一下，以确认我不是在做梦。）

“您暗示过它的腐败，您的确打开了我的眼界。”他说。

“不，不，不。”我急忙说。

“是的，是的。”他坚定地回答。

我不能让汉弗莱认为我说过布鲁塞尔腐败。我**是**说过的，确实，但是现在我不那么确定了。[我们不能确定哈克是不确定他要不要别人引述他的话，还是不确定布鲁塞尔是不是腐败。——编者]我告诉汉弗莱是他说服了**我**。我现在能够相当清楚地看到，布鲁塞尔满是有献身精神的人，肩负着旅行和接待的重担——他们需要所有这些奢侈享受并且偶尔喝点酒。

“香槟和鱼子酱？”汉弗莱爵士质疑，“私人飞机，有空调的奔驰轿车？”

我提醒汉弗莱，正是这些小小的奢侈品推动着外交的车轮飞转。

“拱进食槽的猪嘴。”汉弗莱说道，没有针对任何人。

我责备了他。“那并不是一个有吸引力的说法。”我冷冷地说。

“我非常抱歉，”他说，“我想不起我从哪儿学来的了。”

我声明按照他一开始的要求，下周我们都要去布鲁塞尔参加这个会议，并以此作为讨论的总结。

当汉弗莱起身要走的时候，他问我改变了对布鲁塞尔的看法是否完全由于他的论辩。

自然，我告诉他是的。

他不相信我：“这不会和传言说您在布鲁塞尔得到一个职位有什么关系吧？”

我不能让他知道他说对了。“你不该有这种想法，汉弗莱。”我说。而且，想起了安妮并强忍住笑，我庄重地补充说：“世上还有正直这回事。”

汉弗莱看上去是糊涂了。

［当天晚些时候，汉弗莱爵士与内阁秘书阿诺德·罗宾逊在他们的俱乐部共进午餐。他在他的私人日记中做了如下的记录。——编者］

我对阿诺德说，我最担心的是放任科比特到行政部工作。我会把这看作头等重大的灾难。

阿诺德说他无法制止这一行动，首相任命内阁成员。我拒绝接受这种解释——我们大家都十分清楚地知道内阁秘书安排改组。我就是这样说的。

阿诺德承认这一事实但坚称，如果首相真的着手实施某项任命，内阁秘书也只得勉强默认。

我依然深信阿诺德手握权柄。

［这件事一直悬置到汉弗莱·阿普尔比爵士收到了阿诺德·罗

宾逊爵士的一张备忘录为止。见下。——编者］

一张阿诺德·罗宾逊爵士致汉弗莱·阿普尔比爵士的备忘录：

亲爱的汉皮：

我一直在深入考虑你的问题。我认为对你的问题唯一的解决办法是让吉·哈拒绝布鲁塞尔。

阿

7月19日

汉弗莱·阿普尔比爵士的回复：

亲爱的阿诺德：

我认为他打算接受布鲁塞尔。他说他相信欧洲理想！非常奇特，不是吗？我担心他是上了自己那些演讲的当。

此外，我担心他认为自己在行政部没有大获成功。

汉·阿

7月19日

阿诺德爵士的回复：

亲爱的汉皮：

他也没那么热衷。有一部分是你的错。你一直在阻挠他，即使在符合良好政府的利益时也是。

我建议让哈克在今后一两天内取得一个巨大成就。

阿

7月20日

汉弗莱爵士的回复：

阿诺德——

巨大的成就？两天内？什么类型的成就？

汉·阿

7月20日

阿诺德爵士的回复：

汉皮：

任何类型，我的好伙计。就是给我一些可以呈报首相的事例，以使哈克得以留任行政部。

另有一个机会给科比特：就业部。弗雷德肯定要走，因为他一直在内阁睡觉——我知道他们都睡，但弗雷德已经严重到还在说着话就睡着了。

阿

7月21日

7月22日

今天一开始的时候我还在因犹豫不决而处于瘫痪状态。

上午跟汉弗莱开会时，我问他有没有任何消息。他否认了。我知道上周某天他和内阁秘书共进午餐——能想象阿诺德·罗宾逊什么也没有告诉他吗？

“你肯定知道点什么。”我肯定地说。

略停片刻。

“我所知道的，大臣，只是这次改组肯定在周一就要宣布了。您有什么消息吗？”

我想不出他什么意思。

“关于布鲁塞尔，”他补充，“您要接受专员一职吗？”

我试图说明我的矛盾情绪。“从我身为议员的立场来说，这不是个好主意。另一方面，从我身为内阁一员的立场看，我看得出这可能确实是个好主意。但是再一想，从我身为欧洲人的立场来说，我看得出两方面都有道理。”

我都没法相信我所听到自己说的这堆废话。汉弗莱和伯纳德可能也在疑惑我此刻正以哪个身份的立场在说话。

他们只是凝视着我，无语又困惑。

然后汉弗莱要求我说清楚。

“大臣，这是不是说您已经决定去布鲁塞尔了？”

“这个……”我回答，“也是也不是。”

我发觉这么多天以来我头一次感到愉快。

汉弗莱设法帮我理清思路。

他叫我列出去和不去的理由。

这让我片刻之间又糊涂起来。我告诉他说我真的不知道我现在想的是什么，以前想过什么，因为——我也不知道我以前有没有对汉弗莱提起过这一点，我想**有可能**提起过——这在一定程度上全得取决于我是不是干得挺好。所以我问汉弗莱他认为我干得怎么样。

汉弗莱说他认为我干得挺好。

于是我又进行不下去了。我在绕来绕去地兜圈子。如果我干得挺好，我是说真的挺好，那我就留下，因为我就是会挺好的。但如果我干得只是挺好，我是说只是还算挺好，那我觉得待在这里就不好了——那就错了，对吗？

然后汉弗莱似乎提了一个积极的建议。“大臣，”他主动效劳，“我认为，为慎重起见，您需要一个巨大的个人成就。”

太棒了，我想！的确是。

“一个伟业，实际上。”汉弗莱说。

“比如说呢？”我问。

“我的意思是，”汉弗莱说，“因为一次伟大的个人的和政治上的成就得到一个显耀的名声。”

我相当激动，满心期待地等着。但是突然间汉弗莱陷入了沉默。

“诶……”我又问，“你想到什么了？”

“没什么，”他说，“我正努力要想出点什么呢。”

这真是帮了大忙！

我问他这种假设的伟业目的何在。他告诉我阿诺德爵士指出，如果我在改组之前建个丰功伟业，首相就不能把我往下降。

那是显而易见的。更让人担心的是，这话意味着首相不可能把我往上升。

我指出这点。汉弗莱的回答是：唉！做人要现实点。我觉得他没有意识到他此刻有多伤人。

我告诉汉弗莱我要接受布鲁塞尔并结束了会议。我决定今晚给布鲁塞尔打电话接受那个位子，这样比首相先发制人，以免在内阁中受到被降职的羞辱。

我告诉汉弗莱他可以走了，并命令伯纳德把欧洲文字处理标准化计划的细则给我拿来，这是我现在将要全力以赴的工作。

这时汉弗莱想出一个主意。

他站起身，激动不已。

“等一下，”他说，“我有了个主意。假定您不理会欧共体并且发表您自己的文字处理设备计划，并且和英国制造商签订巨额的合同，立即，今天，明天，好吧，星期一之前，从而确保英国更多的就业机会，更多的投资，更多的出口订单……”

他看着我。

我试图重新整理我的思路。我们不是又回到起点了吗？这正是两周前我们接到来自布鲁塞尔的指令之前正要做的事。而汉弗莱告诉我，我们必须服从布鲁塞尔的指令。

“这不是一道指令，”他现在解释上了，“还没有经议会批准。这是一个要求。”

我诧异了，大声地说，我们怎么能真的在我们同伴的背上捅一刀又冲他们的脸上吐唾沫呢。

伯纳德插话进来：“您不可能在人家背上捅一刀的同时又往他们脸上吐唾沫。”我就当他在努力帮忙吧。

我越是想这件事，就越是意识到汉弗莱的计谋是真正透着才干的。公然反抗布鲁塞尔在这个国家是非常受欢迎的，会成为一个大新闻，而且会证明我的双肘是有力的。

我告诉汉弗莱这是个好主意。

“您会这样做吗？”他问。

我不想仓促行事。“让我想想，”我说，“毕竟，这意味着要放弃……”我不知道该用什么词。

“食槽？”他主动提供。

“不，那不是我的意思。”我冷冷地回答，尽管那就是我的意思。

反正他知道是，因为他说：“紧要关头，大臣，一个人必须把祖国放在首位。”

总体说来，我想我同意这一点。

7月23日

吉姆修理了他们!
大大激励了英国!

> 行政事务部首脑吉姆·哈克今天对共同市场施以颜色。他在一次将广受全国上下一致欢迎的行动中告诉我们的欧洲同伴，不列颠要在信息技术上单干。

我拒绝欧共体的要求真成了一条大新闻。事实上是一次伟业。尤其是我还配上了一篇颇具沙文主义味道的反布鲁塞尔演说。畅销报刊喜欢这个，但是我担心我已经无法挽回地破釜沉舟了——我想我不会再轻易得到人家主动提供的专员了。

但愿这能成功。

7月26日

今天改组宣布了。弗雷德果然被踢上去了，巴佐尔·科比特去了劳动就业部，我原地不动——还在行政部。

汉弗莱第一个闯进来告诉我他有多高兴我能继续留任。

“我知道我也许不该这么说，但我个人会因为失去您而深感遗憾的。”他告诉我这是他的肺腑之言。

“是呀，”我亲切地说，“我们真的越来越喜欢对方了，不是吗，就像恐怖分子和人质。”

他点点头。

“你们哪一位是恐怖分子？”伯纳德问。

“他是。”汉弗莱和我异口同声地说，互相指着对方。

然后我们都笑起来。

“顺便问一下，”我说，“如果我去布鲁塞尔，谁会来接替我的工作？”

“我完全不知道。”汉弗莱说。

但伯纳德说：“您不是告诉我是巴佐尔·科比特吗，汉弗莱爵士？”

我们短暂的友好情绪被浇了一桶冷水。汉弗莱看上去比我任何时候见过的都要窘迫，难怪他会因失去我而感到那么遗憾呢。

我看着他要一个确认。

“巴佐尔·科比特？”我问。

“是，大臣。”汉弗莱爵士说。他的脸红了。

13. 生活质量

[9月初，汉弗莱·阿普尔比爵士开始同那家德斯蒙德·格莱兹布鲁克爵士担任董事长的商业银行洽谈。德斯蒙德爵士已于3月由哈克任命为合作委员会主席，在阿普尔比的鼓动下，旨在将二人从“索利赫尔报告”丑闻事件解脱出来（见第七章《任人唯亲》）。

9月间汉弗莱爵士同银行洽谈的是自己在三四年后退休时去该银行董事会任职的事。汉弗莱·阿普尔比爵士至今未获大十字勋章，也尚未解决自己退休后的适当职务。近期与阿诺德·罗宾逊爵士的几次接触（见第十章）表明，虽则他也并非不可能出任下届内阁秘书，但恐怕也不会是首选。他向以反欧洲闻名，所以似乎也不大可能受邀去布鲁塞尔担任署长。因此他至为急迫地要确保德斯蒙德爵士银行中的董事职务。——编者]

9月14日

今天报上对我昨晚关于环境问题的演讲有精彩报道。

两家高水准日报上的标题是“哈克直言反对高层建筑”和“大臣勇敢地把高层建筑踩在脚下”，虽然后者确实让我听上去更像哈罗德·劳埃德，而不是一位王国大臣。不过，被一家报纸称为勇敢的确是赞誉。

但是这些上流报纸的所有版面再好，也好不过选票。大众报纸都没有刊登我的演说，我的照片也有几个星期没上发行量广的日报了。

所以我把新闻官比尔·普里查德叫来，请他出点主意。他考虑了一阵子。

“这个，”他建议道，“报纸一向喜欢登美女的照片。”

好主意。不过我指出，他可能没注意到，我在这方面是没资格了。但他继续建议我出任一次泳装美女竞赛的裁判，亲一下优胜者之类的。这确是个廉价的噱头，而且实在太老套了。再说，如果我的照片登在报上，我希望读者注意的是我。

于是他又提议动物和孩子。他指出明天对一家城市农场的访问，差不多肯定会收到良好的宣传效果。显然会被《镜报》《每日邮报》《每日快报》《太阳报》《今日报》以及《举国上下》节目竞相报道。

这真是妙极了。电视报道是最好的，这个当然。像城市饲养场这样引不起什么争议的地方，也不可能有什么潜藏的危险。

比尔告诉我，苏·劳里想采访我。还有《太阳报》特别要求我和小驴儿一起拍照。

有时候我觉得他一点头脑都没有！即使《太阳报》没有什么不可告人的动机（对此我持怀疑态度），这也等于是便宜了《私人侦探》报——“吉姆·哈克与其他一群驴子”或者“内阁核心会议”。

我拒绝了。他提议用小猪来代替。我不觉得让我和一群小猪一起拍照就能好到哪儿去！这会引起“猪嘴拱进食槽”之类的笑话。

我告诉比尔头脑要清醒一点，并且同意和苏·劳里或者一头可爱的毛茸茸的小羊羔一起拍照。除此之外绝对不行。

［政治家通常都尽量避免在可能让自己闹笑话的场合公开露面。举个例子，哈罗德·威尔森在1960年代后期任首相期间，他的几个顾问建议他不要去“屋顶小提琴”音乐厅，因为可能会惹出关于他领导作风的笑话。他也避免去“乡间一个月”游乐场，因为担心这会引起危险猜测，说他要解散议会，举行大选。[①]——编者］

今天上午晚些时候，在我的工作例会上，伯纳德说德斯蒙德·格莱兹布鲁克爵士想在明天同我紧急会晤。他是个荒唐的老傻瓜，一直在发表反政府言论。不幸的是，我任命他做了工业合作委员会主席——我别无选择。［见第七章。——编者］

格莱兹布鲁克想跟我谈他要给他们银行已经决议的新办公大楼再添若干层的申请。

显然他还没看今天上午的报纸！

这恰恰是我们要阻止的事情。总得有人站出来为拯救我们的

---

① 乡间”英文为 country，而举行大选的英文则为 go to the country。——译者

环境说话，我就要做这个，无所畏惧也无所偏袒。这是正确的事情。而且，也会很受欢迎。

[当天晚些时候，伯纳德·伍利把这次同哈克的谈话向汉弗莱·阿普尔比爵士做了汇报。他知道阿普尔比约了德斯蒙德·格莱兹布鲁克爵士一起喝茶，讨论银行的新高楼，他觉得有必要让汉弗莱爵士了解大臣反对的程度。

我们从汉弗莱爵士的私人文件中发现了一篇有关此事以及阿普尔比同格莱兹布鲁克会面的报告。——编者]

伯向我报告，为了上报纸，大臣要勇敢地把高层建筑踩在脚下。我希望他没有恐高症。看来哈克为了让自己的照片见报什么都愿意干。

与德斯蒙德爵士一起喝茶，告知他事情看上去希望不大。他很惊讶。我说显然他今天早晨还没看《金融时报》。

"从来不看。"他告诉我。我很惊讶，他毕竟是个银行家。

"看不懂，"他解释说，"里头全是些经济理论。"

我问他为什么还买来夹在胳膊底下随身带。他解释说，这相当于职业装扮的一部分。他说他花了三十年才弄明白凯恩斯的经济学理论，然而就在他终于搞清楚这里头的玄机时，大家又开始热衷于新兴的货币主义思想了。比如米尔顿·舒曼写的《我要自由自在》这些书。

估计他指的是米尔顿·弗里德曼的《自由选择》，不过我和他有同感，也同样怀疑。

他问我为什么他们都叫米尔顿，又说他还是非常喜欢米尔顿·凯恩斯。我纠正他："是梅纳德·凯恩斯。"他说他敢肯定，确实有个叫米尔顿·凯恩斯的人，我觉得这番谈话到这份儿上就该结束了，于是我打开他那份《金融时报》，把我们大臣昨晚对建筑协会发表的攻击摩天大楼建筑群的演讲指给他看。这篇演说赢得了公众的大量赞誉，但现在对我们来说却是个难题。

德斯蒙德爵士坚持说银行的新大楼不是摩天大厦。不过按照目前的设计已经有三十八层了，而且他还要再加六层。

另一方面，大臣却在说可以容忍的最高楼层是八层。

大臣还受到他们政党竞选宣言的进一步鼓舞，其中承诺要阻止更多的高层建筑物。不过这个问题比较容易处理。我向德斯蒙德爵士解释说，每一个大臣都和他手下的资深官员有一点默契：如果一位大臣愿意帮助我们执行与他的承诺（即这位大臣一就职就能够明白那显然不可取而且/或者不可行的那种政策）相反的政策，那么我们就会帮助他假装他其实是在做宣言中答应要做的事。

［**我们的确幸运，汉弗莱爵士身为一名文官受到的训练——把一切事情都写下来的训练——使他能为后代子孙记录下文官在1980年代所遵循的态度和手法，这些态度和手法为宪法所不容，因而都在暗中施行。——编者**］

德斯蒙德说，在他看来，这是合乎情理的折中办法。的确如此。遗憾的是，合乎情理是你在评估一名正常水平的大臣时，不会首先想到的一种素质。［**哈克是一个水平非常正常的大臣。——编者**］

德斯蒙德试图向我施加压力。他透露了有关我们今后合作计划的暗示。我让德斯蒙德放心，虽然本周内他不会得到哈克的批准，而且这事很棘手，但我确信会找到办法来改变任何不利的决定。

德斯蒙德想不明白，他认为一个决定就是一个决定。我解释道，一个决定只有在它是你要的决定时才算是一个决定。否则的话，当然，就仅仅是一个暂时的挫折。

大臣们就像小孩子。他们的行动都凭一时高兴。今天他们非得要某样东西，明天他们就忘了他们要过这东西。就像为一块布丁闹脾气那种小孩儿——今天碰都不要碰，明天却要吃双份。他理解了这一点。

德斯蒙德问我是不是打算告诉他我打算拒绝接受他的决定。这人确实笨！我解释说，恰恰相反，我一开始要热心接受哈克的决定。然后我会要求他把具体事情交给我办。[阿普尔比文件 97/JZD/31f]

[哈克的日记继续下去。——编者]

9月15日

今天我们和德斯蒙德·格莱兹布鲁克爵士举行紧急会晤。进行得极其令人满意，没出什么问题，很大程度上是因为我提前同汉弗莱爵士碰过头，确认他会通力合作并支持。

开会前汉弗莱突然进来匆忙说了几句话，概述了格莱兹布鲁克要建银行大楼的情况：

1）在该区域内已经有了几幢高层塔楼。

2）他们的国际部在迅速扩大需要空间，而国际业务带来有价值的无形输出。

3）银行需要集中的营业点，他们不能把部分业务移至他处。

4）这将为本市带来额外的税收。

这并非无礼要求。但是，正如我向汉弗莱指出的那样，这是典型的银行逻辑，钱，钱，钱！那环境呢？美观呢？

汉弗莱表示赞同。“的确，大臣，”他附和，“确实需要美观。”他告诉伯纳德把这一点记下来。

我看得出我胜券在握了。“那我们的孩子呢？还有我们的孩子的孩子？”

他再次附和，并且告诉伯纳德务必记下“孩子的孩子”。

“你为谁效劳，汉弗莱？”我问，“上帝还是财神？”

“我为您效劳，大臣。”他回答。

相当正确。我让伯纳德把格莱兹布鲁克请进来，这时汉弗莱对我说：“大臣，一切由您做主。一切由您做主。”我想他总算弄明白这一点了！我才是头儿！

德斯蒙德·格莱兹布鲁克和一个名叫克劳福德的建筑师带着全套计划进来了。他们一开始就解释说，他们会在晚些时候提出正式申请，但是现阶段，我的任何指点都将令他们不胜感激。

这个容易。我告诉他们，我对那些高层建筑深感忧虑。

“见鬼，这是我们赚钱的地方，”德斯蒙德爵士说，“再加六层，我们就真发大财了。不加的话，我们整个工程就只有少得可怜的 28% 的赚头。”

我冷冷地注视着他："只是赚钱，是吗，德斯蒙德爵士？"

他看上去困惑不解。"不只是赚钱，"他说，"是赚大钱！"

"除了钱，你考虑过别的什么吗？"我问他。

他又显出完全茫然无知的样子："没有。为什么？"

"你不考虑美观吗？"

"美观？"他完全不明白我所说的，"这是一幢办公楼，不是一幅油画。"

我坚持下去。"那环境呢？"我质问。

"这个……"他说，看向汉弗莱求助。汉弗莱爵士，值得赞扬，一点也没帮他。"好，我向你保证，我们一定让它成为环境的一部分。我是说，它肯定会，既然它出现在那里了，不是吗？"

我已经做出我的决定。"回答是不。"我坚决地说。

那个叫克劳福德的建筑师插嘴了。"有件事，大臣，"他胆怯地说，"你可能记得报纸上说过，类似的许可已经给了纽约渣打银行，所以要拒绝一家英国银行……"

我还不知道这事。伯纳德或者汉弗莱本该给我介绍更全面的情况。

我一时未做回答，于是德斯蒙德爵士插嘴问：

"所以说最终还是可以的，是不是？"

"不，不可以。"我厉声说。

"为什么不可以？真他妈的！"他质问。

我一时卡壳。我必须尊重我们宣言中的承诺，而且昨天我的演说已被广泛报道，我已经无路可退了。可是如果已经给了一家美国银行许可……

感谢上帝，汉弗莱来解救我了！

他流利地说："大臣已经表达过他的关注，更多的高层建筑会让天空更零乱。"

我感激地抓住这一点。"让天空更零乱。"我用相当强调的语气重复一遍。

"他还担心，"汉弗莱爵士继续说，"该地区更多的办公人员意味着给公共交通系统施加过大的压力。"

他看着我寻求支持，于是我表明我的确担心公共交通。汉弗莱真的极富创造力，很令人感叹。

"更何况，"汉弗莱说，到这会儿他已经止不住话头了，"大臣指出，大楼会挡住这儿圣詹姆斯小学运动场的阳光……"（他指着地图）"会俯视几处私人庭院，这是对隐私权的侵犯。"

"隐私权。"我热心附和。

"最后，"汉弗莱说，红口白牙地撒了个谎，"大臣还指出，非常敏锐地指出，如果我可以这么说的话，你们银行在不远处就有一块能满足你们扩大业务需要的空地。"

德斯蒙德爵士看着我。"哪儿？"他问。

我用手指乱指了一下地图。"这儿。"我说。

德斯蒙德凑近了看。"那是条河，不是吗？"

我摇摇头，假装表示对他的笨拙不耐烦，这时汉弗莱又一次使我转危为安。"我想大臣指的是这块地方。"他说着，精确地指了出来。

德斯蒙德爵士又看了看。

"是我们的吗？"他问。

"是，确实是，德斯蒙德爵士。"克劳福德小声耳语。

"我们要干什么用？"

"安排的第三期工程。"

德斯蒙德爵士转向我说，仿佛我没听见似的："这儿安排的是第三期工程。再说，那地方至少在四百码以外。董事们要走四百码去吃午饭是件难事。吃完饭再走四百码回头路根本没可能。"

我觉得我为这毫无意义的会晤花的时间已经足够多了。我结束了会晤。

"好吧，就这样了，"我说，"你们还是可以提出你们的正式申请，但我确定这就是我的决定了。"

伯纳德给德斯蒙德爵士开了门，他不情愿地站起身。

"要是我们另外设计一个米布丁呢？"他说。

我想他肯定是提前老年痴呆了。

"米布丁？"我问。

汉弗莱插进来，一如既往地灵活得体："这是……呃……是银行家称呼高层建筑物的行话，大臣。"

"是吗？"德斯蒙德爵士问。

可怜的老家伙。

他离开后，我感谢汉弗莱的所有帮助。他看上去由衷地高兴。

我强调我对他的感谢，特别是因为我知道他和德斯蒙德·格莱兹布鲁克是老朋友。

"我们相识很久了，大臣，"他回答，"但即使是终生的友谊，与文官支持其大臣的责任相比也不值一提。"

再一次相当正确。

接下来我必须得去赶我的农场公开秀了。

我临走前，汉弗莱一定要我签一份文件，他说很紧急，是一项正式确认政府有权临时征用某些什么东西的行政命令。他对我做了一番冗长费解的说明，告诉我为什么没有提交下院而是让我签署。就是些官样文章而已。

但我希望他不要老是在明明看到我已经来不及赴约的时候向我解释这些东西。

倒不是因为这是什么要紧事。

伯纳德·伍利爵士（与编者谈话时）回忆：

哈克彻底被汉弗莱爵士耍了，而且完全没意识到。

前面说的那个行政命令是确认政府对属于地方政府的闲置土地有临时征用权，征用时间截止到本地区开发计划实施，到时土地当然要归还地方政府。

回答哈克提出为什么不提交下院这个问题的时候，汉弗莱爵士给出了正确的回答，他解释说如果是法令性文件，那么的确必须正式提交下院讨论，四十天，这是假定其为否定性命令时的情况，因为肯定性命令必须投票表决。但事实上这并非法令性文件，甚至也不是枢密令，而仅仅是根据《环境管理法》第七款第三分款所发布的行政命令，这一法规条款当然是个授权部分，准许大臣有权制订这种影响小规模土地使用的规章。在法规的一般框架之内，这些规章可能会时不时地显得有必要加以制订。

他解释了所有这些之后，哈克显然没有听懂，他又幽默地补充了一句："我确信您一定能清清楚楚地记起来，大臣。"阿普尔比真够无赖的！

不过我必须得说，那天下午我也没明白此举的全部含义。那时候我甚至不能充分理解为什么汉弗莱要以紧急为借口说服哈克签署那份文件。

“其实并不紧急，”他事后向我解释，“但很重要。任何把大臣的决定权移交给我们的文件都是重要的。”

我问他为什么。他理所当然地斥责我迟钝。把决定权交给文官有助于使政府脱离政治。也就是说，按照他的观点，这是不列颠赖以存在下来的唯一希望。

当然，从某种意义上看，说紧急也是实情，因为不论任何时候你想要一位大臣不问太多问题就签署什么东西，那就最好等到他急着要去办什么事的时候。那是他们的精神最不集中的时候。大臣们匆忙的时候通常就是他们有机可乘的时候。

当然，这也是为什么我们总是让他忙个不停。

［哈克当天的日记继续下去。——编者］

为演说找个话题总是很难。我们必须得做大量的演说，这是当然——地方政府选举、补缺选举、大伦敦市政委员选举、乡村募捐游乐会或是新养老院的开幕式，我的选区里每个周末都会有点事。

我们必须设法找点儿什么可说的。但又不能是特别新鲜的事，否则必须先在下院里说，也不能是特别有趣的事，否则我们早就在电视或者广播里说过了。我总希望部里能编点什么给我说，某些我们政府人士不管怎么都能说的事。

同样地，你还必须注意，别让他们急切下编出什么该死的蠢话来，毕竟，起立致辞的是我。

绝大多数文官都不能起草演说词，但他们（偶尔地）也能找些好果子给我，而且每次都能提醒我不要踩到西瓜皮。

今天我打算发表一个涉及环境的概括性演说，近来我发表过不少这类演说，而且似乎挺对大家的胃口。

在城市农场，我们受到一位活跃的中产阶级女士菲利普斯太太的迎接。她是农场主管。我们一行人只有我、新闻处的比尔·普里查德和伯纳德。

我们被三番两次地要求把车开进指定地方，好让电视台的人拍摄我们到达的镜头。

第三次似乎合了他们的意。菲利普斯太太用一小段异常不得体的讲话欢迎我们，大意就是：感激诸位光临，我们试图邀请各界名人来访，但是其他人都不肯来。

我转向 BBC 的摄影师告诉他停机。他还在拍，放肆的小矮子！我又说了一遍，后来导演喊“咔”他才终于停机了。我指示导演把菲利普斯太太不得体的致辞全部剪掉。

“可是……”他说。

“没有可是，”我告诉他，“拍摄执照费，记住。”当然我是用玩笑的语气说的，但我们两人都知道我没有在开玩笑。拍摄执照要续费的时候，BBC 总是比较容易对付的。

我想我的内行以及不容置疑的态度一定让他印象深刻。

我们走了进去。

我知道我对城市农场没什么了解。再说，人们总是喜欢谈论自己和自己的工作，所以我对菲利普斯太太说：“跟我说说这些。”这会儿她怀里正抱着一头小猪崽。

“这是一头小猪。”她回答。蠢驴一般的女人，或者也许我该说蠢猪一般的女人。[①]

我告诉她跟我说说农场。她说这样的城市农场有五十多个，都建在市区的荒地上，为了让难得见到乡村的孩子们有机会了解家畜和食物的生产。是个好主意。

我在会见饲养场工作人员时，和菲利普斯太太，和孩子们还和小猪们一起拍了照。[个个都很做作。——编者]然后就到了我发表演讲的时候。

有一阵子小小的尴尬，是在我意识到伯纳德给我拿错了演讲稿的时候，不过很快就克服了。

伯纳德·伍利爵士（与编者谈话时）回忆：

"小小的尴尬"根本不足以描述当时人们对哈克演讲的普遍反应。

当时搞不清楚究竟是谁拿着他的演讲稿，我还是他。我清楚地记得交给了他。他不承认，还要求我再看看我的公文包。里面真有一篇他的演讲稿。他一把抓起来就念。

[演讲稿已经在行政部的档案中找到，我们把它附在下面。——编者]

"非常高兴今天和你们大家在此共聚一堂。大家知道，世界日新月异，我们生活在一个变化中的世界，小小的芯片正在改变我们的生活。生活质量的问题正变得越来越重要：

---

① 哈克少见的笑话之一。

环境、资源、污染、我们的孩子的未来以及我们的孩子的孩子，这些都是今天的重大问题。

人们对高层建筑越来越关切，这是十分正确的，我很高兴能向你们在座的所有建筑协会的成员保证……”

是的，的确，哈克就高层建筑问题向建筑协会讲过话之后，还坚持要看这篇讲稿，并把它放进了我的公文包。

有一阵尴尬的停顿，这时我小声告诉他今天的讲稿确实在他那儿。

他摸了一下内兜，找到了城市农场的讲稿，并开始念起来。

不幸的是，这让原本就相当尴尬的局面升级了。

“非常高兴今天来到这里的农场。大家知道，世界日新月异，我们生活在一个变化中的世界，小小的芯片正在改变我们的生活。生活质量的问题正变得越来越重要：环境、资源、污染、我们的孩子的未来以及我们的孩子的孩子，这些都是今天的重大问题。

城市农场对于市区孩子生活方式是一个受欢迎而且十分重要的补充，我们政府工作人员认为这些农场对孩子们的教育和社交生活都能发挥重大作用，我们将尽一切努力来促成这一行动的兴旺发达。”

[哈克的日记继续下去。——编者]

我讲话之后接受了《举国上下》节目主持人苏·劳里的采访，她和比尔事先安排了孩子和动物团团围绕着我们。

就在他们忙着为大家布置拍摄位置的时候，菲利普斯太太问我，她是不是真的能够得到我的支持。我告诉她当然她可以。她接着向我说明，他们的租约年底就要到期了，他们需要延长下去。

我不能让自己太直接地卷进去。我去那里为的是搞点个人宣传，而且我对整个情况不甚了解。所以我指出这个租约其实不在我的权限之内，但我会尽我所能帮助城市农场运动兴旺发达。我只是用极为笼统的措辞谨慎地陈述了这个意思。

接着采访就开始了，就在这时一个又脏又臭、非男非女，嘴里还叼着个黏糊糊的棒棒糖的小孩被放到了我的膝盖上。我努力表现出愉快的样子来掩盖我的厌恶——我担心这才是原本自然流露出的表情。

苏·劳里问了菲利普斯太太第一个问题："主管，我了解到，这家美妙的城市农场的租约年底就要到期了。"

我听到菲利普斯太太的回答时几乎不敢相信自己的耳朵。她说："是呀，我们一直很担心这件事，不过我刚跟大臣——哈克先生谈了一下，他已经表示他会保证让农场继续下去。"

我惊恐万分，尤其是当苏·劳里转向我并问我怎样保证让城市农场继续下去时。

我开始修饰菲利普斯太太说过的话，用通常的敷衍辞令，比如"让我们对此有个非常清楚的认识"和"到最后关头……"等，但是当摄像机在转动的时候，我不管怎样都觉得没法否认她所说的话。相反，我听见自己在说："生活质量的问题变得越来越重要：环境、资源、污染、我们的孩子的未来，以及我们的孩子的孩子，这些都是今天的重大问题。"

[我们发现了以下一系列备忘录，是此后数天内在财政部第二常任秘书弗兰克·戈登和汉弗莱·阿普尔比爵士之间彼此交换的，见下。——编者]

财政部第二常任秘书弗兰克·戈登爵士写的便条：

亲爱的汉皮：

昨天晚上在电视里看到了你们那位伙计，怀里搂着一只兔子。显然是把自己当塔村区的圣弗朗西斯了。他也在争取啮齿类动物的选票吗？

我仍然极度关注塔楼停车位紧缺的问题。这是现在征募国税督察员的一个严重障碍。

有无解决的可能？

你的弗兰克

9月16日

汉弗莱·阿普尔比爵士的回复：

亲爱的弗兰克：

问题已经解决，两天前我得到授权使用塔楼后面1.5英亩的地方政府土地。此地租约将满，且无使用计划。

正式通知将于适当之时送达——车轮在转动。

你永远的

汉皮

9月16日

弗兰克爵士的回复：

亲爱的汉皮：

你是说根据第七款第三分款，你拿到了使用命令？

弗兰克

9月17日

汉弗莱爵士的回复：

亲爱的弗兰克：

正如我们的美国盟友常说的，affirmative。场地目前正被用作小学生的城市农场，正是圣弗朗西斯去访问的地方。

可以论证说这种地方不卫生，危及公共健康等。

我建议你在续约以前迅速动作。

你永远的

汉皮

9月17日

弗兰克爵士的回复：

亲爱的汉皮：

多谢帮忙。这不会让圣弗朗西斯身陷窘境吗？还是这正如你所愿？

弗兰克

9月20日

汉弗莱爵士的回复：

亲爱的弗兰克：

是的。

你永远的

汉皮

9月20日

［我们还发现了一张寄到德斯蒙德·格莱兹布鲁克爵士在凯铎冈广场住宅的便条。——编者］

亲爱的德斯蒙德：

我想我已经找到如何让大臣吃下他的米布丁的办法了。

你永远的

汉

9月20日

［哈克的日记继续下去。——编者］

9月20日

由于某种原因，上周的《旗帜报》没有登我访问城市农场的报道。

不过今天我得到了两页的版面。好极了。一张照片是我和一只鸭子，另一张照片是我和一个混血小女孩。对我和我们部，都是很棒的宣传。

我正忙着讨论访问其他城市农场的可能性——伯明翰、曼彻斯特、格拉斯哥、纽卡斯尔。最好是在特别开发区［优势微弱选区的又一个委婉称谓——编者］。

这个愉快的交谈被粗暴地打断，伯纳德宣告那个讨厌的菲利普斯太太正在外面私人办公室里，要求见我。

我不明白怎么回事，然后伯纳德告诉我今天上午宣布城市农场即将关闭。这是个爆炸性事件。

“土地租约年底期满，要变成停车场了，”伯纳德告诉我，“给国税督察员用的。”

比尔和我都知道会出现什么样的标题——“儿童和动物被税官赶走”“哈克背叛电视承诺”这类内容。

我告诉伯纳德这实在不该允许发生。“哪个白痴授权这么做的？”我问。

他不自在地盯着他的鞋子。“恐怕，呃，是您授权的，大臣。”

看来是我两天前签署的那道行政命令，就是汉弗莱说如此紧急的那个，授予了政府部门接管地方政府土地的权力。它在白厅以第七款第三分款闻名。

我叫人去找汉弗莱。我告诉伯纳德立刻把他找来，并指出这快成本世纪最惨的灾难了。

“还有两次世界大战呢，大臣。”伯纳德拿起话筒的时候说。我干脆叫他闭上嘴，我没心情去理会这种自作聪明的以下犯上。

“在海滩上打仗是一回事，”我吼起来，“把惹人疼的动物和小孩赶出去，给税务督察员的汽车腾地儿，是另一种可怕的事情。”

汉弗莱一到就开始祝贺我在电视上露面。他把我当成什么样的傻瓜了？我没理他的废话并要求他做出解释。

“啊，是呀，”他流利地说，“财政部根据《环境管理法》第七款第三分款……”

“这事必须制止。”我粗暴地打断。

他摇摇头，叹了口气：“不幸的是，大臣，这是财政部的决定，不在我们的权限之内。”

我说我要撤销那个命令。

“那个，不幸的是，”他回答，忧郁地摇摇头，“不可能。或者说非常困难。或者说极为不可取。或者说需要立法手续。其中之一吧。但无论如何，都不可能在命令生效期内将一项已经采取的措施作废。”

正当我在琢磨这个可疑的解释时，菲利普斯太太闯了进来。

她用上了全副唱瓦格纳歌剧的嗓门。“他就是在跟女王和教皇说话我也不管。”她冲着我门外某个倒霉的行政人员高喊。她穿过房间冲着我大步走来。“犹大。”她一上来就这样招呼。

“冷静点。”我坚定地回答。

“你保证过要支持我们。”她咆哮着。

“嗯，是，我是。”我被迫承认。

“那你就必须得让我们续约。”

汉弗莱爵士试图为我们调解：“遗憾的是，亲爱的女士，这不在我们大臣的权限……”

她没理他，对我说：“哈克先生，你已经应许过。你打算履行吗？”

被撂在这儿了，我真的有点身陷绝境。我尽我所能要模糊事态。

“是的，”我说，“因为，这个，我肯定会……你知道，准确说来我并没有应许过什么，就是说，我会寻求一切途径，做出一切努力，尽一切人力所能及——”反正就是带这些意思的话吧。

菲利普斯太太并不是傻瓜。“你是说不！”她说。

我实实在在地无言以对。我说：“不。”这又好像有点太明确了，于是我说：“不，我是说是。”这又好像太危险，于是我又补充说：我说不的本意不是不，不是绝对的不，不。

然后——又一个爆炸性事件！“不要说我没警告过你，”她说，“我丈夫是《每日快报》特别报道的副编辑。明天早上你的名字就成臭大粪了，你会被全国新闻界口诛笔伐。”

她昂首摔门而去之后，房间里陷入一片寂静。浓浓的愁云惨雾笼罩着我们几个——或者至少是笼罩着我。终于，汉弗莱爵士恢复了说话能力：“基本上没有人，”他鼓励地说，“可以在二十四小时之内既当圣弗朗西斯，又当圣女贞德的。”

我必须得阻止农场被关掉。但是怎么做呢？显然我从我的常任秘书那儿得不到帮助。

9月21日

今天《每日快报》上没有什么报道，这使我稍微松了口气。但我不相信他们会放过这事。

我到办公室时，有个消息要我打电话给那家可恶的报纸。

还有一个消息说德斯蒙德爵士紧急求见。我向伯纳德提议下星期见他，但似乎他就在楼下等着了！真惊人。

于是伯纳德让他进来。汉弗莱也出现了。

我们都聚齐了以后，格莱兹布鲁克说他刚刚想到一个主意：让他的银行再添九层楼！我正想一脚把他踹出去，他却解释道，如果再多九层，银行就可以把第三期工程推迟七年。这就会留出一块空地。

“怎样呢？”我没弄懂他的意思。

“是这样，”他说，“一两天以前我在《金融时报》上看到你访问那家城市农场的报道。我觉得这是个好事。你看，我们第三期用地离那儿只有二百码，所以可以用这儿扩充农场。或者如果他们要搬家……不管出于什么原因……这儿实际上地方还要大一点儿……我们想把它叫做詹姆斯·哈克爱护动物保护区……”（他和汉弗莱交换了一下目光）“就是，反正是动物保护区，九层楼其实也算不上什么，是不是？”

显然他们是串通一气的。但这也明明白白是条出路。如果我给他们造一幢高层银行大楼的许可，他们就会让城市农场办下去。

真是不可思议，我想，我当初竟以为汉弗莱会站在我这边反对他的老朋友格莱兹布鲁克。可是，格莱兹布鲁克并不真的是汉弗莱的同类，他肯定抓住了汉弗莱什么把柄……我想知道是什么。

与此同时，我必须得想出几条正当的理由来批准那幢高楼——而且要快。正式申请一时半会儿还送不进来，但是在伯纳德面前，我觉得我必须得想出一些可以保全脸面的解释。还好，每个人都挺投入的。

“你知道，汉弗莱，”我开始说，“我认为政府在压制小企业的做法上应当谨慎。”

伯纳德说：“银行可实在不是小企业。”

“要是我们压制它，它就成小企业了。”我坚定地说，把他噎了回去。他看上去一脸困惑。“伯纳德，”我若无其事地说，“已经有这么多摩天大厦了，再多一幢又会怎样呢？”

“的确如此。”汉弗莱赞同。

“让我们立刻宣布消息吧。”我继续说。

于是我们大家一致同意，高层建筑将解决两方面的问题：它能为那所小学遮阳，公共交通系统也将得到额外收益。至于隐私嘛——这个，让人们在自家花园抬头就能看见办公室里的活动不也是一种乐趣吗？

“毕竟，”我意味深长地补充说，“在办公室里总是有些异乎寻常的活动，是不是汉弗莱？”

他有雅量地笑了。“是，大臣。”他附和。

14. 忠诚问题

9月27日

我明天要去华盛顿做一个正式访问。原本我觉得对我来讲离开整整一个星期完全没有必要，但是汉弗莱爵士坚持说，如果我在那儿多耽搁一段时间以获得外交上的最大利益将会有巨大价值。

我在大会上要发表有关行政管理的演讲。助理秘书之一——彼得·威尔金森给我写了一篇出色的讲稿。包括这样的话："英国政府行政管理机构堪称忠诚、正直和效率的典范。我们正在与浪费进行无情的斗争。我们要把官僚主义降至最小。这是英国能够传授给全世界的经验。"强有力的话！

不过，昨天我问汉弗莱我们能不能证明这些话都是真的。他回答说一个好的演讲并不是一个能证明我们在讲真话的——而是一个没人能证明我们在说谎的。

好想法！

我希望这篇演讲能在伦敦各报全文刊载。

伯纳德·伍利爵士（与编者谈话时）回忆：

我清楚地记得汉弗莱·阿普尔比爵士亟欲让哈克到什么地方去公费旅行一趟。随便什么地方。

他感觉到哈克开始对工作掌握得太多了。这使我感到高兴，因为这让我的工作变轻松了，但是却引起了汉弗莱爵士的强烈不安。

我其实相当遗憾错过了华盛顿的公费旅行，但汉弗莱爵士坚持让哈克带一名需要增长一些独立工作经验的助理私人秘书去。

他离开五六天之后，我被叫到汉弗莱爵士的办公室。他问我有没有好好享用大臣离开的这一个星期，而我——相当幼稚地——说这让事情有点难办了。

很快就表明我说了错话。当天下午我收到了汉弗莱爵士手写的一份备忘录，告知我大臣不在的好处，并要求我牢牢记住。

［幸好伯纳德爵士把这张备忘录保存在他的个人文件里，我们复制如下，是写在汉弗莱的纸边状便条上的。——编者］

伯纳德：

大臣不在是理想状态，因为这能让你正常工作。

（1）没有愚蠢的问题；

（2）没有新奇的想法；

（3）没有被报纸上的内容引出的大惊小怪。

一个星期不在，加上事先的情况介绍以及他回来后汇报工作并补上积压的工作，就意味着可以有两周都让他摸不着部里的工作。

此外，大臣外出是不向他报告我们不想报告之事的最佳掩护——而且此后六个月内，如果他抱怨有什么事情没向他汇报，就告诉他这是他外出期间的事。

[伯纳德爵士继续说。——编者]

不管怎么说，1970年代和1980年代高峰会议数量不断攀升的背后原因就是文官认为这是让国家正常运作的唯一办法。把所有权力都集中到十号，然后再把首相送出去——欧共体高峰会议、北约高峰会议、英联邦高峰会议，任何地方！这样内阁秘书就可以继续正常执行管理国家的任务。

就是在这个会上，我们讨论了彼得为大臣写的要在华盛顿会议上发表的演讲稿。

我提出，虽然彼得是个非常不错的小伙子，而且可能在某些方面干得也非常不错，但这篇演讲稿恐怕对听众来讲是非常乏味的。

汉弗莱爵士立即赞同。他认为这篇演讲会让听众极为厌烦，要从头听到尾都坐不住。

尽管如此，他对我解释说，这仍是一篇出色的演讲稿。我明白了演讲稿并不是为听众写的。发表演讲仅仅是个必须完成的形式，为的是新闻稿能在报上发表。

“我们不能操心娱乐听众的事，”他向我解释，“我们不是在给一个喜剧演员写台词——好吧，至少不是给一个职业喜剧演员。”

他强调说演讲的价值在于它在公开场合说出了正确的话。一旦演讲见报，大臣就有责任在特别委员会面前为文官进行辩护。

我立即为大臣辩护，说他总是在为我们辩护的。汉弗莱爵士怜悯地看着我，并且说在对他自己方便的时候他当然是这样做的——但是，在出了问题的时候，一个大臣的第一本能反应就是背叛他的部。

因此，文官在起草一位大臣的演讲稿时，首先关注的就是把他的裤子钉死在旗杆上——不是他的旗子，而是他的裤子——这样他就下不来了！

一如既往地，汉弗莱爵士的推理被证明为正确——但是，也像事情常常发生的那样，他没有考虑到哈克卑鄙狡诈的天分。

[哈克的日记继续下去。——编者]

10月4日

今天我从华盛顿回来了。这次访问总体来说相当成功，虽然我必须得说我的演讲并没有让他们激动不已。我不应当让部里的人来写讲稿——他们写得出适当的内容，但总是写得超级枯燥乏味。

我面对一大堆积压下来的工作，成堆的红盒子，半吨重的内阁文件，几百份备忘录、会议记录和请示报告需要赶着处理。

我怀疑我能不能真的赶完这些，因为明天我还得去面对一个特别委员会，而且事先还得看一下那份重新起草的关于编制等级的文件。不光是看一下，还要看明白。不光是看明白，还要记下来。而且这是一个次级副秘书写的——因此它用的不是英语，而是次级副秘书语。

不过，至少报纸确实报道了我的演讲，所以也挺好的。

汉弗莱闯进来欢迎我回家，并且向我简要介绍了特别委员会的情况。

“您确实了解这次听证会的重要性吧，是不是？”

“当然我了解，汉弗莱。媒体会来。”我解释。

[和许多政治家一样，哈克似乎只有在报纸上看到有关自己的消息时，才相信自己的存在。——编者]

“这不光是媒体的问题，”他说，“这是对本部未来行动的一次审查。如果我们在这次听证会中显露出铺张浪费或者不称职……”

我提出一个尖锐的问题打断了他：“那我们有没有铺张浪费或者不称职呢？”

“当然没有，”他相当愤慨地回答，“但是委员会里有几个跟我们作对的议员。尤其是东德比郡的议员。”

我没想到贝蒂·奥海姆也在委员会里。

汉弗莱递给我一个装满文件的厚厚的文件夹，贴着红、黄、蓝各色标签。“我恳请您务必掌握这份简报，大臣。”他说，并要求我发现任何问题都要问他。

我烦透了。我今天很累，而且还有时差。我告诉他我不想再看一份特别委员会的简报了，我刚刚在飞机上搞定了一份。

“是什么内容？”他问。

这有点尴尬，我记不大清楚了。我解释说飞机上相当不容易专心，因为他们不断地给你送饮料还放电影还把你弄醒。

“我相信如果您老是被人弄醒的话，确实很难专心，大臣。”他同情地说。他接着又说，这是第一份也是唯一一份包含委员会可能提出的问题的简报，还都附有恰当的回答，经过了周密的考虑，用以阐明部里的状况。

“它们都绝对准确吗？”我想知道。

“是经过了周密的考虑，用以阐明部里的状况。”他小心地回答。

“汉弗莱，”我同样小心地解释，“这些特别委员会非常重要。不能让人看出来我在欺骗他们。”

“不会让人看出来您在哄他们。”

我并不满意，我开始怀疑这简报并不完全诚实可靠。我加紧追问他。

“都是实话吗？”

“除了实话还是实话。”他向我保证。

“是全部的实情？”

“当然不是，大臣。”他有点不耐烦地回答。

我糊涂了。“那么，我们是要告诉他们，某些事情我们要保密，是吗？”

他笑着摇摇头：“当然不是。”

“为什么不是？”我问。

汉弗莱爵士从椅子上站起身，盛气凌人地宣布：“要保密的人就必须得对他有秘密这件事保密。”然后他就离开了房间。

我对他引用的这段话很感兴趣，让我印象极为深刻。“这话谁说的？”我问伯纳德。

伯纳德看上去一脸困惑。他盯着我看看，又盯着汉弗莱刚走出去的门口看看。

“汉弗莱爵士说的。”他说。

[值得注意的是，哈克听到要对特别委员会隐瞒情况，甚至撒谎的建议时，丝毫未感震惊。这类谎言在政府圈子内会被看作无伤大雅的小事。一名大臣会自然而然地对许多问题撒谎，如果他说了真话反会被认为愚蠢或无能。举例来说，他对即将发生的货币贬值或者挤兑英镑的情况总是矢口否认，而且他总是要让人感到联合王国拥有足够并可靠的防御力量。——编者]

英航航班上的一夜，加上与文官们的一天，我精疲力竭地坐在办公桌旁，两眼瞪着必须在一天之内搞定的那本庞大的简报。

“为什么，”我自言自语，“大臣们不拿着简报就哪儿都不让他们去呢？”

“以防他们措手不及被人抓住把柄。”伯纳德颇为风趣地回答。至少我觉得风趣，不过也可能只是凑巧而已。

他给我的工作日程安排了整天的空闲，所以我们没有遭到打扰。我们在审阅这份简报的时候发现，我在飞机上看的那份请示报告是部里去年那份报告的重复。而且也是前年的。也是大前年的。可能打1867年以来就这样了。我向伯纳德指出，第一句话就足以让任何人都打消读下去的念头：“行政部的职能是支持和服务政府各部的行政工作。”

“哦，不，”他说，“这话很有吸引力的。”

我问他怎么会有人被这种话吸引。

“好吧，”他说，“如果您回头看一下1868年的第一份报告，就是格拉斯通创建了本部的前身那年，您就会看到第一句话是‘本部对政府行政管理的节约和效率负有责任’。”

“啊，”我说，“那才是创建它的目的？”

“是的，”伯纳德说，“但事实证明这是一个艰巨的职责。他们要对每一点浪费和低效率负责。我估计格拉斯通原本是这个意思。后来到情况太棘手的时候，他们就照常办理了。”

“什么叫‘照常办理’？”我问。

原来，文官用语中的“照常办理”就是保证你的预算、员工和经营场所不变，然后暗中改变你的职权范围。1906年他们把第一句话改成“本部旨在促进政府行政管理的效率和节约”。这就删掉了“负有责任”。

1931年他们又写成“本部旨在支持政府各部各自实现节约和有效率的管理”，这样便把责任推到了其他部门。到了1972年，他们已经摆脱了那两个令人尴尬的概念——节约和效率，于是从那时起便成了“行政部的宗旨是支持和服务政府各部的行政工作”。该部真正宗旨的最后一点残余在仅仅一百零四年后终于消失殆尽，而这个部自身的规模已经相当于原先的一百零六倍。

我现在明白伯纳德为什么会被吸引住，但我还是没看完第一段就想打瞌睡了。也许只是时差吧。不管怎么说，伯纳德提醒我明天媒体会到场——所以我除了认真看下去别无选择。

10月5日

今天我第一次尝到被一个特别委员会盘问的滋味，我一点儿也不喜欢。

这一切都发生在下院的一间委员会会议室，一间巨大阴暗的哥特式房间，有种灰衣修道院的气氛在里头。我被搞得有点像比利·班特尔[①]把手伸进别人饭盒被当场抓住时的感觉。

长桌子的一边坐着大约九个议员，中间是主席。主席右边是秘书，一个文官，负责会议记录。还有一些座位是给公众和记者坐的。

我获准让伯纳德陪着我，当然坐在我稍后面一点，还加上彼得·威尔金森和部里一个叫吉列恩的什么人［助理秘书——编者］。

我获准做开场陈述。我的家庭作业做得不错，我把汉弗莱爵士在请示报告中讲的内容全都复述了一遍：行政事务部以高效率的标准运转，并确确实实在支持和服务所有政府各部的行政工作。

贝蒂·奥海姆太太开始发问了。她甩甩她的红头发，勉强沉闷地笑了一下，然后她问我有没有听说过马尔科姆·罗得斯。

我没听说过。我这样说了。

她继续告诉我他是行政部的一名前助理秘书。我开始向她说明行政部有两万三千个职员，不可能指望我全都认识，这时她大喊着制止我（好吧，其实是大声压过我）并且说这个人是被开除的，后来在美国当了一名管理顾问还写了一本书。

她冲我挥舞着一大摞校样。

"这是一本新书校样，"她宣布，同时扫了一眼媒体席位，"罗得斯先生在书中对英国行政部门，尤其是你们部门挥霍公款的情况提出了大量惊人的指控。"

我不知所措。我真的不知道该如何回答，我要求和我的官员

① Billy Bunter，英国作家查尔斯·汉密尔顿系列小说中的一个学童。——译者

做一个简短的私下交谈。

我转向伯纳德。“我们知道这事吗？”我急迫地小声说。

彼得说：“我不知道罗得斯写了本书。”

吉列恩只是说：“哦我的上帝，哦我的上帝！”这还真让我充满信心。

我问这人是谁。吉列恩说：“一个捣乱分子，大臣。”彼得说他是个不明理的人，这是个最大限度的辱骂。

伯纳德显然比彼得和吉列恩还要不了解罗得斯，他问书里写了什么。

“我们不知道。”

“那，我该说什么呢？”我歇斯底里地小声问，知道时间就要到了。

“拖延。”彼得建议。

真是大有帮助。我总得说点什么。“拖延？”我愤然说道，“你说这话什么意思，拖延？”

“拖延，就是避免回答，大臣。”伯纳德插嘴。到危难时刻全都像被砍了头的鸡，这些文官。

我咬牙切齿。“我知道拖延是什么意思，伯纳德。”我努力忍住火气，虽然并不完全有效。“但你们把我送到台风里，连把伞都不给是什么意思？”

“一把伞在台风里派不上什么用场，大臣，因为风会吹到伞的下面而且……”

这时主席在叫我了，这样正好，否则的话，伯纳德可能就没法活着讲这事了。

“你跟你的官员们商量够了吗？”主席问。

“十二分够了。”我没好气地回答。

主席朝贝蒂·奥海姆点点头，她笑着说：“让我给你们念一些罗得斯先生揭发的令人发指的事实。”

接着她就给我念了下面一段话：“赫里福德郡四号的地区供应站有两个旧飞机库，现仅用作堆积物品，但日夜集中供暖，温度高达华氏七十度。”[一字不差地引自罗得斯的书。——编者]“对此你有什么话要说的？”她问。

自然，我绝对无话可说。我指出不做事先了解，我是不可能回答那种具体问题的。

她不得不认可这一点，但声称她质询的是一个原则性问题：“我问的是，对于如此骇人听闻的浪费还能提出什么理由来解释呢？”

主席和委员会似乎认为我应该回答。于是我试探了一下：“有些材料在低温下很容易变质。这要取决于那里储存的是什么。”

我的话正中她下怀。“铜线。”她立即说，并且笑了。

“那么……”我又琢磨还可以有什么别的理由，“呃……铜在潮湿环境中会腐蚀，不是吗？”

“都是塑料包装。”她说，继续等着。

“塑料包装，”我说，“啊，好呀，是的。”他们似乎还想让我说点什么。“这个，我会调查此事。”我主动提出。我还能说什么呢？

我本指望事情到此为止了。但是不，这还只是开始。

“罗得斯先生还说你的部坚持集中订购所有的钢笔、铅笔、曲别针等物，然后按各部的申请分发下去。”

“这在我看来很合理，”我谨慎地回答，察觉到这是个陷阱，

"批量购买是很大的节约。"

果然是个陷阱。"他证明，"她继续说，"这一程序比当地机关自己到大街上去买他们需要的物品贵四倍。"

我原本想说你可以用数字来证明任何事情，但决定算了。看得出他，还有她，要不是掌握某种证据，不会如此断言。而且以我在行政部的亲身体验证明，罗得斯可能不管怎么说都是绝对正确的。于是我告诉她我发现这些信息很有意思，我会乐于改变这种制度，只要证明有这个必要性。"我们不是一个僵化的官僚机构，你知道。"我补充说。

这句话被证明是个战术错误。"哦，不是吗？"她尖刻地质疑。"罗得斯先生说，他在贵部时就提供这些数字并建议改变，可是被拒绝了，理由是人们已经习惯了现有程序。这不是一个僵化的官僚机构吗？"

我简直是伸着脸让人打。我一时之间真的没有招架之力了。我又一次主动提出调查此事。

"调查？"她轻蔑地冲我笑。

"调查，是的。"我针锋相对地宣称，但我已经慌了。

"你上周确实在华盛顿说过你的部与浪费进行无情的斗争，并且可以给全世界传授经验？"我点点头。她使出了杀手锏。"你怎么把这些话跟你们花七万五千英镑在凯特林街的补助金办公室楼上建屋顶花园这件事相提并论呢？"

我无言以对。

她问我，语气挖苦至极，是不是要提议调查此事。此刻我身陷绝境。我开始解释说，我的职责是定政策而不是具体的行政事务（并非事实），这时被艾伦·休斯解救了，这是一位比较友好的委员会成员［即一位希望在政府内谋得职位或其他某种特殊好处的委员会成员——编者］。

艾伦插话说："主席先生，我想行政部的常任秘书下周将要出席。他难道不是回答这些问题更恰当的人选吗？"

主席同意了，要求事先通知汉弗莱爵士。那摞倒霉的校样从奥海姆太太手中取走，交给汉弗莱看。

10月6日

今天的头条不怎么样：

对政府挥霍的新指控

汉弗莱和我开会讨论此事。让我错愕不已的是，他竟然攻击我。"大臣，"他说，"您把我置于一个非常为难的境地了。"

我出离愤怒了。"那你又把我置于什么境地呢？首相左一个节约，右一个节约，而我却看上去好像是在浪费所有其他人省下来的所有的钱。"

汉弗莱看着我的样子好像我疯了似的。"大臣，没有任何别的人省下过任何钱！您到这会儿应该明白这一点。"

我明白，而且他明白，而且他明白我明白这一点，但是公众不明白。"他们看上去都好像节省了什么似的。"我提醒他。

"您就不能拖延得更有效一点吗？"他埋怨道。

"你说拖延到底什么意思？"我深为愤怒。

"把事情弄模糊一点。您通常都挺善于把问题弄模糊的。"

即使这话意在恭维，可听上去绝对不像，但显然这话确实是这个目的。

“您相当有本事把事情弄得莫名其妙，大臣，”我的嘴巴肯定张得特大，因为他继续说道，“我这话是赞美，我向您保证。把事情搞模糊是大臣的基本功之一。”

“请你告诉他其他的是什么。”我冷冷地回答。

他不假思索地就给我开列出来。“拖延决定，回避问题，谎报数据，歪曲事实和掩盖错误。”

事实上他完全正确。可我就是不明白昨天他还能指望我做些什么。

“难道您不可以做出那副您好像正在干些什么然后又什么都没干的样子吗？就像您一向做的那样？”

我不理睬这话，努力想抓住事实。“汉弗莱，”我开始说，“如果这些内幕是实情……”

他立即打断我，“如果，没错，如果！您本可以，比如说，讨论真相的性质。”

现在轮到我向他解释情况：“特别委员会对真相的性质毫无兴趣——他们都是议员。”

“您应该说那是安全方面的问题。”汉弗莱说，退到他常用的第一道防线了。

愚蠢透顶！我问他 HB 铅笔怎么成为安全方面的问题。

“这取决于您用它们写什么。”他献计献策。可悲呀，他不可能真的以为我这样就能逃脱吧。

“我们到底为什么要在办公楼上造屋顶花园？”我问。

“我们接手的是一家美国公司的设计图，他们原本要使用那幢办公楼。只是碰巧没有人注意到设计图上那个屋顶花园。”

我只是难以置信地盯着他。

“一丁点儿小错误，”他公然挑衅，“任何人都可能犯的那种。”

“一丁点儿？”我几乎无法相信自己的耳朵。“一丁点儿？七万五千英镑！给我举个大错误的例子。”

“让大家去找吧。”

接着我问他为什么要给堆满金属线的货棚供暖。

“您想知道真相吗？”他问。

我吓了一跳。这是他第一次那样问我。“要是不太麻烦的话。”我相当谦卑地回答。

“所有的员工，”他说，“都在用这些货棚养蘑菇。”

我甚至不知从何说起。于是我从简而行。“制止他们。”我命令。

他悲伤地摇摇头，发自肺腑地叹了口气。“但是他们从1945年起就这么干了。这几乎是他们非常无聊的工作中唯一的乐趣了。”

我理解这个理由，但是在公众面前显然站不住脚。于是我接下来问关于罗得斯节约文具订购费用的建议。为什么我们没有接受呢？

“大臣，”汉弗莱情绪激烈地说，“那人是个捣乱分子。一个怪胎。他对效率和节约迷恋成痴。”

“但是为什么我们不采纳他的建议呢？那原本可以节约几百万英镑的。”

“要执行他的建议就意味着大量工作。”

“所以呢？”

“雇用更多的员工。”

这个理由是明显的胡说八道。我这样告诉他。他似乎并不介意。

“反驳呀！”他故意为难我。

“我做不到，这很明显。”

“没错。”他扬扬得意地回答。

我瞪着他。我突然之间明白了是怎么回事。“这一切都是你编造的，是不是？”我说。

他笑起来。“当然。”

“为什么？”

他站起身。

“作为一个例证，”他用一副傲慢至极的态度说，“来表明如何对付一个特别委员会。”

［接下来的一周，同一个特别委员会与汉弗莱爵士见面。奥海姆太太就罗得斯的揭发和建议严密地盘问他。当天证词的记录如下。——编者］

贝蒂·奥海姆太太：这些都很好，汉弗莱爵士，但是让我们谈谈具体细节吧。比如那个有暖气的飞机库。

汉弗莱·阿普尔比爵士：的确，我完全理解委员会的担忧。但是赫里福德郡的冬天非常寒冷，即使是文官也不可能在低于零度的气温下工作。

贝蒂·奥海姆太太：我们谈的不是文官，我们谈的是铜线圈，还有塑料包装保温的。

汉弗莱·阿普尔比爵士：是，但是工作人员一直要在那儿进进出出。

贝蒂·奥海姆太太：为什么？

汉弗莱·阿普尔比爵士：提货，退货，查验记录，安全巡逻，消防检查，盘货还有查账等。

贝蒂·奥海姆太太：那好，他们可以戴手套，不是吗？

汉弗莱·阿普尔比爵士：是可以。这是一个员工福利政策的问题。

贝蒂·奥海姆太太：好吧，我看这项政策正在花掉纳税人的几百万英镑。（沉默）没话可说吗，汉弗莱爵士？

汉弗莱·阿普尔比爵士：不该由我来评论政府的政策。您得去问大臣。

贝蒂·奥海姆太太：但给大臣提建议的是你。

汉弗莱·阿普尔比爵士：我想主席会理解我不能透露我如何为大臣提建议，大臣应对政策负责。

贝蒂·奥海姆太太：那好。我们会问大臣的。那么关于那些文具申请的节约一事呢？

汉弗莱·阿普尔比爵士：这涉及相当可观的政府职权被下放到低级职员手中。

贝蒂·奥海姆太太：相当可观的政府职权？买一盒曲别针吗？

汉弗莱·阿普尔比爵士：政府的政策是要严格控制允许使用公款的人数。我相信你们会同意这是正确而且合理的。

贝蒂·奥海姆太太：但是允许人们买他们需要的曲别针是简单明了的常识。

汉弗莱·阿普尔比爵士：政府的政策与常识无关。

贝蒂·奥海姆太太：那好，你不认为是时候对这些政策进行修改了吗？（沉默）如何，汉弗莱爵士？

汉弗莱·阿普尔比爵士：不该由我来评论政府的政策。您得去问大臣。

贝蒂·奥海姆太太：但是大臣建议我们来问你。

汉弗莱·阿普尔比爵士：我现在建议你们去问大臣。

艾伦·休斯先生：这样什么时候是个头？

汉弗莱·阿普尔比爵士：只要你们愿意。

贝蒂·奥海姆太太：那好，谈谈屋顶花园的事吧。

汉弗莱·阿普尔比爵士：没问题。这是政府着手试验的各种屋顶隔热计划的一部分，为了节约燃料。

贝蒂·奥海姆太太：花七万五千英镑？

汉弗莱·阿普尔比爵士：原本认为卖掉花园中的花和蔬菜可以抵消那笔开支。

贝蒂·奥海姆太太：那么抵消了吗？

汉弗莱·阿普尔比爵士：没有。

贝蒂·奥海姆太太：那为什么不终止这个花园？

汉弗莱·阿普尔比爵士：这个，它已经在那儿了。而且确实隔热。不过我们也不再建新的了。

贝蒂·奥海姆太太：但是你们已经浪费了七万五千英镑。

汉弗莱·阿普尔比爵士：试验所有节约燃料的建议是政府的政策。

贝蒂·奥海姆太太：以这么惊人地浪费纳税人的钱为代价吗？你也同意这些钱是浪费的吧？

汉弗莱·阿普尔比爵士：不该由我来评论政府的政策。您得去问大臣。

贝蒂·奥海姆太太：听着，汉弗莱爵士。无论我们问大臣什么问题，他都说是行政性问题，应该问你。而无论我们问你什么问题，你都说是政策性问题，应该问大臣。那你怎样建议我们弄清事实真相呢？

汉弗莱·阿普尔比爵士：是的，我确实认为在这里存在着一个真正让人左右为难的困境。是政府的政策把制定政策视作大臣的职责，而管理视作文官的职责，而管理政策的问题可以引起政策管理和管理政策之间的混乱，特别是当管理政策的管理的职责和政策管理的政策的职责之间发生冲突或者重叠的时候尤其如此。

贝蒂·奥海姆太太：这是一大堆毫无意义的口水话，不是吗，汉弗莱爵士？

汉弗莱·阿普尔比爵士：不该由我来评论政府的政策。您得去问大臣。

伯纳德·伍利爵士（与编者谈话时）回忆：

汉弗莱爵士所说的话在理论上是正确的，即大臣们是——在80年代也曾经是——对政策负责的。然而，在实践上，大臣们相对鲜有对政策负责，因为一届政府的有效寿命只有大约两年。第一年用来了解其在野时做出的承诺一旦执政就无法兑现：一届政府一上台就得对付实际存在的现实问题，这些问题无一例外地与普遍的，通常是恐怖又具灾难性的经济形势相关，而这些恐怖之事的详情又无一例外地要向全体国民，从而也向反对党保密。

既然新政府要努力解决这些问题，它就会依赖经济学家和财政部。这就有点不幸了——因为经济学家总是处在一种智力混乱的状态中，而且又忙于互相争论不休，根本无暇为对经济往往一窍不通的政治家出谋献策。至于财政部，六十多年来对经济的预测简直就是倒霉到家了。

这样，过了少则一年，多则十八个月，大臣们才开始了解真实情况是怎么回事。随后是大约两年可能算认真的治理——之后下一届大选的序幕又拉开了。此时，政绩只能退居选票之后了——或者不如说，赢得选票成了衡量政绩的唯一标准。最后的两年就像是在拼命用功备考。你不做任何新鲜事，你只想通过考试。

因此，汉弗莱爵士其实最明白不过，他声称大臣们制订政策只适用于——最多——五年任期中的两年而已。当然，这次特别委员会的质询发生在哈克上任的第一年。

这番讨论进一步引出一个有趣的问题。如果大臣在五年中只有两年负责制订政策，那其他三年里谁来制订政策呢？显而易见，我们这些文官就时常填补这一空缺。这就会在大臣“认真治理”的两年期间产生一系列严重问题——于是这种“认真治理”就会经常被大臣的政策和部里的政策之间的斗争所占据。

只有当一届政府以有效的多数票再度当选，才不会出现一届政府执政初期的十八个月真空状态。在1980年代的早期，这种事已经有四分之一个世纪不曾发生了。这就是为什么无论把文官归类为保守党还是工党都是十分荒谬的——我们总是相信，而且希望，政府定期更换。这就给了我们不受大臣控制的最大限度的自由，如果他们在位太久，就会开始认为他们懂得如何治理国家了。

10月13日

今天我从报上读到了汉弗莱在特别委员会上受质询的报道。他可帮了大忙!

我们两个人都接到通知，要共同接受质询，来收拾他制造的大乱子。

我把他叫来，并给了他一顿臭骂。

他说他已经尽了最大的努力。

我告诉他："你可能为你自己尽了最大的努力。但是你什么也没解决。后天我们要坐在那儿，肩并肩，受委员会的严刑拷问。我们必须有适当的答案——或者，最起码，要有一致的答案。"

汉弗莱说我们必须首先确定我们的立场。

"很好，"我赞同，"真相是什么呢？"

他对我很不耐烦。"我在讨论我们的立场，大臣——真相无关紧要。"

有道理。于是我请他概述我们的立场。

他建议我们选择文官五条标准申辩理由，一一对付他们的指控。尽可能用不同的理由对付不同的指控。

我以前从没听说过五条标准申辩理由。既然汉弗莱已经准备如此公开地向我透露他的手法，他肯定是对局势相当焦虑。

我做了笔记。我根据所举的相关事例给每一条理由都起了名字。

1. 安东尼·布伦特理由

有一个可以解释一切的非常令人满意的理由，但是由于安全问题而无法透露。

2. 综合中学理由

出现错误只是由于大量削减人员和预算，使监督管理部门超负荷运作。

3. 协和式飞机理由

这是一次有价值的实验，现在已经放弃，但此前已经提供了大量有价值的数据和相当多的就业机会。

4. 慕尼黑协定理由

这发生在重要事实被发觉以前，并且不可能再发生了。

（上述重要事实指希特勒企图征服欧洲。这**确是**人所共知的；当然，只除了外交部。）

5. 轻型部队命令理由

这是一个个人造成的不幸失误，现在已根据内部纪律程序处理过了。

按照汉弗莱爵士的说法，这些理由涵盖了迄今为止所有的事情。甚至战争。至少是小战争。

我做完了记录，思考了一下这份清单。看上去没问题，如果我们能够对付过去的话。但是我知道，没有汉弗莱我是应付不了的。

我鼓励地冲他笑着。“好，”我说，“那么从现在起是真正的通力协作了，呃，汉弗莱？”

“我们两人合则立，分则垮。”他回答，带着明显的乐观情绪。

我正要开始把那份清单细细过一遍，看看哪条理由可以适用于哪条指控，这时伯纳德却提醒我必须在十分钟内赶到下院参加一个委员会的会议。“而且，”他紧张地补充说，“十号刚来过电话。马克·斯宾塞爵士［首相的特别政治顾问——编者］问您明天有没有时间去他那儿喝一杯。我提议5点半。”

我对汉弗莱爵士指出这**不是**个好兆头。显然是首相想让我就我们对特别委员会那么软弱无力的解释做出说明。

“或许就**是**喝一杯而已。”汉弗莱爵士说，乐观多于理性。

“别傻了，”我告诉他，“你不会因为口渴受邀到十号喝一杯。”我讲好和汉弗莱明天碰头，一起编故事。

“让我们立场一致，大臣。”他纠正我。

“我说的就是这意思，”我回答，“编个故事。”

10月14日

今晚我心烦意乱。

5点半我去十号见马克·斯宾塞爵士。

去十号是个非常古怪的经验。从外面看它只是一幢普通联排的乔治王朝风格的房子——大，但又没**那么**大。但是当你步入前门，走过一条似乎有一百码长的宽大过道时，你就会意识到你实际上置身于一座宫殿之中。

它是如此地英格兰，从外面看极其不引人注目。这房子的奥秘就在于它是由三四幢房子拼在一起的，而且背面也连在一起。这样一来，你在十号里转着转着就找不到路了。你沿着那些蹊跷的小梯子走上走下，穿过一幢房子进入另一幢房子，用不了多久你就连自己在哪个楼层都不知道了。

这一点，据司机的小道消息，正好被从里到外都非常熟悉这幢房子的文官创造性地利用上了，因此把他们自己的办公室安排在关键房间，从中可以监视并控制这幢建筑的所有进进出出。而且这些通常也是最好的房间。事实上，一直有持续不断的传言说，每届政府都有争夺房间之战，政治幕僚为得到离首相办公室最近的房间展开斗争——也为把文官赶得越远越好而斗争。但是似乎一旦政府换届，文官就趁新首相的属下抵达之前迅速顺利地搬回来收复失地。

我被领到马克·斯宾塞爵士的办公室。这是一间简朴的小房间，配备不齐，正是那种常任文官用来安置一个临时顾问的办公室。

[马克·斯宾塞爵士是一家著名而且广受欢迎的连锁商店的总经理，这家商店已经成了效率和效益的代名词，他被首相请进十号以个人身份提供节约和提高行政效益方面的咨询。看样子，他到现在还在为搞到一间像样的办公室这种问题劳神呢。估计要不是首相本人对他的工作感兴趣，他本可以在瓦尔塞姆斯托找到一间办公室。——编者]

我以前只见过马克爵士一面。他身材高大，聪明绝顶，说起话来语调亲切温和。他热情地欢迎我。

"啊，请进，吉姆。苏格兰威士忌？"

我向他道谢。

"情况怎么样？"他把酒拿给我，温和地问。

我告诉他情况挺好。绝对挺好。我告诉他罗得斯那本书突如其来地砸到我们头上时，是有点吃惊，不过现在整个局势已经在控制之内了。"汉弗莱和我今晚会碰头，我们能够把一切解释清楚。首相没什么可担心的。"

我希望我是在充分地让马克爵士放心。然而，我听着自己说话，听上去更像是在自我安慰。

我停住了。但是马克爵士什么也没说，他只是平静地坐着，看着我。

我发现自己在继续说，并且制造了更多借口。“让我搞不懂的是马尔科姆·罗得斯怎么会弄到那些信息的，大多数都发生在他那个部门以外。而且我也很想知道是谁把新书校样交给贝蒂·奥海姆的。首相肯定大怒，但这当然不是我的过错。”

我又停住了。其实这个话题我真的已经无话可说了。马克爵士显然觉察到了，因为他终于说话了。

“是什么让你想到首相大怒呢？”他问，稍带困惑的语调。

我没料到这个问题。我以为这是明摆着的。不然我为什么到十号来呢？我盯着他。

“让我们试着合理地看看这个情况，可以吗？”马克爵士建议。

“当然。”我赞同。

接着他问了我一系列问题。一开始我简直看不出他的用意。

“首相一直努力要实现什么？在公务开支方面。”

“削减，显而易见。”

马克爵士点点头。“那么为什么一直收效甚微呢？”

答案又是显而易见：“由于文官的阻挠。”

“那么是不是所有内阁成员都要对这项公务开支的削减政策负责呢？”

我拿不准这是不是对我的抨击。“我想是这样，是的，我当然要负责。”

他盯着我，看来并不相信。接着他说：“如果是这样，为什么实际上没有一位大臣实现了任何真正的削减呢？”

“罗马不是一天建成的，你知道。”

“错。那是因为大臣们都被同化了。”

“哦，我不认为……”我又停住了。我本想反对，但是我刚刚才对马克爵士说什么来着？罗马不是一天建成的！这是文官受到出成绩的压力时一句标准的回答。但是**我**肯定还没有被同化。

“文官把你们许多人都驯服了。”他带点儿苦笑地说。

“这个，我们中的某些人，可能吧。但我肯定没有被……”

他打断了我。“听着，如果一位大臣**真的**想削减开支，那么他对一本揭露政府大规模浪费的书会如何反应？”

“嗯，他会，他会，呃……噢！”我意识到我没有一个直接的答案。“这要取决于……呃……”我卡壳了。于是我索性问他到底想说什么。

他没有回答，更确切地说，他拐弯抹角地问：“你知道文官是怎么说你的吗？”

我紧张地摇摇头。

“说和你共事非常愉快。”一种五味杂陈的情绪涌上心头。先是宽慰，然后是愉快和骄傲，然后，突然间，恐怖地意识到他刚刚透露的情况有多糟糕。

“这相当于巴巴拉·伍德豪斯谈她那些得奖的长毛猎犬。”他补上一句。

我就坐在那里，挣扎着琢磨这些话的含义。我的头脑一片混乱。

马克爵士继续摧毁我，用他那亲切的语调。“我甚至听到汉弗莱·阿普尔比爵士说到你，说你这个人价比黄金。这句话对你意味着什么？”

这话的含意再清楚不过了。我深感悲哀。“你是说……我彻底失败了？”我说。

马克爵士站起身，拿起我的空杯，并且说我看来似乎还需要一杯威士忌。

他把酒杯还给我。我一口一口地抿着酒。然后他等着我再说话。

“那现在，”我咕哝着，“我估计首相对我在特别委员会面前的表现很不满意，因为我没能掩盖住失败。”

他眼望天花板深深叹了口气，他开始不耐烦了：“恰恰相反，首相不满意是因为你掩盖得**太好了**。”

这更让我困惑了。

他解释：“你正在保护文官。你正在保护汉弗莱·阿普尔比。首相和我正全力以赴要揭露为什么削减公务开支一直做不到——而你却在帮助文官公然违抗政府。”

“我吗？”我的脑子晕眩起来。我怎么**可能**做那种事呢？

“你想知道贝蒂·奥海姆从哪儿弄到那本新书校样的？还有马尔科姆·罗得斯从哪儿得到的内部信息？”他冲我笑着，等着。我只是瞪着他，一头雾水。“你猜不出？”他终于发问，带着怜悯的语调。

突然间灵光一现。“你是说……首相？”我低声说。

马克爵士一脸震惊。“当然不是……直接的。”

“你是说，”我再一次低声说，“**你**？”

他笑着抿了一口酒。

原来如此。不论有意还是无意，马尔科姆·罗得斯和贝蒂·奥海姆这么做是因为受到首相特别顾问的授意。那么由此可见，实际上，就是首相本人的授意。

由此可见……由此可见什么呢？我在特别委员会面前该说什么？十号要的是什么？

“你面前只有一条路，”马克爵士高深莫测地补充说，“绝对忠诚。”

“啊，”我说，然后意识到我的担忧还没有全部解决。“可是，呃，对谁呢？”

“那是你自己的决定。”他说。

我认为我知道我该怎样做。**我认为**。

10月15日

今天我们见特别委员会，而我真的掀起了一场轩然大波。

他们从供暖货棚里放的塑料包装的铜线开始。汉弗莱的回答是我们今天早些时候碰面时商定的由他来说的一些话。他说错误其实发生在一些重要事实被发觉之前，他可以告诉委员会这种过失今后不会再发生了。

他请我赞同。

我的回答让他吃惊了。

“是的，”我说，“汉弗莱爵士的回答完全正确。正确的**官方**回答。”他迅速瞥了我一眼。“但是从我们上次见面以来，我一直在思考（千真万确！）。的确，毫无疑问，这个委员会找到了问题。”

汉弗莱转身惊讶地瞪着我。

“当然有浪费，”我谨慎地说下去，“尽管我们总可以为个别情况找到理由。但你们已经让我明白我们的整个态度是错误的。”

从汉弗莱爵士的面部表情来看，显然他们还没有让他信服。

不管怎样，我鼓足勇气，继续前进："大臣们和他们的文官总是为本该揭发并消灭的错误进行掩盖和辩护。"汉弗莱爵士现在彻底目瞪口呆了。"我同马尔科姆·罗得斯先生，就是这本宝贵的书的作者交谈过，他同意为我即将举行的一次外部独立调查提供广泛的证据。"我用余光可以看到汉弗莱爵士双手捧着头。"将会审查整个政府的管理工作，从我的部开始。"

主席看上去很满意。"汉弗莱爵士对此作何反响？"他问。

汉弗莱爵士把头从他的手中抬起，试着要说话，但是没有说出来。

我立刻替他回答："他完全同意。我们在工作上是一个团队，不是吗，汉弗莱？"他虚弱地点点头。"而且我可以说，和他共事非常愉快。"

与此同时，贝蒂·奥海姆陷入了困惑。她仍在试图向我发起攻击，但已经没有任何理由这样做了。

"但是，大臣，"她尖声抱怨，"刚才所说的情况和你华盛顿演讲中所说的与浪费进行无情的斗争并不一致。"

对此我有备而来。我以极为谦卑的态度来阐明我的立场："这个，贝蒂，我是个老派的人，我相信忠诚这回事。不管你在私底下说他们什么，你都要在公开场合保护你的属下。是不是，汉弗莱？"

汉弗莱这会儿看着我的样子仿佛把我当作一条狂犬。

"如果是那样的话，"奥海姆太太追问，"你现在对他们不是很不忠诚吗？"

"不，"我友善地解释，"因为归根结底，大臣有一种更高的忠诚——对议会的忠诚，对国家的忠诚。而且这种忠诚高于一切，不论发生什么，不论带来多大痛苦。我的信念是：在获得压倒性的证据以前，一个大臣要忠于他的部门和他的官员。但是我现在必须公开说出我长久以来一直在私下里说的话：改革有可能并且一定会实现，而且我知道我会在汉弗莱爵士这里找到我最可信赖的支持。不是这样吗，汉弗莱？”

“是，大臣。”我那最可信赖的支持者用满怀仇恨的语调闷声回答。

会见结束后，汉弗莱、伯纳德和我迈步穿过白厅，走回行政部。正是一个秋高气爽的好日子，河面上吹来习习凉风。我对这一切都感到十分乐观，不过心里拼命地希望我没有误解马克爵士的意思。看起来我对首相可算极尽忠心了，不过多多少少让汉弗莱爵士有点狼狈。

往部里走的时候，汉弗莱一路都没说话。他太生气了。伯纳德也没说，他太害怕了。

事实上，回到我办公室之前都没人说话。汉弗莱跟我进了屋，显然他有话要对我说。

我关上门，观望着他。

“这真是帮了大忙，大臣。”他愤恨地开始了。

“我尽了最大的努力。”我谦逊地笑着回答。

他瞪着我，试图弄明白为什么我会有刚才的举措。他准是认为我脑子短路了。

“您可能是为您自己尽了最大的努力，”他说，“这就是您所谓的通力协作吗？极为可笑，如果我可以这么说的话。”

我觉得我应该解释。于是我开始说我不得不这么做，我别无选择。他听不进去。

“您不得不做**什么**？就这么怯懦地向委员会承认一切。您难道不明白这对我们是多严重的灾难吗？”

“不是我的，我希望。”我回答。

他摇摇头，苦恼多过气愤。“您白希望了，大臣。整个部都会全力反对——他们以后再也不信任您了。至于说十号——好吧，我想都不敢想首相对您当众承认失败会作何反应。”

我什么也没说。我坐在那儿，有一阵子疑惑我是不是犯了个可怕的错误，伯纳德敲门进来。他手里拿着个信封。

“不好意思，大臣，打扰您了，”他紧张地说，“可这儿有一封首相的私人信件。”

他递给我。汉弗莱爵士摇摇头。我拆开信。在我看信的时候听到汉弗莱的讲话声。

“我确实警告过你，”这声音说，“伯纳德，也许你应该考虑为大臣起草一封保全面子的辞职信了。”

我看了信。[我们把这封信复制如下。——编者]

亲爱的吉姆：

我们近来见面不多。星期天是否有空来契克斯别墅共进午餐？只有家里几个人。请务必带安妮和露西来。

我十分期待和你见面，也许我们可以互通一些信息。

10月15日

然后我大声念了出来。

汉弗莱的脸上写满了困惑。“我觉得我不太……”他说，然后恍然大悟，“一个阴谋！”他对我嗤之以鼻。“那天跟马克·斯宾塞喝了一杯！”

我只是笑笑。这一注下对了。我把信又念了一遍，这是一次大获全胜。“我们近来见面不多……来契克斯别墅共进午餐……只有家里几个人……”而且是**亲笔**。

“你知道这封信值多少，汉弗莱？”我暗自得意地问。

“我想按现行汇率相当于犹大拿到的三十枚银币。”他恶毒地回答。

我摇摇头。“不，汉弗莱，”我自信十足地说，“这是正直和忠诚应得的报偿。”

“忠诚？”他轻蔑地讥笑，“**忠诚**？”

我忍不住要给他碰一鼻子灰。“是的，汉弗莱。我正是照你一向以来支持我的方式来支持你的。不是这样吗？”

对此他真的不知如何作答了。一种吭吭哧哧的动静从他的牙缝里挤了出来。

“你说了什么吗，汉弗莱？”我礼貌地问。

“我想，”伯纳德说，“他是在说，‘是，大臣。’”

15. 机会均等

10月23日

今天算是选区内一个相当安静的星期六下午。执政满一年之际，我觉得我干得挺不错的。不管怎么说吧，我生平第一年执政期间没有出过大乱子（至少没有出过什么让我们不管怎样都挺不过来的乱子），而且我感觉到我终于开始渐渐了解这台行政机器了。

你可能会认为，我作为一个部名义上的首脑了解部里的情况，要花一年的时间未免太长了点。从政治角度看，当然，这是实话。但是，如果我当了一辈子新闻记者和工科大学的讲师，事先没有管理大企业的经验，然后当上了帝国化学工业公司的董事长，然后我只花一年就彻底明白了这家公司是怎么运转的，那我还会被认为是个巨大的成功者呢。

我们这些政治家跌跌撞撞地闯进白厅，就像是婴儿进了树林。我们之中没几个人在以前管理过**任何事情**，除了开办医务所、律师事务所，或是政治刊物——然后突然之间我们都成了拥有少则两万、多则十万名雇员的一部之长。

总而言之，我认为我们干得不错！［正是在这样的乐观情绪中哈克那天同意接受凯西·韦柏的采访，凯西是哈克选区[①]内一所综合中学的四年级女生。——编者］

然而，我得承认，我对自己执政第一年的满腔热情，在下午茶时接受了一位少年老成的中学女生为校刊所做的采访之后，稍微有点动摇。

她先是问我如何取得目前的显赫地位。我概述了我迄今为止的从政经历，最后以谨慎、适度的谦逊态度说："当首相由于某种原因认为有必要邀请某人参加内阁的那个时候，好啦，就有这么个人。"我不想让自己看上去很自负。据我的经验，年轻人对这一点特别敏感。

她问这是不是极为重大的责任。我对她解释说，如果一个人做出了选择，如我所选，毕生致力于为公众服务，为他人服务，那么责任就是他必须承担的事情之一。

凯西满心敬仰，我可以从她的眼神里看出来。"可是那么大的权力……"她喃喃地说。

"我知道，我知道，"我回答，试图表现出一个已经习惯于此的人那种满不在乎的态度，"大得吓人，在某种程度上说。但实际上，凯西……（我谨慎地称呼她的名字，当然，因为这显示出

---

① 伯明翰东区。

我并不认为自己比我的选民高一等，即使是对中小学生——未来的投票人呀，说到底）……这种权力让人更加谦逊！”

安妮匆忙进来打断了我。房子其他地方的电话铃声刚刚响过。

“哦，谦逊的人，伯纳德刚来过电话。”她说。我**企求**她不要在别人面前这样打趣我。我的意思是，我是挺有幽默感的，但也要有分寸。

她接着告诉我，中央大厦[①]让我看一个电视节目，BBC 二台的。

我记得那个烦人的节目，而且特意记下不看的。

“哦，老天，”我说，“国会议员莫琳·沃特金斯。我们的一个后座议员——不是我喜欢的女士，一个横冲直撞的女权主义者，我不打算费这份心。”

正好我注意到凯西在做笔记。我不得不向她说明，我这句话“不供引用”，她对这概念似乎有点难以理解。这让我意识到，我们大部分时间都在同那些训练有素的议会记者打交道是多么大的幸事。

她总算把那些话划掉了。但是让我惊讶的是她竟大谈特谈，为莫琳·沃特金斯辩护。

“我喜欢她，”她说，“您不觉得妇女仍在受剥削吗？我在 4B 班的朋友们全都认为妇女在工作中、在家庭中都受到剥削，而且这仍然是一个为了男人的方便，由男人设计、男人管理的世界。”

这一番小小的演讲让我有点惊讶。听上去不完全像是……自己想出来的，要是你懂我的意思的话。凯西肯定是体会到了，因为她很有雅量地补充说：“你知道，就像她说的那样。”

---

① 中央大厦，哈克所属党的总部。

我必须得说，我已经有点烦了这些女权主义者的胡扯。如今这年月，你甚至是赞美一下一个女人的外表，都会被说成性别歧视。这种可怕的女同性恋式的说辞到处都是。

所以我决定向小凯西说明这个问题。“毫无疑问不再是这样了，”我亲切地笑着说，“无论如何，她在下院无足轻重，谢天谢地。”

“在下院也许不重要，”安妮插话，“那儿全是男人。”

我谢谢我亲爱的老婆这些有帮助的评论，冲着凯西又笑笑，问她还有什么其他事情想要了解的。

“只有最后一个问题了，”她说，“身为一个大权在握的内阁大臣，你实际上取得了什么成就？”

我很乐于回答这个问题。看起来很好回答。“成就？”我边考虑边重复着说，“这个，各种各样的成就。枢密院成员、党的决策委员会委员……”

她打断了我，她似乎想问得更具体些。她想要知道的是，我实际上做了什么能使其他人的生活更美好的事。

好吧，当然啰，我十分窘迫。孩子们提的都是最奇怪的问题，完全偏离正道。以前当然没有人问过我这种问题。

“使生活**更美好**？”我重复一遍。

“对。”她说。

“使**其他人**？”我使劲儿地想，可是脑子里什么也没有出现。我试着边说边想。“肯定有很多事情。我是说，我整个的工作为的就是这个，每天十八个小时，每周七天……”

就在我错误地喘口气的片刻间，凯西打断了我，这孩子将来在BBC肯定大有可为！“可是您能给我举一两个例子吗？不然的话我的文章可能会有点无聊。”

“例子。是，当然我可以。”我说，却发现我不可以。

她的铅笔期待地悬在她的横格练习簿上。我意识到有必要做一番解释。

“好吧，”我开始说，“你看，这话不知从何说起。大量的政府工作是集体决定的，所有我们这些人，全国最好的头脑一起推敲来决定的。”

她看来不满意我的解释。

“是，”她怀疑地说，“但是有什么事情是你可以在事后说‘这就是我做的’？你知道，就像一个作家看他的作品那样。”

顽固的小讨厌鬼！

我开始向她解释政治生活中的事实。“是的，这个，政治是个复杂的事情，凯西。”我再次谨慎地叫她的名字。“很多人都要发表见解。办事需要时间。罗马不是一天建成的。”

我瞧着她的脸的时候，可以看到上面写过一丝失望的神色。[鉴于哈克经常使用混合比喻，我们可以看到他的头脑正处于一团混乱的状态，因此在不影响表达的情况下，我们将其保留。——编者] 我开始对自己有点失望。我意识到我无法给她的问题一个恰当的回答。我也开始因为这个倒霉孩子竟让我感到自己不够格而觉得有点被激怒。够了吧，采访该结束了。

我提出时光飞逝，而我还得去对付我的红盒子。我打发她出门，一边强调这次小小的谈话是多么令我愉快，并且提醒她别忘了她答应过让我先看过之后再发表她的文章。

我回到房间，一屁股坐进炉边我最喜欢的扶手椅。我感到非常失落。

"是个聪明孩子。"安妮评论。

"这是我最后一次接受校刊的采访，"我回应她，"她问了我一些非常为难的问题。"

"并不为难，"安妮确定地说，"只是天真罢了。她还以为你们的行为有什么道德基础呢。"

我糊涂了。"但确实有呀。"我回答。

安妮大笑："哦，吉姆，别傻了。"

我没有被逗笑。我忧郁地凝视着仿圆木状煤气炉中的火苗。

"你在叹什么气呢？"安妮问我。

我试图解释。

"我**有过**什么成就？"我问。"凯西是对的。"

安妮提议说，既然凯西和我一致认为我大权在握，我就应该毫不迟疑地去做出点成就来。她**总是**不断地出这种笨主意。

"你知道，我只是一个内阁大臣。"我气恼地说。

安妮笑了："这真的让你变谦逊了。"

我的谦逊不是问题，从来就不是。问题在于，在可以预见的将来，我什么也改变不了。改变事情意味着在议会通过法案，而未来两年的议会时间表都已经排满了。

安妮没有理会我的话。

"为什么你不去改革一下行政部门呢？"她提议。

说得好像一件简单的小事儿，她怎知这是需要为之搏杀奋斗终生的事。她想到的是具体什么样的改革呢，我想知道？反正行政部门任何真正的改革都行不通，我解释给安妮听。

"就算我想得出五十项重大改革。谁来执行呢？"

她立刻看出了要害。"文官。"我们同声说，她同情地点点头。但是安妮从不轻言放弃。

“好吧，”她提议，“不说五十项改革了，就一项吧。”

“一项？”

“如果你完成**一项**行政部门的重大改革——那就了不起了。”

了不起？那会载入《吉尼斯世界纪录》的！我问她有什么提议。

“让他们任命更多的妇女担任高级文官职务。妇女占人口的一半。为什么她们不能担任一半的常任秘书职务呢？有多少妇女担任高级职务？”

我试着想出来。当然不会多。我几乎一个也没碰见过。

“机会均等。”我说。我喜欢这个词组的发音，掷地有声。“我要尝试一下，”我说，“为什么不呢？这是个原则问题。”

安妮很高兴。“你的意思是你单纯出于原则而打算做点什么吗？”

我点点头。

“噢，吉姆。”她说，语调中满是爱意和倾慕。

“原则，”我补充说，“是争取选票的上佳手段。”

过了一会儿，安妮觉得头疼，很反常地提早上床去了。我还想跟她继续谈下去，但是她似乎已经丧失兴趣了。奇怪！

10月25日

今天我对行政部门内机会均等，或者说缺乏机会均等的情况稍微有了点了解。

非常凑巧，我跟行政部唯一的女性次级副秘书——萨拉·哈里森开了个会。

萨拉的确是个出色人物，非常有吸引力，又聪明，三十九或者四十岁吧，这个岁数当上次级副秘书算很年轻了。她处理会议等事手法利落——我认为——稍微有点男子气概，但尽管如此，还是显得很有女性魅力。

她给我带来一份很难处理的抗议书，有关选区的一件事，是反对党的一名前座议员写的；与地方政府在特别开发区内的土地开发特权有关的什么事。我完全搞不懂这里头的名堂，也不知道他们要让我做些什么。

结果我**任何事情**都不需要做。她解释说其中有些事实是错的，而其他的问题则受法律支配，所以不管怎样我都没什么其他选择。

文官的这种建议可以让大臣日子好过。不需要做决定，甚至连道歉也用不着。事实上什么都不用做，真棒。

我叫她起草一封复函，而她已经写好了，她从办公桌上递过来让我签字，写得无可挑剔。我心里纳闷，为什么他们不多任命几个像她这样的次级副秘书呢？——而且我意识到现在正是**弄清楚**的时机。于是我问她有多少妇女担任高级文官的职务。

她立即回答了这个问题："常任秘书一个也没有，一百五十多名副秘书中只有四个女性。"

我暗自疑惑有没有不畸形[①]的副秘书。大概没有，等他们当上副秘书的时候就畸形了。

我问了她那一级——次级副秘书的情况。果然如我所料，她

---

① 上文提到的一百五十多名副秘书，原文为 one hundred and fifty odd Deputy Secretaries。其中 odd 是"零头"的意思，也有"古怪""畸形"之意。——译者

知道确切数字。

“哦，我们这一级一共有二十七名女性。”

这似乎还不错。“总共有多少副秘书？”我问。

“五百七十八个。”

我大为震惊。骇人听闻。我奇怪为什么**她**不觉得。至少，看上去不像，她就像平常那样，轻松愉快、就事论事地回答这些问题。

“这种情况不让你震撼吗？”我问。

“其实不，”她笑了，“我觉得滑稽。可话又说回来，我觉得整个行政部门都挺滑稽的。毕竟，它是由男人管理的。”

作为一个打算致力于女权事业的男人，我觉得自己能够做得更好。我站在她这边。

“你能就此做些什么？”我问。她一脸茫然。我换了个问法：“**我**能就此做些什么？”

她用沉着而清澈的眼神凝视着我，她的眼睛是一种美丽的深蓝色，而且她身上散发出非常好闻的香水气味。

“您是认真的吗，大臣？”

我点点头。

“这容易，”她说，“把专业领域和工商界中的高层妇女直接请来担任高级职务。薪酬对妇女来说很好。有长假期，与物价指数挂钩的养老金。会有大批非常优秀的应聘者。”

“她们干得了这份工作吗？”我问。

“当然。”她看上去对这个问题颇感意外。“我的意思是，尽管我对阁下尊敬之至，[①]既然您能以一个记者出身的国会议员迅速

① 这是文官不祥的措辞。

转变成一个大臣，为什么您就不能让一个一流律师事务所的高级合伙人成为一个次级副秘书呢？［当然，哈克在当上大臣以前曾经当过记者，编辑过《改革》杂志。——编者］只要能通过大约两次普通级考试的人就可以胜任这里的大部分工作。”

伯纳德进来提醒我下一个约见。他把萨拉送出去。“伯纳德。”我说。

“是，大臣？”他像平常那样回答我。近一年以来，我一直试图跟他建立起一种更为亲密的私人关系，为什么他还是这么执意拘泥形式呢？

“我希望你叫我吉姆，”我抱怨起来，“至少在咱们单独相处时。”

他诚恳地点点头。“我会尽量记住这个，大臣。”他回答。无药可救了！

我挥一挥跟萨拉开会时拿到的文件。“萨拉说这份抗议书完全是胡扯，”我告诉他，“而且她已经写好了回复。”

伯纳德很高兴：“好啊，我们可以 CGSM。”

“CGSM？”我问。

“文官的代码，”他解释，“它是老年鞋制造商寄售处的缩写。”我等着他的解释。“一大堆鞋匠的废物呗。”他大有帮助地补上一句。①

我从他手中拿过文件。

① 伯纳德·伍利，生平就这么一次掉错了书袋。鞋匠是修鞋的，因此研究过哈克日记这一部分的当代学者普遍认为，CGSM 应该是老年鞋修理匠寄售处的缩写。另一种可能是伍利只是在开玩笑，但这一可能性并未得到学术界的普遍认同。

"我不是个文官，"我高傲地说，"我要写上我自己的代码。"

我在页边空白写上"环状物"。

10月27日

今天我就机会均等问题同汉弗莱爵士开了会。但是我小心地没有事先透露——在他的工作日程表上伯纳德写的是"人员配备"。

他走进来，面带笑容，沉着自信，和蔼可亲，贵族派头，显然是无所牵挂的样子。于是我决定吓唬吓唬他，就在当下。

"汉弗莱，"我开始了，"我已经做出一个政策决定。"

他僵在那儿，刚刚往椅子里坐了一半，样子有点像格鲁乔·马克斯[①]，用噘着的嘴警惕地瞧着我。

[估计哈克是想说汉弗莱爵士警惕地瞧着他，并且与此同时他还噘起了嘴。——编者]

"一个政策决定，大臣？"他迅速恢复常态，并且假装乐于听取这个消息。

"是的，"我欣然回答，"我打算就文官中妇女的数量做些工作。"

"肯定没那么多呀？"他一脸茫然。

伯纳德连忙解释。

"大臣认为我们需要**更多**。"

"大批的更多。"我坚定地补充。

这回汉弗莱真的**是**吓着了。他的脑子在飞速运转。他就是

① Croucho Marx，美国喜剧演员。——译者

明白不了我的意思。“可是我们的编制确实已经很满了，打字员、清洁工、办公室端茶小姐……”他说不下去了，就寻求帮助。“有什么想法，伯纳德？”

“好的，”伯纳德帮他说，“我们缺几个临时秘书。”

显然伯纳德也没抓住要点。

“我谈的是常任秘书。”我说。

汉弗莱爵士目瞪口呆，他似乎说不出一句整话来回答。于是我接着说：

“我们需要一些女性高级文官。”汉弗莱爵士还是脑筋混乱。他全无反应。伯纳德看起来也彻底糊涂了，他要我说明。

“是那种……无核小蜜橘[①]，大臣？”他无话可说地询问。

我从来都拿不准伯纳德到底是个高智商的冷面笑匠，还是个晕头转向的低能儿。所以我只好叫他坐下来。

“有多少常任秘书？”我问汉弗莱爵士，“就是目前。”

“我想是四十一名。”

一个精确的回答。

“四十一名，”我满意地表示赞同，“那么有几名是妇女呢？”

汉弗莱爵士似乎突然丧失了记忆。“这个，一般来说，手头没有确切数字，我不敢肯定。”

“那好，大约呢？”我鼓励他回答。

“这个，”他谨慎地说，“**大约**一个也没有。”

接近但没有命中，**精确讲**一个也没有才是正确答案。汉弗莱爵士知道得再清楚不过了。[哈克是对的。常任秘书们形成了一

① 橘子的英文是 mandarin，该词也可作高级文官解。——译者

个名义上不存在的排外的小集团，一个新任命的常任秘书实际上可能被拒之门外。这会成为一种他们的政治“东家”并不完全了解却仍然行之有效的“非正式”程序。——编者]

我开始觉得有趣了。“我认为我们有一百五十名副秘书，”我继续兴高采烈地说，“你知道其中有几个是女的吗？”

汉弗莱爵士避而不答。他要么是真的不知道这个问题的答案，要么就是明明知道却故意不说。“这很难说。”是他想得出来的最佳回应。

这让我惊讶了。“为什么难说？”我想要知道。

伯纳德又试图帮忙：“这个，男人当中有好多是老年妇女。”

我不理他。“四名，”我对汉弗莱说，“精确地讲，一百五十三名秘书中有四名女性。”

汉弗莱爵士似乎被这么大的数量打动了。“真有那么多？”他说，双眼稍微睁大了点。

我的小乐趣已经享用够了，现在我要直入主题了。我有个计划要施行，自从我第一次同萨拉谈话之后，我就一直在琢磨这事。

“我要宣布，”我宣布，“未来四年内要让女性副秘书和常任秘书的人数达到百分之二十五的份额。”

我想汉弗莱爵士应该慌了，但也难说，因为他如此地四平八稳。

“大臣，我显然与您的目标是完全一致的。”他说。这话自然加重了我的怀疑。

“很好。”我说。

“当然应该有更多的妇女担任高级职务。**当然**。而且我们大家都深为关注这种看似不平衡的现象。”我注意到他巧妙地使用了“看似”这个词。“但是这种事情需要时间。”

我对此有备而来。“我要立刻着手。”我回答。

“我全心全意赞同，”汉弗莱爵士热心地回应，“我建议立即着手成立一个部际委员会……”

这不是我要的，他很清楚。我坚定地告诉他我不要老一套的拖延战术。

“这事需要一个重锤，”我宣布，“我们必须砍断一切繁文缛节。”

该死的伯纳德又大声说起话来：“您不能用重锤砍东西，它只能……”然后他做了一个砸东西的姿势。我狠狠地用眼神砸向**他**。

汉弗莱似乎因为我指责他的拖延战术而沮丧。“大臣，您冤枉了我，”他抱怨，“我没有要搞拖延战术。”

也许我是冤枉了他。我向他道歉，并且等着瞧他**有**什么主意。

“我只是要建议，”他带着点儿受伤的语调轻声说，“如果我们要有一个百分之二十五的妇女定额，那我们就必须在招聘阶段吸收更加大量的人选。这样才能最终在高级岗位上达到百分之二十五。”

“什么时候？”我问道。

不用他说我就知道答案了。“二十五年后。”

“不，汉弗莱，”我仍然耐心地笑着说，“我想你还没完全弄懂我的意思。我说的是**现在**。”

汉弗莱爵士终于弄明白了。“噢，”他说，踉跄了一下，“您是说——**现在**！”

“现在就办，汉弗莱。”我带着我最神气的笑容回答。

“可是，大臣，”他平静地笑着，“现在做事情都要花时间的。”他也回敬我一个神气的笑容。他够了不起的，能这么快就恢复镇定。

这套废话我到现在已经听了快一年了，对我起不了什么作用了。“呵，是啊，”我说，“文官的三款信条：办事迅速更费时，办事节省更花钱，办事隐秘更民主。不，汉弗莱。我已经说了四年解决问题，这是很长一段时间了。”

他遗憾地摇摇头。“哎呀不，大臣，我说的不是政治时间，我说的是**实际**时间。”他舒舒服服地靠进他的椅背，注视着天花板，然后继续悠哉游哉地说下去。“文官的成长就好比橡树，不是什么芥菜水芹。要随着季节开花、成熟。”我从来没有听到过这么大言不惭的闲扯淡。可是他正滔滔不绝：“他们成熟到像是……”

“像你这样？”我玩笑着打断他的话。

“我原本要说，”他尖酸地回答，“他们成熟到像陈年美酒。”

“也许是格里姆斯比？”

他一本正经地微微一笑。“我**是**认真的，大臣。”

他当然是。除了对自己的重要性完全认真之外，他还认真地想要用所有这些鬼扯来糊弄我忘记自己的新提议——或者照我所想，我的新决策。我决定直击要害。

“我预见到了这个问题，”我坚定地说，“所以我提议从行政部门以外引进高层女性填补高级职务的空缺来解决。”

汉弗莱的脸值得一观。他完全吓傻了，面上全无血色。

“大臣……我想我不太……”他还没说出“明白”的时候，声音已经慢慢消失了。

我享受到了巨大的乐趣。

“看着我的口型，”我热心帮忙，用食指指着自己的嘴对他说，“我们……要……从……外界……引进……妇女！”我非常缓慢仔细地说，像个癫狂的语言矫治师。他就坐在那儿瞪着我，呆若木鸡，像耗子见了蛇。

终于他重新打点精神。

“可是，”他开始了，“我们这套体制的全部力量就在于它的廉洁、纯正，不受外来影响的污染。”

我实在看不出这种老掉牙的陈词滥调有什么意义，所以我这样说了出来：“人们在企业界从一个工作换到另一个工作，汉弗莱——文官为什么就该不一样呢？”

“是不一样。文官要求细致……”

“谨慎。”伯纳德说。

“忠于职守。”汉弗莱说。

“明理！”伯纳德说。

“**明理！**”汉弗莱爵士断然重复，“说得好，伯纳德。**明理**。”伯纳德显然说出了文官词汇中的一句关键的赞美。

［当然，伯纳德·伍利与这次谈话利害攸关。如果哈克从外界引入妇女的政策得以实施，很可能会对更多伍利这样低级文官的升迁造成负面影响。既然女性可以从外界引入来担任高级职务，那男性也同样。这样，那么，伯纳德·伍利的前景又会如何呢？——编者］

汉弗莱爵士接着解释说文官要有无穷的耐心和无限的理解力，他们需要有能力时常在悬崖上勒马，随着政治家改变他们的主张。也许是我的想象，但是我听上去似乎觉得他把“主张”这个词加上了引号——仿佛是在暗示“随着政治家改变他们自以为所谓的‘主张’”。

我问他自己是否具备所有这些才能。他谦逊地耸耸肩回答说：“这个，只要一个人经过适当的……”

“成长，”我接话，“就像格里姆斯比陈年美酒。”

“训练。”他绷住嘴唇笑着更正我。

“汉弗莱，”我说，“你扪心自问，这套体制是不是有问题？**为什么**这么少的女性担任副秘书呢？”

“她们不断地离开，”他解释，一副甜言蜜语的样子，“要生孩子什么的。”

这在我看来是个极为荒谬的解释：“为生孩子离开？快五十岁的时候？绝无可能！”

可是汉弗莱爵士似乎还相信这个。他拼命推脱说他没责任不了解。“真的大臣，我不知道。我真的不知道。我站在您这边。我们的确需要更多妇女到高层来。”

“很好，”我果断地回答，“因为我等不了二十五年。我们这儿有一个副秘书的空缺，是不是？”

他立刻警惕起来。他慎重地想了一会儿才回答我。

“是的。”

“非常好。我们要任命一个女性——萨拉·哈里森。”

他又吃了一惊，或者说目瞪口呆，或者说惊恐万状。就是这个意思，总之绝对不高兴。但是他只是重复了一遍她的名字，以平静克制的语调。

“萨拉·哈里森？”

“是的，”我说，“我觉得她非常能干。你不觉得吗？”

“非常能干，对一个女人来说。对一个人来说。”他几乎没有一丝犹豫地更正了自己。

“而且，”我补充说，“她有主见。她是个有创见的人。”

“我恐怕这是事实，”汉弗莱爵士赞同，“但她并没让这影响到她的工作。”

于是我问他对她有什么反对意见。他坚持说对她**毫无**反对意见，他完全支持她。他确信她是个优秀的员工，并指出他一向大力支持她，而且实际上就在去年是他主张提升她做次级副秘书的，以她这个年纪算很早了。

“你会说她是个出色的副秘书吗？”我问他。

“是的。”他回答，毫不含糊。

“这么看，”我说，“权衡起来，这是个好主意，不是吗？”

“权衡起来？是……也不是。”

我告诉他这不是一个明确的回答。他说这是一个有所权衡的回答。讲得好。然后他又继续解释说问题在于，在他看来，她还太年轻，还没轮到她呢。

我一把抓住这个论点，我早就等着它了。“这恰恰是行政部门的**毛病**所在——轮流坐庄！但是最优秀的人才应该获得提升，只要有可能。”

“正是如此，”汉弗莱爵士赞同，“只要轮到他们。”

“一派胡言。拿破仑三十多岁就统治欧洲了，亚历山大大帝二十几岁就征服了世界。”

“他们可能会是**非常**不称职的副秘书。”汉弗莱爵士轻蔑地说。

“至少他们没有等轮候。”我指出。

“那看看他们的下场。”汉弗莱爵士显然认为他已经赢得了这场小小的辩论。于是我决定让争论更有针对性。

“看看**我们**的下场吧，”我沉着地说，“这个国家不是在由敏捷、活力、有朝气的头脑来治理，而是一群迂腐、例行公事、五十五岁上下、一心想过太平日子的人在治理。”

汉弗莱冷冷地盯着我：“您心里是不是想着一个具体的人，大臣？”

我笑了：“是……也不是，汉弗莱。”扳回一局，现在平手了，我觉得。

汉弗莱爵士决定把辩论重新引回到具体问题。他告诉我，用他最为平实的方式说，萨拉·哈里森是一位优秀的文官，是未来的希望。但他又重申她是我们资历最浅的次级副秘书，而他不能，也不会建议让她晋升。

他最后这句评语是个明显的暗示，最终还是他说了算，而我应该少管闲事。

我说他是个性别歧视者。

我很奇怪他没有一笑置之。出乎意料的是，这句流行的骂人话似乎刺到了他的痛处。他出离愤怒。

“大臣，”他忿忿不平地抱怨起来，“您怎么能说这种话？我是非常支持女性的。了不起的人，女性。而萨拉·哈里森是个可爱的女士。我是最最仰慕她的人之一。但事实是，如果妇女事业要获得推动，就必须运用策略，小心照料，谨慎从事。她是我们这儿有资格获取高级职务的唯一女性。我们不应该急于把她推上去。妇女应付高级职务很困难，您知道。”

他**确实**是个性别歧视者。

“你能听见自己说的话吗？”我怀疑地问。

他并无羞愧之意，用同样的腔调继续说下去。“如果女人能够成为合格的常任秘书，那早就有很多了，不是吗？这显而易见。”

我还从来没听到过这么完全回避实质问题的答复。

“不，汉弗莱！”我开始要说，却不知从何说起。

但是他还在继续：“我不是反女权分子。我喜爱女人。我有几个最要好的朋友就是女人，比如我妻子。”余以为汉弗莱爵士之辩实属多余，而他说呀说地停不住：“萨拉·哈里森经验不足，大臣，她的两个孩子还都是学龄儿童，他们可能会得腮腺炎。”

又是个愚蠢的论据。任何人都有可能因为自己生病暂停工作，不只是孩子。“你也可能得带状疱疹，汉弗莱，如果要说这个的话。”我说。

他没明白我的意思。“我是有可能，大臣，要是您顺着这个思路说，”他凶巴巴地叽咕着，“可是如果她的孩子老是耽误她的工作怎么办呢？”

我明白地问他这有多大可能。我问道如果她的孩子老得腮腺炎，她有没有可能升到次级副秘书的职位？我指出她就是这个工作最合适的人选。

他并不反驳这一点。但他给了我一个愤怒的警告：“大臣，要是您到处提升妇女，就因为她们是某项工作最合适的人选，您会让所有文官都心怀不满的。”

“但不会是女文官。”我指出。

“哈，”汉弗莱爵士自鸣得意地说，“可是女文官没几个人，起不了什么作用。”

一个彻头彻尾的循环论证，或许这在文官圈子里就意味着进展吧。

［本周晚些时候，汉弗莱·阿普尔比爵士和内阁秘书阿诺

德·罗宾逊爵士在文学俱乐部共进午餐。汉弗莱爵士一如既往地在他的备忘便条上做了记录。——编者]

说到妇女，阿诺德的看法和我相同。除了和我一样——和大臣不一样——他还相当清楚地看到她们跟我们的区别。在以下几个方面：

1. 团队能力差：她们为合作者带来压力，因为反应和我们不同。

2. 过于情绪化：不像我们这么理智。

3. 不能加以斥责：她们不是闹脾气就是掉眼泪。

4. 能加以斥责：有些人可以，但极难相处而且男性化而且毫无吸引力。

5. 偏见：她们满脑子都是。

6. 愚蠢地下结论：她们就这么干。

7. 思想模式化：她们就是这么思考。

我请教阿诺德的意见。阿诺德建议我充分详尽地劝导大臣，劝到他厌烦然后对整个想法失去兴趣。

这个计划成功的机会很渺茫。哈克不那么容易厌烦。他甚至对**他自己**都感兴趣。实际上他们都这样。他们当然全都自己说话自己听。转念一想，又觉得他们并非全都那样。

反正事实证明哈克厌烦的底线是很高的。他连我们放到他红盒子里的大部分材料都读得津津有味！

阿诺德还提出第二种标准策略：告诉大臣，工会不会接受这个。[“这个”是指行政部门引进妇女担任高层职务一事。——编者] 我们一致认为这是值得一试的方向。

我们还从女性角度进行了商讨。他的夫人［是说大臣的——编者］支持提拔那个哈里森夫人，而且很可能——就我所了解的哈克夫人——是整件事的幕后人物。然而，她恐怕不知道哈里森特别动人。我肯定哈夫人跟哈夫人从未谋面。这很可能会有成效。

我指出内阁会支持哈克的建议，但我们一致认为我们无疑能让内阁改变主张。他们改变主张相当容易，就像许多女人那样。感谢上帝他们不会掉眼泪。［阿普尔比档案 37/6PJ/457］

［把汉弗莱爵士充满自信的午餐会记录同阿诺德·罗宾逊爵士给汉弗莱爵士的鉴定报告所写的批语比较来看是颇为有趣的，鉴定报告发现于瓦尔塞姆斯托的文官档案。——编者］

告诉阿普尔比，我并未被大臣从外界引入妇女的计划打动，尽管这种想法可算新颖。

［“未被打动”是文官重话轻说的一个例子。读者可以想象这一措辞背后的强烈情绪。使用文官的致命字眼“新颖”，进一步显示出阿诺德爵士的敌意。——编者］

建议让大臣烦到放弃这一想法。阿普尔比声称行不通。可能是对的。

于是我又提出其他各种建议。例如，工会策略：暗示大臣工会不会接受。阿普尔比完全没有领会。他告诉我工会将欢迎此举。他可能正确，但这完全无关！

我还提出为大臣的夫人指明正确方向。还建议我们设法确保内阁驳回此事。阿普尔比同意尝试所有计划。但他自己不曾想出任何一条，令我不安。

必须留意汉·阿。还应不应该同首相商议提前退休？

阿·鲁

[自然，汉弗莱爵士从未见到过这些批语，因为文官不得看自己的鉴定报告，除非在完全异常的情况下。

同理，哈克也无从知晓阿诺德爵士和汉弗莱爵士在文学俱乐部共进午餐时的谈话。

就是这种神秘的气氛，我们的民主制度曾经运转于其中。文官代指保密的词汇是“谨慎”。他们论证说谨慎即大勇。——编者]

[哈克的日记继续下去。——编者]

11月1日

今天汉弗莱爵士走进我的办公室，坐下并说出一句我从未听他说过的让我吓一大跳的话。

“大臣，”他说，“我已经得出结论，您是正确的。”

自就职以来我就一直是正确的，过了大约一年，他似乎才终于开始把我当回事。

然而，我立即怀疑起来，于是我请他详陈其言。我一点都不明白他指的是哪件事。当然，请汉弗莱详陈往往是个大错误。

“我彻底领会了您的想法，并已经完全采纳，我现在积极反对不利于妇女的区别对待并积极支持有利于她们的区别对待——

当然是有区别的区别对待。”

我想就是这样一些话吧。反正我明白了要点。

然后他又出乎我意料地接着说：“据我了解，最高层正在形成看法，认为这是应当实现的。”我想他肯定是指首相。好消息。

然后，出乎意料地，他问我，妇女机会均等的事为什么不应当在适用于行政部门的同时，也适用于政界。我一时间糊涂起来。但他解释说，在全部六百五十名国会议员中只有二十三名女性。我赞同说这也是令人发指的，可是，唉，我们对此无能为力。

他说，这些数据就是各个政党都歧视妇女的明证。显然，他评论说，他们选择候选人的方法从根本上有歧视。

我发觉自己为政党辩护起来，这是一种本能反应。“是也不是，”我赞同，“你知道，妇女要当国会议员是非常困难的——超时工作，辩论到深夜，经常不在家。大部分女性都无法同时应付这些和家庭，还有丈夫。”

“还有腮腺炎。”他热心地补充。

我意识到他是在设计我，同时还想暗示我也是性别歧视者。荒谬的想法，当然了，我毫不含糊地这样告诉他。

我把我们的讨论引向具体的目标。我问他我们该做些什么来开始落实我们的计划。

汉弗莱说首要问题可能就是，工会将不同意这个定额。

听到这话让我惊讶，于是立即建议请他们的人来谈谈。

这建议让他非常不安。“不，不，不，”他说，“不，这会捅了马蜂窝的。”

我不明白为什么。汉弗莱要么是对工会有什么妄想症——要么就只是个想吓唬我一下的诡计。我怀疑是后者。［哈克如今学

得很快呀。——编者]

我怀疑这是个诡计的理由是：关于为什么我们不该同工会领袖谈他未做解释，相反却完全换了个策略。

“如果我可以建议我们对一些事持现实态度的话……”他开始说。

我打断他。“持现实态度，你的意思是放弃整个方案？”

“不！”他激动地回答，“当然不是！但也许暂停一下以重新部署，这期间平静下来重新评估状况，探讨各种可供选择的策略，有一段时间慎重反省深思熟虑……”

我再次打断他：“是的，你的意思就是放弃整个方案。”这次我不是在提问，并且我以我认为值得仿效的强硬态度来处理此事。我告诉他我已经着手行动并且做出了我的决定。“从现在开始四年之内，公开机构中妇女的比例要达到百分之二十五。作为第一步，我将提拔萨拉·哈里森担任副秘书。”

他阵脚大乱。“不，大臣！”他徒劳地大喊，“我肯定这是个错误的决定。”

这样的反应从这个见面第一句话就说我绝对正确的人这里表现出来还真不寻常呢。

我强调我在这个问题上不可动摇，因为这是个原则问题。我补充说我还要和我的内阁同僚们谈谈，他们一定会支持我，因为女权问题上有大量选票。

“我以为您说这是个原则问题，大臣，不是选票问题。”

他未免聪明过了头。我高傲地解释，我刚才说的是我的内阁同僚。对我来说，这**确是**个原则问题。

一次非常令人满意的会谈。我认为他无法在这件事情上挫败我。

11月2日

今晚和安妮一起外出，过得很奇怪。5点半她来办公室接我，因为我们得去参加党部在中央大厦举行的酒会。

我不得不让她等一会儿，因为最后一个会议拖得晚了，而且我还有很多信件要签名。

签署信件，顺便说一下，是件非同寻常的事务，因为数量太多了。伯纳德把它们排成三到四排，摊满我那张每边可以坐十二人的会议桌。然后我脚底生风地沿着桌子快步走着，边走边在信上签字。我动起来比信要快。我走动的时候伯纳德就在我的身后把签过字的信收起来，然后把第二排的信移到签过名而且收走了的第一排信的位置上。然后我又沿着桌子嗖嗖地走回来，签署下一排。

我实际上没有细读它们，这表明我对伯纳德的信任程度。有时候我想我可能什么都会签的，如果实在匆忙的话。

伯纳德今天有个好玩的消息告诉我。

"您还记得您写了'环状物'的那封信吗？"他问。

"记得。"

"呵呵，"他微笑着说，"从汉弗莱爵士的办公室转回来了。他在上面写了批语。"

他把信拿给我看。在页边空白上，汉弗莱写着："朗德是谁？他反对什么？"[①]

---

① 哈克的原文是 Round objects。汉弗莱爵士把 Round 理解为人名，把 objects 理解为"反对"。——译者

不管怎么说，我跑题了。就在我签那些字的时候，汉弗莱在他的办公室给安妮倒了一杯雪利酒。我觉得他肯这样热心地接待真是好心肠，他本可以坐 5:59 的火车到海瑟米尔去的。要知道，我觉得他喜欢安妮，或者至少他认为跟大臣的夫人聊上几句是明智的。

但是，正如我所说的，安妮和我这晚上过得很奇怪。她显得相当冷淡而且疏远。我问她是不是出了什么问题，但她不愿说是什么事情。也许她怪我让她等得太久，因为我知道她觉得汉弗莱这人极为无聊。不过，既然嫁了一个成功的男人，她就只好受点这种苦了。

[汉弗莱爵士日记中的一段话透露了哈克夫人心绪不佳的真正原因。——编者]

今晚同哈克夫人喝了点雪利酒。大臣被签署信件的事耽搁了，这并非完全偶然。自然是我关照务必让他之前的会议超出点时间的。

我把谈话引到文官制度的改革上来。如我所料，她对整个想法都十分关心。

她立即向我打听提拔那个哈里森的事。“提拔那个女人的事怎么样了，就是吉姆常谈起的那个？”

我以极大的热情跟她谈起这个。我说大臣的确有选贤任能的眼光。我说那位萨拉的确有才干，而且十分讨人喜欢，一个真正有魅力的人。

我就这个话题谈了若干分钟。我说和昔日悍妇相比，我可真是欣赏新一代的女性文官。我说自然大部分的新一代不能都像萨拉那么漂亮，但她们都富于女性气质。

很明显，随着时间分分秒秒地过去，哈克夫人对萨拉·哈里森的晋升越来越不起劲了。她说哈克从未谈起过萨拉长什么样儿。

我会意地笑起来。我说也许他没注意到，虽然这叫人很难相信。我大大夸张了一番——把她说得像个文官界的伊丽莎白·泰勒。我说没有一个男人会注意不到她是多么有魅力，**尤其是**大臣，因为他和她在一起的时间相当多。而且会更多，如果她获得晋升的话。

我的感觉是，大臣在这件事情上不可能再从家里得到进一步的鼓励了。[阿普尔比文件 36/RJC/471]

[阿诺德·罗宾逊爵士和汉弗莱·阿普尔比爵士显然极有信心，如我们已经看到的那般，认为他们能说动足够多哈克的内阁同僚在他提出建议时投票反对他。

他们的信心源于实践，即通行于 1970 年代和 1980 年代的常任秘书们每周三上午举行的非正式例会。这一会议在内阁秘书的办公室举行，没有议事日程也没有——这种情况在文官的各种会议中几乎绝无仅有——会议记录。

常任秘书们会“碰巧路过”并提出任何会引起共同兴趣的问题。这使得他们能充分了解他们的大臣在内阁会议上可能面临的任何事情，会议召开于每周四，即第二天的上午。这就让他们有时间根据他们自己对具体问题的看法给他们的大臣鼓气或者泄气。

幸亏汉弗莱爵士的日记透露了那个决定性的周三上午在常任秘书会议上发生的事情。——编者]

我告知我的同事们，我的大臣决心要让女性在公开机构占到百分之二十五的定额，最终要提到百分之五十。男女对半，换句话说。

一开始，同事们的反应是这是个有意思的建议。["有意思"是文官的另一种辱骂形式，类似"新颖"，或者更糟的"有想象力"。——编者]

阿诺德为恰当的反应定了调。他的看法是，男女两性获得公正平等的对待是正确而且恰当的，原则上我们都应该赞同。他说这样的目标应该予以设置并获实现。

大家都立即同意我们应该在原则上赞成这个极好的想法，设置这样的目标并实现这样的目标是正确而且恰当的。

阿诺德接着依次征询了我的几位同事的意见，看看他们是否能在他们的部门里落实这个极好的建议。

比尔[威廉·卡特爵士，外交与联邦事务部常任秘书。——编者]说他当然完全赞同，他认为行政部门必须制订某种有利于妇女的积极的区别对待。但遗憾的是他感到不得不指出，由于显著的理由，这在外交部是行不通的。比如，显然我们不能任命女大使驻任伊朗，或者任何伊斯兰国家。一般说来，大多数第三世界国家在有关女权方面不如我们这么先进——由于我们每隔三年就要派遣外交官担任新职，并在国内接待许多伊斯兰国家的显要，这个建议在外交部绝对行不通。尽管如此，他希望说明他强烈赞同这一原则。

伊恩［**伊恩·辛普森爵士，内务部常任秘书——编者**］说，他热心支持这一原则。他相信我们大家都能从妇女的影响中受益。更何况，妇女在处理某些问题时确实**优于**男性。他对此绝无半点疑惑。不过遗憾的是，内务部的情况不得不成为一个例外：妇女不是管理监狱或者警局的适当人选。而且很有可能，她们其实也不愿意做这种工作。

我们都同意说很可能是这样。

彼得［**彼得·温赖特爵士，国防部常任秘书——编者**］说，这同样适用于国防部。女人恐怕不是控制得了这些海军司令和陆军上将的人选。任命一个女人当安全事务的首脑也没有操作上的可行性。

我评论说M都得改成F了。这引起了一桌欣慰的欢笑。

阿诺德，代表我们大家赞同说国防部显然必须是一个男人的世界。像工业部，还有劳动就业部，同那些工会老大们打交道。

约翰［**约翰·麦坎德里克爵士，卫生和社会保障部常任秘书——编者**］采取了甚至更加积极的路线。他愉快地告诉我们，妇女已经是卫生部较高层职员的重要构成了，目前白厅的四名女性副秘书中有两名都在卫生部。这两人显然都轮不到当常任秘书，因为她们都是副总医务官（不管怎样她们还会有其他不适合的理由）。更何况，妇女在打字员这些级别里已经占到百分之八十，所以他很高兴能够告诉我们，他的部对待她们不算太差。他补充说，在原则上，他支持让她们升到最高级别。

阿诺德总结了大家表达的意见：会议的看法——毫无疑

问——在原则上我们大家都完全支持女士们的平等权利。问题只在于，各部都有一些特殊问题。

我再次提出了定额问题并声明我反对这个。

每一个人都立即支持我。大家的看法是这不切实际，不是个好主意——实际上是典型的政治家的主意。

我提出了我的观点：我们必须始终有权提拔适合工作岗位的最佳人选，不论性别。

此外——我明确表示我本身作为一个热心的女性主义者在说话——我指出问题在于招聘适当的那类妇女。有家庭的已婚妇女容易离职，因为，坦率地讲，她们不可能全心全意对待工作。而没有孩子的未婚妇女是没有发展全面的人，对生活没有透彻的理解。

大家普遍同意家庭生活必不可少，而老处女很难成为发展全面的人。

我归纳了我的评论说，在实践中，鲜有可能找到一个有着幸福家庭和三个孩子的、发展全面的已婚妇女愿意把她的几乎全部生命，从早到晚，奉献给一个政府部门。这是第二十二条军规——或者，更确切地说，第二十二条军规分项（a）。这话引起我的同事们更加令人欣慰的欢笑。

阿诺德让这一讨论持续了相当长的时间，表明了他所认定的这一问题的重要性。他对此事的总结就是要求每个人务必把每一位大臣的注意力引到其部门自身的特殊情况，以使其各自的大臣在内阁中反对定额的想法。但是他也要求与会者确定在各个层面都赞许机会均等的**原则**。

通过会议主席，我提出最后一点。我的大臣把提升妇女视作使高层文官实现更加多样化的手段。我请我的所有同事在向他们的大臣介绍情况时要强调，相当坦率地讲，再也找不到比我们更加多样化的一群人了。

大家全体一致赞同，我们构成了这个国家真正富有代表性的横断面。[阿普尔比文件 41/AAG/583]

[哈克的日记继续下去。——编者]

11月4日

今天内阁会议，结果非常怪异。我提出了我的让妇女在高级行政岗位占有一定比例的建议。

所有的同僚都在**原则上**赞同，但接着又都说具体到他们的部里行不通。所以说到底他们其实压根儿不支持我。

难以理解的是，我不再得到来自安妮的支持了。不光是定额的问题，还特别是提拔萨拉这件事。我本指望**至少**有她百分之百做我的后盾。可是我一谈起这事她就跟我疏远。实际上她现在似乎在拼命反对这事了。真是奇怪。

不管怎么说吧，既然定额政策现在已经破产了，看来萨拉的晋升是我在这一领域唯一能立即实现的成绩了。我已经安排好明天汉弗莱和我同她谈话。我下定决心要办成此事。

11月5日

我整个机会均等的政策彻底毁了，而且相当坦白地讲，我在整体上为整个事情，特别是为妇女们感到非常难过。或者至少特别为某个特别的妇女。

今天见到萨拉之前，我告诉汉弗莱，我们今天至少可以跨出积极的一小步。点燃一个火星。[这天是盖伊·福克斯日。——编者]

“甚至举起一个火把。”他回答。这话到底什么意思呢?

不管怎样，萨拉进来了。我向她解释了情况：说部里有一个副秘书的空缺，而且，尽管她在我们的次级副秘书中资历最浅，但由于她是同级官员中的杰出人才，我们很高兴能告诉她，汉弗莱和我将推荐她升为副秘书。

她的反应有点出人意料。

“哦，”她说，“我不知道说什么好。”接着她笑了起来。

我想象不出她在笑什么。

“你不需要说什么。”我说。

“一个简单的谢谢就足矣了。”汉弗莱说。

她仍然带着笑。然后她抛出了让人失望的消息。“不——我是说——哦，老天！您瞧，这真让人尴尬——我是说，好吧，我本想下周告诉你们的——事实上，我准备辞掉文官职务。”

我吃惊得差点儿一头栽倒。汉弗莱也是，从他的表情看得出来。

我说了些格外机智而恰当的话，比如“什么？”之类的，而汉弗莱倒抽了一口气：“辞职？”

“是的，”她说，“所以谢谢你们，但是我要谢绝。”

汉弗莱问是不是她家里的孩子出了什么问题。

伯纳德问是不是腮腺炎。

我叫伯纳德闭嘴。

萨拉说她要进一家商业银行，当经理。

她会挣得比我多，甚至可能比汉弗莱多！

我试图向她说明这消息是个可怕的打击。“你瞧，萨拉，我在这里跟你讲你的升职——更确切地说，是汉弗莱和我一起——原因是我一直在打一场必输的战斗，为的是提高女性晋升的前景。现在，好啦，你原本要成为我的特洛伊木马的。”

她接着解释了她离开的理由：“实话讲，大臣，我想要的工作是不用干那些无休无止地传递与正事无关的信息，而那些正事对于不感兴趣的人来说也毫无意义。我想要的工作是可以做出成绩的而不仅仅是活动而已。我厌倦了传递文件。我希望能够指着什么东西说：‘这是我做的。’”

她话中的讽刺意味非同寻常。我完全理解她的感受。

汉弗莱爵士却不。他一脸茫然。“我不理解。”他说。

她笑了：“我知道，所以我得离开。”

我向她说明我**确实**理解。但我问她，她是不是说治理英国并不重要。

“不，”她说，“非常重要。问题是我还没有见过有谁在干这个。”

她补充说她已经受够了那些毫无意义的阴谋诡计。我问她想到了什么。“您利用我作为特洛伊木马，这是一例。还有他们也许告诉您如果您想提拔我工会不会接受。”

我吃了一惊。有谁走漏消息吗？我问她怎么知道的。

她高兴起来，笑得合不拢嘴。“哦，我**不知道**。我只是知道这里的办事方式。”

我们俩都盯着汉弗莱，他还算有些羞耻心，看上去有点尴尬。

我做最后一次努力来说服她改变主意。“听我说，萨拉，”我认真地说，“你看来并不感激我为你打的这场大战。”

突然间她的眼中闪出了怒火。我第一次领教到了几乎把她推上近乎高层的那种坚韧，还有气度和尊严。我意识到我说了很不公正的话。

“哦，您有吗？”她问。“好吧，我并没有请您为我打仗。我并不欣赏进入百分之二十五定额这一想法。女人不是劣等的，我也不愿意受恩惠。我恐怕您也跟其他人一样，是个大家长式、沙文主义的人。我就要到一个我会被平等相待，凭自己的优点，作为一个人，被人接纳的地方去了。”

我没话可说了。显然我冒犯了她，而且我突然意识到赢不了了。

“我现在可以走了吗？”

当然，没理由留她坐在那儿了。我抱歉冒犯了她，尽管我不知道我是怎么冒犯到的。

“不用了，”她说，语气和善，“而且谢谢你们——我知道你们**本意**都是好的。”然后她就走了，留下了两个十分茫然、泄气的家伙。

“女人！”我说。

“是的，大臣，”汉弗莱喃喃地说，悲伤地点着头仿佛在说，“我早告诉过您！”

[这还不完全是此事的结束。最近公开的文件显示，哈克继续为他的百分之二十五定额战斗了相当一阵子——至少几个星期。正如哈罗德·威尔森爵士所言，一星期在政界是很长一段的时间。

汉弗莱爵士的足智多谋应付得了这个情况。他警告哈克，种族关系委员会已经通过小道消息听说了他为妇女提出的定额。他告诉哈克，如果行政部门内部有任何鼓励性的行动，那么行政部门中就必须有一个黑人的定额。汉弗莱爵士解释说这关系到一个原则问题。

哈克对这个新原则不那么热心。他当然不是个种族主义者，但他清楚地知道，为妇女定额是选票赢家，而黑人定额却注定是选票输家。

几天后，哈克提出了他所谓的“少数族群的整体事务——妇女、黑人、工会会员等”。

汉弗莱爵士向哈克解释说，妇女和工会会员不是少数族群，虽然他们同样具有任何少数族群都具备的偏执狂。

所以最终，哈克提出了阿普尔比一直在提的建议：他们开始同为妇女和黑人创造均等机会，从招聘阶段做起。

他们起草了授权书，让一个部际委员会就选择适当人选担任文官的方法提出报告，从此时起四年后提出。到那时哈克肯定已经不再是大臣了。——编者]

[11月初，吉姆·哈克显然是买了一台微型电脑。身为一名前新闻记者，他是个合格的打字员，于是此后的三个月里，他所有的日记都通过文字处理软件输入了他的电脑。

不幸的是，次年3月初，他不慎把软盘上的内容全都删掉了。他从此放弃了文字处理，于3月10日恢复使用磁带录音机口述记录。——编者]

16. 挑　战

3月10日

今天有精彩消息。昨天晚上我在家接到一通电话，要我今天早上直接去十号。

我到了那里才知道有一次政府行政部门的重组。不是内阁改组；我还在行政部任行政大臣。但是我被授予一项新权限——地方政府。这实在是个挑战。

[当天晚些时候，哈克接受《四海一家》鲁多维克·肯尼迪的采访，这是1970年代和1980年代广受欢迎的一个时事广播栏目。我们找到了这次广播谈话的文字稿，复制如下。——编者]

鲁多维克：本周四下午的主要新闻是政府改组，授予了行政事务大臣、下院议员吉姆·哈克阁下一个日益扩大的帝国。据说，哈克先生，您现在既是白厅先生又是市政厅先生了？

哈克：这个，你这么说真是太过奖了，鲁多……

鲁多维克：不是我这样说的，哈克先生，是《每日镜报》。我只是想证实一下您现在是不是这个国家的首席官僚。

哈克：我明白了。这个，当然，是无稽之谈。本届政府立志于减少官僚主义。

鲁多维克：我手中的数据表明贵部今年又多了10%的工作人员。

哈克：肯定没有。

鲁多维克：那好，您的数据是多少？

哈克：我想最新的数据更接近9.97%。

鲁多维克：您知道，有人提出，哈克先生，贵部正在致力于增加而不是减少官僚机构。

哈克：是的，但那只是因为我们为了精减人员才不得不增聘人员的。

鲁多维克：请再说一遍？

哈克：这是常识。你必须聘用更多的医生来治愈更多的病人。你必须聘用更多的消防员来扑灭更多的火灾。你必须……

鲁多维克：（插话）那您打算如何来扑灭地方政府的官僚主义呢？

哈克：这个，这是一个挑战，我正在期待中。

鲁多维克：您是否认同那里存在着比白厅更大的官僚主义浪费？

哈克：这个，是的，这正是其挑战之所在。

鲁多维克：那么您要怎样面对挑战呢？

哈克：呵，这个，宣布具体计划为时尚早。毕竟，我刚从十号直接到这儿来的。

鲁多维克：您的意思是9.97号？

哈克：总的原则是在保证政府服务完整无缺的同时毫不留情地杜绝浪费。

鲁多维克：这正是您的前任被任命时说过的。您是说他失败了吗？

哈克：请让我说完。因为我们必须绝对清楚这一点。而我要对你十分坦率。事情最显明的事实就是，那个，说到底，当选政府有权力——非也，有义务——在下院保证政府政策，这政策是我们当选的依据，我们受委托来执行，这政策是人民投票赞成的，就是这些政策，最终，当国家这块大蛋糕被切分时——而且，也许我可以提醒你，我们作为一个国家并没有无限的财富，你知道，我们花的不能超出我们挣的——就是这些政策……呃，你的问题是什么来着？

鲁多维克：我问的是您是否同意您的上一任是个失败者？

哈克：不，正相反，恰恰相反。只是这项任务实在是巨大的，呃……

鲁多维克：挑战？

哈克：一点不错。

[次日，汉弗莱·阿普尔比爵士收到内阁秘书阿诺德·罗宾逊爵士的一张便条。我们将两人交换来往的便条复制如下。——编者]

亲爱的汉皮：

昨天听到了你们那位伙计在电台的发言。听上去似乎他想对你治理地方的新权限做出点什么。不断说是一种挑战。

我要你在心中相当清楚地认识到：如果我想到你会让哈克在此事上有任何作为，我都不会把地方政府交给你。

阿

3月11日

汉弗莱·阿普尔比爵士的答复：

亲爱的阿诺德：

我确信他做不到，没人做到过。

汉·阿

3月11日

阿诺德·罗宾逊爵士的复信：

亲爱的汉皮：

问题不在这里。我们过去已发现，所有地方政府的改革对我们都有反作用。每当有人想出办法在地方政府省钱或者裁员，你就会发现这在白厅也同样有效。

如果他闲不住找事做，让他去调查民防系统。

阿

3月12日

[同一天，3月12日，汉弗莱爵士在他的日记中提到这些往

来的便条。——编者]

收到两张阿·鲁的便条。显然他担心哈克可能越界。我已清楚表示我知道自己的职责。

无论如何，阿提出了一个绝好的建议：让哈克调查民防系统，以转移其注意力。他指的是放射性尘埃避难所。

这是个至为有趣的概念。众所周知，民防系统并非严重问题，仅仅是一个难以解决的问题。因此最好留给必然无能力应对的人——地方政府。

这是个皆大欢喜的想法，既然政府的最高职责是保护其公民，此事自当决定留给市镇政务委员会。

[哈克的日记继续下去。——编者]

3月15日

今天我遇到一位非常有意思的新顾问——理查德·卡特莱特博士。

我们开了一个由各部门官员参加的会议，他是与会者之一。我注意到我们还没有被正式引见过，我估计是出于某种疏忽。

但是，会议一结束，这个中老年在校生模样的人步履蹒跚地径直走到我面前，用软糯的兰开夏口音问我，他是否可以简短地和我说几句话。

自然，我同意。而且，我也好奇。他看上去跟我的绝大多数官员有点不一样——穿一件宽松的粗花呢运动夹克衫，双肘衬皮。灰褐色的头发朝前梳，蹭着厚厚的眼镜。他看上去像个中年的十岁儿童。如果让我猜他的职业，我会猜学前班的自然老师。

“是关于一个提议，在我们被调到这个部之前想出来的。”他用他令人宽慰的高嗓音说。

“那么你是……”我问，我还是不知道他是谁。

“我是……什么？”他问我。

我以为他要告诉我他的工作是什么。“是，”我问道，“你是什么？”

他似乎糊涂了：“什么？”

现在我也糊涂了：“什么？”

“我是卡特莱特博士。”

伯纳德选中这个时刻插话：“但是也许我可以换个方式问……你是哪儿的？”

“我是国教圣公会的。”卡特莱特博士困惑不解。

“不，”伯纳德耐心地说，“我想大臣的意思是，你在这个部里担任什么职务。”

“你**不知道**？”卡特莱特博士听上去有点吓着了。

“是，**我**知道，”伯纳德说，“但是大臣想知道。”

“啊。”卡特莱特博士说。我们总算都说明白了。没有人会相信这些大忙人在权力走廊里就是这样相互沟通的。

“我是个职业经济学家，”他解释，“地方行政统计局主管。”

“所以我们接手以前就是你在主管地方政府理事会了？”

他被我的问题逗笑了。“老天，不是。”他悲伤地摇摇头，但显然毫无怨恨之意。“不，我只是副秘书级。戈登·里德爵士是常任秘书。恐怕我不会再往上升了。”

我问为什么不会。

他笑了：“唉！我是个专家呀。”

［白厅内对通才的迷信如此深入人心，以至于专家们都能心平气和、毫无怨言地接受他们二等公民的角色，注意到这一点很有意思。——编者］

“哪一方面的专家？”

“所有方面。”他谦逊地说，然后递给我一个文件夹。

我现在正坐在这里看文件。这是个炸药包，这是一项控制地方政府支出的方案。他提议，每个负责新项目的委员会官员都必须先列出成效标准才可放行。

我一开始还没有领会其中的含义。但我拿这个和安妮讨论之后，她告诉我这就是所谓的“科学方法”。我还从来没有真正接触过这个，因为我早年的训练是社会学和经济学。但是“科学方法”显然意味着你要先设置一套衡量一个试验成败的方法。建议书这样说——“一个方案会失败，如果它超过规定的时间”或者“超过预算的费用”或者“雇用多于预计的人员”或者“达不到那些预定的生产指标”。

了不起。我们要马上照此办理。唯一的问题是：我不能理解为什么以前没这样做过。

3月16日

今天上午我做的第一件事就是打电话找卡特莱特博士并且问他。

他不知道如何回答。“我也不能理解。这个想法我提过好几次，每次都受到热情的欢迎。但是好像每当我们要讨论这事时，戈登爵士就总是有什么更紧急的事情要办。”

我告诉他，他这回来对地方了，并挂上电话。

然后伯纳德突然闯了进来。他看上去相当焦虑，显然他一直在他的分机上监听并且记录。

［这是惯例，是私人秘书公务的一部分。——编者］

“这真了不起，不是吗，伯纳德？”我问。

有一阵突然的沉默。

“你看过那份报告，是不是？卡特莱特报告？”

“是的，大臣。”

“那好，你觉得怎么样？”

“哦，这个呃，它是呃，写得不错，大臣。”

意思很清楚。

“汉弗莱会着迷的，你不觉得吗？”我恶作剧地说。

伯纳德清清嗓子：“这个，我已经安排他明天为这件事来开个会。我确信他会告诉您他的看法。”

“那你怎么说呢，伯纳德？说出来吧。”

“是，这个，我是说，”他闲扯了一番，“嗯……我觉得他会觉得这个，呃，很漂亮……字打得。”

然后接着出乎意料地，他咧嘴笑起来。

3月17日

今天我和汉弗莱开了个会。原定讨论我们在地方政府领域的新职责。但我务必要把它引到卡特莱特的方案。

一开始我们之间就像往常那样一团混乱。

“地方当局，”我开始说，“我们要对他们做些什么？”

“这个，三个主要领域可以有所作为：预算、设施和人员配备。”

我恭喜他确切指出了问题所在：“干得好，汉弗莱。这就是全部的问题。”

他困惑了。“问题？”

“是的，”我说，“有了所有那些讨厌的委员会。预算、设施和人员配备，它们都在增长，增长，增长。”

“不，大臣，”他又用上了他那种傲慢的语调，“恐怕您误会了，我指的是咱们部里的预算、设施和人员。显然这些都要增加了，因为我们增加了那些职责。”

我用甚至**更加**傲慢的语调回答：“不，汉弗莱，恐怕是**你**误会了。”我告诉他地方政府是一团糟，而我问的是我们要做些什么来改进它，使得它更有效，更节约。

他没有回答我的问题。他犹豫了片刻，然后试图用吹捧来转移我的注意力：“大臣，这项新权限赋予您更大的影响力，在内阁中更高的地位——但是您不必让它给您带来更多的工作或担忧。那样就傻了。”

如今我发现我能够轻易抵挡他的甜言蜜语了。我固执地重申我们必须制止正在发生的这一切可怕的铺张浪费。

“为什么？”他问。

我震惊不已。“为什么？”

“是的。为什么？”

“因为这是我的职责，我们是政府，我们被选出来治理国家。”

“大臣，想必您不会打算干预自由选举出来的地方政府所代表的民主权利吧？”

汉弗莱对民主新产生的兴趣让我有点吃惊，有那么一阵我想不出如何应对这听上去完全合理的观点。然后随即就想明白了，在地方政府与威斯敏斯特之间**不存在**竞争——地方当局的权力是威斯敏斯特授予的。他们必须照办。议会是至高无上的。我们生活在议会民主之中，而且这有另外一面。

“地方委员会一点儿也不民主，”我说，“地方上的民主是一场闹剧。没有人知道谁是他们的地方委员。大多数人在地方选举中甚至都不去投票。那些**去**的人只是把它当作一个对威斯敏斯特政府的民意测验。委员们实际上不对任何人负责。”

他看上去面无表情。“他们是有公益精神的公民，无私地奉献他们的业余时间。”

“你见过这些人吗？”我质疑。

“偶尔，在别无选择的情况下。”他回答，闪现出他偶然一见的诚实。

“我见过好多这样的人。他们中一半是自命不凡、爱管闲事的人为了自我表现，另一半是为了从中捞些好处才进去的。”

“也许他们应该进下院。”汉弗莱说。

我觉得我肯定是给了他一张臭脸，因为他匆忙补充说：“我是说，让他们看看真正的立法机构是怎么回事。”

我断定我们圈子已经兜得够多了，我告诉汉弗莱我打算把地方委员会管理起来，并且宣称我有一套计划。

他盛气凌人地一笑：“**您**有一套计划？”

我告诉他我将坚持要求任何一名委员会官员提出一项超过一万英镑费用的项目时，必须附加成效标准。

“附加什么？”

“附加一份声明，”我说，“声明他的项目如果没有实现某些预期的结果或超过规定的时间、人员或预算额度的话，就算失败。”

我渺茫地希望，他会认为这是我的想法。没这个运气。

“大臣，”他质问，“您从哪儿得到这个危险又胡闹的想法的？”

我明白卡特莱特博士需要我的保护。“从部里的某个人。”我含糊地回答。

他暴怒：“大臣，我以前就警告过您同部里人谈话的危险性。我**乞求**您不要插手地方政府这个雷区。这是个政治坟场。”

伯纳德来插话。就像自然界不容许真空那样，伯纳德也容不得不匹配的比喻并用。“实际上，汉弗莱爵士，”他推心置腹地解释说，“你不能把坟场设在雷区，因为所有的尸体会……”他做了一个含糊的爆炸手势。汉弗莱给了他一眼让他住口。

我越发觉得有趣，为什么汉弗莱明明一直宣称是他为我弄来的地方政府，现在却说是雷区和坟场。这算是友好的行为吗？

“那好，我到底**该**做些什么？”我问。

“嗯……是的，这个……坦率地讲，大臣，我不认为您要**做**什么。我是说，您以前没做过什么事。”

我撇开这些侮辱和抱怨。我告诉他，我马上就要一个具体的建议，地方当局可以实施的成效标准的即时计划。我不明白他对这事为什么如此激动——随即便恍然大悟：这些成效标准同样可以适用于白厅。

正在我刚要开始顺着这条思路说下去的时候，汉弗莱偶然说了一句立即引起我注意的话：

“大臣，如果您坚持要干涉地方政府的话，我可不可以提个积极的建议，这会是一个真正的选票赢家。”

我总是努力腾出时间来听一个积极建议的。

“地方政府有个迫切需要注意的领域——民防系统。”

我一开始还觉得这是个完全不值一提的建议，人人都把放射性尘埃避难所当笑话看。

他似乎看出我的心思。“这会儿，大臣，您可能把它们当作笑话。但是任何政府最高的职责都是保护其公民，而地方当局却在拖后腿。”

“有些人，”我说，“认为建造避难所使得核战争更有可能发生。”

“既然有核武器，就必须得有避难所。”

“我想你说得对。但我不知道我们是不是真的需要核武器。”

汉弗莱爵士大为震惊：“大臣！您不是个单边主义论者吧？”

我告诉他我有的时候也疑惑。他告诉我既然如此我就应该从政府辞职。我告诉他我还不是**那么**单边主义。

“但是不管怎么说，汉弗莱，”我补充说，“美国人总会保护我们不受俄国人攻击的，不是吗？”

“俄国人？”他问，“谁在说俄国人？”

“那好，独立的核威慑……”

他打断我：“是用来保护我们对付法国人的。”

我简直不能相信自己的耳朵。法国人？听上去难以置信。非同寻常。我提醒汉弗莱他们是我们的盟国，我们的伙伴。

“他们**现在**是，”他赞同，“但是在过去九百年的大部分时间里，他们一直是我们的敌人。如果**他们**有，我们就必须有！”

只需要几秒钟就能想明白他这话里的深刻道理。这突然之间就变得一点儿也不难以置信了——常识而已，真的。如果核弹是保护我们免受**法国人**攻击的话，那就完全是另一回事了，显然我们必须拥有，你不能信任法国佬，**这一点儿**没有讨论余地！

更何况，还有——毫无疑问地——公众对核弹的关注在增长。如果一个人被大家看到在这方面出力，这在政治上会大有好处。

我还从BBC得知，鲁多维克·肯尼迪正筹备一部关于民防系统的电视纪录片，它一定会对当前情况持批评态度。所以如果我让大家看到我正在采取决定性措施……

“我们什么时候开始？”我问汉弗莱。

他有一个现成的建议：“伦敦下属的泰晤士马什区是国内民防开支最少的地方当局。”

一个极好的起点。泰晤士马什是本·斯坦利的行政区，那个留一撇小胡子的讨厌的老顽固，新闻界都恨他。

于是我告诉伯纳德去安排这次访问，而且要确保让新闻界充分了解情况。“告诉他们，”我指示他，“我为泰晤士马什无助的公民们忧心忡忡，夜不成寐。”

“您是吗？”伯纳德问。

“从现在起我是！”我坚决地说。

3月23日

今天我到泰晤士马什市政厅做正式访问。我注意到新闻界出动的情况非常令人满意，尤其是摄影记者。

我在前阶遇上一个所谓的“欢迎委员会”，无数闪光灯闪个不停，我被介绍给委员会的领导人。

“你是斯坦利先生吧。”我说，这是我准备好的话，但是却引起那群庸庸记者的一阵开心的哄笑。

随后在市长的接待室喝着茶、吃着黏糊糊的面包卷进行交谈，基本上不能称之为一个有思想的会议。但是我提出了必然会产生巨大效果的观点，而且我确信会见报。即使不，也无疑会以其他什么方式透露出去。[换句话说，哈克会透露。——编者]

斯坦利挑衅地问我为什么自以为可以从白厅闲逛到泰晤士马什来，告诉他们如何治理他们的政区。他挑起了争端。

作为回敬，我（客气地）问他，为什么对选他出来的人民，他所做的保护工作比不列颠其他任何政区都相对要少。

“很简单，”他说，“我们弄不到钱。”

我建议他设法去找钱。这引得他怒火爆发，说了一大篇自以为是的道理。

“噢，那**太棒**了。”他不耐烦地说，勉强挤出的笑容与他那恶毒的小圆眼睛出奇地不协调，一两片市长的巴顿堡蛋白杏仁蛋糕的碎屑还沾在他抖动的小胡子上。“噢，那太棒了。学校不供饭了？不买教科书了？把领养老金的人[1]都赶出去挨冻？”

所有这些廉价的竞选废话一点也打动不了我。这与年迈的公民[2]毫无关系。

“如果你想要钱，”我不耐烦地说，“我可以确切地告诉你到哪里去弄。”

“你可以？”他讥笑说。

“是的。”我说。我叫卡特莱特告诉他，因为他拿着文件。

于是卡特莱特给他念了一份他和我都赞同的清单。

---

① 年迈的公民。

② 领取养老金的人。

行政事务部

地方行政统计局

泰晤士马什节约计划

1. 取消计划中的：	（a）新展览中心
	（b）人工滑雪场
	（c）按摩泳池
2. 关闭：	（a）女权主义者戏剧中心
	（b）委员会周报
	（c）委员会月刊
	（d）福利权利研究部
	（e）同性恋丧亲服务中心
3. 减半：	（a）委员会成员娱乐津贴
	（b）管理部门娱乐津贴
4. 出售：	市长的第二辆戴姆勒高级轿车
5. 推迟：	新市政厅建设
6. 取消：	二十名委员会委员的牙买加观光实地考察团

这一系列建议可在五年内节省两千一百万英镑的固定资产投入和七十五万英镑的年支出。

斯坦利看了这张清单，随即陷入茫然不知所措的沉默。终于他想出了一个回答。

“这真是愚蠢。”他说。

我问为什么。

“因为，”他费力地解释，“这剥夺了穷苦人必不可少的服务。”

“按摩浴池？”我毫无恶意地问。

他很清楚他处境艰难，于是改变了防线。

“你瞧，”他说，完全放弃了泰晤士马什搞不到钱的论据，“我并不在意我们有没有钱负担放射性尘埃避难所。这是一个主张单边主义的政区，我们泰晤士马什就不信会有核战争。”

“斯坦利先生，”我谨慎地回答，“我也不相信会有核战争，没有神志清醒的人会相信。但是提供放射性尘埃避难所是政府的政策。”

“这不是泰晤士马什的政策，”他吼了起来，“泰晤士马什同苏联没有争端。”

“我们怕的不单是苏联，倒有可能是法……”

我及时地住了口。如果说出那个词，我可能已经引起了十年来最大的国际事件。

“谁？”他问。

我脑筋飞转。“那些法……发了疯的中国人”是我一时间所能想到的话。不过还管用，这场危机算是过去了。然后我继续说话，我觉得我最好这样。不是说这样谈下去有什么困难，而是联合王国内每个行政区都有自己的外交政策这一想法实在是荒谬得不可想象。工会有自己的外交政策，每个行业协会，现在是每个行政区，这样下去如何是个头？很快他们就都要有自己的外交部了——好像我们现在这个引起的问题还不够多似的。

具有讽刺意味的是，在实际操作中**任何**机构都基本没可能有其自己的外交政策，即使是政府。外交部是在华盛顿、北约、欧共体以及联邦秘书处的协助下照管这些事的。

因此我试图向他证明他得了妄想症。

“如果俄国人真的入侵我国，”我挖苦地提出，“我猜想他们会停在贵区边界，还会说：停住，我们没有同伦敦泰晤士马什区打仗。向右转，同志们，我们去占领切尔西吧？”

这场争论变得相当激烈。[事后的新闻报道会称之为“坦率地交换意见”。——编者]

可是就在此刻，伯纳德插进来，他抱歉打断了我们，然后递给我一张小纸条，给了我极大的启发。我立即理解了它的内容及其政治含义。

我看着本同志。“哦，斯坦利先生，”我说，忍住不笑，“看来**你**是无论如何都不会受召去做最崇高的牺牲喽。”

“你什么意思？”他问道，其实对我的意思知道得十分清楚。

这张便条包含的内容是泰晤士马什市政厅下面有一个放射性尘埃避难所，其中有一处是保留给委员会领导人专用的。我问这是否属实。

“不是我们建的。”我把他逼得只有招架之力。

“但你们在维护？”

“它只是很小的一处。”他阴沉着脸喃喃地说。

我问他里面是不是有他的一席之地。

“我是极不情愿地听从了劝告，保留我的席位对泰晤士马什纳税人的利益是有必要的。”

于是我问他给其他必不可少的人员——医生、护士、急救员、消防员、城市救援队、紧急电台及电视台服务人员——提供了些什么？“没准儿人民和委员们同样重要呢。”我挖苦地补充说。

“有一个委员是药剂师。”

“噢，太棒了，”我说，“对付一场核灾难，什么都比不上一片阿司匹林。”

[本周晚些时候，汉弗莱·阿普尔比爵士和内阁秘书阿诺德·罗宾逊爵士在文学俱乐部共进午餐。汉弗莱爵士一如既往地留下了这次会谈的备忘录。——编者]

阿诺德评论说我的大臣这趟泰晤士马什之行取得了一点宣传成绩。他似乎很满意，这出乎我的意料。

每当这位大臣取得任何方面的成绩，我都会担心。一向以来引起麻烦的都是因为他自认为取得了成绩。

阿诺德则认为大臣们自认为取得成绩是件好事。他所持观点是这会让日子好过得多，因为他们会少麻烦一阵子，而我们也不必忍受他们闹脾气了。

另一方面，我的担忧是他又要提出下一个主意了。

阿诺德得知我们有了一位有两个主意的大臣后甚有兴趣。他记不得我们上次拥有这样一位大臣是什么时候了。

[当然，哈克并不是真的有什么主意。这些主意一个是伯纳德的，另一个是卡特莱特的。——编者]

阿诺德想知道这个最新的主意，我只好告诉他是卡特莱特那个愚蠢的方案，要对所有超过一万英镑的委员会项目推行预先制定的成效标准，并实行官员实名负责制。

阿诺德知道这个方案，当然，已经提出好几年了。但他

（和我一样）认为戈登·里德早已把它打压下去了。我想阿诺德对于卡特莱特把它提交给了哈克有点不满，不过既然卡特莱特现在已经调到行政部来了，我实在看不出有什么办法可以阻止。毕竟，他用的是没有发信人的信封私下里塞给大臣的。暗中的勾当。

阿诺德坚称此事必须制止。他绝对正确。一旦你事先指定一个项目应该实现的目标以及由谁来负责监督其完成，整个体制就垮了。如他所说，我们就会进入一个由专业人员管理的道德败坏的世界。

阿诺德提醒我（好像我还不知道似的）我们已经用两三年调动一次官员工作的方式来防止这种个人负责制的胡闹了。如果卡特莱特的方案得以推行，我们就只好把每个人的工作每两周调动一次了。

显然，我们必须得让大臣明白他治理地方的新职责是用来享受，不是用来行使的。

我告诉阿诺德明天哈克会重温一遍他的小小战绩，与鲁多维克·肯尼迪一起为一部民防系统的纪录片录制一段电视采访。

阿诺德把他的疑惑说了出来，如果我们给哈克看一份档案材料，让他知道地方委员们支出民防预算的奇特方式，会发生什么呢。我说我其实看不出这会有什么帮助。但是阿诺德有个主意……

也许他应该当个大臣！［阿普尔比文件 39/HIT/188］

［据悉尽管早有预料，哈克还是因受邀在鲁多维克·肯尼迪民防电视纪录片上露面感到高兴。他原本相信他得到一个机会来

谈谈一个大臣的成就。据说事实上在录制前他还开玩笑地问肯尼迪：这是否表明BBC的政策有所转变？

我们复制了这次采访的文字记录，表明其真正的进程并非如哈克所愿。这当然是阿诺德·罗宾逊爵士那个主意造成的结果。——编者]

鲁多维克：大臣，您最近一直宣称，您就民防一事与地方当局打交道，取得了某些成就。

哈克：是的。

鲁多维克：但这种成就难道不是宣传效果更大于实际成绩吗？

哈克：不，鲁多。我相信我们掀起的日益增长的公众兴趣，正在迫使地方当局正视他们需要做的事。

鲁多维克：这么说来您同意。

哈克：什么？

鲁多维克：您在说您的成就只是宣传上的成就。

哈克：好吧，如果你要这么说的话，是的。但情况正在变化。

鲁多维克：在泰晤士马什？

哈克：啊。泰晤士马什。正如我对新闻界指出的，他们确实有一处放射性尘埃避难所，其中有块地方留给委员会领导人本·斯坦利先生的，而他拒绝为其他人建避难所！你不以为这相当虚伪吗？

鲁多维克：但是大臣，为我们选举出来的代表提供生存的机会难道是不合理的吗？否则的话，谁来管理呢？

哈克：在核灾难事件中，还有比纯粹的政治家更重要的人——医生、护士、消防员，所有那些管理必不可少的服务设施的人。

鲁多维克：但是，举个例子，难道首相和内务大臣不是在政府的放射性尘埃避难所里保留着席位吗？

哈克：啊，呃，嗯，但是……嗯，但那完全不一样。

鲁多维克：为什么？

哈克：这个，总得有人，呃，管理……你知道。

鲁多维克：但他们没有受过急救和消防训练，不是吗？想必您是主张他们应该把他们的席位让给医生和护士吧？您跟他们提过这一点吗？

哈克：我认为我们必须小心不要，呃，淡化一个非常重要的问题，鲁多维克。再举一个例子，我刚听说有一个行政区用纳税人的钱，派了一个委员会代表团去加利福尼亚参观放射性尘埃避难所，他们回来后却什么事也没办，因为他们把整个民防系统三年的预算都花在这次旅行上了。

鲁多维克：这不是骇人听闻吗？

哈克：骇人听闻。

[看一下哈克日记中写于电视采访当晚的简短评论是很有趣的。——编者]

3月29日

电视采访进行得相当不错。但是我在本·斯坦利的掩体问题上陷入了一点麻烦。我说了政治家不如医生重要之类的话。

他问到首相在政府避难所中的席位。我本该预见到这一招。

总的来说，我还是相当机智地摆脱了困难。不过我不敢肯定首相对这事是否会高兴。

幸好我还能讲出一个非常有趣的故事，关于一批委员花了三年的民防预算到加利福尼亚去公费旅游的事。所以一切顺利。总的来说，下周播出的时候会对我有点好处。

3月30日

焦虑的一天。那天关于首相的话我失言的程度远比我想象的要严重得多。

那个一群委员去加利福尼亚的倒霉故事是造成麻烦的根源。我甚至记不得我是从哪儿得知的——我想是在录制节目之前伯纳德转给我的某份来自民防总局的简报。

总之，汉弗莱向我问起这事。一开始他不肯说为什么，只肯评论说他确信我知道自己在干什么。

他只在我制造出骇人的麻烦时才这么说。

接着他透露，前面说到的那个行政区包括首相的选区。而首相的竞选代理人就是那个带团出国的委员。

一开始我认为他在开玩笑。但不是。

"十号几个星期以来都在努力不声张此事，"他说，"呵，这个，真相总是会冒出来的。"

我不明白为什么。真相**不应该**冒出来。那是可能发生的最糟糕的事。这会显得像人身攻击，而首相这阵子对不忠诚非常敏感。我告诉汉弗莱我们必须制止这次采访播出。我看不出还有什么其他选择。

让我惊讶的是，他选择在这一时刻站起身结束了谈话。

“可惜的是，大臣，我没时间了。我必须得走了。”

我倒吸一口冷气。“你不能走。这是头等大事。我命令你。”

“哎呀！大臣，是您的命令让我得赶紧走的。”

我想不出他什么意思。他解释说：“您要地方委员会实施预设成效标准的方案非常复杂。您要求马上写出提案。这事占去了我所有的时间。我是非常想帮您……”

他停住，然后貌似要提出什么建议：“另一方面，如果实施成效标准不是这么急的话……”

“你是说，”我意外地问，“你**能够**制止播出？”

他有所保留：“大臣，我们不能审查 BBC。但是……我碰巧明天要和 BBC 的政策主任共进午餐，也许您愿意加入我们？”

我看不出有什么意义，既然我们不能审查他们。我这样说，相当愁苦。

但是汉弗莱的回答又给了我希望的理由。“不，大臣，但是我们总能设法说服他们主动撤销节目，只要让他们意识到播出并不符合公众的利益。”

“这不符合我的利益，”我坚定地回答说，“而我代表公众。所以这也不可能符合公众的利益。”

汉弗莱看来有兴趣了。“这是个新颖的想法，”他说，“我们以前还没对他们试用过。”

我想他对我的想法的尊重比他愿意表现出来的要多。

3月31日

今天吃了一顿非常成功的午餐，一起的人有汉弗莱和弗朗西斯·奥布里——BBC 的政策部主任，一个脸上永远满是焦虑的人。他可能一向如此。

不过开场很糟糕。我一引出这个主题，他就坚定地阐明他的立场："我很抱歉，哈克先生，但 BBC 不能屈服于政府的压力。"他浓密的黑眉毛坚决地竖了起来。

"好吧，让我们把它搁到一边，好不好？"汉弗莱爵士圆滑地说。

我认为汉弗莱应该站在我这一边。

"真的不行，"我开始说，"我必须坚持……"

但是他制止了我，我觉得相当粗暴。"让我们把它搁到一边去，"他又说一遍，"**好吗**，大臣。"

我真的没的选了。但是后来我就意识到我低估了我的常任秘书。

他转向奥布里先生说："弗兰克，我能说点别的吗？ BBC 对政府的敌意让人相当不安呀。"

奥布里对这种想法一笑置之："那很荒谬。"

"哦，**是**吗？"汉弗莱问。他斜身在旁边的空椅子上打开一只巨大的公文包。不是他通常用的那只秀气的、刻着金色姓名首字母的皮包，而是一只鼓鼓囊囊的大皮包，重得需要他的司机给我们扛进俱乐部来。

我原本忧心忡忡，忐忑不安，几乎没注意到它。即使我想到过，我估计我也会认为里面放的是高度机密的文件，以至于汉弗莱走到哪儿都随身带着。

原来装的是一大堆他打算给 BBC 的那个人看的档案。

"我们一直在记录 BBC 时事节目中的偏见事例。"他递过一只用油墨毡笔在上面写着红色大字"偏见"的文件夹。弗朗西斯·奥布里放下他的刀叉，正要把它打开时，汉弗莱又送上第二个文件夹，上面写着“BBC 没有报道的有利新闻”。接着他递上一个又一个文件夹，并指出它们的内容。

“过分宣传其他国家反对英国的事例”——“尤其是我们共同市场上的对手，呃，我是说伙伴。”汉弗莱解释着。“反对首相的笑话”“非必要地宣传反政府示威”……最后，一个巨大的文件夹，比其他的都厚得多，他从餐桌上举过去，上面写着“未被接受的大臣提案”。

弗朗西斯·奥布里显然被这一大堆有罪的指控和证据震慑住了。“但是……我……但是我确信我们对这一切都做出过答复。”他听上去比他看起来要坚定些。

“当然 BBC 做出过答复，”我对他说，“它总是有答复。都是蠢话，但它总有的说。”

汉弗莱采取了一种更为冷静的路线。“当然 BBC 有解释，”他语气和缓地说，“不过我刚好想到我应该警告你，正有人提出一些问题。”

“什么样的问题？”奥布里先生看上去越发担心了。

“这个，”汉弗莱若有所思地说，“比如，如果议会要用电视转播，是否应该委托给 ITV。”

“这不可能是认真的。”他暴怒。

“还有，”汉弗莱保持同样平静又若有所思的状态继续说，“BBC 的管理层是否真的进行了职位的裁减而且是否在我们政府所能容许的前提下进行？是否应该指派一个特别委员会审查 BBC 所有的开支？”

弗朗西斯·奥布里开始恐慌：“那将是一场无法容忍的侵

犯。”采用虚张声势的法子来隐藏他那完全合情合理的恐惧。

到这会儿我完全开始享受乐趣了。

“当然，”汉弗莱爵士欣然接受地说，“还有那些特别包厢，在阿斯科特、温布尔登、贵族院、科文特花园、漫步音乐厅……”

我竖起了耳朵，这对我可是新闻。

弗朗西斯说：“呵，是呀，但这些都是业务需要。给音效和工程人员用的，你知道。”

这个节骨眼儿上，汉弗莱在他那只供应丰富、但这会儿差不多已被掏空了的大旅行包底部掏摸一番，拿出了一盒照片和剪报。

“嗯，”他笑着抛出了他最后的炸弹，“报告显示你们的音效和工程人员都举着香槟酒杯，且有他们的妻子——或者其他同等地位的女士做伴——都十足像是公司的董事、经理和执行官以及他们的朋友们。我想知道我是不是有义务把这个证据送到国税部去。你意下如何？”

说话之间，他把那盒照片递了过去。

无声无息地，一个苍白的弗朗西斯·奥布里在看那些照片。

当他停在一张 10×8 英寸的精彩照片上时，汉弗莱靠过去看了一眼，评论说：“你很上相，不是吗？”

我们有那么一阵陷入了沉默。弗·奥放下照片，试图再吃一点他的面拖板鱼，但显然已经味同嚼蜡。他放下了。我只是饶有兴味地观望。汉弗莱的表演十分精彩，我无意打扰或者妨碍。

汉弗莱静静地享受他那杯 1973 年的巴顿庄园葡萄酒，他精心挑选来配他的烤牛肉的。味道不错，虽然红酒对我来说这样一杯和那样一杯都差不多。

最终汉弗莱打破了沉默:“记住,只要这些文件资料不再增多,我想我们还能控制住对公司的批评,这就是为什么我会敦促我的大臣没必要正式录制民防规划这个节目。”

弗朗西斯看上去很绝望。他把自己的照片脸朝下放进那堆照片:“听着,你是明白我的立场的,BBC 不能屈服于政府的压力。”

“当然不能。”汉弗莱说。这出乎我的意料,我想这恰恰是我们正在努力要达成的呀。但是我忽略了统治集团的虚伪性。或者,用更加善意的说法,汉弗莱是在为奥布里先生考虑某种顾全面子的解决之道。

事实表明正是如此。他看着我。

“我们不会让 BBC 屈服于政府的压力。是不是,大臣?”

“不会?”我问,有点谨慎地,将其视为一个明白的暗示。

“不会,当然我们不会,”他说下去,“但是大臣和鲁多维克·肯尼迪的谈话确实有一些事实上的出入。”

弗朗西斯·奥布里接住了这个,他的脸色显著地明亮起来:“与事实有出入?啊!那就不一样了。我的意思是 BBC 不能屈服于政府的压力……”

“当然不。”我们附和。

“……但是我们认为事实的准确性极为重要。”

“的确,”汉弗莱说,赞同地点着头,“而且,采访中的一些信息到播出时可能已经过时了。”

“过时?”他热切地回答,“啊,那就严重了。你们知道,BBC 不能屈服于政府的压力……”

“当然不能。”我们同声附和。

“……但是我们不想播放过时的内容。”

我看出我现在可以对汉弗莱有所帮助了。

“而且自从录像之后，”我插话，“我发现我无意中说过一两句可能涉及安全的话。”

“比如说？”他问。

我没料到这个问题。我以为他训练有素，不会问的。

汉弗莱出来解救。“他不能告诉你是什么，涉及安全问题。”

弗朗西斯·奥布里似乎毫不介意：“呵，好，安全问题我们怎么小心都不嫌多，我完全同意。如果是保护国土的事受到危及，我们必须高度负责。我的意思是，显然BBC不能屈服于政府的压力……”

“当然不。”我们再一次满腔热情地齐声说。

“……但是安全问题，怎么小心都不嫌多，是不是？”

“怎么小心都不嫌多。”我应声说。

“怎么小心都不嫌多。”汉弗莱喃喃地说。

“而且总而言之，这说到底不是一次有趣的采访。所有都是以前说过的，有点乏味，说实在的。”

弗·奥——或者说讨人喜欢的弗·奥，因为现在我愿意想起这个人了——到这会儿脸色相当明朗，双颊又有了血色，双眼不再呆滞无神。现在他能够重拾信心详细阐述BBC的方针政策和实际操作了。

“我的意思是，”他解释说，“如果内容乏味，而且如果内容不确实并且有安全隐患，那么BBC就不会**想**播出这个采访。这就使情况彻底不一样了。”

“彻底不一样了。”我愉快地说。

“播出，”他往下说，“就不符合公众利益。但是我确有一件事要绝对说清楚。”

“是吗？”汉弗莱彬彬有礼地询问。

“绝对不成问题的是，”弗朗西斯·奥布里坚定不移，斩钉截铁地说道，“BBC 绝不屈服于政府的压力。”

我想现在一切都没有问题了。

4月5日

今天下午汉弗莱爵士突然闯进来看我。他刚接到一个消息，BBC 已经决定撤掉我和鲁多维克·肯尼迪的谈话。显然他们认为这是负责任的做法。他们当然这样认为。

我向汉弗莱道谢，并请他喝杯雪利酒。当我回想起前几天发生的事情时，产生了一个新的念头。

“你知道，”我说，“我觉得好像是不知怎么的，我就中了别人设计的圈套说出了那些会让首相难堪的话。”

“当然不是。”汉弗莱说。

“是的，”我说，“我觉得我就是正好掉进去了。”

汉弗莱取笑说这是个荒唐的想法，并问我怎么竟会想到这个。我问他为什么认为鲁多设计我中圈套是荒唐的。

“谁？”他问。

“鲁多。鲁多维克·肯尼迪。”

汉弗莱突然改变了他的语调。“噢，**鲁多维克·肯尼迪**设计让你中圈套。我明白了。是的。我确信他就是。”

我们两人都认同，每一个在媒体工作的人都不老实，你一分一毫也不能相信他们。但是，现在我回想这件事，为什么在我说到鲁多的时候他会那么意外？他本**以为**我在说谁呢？

不管怎么说，他使我摆脱了可怕的困境。很清楚，应该有一次等价交换。我不得不提议我们停止干涉地方当局的事了。

“必须承认，”我被迫让步，“地方委员们——总的来说——都是些明智、负责任的人，而且他们是民主选举出来的。中央政府在开始指导他们如何去做之前必须非常慎重。”

“那成效标准呢？”

“我想他们不用这个也能管理好，你不觉得吗？”

“是，大臣。”

然后他满意地笑了。

但是我并不打算把这事就此搁下。经过一段适当的间隔，我还是要重提的。毕竟，我们达成的是一个未曾明言的小小协议，一种未曾写就的“缓和”——但是没有人能用一个未明言未写就的交易来约束你。能吗？

17. 道德标准

5月14日

我写这一则日记，既不是在我伦敦的公寓也不是在选区的家中，而是在英国航空公司飞往库姆兰石油酋长国的航班头等舱内。

我们前往波斯湾的航程已经飞行了大约四个半小时，再过大约四十五分钟就要降落了。

我很激动。我以前从来没坐过头等舱，就是不一样。他们一路都有免费香槟，还有一顿像样的饭，不是一般的味精加色素。

而且，当 VIP 也不错——专门的休息室，最后登机，全程隆重招待。

我们到那里去签署一份不列颠在中东获得的有史以来最大的出口订单之一。

但是当我说“我们”的时候，指的不是我和伯纳德和汉弗莱。事实上，我事先就要求得到保证，不能让这次出差受到浪费大量政府金钱的指责。汉弗莱向我保证代表团已经达到了能够允许的最小规模。他的用词是“削减至骨”，我记得很清楚。但是现在我意识到，尽可能地把我在VIP休息室里拖到最后一分钟可能别有用心。

当我真正登上飞机时，我被吓到了。坐得**满满**的都是文官。事实上这架飞机是包机，因为我们的人实在是太多了。

我立即质问汉弗莱包机的奢侈行为。他把我当个疯子似的看着，并且说如果我们大家都坐班机的话，钱才花得没边儿呢。

我完全相信这是实话，我反对的是我们这个团的规模。“这都是些什么人？”我问。

“我们小小的代表团。”

“但是你说代表团已削减至骨了。”

他坚称确实如此。我再一次地问他，这都是些什么人。于是他告诉了我。有一个外交部的小团，尽管这是行政部的任务，但他们不喜欢我们任何人不在他们的监督之下出国。我实在不理解，外交政策又不是这次出差的议题，我们要做的无非是签署一份库姆兰政府和英国电子系统有限公司充分洽谈过的合同。

总之，除了外交部的代表团，还有一个商务部的和一个工业部的团。还有一个能源部的小团，因为我们去的是一个石油酋长国。（如果问我，我会说完全不相干——即使我们去瑞士，能源部还是会提出有权派代表团的——他们恐怕会论证说巧克力还提供能量呢！）然后是一名副秘书带了一队内阁办公室的人，情报中心的一群人。而最后，就是整个行政部的使团：我的新闻办公室、我的半个私人办公室、联络各部的办公人员、秘书、来自法律部门订立合同的人员、监督合同的人员……无穷无尽的名单。

有一件事是肯定的：肯定没有削减至骨。我提醒汉弗莱（他坐在我旁边，像猪嘴拱进水槽那样刚喝过免费香槟，已经打上盹儿了）在米德尔斯布勒会见库姆兰人的时候，我们只去了七个人。

“是，大臣，”他深表理解地点点头，“但提兹赛德恐怕也不如库姆兰那么有外交意义。”

“提兹赛德有四个议员。”我说。

“库姆兰控制着壳牌和英国石油公司。”

然后，突然间，一个至为有趣的问题出现在我心中。

“**你**到这里来干什么？”我问道。

“个人考虑。”我以为他回答完了，于是高兴地插话：“个人考虑？”

他举起手，要求把话说完：“个人考虑不计在内，纯粹出于责任意识。”

然后，他可疑地迅速转换话题，递来一份题为“最后公报”的文件，要求我批准。

我还在为一百多个免费旅行的文官生闷气。他们的旅费都有人付，**还有**回程费也有人付。然而当我问起安妮能不能去的时候，却被告知她需要得到库姆兰国王的特许才能出席任何公开活动——而且，不管怎样，我都必须支付她的旅费、住宿费，一切费用。

这些可恶的文官把一切都安排得完全对他们自己有利。这次旅行花了我好几百英镑，因为安妮确实想来。她正坐在对面和伯纳德聊天，看上去好像非常开心。反正这样就好。

总之，我跑题了。我突然意识到我手里拿着什么。汉弗莱已经在会谈**之前**就写了一份最后公报。我对他说他不可能那么做。

“恰恰相反，大臣，你没法在会谈**之后**写公报。我们要取得其他六个部、欧共体委员会、华盛顿、库姆兰大使馆的同意——你没法几个小时内在沙漠里办好这事。”

因此我浏览了一下。然后我指出这是没用、假设、完全彻底的瞎猜——和我们实际要谈的可能完全无关。

汉弗莱爵士平静地笑了，“没有哪份公报与实际谈的内容有关。”

“那我们为什么要一份公报呢？”

“这只是一种出境签证。让你通得过记者团。”噢！我忘了提，这架庞大的飞机倒数第三排座位上挤满了舰队街来的醉汉，也都是免费的。每一个人，除了我妻子，是我给她付的钱。“新闻记者需要这个，”汉弗莱爵士说，“来证明他们为一件徒劳无益、无足轻重的事花费巨额公款是合理的。”

我不能确定我愿意让自己前往库姆兰的贸易使命被说成是徒劳无益、无足轻重的事。他显然看到我的脸沉下来了，因为他补充说道：“我是说，对您来说是一次丰功伟绩，这也是为什么对新闻界是一件徒劳无益的无足轻重之事。”

他这样说是对的。记者痛恨报道成功的事。“是的，他们真正希望的是我在正式宴会上喝醉。”

“没这个指望了。”

我问为什么不，随即就意识到我问了一个明摆着自我认罪的问题。但是汉弗莱似乎没注意。相反，他忧郁地回答，“库姆兰干巴巴的。”

“这样，它在沙漠里，不是吗？”我说，随即明白了他的意思。伊斯兰的律法！为什么我没想到？为什么我没问过？为什么他没**告诉**过我？

看来我们可以在我们自己的大使馆里喝上一两杯，但是正式招待会和晚宴在王宫举行，整整五个小时。**五个小时滴酒不沾**。

我问汉弗莱我们可不可以揣个随身带的小酒壶来应付一下。

他摇摇头："太冒险了。我们只能笑着忍下来了。"

于是我坐在那里看公报，全是些有关两国之间亲密关系的常见扯淡，共同利益啦，坦率而有益的对话啦，还有所有的废话。汉弗莱在看《金融时报》。我想知道如果谈判内容与公报里所说的相差**太**远没法签字时，我们该怎么办。假如在招待会上有什么外交事故，我无论如何得跟伦敦联系，我需要以某种方式直接联络比如说外交大臣，乃至首相本人。

于是一个主意在我的脑海中闪现出来。

"汉弗莱，"我试探性地建议，"我们不能在宴会厅隔壁设一个安全联络室吗？我是说，在酋长的宫殿，有紧急的电话和电报线路直通唐宁街。然后我们可以从大使馆偷偷运几箱酒放进去。我们可以在橙汁里掺酒，没有人会知道的。"

他一脸错愕地瞪着我："大臣！"

我正要为想得太过分而道歉时，他却接着说："这太有才了。"

我谦逊地谢过他，并且问他是不是真的可以这么做。

琢磨片刻之后，他说特殊联络室只在重大危机出现时才有理由设立。

我指出五个小时滴酒不沾就是重大危机。

我们决定，由于英镑此刻正在承受压力，设立一间联络室是合理的。

汉弗莱承诺热心支持该计划。

[看来这个外交上危险的恶作剧在抵达库姆兰后立即就兑现了。当然，英国大使馆的档案显示，设置一间英国外交联络室的命令在贸易代表团抵达库姆兰的当天就下达了。穆罕默德亲王立即批准。一条通往唐宁街的电话热线迅速安装好，还加上一个扰频器和两台电报机等。

这个临时联络中心设在靠近宫殿一个主要接待区的一间小休息厅内。次日英方代表团来到王宫。詹姆斯·哈克由他的妻子安妮做伴。库姆兰人感到难以拒绝，因为女王陛下以前曾在这座宫殿受到接待，因此开创了在特殊情况下允许特殊妇女进入的先例。

这个提供橙汁的宴会开始不久，哈克获赠一只当作玫瑰香水罐用的金银器，代表库姆兰政府对英国人表达的敬意。——编者]

5月17日

昨天我们出席了穆罕默德亲王在宫中举行的禁酒宴会，今天我严重宿醉。

可惜的是，我记不清宴会是怎么结束的了，不过我确实依稀记得汉弗莱爵士告诉某个阿拉伯人说我突然患病必须马上卧床。其实那是真话，即使不完全是真话。

这是一次非常盛大的招待会。首先英国代表团就庞大得要命，然后还有数量巨大的阿拉伯人。

晚会基本是从向我赠送一件精美的礼品并伴之以这是多么值得纪念的一天这类外交辞令开始的。后来，与一个阿拉伯客人闲谈得知，这显然是一件17世纪伊斯兰艺术的精美代表，他大概是这么说的。

我问它原本是干什么用的，他说这是一只玫瑰香水罐。我说那我估计这就意味着它是用来盛玫瑰香水的，谈话照这样下去已经渐渐没什么可说的了，这时伯纳德来到我身边，带来了当晚第一个紧急而富有想象力的口信。不过我必须承认，一开始，我还没领会他的话。

“请原谅，大臣，联络室里有紧急电话找您。一位黑格先生。”

我以为他指黑格将军。但不是。

“我的确是说黑格先生，大臣——您知道，长酒窝的那个。”

我用某种担忧的样子点点头，郑重其事地说声“啊，是”，向周围人致歉，然后匆忙前往联络室。

我必须得说汉弗莱已经关照了什么人把一切都安排得井井有条。电话、电报、两名拿步话机的我方保安人员、密码机、各种家伙事儿。

而且为防这地方被东道主窃听，我很谨慎地没有要酒，而是要黑格先生的消息。立即，我们的一个伙计往我的橙汁里倒了些威士忌。看上去颜色深了一点，但不会有人能真的发现。

伯纳德·伍利爵士（与编者谈话时）回忆：

库姆兰宫中举行的那次官方招待会是我终生难忘的一个夜晚。首先，为掩盖哈克越来越严重的醉态异常紧张。而且不只是哈克，事实上，英国代表团中好几个成员都参与了这一秘密行动，而且很惹人注意地，他们杯子里的橙汁随着晚宴的进行越来越显出金棕色。

不过那天晚上也开启了差点导致我的事业过早结束的一

连串极其不幸的事件。

哈克夫人是出席宴会的唯一女性，他们把她奉为当晚的上宾。有一次哈克离开去添酒时，她说那只玫瑰香水罐摆在她伦敦寓所门厅的角桌上会相当漂亮。

我有责任向她解释这是一件送给大臣的礼物。

开始她不明白，还说那也是他的门厅。我不得不解释说这是一件送给**身为**大臣的大臣的礼物，所以她不能留下。我自然不会忘记不久前托尼·克罗斯兰咖啡壶事件引起的那桩丑闻，发生才不过几年而已。

她想知道他们是不是应该把它退回去。显然不能。我解释说这会是一个极富侮辱性的做法。因此她相当合理地说，如果她不能留着又不能退回去，她就不明白她**可以**怎么做了。

我解释说官方的礼物是政府财产，存放在白厅某个地方的地下室。

她不明白那样做有什么意义。我也不明白，除了大臣们从任何人那里接受昂贵的礼物都显然不符合公众利益这一点之外。我解释说一个人可以保留价值最高约五十英镑的礼物。

她问我如何知道礼物的价值。我说你会得到一个估价。然后她用一种我觉得难以拒绝的方式奉承我。她要我去弄个估价，并且说如果低于五十英镑那就“太棒了”，因为这东西“相当漂亮”，然后还说我非常了不起，她都不知道要是没有我他们该怎么办。

遗憾的是，我听信了这些话，答应说我会看看我能做点什么。

与此同时我得到了哈克的差遣。他若干次之后的又一次从我们设立的临时联络中心回来，大声告诉我约翰·沃克尔[①]先生给我留了口信，来自苏格忌事务部。想到我们很容易被听到，我就问他是不是在说苏格兰事务部。

我被某位苏格兰威士忌急着叫走的时候，哈克夫人问有没有什么给她的口信。

“当然有，亲爱的，”大臣殷勤地回答，“伯纳德会帮你带来的，如果你把杯子给他。”我意味深长地看了他一眼，他继续说：“如果你把杯子给他，他还会给你倒点橙汁。”

那天晚上的大部分时间我都紧挨大臣坐着，幸亏如此，因为他不断地说些不得体的话。有一次他要找汉弗莱爵士，我带他到汉弗莱爵士和一个叫罗斯（来自外交部）的人正同穆罕默德亲王谈话的地方。

不幸的是，罗斯和汉弗莱爵士从背后看上去很像库姆兰人，因为他们两人都穿戴着一身阿拉伯长袍和头巾。尽管穆罕默德亲王就在现场，汉弗莱爵士转过身时，哈克仍然无法掩饰他的震惊。他问汉弗莱究竟为什么要这样打扮。

汉弗莱爵士解释说，这是外交部向我们的东道主表示友好的传统礼节。罗斯证实这表示欣赏，而穆罕默德亲王说他的确把这视作最热烈、最亲切的赞美。然而哈克还是把汉弗莱拉到一边，并且用压得不够低的声音，说：“我没法相信我的眼睛，你成什么样子了，阿里巴巴？”

我确实也觉得这个样子滑稽透顶。老汉弗莱开始解释说，到了罗马就要……哈克根本不买他的账。

① Johnnie Walker是苏格兰威士忌的一个品牌。——译者

“这儿不是罗马，汉弗莱，”他严厉地说，“你看上去很荒唐。”这话不可否认是正确的，但汉弗莱觉得这话相当伤人。哈克还是不依不饶。“如果你在斐济，难道也穿草裙吗？”

汉弗莱自负地回答说外交部的观点认为，由于阿拉伯民族非常敏感，我们应该向他们表明我们站在哪一边。

哈克说道：“这话可能让外交部吃惊，但是你应该站在**我们**这一边呀。”

我肯定他们的谈话应该在私下进行，因此我打断他们并告诉汉弗莱爵士苏联大使馆来电——一位斯密诺夫先生。然后我告诉哈克，他看上去无疑很口渴，我说英国使馆大院有消息给他，关于学校的，一个教师代表团。

他立即面上发光，并且，匆匆离去，说了可怕的俏皮话，什么赶在铃声响起之前赶紧跟教师们打个招呼之类的。

穆罕默德亲王悄悄走到我身旁，轻声说我们这些人都接到大量紧急消息。他的眼睛里没有闪着光，没有迹象表明他已经察觉到所有英国人的橙汁都变得越来越暗了——可是，我不确定他有没有意识到这是怎么一回事。当然，直到今天我还是不知道。

我不想再继续这个谈话，悄悄溜走了。然后发现我正同一个满面笑容的阿拉伯人面对面，这个人在当天晚上早些时候我和安妮·哈克谈论玫瑰香水罐时就坐在我旁边。接下来的谈话，及其致命的后果，是那个夜晚让我永远铭记在心的第一个原因。

虽然穿着传统的阿拉伯服饰，这位满面笑容的阿拉伯人说一口完美的英语，而且显然对西方非常了解。

“请原谅，**阁下**，”他开始说，“不过，我不小心听到了你们有关礼品估价的谈话。也许我能帮上忙。”

我既吃惊，也很感激。问他知不知道这个东西价值多少。

他笑了：“当然。一只17世纪玫瑰香水罐的真品是非常值钱的。”

“老天。”我说，想起安妮·哈克失望的样子。

“你不满意？”自然，他有点意外。

我急忙解释：“是——也不是。我是说如果太值钱，大臣就不能保留它。所以我希望它不值钱。”

他立即心领神会，笑得更多了：“哦，是啊。这个，就像我刚才说的，一只17世纪玫瑰香水罐的真品非常值钱，但这件复制品，尽管制作精良，却不能和真品相提并论。”

“哦，好，多少钱？”

他是个非常精明的家伙，他打量了我一番，然后说：“我倒很有兴趣听听你怎么猜的。”

“略低于五十英镑？”我满怀希望地问。

“了不起，”他毫不犹豫地回答，“确实是个收藏家。”

我问他可不可以签一份估价证明。他同意了，但补充说我们英国人的风俗很奇怪。“你们对一个小礼物这么严格。可是你们的电子公司给了我们财政大臣一百万美元以报答他协助取得这份合同。这难道不奇怪吗？”

当然，我完全吓坏了。我说我希望他的意思不是我所以为的他的意思。

他笑得合不拢嘴。“当然。我在财政部工作。我也拿到了我那份。”

“为了什么？”

“为了让我闭嘴！”

在我看来从现在起随时都会有人向他要回那笔钱。但是我尽快得体地借故离开，我匆匆挤过人群寻找汉弗莱爵士。不太容易，因为他还穿着本地人的装束。

我找到了偏偏正在和大臣说话的汉弗莱，我问可不可以私下同汉弗莱爵士说句话。哈克告诉我只管说。一时间有些为难，因为我要透露给汉弗莱爵士的消息事关重大，我想了个万无一失的法子把哈克从房间里支开两分钟。

“大臣，”我说，“联络室有人找您。是税务，”他一脸茫然。“有关您69年的收入。”他肯定已经喝太多了，因为他只是瞪着我好像我疯了似的，我只好说：“69年的大酒缸。”

“啊，啊，是。”他说着，开心地转过身，撞到了一个站在附近的亲王，把喝剩下的酒都洒出来了。

“伯纳德，”汉弗莱抓住我的胳膊快速把我拉到一边，“我开始考虑大臣收到的紧急消息快要不够他应付了。”

我很高兴他把我带到一个安静的角落。我立即冲口说出我刚刚得知的最可怕的事：合同是靠贿赂得来的。

大大出乎我的意料，汉弗莱爵士完全无动于衷。不仅如此，他早已**知道**。他告诉我库姆兰的所有合同都是贿赂得来的。“所有人都知道这个。只要没人知道，就完全没问题。”

我非常确信大臣不知道，我建议告诉他。

“当然不行。”汉弗莱爵士告诫我。

“可是如果所有人都知道……”

“除他以外的所有人，”他坚决地说，“你没有必要让大臣知道所有人都知道的事。”

就在我们讨论的关键时刻，有两个人分别向我们走来。从右边来的是费萨亲王殿下，而左边来的是大臣，明显萎靡不振的样子。

“啊，阿拉伯的劳伦斯，”哈克叫喊着东倒西歪地走向汉弗莱爵士，“联络室有你的口信。”

“哦？”汉弗莱爵士说，“这回又是谁呢？”

“拿破仑！”大臣宣布，傻笑着，然后倒在地板上。

［哈克的日记继续下去。——编者］

5月19日

回到了英格兰，回到了办公室。还有时差。我经常怀疑我们政治家是不是真的能在海外旅行归来后立即为我们的国家做出最英明的决策。

今天《经济时报》上有一篇非常不幸的报道，是从法国的报纸上转载的。

英国电子集团被指控行贿

据《世界报》称，英国电子集团与库姆兰近期签订的合同是靠贿赂赢得的。

据巴黎来的消息，这是以洛克希德和诺斯洛普两例最为著名的一长串丑闻中的最新一件，揭露了西方工业发达国家与第三世界政府织就的一张极为丑陋的行贿蛛网，它成为我们现代文明的污点。

我拿给伯纳德看。这有什么用!

“蜘蛛网成不了污点，大臣。”这是他的评论。

“什么？”我说道。

“蜘蛛不吐墨汁，您知道。只有乌贼。”有时候我觉得伯纳德完全脑筋错乱。蜘蛛没有乌贼。我一点也不明白他到底什么意思。有时候我怀疑他说这些蠢话是为了避免回答我的问题。[哈克警惕性提高的又一迹象。——编者]

于是我直接问他，对发表这种毫无根据地指控英国电子系统集团的消息，有何看法?

他喃喃地说这很可怕，并且赞同我的看法，这个满是回扣和贿赂的肮脏世界完全不属于我们的本性。“毕竟，我们**是**英国人。”我评论说。

他毫不犹豫地赞同我们是英国人。

但是他的态度中有点躲躲闪闪的意思，所以我没有轻易放过。“然而，”我说，“发表这种消息不像是《经济时报》的风格，除非背后有些什么。”

然后我看着他等着。我觉得伯纳德似乎在刻意假装出一副冷漠的态度。

“背后没有什么，是不是，伯纳德？”

他站起身，看着报纸。“我想背后一版是体育新闻，大臣。”

显然，这背后**是**有点什么，而且显然伯纳德已经被告诫要闭嘴。明天上午第一件事就是跟汉弗莱碰头。我打算把这事弄个水落石出。

5月20日

我见到了汉弗莱。

我一上来就把《经济时报》上的文章指给他看。不过我想伯纳德肯定已经让他注意到这个了。

我告诉他我要知道真相。

“我不认为您要，大臣。”

“你能回答一个直接的问题吗，汉弗莱？”

他犹豫了片刻。“大臣，我强烈建议您不要提直接的问题。”

“为什么？”

“这会引出一个直接的回答。”

“还从来没有过呢。”

我昨天就明白伯纳德知道点内情，我觉得他没有对我坦诚相见，所以今天我把他逼上绝路，当着汉弗莱的面儿，这样他就不能在他的大臣面前说一套，在他的常任秘书面前另说一套了。[哈克这一妙举直击整个私人秘书制度的要害。——编者]

“伯纳德，以你的名誉担保，这件事你是知道一点的吧？”

他像只受惊的兔子似的瞪着我。他的眼睛迅速冲汉弗莱闪了一下，汉弗莱——像我一样——正注视着他，满心希望（却没有信心）他会说出恰当的话。

伯纳德显然不知如何作答，足以证明他知道有些不明不白的事情在进行。

“这个，我，呃，就是说，有，呃，有人确实……”

汉弗莱急忙插话：“有很多流言飞语，就这些。谣言，道听途说。”

我不理汉弗莱。“说吧，伯纳德。”

“嗯……这个，有一个库姆兰人确实告诉我他收到过，呃，有人付给他……”

“道听途说，大臣。”汉弗莱愤慨地大喊起来。

我指着伯纳德：“道听途说？”

显然我不会从伯纳德那里得到更多的消息了，但是他已经说出了我需要知道的一切。

“汉弗莱，你是不是要告诉我英电集团通过行贿才得到合同的？”

他一脸痛苦：“我希望您不要用‘行贿’这样的字眼儿，大臣。”

我问他是不是更愿意让我用润滑基金、好处费或者灰色信封这类字眼儿。他傲慢地对我说，在他看来，这些字眼儿对于只是富有创造性而已的谈判来说，极为粗鄙可耻。“这是常规做法。”他断言。

我问他有没有意识到他正在说些什么。毕竟，我亲自签署的这份合同，怀抱诚意。“而且在那份公报中我向新闻界宣布这是不列颠通过公平竞争赢得的。”

“是的，”他沉思着，“我对那一点是怀疑的。”

“而现在，”我发起火来，“你告诉我，我们是靠行贿得来的。”

“不，大臣。”他坚定地回答。

似乎在隧道的尽头有一点亮光，我提起精神。“啊，”我说，“我们**不是**靠行贿得来的。”

“我没这么说。”他谨慎地说。

“那好，你**怎么**说呢？”

“我说我没有告诉您我们是靠行贿得来的。”

我听到过的最纯粹的诡辩。隧道的尽头终究没有亮光，或者即便有，那也只是迎面来的火车。于是我问他，他是如何描述这笔支出的。

“您是说，合同上怎么描述它们吗？”他问，以表明他在任何情况下都绝不会描述它们。

长话短说，伯纳德给了我一张这类支出的非正式准则，一张流传于顶级跨国公司之间的高度机密的清单。

1. 十万英镑以下：
    律师预付费
    个人捐赠
    特别折扣
    杂项支出
2. 十万到五十万英镑：
    管理附加费用
    经营费用
    免费款项
    代理费
    政治性捐款
    合同外款项
3. 五十万英镑以上：
    介绍费
    佣金
    管理开支

行政开支

分红预支

对我来说，行贿的规模甚至比行贿这个行为本身更加可怕。[一个典型的哈克式反应。显然，小型贿赂对哈克来讲是完全可以接受的，后来的玫瑰香水罐事件清楚地显示了这一点。——编者]

我问按常规都是怎么支付的。

“各种方式，从瑞士银行的账号到往先生大人们的门缝里塞一把旧钞票。”

他对这种事如此习以为常。他不明白这有多让人震惊。反正他**说**他不能明白。

我气急败坏、近乎语无伦次地说行贿和腐败是罪恶，而且是一种犯罪行为。

“大臣，”他给了我一个宽容的微笑，“那是一种狭隘的地区性观念。在世界上的其他地方，人们的看法大不一样。”

“汉弗莱！罪恶不是地理学的一个分支！”

但是他争辩说罪恶**就是**地理学的一个分支，在发展中国家“合同外款项”的数目是显示你对交易重视程度的方式。当一家跨国公司做出一项巨大的“政治捐赠”时，就直接表明了它对巨额利润的期待。

[这就像出版商给作者预付的稿费，预付最多的人就是想得到最大销量的人。——编者]

“你是在告诉我，”我问，“对贿赂眼睁眼闭是政府的政策吗？”

“噢，不是的，大臣！那想都不能想。那绝不能是政府的政策，只是政府的做法。”

他的双重标准让我屏息为叹。

在这次前所未有的谈话［非也。——编者］进行之中，新闻处来电。他们要一份对库姆兰行贿指控的声明。我不知道该对他们说什么，我要汉弗莱帮忙。

“我确信新闻处能够起草令人信服而又毫无意义的东西，”他恳切地说，“毕竟，他们拿钱就是干这个的。”

我告诉他，他是个可怕的犬儒主义者。他视之为夸奖，并且说犬儒主义者只不过是理想主义者用来形容现实主义者的一个名词。

我从他关于新闻处的那番话中意识到他希望我在必要时帮忙遮掩一下，一个令人震惊的提议，或者确切地说，是一种暗示，因为他并没有明确提出过建议。于是，我也意识到我有另外一个选择。

“我要说出真相。”我出其不意地说。

“大臣！您在想些什么？”

“我对此事一无所知。我为什么要为我从没批准过的事情辩护呢？”

于是他又搬出那番老生常谈。那合同关系到成千上万的英国人的工作、上百万美元的出口，我们不能因为一点小小的技术手段上的不正规就抛弃这一切。

我再一次地解释，这不是一点小小的技术手段上的不正规，而是贿赂！

“不，大臣，只是几笔合同外的预付款……”

我已经听够了。我不得不对他解释政府不仅是被安排和操纵的，还有道德标准呢。

“当然，大臣，是有道德标准。我向您保证，我从未忘记这一点。”

“所以，”我说下去，“如果这个问题在下院提出，或者如果新闻界开始质疑，我将会宣布进行一次调查。”

“绝好的主意，”他赞同，“我将不胜愉快地承担此事。”

我深吸一口气。“不，汉弗莱。不是一个内部调查，而是一个真正的调查。”

他的眼睛惊恐地张大了：“大臣！您不可能是认真的！”

“一个真正的调查！”我强调重复。

“不，不，我请求您！”

“道德标准。”的确是时候把道德问题再一次纳入本届政府的工作重心了，我就是那个身体力行的人。

伯纳德·伍利爵士（与编者谈话时）回忆：

那天哈克威胁说要进行一次对库姆兰交易的真正调查。之后不久，我途经哈克在伦敦的公寓，接他去斯旺西的机动车执照办理中心做一次正式访问。那里正亟须鼓舞士气。由于安装可以节约劳动力的计算机造成了工作严重的拖延，以致不得不多雇了上千名员工来解决混乱状态。现在看似安装更大的计算机是有必要的了，要花费相当一大笔公款，这部分是为了解决当前的形势，还有部分是为了避免我们不得不解雇现在已经在那里工作的额外的新雇员。由于在经济萧条或者说特别开发地区［即优势微弱选区——编者］创造就业是我们的核心战略，那么给这些人找事做是很重要的。显然哈克无法在那个地区做出什么有用的贡献，但是汉弗莱爵士觉得来自大臣的一个善意的慰问会使当时的情况显得融洽一点，而且也会显得我们已经做出了一些努力，尽管此时我们都在绞尽脑汁试图想出对策！

总之，长话短说［**太晚了。——编者**］，我正站在大臣家的前厅与哈克夫人闲谈，等候大臣穿戴。这时我看到了那只来自库姆兰的玫瑰香水罐，并说它看上去实在是漂亮。

哈克夫人热切地赞同，并且补充说她的一个朋友那天顺便来看她，也极感兴趣。

“真的吗？”

“是呀，”接着她扔出了一个炸弹，“她叫詹妮·古德温——是《卫报》的。”

“《卫报》？”我说，暗自惊呆。

“是的。她问我这东西从哪儿来的。”

“一个记者。”我低语，还没从震惊中恢复。

“是，……反正就是《卫报》。她问多少钱，我说大约五十英镑。”

“你说大约五十英镑。”我的肠胃翻搅着，身上感到一阵热一阵冷。我几乎说不出话了。我只是试图使谈话进行下去。

“是的，五十英镑，”这时她诧异地看着我，“真逗，她认为这是真品呢。”

“她认为这是真品。”我重复。

“伯纳德，你听上去像只录音机。”

我向她道歉。

哈克夫人接着告诉我，那个记者，那个叫詹妮·古德温的，还询问她可不可以打电话到库姆兰大使馆去问一下这东西价值多少。

“去问一下这东西价值多少。”我绝望地嘀咕着。

她殷切地看着我：“这只**是**一件复制品，不是吗，伯纳德？”

我设法说一些“就我所知”以及“我由此而相信”之类的话，这时大臣急忙下楼来了，我的性命暂时保住了。但是我知道一切都完了，我的事业危在旦夕，我的脖子已经在砧板上了，我的下一场约会可能就在霍斯费里街上的职业介绍中心。

我唯一的希望就是当真相曝光时大臣会出面为我辩护，毕竟我一直尽我所能为他工作。我不认为我能指望得上汉弗莱爵士多大的同情和帮助，但我别无选择，只能尽快把事情的前因后果全都告诉他。

[第二天一早，伯纳德·伍利提出紧急约见汉弗莱·阿普尔比爵士。汉弗莱爵士对此做了记录，我们在瓦尔塞姆斯托的行政部档案中找到的。——编者]

伯·伍请求紧急会见。他有话要对我讲。我说好，并等他说，但他却不说。于是我告诉他我说了好。

他还是不说话。我注意到他在出汗，可那天很凉快。他看上去处于一种精神相当痛苦的状态，这个样子我以前还从来没有在他身上看到过。

我问了几个常规的问题。我想也许伍利把大臣送错了赴宴的地方，给了他错误的演讲稿，或者——最糟糕的——让他看了某些我们没计划让他看的文件。

他默默地摇着头，我猜想情况甚至比那些更糟。于是我让他坐下，他感激地坐了。我等着他说。

事情慢慢清楚了，那个精致的玫瑰香水罐，在库姆兰送给大臣的，便是问题的根源。显然大臣的夫人喜欢它。这并不意外。伯·伍向她解释了规定，而她看上去极为难过。她们总是这样。然后她问这是不是真的值五十英镑以上，还说如果不值那该有多好呀。而伯·伍，看起来，已经答应了要“帮忙”。

我理解他的动机，但是一只17世纪的罐子——唉，真是的！

伯·伍接着解释说有个“极为友好的库姆兰商人”。这家伙显然把它当作一件复制品而非真品进行估价。结果是49.95英镑，一个非常合适的金额。

我问伯·伍他相不相信这个人。他犹豫不决：“我……呃……他说他是个专家……这个……他的阿拉伯语说得好极了，所以我，呃……接受了他的估价。真心真意地。毕竟，伊斯兰教是一种非常好的信仰呀。”

我觉得这不是一个令人信服的解释。我告诉他，他冒了个巨大的风险，很幸运还没有人提出过什么质疑。

我把此事搁置，只在他的鉴定报告上批一句训诫就算了。但就在这个当口，他告诉我有一名《卫报》的记者在哈克家看到了这只罐子，哈克夫人说这是一件复制品，而对方正要提出进一步的质疑。

新闻界如此怀疑，这是个大悲剧。但是我告诉伯·伍我们别无选择了，只能向大臣汇报。

[哈克的日记继续下去。——编者]

5月23日

汉弗莱周五做了一份呈递报告。换句话说，他呈递给我一份文件，提出了各种掩盖这桩行贿丑闻的办法。

显然，我不打算**花费我的力气**来揭露此事。但同样地，我也看不出我怎么能够允许把自己放在一个掩盖行贿之事的立场上。所以如果问题被提出，我已经做好了全部准备，宣布进行一次由王室法律顾问主持的完全独立的调查。

我在今天早上会议一开始就对汉弗莱说明了这一点。他开始继续说那合同价值三亿四千万英镑。“请鼎力相助，汉弗莱。”我说，并且提醒他记得政府的道德标准。这份合同也许价值三亿四千万英镑，但是我的职业对我来说价值更高。

但是接着汉弗莱告诉我伯纳德有事要对我讲。我等着。伯纳德看上去非常不安，终于，他咳了两声开始说话，但有点吞吞吐吐地。

“嗯……您知道库姆兰人送给您的那只罐子吗？”

我记得很清楚：“是的，我们把它放在公寓里。极为赏心悦目。”

我等着。显然他在忧虑什么事情。

“我告诉哈克夫人留下它没有问题，”他说，“因为我已经为它估价到五十英镑以下。但是我不敢确定……估价的那个人非常友好……我告诉他哈克夫人非常喜欢这只罐子……但是他也许，呃，是在帮忙。”

我仍然看不出任何问题。所以我告诉他不要担心，没有人会知道。事实上，我竟然轻率地赞美他极有魄力。

坏消息随之而来。“是的，但是您看，哈克夫人今天早上告诉我，有一个《卫报》的记者去串门，并且开始提出质疑。”

这太恐怖了！我要来估价单看。它写在礼品单的背面。［财政部对于写在礼单背面的估价单从未真正满意过。——编者］

我问这只罐的真正价值。汉弗莱手头就有资料：如果是件复制品，估价大体正确；但如果是件真品——五千英镑。

而我已经留下了。

如果我有一两天的时间来考虑这件事情，那就不会有什么问题。为这一情况编造某种让我和伯纳德都能脱险的，站得住脚的解释其实很容易。

但就在这个关头，新闻处的比尔·普里查德突然闯了进来。他带来了更糟的消息。

《卫报》给他打过电话。他们也给库姆兰大使馆打过电话，告诉他们我的妻子把库姆兰政府赠送给我的这件价值极高的17世纪古董说成复制品。库姆兰政府为由于此话暗示库姆兰政府赠送我不值钱的礼物以侮辱英国，库姆兰政府对此极为恼怒。（尽管我看不出赠送我一件要永远存放在地下保险库里的值钱礼物又有什么意义。）外交部随即给比尔打电话并且告诉他这件事正在逐步升级为自“公主之死”以来最为严重的外交事件。

我觉得我已经把一天的坏消息都听足了。但是没有。他又补充说，《卫报》的詹妮·古德温正在私人办公室，要求立即见我。

我觉得安妮一直把詹妮·古德温说成是她的朋友。这是什么朋友！你就是不能信任媒体！卑劣、到处挖人隐私、管人闲事的家伙，总是到处打探想弄到真相！

伯纳德用恳求的目光看着我。但是显然我已经别无选择了。

“我的责任是清楚的，”我用我丘吉尔式的声音说，“我别无选择。”

“别无选择？”伯纳德尖叫起来，就像小猪面对大象。

我清楚地说明我的确别无选择。我妻子并没有要求他谎报礼品估价。他承认她没有。我向伯纳德解释我充分了解他出于最良好的动机才这样做，但那也不能成为伪造文件的理由。

他声明他没有伪造，但当然他是在狡辩。

但是我的问题就在于，我从来不知道何时该打住。我随即发表了一个极其自以为是的长篇演讲，我告诉他我不能让人以为是我要他这么做的。然后我转向汉弗莱，并且告诉他我不能让人以为我会容忍我们的商业行为中有行贿和腐败。“够了就是够了，”我说下去，毫不留情地继续自掘坟墓，“如果这个记者直接问这两件事中的任何一件，我都必须坦率回答。这是个道德标准的问题。”

我本该想得到的，因为汉弗莱看上去如此镇定自若，他袖子里肯定藏着一张王牌。我没有猜，他就打出来了。

“我赞同您，大臣。我现在明白了每件事都有道德标准。那么是由我对新闻界说出那间联络室的事，还是您来说呢？”

讹诈。震惊，但是实情！他俨然是在说，如果我把（1）行贿和腐败，或者（2）玫瑰香水罐——两者**都不是**我的过错——归咎于他或者伯纳德或者**任何人**（如果到了那种地步），那么他就会在这件事情上把我抖出来。

我想我只是在张口结舌地看着他。总之，停顿一阵之后他又嘀咕了一番有关道德标准的话。虚伪的杂种。

我试图说明联络室完全不是一回事，完全不同。事实上，喝酒与腐败毫无关系。

但是汉弗莱不买这个账："大臣，我们欺骗了库姆兰人，我深受罪恶感的折磨。想到我们就在伊斯兰国家内冒犯了他们庄严而神圣的伊斯兰律法，我痛苦不堪。迟早我们得坦白供认这一切都是您的主意。"

"那不是。"我绝望地说。

"那就是。"他们异口同声地说。

我本可以否认，但是他们的话在针对我。而谁会仅凭一个政治家的话去否定一个常任秘书和一个私人秘书的话呢？

汉弗莱爵士增加压力。"五十鞭还是一百鞭？"他问伯纳德，后者看上去脸色明朗了些。

在那似乎无穷无尽的停顿中，我凝神思考我的选择。我越多地思考我的选择，这些选择就跑得越远，直到我仿佛一个选择也没有了。最后，比尔说我必须见那个记者，否则她不定会写出什么可怕的东西来。

我无力地点点头。汉弗莱和伯纳德彷徨不定。我知道我面前只有一条可行的道路。进攻！进攻永远是最好的防御形式，尤其是在与新闻界打交道的时候。

而且毕竟，对付新闻界是我的看家本领。那是我的拿手好戏。

[那是大臣们必须拿手的事情，大臣扮演的主要角色就是他所在部的首席公关人员。——编者]

她走进办公室的时候我立即对她做出了判断：动人的嗓音，有点不太整洁，头发蓬乱的样子，穿长裤，绝对是你想象中《卫报》记者的样子——反应机械的自由主义者典型，雪莉·威廉斯那一型的。

就在她进来的时候，一个粗略的对策在我脑海中形成了。我显得友善，但却冷静，并且给她留下我相当忙碌、没有很多空闲的印象。如果你不这么做，如果你让他们觉得你觉得他们很重要，那就会让他们相信自己找对了碴儿。

所以我采用了一种家庭医生式的爽快的语调。“出了什么麻烦？”我用我最佳的临床态度问。

“两件事，”她说，“都很让公众担忧。”

她竟敢代表公众说话，对此一无所知的公众？而且只要我做得到，公众永远也别想知道内情。

她以法国人指控英电集团以行贿获取库姆兰合同的事开场。

“完全胡扯。”我斩钉截铁地说。如果有怀疑，就发表一个绝对的否定。如果你要说谎，那么就用百分之百的信心说谎。

“但是他们引用了付钱给官员的报道。”她说。

我假装勃然大怒。我用锐利的眼光目不转睛地盯着她。“这是个绝对典型的例子。一家英国公司辛勤苦干赢得了订单，创造了就业，赚取了外汇，然而他们从媒体得到了什么？造谣中伤。”

“但是如果他们是靠行贿赢得……”

我用声音压过她。“根本不存在行贿的问题——我已经做了一次内部调查，所有这些所谓的行贿支出都已经对证过了。”

“比如哪些呢？”她问，稍稍退却了。

汉弗莱见缝插针。

“佣金，”他立即说，“行政开支。”

他为我赢得了思考的时间——“经营费用。管理附加费。”我补充说。

伯纳德也及时插话：“介绍费。杂项支出。”

我高声说着：“我们已经查过了每个灰色信封。”马上我意识到我说的话，立即改成“资产负债表”。“一切都井井有条。”

“我明白了。”她说，她其实没有什么站得住脚的理由。她压根儿没有任何证据，她不得不相信我。而我确信她清楚地知道用虚假的指控和罪状激起王国大臣的愤怒所冒的风险。

[我们得到的印象是，哈克与很多政治家一样，具备一种有益的本领，能够相信黑的就是白的，仅仅因为他们自己这样说。——编者]

我告诉她，她所提出的指控就是一个病态社会的象征，而媒体必须为此分担责任。我质问她为什么她要让不列颠数以千计的就业机会陷入危机。她无言以对。[自然，因为她没想让不列颠数以千计的就业机会陷入危机。——编者]我告诉她我要去拜访新闻委员会，谴责新闻界炮制新闻可耻地违反了职业道德。

“的确，”我继续说，觉得自己相当出色，“委员会，还有下院本身肯定会关注这一可耻的事件中所使用的标准，并且会施加压力来确保这种低俗小报性质的报道不再出现。”

她看上去惊慌失措。她完全没有像我以为她会做的那样防备我的反攻。

她不安地打起精神并提出她的第二个问题，但极没信心，这是我乐于见到的：“这只玫瑰香水罐，显然是在库姆兰时送给你的？”

“是吗？”我怒喝一声，满心敌意。

“这个……”她恐慌但仍然继续说，“我确实在你家看到了。”

“是的，”我回答，“我们暂时把它放在那儿。”

“暂时？”

“哦，是呀，”我现在坦率地例行公事了，“它非常值钱，你知道。”

“可是哈克夫人说那是复制品。”

我大笑：“防盗，你这个傻丫头。防盗！我们不希望在我们把它处理掉之前有闲话到处说。”

现在她彻底糊涂了。“处理掉？”

“当然。我打算星期六回选区的时候把它送给我们当地的博物馆。显然，我不能留着它。政府财产，你知道。”接着我又拿出我的绝招：“现在——你的问题是什么？”

她已经没什么可说的了。她说没了，没问题，一切都好。我友善地感谢她来访，然后送她出去。

汉弗莱满心敬佩：

“了不起，大臣。”

而伯纳德满心感激：

“谢谢您，大臣。”

我告诉他们这没什么。毕竟，我们应该忠于我们的朋友。忠诚是一种被大大轻视的品质，我这样告诉他们。

“是，大臣。”他们说，但不知怎么的，他们看上去并没有那么感激。

18. 烫手的山芋

[在政界，8 月份以“新闻匮乏期”著称。这是一个投票人都外出度假，琐碎小事登在头版以向度假者推销报纸的时期。这也是下院的夏季休会期，因此是政府宣布新的或者有争议的各项措施的有利时机，使得下院在 10 月份复会之前都无法提出抗议——到了那个时候，绝大多数发生在 8 月份的政治事件对媒体来讲都已经没有新闻价值了。

因此 8 月份也是内阁大臣们最不设防的时候。议员们不在身旁质询或者骚扰他们，而大臣们本身——在 8 月份没有内阁改组的隐忧，也没有关于他们活动的严肃报道——都休息得过了头。

或许这可以解释交通政策危机的发生，这一事件几乎把哈克引上了白厅最不受欢迎的职务之一。他能够抽身幸免，仰赖于汉弗莱爵士精明的引导，再加上哈克自己日益成熟的政治技巧。

这个月的月初，唐宁街十号进行了一次有首相的主要特别顾问马克·斯宾塞爵士和内阁秘书阿诺德·罗宾逊爵士参加的会晤。马克爵士的档案中没有提到过这次会议，不过他不是一名专职文官，所以不足为奇。但是阿诺德·罗宾逊爵士的日记，最近发现于瓦尔塞姆斯托行政部门档案馆，其中揭露了一件当时正在设计的阴谋。——编者]

今天和马克·斯宾塞爵士共进午餐。他和首相亟欲制定一项一体化交通政策。

我建议哈克可能是这项工作的最佳人选，因为他对此一窍不通。对此颇为了解的交通国务大臣则远远地碰一下也不肯。马·斯和我都同意这项工作的确是一块烫手的山芋，一顶荆棘王冠，一个陷阱——当然这也是为什么我会提议哈克。

他具备理想的胜任条件，正如我对马·斯说明的，因为这项工作需要一项特殊的才能——大量活动，但没有实际的成就。

一开始，马·斯想不出怎样诱使哈克接受。答案很明显：我们得让这项工作看上去像是一份特殊的荣誉。

一个大问题是要让哈克在汉弗莱·阿普尔比听说之前就把工作接下来，因为老汉弗莱肯定会立即察觉不妙。“Timeo Danaos et dona ferentes.”[①]他肯定会这样说，不过他恐怕得用英语说这句话了，既然哈克上的是伦敦经济学院，总得让他听懂呀！

显然我们必须得在今天获得承诺，尤其是因为我还要

① 通常大致译为：“要提防希腊人送礼。”

出发去佛罗里达参加有关“政府和参与”的会议，两件事都迫在眉睫，最晚不能迟于明天。[在1970年代和1980年代，政府高官的惯例是在8月间用公费把自己送到气候宜人的度假胜地开些无谓的会议。——编者]

哈克在茶歇时间来和我们见面。我已经决定吹捧他，这个法子对付政治家无一例外会取得成功。马·斯和我由此商定把这个职位定名为交通总管，远比交通冤大头更有吸引力。

我也很谨慎地事先不让他知道这次会见的目的，部分因为我不想让他有机会与汉弗莱讨论此事，还有部分是因为我知道他会因被召到十号来而焦虑。这肯定能让他更好被操纵。

事情的结果完全如我所料。他对交通一窍不通，绝望地挣扎了一阵子，在我们的吹捧之下，欣然接受了这项工作。

幸好今晚我就要离开去乡下了，在汉弗莱得知此事之前。

[把上述记录与哈克日记中对当天同一件事情的记述进行比较是很有趣的。——编者]

8月11日

今天是极其美好的一天，大大鼓舞了我的士气。

我被召到十号去会见马克·斯宾塞。自然我有点警惕，尤其是因为我知道首相听说玫瑰香水罐的事非常不满意，尽管到最后没什么损失。我想我可能要受一番斥责，因为我到那里时受到的是内阁秘书阿诺德·罗宾逊的接见。

然而，这次会见为的完全是另一个目的——我被提升了。

阿诺德一开场就说他们要授予我一个很大的荣誉。有那么片刻我被吓坏了——我以为他们要说，我被踢到上院去了。那真是个痛苦的时刻。但是，事实上，他们打算让我负责一项新的全国一体化交通政策。

他们问我对交通问题的看法。我没什么看法，但是我觉得他们没看出来，因为我谨慎地请他们做进一步解释。我确信他们认为我只是讳莫如深而已。

“我们一直在讨论一项全国一体化交通政策。”他们说。

“好呀，为什么不呢？”我轻松地回答。

“你赞成？”阿诺德爵士立刻询问。

我觉得他们要的回答是“是”，但是我把握还不够，于是我让自己显得高深莫测。我确信他们到这会儿相信我是可靠的了，因为马克爵士继续说道：“遗憾的是，公众对国营交通运输业的不满现在已经达到令政府担忧的程度了，这你知道。”

他又一次停下来等着。“你能说下去吗？”我询问。

他说下去：“我们需要一项政策。”我慎重地点点头。“如今逢单数月人们就怪管理部门，双数月就怪工会，这种状况很不好。”

阿诺德爵士插进来说话：“而且不幸的是，现在他们都搞到一起了。他们都说全是政府的错——所有问题都出在没有一项全国性的交通政策。”

这对我来讲都是新闻。我以为我们有一个政策。事实上，我特别记得，在起草我党就职宣言之前的讨论中，我们决定我们的政策就是不去制定政策。我这样说了。

马克爵士点点头。“尽管如此，”他低沉地咕哝着说，“首相现在要一项**积极的**政策。”

我希望马克爵士早点儿说这话。不过我能接受暗示，现在还不算太晚。“哦，首相，我明白，”我又点点头，“那好，我再赞成不过了，我自己也一直这么认为。”

阿诺德爵士和马克爵士看上去很高兴，但我还是不明白这跟我有什么关系。我认为这是交通部的事。阿诺德爵士指出了我的误解。

“显然，交通大臣很愿意伸手管这项工作，但是他跟这件事关系太过密切。”

“见树不见林。”马克爵士说。

“需要一个开放的头脑、清晰的思路。”阿诺德补充。

“因此，”马克爵士说，“首相已经决定要委任一名总管来开展和贯彻一项全国性的交通政策。”

一名**总管**。我问是不是我成了首相的人选，爵士们点点头。我必须承认我觉得激动而且骄傲而且真的被这个喜讯弄得不知所措了，而且随之而来的还有更多赞美。

“大家认定，”马克爵士说，“所有人中你最具有开放的头脑。”

“还有最为清晰的思路。”阿诺德爵士补充。他们真的是在卑躬屈膝。

我自然谨慎回应。首先因为我实在想象不出这项工作要干什么，其次当你受人之托的时候，做出勉为其难的样子总是好的。于是我感谢他们这么看得起我，并且赞同这是极为必要而且责任重大的工作，并且问它需要做些什么。

“它要帮助消费者。”马克爵士说。尽管阿诺德爵士费力地指出，帮助消费者一向是赢得选票的好办法，我仍然坚决地提醒他，我感兴趣纯粹是因为我把助人视作我的职责，我本能的社会职责。

在交谈过程中，他们的想法逐渐清楚了。过去发生过的所有蠢事，都是由于缺少一项自然的一体化政策。大致总结一下，马克爵士和阿诺德爵士关心的事情有：

1. **高速公路规划**：我们的高速公路在规划时没有考虑到铁路线，导致现在许多高速公路与已有的铁路并行。因此，在国内有些地区根本不能派上适当的用场。
2. **联票问题**：举个例子，假如你想在亨利和伦敦市区之间往来，你就必须买一张到帕丁顿的火车票，再买一张到泰晤士河边的地铁票。
3. **时刻表**：完全没有综合性的汽车和火车时刻表。
4. **机场连线**：极少。比如说，西区铁路线就在希思罗机场以北不到一英里处，但是没有连线。
5. **联运**：公交和火车没有联运，整个伦敦都是。

阿爵士和马爵士简短地概述了这些问题。他们补充说，在伦敦以外可能也存在问题，不过可以理解他们并不知情。

希望显然是巨大的，而且一切都激动人心。我提议说接受这个任务以前要先和汉弗莱谈谈，但是他们明白表示他们要的是**我的**意见和认可，不是他的。实在受宠若惊，真的。而且，这表明他们终于意识到我不是个稻草人——我真的在管理我的部，而不是像**某些**大臣那样。

此外，当时的情况是首相要在三十分钟内赶往机场，是一次包括渥太华会议、纽约联合国大会开幕式，然后再到华盛顿开会的长途旅行。

我打趣地问："那么下星期谁来治理这个国家呢？"但是阿诺德爵士看似并未被逗笑。

马克爵士问，他是否可以在去机场的路上把我已经接受这项工作的好消息带给首相。我很有风度地同意了。

8月12日

一大早与汉弗莱的会面中，我告诉他我有个好消息。“我有了个新工作。”我开始说。

“哎呀，部里将为失去您而异常惋惜。”他愉快地回答。或许有点**太**愉快了。

但我解释说这只是一项额外的工作，开展和贯彻一项全国性一体化交通政策。首相的特别要求。我的常任秘书看上去并不高兴。事实上，他看上去畏畏缩缩。

“我明白了，”他回答，“那**好**消息是什么呢？”

我想他肯定没听清楚，于是我又告诉他一遍。

“那么好，”他一本正经地问，“我**是否**可以斗胆问一句，您怎么定义**坏**消息呢？”

我要求他把话说清楚。

“大臣，”他重重叹口气说，“您知不知道如果您接受这项工作意味着什么吗？”

“我已经接受了。”

他的下巴掉下来。“您已经**什么**？”他倒抽一口气。

“我已经接受了。”我接着解释说，这是一项荣誉，也说了我们需要一项交通政策。

“如果说‘我们’指的是不列颠，这完全正确。”他承认。“但是说‘我们’是指您、我和这个部，那么，我们需要一项交通政策就像需要颅腔中的孔隙一样。”①

① 脑袋上开个洞。

他接着把这项工作形容为一块烫手的山芋、一顶荆棘王冠和一个陷阱。

开头我认为他只是愚蠢或是懒惰或是别的什么。我能明白这会给他带来一些额外的行政问题，但是另一方面，这通常给汉弗莱带来扩张其帝国的乐趣——更大的预算，更多的员工，诸如此类。

“不，大臣，问题是**您**才是那个要冒风险的人。我的工作，一向只是为了保住您所坐的这个位子。从来都没有过一项一体化交通政策的原因是：这项政策确实对每个人都有利，只**除了**对制订这个政策的大臣。”

我不明白为什么。

汉弗莱停顿了一会儿，深思地凝视着天花板。“我怎么才能用您能理解得了的方式说明白呢？”他自言自语。我等着。伯纳德也等着。“啊，有了，”他小声说着，转过来直视我的双眼，“这是个最终会让人丧失选票的事。”

我目瞪口呆。丧失选票？

汉弗莱爵士解释道：“您觉得交通大臣为什么不做这事呢？”

我正要回答说交通大臣显然同此事关系太过密切，见树不见林。这时汉弗莱说道：“他同此事关系太过密切？见树不见林？这是他们告诉您的吧？”

“那你告诉我一个另外的理由。”我质疑他。

“您觉得交通大臣为什么让人想到掌玺大臣？您觉得掌玺大臣为什么让人想到兰开斯特公爵领地大臣？您觉得**他**又为什么让人想到枢密院院长？”

我不得不坦承我对这一切一无所知。

汉弗莱爵士不依不饶地继续："那您觉得他们为什么背着我把您请到十号去？"我必须承认我从未想过要对此做出解释。"大臣，这个可怕的任命在过去三个星期里，像个拔掉了保险针的手榴弹一直在白厅里被抛过来扔回去的。"

当然，他可能是对的，他精通各处的八卦。但是我没打算承认这一点。我觉得汉弗莱的态度有点酸葡萄的色彩——为我被授予如此的殊荣而犯酸，还因为无论是他们还是我都没与他商量过而犯酸。

"如果我能完成这事，"我谨慎地说，"会为我锦上添花的。"

"如果您能完成这事，"伯纳德说，"那块锦都不再会是您的了。"我对他怒目而视，而他红了脸低头研究起他的鞋子。

汉弗莱爵士不接受我的理由。他相信即使我胜利完成此事，十年内也不会有人感到自己受益，而早在此之前，我们两人都已经离开了。要么升级，要么出局。

"同时，"他继续，"制定政策意味做出选择。一旦您做出一个选择，您取悦了从中受益的人但是却得罪了其他所有的人。结果可能是得到一张选票，却失去了十张。如果您把一份工作交给公路局，铁路局和工会就要尖叫。如果您给了铁路，公路游说团就会给您搞破坏。如果您削减英国航空的投资计划，他们当天下午就会召开一次毁灭性的记者招待会。而且您不能扩大机构，因为全面节约是财政部的基本要求。"

我说出了小小的希望，既然我要当交通总管，我的意见可能有点分量。

汉弗莱掩饰不住他脸上的讥笑："恐怕文官中的通俗叫法是'交通冤大头'。您将要树立的敌人全是操纵媒体的专家：公共联络官员、工会会员、受影响选区的议员。每天晚上都会有人在电视上诋毁哈克的法律，说您是国家的祸害。”

他的态度激起了我的怒火。我提醒他，首相叫我执行这一任务，这一对我的国家应尽的义务，我一直在尽的我的义务。更何况，马克爵士相信它会获得选票，如果是这样，我当然不想对送上门的马还要掰开嘴看看牙口。

“我告诉您，”汉弗莱爵士回答，“您现在看的是一匹特洛伊木马。”

我拿不准他这句话是什么意思。“你是说，”我问，“如果我们仔细检查这匹送上门的马，我就会发现里面装满了特洛伊人？”

伯纳德试图插嘴，但是我看他一眼制止了他。汉弗莱爵士坚持要有一个机会来证明他的观点，并提议安排一次会议，一次预备期的讨论，与交通部的次级副秘书们——公路局、铁路局和空运局。“我想这样能够向您说明您会碰到的问题的某些层面。”

“你可以照你的意愿安排，”我告诉他。“但是我打算承担这项任务。如果我成功了，这可能就是我的福克兰群岛[①]。”

“是，”汉弗莱同意，“而您可能就成了加尔梯里将军。[②]”

8月15日

今天我到办公室的时候，发现我的办公桌上有一份来自伯纳德的最最莫名其妙的备忘录。

---

① 又叫马尔维纳斯群岛，简称“马岛”。1982年阿根廷与英国爆发争夺此岛的战争，结果英军获胜。——译者

② 福克兰群岛战争中阿根廷军队的指挥官。——译者

机密，仅供大臣亲阅

关于您今天与常任秘书开会时所询问，即您就一体化交通政策这一送上门的马看看牙口之问题，如果这匹马是特洛伊木马（正如常任秘书所说，它可以被证明确实如此），里面是否装满了特洛伊人。

我敬请大臣注意，如果他掰开特洛伊木马的嘴看看牙口的话，他会发现里面是希腊人。

至于原因，当然，是希腊人把特洛伊木马送给特洛伊人。因此，从理论上讲，它根本不是特洛伊木马。事实上，是希腊木马。因而大臣会记得那句谚语“Timeo Danaos et dona ferentes”通常有点不是很精确地被译为“小心带礼物的希腊人”。或者说，大臣如果上的不是伦敦经济学院也无疑会记得的。

8月12日

我口授了一个回复给伯纳德，我说所有的希腊谚语都很令人感兴趣，对古典主义者无疑更甚，但是它们并非政府事务的重心。

我补充说，那句谚语的当代欧共体版大概应该是“小心带着多余橄榄油的希腊人”。

（相当好。我一定要记住这句话，下次不得不发表一篇反欧共体的演说时可用上。）

让我惊讶的是，今晚在我的红盒子里又发现了伯纳德的另一份备忘录，就在我写这则日记之前。他还真是乐此不疲地卖弄这些毫无意义的学问。

关于您回复我古典谚语问题的备忘录的备忘录，您把“小心带礼物的希腊人”这句谚语说成是希腊的，当然是错误的。

正如特洛伊木马是希腊人的，您称之为希腊的这句谚语，事实上，是拉丁语。事实上这显而易见，只要您考虑到希腊人是不可能叫别人提防自己的——如果一句话用这样一个分词：提防，那么——这句谚语就可以清楚地显示出是拉丁文而不是希腊文，这并非因为“timeo”以“o”结尾（因为希腊文第一人称也以“o”结尾）——实际上，如果我可以说些题外的话，确有一个希腊单词“timao”意为“我尊敬”——而是因为以“os”结尾在希腊文中是第二变格的主格单数，而在拉丁文中是宾格复数。

顺便提一下，作为可以引起兴趣的一点，Danaos 不仅是希腊文中的“希腊人”也是拉丁文中的“希腊人”。

8 月 15 日

我将为后世子孙保存伯纳德的备忘录。它们清楚地表明学术才能是如何误导了那些为行政部门招募管理实习生的人。

[几天之后，哈克、阿普尔比和伯纳德·伍利出席了原定与交通部的三位次级副秘书共同召开的会议。——编者]

8月17日

今天我们开了一个非同寻常的会，就是汉弗莱答应安排的与交通部次级副秘书们的会。

我记不得所有人的名字，但他们每人都来自不同的部门——一个来自航空，一个来自公路，还有一个来自铁路。会上吵得异常激烈，他们唯一取得一致意见的就是：不管怎样，我的建议大大出错了。

来自公路运输局的那个人，名字叫格雷厄姆什么的，建议政府政策应该明确指定公路运输为主要货运手段。他的话立即被理查德打断，一个瘦瘦的脸上满是皱纹、显得极易烦躁又不耐烦的人——当你想到他大部分职业生涯都用在铁路现代化以及与英国铁路公司、全国铁路工会和火车司机与司炉联合会进行斗争时，就不会感到奇怪了。

“尊敬的大臣，坦率地讲，我想这样一项政策是令人无法接受的短视。在任何明智的全国性政策之下，受到优待的运输工具都应该是铁路交通。”

皮尔斯，一个来自航空部门的油腔滑调的家伙，如此快速地插话进来，以致几乎没给自己留时间去说那些惯常的彬彬有礼却毫无意义的开场白：“如果我可以请您宽宥片刻，大臣，我不得不说**两者**都是灾难性的提案。从长远考虑，绝对应该批准扩大空运才能满足日益增长的需要。”

格雷厄姆（公路）放下他的铅笔，碰到我的桃花心木会议桌时发出清脆的咔嗒一声。“当然，”他不耐烦地说，“如果大臣准备大规模增加预算……”

“如果大臣愿意接受长期的、痛苦得让人难以置信的铁路罢工……”理查德（铁路）插话说。

皮尔斯插嘴：“如果能容忍一次大大高涨的公众不满情绪……”

我举起手打断了**他们**。他们于是各自住了口，以强烈的敌意彼此怒目而视。

“打住，打住，”我说，“我们代表政府，不是吗？”

“您代表政府，大臣。”汉弗莱爵士纠正我。

“所以，”我继续，寻找一致意见，“我们都站在同一边，不是吗？”

“的确是这样 / 完全如此 / 绝对没问题。”理查德、皮尔斯和格雷厄姆几乎齐声回答。

“那么，”我耐心地说下去，“我们正在寻找对不列颠最有利的办法。”

皮尔斯举起手。我对他点点头。“谢谢容我发言，”他说，“我不认为全国航空货运业务的末日是对不列颠最有利的。”

我们的休战持续了仅仅二十秒。战争又来了。“我很难看出毁掉铁路怎么拯救不列颠。”理查德激烈地说。

而格雷厄姆，也不甘置身事外，以很重的挖苦补充说，他也没法立即看出不列颠会从公路网的迅速恶化中受益。

我再一次牵头。我解释说，我仅仅是为政府自身的货运需要调查一些可供选择的政策。因此我认为与几个朋友、顾问坐在一起先期谈一谈，可能会引出一些**积极的、建设性的**意见。

我不应该浪费口舌，积极的、建设性的意见其实是料得到的。理查德立即建议坚决支持铁路交通，格雷厄姆的建议是大规模投资高速公路建设，而皮尔斯的建议是针对性扩大空运能力。

到这时，我解释说，我最重要的、整体的要点就是：整体削减开支。

"如果是那样的话，"理查德沮丧地说，"只有一个办法。"

"的确是。"格雷厄姆急促地说。

"毫无疑问。"皮尔斯冷冷地补充说。

他们都瞧瞧对方，瞧瞧我。我被困住了。汉弗莱爵士出来救场。

"好，"他愉快地笑着说，"我总是喜欢在赞同的意见中结束会议。谢谢你们，先生们。"

于是他们鱼贯而出。

这是那种可以在公报中称之为"坦率的"会议。或者甚至是"坦率的、近乎直接的"会议，意为清洁工不得不在次日清晨来擦掉血迹。

伯纳德·伍利爵士（与编者谈话时）回忆：

大臣觉得与三位次级副秘书一起开的会令他困惑。这是因为他没能理解文官在制定政策方面所扮演的作用。

我们那天上午见到的三位次级副秘书，实际上是受各种交通运输利益集团委托的顾问，来抵制政府政策中可能不利于他们委托人的任何行为。

这就是文官在1980年代实际从事的工作。事实上，所有政府部门——对外界来说，它们在理论上集体代表政府——其实，是在代表委托他们的压力集团来向政府疏通。换句话说，政府的每一个部实际上都是被本该受它们控制的人所控制着。

为什么——举个例子——我们不是在整个联合王国搞综合教育吗？谁需要这个呢？是学生吗？是父母吗？不是谁的

特别要求。

实际压力来自全国教师工会——教育部[①]的主要委托人。所以，教育部就要搞综合。

每个部都为与其有着永久关系的强大的局部利益集团活动。劳动就业部为英国职工大会疏通，而工业部为雇主们疏通。这实际上是个相当微妙的平衡。能源部为石油公司疏通，国防部为武装部队疏通，内务部为警察，如此等等。

实际上，这种制度被设计出来为的是防止内阁执行其政策。是的，得有人这样做。

因此一项全国性的交通政策意味着与整个文官系统以及其他既得利益集团作战。

如果我可以把话题扯远一点，这个美国人会称之为“牵制与均衡”的制度使得经常重复的关于文官属于右翼、或是左翼、或者其他什么翼之类的评论成为无稽之谈。国防部，他们的委托人是军队——如你所料——属于右翼。另一方面，卫生部的委托人是穷人、缺少基本权利的底层人和社会工作者，（可想而知）属于左翼。工业部，照应雇主们，是右翼——而就业部（照应**失**业者，当然）是左翼。内务部是右翼，因为其委托人是警察、监狱和移民局的人员。而教育部，正如我已经说过的，是左翼。

你可能会问：我们行政部的人是什么？事实上，我们既不右也不左。我们的主要委托人就是文官本身，因此我们真正的利益就是反对政府，保护文官。

① 教育与科学部。

严格的宪法理论主张文官应该致力于执行政府的意愿。确实如此，只要政府的意愿是可行的。这个话的意思是说，只要**我们**认为它们是可行的就是可行的。毕竟，你还能怎样评判呢？

［哈克的日记继续下去。——编者］

8月19日

今天汉弗莱和我讨论星期三的会议。

现在我明白了我得摆脱自己这个承诺。相当清楚的是，交通总管不是一个值得拥有的头衔。

我对汉弗莱说，我们必须想办法给首相施压。

“你是说复数的‘我们’——还是总管们如今都使用皇室的复数代词呢？”

他正幸灾乐祸呢。所以我诚恳地向他提出这个问题，我解释说，我指的是我们两个人，除非他想让行政部被这个问题纠缠上。

由于汉弗莱很明显地完全想不出办法来给首相施压，我告诉他该怎么办。如果你不得不卡一个政治家的脖子，那么就直奔他的选区。

我叫伯纳德给我拿一张地图以及首相选区的地区市政指南。

汉弗莱一脸困惑。他想不出我要干什么。但是我不得不用说得过去的婉转说法对他说话。“汉弗莱，”我说，“我需要你的建议。执行一项全国性的交通政策是不是有可能在地方上造成令人遗憾的影响？不可避免地，当然，有利于更为广泛的全国利益，但是对受影响的政区是痛苦的。”

他立刻明白了。“啊，是，的确，大臣，”他回答，“事实上总会发生这样的情况。”他相当开心。

“那么如果受到影响的政区在议院中的代表是一位政府高层人士——政府中非常高层的人士——政府中**最**高层的人士……？”

汉弗莱郑重地点点头。“为难呀，”他喃喃地说，“着实为难。”但是他的眼中闪着光。

没过多久伯纳德拿来了首相选区的街道地图，还有一本街道指南，他在商业指南中也发现了相关部分。一旦我们研究了这张地图，事情就一帆风顺了。

首先我们发现了一个公园。汉弗莱注意到它靠近火车站，并提醒我全国交通政策的一个要求就是要让公共汽车站离火车站更近。

于是，带着深深的歉意，我提出了我的第一项建议：**在夏洛特皇后公园建一个汽车站**。总得有人为全国的利益受点损失，唉！

其次，我们发现街道指南中提到了一家大型公共汽车修理厂。在我们看来，把汽车和火车的修理整合到一起会更为经济，无疑是一笔巨大的节约。所以，我们的第二项建议是**关闭公共汽车修理厂**。

然后，我灵机一动想起首相的选区是郊外卫星城。当然，我们知道，通勤火车是亏本经营，只有在上下班高峰时段才真正用得上。这就意味着乘车往来的通勤者实际上是在拿补助。

“这公平吗？”我问汉弗莱。他也认为这对不经常在市区和卫星城之间往返的人来说的确不公平。因此，我们做出了我们的第三项建议：**通勤者应付全额车费**。

不幸的是，往来的车票价格将会提高一倍，但是不打破鸡蛋也摊不成蛋饼呀。[①]

汉弗莱注意到首相选区有几个火车站——英国铁路的和地铁的。他提醒我说，有些人认为，拥有合理的铁路服务的地区就不再需要夜间公共汽车服务了。我认为这是一个极有说服力的观点。相应地，我们做出了我们的第四项建议：**停止下午 6 点半以后的所有公共汽车服务**。

于是我们接下去考虑把公共汽车站挪进公园之后，如何利用剩下的土地。

我们不得不在这个问题上费一番脑筋，但是最终我们意识到整个地区似乎非常缺少集装箱货车的停车场，特别是在夜间。因此第五项我们建议：**集装箱货车停在公共汽车站场地**。

遗憾的是，通过更进一步的研究，这张地图显示要建造一个新的集装箱货车停车场就意味着得拓宽出入通道，看来游泳馆的西半部可能不得不填掉了。但是我们看不出有什么替代的办法：**拓宽公共汽车站的出入通道**是我们的第六项也是最后一项建议。

我们靠在椅背上考虑我们这份建议的清单。这些建议的每一条与首相个人都不相干，这是当然。它们只是一个广泛的全国性战略所带来的局部影响。

尽管如此，我还是决定写一份将会报送到十号去的文件，引起首相个人的关注。首相无疑希望了解这事对选区的影响，而作为一个忠诚的大臣和尽责的同事，我对首相有此义务。不为其他

---

① 原话出自腓特烈大帝，普鲁士国王腓特烈二世。

原因!

汉弗莱提出了另一个值得关注的领域:“如果新闻界了解到这一切的话,大臣,那就糟糕了。毕竟,许多其他的政区也可能受到影响。会有一场全国性抗议的。”

我问他是不是觉得有让新闻界知情的危险。

“这个,”他说,“他们非常善于搞到这类消息,尤其是有很多复印件的情况下。”

好主意。汉弗莱在大部分时候是个该死的讨厌鬼,但是我必须说,他在战斗中站在你这一边的时候是个好人。

“哎呀,”我回答,“这**是**个问题,因为我必须得把这份摘要给我所有的同僚都复印一份。他们的选区也一定会受到影响,这是当然的。”

汉弗莱让我放心这一点。他说我们必须抱着最好的希望。如果事情**确实**泄露出去,有这么多的复印件,没人发现得了是谁泄露的。而且碰巧,他今天要和《泰晤士报》的彼得·玛特尔共进午餐。

我觉得这让我非常放心。

我告诉他不要做任何我不会做的事情。他告诉我说我可以信赖他。

我确信我可以。

我想知道他会怎样去做。

[汉弗莱爵士对他和彼得·玛特尔那顿午餐情形的描述已经在他的私人日记中找到了。——编者]

与印书馆广场的人共进午餐,提到了最近关于全国一体化交通政策的传言。

他的第一反应是对这种老掉牙的问题感到厌烦。这的确是个自然反应。但是当我暗示有传言这一政策可能带来一些不受欢迎的副作用时，他开始有兴趣了。

1．火车终点站的合并带来的失业。

2．联合修理车间带来的失业。

3．一条龙服务带来的失业。

4．减少公共汽车和火车的班次——导致失业。

彼得意识到这里面可能大有文章，特别是鉴于传言说受损最大的地区之一会是首相自己的选区。我无法想象这些传言是怎样流传开的。

他要真凭实据，而我责备了他。他继续坚持，并解释说报纸不像政府——既然它们要说出什么，它们就必须能证明说的是真的。

他逼着我告诉他白皮书或者绿皮书的消息。我没帮上忙。但我不得不承认确实存在一份哈克交给首相的机密摘要，以及分发给他所有二十一位内阁同僚的类似摘要。

“噢，那就好了，”他愉快地说，“是**你**拿给我看，还是我找你的哪个同事去要？”

我指责了他。我解释说这是一份机密文件，把它泄露给任何人都是极为不正当的，更不要说是给一位新闻记者了。

他有可能获得这样一份文件的唯一途径就是，有什么人把它随手放在哪儿了。当然，发生这种事情的可能性比较渺茫。

［看来，以汉弗莱爵士的叙述，他即使是写私人日记

都在防范别人将其作为证据来反对他。不过，彼得·玛特尔随即就发表了这份机密摘要的全部细节，仅在一天之后，表明汉弗莱爵士不小心把他自己那一份复件放在那儿了。——编者]

8月22日

汉弗莱的工作做得很好。我为首相选区制订的七项计划在星期六的《泰晤士报》上被全文披露。我必须说我为此开怀大笑。上午10点半，我就如期接到了去十号同马克·斯宾塞爵士谈话的召见通知。（首相还在国外。）

今天上午我一到，马·斯就直接切入主题。

"我想我应该告诉你，首相不是很高兴，"他冲我挥一挥星期六的《泰晤士报》，"这篇报道。"

我由衷地赞同他："是。绝对让人震惊。我也不高兴。"

"显然消息有泄露。"他低声说，眼睛盯住我。

"可怕。现如今没法相信任何一个内阁同僚了。"

我觉得这一番全心全意的附和暂时消除了他的疑虑。"你说的是谁？"他问。

我压低了声音解释说，我不想指名道姓，不过，至于我的一两个内阁同僚……这个，我就打住了。表情有时候比把话说出来更有效果。

他不想就此打住："不过你在暗示什么？"

我立刻撤退一步。我极为享受这个过程。"这个，"我说，"当然也可能**不是**他们中的一个。我确实把文件送到十号来了——会不会是**这里**有什么地方泄露出去的，您觉得呢？"

马爵士并不觉得有趣。“首相办公室不会泄露。”

“当然不会，”我立即说，“不该这么想。”

当然我们都在泄露，那就是议会记者存在的目的。只不过，我们都更愿意称之为“试探舆论”。

马克爵士继续说：“不光是泄露的事让人不安，还有这些建议所牵涉的后果。”

我同意那些牵涉的后果的确令人不安，这也是为什么我会给首相写一份特别报告。全国交通政策势必带来令人不安的有牵连的后果。他不同意，他坚持说交通政策不会有这种后果。

“它会的。”我说。

“它不会。”他说。这就是可以在政府内部看到的理智的搏斗。

“你看到它上面说的什么内容吗？”我问。

“它上面**说的**不是将会**发生**的，”他非常坚定地回答，“我想或许你愿意看到这个。”他递给我一份报纸，一份伦敦郊区的周刊。

是首相选区的地方报纸。

首相插手制止交通重组建议

诺曼·波特

关于本选区内各项服务事业及工作机会受到威胁的传言已被辟谣。显然首相已对交通总管吉姆·哈克发出了明确指示。

这对我来说当然是条新闻。

“我还没有接到首相的指示。”我说。

“你现在接到了。”多么奇特的一个接到首相指示的方式。“我恐怕这一则泄密，不管来自谁，都是一篇完全照首相在渥太华口授的机密备忘录一字不落抄录的报道。这样看来，全国交通政策需要重新考虑，不是吗？”

这次泄密是首相的一次巧妙的反攻。我开始向马克爵士解释重新考虑这项政策会有困难，但是他不客气地打断了我。

“我认为，首相的观点是，大臣们在其位就是要做困难的工作。如果他们愿意留任其位的话。”

话很强硬，我接收到了其中的信息。

我匆忙向他保证，如果政策需要重新考虑，那么我会重新考虑，直到把它重新考虑得真正完善为止。

在我离开之前，我问他这次泄密怎么会上报——首相自己地方的报纸。他向我保证他完全不知情，不过首相办公室不会泄密。

“令人震惊，不是吗？”他补上一句，“现如今你没法相信任何人了。”

8月23日

又同汉弗莱开了一次会。我们看似回到了原点。

我有点垂头丧气，因为我似乎仍在背着这可怕的工作。让我惊讶的是汉弗莱情绪很好。

“一切进展出色，大臣，”他解释，“我们现在将提出另一种不可用的提案。”

我问他想到了什么。

“费钱费人的那种提案。我们现在建议组建一个不列颠全国交通局，有区域委员会、地区理事会、地方办事处、联络委员会——全套机构。八万名员工，还有十亿英镑的年预算。”

“财政部要大发脾气了。”我说。

“的确如此。然后整个工作就肯定会还给交通部了。”

我欣喜若狂。我要他给我做一份有全部人员编制和费用明细的文件及一份年度预算样本。

他直冲我走来，当即从他的文件夹中拿出的正是这样一份文件。“前面是一份一页长的摘要。”他扬扬得意地笑着。好吧，他有资格扬扬得意！

我对他说他太棒了。他对我说这算不了什么。

我靠在椅子上浏览了一遍这份建议。是个精彩的东西。

“我的老天，”我深思，“要是新闻界拿到**这个**……呃？”

汉弗莱笑了：“他们很快会进行另一次泄密调查。”

伯纳德立刻忧虑起来：“不会吧？”

“肯定会。”

“但是……那不会让人难堪吗？”

我很意外地看到伯纳德竟然不知道泄密调查游戏的规则。泄密调查从不会让人难堪，因为它们从未真正发生过。可能任命了调查委员会成员，但是他们很少开过一次以上的会。当然他们也从不写报告。

我问伯纳德：“你能记起多少次泄密调查指出过肇事者的？”

“大概的数字就可以。”汉弗莱补充说。

伯纳德想了一会：“这个，如果您要整数的话……”他又想了一下，“一个也没有。”

正确答案。他们**不可能**写得出报告。有两个原因：

1. 如果泄密的是文官，公布出来就不**公平**。应该承担责任的是政治家，这是他们的职责。

2. 如果泄密的是政治家，公布出来就不**安全**，因为他随即就会揭露他所知的所有他的内阁同僚的泄密。

我把这一切解释给了伯纳德听。

然后汉弗莱插话进来："还有第三个原因，是最重要的一个原因。公布调查结果太过危险的主要原因是绝大多数泄密来自十号。国家这艘船是唯一从顶部泄漏的船。"

当然汉弗莱完全正确。既然这个问题更多地在于一位泄密首相——就像这件事，那就不易获得证据，而且即使你想也不可能公布。

事情就是这么凑巧，就在今天上午我们开会之后不久，一位新闻记者来拜访我。汉弗莱至为周到地把我们最新高成本建议的一份多余复件随手放在了我的办公桌上。我极为心不在焉，我一向把纸张随处乱放，事后就忘记放到哪儿了——结果在新闻记者离开我的办公室之后，我在哪儿都找不到我那份多余的复件了。太奇怪了！

8月25日

今天一切时机都成熟了。

汉弗莱和我——这次是一起——被召到十号去开会。我们被领到内阁秘书办公室，阿诺德爵士和马克爵士坐在一个很长的房间的另一端。我想他们是想吓唬我们，但是汉弗莱和我都是用特殊材料制成的人。

我们愉快地向他们打招呼，我就坐在谈话区的一只扶手椅上。作为王国的大臣，他们都是我的仆人（至少名义上是），因此他们不能坚持在办公桌边会见我。在我的建议下，他们都来和我一起坐阿诺德爵士的扶手椅。不过他先发制人。“又一次泄密，”他说，“极其严重。”

“的确是又一次泄密，”我赞同，“我不能想象是怎么发生的！我们的高成本建议遍布了今天上午的报纸。”

汉弗莱和我都诚挚地赞同这次新的泄密的确极其严重。

“这几乎要上升到违纪的程度了。”阿诺德爵士说。

“我完全同意，”我说，“不是吗，汉弗莱？”

他强烈地点头：“的确，只要能找到犯错误的人，对于他们来讲事情会是至为严重的。”

马克爵士放大音量说话，他说他在这件事上可以帮忙。他认为如果他利用他的影响，就能使《泰晤士报》披露他们如何搞到了我们当初的交通计划。

我主动要提供进一步的帮助令汉弗莱有点吃惊。

“您确定吗，大臣？”他听上去是警告的口气。

“哦，是的，”我说，“事实上我有信心能够找出报界是如何搞到首相对我们当初那个计划的反对消息的。当然，如果证明是首相自己办公室泄露出去的话，那就要比内阁大臣的私人办公室泄露得更为严重了，不是吗？单就安全方面的牵涉……”

我把那个威胁点到为止，然后靠到了椅背上。

“啊。”马克爵士说。

有一阵子停顿，大家都在考虑以及重新考虑各自的立场。我感到我掌握了主动，因此我继续：“事实上，也许我们应该请来警察或者 MI5——毕竟，十号发生泄密所牵涉到的问题真的非常严重。”

阿诺德反戈一击：“然而，我们的首要问题必须是调查最初的泄密。”他试图坚持。

我对他断然反驳：“不，我们的首要问题必须是追查牵扯到首相的泄密。”

他其实无法与此争辩，而且他也没有，他只是沉默地坐在那里看着我。于是过了一阵，在赢得泄密调查这场战役之后，我又转向了交通政策问题。

“总而言之，”我说，总结了一下情况，“你会意识到，这些泄密举国哗然的公众反响令我很难在行政部开展一项全国性的交通政策。”

汉弗莱爵士强有力地赞同：“时机还不成熟。气候还不适宜。气氛很不利。”

“而且，”我点点头，“仅有的两条途径现在都被堵死了。”

又是一阵沉默。阿诺德和马克又一次地盯住我。然后他们互相盯住对方。失败的前景盯住了他们两个。最后阿诺德爵士向不可避免的结果认输了。

不过他设法尽他所能做出若无其事的样子。他提出了最古老的主意，仿佛是最新的灵感。“我在想，”他向马克爵士说，“把整个事情交还给交通部去办会不会更为明智呢？”

我抓住这个建议。“阿诺德，”我说，对他极尽吹捧，“这是一个英明的想法。”

“我但愿我也想到过这个。”汉弗莱一脸惆怅地说。

于是我们达成了一致。

不过马克爵士仍然在忧虑:“还有泄密问题没解决。”

“的确是有,”我赞同,“依我看,我们应该把这当作极为严肃的事情来处理。因此我有个建议。”

“真的?”阿诺德爵士询问。

“你是否可向首相建议,”我说,用我最为公正的嗓音,“我们立即进行一次泄密调查?”

阿诺德爵士、马克爵士和汉弗莱爵士都用感激的语调齐声响应。“是,大臣。”三位爵士回答。

19. 酒肉穿肠过

9月4日

刚刚发生了一件最为重大而且最令人不安的事件。现在是星期天晚上。安妮和我很早就从选区回到我们伦敦的公寓。

我正进门时接到一个神秘的电话。我不知道是谁打来的，那个人只说他是一个陆军军官，他有事情要告诉我但他不愿在电话里透露。

我们把约会安排在今晚晚些时候。安妮在看星期天的报纸，而我在读《在野时期》——我最喜爱的书之一。

那个人迟到了很久。我开始想他可能出了什么事。他到的时候，我的幻想正非常活跃——也许是因为这本《在野时期》吧。

“记得丘吉尔吧，”我对安妮说，“他还在野的时候就从陆军军官那里获得了所有关于我国军备不足和希特勒战争机器的情况。所以当他在野的整个期间，就一直向报界透露消息，使政府难堪。那就是我能做的事情。”

我意识到，在我说的时候，我使用了不恰当的话来表达我的感受。当安妮说“但是你是在政府里呀”的时候，我觉得有点可笑。想必她能明白我的意思。

不管怎么说，那个人终于来了。他自我介绍是桑德斯少校。四十岁上下，按常规礼仪穿着蓝色细条纹西装，有点宽松破旧。就像所有这类小伙子一样，他看上去很像一个发育过快的预科生。

他不是一个容易聊得起来的那种非常健谈的人。或许只是因为见到像我这样一位政治家有点胆怯。

我把他介绍给安妮，并请他喝一杯。

“谢谢。”他说。

“苏格兰威士忌？”

“谢谢。”

我请他坐下。

“谢谢。”

我告诉他不必一直言谢。

“谢谢，”他说，然后又更正自己，“对不起。”

安妮告诉他也不必道歉。

“对不起，”他说，“我是说，谢谢。我是说……”

显然，我的显赫正使这个小伙子浑身发软呢。

安妮主动提出要离开以便我们私下谈话，但是由于某种原因他似乎很希望她留下。不明白为什么。总之，他问她可不可以留下来，我当然同意。

"我对安妮没秘密，"我解释，"我所有事情都告诉她。"

"有好几次呢。"她愉快地补充。

我真的**但愿**她不要这样开玩笑。别人会以为她是说真的。

我决心要弄明白我们这个会晤的气氛搞得这么神秘是不是真的有必要。"这件事高度机密吗？"我问。

"这个，相当地。"他回答，有点紧张。显然"相当地"是个有点传统英国式的低调说法。

"我要打开收音机吗？"我提议。

他似乎很惊讶："为什么——在播什么好消息吗？"

我不知道现在他们都给这些军人教了些什么。我解释说，我提议开无线电是为了避免被窃听。他问是否有可能我们会被窃听。一个人怎么能知道这个问题的答案呢？不过随即安妮提醒我，既然我是负责窃听政治家的大臣，那么这是不大可能的。

不过桑德斯明白表示他不想让我们的谈话被记录下来，尽管我清楚地对他表示如果有必要（的确有）我在会谈中会做笔记。他开始说他要告诉我的话是他在私人基础上说的。

我问他真正的意思是什么。我喜欢把话说清楚明白。

"我只是告诉作为个人的你，"他重复，"不是作为行政事务大臣的你。"

我**有点**明白他的意思了。可是，另一方面，我**就是**行政事务大臣。我要求进一步的说明。

"是的，我知道你是，"他说，"但是，我不是就你那个身份来告诉你。我是当作一位新闻记者来告诉你的。"

"你是个新闻记者？"我感到意外，"我以为你是个陆军军官呢。"

“不——**你**是个新闻记者。”

“我是个大臣。”

“但是——你当上大臣之前是干什么的？”

“角逐十号的选手，未获成功。”安妮开玩笑地插话。她电视看得太多，而且有点傻气地迷恋班伯·盖斯科因，就因为他漂亮、聪明。

不管怎么说，我现在总算明白桑德斯的意思了。我用简单的语言表达，使我们俩都能明白我们俩正在说的话。

“你正在告诉我，你正要告诉我的——还有，顺便提一下，我还不**知道**你正要告诉我的是什么——但是，无论你正要告诉我的是什么，你是正在把我当作《改革》杂志的前任编辑来告诉我的，是这样吗？”

“是的，”他回答，“你是一位非常优秀的编辑。”

“这我不敢说。”我谦逊地说。

“你经常这么说。”安妮说。又是她那该死的玩笑。有时候她与其说是帮忙不如说是捣乱。

我们还没有找到一个基础让我接受他的机密信息，所以我只好继续这番谈话。“我怎样，”我想知道，“才能不让自己知道你是把我当作一位前新闻记者来告诉我的呢？”

我想不出我怎样才能不让大臣知道，如果**我**知道了的话。

“我想他的意思是指帽子的问题，亲爱的。”安妮说。当然是的。太他妈明显了。我试图掩盖我的怒火。

“很好，”我说，笑着，“我今晚没有戴着我大臣的帽子。这我明白。但是……”说到这里我想我已经让他知道了我身为王国高官的庄重，“……我必须警告你：如果我有必要把你告诉我的告诉我自己，我会毫不犹豫地尽我的职责，并且务必使自己充分了解情况。”

“好的。”桑德斯少校同意了。

看来我们终于有了某种可以开始谈话的基础。我屏息以待。

他喝了一大口威士忌，把他的玻璃杯稳稳地放在咖啡桌上，一双充血的眼睛盯住了我：“谁负责出售英国的武器给外国人？”

“嗯——，哈克，伦敦经济学院。”安妮说。我恶狠狠地瞪了她一眼，让她住口。然后，我等着桑德斯继续说。毕竟，他要求会晤是因为他有事要**告诉**我，不是要问我。

桑德斯意识到球还在他的半区：“你在《改革》上写过一篇文章，关于英国的武器销售给了不良的外国买主。”

我记得很清楚，我曾称之为“可怕的交易”。在那篇文章中，我论证——如我一直所论证的——尽管为我们的防御，甚至为我们盟国的防御制造武器是完全出于爱国之心，即使我们有些盟国并不值得称道，但是我们绝对不应该出售英国的武器去扶持王国的敌人和纳粹式的独裁者。我对桑德斯重申我那篇文章的主旨。他点点头。“那恐怖分子呢？”他问。

“和恐怖分子。”我坚决地补充。

他又点点头。我开始有种感觉，好像正在被一个出色的审讯人或者检察官带到不知什么地方去了。但我还是不知道他为我准备的消息到底有多震撼。

“你知道，”他开始解释，“我最近刚从罗马回来。”他已经在电话中告诉我，他是参加北约军事代表团到那里去的。“我在那里的时候被带去看他们袭击一个恐怖分子的总部时搜捕到的一些东西。有一个计算机操控的炸弹引爆器，非常新，非常隐秘而且非常有杀伤力。”

“谁带你去看的？”我问。

“我不可能告诉你，这要绝对保密。”

我对这个计算机操控的引爆器略有兴趣，并请他继续说。

“你用它来计算目标的体重、汽车的速度等，以确保干掉目标。设置好之后，你还可以通过无线电远程重新编程。”

“天啊，”我说，并正中他的下怀，“你不会认为意大利人同这样的技术有关，是不是？”

“它不是意大利制造的，”他立即反驳，“它是这里制造的。”

我用了好一阵子才反应过来他完整的意思。

“这里？”

“是的。照国防部的一份合同。”

我简直无法相信他告诉我的事实。事实上，我仍然觉得难以置信，而且吓人。英国武器正在被意大利恐怖分子所利用。

我问他，他们是怎样得到它们的。

“那正是我想知道的。”他回答。

我问他还告诉过谁。他说谁也没告诉过，因为他不能说。“如果我正式报告，我就必须透露消息来源。但是我想如果我告诉某个接近政府高层的人说……”

“在高层的。”我明确地更正他。

他停下来点点头。然后他继续解释说，在他看来，某个在政府高层的人能够查出这些武器是怎样供应的。因为这个调查工作必须从英国这里开始，而且从高层开始。

我不明白他怎么会想到要让我来干这个，因为他已经明确表示他是在个人基础上来告诉我的。

他向我说明："你看，现在你个人已经知道了，虽然你不是以官方身份知道，你还是可以用你个人所知去开始官方调查为你个人的怀疑得到官方的证实，那么现在你以个人而不是官方身份知道的事情，到了那时，官方身份就和个人身份一样都知道了。"

在政府中工作了一年之后，我现在能够理解并且记住这些话了。或许再过一年，我自己也会这样说话了。

"你跟汉弗莱·阿普尔比爵士不是亲戚吧，是吗？"我半开玩笑地询问。不过不是。这不是家族天分，这是统治阶级的语言，因为他们——向来——要把一切事情都说得模棱两可。

桑德斯如释重负地吐口气，把剩下的威士忌喝光，并且说他总得把这事告诉谁。

"绝对，"我赞同，以我最善解人意的口吻，"好吧，现在我懂了。以个人身份。"两个人才能玩得起来这个游戏。

"好极了。准备为此做点什么，是吗？"

"的确，我会，"我极力赞同，"嗯是的，肯定会。"

"立刻吗？"

"立刻。"我用上了我最果决的态度。

"你准备做**什么**。"

我确实没料到这样一个直接的问题。我不明白那与他有什么关系。他已经尽了他的职责把事情告诉我。现役军官不该质询王国大臣。总之，这是那种你一般会从后座议员和其他莫名其妙爱管闲事、老想知道政府正在干什么的人那里听到的让人恼火的问题。

然而，他和安妮两人都坐在那里等待一个回答。我不得不说点什么："这个，我会把你告诉我的事情思考一下。"他们看上去没什么反应。"立刻！"我果决地补充。

"然后呢？"固执的家伙。

"然后，我会考虑各种行动方针，绝不耽搁。"

他坚持要具体的说明，或者说试图迫使我采取行动。"你会采取行动，绝不耽搁吗？"

"我会**考虑**采取行动，绝不耽搁。"我觉得我最好把这点讲清楚。

"**你**跟汉弗莱·阿普尔比爵士是亲戚吗？"安妮询问。

我忽略这个，没理睬她，并请桑德斯少校再喝一杯。他谢绝了，站起身准备离开，并要求我保证，他可以信赖我能够解决这桩令人愤慨的事件。自然，我向他做了保证。

他离开以后，安妮和我讨论起他和他那非同寻常的情报。我问安妮她怎么看这事。

她没有正面回答。她只是问我，我真的要对这事做点什么，是不是？

我当然是，如果此事属实。但我觉得很难相信。它可能发生吗？不可能发生！可能吗？我是说，它不仅仅不应该，而且不可能发生。而且即使它可能，也不会发生。会吗？

我刚刚把最后一段话的录音放了一遍。或许我**确实**和汉弗莱·阿普尔比爵士是亲戚。

9月5日

今天我和汉弗莱有一次严肃的对话，或许是我前所未有而且也不会再有的一次最严肃的对话。

我到现在还不能确定该怎样看待这件事。

他来参加星期一上午的例会。我匆匆完成议程上的所有日常事项，然后为我打算讨论的问题定了个调子。

“汉弗莱，”我开始说，“有件事我必须对你说。这件事让我深感忧虑。真的极为重要。”

他问我是不是指政府机构库存管理行政程序的修正案，或者地方当局在特别开发区承租的续约手续。

这是他所能理解到的层次。但我耐住性子。“不，汉弗莱，”我解释，“我忧虑的是一个生死存亡的大问题。”

“那个不应该等到下班以后再谈吗？”他问。你能明白我正在和什么样的人打交道。

“是工作的事情。”

“真的？”他很意外。“那请说。”

我问他英国的军火生产商怎样向外国人出售武器。他把整套制度解释给我听：生产厂家必须从商业部获得出口许可。私有企业和政府代理人都向外国出售军火，他们通常出售给外国政府，但有时候他们也卖给军火商，即第三方。换句话说，可能有个小人物在曼彻斯特代表海峡群岛上的一个团体购买，而这个团体在卢森堡有个合同，如此这般。

于是我想知道有没有什么办法控制这些军火的真正去向。汉弗莱让我放心，说是**有**控制手段。中间商必须提供一份名为最终使用人的证明书。证明书上必须有最终客户的签字，这个最终客户必须是经女王陛下政府核准为可接受的使用者。

我觉得我怀疑这个最终用户证明书是不是一个真正的保证。我想知道假如一艘航空母舰出现在中非共和国，汉弗莱会不会觉得惊讶。

［汉弗莱爵士无疑会感到惊讶的，正如我们每一个人都会惊

讶那样，因为中非共和国是个离海洋一千英里的内陆国家。——编者]

汉弗莱爵士陈述说这武器出现在未经核准的客户手中“从官方角度讲是不可能的”。“有严格的安全措施，有精确的审查手续和周密的复查。”

从官方角度讲不可能。我知道这个说法意义何在，它意味着这些都是表面文章。

我以此向他质疑。他宽厚地笑着，微微探头向前：“我想这次讨论也许应该到此为止，大臣，您说呢？”

这一次我拒绝遵守规则。“不，”我说，“但是事实就像我想的那样。昨天晚上，一个秘密线人向我透露英国武器正在卖给意大利恐怖组织。”

他郑重地点点头。“我明白了。我可不可以问一下这个秘密线人是谁？”

我吃了一惊。“汉弗莱！我刚说了是秘密的。”

他全无愧色。“哦，对不起，大臣，我自然而然地假定，那意味着您会告诉我的。”

他等着。我也等着。当我坐在那里，静静地观察他时，我注意到他似乎不怎么为我刚才告诉他的情报担心。于是我就这一点向他提问。而且他看上去的确认为这事相当平常。

“这种事一直都在发生，大臣。这不是咱们的问题。”

“暴力抢劫一直都在发生，那不令你担心吗？”

“不，大臣。那是内务部的问题。”

我几乎无语了。他似乎只把自己当成一个官员，而不是一个公民。当然，那是他在办公室向我提供意见时戴的帽子，但是这里还涉及道德问题。

“我们正在让恐怖分子掌握杀人武器。”我向他抗议。

“我们没有。”

我糊涂了。“那好，谁有？”

“谁知道？”他用上了他最漠然的态度。“商务部？国防部？外交部？”

我变得不耐烦了。毫无疑问这是故意装傻。“**我们**，汉弗莱，不列颠政府。无辜的生命正受着恐怖分子手中英国武器的威胁。”

“只是意大利人的生命，不是英国人的生命。”

“可能是意大利的英国游客，”我回答，不小心暂时撇开了更为广泛的问题。（更为广泛的问题是谁都不是一座岛屿。）①

“英国游客？外交部的事儿。”

我讨厌这种幼稚的推诿态度。“瞧，汉弗莱，”我说，“我们必须做点什么。”

“恕我直言，大臣……”他这会儿毫不妥协，“我们必须什么也**不要做**。”

在我看起来，他似乎在以某种方式表明什么都不要做是一个积极的而不是消极的办法。因此我要求他做出详细说明。

他非常乐意这样做：“向国外出售军火是政府工作中我们不太严格审查的领域之一。”

我不能接受这个说法。我告诉他，我必须审查这一领域，因为现在我知道了。

① “谁都不是一座岛屿，自成一体……任何人的死亡使我受到损失，因为我包孕在人类之中。所以绝对不必打听丧钟为谁鸣；它为你为鸣。”——约翰·多恩

他说我可以说我不知道。

我想彻底弄清楚他所说的我该说些什么："你是在建议我应该说谎？"

"不是您，不。"来了一个莫名其妙的回答。

"那应该是谁？"我问道。

"那些不多管闲事的人，大臣。"

我们没有任何进展，试图与汉弗莱争论可能就像试图用拳头打扁一碗麦片粥。我告诉他我打算提出这个问题并进一步推动这件事，因为我对汉弗莱爵士所能提供的保证不满意。

现在他显得不安了。不是为了炸弹或者恐怖分子或者无辜的生命，而是为了我要进一步推动这件事。"请别这样，大臣，我求您了！"

我等着他进一步解释。或许现在我能知道点什么。我是知道了，但并非如我所料。

"大臣，政府的两条基本原则：永远不去调查你并非不得不调查的事；永远不去安排一个调查，除非你事先知道调查的结果。"

他还在迷恋着政府的原则，即使面对一个如此重大的道德问题。"汉弗莱，我不能相信这个。我们正谈论的是善与恶。"

"啊。英国国教的问题。"

我并没有被逗笑。"不，汉弗莱，**我们的问题**。我们正在讨论的对与错。"

"您可能是，大臣，"他平静地回答，"但我不是。这会严重地滥用政府的时间。"

我开始还以为他在开玩笑。但他没有！他是严肃的，绝对严肃。

“你难道不明白，”我情绪激烈地恳求他，“出售武器给恐怖分子是错的吗？你难道不**明白**这个吗？”

他不明白。“你要么出售武器要么不。”这是他冷酷、理性的回答。“如果你出售它们，它们最终必然地会被付钱的人买下来。”

我知道这个论证很有说服力，但是我们无论如何都要防止恐怖分子得到武器。

汉弗莱似乎认为这是可笑而且/或者不切实际的说法。他居高临下地笑了。“我看我们可以在所有来复枪的枪托上印一种政府的健康警告：**‘不得出售给恐怖分子。’**您觉得这会有帮助吗？”我无言以对。“或者这个会不会更好：**‘警告！枪支会严重损害您的健康。’**”

我没有笑。我告诉他，在我看来，他会对这种事情如此看轻，这让我很震惊。我要求一个直截了当的回答。我问他是不是说我们应该对不道德至如此地步的事情眼睁眼闭。

他叹了口气。然后有点烦恼地回答：“如果您**坚持**要我讨论道德上的问题，也许我应该指出，某件事情要么是不道德的，要么就不是。它不可能有某种程度上的不道德。”

我告诉他不要狡辩。

他又来狡辩：“大臣，政府不管道德。”

“真的吗？那它管什么？”

“它管稳定。保持事情顺利进行，预防混乱，防止社会瓦解。明天社会还照常存在。”

“但**为了**什么呢？”我问。

我已经难住他了。他没理解我的问题。于是我对他讲清楚：

“那么政府的终极目的是什么，如果它不是为了做善的事情？”

这个概念对他毫无意义："政府不管善与恶，它只管秩序和混乱。"

我明白他的意思。我知道我们这些身在政界的人有时候不得不咽下一些我们并不相信的东西，对我们认为错误的事情投赞成票。我是一个现实主义者，不是一个童子军。否则的话我也绝无可能升到内阁大臣的层级。我并不幼稚。我知道各个国家都在根据各自的利益采取行动。但是……总要有个限度。让意大利恐怖分子得到英国制造的炸弹引爆器真的能算是秩序井然吗？

我看不出这怎么能算。但是还有更令人震惊的，汉弗莱看上去根本不在乎。我问他这怎么可能？

他又一次地给了一个简单的回答："这不是我的职责该管的事，那是政治家的事。我的职责是执行政府的政策。"

"即使你认为它是错的吗？"

"几乎所有的政府政策都是错的，"他亲切地说，"但执行得非常好。"

这太过彬彬有礼，不合我意。我有种不可抗拒的强烈愿望，要弄明白这个重大的道德问题。这种"只服从命令"的心态可能最终导致集中营。我要抓住这个论点。

"汉弗莱，就你所知有没有过一名公务员因原则问题而辞职的？"

这会儿，他倒震惊了。"我认为没有！怎么会有这种想法？"

多么非同寻常。这是这次谈话中唯一令我的常任秘书感到震惊的想法。我靠在椅子里凝视着他。他等着，大概想看看我还会提出其他什么不切实际的问题。

"我第一次意识到，"我慢慢地说，"你纯粹致力于手段，从不管目的。”

“就我而言，大臣，以及我的所有同事，手段和目的没有区别。”

“如果你相信那个，”我告诉他，“你会下地狱。”

随之而来的是长时间的沉默。我以为他在反思自己所从事的罪恶的本质。但是不！过了一会儿，意识到我正在等他回答，他以温和的语气评论说：“大臣，我不知道您还有神学倾向。”

我的观点显然对他毫无影响。“你是个道德真空，汉弗莱。”我告诉他。

“如果您这么说，大臣。”他谦恭地笑着，点了下头，仿佛在感谢我仁慈的赞美。

整个会晤过程伯纳德一直在屋里，但没怎么做记录，我注意到了。他一句话也没说，这对于他来讲极为少见。现在他说话了。

“您午餐约会的时间到了，大臣。”

我转向他。“你一直保持沉默，伯纳德。你对这一切会怎么办呢？”

“我会一直保持沉默，大臣。”

这次谈话就这样戛然而止了。我把我能想到的冒犯话都对汉弗莱爵士说了，而他却每一句话都当作赞美。看来他完全没有道德感。不是不道德——他只是不懂道德观念。他的声音打断了我的思路：“那么我们现在可以搁下这个军火销售的问题了？”

我告诉他我们不能。我告诉他我要告诉首相这件事，亲自告诉。而且我告诉伯纳德为我安排约见，因为这正是首相想要知道的那类事情。

汉弗莱插话进来：“我向您保证，大臣，这正是首相绝对不想知道的那类事情。”

我告诉他我们走着瞧，然后我就去吃午饭了。

伯纳德·伍利爵士（与编者谈话时）回忆：

我记得很清楚，那次决定性的会晤之后，我情绪极为低落。因为我禁不住要想大臣说的是不是对的。我把我的担心告诉了老汉弗莱。“不大可能，”他回答，“关于什么的？”

我解释说，我也担心目的和手段相比的问题。我问汉弗莱我最后是不是也会变成一个道德真空。他的回答让我吃惊。“我希望如此，”他告诉我，“如果你干得足够努力的话。”

这让我比之前更沮丧了。你知道，在当时，我仍然相信，既然我们的职责就是执行政府的政策，我们就应该相信它们。

汉弗莱爵士摇摇头离开了。那天晚些时候，我收到一份来自他的备忘录。我还保存着。

备忘录

自：常任秘书

致：伯·伍

我一直在考虑你的问题。请牢记以下内容。

我在过去三十年中服务过十一届政府。如果我相信了他们所有的政策，我就会：

1）热情地致力于摆脱共同市场。

2）热情地致力于进入共同市场。

3）坚信钢铁国有化的正确性。

4）坚信钢铁非国有化的正确性。

5）坚信钢铁重新国有化的正确性。

6）强烈支持保留死刑。

7）热心支持取消死刑。

8）一名凯恩斯主义者。

9）一名弗里德曼主义者。

10）一名文法学校的保护者。

11）一名文法学校的破坏者。

12）一名国有化的疯子。

13）一名私有化的变态。

14）一个十足两眼发直、语无伦次的精神分裂症患者。

汉·阿

9月5日

第二天他把我叫去，问我有没有完全掌握他的想法，并且充分采纳。

当然，他的论据是无可辩驳的。我心服口服。但我**仍然**情绪低落。因为，正如我向阿普尔比解释的，我觉得我需要相信点**什么**。

他提议我们两人应该相信要阻止哈克向首相报告。

当然他是对的。一旦首相知道这事，必然会有一次调查。那就会像水门事件，如你所知，在那件事中，调查一个无足轻重的偶然事件导致可怕的内幕一件接一件地被揭露，最终是一个总统的垮台。一条永恒的金科玉律是：不要捅马蜂窝。

“每一件事都与其他的事有关联，”汉弗莱爵士解释，“这话谁说的？”

我冒昧地猜测可能是内阁秘书。

“基本上正确，”汉弗莱爵士鼓励我，“实际上，是列宁。”

他接着向我交代了任务——阻止我的大臣与首相说话。

一开始我想不出怎样能办到，而且很不明智地说了出来。这为我引来了一番严厉的斥责。

“想办法，”他厉声说，“我原以为你是个可以高飞的人——不然的话，难道你其实只是个低飞的人偶然被一阵风吹起来吗？”

我看得出这是一个人职业生涯中生死攸关的时刻之一。我离开后静静考虑了一番，并且问了自己几个问题。

1. 我能阻止我的大臣去见首相吗？显然不能。

2. 汉弗莱爵士能吗？不能。

3. 我那些在十号私人办公室或者内阁办公室的朋友能吗？不能。

因此方法要从政治那一边去找。我需要某个接近首相的人，某个能够吓住哈克的人。

突然事情明朗了。只有一个人物，他的工作就是吓唬议员——党鞭。

我仔细策划我的战略。哈克叫我打电话给首相私人办公室的日程秘书，为他定个约会时间。我想出来的办法是，如果汉弗莱爵士跟内阁秘书打个招呼，他（内阁秘书）就可以跟首相的日程秘书打个招呼，这样他们都可以跟党鞭的办公室打个招呼。

党鞭会立刻看出问题。当哈克去见首相的时候，党鞭就会迎接他，说首相正忙着，请他代替跟哈克谈。

我要求见阿普尔比，并且告诉他我的计划。他点头认可。于是我拿起他的电话。

“你在干什么，伯纳德？”他问。

“我以为你要跟内阁秘书说话，汉弗莱爵士。”我装无辜地回答。

他从我手中接过话筒打了电话。我坐在那里听着。完事之后阿普尔比放好话筒，向后靠在椅子里，有些疑虑地看着我。

“告诉我，伯纳德，你——作为他的私人秘书——觉不觉得有责任把这次谈话告诉他？”

“什么谈话？”我回答。

他请我喝杯雪利酒，恭喜我，告诉我说我迟早会是一个道德真空。

我相信就在那一刻我的前途得到了保证。从那时起我就被内定为国内文官未来的头号人物了。

［哈克的日记继续下去。——编者］

9月8日

今天晚上我觉得很有罪恶感而且相当愚蠢。而且，有点儿担心我的前途。我只希望下次我被提名担任什么时，维克·古尔德［党鞭——编者］能在首相面前为我美言几句。

我认为从今天起维克欠我一大笔人情。但他是个怪人，可能未必这样看待这件事。

我压根儿没想到会看见他。在下院，我约的是首相。到了首相办公室的时候，却看见维克·古尔德在等我。

维克是个仪表堂堂的人物，长着老政治家的满头白发，脸像一只秃鹫，态度从取悦和谄媚变成粗暴的辱骂转换得比光速还快，是个完全彻底忠于政党的人。

他有些漫不经心，我觉得。他说首相今天相当忙，叫他代为接见。

我感到有点受怠慢了。我不向维克报告。他可能是负责党的纪律，但他只是我的同事，这届政府中平起平坐的一员。其实我也没想到他跟首相这么接近，或者也许他也没有——也许只是他说服了首相（他并不知道我为什么要约见他），说这是一件党内事务不是政治事务。但我想不明白的是**维克**怎么知道我要干什么的？而首相又怎么会决定由维克来代替他会见我的？有时候我真的觉得自己有点疑神疑鬼。

也许事实会证明这是最好的安排，**如果**维克可以信得过的话。但他可以吗？谁可以呢？

反正维克招呼我时，我拒绝把我的来意告诉他。我看不出把军火出售给意大利恐怖分子与党组秘书有什么相干。

他不接受我的反对。"首相叫我跟你初步谈一下，写一份背景记录。以后就可以节省时间了。"

我无法争辩。所以我告诉维克，我得到了这个非常惊人的情报。然后我把整个意大利恐怖分子获取绝密炸弹引爆器的情况告诉了他，那是在我国制造的。在一个国营工厂！

"你觉得你应该告诉首相吗？"

这个问题让我大为惊讶。首相是负责安全的。我不知道还有什么别的选择。

但是维克不同意：“我不认为这是值得让首相操心的事。咱们把它搁一搁，好不好？”

我问他是不是**真的**在说什么都不做。他点点头，并且说是，那正是他的建议。

我拒绝接受，并坚持必须告知首相。

“如果告知首相的话，”维克谨慎地说，“就会进行一次调查。”

那正是我的意思，是我想要的。

但这并不是维克想要的。他解释了原因：“一次调查或许会揭露出，所有不受欢迎的甚至敌对的政府都在使用英国制造的武器了。”

这句话让我震惊。与其说是由于其实际内容，不如说是因为其中所包含的假设认为这类事情不应该去调查。

“你是认真的吗？”我问。

“我说的是**或许**。这件事——或许——会令我们内阁中的某些同事极为难堪。外交大臣、国防大臣、商务大臣以及首相本人。”

我固执己见：“做正确的事情可能会让人难堪，但那不能成为不去做的理由。”

维克不理会这话：“你知道我们已经在卖武器给叙利亚、智利、伊朗这样的国家了吗？”

我是知道的。“那是正式批准的。”我解释说，意即那些因此是题外话。

“的确，”维克赞同，“那你对于他们如何使用这些武器就感到高兴吗？”

我犹豫了：“这个，显然不完全……”

“你要么做军火生意，要么不做。”维克以冷酷的逻辑说。

听了这话我开始激动起来。一个大错误！假装激动固然没问题，尤其是在公众面前（甚至在下院，只要在当时是正确的手法），但是对自己的同事——特别是像维克那样冷漠的人——就压根儿不起作用。

“如果做军火生意就意味着与罪犯和谋杀者为伍，那么我们应该退出来。这不道德。”

维克发起了脾气，他带着愤怒和轻蔑的复杂情绪对我怒目而视：“哦，了不起。**了不起！**”

我感到他真的在轻视我。我看得出他正在困惑，怎么会有我这样一个童子军竟混进了内阁，或者甚至进入**政界**的。“那么让十万英国工人失业是道德的吗？还有那些出口呢？一下子就是一年二十亿英镑的损失。而且，还有选票呢？你知道政府把这些军火合同安排在什么地方吗？”

“显然是优势微弱选区。”

“正是。”他说。谨此作答，他暗示。

但我还是做不到完全不管此事。我又试了一次：“瞧，维克，我现在说的是既然我现在知道有这种事在发生，我就必须得告诉首相。”

“为什么？”

“为什么？”我不能理解这个问题，这对我来说似乎不言自明。

“就因为你发现了什么肮脏的东西，”维克说，“你为什么就一定得走来走去把每个人都闻一下呢？”

就在我考虑如何作答——或者精确地说，在我疑惑我是否真有话可答的时候——他把办公桌上的转角灯光朝我的方向打开。他并没有把灯光完全照到我眼睛上，但我确实明显感觉到我正在接受严刑逼供。

而他的下一个问题丝毫也没有冲淡我由于忠诚受疑而正被审讯的印象。

“你在内阁愉快吗？”

“是的，当然愉快。”

“你想要留在内阁吗？”

我吓得要命，话都不能说了。我的忠诚现在受到了怀疑。噢，老天啊！我无言地点点头。

“那么如何？”他等着我说点什么。

我浑身冒汗，不再能清楚地思考了。这不是我预料中的会见。我本指望身处攻势的，相反却发现自己正在打一场绝望的防御战。突然之间我的整个政治前途仿佛都岌岌可危了。

我仍在固执己见。我不太确定这是为什么。我想我是糊涂了，就是这样。

“还有像责任这种东西呢，”我听到自己相当自负地说，“有些时候你必须去做你的良知告诉你要做的事。”

维克又一次发起脾气来。我明白为什么，对一位党鞭说你必须遵照你的良知做事，就如同在一头公牛面前挥舞一块红布。

而且这回不是一次平静的、略显急躁的发脾气。这次是大喊大叫，他在威斯敏斯特以此闻名。他跳起脚来。“噢，老天哪！”他大喊，显然是忍无可忍了。

他的脸凑近我的，几乎是鼻子顶着鼻子。他因愤怒而凸出的双眼靠得如此之近，以至于看上去有点失焦。他现在是彻底蔑视我了。

“你一定要到处炫耀你无足轻重的个人小良知吗？你以为别人都没有吗？你对政府的存亡没有良知吗？”

“我当然有。”我咕哝着，这时风暴似乎暂时减弱了一点。

他走开了，满足于我至少还有一个正确答案：“首相很快就要签署一份国际反恐协议了……”

我插了一句，为自己辩解：“我不知道这事。”

“你不知道的还多着呢。”维克轻蔑地怒斥。

［哈克不知道这项新的国际反恐协议并不奇怪。就我们所能了解到的情况，根本就没有。维克·古尔德大概是一时冲动捏造了这个消息。——编者］

他又一次走过来坐在我旁边。他试图忍住火气，或者不如说他看上去似乎正在试图忍住火气。“你难道不能理解，最重要的事情是处理主要政策方面的问题，而不是拔掉一两个小军火出口商和恐怖组织？”

我还没有那样看问题。而且，我意识到我最好那样看问题，而且要快，否则的话维克会整天不断对我大喊大叫。“我想只是一两个小小的恐怖组织而已。”我无力地说。

“他们不可能杀死**那么**多人，是不是？”

“我想不能。”我赞同，带着一丝笑容以示我意识到也许我有点天真了。

但是维克还没侮辱完。他又一次讥笑我：“而你想在一时的道德自我放纵中把一切都毁掉。”

显然道德上的自我放纵是维克想得到的最差劲的事。我感觉自己非常渺小。

他靠到椅背上，叹口气，然后咧着嘴冲我笑，递给我一根烟。然后扔了一颗炸弹。

“尽管如此，”他笑着，“首相正在考虑让你当下一届的外交大臣呢。”

我大吃一惊。当然，这是我一直想要的，如果马丁被踢到上院的话。不过我不知道首相也知道这个。

我谢绝了他的香烟。他点起烟放松了姿势。“不过，如果你要追求的是殉难的话，”他耸耸肩，“那就去吧，要求一次调查。尽管去损害这么多年来我们大家一起为之战斗和努力的一切。”

我赶紧解释那完全不是我想要的，恐怖分子得到英国的炸弹引爆器当然是极可怕的，不过一个人有**忠心**是不成问题的（正如维克已经雄辩地解释过的），而共同目标和种种问题必须要客观看待。

他点点头。“当然，”他说，对我原先的观点做出了让步，“如果你在国防部或者在商务部……”

我打断他。“正是。绝对是。国防部的问题。商务部的问题。现在我明白了。”事实上这正是汉弗莱曾经努力对我说的。

我们陷入了沉默，两人都在等，确信问题现在已经解决了。最后维克问我们可不可以把这件事暂搁一阵子，这样可以避免让首相烦恼和难堪。

我赞同。“事实上，”我承认，对自己的天真深感羞愧，“我很抱歉我提出此事。”

“好人呀。”维克慈父般地说。我不**觉得**他在嘲讽，但你从来摸不准维克的脾气。

9月10日

安妮的后半周都是在选区中度过的，所以直到这个周末我才能得到她就我与维克会面一事的建议。

我并不是真的那么需要建议，事到如今我相当清楚我该怎么办了。我在喝临睡前的一杯掺水威士忌时向安妮说明：

“总的来说，我认为正确的做法是不要惹是非。为着更广泛的利益，做政府忠诚的一员。捅马蜂窝什么好处也没有。”

当然，她争辩说：“可那位少校说他们是恐怖分子。”

我不能责怪她这种天真的态度。毕竟，连**我**也犯过同样的错误，直到我正确地考虑过这一切为止。

“是，”我说，“但是我们也轰炸过德累斯顿。每个人在某种程度上都是个恐怖分子，不是吗？”

“不。”她坚定地说，并且看了我一眼，激得我去反对她。

我把话说得有些夸张。“不，好吧，但是从**比喻意义**上说他们是，”我补充说，“你应该见见党鞭，他**肯定**是。”

安妮不依不饶。她不理解这个更广泛的利益，这是要做出这种决策所必须具备的更为成熟的水准。“可是不列颠的某个人正在把炸弹交给谋杀者。”她反复重申。

“不是给，”我纠正她，“是卖。”

“这就没问题了，是吗？”

我告诉她要严肃点，并全面考虑一下这件事。我解释说，一次调查可能揭露出各种各样见不得人的事。

她没有被这个理由打动。

“啊，我明白了，”她惋惜地笑了，“如果你只能抓到一个罪犯，调查是没问题的，但如果可能抓到一大批就不行了。”

“如果他们是你的内阁同僚就不行了，你说得对！”现在她弄明白了。但是她叹了口气并且摇了摇头。显然，她还没有接受我的新观点。因此我执意说下去。我真的想让她理解，而且赞同。

“安妮，政府是个非常复杂的事情，有相互冲突的考虑。”

“比如你究竟做正确的事还是做错误的事？”

我被激怒了。我问她还能建议我做些什么。她告诉我采取道德立场。我告诉她我已经试过了。她说我努力得还不够。我问还有什么我能做的呢？她告诉我以辞职相威胁。我告诉她他们会接受的。

而一旦离职就回不去了。没有人为原则问题辞过职，除了几个有死亡意愿的人以外。多数号称基于原则的辞职事实上都是基于讲求实际的政治上的精打细算。

“辞职可能是对我的和你的良心的一点抚慰，”我解释，“但不会制止军火供应给恐怖分子。”

“有可能，”她反驳，“如果你威胁你会讲出你知道的一切。”

我考虑了一下。但事实上，我知道什么呢？我什么也不知道。至少，我什么也证明不了。我压根儿没有事实证据。我知道这事是真的，只是因为没有人否认过——但那不是证据。我把这一切解释给安妮听，补充说，因此我处于某种进退两难的境地。

她明白了这一点，然后她递给我一封信：“我不认为你确实明白你的处境有多两难。这是今天到的，桑德斯少校寄来的。”

亲爱的哈克先生：

谢谢你在上周一见我。把向意大利恐怖分子提供英国武器这整个骇人的情况都告诉你之后，我如释重负。我知道你会对此有所行动，如你所承诺，我期望看到这些行动的实现。

你的真诚的

J·B·桑德斯（少校）

这封信是个灾难。桑德斯少校可以向全世界证明他告诉了我这件丑闻，而我什么也没做。而且这是一份复印件——他肯定执有原稿。

而且这是一封挂号信，所以我不能说我没收到。

我掉进了陷阱。除非汉弗莱或者伯纳德能想出一个脱身之术。

9月12日

伯纳德想出了一个脱身之术，感谢上帝！

周一上午开会的第一件事，他就提出了罗得西亚解决法。

汉弗莱激动不已。“干得漂亮，伯纳德！你表现出色。当然，罗得西亚解决法，就是这个，大臣。”

我一开始不知道他们在谈什么。所以汉弗莱爵士提醒我罗得西亚石油制裁的论争。“事情的经过是一位政府成员被告知关于英国公司破坏制裁。”

“那他做了什么？”我焦急地问。

“他告诉了首相。”伯纳德会心地露齿一笑说。

“那首相又做了什么？”我想知道。

“呵，”汉弗莱爵士说，“事件涉及的大臣以如此这般的方式告诉了首相，以至于首相没有听见他说什么。”

我不能理解他和伯纳德的话到底可能是什么意思。我是不是应该在议会走廊里对首相含糊表达一番，或者什么的？

他们看出了我的困惑。

“您写一张便条。”汉弗莱说。

“用很轻的铅笔写，还是怎么的？说得实在些，汉弗莱。”

“这相当明显，大臣。您写一张便条，写得容易被误解。”

我开始明白了。微弱可见的亮光出现在隧道的那一头。但是什么样的便条呢？

“我不太清楚**怎么写**，”我说，“有点儿困难，不是吗？‘亲爱的首相，我发现绝密的英国炸弹引爆器正落入意大利恐怖分子手中！’你怎么误解它呢？”

“不可能误解，”汉弗莱说，“所以别这样写。您用一种更……周全的风格。”他用词谨慎。“您必须避免任何提到炸弹和恐怖分子以及所有这类的话。”

当然我明白这个，但是我不太想得明白该怎样写这样一封晦涩的信。但这对汉弗莱来说毫无困难。他今晚就把这封信的草稿放在我的红盒子里了。精彩。

[我们已经设法找到了那封信，从十号的内阁办公室档案中，是根据“三十年规则”对外公开的。——编者]

亲爱的首相：

我的注意力在个人基础上被某情报吸引，该情报表明存在有某些违反1939年（C）进出口和海关权力（国防）法案第一节的可能性。

初步证据显示，可能存在需要进一步了解的情况，以确定是否应该着手进行调查。

但是应该强调指出，现有的情报有限，而且相关事实可能难以获得有把握的证实。

您的忠诚的

詹姆斯·哈克

9月12日

[哈克的日记继续下去。——编者]

这封信技艺高超，因为它不但以一种可能没有说出来的方式吸引了人的注意力，而且还建议**别的什么人**应该对此做点什么，结尾还有一句话暗示即使他们做了，他们也不会得到任何结果。所以如果在将来的任何一天有个调查的话，我都会是清白的，而任何人都能明白，一位忙碌的首相不可能看得懂这样一封信的含义。我立即签署了这封信。

9月13日

今天早晨，我为这封信祝贺汉弗莱，并告诉他这封信非常含混不清。他很高兴。

他还拟订了更多的计划。我们暂时先不把信送出去。我们要安排让这封信在首相出国参加高峰会议的当天到达十号。这意味着这封信是否经首相或者代理首相看过就会有更大的疑问，当然他们两人谁也不会记得。

这是最后的点睛之笔，并且无疑会确保整个事情因联络故障而中断。于是每一个人都会是清白的，都可继续干自己的事。

包括恐怖分子们。

恐怕我今晚有点醉了，否则我刚才就不会对着录音机说出那句深感令人沮丧的话了。

不过那是实话。我一直在构想某种有关政府的理论，真正实用的理论，不是他们在大学里教的垃圾理论。

在政府中你必须始终试图做对的事情。但是不论你做什么，你永远不能让任何人发觉你在试图这样做。因为做对的事情是错的，对吗？

政府讲的是原则，而这个原则就是：不要破坏现状。因为如果你破坏现状，所有的小良心就都会闹翻。我们都必须拴在一起，因为不然的话，我们都会分别被吊起来。而如果我被吊起来，我就不得好死了。

为什么我该这样呢？政治就是帮助别人，即使意味着帮助恐怖分子。这个，恐怖分子也是别人，不是吗？我是说，他们不是**我们**，是不是？

所以你必须顺从你的良知。但是你也必须知道你走向哪里。所以你**不能**顺从你的良心，因为那可能和你走的不是同一条路。

对，这就是难点。

我刚刚把今天的日记在卡式录音机上重放了一遍。我意识到我也是个道德真空。

9月14日

醒来觉得很糟糕。我不知道是因为酒精还是情绪的缘故。但是我的头确实很痛，而且我觉得疲乏、难受而沮丧。

但是安妮真好。她不但为我煮了黑咖啡，而且说的都是好话。

我觉得我跟汉弗莱以及白厅的那些人没什么两样。她完全不同意。

“他已经失去了是非观，”她果断地说，“你还有。”

“我有吗？”我呻吟着。

“有的。你只是用得没那么多。你是那种酒肉穿肠过的修道士。你至少在自己做错事的时候是知道的。”

她说对了。我**确是那**种酒肉穿肠过的修道士，我可能是不道德的，但我不是没有道德观的，而一个酒肉穿肠过的修道士——格雷厄姆·格林笔下、特雷弗·霍华德扮演的那种浪子派头，Je ne sais quoi[①]——也不是多坏的事情。

是不是？

① 法语，意为“我不知道为什么”。

20. 中产阶级的偷窃

9月24日

今天上午会见了选民，我曾经在每隔一周的星期六接见选民，但自从我成为大臣以来，次数就减少了，今天的接见之后我去看了艾斯顿流浪者足球队的主场赛。

这是一场悲惨的比赛。偌大一个体育场一半的座位是空的。球员们都有点拖泥带水而且垂头丧气，整场比赛都在一种丧气而衰败的气氛中进行。

和我一同去的有市政务委员，地方当局艺术和娱乐委员会主席布莱恩·威尔金森，他的职业是污水处理场电工技师的助手，还有哈里·萨顿——流浪者足球俱乐部的董事长，一个本地的秃头生意人，在他所谓的“进出口”生意中做得不错。两人都是我党的忠实拥趸。

赛后他们邀我到董事会议室小斟一杯，我热心地接受了。冒着风雨在董事包厢坐了将近两个小时，感觉需要立即暖暖身子。

我感谢哈里请我喝酒，还陪我玩了一个下午。

“趁着俱乐部还在，享受一下吧。”他神色暗淡地回答。

我说到目前为止我们总是能挺过来的。

“这一次不同了。”布莱恩·威尔金森说。

我意识到这次邀请并不单纯是社交性质的。我定下心来等着他。果然有点不对头，哈里盯着布莱恩说：“你最好告诉他。”威尔金森往嘴里塞了一把花生米，咽下一口威士忌，告诉了我。

“我就不绕弯子了。昨天晚上我们的财务委员会开了个紧急会议，艾斯顿流浪者就要交给破产事务官了。”

“破产？”我大吃一惊。我的意思是，我知道足球俱乐部普遍有困难，但这真的出乎我意料。

哈里点点头：“终场哨了。我们需要一百五十万英镑，吉姆。”

“小菜。”布莱恩说。

“不，谢谢。”我说，随即意识到他是在说一百五十万英镑。

“政府每隔三十秒钟就浪费这么多钱。”布莱恩补充说。

作为政府的一员，我觉得不能不为我们的业绩辩护：“我们一直是严格控制开支的。”

看来这话不该说。他们两人点头赞同说财务控制确实严格，可能就是因为这样才缺少资金让我没钱付车费去出席上次爱德华国王学校的颁奖仪式。我解释——拼命地回想着——说那天下午我必须要去下院答复质询。

“你的秘书说你要出席一个委员会会议。”

也许是吧。我真的记不起那种无足轻重的细节。又是个错招。哈里说："你知道这里的人在说些什么吗？让内阁大臣当议员真是个十足的浪费。还不如在本地找个有时间为自己选区办事的家伙呢。"

常见的埋怨。真不公平！我又不能同时到六个地方去，没有人能。但是我没有生气。我只是一笑置之，并且说这话讲得荒唐。

布莱恩问我为什么。

"有个议员在内阁大有好处呢。"我告诉他。

"奇怪，我们怎么没看出来，你有吗，哈里？"

哈里·萨顿摇摇头。"比如呢？"

"好吧……"我叹了口气。他们在你的选区里总是这样对你，他们觉得有必要在一定程度上贬低你，制止你自我膨胀，提醒你要靠他们才能重新当选。

"给选区带来好处，"我解释说，"而且交些有权势的朋友有好处。在上层有影响。需要的时候有朋友。"

哈里点点头。"那好，听我说，朋友——我们需要的是一百五十万英镑。"

我从没想到他们竟以为我能解决他们的财务问题！这就是他们想的吗？我疑惑着。所以我点点头没有表态等着他们说。

"那么你会运用你所有的影响来帮助我们吗？"哈里问。

显然，我不得不把现实情况解释给他们听。但是我必须得用点策略和手腕来讲，而且不危及我自己的地位。

"你们知道，"我小心翼翼地开始了，"我说的**影响**更多的是指，呃，无形的那种。心中牵挂着选民的利益，对广泛的政策施加一种不可言喻的、微妙的有益影响。"

哈里听糊涂了："你是说不成？"

我解释说，任何我能做到的在普遍意义上促进这一事业的事情我肯定愿意做，只要我能做。但是把一百五十万英镑的资金注入本地的足球俱乐部对我来讲基本上是不可能的。

哈里转向布莱恩："他是说不成。"

布莱恩·威尔金森又抓了一把花生米。他是怎么保持这么瘦的？他嚼着满嘴的花生米对我说话，有点口齿不清。

"这事会赢得大量选票，还有所有快满十八岁的孩子们，你会成为选区的英雄。吉姆·哈克，拯救了艾斯顿流浪者的人。议员的位子坐稳一辈子。"

"是，"我同意，"也可能刚好吸引报界。还有反对党，还有法官。"

他们半愁苦半怀疑地瞪着我，他们疑惑就在几分钟前我还轻率地谈论着的权势都到哪儿去了？当然实情是，说到底，我的确有（勉强称得上的）权势，但并不能真的**做**任何事情。不过我不能指望他们能理解这一点。

哈里似乎认为我还没有充分理解这件事。"吉姆，"他慢慢地向我解释，"如果俱乐部垮了，那将是一场灾难。看看我们的历史。"

我们都悲伤地环顾这个房间，摆满了奖杯、锦旗、照片。

"足协杯获得者、联赛冠军、最早打进欧洲的球队之一。"他提醒我。

我打断了他的讲解："这些我都知道。可是说句公道话，哈里，这是地方事务，不是部里的事。"我转向威尔金森："布莱恩，你是政区艺术和娱乐委员会主席，**你**不能做点什么？"

进攻永远是最好的防守形式。威尔金森当即用和我一样的腔调抱歉："开什么玩笑，我昨天花了半天的时间才为重砌谷物交易市场美术馆的烟囱筹到七百一十英镑。"

"那个破烂地方？"我问，"为什么不让它倒了算了？"

他说他也愿意。但要是真的砸到什么人，委员会要担责任。那地方属于政区。而且巧的是，一直有人出价要买那块地，就在上个月，平安超级市场还出过价。

就在他说那番话时，我福至心灵，不知从哪里蹦出了"那个念头"。一个如此出色又简单的念头，甚至到现在我还不能完全确信是我自己想出来的，完全没有提示。但我就是想到了！正是如此水平的灵感让我在我选中的职业中青云直上，而且会把我送得更高。

不过首先我有个问题要问："平安超市给这块地皮出价多少？"

布莱恩·威尔金森耸耸肩，双手蹭蹭裤子："我想大约二百万。"

于是我提示他们。"所以说——如果你卖了美术馆，你就可以救足球俱乐部了。"

他们两个盯住我看，然后又彼此对看，在胡乱猜测，都在拼命琢磨。

"我能去看看那个地方吗？"我问。

我们驶出了艾斯顿停车场。交通已经基本上畅通，球迷都散掉了，骑警队已经完成了周六下午的冲锋，所有的街头混混都已经被踩或者被抓了。我们在薄暮中空旷的街道上疾速驱车前往谷物交易市场，那里5点半闭馆，我们到的时候刚关门。

我们停在艺术馆门前，走出哈里的劳斯莱斯轿车站稳后，抬头观看我们的目标。说实话，我以前还从没真正**看**过它：一座维多利亚时代的庞然大物，红砖、彩色玻璃，还有城垛和塔楼，又大又暗又阴森。

“难看，不是吗？”我对布莱恩·威尔金森说。

“是呀，不过，它是二级保护的古建筑，不是吗？”他解释说。

这无疑是个问题。

9月25日

今天布莱恩、哈里和我又来到美术馆。幸运的是这里星期天也开放。安妮今天早上情绪很低落，我告诉她我要去美术馆，可是她不相信我。这真不奇怪——两年前我们去意大利时，我连一个美术馆都没去过。我的脚太累了。

我们到美术馆的时候里面空无一人。于是我们找到了馆长——一个友好的中年女士，胖乎乎的，和她聊了几句。她见到我们特别开心，而我当然不会告诉她我们来访的目的。我只是装作慈爱地来关心选区的样子。

我问她美术馆是否受到欢迎。她说非常受欢迎，还对着我笑。

“你是说，有很多人来这里吗？”

她谨慎地保持诚实：“这个，我不会说很多。不过这里非常受那些来这里的人的欢迎。”

一个有点含糊的回答。我向她追问详情，比如，每年的日平均参观者数量。

“达到不错的两位数。”她说，好像这就相当大了。

“有多不错？”

“嗯——平均十一个。”她承认，但是她着重补充说他们都非常欣赏这里。

我们感谢她的帮助，然后闲步走开去看那些绘画。我的双脚立即开始痛起来。

事后在哈里的办公室我们讨论了这一主张的细节。每天十一个人去美术馆，每周一万五到两万人去艾斯顿流浪者。我们中任何人都不怀疑我们的计划是符合公众利益的。

而这个计划本身非常简单：关闭美术馆，卖给平安超市，然后把钱作为无息贷款借给艾斯顿流浪者。

哈里提示要慎重：“肯定会有一次规划调查。用途变了——美术馆成了超市。”

我看不会有问题。毫无疑问，这一方案在这里会大受欢迎。肯定也会有些人反对，当然——**所有事情**都会有人反对——但是与足球后援会相比，艺术爱好者不是一支很强大的游说团。布莱恩，他也是艺术委员会的主席，问我他们该怎么处理那些绘画。我建议他们放在超市里卖——如果他们能做到的话！

伯纳德·伍利爵士（与编者谈话时）回忆：

哈克告诉过我这个挽救地方足球俱乐部的计划，但是我没太注意。在我看来这是选区事务，同他大臣的职责无关。

我相当意外地接到汉弗莱·阿普尔比爵士为此事打来的电话，问我们的——确切地说——政治东家到底在干什么。

我相当不得体地问他怎么知道这事的，立刻遭到了训斥：“不是从你那儿，伯纳德。你或许愿意解释一下这个疏忽吧。”

他要一份备忘录。我给了他一份，说明了情况并总结了我个人的意见，认为这会是一个广受欢迎的举措，当地人民会予以支持。我收到了一个严厉的答复，我一直保存着。它对所有关涉艺术的政策事务都是很好的指导方针。

分类号 6912

备忘录

自：常任秘书

致：伯·伍

大臣拆除谷物交易市场美术馆的方案在你看来会受欢迎。这无疑是事实。此举将令人烦恼地深受欢迎，令人厌恶地受欢迎。

我要求你采取更为全面的视角并考虑一下后果。

1. 大臣将重新当选。

当然，我们对此没有部门性的看法。我们并不在乎大臣是否重新当选。就我部而言，谁当大臣都无甚差别。

2. 对艺术事业的补贴将面临威胁。

假定其他足球俱乐部或跑狗场陷入困境，既然足球俱乐部得到补贴，狗场是不是也该得？如果不，为什么不？你说人们想要。你已经可悲地误解了补贴的目的。补贴是为艺术和文化的，不是给人们他们想要的，而是给人们他们不想要但应该拥有的。如果他们真的想要什么，他们会自己出钱。政府的职责是补贴教育，启蒙以及精神的提升，而不是普通人的庸俗消遣。这是个会让人得寸进尺的开端，一个可怕的先例。必须予以制止。

请安排大臣和我的会面，尽快，名义上是讨论迫在眉睫的部门改组问题。

汉·阿

9月28日

[哈克的日记继续下去。——编者]

9月29日

伯纳德悄悄在我的工作日程中额外插了一个同汉弗莱爵士的会面，今天上午第一件事。

我的常任秘书想亲自提醒我一次即将进行的改组。

自然这让我有点不安，因为我不确定他是不是在提前暗示我要被免职。这不仅仅是我单方面的多疑，因为我还不知道我就炸弹引爆器事件跟党鞭所打的交道在首相看来究竟是加分还是减分。

但是汉弗莱很快就讲明他说的其实是部门改组——他称之为“真正的改组”。他提醒我，我们可能被授予更多的职权。

天晓得我们会需要那些东西！我确实觉得自己碗里的已经够多了。但汉弗莱却毫不怀疑这会大有好处。

“我们什么职权都要，只要它们意味着更多的员工和更大的预算。我们职权的广阔程度显示出我们的重要性——显示出**您**的重要性，大臣。如果您看到宏伟的建筑、众多的人员和庞大的预算，您会得出什么结论？”

“官僚机构。”我说。

显然我没弄懂他的意思。“不，大臣，您会得出结论说，站在顶端上的肯定是一些伟大而尊贵的人，他们像君王一般脚踩着大地，掌握着世界。”

他这样说，我当然能懂。

“所以就是这个缘故，”汉弗莱继续，“为什么每一次新的职权都必须抓住，而每一个老的权力都要防人觊觎。当然这完全符合您的利益，大臣。”

这话奉承得实在是过了。符合我的利益，也许是，但肯定不是**完全**符合我的利益。他准是当我昨天才出生的。

我感谢他带来这个消息，然后客气地打发他走。如今我是真能看透这个人了。

他正要离开的时候问起谷物交易市场美术馆的计划。我很惊讶他居然会听说这事，因为这不关中央政府的事。

让我意外的是他竟大力指责这个方案：“这是最富想象力的主意，非常新颖。”

我不明白他有什么可反对的，于是请他说下去。

“这个……”他从门口走回我的办公桌，“我只是在担心这是不是有点不太明智。”

我问他为什么。

“一个有价值的城市福利设施。”他回答。

我指出那是一个庞然怪物。

他稍微修正他的观点：“一个有价值的城市庞然怪物。”并补充说它有最重要的不列颠绘画收藏。

他显然得到了些错误消息。事实上，正如我当即就告诉他的，那些收藏完全不重要。19世纪三流风景画和一些现代作品，差得让泰特美术馆连往地下室放都不肯。

“但那是不重要的油画作品的**重要**代表性收藏，”汉弗莱爵士坚持，“而且对路过的公民来说是精神提升的重要源泉。”

“他们从不进去。”我告诉他。

“哦，但是他们知道它在那儿就会感到安慰的。”他说。

我看不出这能谈出什么结果，这跟汉弗莱·阿普尔比又有什么关系，或者他怎么可能对那些藏画有任何看法。他几乎从没到过波特斯巴以北地区。

我坚持了一个原则立场。我提醒他这是选区事务，是与政区委员会和作为代表选区的国会议员——而不是作为大臣——的我有关的事，与他或白厅压根儿无关。

他噘起嘴不作声。于是我问他**为什么**会有兴趣。让我意外的是他告诉我这是个原则问题。

这让我大吃一惊。我们在炸弹引爆器问题的整个斗争过程中，他都以宗教热忱坚称原则与他无关。我提醒他不要忘记这一点。

“是，大臣，”他承认这一点，“但是您总是对我说政府就是要讲原则的。”

我迷惑不解：“那么这事危及了什么原则呢？”

“拿艺术的钱来补贴足球这类事情的原则。足球俱乐部是个商业实体，即使它没有钱，也没理由给它补贴。”

他似乎认为他讲的是无可辩驳的事实。

“为什么不呢？”我问。

“为什么不什么？”

“为什么没有理由？补贴足球和补贴艺术没什么不同，除了对足球感兴趣的人更多。”

“补贴，”他回答，“是为了让我们的文化遗产得以保存。”

但是为了谁？为了谁的利益？为了受过教育的中产阶级。换句话说，像汉弗莱这样的人。补贴意味着他们可以更便宜地得到他们的歌剧、音乐会和莎士比亚，如果全靠票房收入来回收成本的话，这些演出的票价要高得多。他认为这个国家的其他人应该补贴少数中产阶级看歌剧和芭蕾舞的娱乐。

“文艺补贴，”我直接告诉他，“是中产阶级的偷窃。中产阶级，他们在治理国家，把补贴拿来供他们自己娱乐。”

他很震惊。我觉得是发自内心的震惊。“您怎么能说这种话？补贴为的是教育和保存我们文明的典范。还是说您还没注意到这一点？”他尖锐地补充。

我命令他不要对我这么傲慢。我提醒他我也相信教育——的确，我毕业于伦敦经济学院。

“我很乐于知道即使是伦敦经济学院也并不完全反对教育。”他评论说。我撇开他那可悲的牛津剑桥式玩笑，并且说没理由反对补贴体育。体育已经通过各种方式得到过补贴，而且体育是有教育意义的。

汉弗莱爵士的讥讽全面展开。“教育并不是全部问题，”他说，不到两分钟以前他还说那是全部问题，“毕竟，我们也有性教育——或许我们也该补贴性行为？”

“我们可以吗？”伯纳德问，像一只突然从睡梦中醒来的睡鼠。汉弗莱怒视着他。

我很享受这场短兵相接的智力论战，特别是因为砍杀最多的人似乎是我。

我向汉弗莱建议，事实上，我们选择该补贴什么要依据公众的要求。我确实看不出这个想法有任何的不对，这至少是民主的。

汉弗莱在我挑衅他的时候通常不予理会，除非我的重要决策处于危急关头。但出于某种原因，说服我改变想法似乎对他非常重要。

“大臣，”他说，恳求我理解他的精英视角，“难道您看不出来，这是个会让人得寸进尺的开端？照这样下去皇家歌剧院会怎么样？我们文化成就的巅峰。”

事实上，我并不认为皇家歌剧院**是**我们文化成就的巅峰。这是个非常恰当的例证——那里演的都是瓦格纳和莫扎特、威尔第和普契尼。德国人和意大利人。压根儿不是**我们的**文化。为什么我们应该补贴轴心国的文化呢？

“皇家歌剧院，”我解释说，“每年获得九百五十万英镑公款。为了什么？公众买不起三十或者四十英镑一张的座位票来欢度一场盛会——即使他们买得起，他们也**买不到**，没有那么多。观众几乎全是大企业的执行官，订位的都是银行、石油公司和跨国公司——还有你这样的人，汉弗莱。皇家歌剧院是为当权派的行乐而建的。坐露天看台的工人们为什么应该给完全买得起全价票的贵族老爷们出钱买剧院票呢？”

他瞪着我，仿佛我有多褴褛似的。我等着他的反应。伯纳德正专心致志地研究他那个空空如也的笔记本。

终于汉弗莱爵士说话了，声音很轻：“大臣，我老实不客气地感到震惊！这是愚昧！野蛮！一个王国的大臣会说这种话——如我们所知，这是文明的终结。**而且**，这严重地歪曲了事实。”

这样激烈的话从汉弗莱口中讲出来！他是真的心烦意乱了。而另一方面，我一点都不烦恼，而且完全乐在其中。

“歪曲，呃？”我开心地回答。

“的确是的。没有国家的补贴，艺术无法生存。”

我还要进一步刺激他："莎士比亚有过国家的补贴吗？"

"他当然有。"

"不，他没有，他得到的是赞助。这完全不同。那是有钱人花自己的钱，不是一个委员会花别人的钱。为什么戏剧界不能靠自己想办法过日子呢？艺术依赖官僚和委员会是好事吗？没有必要！"

汉弗莱被噎得发出语无伦次的杂音。我凛然举起手让他安静下来。

"还有，如果你坚持要为补贴说话，那电影呢？电影是艺术，电影有教育作用，电影是——但愿不是这样——受公众欢迎的。总之比歌剧受欢迎。那为什么当权派不给电影补贴呢？"

他试图回答，但我不肯让出地盘，我一次说得太多了："我来告诉你，只是因为你这种人更喜欢歌剧。"

汉弗莱终于爆发了。我话还没说完他就大叫着压过我，这样的情况从没发生过："大臣，电影是**商业的！**"他说这话的态度极尽轻蔑，俨然一个住在高高的国营象牙塔中的人。

然后他站起身，显然他不准备按照正常流程等我结束会谈。他已经受够了并且要离开。

"如果您原谅我，大臣，今晚我得早点儿走。我完全不能再继续这个可怕的讨论了。"之后他迅速走向门口。

我问他这么急要去哪儿。

他立刻慢下来，眼睛躲躲闪闪地从这边转到那边，回答说他没有什么特别的地方要去。

我不喜欢他这样抛下我走掉，我告诉他，我坚持要求我们把事情说个彻底。除了激怒他让我有莫大的快感之外，我还要让他接受我的选区事务与他无关。而且，我本能地怀疑他。

“我不能再谈这件事了，”他说，焦灼不安地看着手表，“我得换装……我是说……”

他支支吾吾地看着我，像只犯了错的仓鼠。

多么精彩的巧合。我懒洋洋地笑笑。“换装？”我尽可能若无其事地问，“你要去哪儿？”

他挺直了身体，展一展肩膀。

“既然您一定要知道——我是要去皇家歌剧院。”

“演出盛会，是吗？”

“是的，既然您问了。”

“很多常任秘书去吧？”

“很可能有一些。”

我挥手示意他离开。“那么你去吧，”我亲切地说，“我不想让你误了你的工作出游。”

他用狭窄的小眼睛瞪着我，满是仇恨。我报之以笑容。

“好吧，就是这么回事，不是吗？今晚什么节目，顺便问一下？”

“《漂泊的荷兰人》。”

“呵，我们的又一个欧洲盟友。”

他转过头昂然离开。我这一辈子从没这么享受过一次会谈。至于伯纳德，我想，他从没经历过这么没意思的一次了。

[当晚在歌剧院，汉弗莱·阿普尔比爵士和环保部常任秘书伊恩·惠特沃斯爵士在剧院酒吧间小酌。我们在阿普尔比的私人日记中找到了他们会谈的记录。——编者]

在戏院酒吧间和伊恩·惠聊天，就着两大杯杜松子苏打水和可口的熏鲑鱼三明治。

他跟他的一位大臣闹了点麻烦。不是国务大臣，那个好对付，而是一个副部长——政务次官伊莱斯·弗里曼。

讨论了即将进行的谷物交易市场美术馆场地出售和重新开发的规划调查。我告诫他取得正确的结果对我们相当重要。

伊恩提醒我他的规划督察是绝对独立的，而且不存在受到不恰当影响的问题。也很正确。

另一方面，如果存在一个问题，要由他来给出某种非正式的指导方针，将调查置于正确的观点，并阐明背景情况，以推进对问题及其牵涉的一种基于事实的评判，他赞同说这样的做法可视为完全恰当。

接着他问我那是什么，确切地说，我要他安排的是什么。我解释说，是个地方当局提议拆毁一个二级保护建筑的问题。他一开始误解了我的意图。他说他非常乐于安排此事，不会有任何问题——他们一直在到处拆除保护建筑。

我解释说这个提议必须被否决。这自然让他吃惊。于是他要求说明。我被迫透露，如果出售实现了，收益会被用于挽救当地足球俱乐部免于破产。

他明显受了震动。我们没法继续谈话，因为就在那时幕间休息结束的铃声响了。绝对不必打听丧钟为谁而鸣——为艺术理事会而鸣。[阿普尔比文件 JAL/REL1404]

[次日汉弗莱·阿普尔比爵士收到了一封急件，专人亲递，来自伊恩·惠特沃斯爵士，见下。——编者]

亲爱的汉弗莱：

我无法想象那个可怕的主意来自何处。如果你容忍把钱从艺术这里拿走供普通百姓娱乐这一原则，那么结果会如何呢？

你那位老爷大人可能热衷于服务浑身汗臭的普罗大众，但我恳请你竭尽所能制止这种胡闹。

没有人知道这会导向何方。今天中部一间美术馆要用来支撑一个地方足球俱乐部——明天皇家歌剧院的津贴就会被拿去更新温布利体育场的现代化设施。

就我而言，我当然会特别关注这一规划调查。如你所知，我不能影响督察，但如果我任命一个即将升职的伙计，那会是有帮助的。

我会负责让他适当了解情况，使得指导方针清楚地表明这个问题其实是一场文明和野蛮的斗争。

你永远的伊恩

9月30日

[**汉弗莱·阿普尔比爵士的复信。——编者**]

亲爱的伊恩：

如你所知，对此令人震惊的事件我完全与你持相同看法。很高兴得知你正在尽你所能进行部署。

很清楚我们不能让艺术经费去支持大众体育，那就是补贴自我放纵。

如没有其他机会，下周特拉维亚塔见。

你的汉弗莱

9月30日

[哈克的日记继续下去。——编者]

10月3日

今天早上我同伯纳德的工作日程例会开得很有意思。虽然我今天很忙，他还是坚持在我们做其他工作之前同我简短地谈一下。

“有一件事情我想应该提醒您，大臣，如果我可以这样冒昧的话。”

我告诉他只管冒昧。

他告诉我，在他看来，我不应该卷入美术馆/足球俱乐部事件。我说他还真冒昧。

“与其让您为难，不如让我冒昧些，大臣。”我喜欢伯纳德。他在白厅真是浪费了。

他接着告诉我白厅的原则（我得说这对我来讲是新闻）是一名国会议员千万不要介入自己选区的规划调查。

显然，这是因为地方事务通常都有着微妙的平衡，所以你取悦了多少选民肯定也会得罪多少。不管走哪条路，你都赢不了。事实上这跟全国一体化交通政策是相同的问题。伯纳德还强调，如果有强大的“光国”机构潜伏在幕后，那么卷进去就尤其危险。

这些话理论上都非常有道理，而我也很感激伯纳德的支持和关心。但在这件事情上，我就不信地方上的观点**会有**微妙的平衡。我告诉伯纳德，除了几个多愁善感、长发邋遢的艺术爱好者之外，大家都会站在一边的。

伯纳德接受了这一点，但没有做出直接回答。他只是建议我们接着过一下上午的工作日程。在仔细检查工作日程之前，我一直以为他承认了我的观点。

10:15　艺术理事会（最大的“光国”机构）秘书长

10:45　历史遗迹协会

11:00　全国信托公司

11:15　乡村土地所有人协会

11:30　英格兰乡村保护理事会

11:45　乡村手工艺及民俗理事会

我凝视着伯纳德，满心困惑。

“英格兰乡村？”我问，随手拿起一份会见单。

“是，”伯纳德说着含糊地指了指窗外，“外面有好多人等着呢。”

“但这些人来找我干什么？”

“为谷物交易市场而来，”他耐心地解释，“它是艺术和建筑的帮会组织。”

“那什么是乡村手工艺及民俗理事会？”

“酒椰纤维帮会。”他看上去不是在开玩笑，“都是有影响的人物。他们都来自木工行。他们的信会上《泰晤士报》，周日版还会登反对文章，您会被指控为破坏文物的野蛮人。而且您可以确信他们会在您的选区精心策划很多反对派。”

我这会儿很厌恶地感觉到他可能说对了。可是我决心斗争下去。这一次我会赢。

我责备伯纳德："我没有让你在我的日程里安排这些人，伯纳德。你在想些什么？"

"我想的是汉弗莱爵士，大臣。他让我安排的。"

我告诉伯纳德，不管发生什么事，我已打定主意要把我那个绝妙的方案进行下去。

这一天剩下的时间都花在那些没完没了的会晤上，听那些压力集团极令人反感的无聊申诉。今晚我觉得筋疲力尽。

10月4日

伯纳德今天表现得更加足智多谋、不屈不挠。

他明白了我的美术馆拆除计划是不可更改的，今天早上我来到办公室，他拿出一份文件让我审阅。

他实际上是让我批准。他称之为针对今年条例的《地方政府津贴第二修正案》。"什么内容？"我问。

他给我写了一份概述文件意图的说明，这是一份准备提交下院的法令文书。"作为负责地方政府的大臣，我们需要您授权《1971年第二号条例》中的第五项修订于明年3月18日开始生效，同时废除《1954年（b）地方政府津贴修正案条例》中的第七号条例。"

我拿着那份说明凝视着，一边问他在说什么。

于是他指给我看注释说明，上面补充说："上述条例为规定支付地方政府成员的出席人员及经济损失津贴的数额提供依据。"

我没太注意听伯纳德的总结，因为我已经被文件本身搞晕了。我留了一份复件。

注释

《1971年地方政府津贴修正案条例》(“1971年条例”)第三项条例以一项新条例取代了1954年条例第三项条例。《1972年地方政府津贴修正案》(“1972年条例”)第三项条例进一步修正了1954年条例第三项条例,提高了会议津贴及经济损失津贴的最高限额。

1982年条例第七项条例废除了1971年条例的第三项和第五项条例。第五项条例作为一项旨在废除先前已经失效的条例的条例于明年4月1日起生效。

上述条例废除1972年条例第七项条例,保留1971年条例第三及第五项条例。

[哈克的日记继续下去。——编者]

这样不朽的文字可以被称为“注释”,难道不是很不可思议吗?

我看完了这个,瞧着伯纳德。

“我想这相当清楚了,不是吗?”他说。

“我一定要为这些毫无价值又烦琐的官样文章费神吗?”

他略微有点失落:“哦,对不起,大臣。我以为这对您是个机会,来证明在身为大臣的您的努力之下,为地方委员们增加了出席市政会议的津贴。”

我突然明白了他正在表达的意思。我重新看了一眼伯纳德的摘要,上面白纸黑字**而且**语言明了:“地方政府成员会议津贴出席人员及经济损失津贴的数额。”原来**这就是这一大套**话的意思!

他干得漂亮。这的确是向地方当局的成员们大慷其慨的恰当时机。

他问我是否可以让他提出进一步的建议："大臣，我碰巧知道了汉弗莱爵士和伊恩·惠特沃斯爵士正在讨论这件事。"

"伊恩·惠特沃斯？"

伯纳德点点头："谷物交易市场美术馆是受保护建筑，所以要由他的一位规划督察来组织一次调查。汉弗莱爵士和伊恩爵士会为他制定某种'非正式'的指导方针。"

我表示怀疑。非正式的指导方针？这意味着什么呢？

伯纳德谨慎地解释："指导方针是完全适当的，每个人办事都有指导方针。"

我听上去没觉得完全适当。"我以为规划督察都是无偏无向的。"我说。

伯纳德偷笑起来："噢，**真的**，大臣！他们是这样！火车也是无偏无向的。但是如果您给它们设置了线路，它就得照着走了。"

"可是这不**公平！**"我喊起来，倒退了四十年。

"这是在政界，大臣。"

"可是汉弗莱不该进入政界，他应该是文官。我才应该是政界中人。"

然后我脱口而出的这句话的全部含义击中了我。伯纳德心领神会地点点头，显然他准备而且愿意向我解释我应该采取什么政治行动。我问他汉弗莱和伊恩会如何向规划督察施压。

"规划督察有他们自己独立的等级。他们唯一可利用的弱点就是找一个急于升职的人。"

"大臣能不能插手？"

“大臣们都是我们的老爷大人。”

那么有办法了。伊莱斯·弗里曼，环保部的政务次官，是我的一个老朋友。我决定向伊莱斯说明情况请他插手。比方说，他可以为我们安排一个不在乎升职的规划督察，因为他快要退休了。这样的人才有可能做出有利于社会的裁定。

我只对伯纳德说：“帮我给伊莱斯·弗里曼打个电话。”

他的回答让我吃惊：“他的私人秘书说，今晚投票以后，他可以在议会休息室与您见面。”

我必须承认我真的深受震动。我问伯纳德有没有想过进入政界。他摇摇头。

“为什么不？”

“这个，大臣，我曾经在《百科词典》里查过‘政治’这个词。”

“词典里怎么说？”

“‘操纵、阴谋、幕后操作、逃避、煽惑、贪污……’我不认为我具备这些素质。”

我告诉他不要妄自菲薄。

[三天后汉弗莱·阿普尔比爵士收到伊恩·惠特沃斯爵士发来的另一封信。——编者]

亲爱的汉弗莱：

又是坏消息。看来你的大臣已经买通了伊莱斯·弗里曼——我们讨厌的政务次官。他出面坚持用另一个规划督察替换我的人选，一个会同情哈克方案的人选。

此事相当让人忧心，至少是这样。现在非常危险，规划督察可能做出自己的决定。

看来这方案很可能在地方上大获支持。

有何对策？

伊恩

10月7日

[我们找不到对这封求助信的任何书面答复。但次日上午汉弗莱爵士和伊恩爵士同内阁秘书阿诺德·罗宾逊爵士共进午餐。以下记录见于汉弗莱爵士的私人日记，显然在一种大获全胜的情绪中写出。——编者]

今天与阿诺德和伊恩共进午餐时，我成功实现一举妙招。

伊恩想讨论一下我们在市政规划上的难题。我邀请了阿诺德，因为我知道他掌握着关键。

介绍了目前为止的情况之后，我把话题转到了将在下周开始的部门改组。我建议阿诺德让哈克担任负责艺术的内阁大臣。

阿诺德反对，理由是哈克是个完全不懂艺术的俗人。我很意外阿诺德竟然如此不解其意。毕竟，工业大臣是城里最游手好闲的人，教育大臣是个文盲，而就业大臣没本事就业。

关键在于哈克如果当上负责艺术的大臣，他就没法一上任就关掉一间美术馆。

至于伊恩，他要么是困惑要么就是妒忌，我说不准是什么。他提出反对，说部门改组不能搞成内阁改组。我解释说我没有提出改组内阁，只是把艺术和电视纳入行政部的管辖范围。

这个计划只有一个毛病，或者说不协调：艺术和电视混为了一谈。它们之间毫无关系。它们是完全对立的，真的。

可是阿诺德和伊恩一样，更关心的是将会授予我的那些权势。他坦白地问我，难道我们不是会造就一个庞然大部吗？还提醒我说，我还要管行政事务和地方政府呢。

我回答说艺术和地方政府正相匹配——欺诈的艺术。他们对我的格言报之以微笑，既然他们俩谁也想不出别的什么紧急对策使哈克就范，阿诺德同意实施我的计划。

“你自己就是个某种程度上的艺术家，不是吗？”他说，向我举起了酒杯。[**阿普尔比文件 NG/NDB/FXGOP**]

10月11日

今天有好消息也有坏消息。总的来说还算是好，不过有几个小小的危机得解决。

我约定会见我们的地方委员会讨论艾斯顿流浪者 / 美术馆事宜。

但汉弗莱意外地赶来，要求紧急跟我说句话。我坚定地告诉他我意已决。是的，**当时**已决——在那个阶段！

“即便如此，大臣，您可能会对新的情况有点兴趣，是政府改组。”

这是我第一次听说内阁改组。两周以前他还说只是部门改组呢。

“不**只是**部门改组，大臣。一次**改组重编**。我很高兴地告诉您，这给您带来了新的荣誉和地位。在您现有的职务以外，您还要成为负责艺术的内阁大臣。”

这的确是好消息。我奇怪他比我还先知道，不过似乎他跟内阁秘书在一起时，这个决定刚刚做出不久。

我感谢他带来这个消息，提议待会儿小斟一杯来庆祝，然后告诉他我正要开个会。

“的确如此，”他说，“我希望您已经考虑过您的新职责与您要讨论的计划的牵涉。”

我一开始没看出挽救一个足球俱乐部跟我的新职责有什么关系。然后恍然大悟！如果艺术大臣上任头一把火就毁了一间美术馆，究竟会引来什么样的看法？

我告诉伯纳德去向委员们致歉，说我有事耽搁或者什么之类的话。我需要时间思考！

于是汉弗莱和我讨论了美术馆的事。我告诉他我对此事一直有所考虑，这是一间相当像模像样的小美术馆，建筑也很有意思，二级保护，那么显然现在我的职责就是为它而战。

他同情地点点头，也赞同我现在有点身处困境。伯纳德把委员们带进来——布莱恩·威尔金森带领着代表团，另外两个人——诺布尔和格林·史密斯委员。

老实讲，我不知道我应该对他们说些什么。我要求汉弗莱留在我身边，帮我的忙。

“这是我的常任秘书。”我说。

布莱恩·威尔金森指着伯纳德：“你是说，他只是临时的秘书吗？”伯纳德看上去不太高兴。我也看不出布莱恩是不是在取笑他。

我正要用几句谨慎的开场白来开始会谈的时候，布莱恩先出手了。他满腔热忱地告诉我一切进展顺利。所有的政党都支持这个计划。郡政务委员会也是。这事如今势不可挡。现在他需要的只剩我们部里的批准，把变卖美术馆的收益贷款给足球俱乐部。

我支支吾吾："这个——嗯……出了点意外。"

威尔金森吃了一惊："你说过什么意外都没有。"

"这个，现在有了。"我没法详尽说明这句简短的评论，因为我实在想不出什么可说的。

"是什么？"他问。

我脑中一片空白。我完全被困住了。我说了些"很明显……看来……已经出现"，然后我把责任推出去，"我想汉弗莱爵士能够解释得更清楚。"我走投无路地说。

所有的目光都转向汉弗莱爵士。

"嗯……好吧。这事就是办不成了，你们知道，"他说，有那么一个恐怖的片刻他好像就要撂在那儿了——不过随即，感谢上帝，灵感来了，"因为这间美术馆是代管产业。涉及原来的馈赠条件，或这之类的。"他一瘸一拐地完成了。

我接过球继续盘带，横冲直撞。"是这样，"我加强语气赞同他的话，"代管产业。我们只好找个别的什么可以拆的。学校，教堂，医院。肯定有的。"我乐观地补充一句。

市政委员布莱恩·威尔金森的嘴张得大大的："我们是不是应该告诉大家是你食言？这个主意是你提出来的。"

"这是法律，"我抱怨说，"不是我食言。"

"那好，为什么你到现在才发现？"

我无言以对。我不知道从何说起。我浑身直冒冷汗。我看得出这事的代价是让我在下次选举中落选。然后亲爱的伯纳德解救了我。

他悄悄指了指我写字台上的一只文件夹，我瞄了一眼——意识到就是那个烦琐的条例法案修正案调整修正法案的条例的第七项条例修正，那搞笑的东西。

但它说的都是些什么呢？让市政委员们拿钱？**当然！**

我的信心迅速恢复。我对布莱恩·威尔金森笑着说：“让我绝对坦白对你讲吧。事实上，我**或许**可以让咱们的方案继续实施，但这要花很多时间。”

威尔金森不耐烦地打断我：“好哇，花你的时间吧。我们花的时间已经够多的了。”

“是，”我平静地回答，“不过其他一些事就不得不搁一边了。目前正花我时间的另一件事是我正在拼命争取增加市政务委员的开支和津贴。我不能同时对两个方案施加我个人的影响。”

我等着。一片沉默。于是我继续：“我是说，我想我可以不管提高委员津贴的事，集中力量对付出售美术馆的法律障碍。”

又是一片沉默。这次我要等到别人先开腔。

终于威尔金森说话了。“棘手的事——法律障碍。”他评论说。我立刻看出他已经理解了我的困难。

汉弗莱也理解了。“这是特别棘手的一件。”他急切地补充。

“而且到最后你还是有可能失败？”威尔金森问。

“完全有可能。”我悲伤地回答。

威尔金森迅速扫了一眼他的两个委员同伴。他们谁都没表示异议。我已经击中了他们的要害所在——钱包。

“好吧，既然情况如此，那好吧。”威尔金森同意把美术馆的事搁置。不过他仍在寻找其他途径来实现我们的方案，因为他高兴地补充说：“我们有可能想在年底关掉边山路小学，那块地皮估计能卖到两百万英镑，差不多吧。”

会见结束了。危机结束了。我们都告诉对方不会为此心存芥蒂，布莱恩和他的同事们答应在地方上会说清楚我们无法逾越法律障碍。

离开时，布莱恩告诉我要把好事做下去。

汉弗莱赞不绝口。“艺术作品，大臣。现在，大臣，您得去十号见首相了，正式通知您的新职责。还要请您原谅，我得去换装了。”

“又是一次工作时间出游？”

“的确。”他说，毫无愧色。

我意识到，作为负责艺术的大臣，皇家歌剧院现在已在我的管辖之内，而我还从未去过。

“嗯……我也可以去吗？”我试探性地问。

“是，大臣。”他非常热情地回答。

我们度过了一个愉快的夜晚——优美的音乐、精彩的演唱、衣着考究的观众，还有剧院酒吧间美味的小熏鲑鱼三明治。

也许我错了。中产阶级有资格享受一些特殊待遇，不是吗？

21. 家 丑

11月6日

今天是又一次有我的老朋友卡特莱特博士参加的会议，出现了个有意思的场面。

开始的时候还只是一次相当乏味的日常例会，全都是地方政府的行政问题。正如汉弗莱所预料的，我们的部在规模、人员编制和预算方面都在不断扩大。他显然得其所哉。不过到目前为止，这还没有在多大程度上牵涉到政策决定，那是我的分内之事。

我们已经讨论到了议程的第七项，到这会儿还都平淡无奇。唯一有点意思的是伯纳德迂腐的咬文嚼字，他已经痴迷于此了。

“议程七，”我问，“什么内容？”

“如果可以让我来复述一下。”汉弗莱爵士开始说。

伯纳德做了个小手势引起我的注意。

“怎样，伯纳德？”

“嗯——如果一项议程还没开始说的话，也就谈不上复述了。”他自告奋勇地说。

汉弗莱爵士不喜欢被**任何人**纠正，更不必说一名卑微的私人秘书，冷冷地向他道了谢并继续把话说完，以此向伯纳德证明他的纠正既无礼也无必要。

“谢谢你，伯纳德，没有你我们会怎样呀？大臣，让我复述一下**我们上次的会议**以及我们的呈文，您想必已经从红盒子里收到了……”

我完全被伯纳德逗乐了，没太注意。“大概吧。”我愉快地插话，然后意识到我并不知道他在说什么。毕竟，他们差不多每天都塞给我如山的文件，我不可能都记得住。

“哪一份会议记录？”我问。

“是关于对西南德比郡政务委员会采取纪律处分的建议。”

我还是想不起来是哪份建议。但我不想承认，让他们以为我在工作上完全处于优势总要更好一点。因此我若无其事地请伯纳德提醒我一下。

事情是这样的：前面提到的那个委员会未能完成他们的法定汇报书并向我们提交行政部所要求的统计资料。

我问对此我们要怎样做。显然有个政策决定要由我来做了。汉弗莱爵士提供给我好几种选项：“由大臣出面训诫，向报界声明其不称职，扣发各种补助和津贴，或者，最后，正如您无疑完全了解的……”

“是的，是的。”我热心地插话。

“好呀。”他说，然后陷入沉默。

我再一次掉进洞里了。我并不知道他要说什么，但显然他在等我的意见。

“我完全了解……什么？”我追问他。

“什么？”

“我完全了解什么？”

“我什么也想不起来了，”然后他意识到他说了些什么，因为他赶紧补充，“我是说，我想不出您要……”

“你刚才说……”我解释，这会儿感到有点尴尬了。（毕竟，七个不同年龄不同头衔的各级官员正默默地瞧着我慌张而笨拙的表现。）“你刚才说，最后，正如我完全了解的……”

“哦，是，大臣。”现在他又集中了精神，“最后，把地方当局告上法庭。”

我问他完不成汇报书有那么严重吗？

八名官员看上去都震惊不已！他们斩钉截铁地告诉我，这不仅仅是严重，简直是灾难！

我想知道为什么。汉弗莱爵士当即做出解释：

“如果地方当局不把我们要求的统计数据交上来，那么政府的数据就是一堆废话，就不可能完整。”

我指出政府的数据反正也是一堆废话。没人否认这一点，但是伯纳德暗示汉弗莱爵士想要确保它们成为一堆完全的废话。

他又从他的上司那里荣获了狠狠的一瞥。

我对拿西南德比郡开刀的做法心存忧虑，我碰巧知道它属于我党所掌控。汉弗莱明白我惦记着这事，并向我提出了这个情况。我的回答是建议我们挑个反对党的委员会来代替。

这没有被接受。我不明白为什么。他指望的是什么呢？总之，我的建议被汉弗莱爵士嗤之以鼻，而其他所有人都低着头看他们的笔记本。

因此我问大家西南德比郡是不是真的那么糟。然后突然之间每个人都有好多话要说。

一名次级副秘书告诉我，他们不肯交回蓝表格（不管叫什么吧，我想是同财务有关的什么东西）。一位助理秘书告诉我，他们用手写体填写行政部的“种族人员统计分析征询表”，写在了部里通知书的背面。一位漂亮迷人的助理女秘书则大惊小怪，因为她还没有收到他们上两个季度的“社工修订办案量分析表”，也没收到他们的“分布式信息处理拨款表”。“他们简直难以置信，”她说，“真是祸害。”

这就叫祸害吗？没交回蓝色表格的人？“是，”我用极度讽刺的口气说，“我想不出在西南德比郡的日子该怎么过得下去！”

汉弗莱爵士只截取了我这话的字面意思：“正是，大臣。他们真是无与伦比的无能。”

由于仍在担心我党的问题，我询问他们是否毫无可取之处。于是我的老朋友卡特莱特博士开心地大声说起来：“好呀，有意思的是……”

汉弗莱爵士立即打断了他：“所以如果没什么问题的话，大臣，我们可能会采取适当的强制行为？”

卡特莱特博士又试了一次：“除非大臣可能……”

汉弗莱爵士再一次打断他：“所以我们可以认为您同意了？”一切无疑都开始显得蹊跷。

我决定当下不予答复：“这是件难事，他们是我们的朋友。”

“他们不是好的行政部门的朋友。”

我拒绝受胁迫："给我二十四小时。我还得协调党组织的意见。请党主席到十号来喝一杯之类的，减缓一下冲击。"

我坚持推进到下一项议程。

会议结束时我注意到卡特莱特博士徘徊不去，似乎想私下里跟我说句话。但是汉弗莱爵士抓住他的胳膊和气地把他引走了："我需要你的意见，迪克，如果你能抽出点时间的话。"然后他们走开了。

晚上琢磨了这件事，我想我明天要更仔细地盘问一下伯纳德。

11月17日

有趣的一天。

我一进办公室就向伯纳德提起这件事。我告诉他我的本能告诉我有充分的理由不对西南德比郡进行纪律处分。

"还有，卡特莱特博士似乎正想告诉我什么事。我想我应该去拜访他。"

"哦，我不会那样做的，大臣。"他说得有点太急切了。

"为什么不？"

他迟疑了："这个，就是应该，呃，据认为，如果大臣需要知道什么，就会有人告诉他们。如果他们出去打听消息，他们可能，呃，他们可能……"

"打听到？"

"是的。"他看上去局促不安。

我说可能是这样"据认为"的，但我不是这样认为。

伯纳德显然觉得他最好进一步解释清楚："汉弗莱爵士不喜欢大臣们出去走访的想法，他管这个叫'露脸散步'。"

我看不出这有什么不对。我提醒他女王就这么做。

他不同意："我不认为她会去走访次级副秘书，也不是在汉弗莱爵士的部门。"

我采取了强硬态度。我向伯纳德要卡特莱特博士办公室的房间号。

他几乎立正站好："我必须正式劝告您不要这样，大臣。"

"建议收到，"我说，"他房间几号？"

"4017室。下一截楼梯，左面第二条走廊。"

我告诉他如果我四十八小时之内没有回来，他可以派搜救队。

伯纳德·伍利爵士（与编者谈话时）回忆：

我清楚地记得哈克去"露脸散步"的那一天。那天的情形凸显出当一个大臣私人秘书的两难境地。一方面，我应当忠于大臣，任何不忠的迹象都意味着我玷污了自己的名誉。另一方面，汉弗莱爵士是我的常任秘书，我未来三十年的事业都在行政部门，我也必须忠诚。

这就是为什么可以高飞的年轻人通常都要当一阵子私人秘书。如果一个人能够熟练地走钢丝，并且在矛盾出现的时候能够判断什么是恰当的，那么他就可青云直上，像我这样。

［"走钢丝"是伯纳德爵士代指向双方透露机密并保持不被察觉的一个说法。——编者］

大臣离开办公室后，我给格雷厄姆·琼斯——汉弗莱·阿普尔比爵士的私人秘书打电话。我让他知道大臣已经去"露脸散步"了。我除了这么做别无选择，因为我已经收到过汉弗莱爵士的明确指示，这种事应该加以劝阻［**即阻止——编者**］。

我一放下话筒就看着我的手表数了十秒，我对他的办公室到大臣办公室之间的距离知道得太清楚了，汉弗莱爵士在数到“十”的时候进了办公室。

他问我发生了什么事。我谨慎地轻描淡写，只告诉他大臣已经离开了自己的办公室。不再说更多了。

他照汉弗莱爵士的说法，为哈克“在楼里乱逛”非常烦恼。他问我为什么没阻止他。

既然保护我的大臣是我的职责，顶撞我自己部门的上司也要在所不惜，我告诉汉弗莱爵士，（a）我已经劝阻过了，但是（b）他是大臣，没有任何法令禁止大臣同他们的员工谈话。

他问我，大臣找谁谈话。我回避了这个问题，因为我的职责——显然大臣不想让汉弗莱爵士知道。“也许他只是静不下来。”我想我是这样说的。

我记得汉弗莱爵士恼火地回答：“如果他静不下来，他可以去圣詹姆斯公园喂鸭子。”

他再一次问我大臣去跟谁谈话，我再一次回避——这一次在更大的压力之下——试图找到大臣可以想跟谁谈话就跟谁谈话的证明。

汉弗莱爵士的回答让我清楚地明白他认为这件事对部里极端重要。“我正忙着写你的年度鉴定报告，”他告诉我，“这不是一项我们两人中的任何一个会希望我在糟糕的情绪下履行的责任。”然后他**再一次**问我大臣在跟谁谈话。

我意识到，在维护大臣利益的方面我已经走到了有安全保障的尽头。不过作为他的私人秘书，我还是必须让自己看上去是支持他的。

于是我求助于屡试不爽的老法子：我寻求汉弗莱爵士的帮助。然后我说："我十分清楚，如果大臣去拜访某个外界的人，你是应该被告知的。但我不认为有必要告诉你，如果他只是想要，举一个纯粹假设的例子，去核实一个问题，比方说，找卡特莱特博士……"

他打断我，道了谢，离开了房间。他走后我给4017室打了电话——是呀，为什么不呢？

我以显著的胜利通过了这场考验。我已经设法让汉弗莱爵士知道了他想知道的事，但我自己并没有真正告诉他。

假设性例子过去是，现在仍然是处理这类问题的绝妙办法。

[哈克的日记继续下去。——编者]

我来到卡特莱特的办公室后确实了解到一些情况。卡特莱特很高兴见到我，并坦白地告诉我，我在昨天的会议上被他们欺骗了。这激起了我的好奇心。

"但是他们告诉我的所有关于西南德比郡的那些情况——都不是真的吗？"

"据我所知，也许确有其事。"

我问他到底什么意思。让我意外的是，我得到了一个完全直截了当的回答，我能明白为什么他不能高升了。

"我这话是说，不管他们说什么，西南德比郡都是联合王国内效率最高的地方政府。”他的双眼在他的半月形老花眼镜后面愉快地对我眨着。

我大吃一惊：“效率最高？但是我还以为应该因为工作效率**最低**而训斥他们呢。”

于是他给我看了一些数据。

这本身就很奇怪，因为我被告知他们不给我们提供数据。这是真的——但没有人告诉我他们保存着此刻我们能看到的极为完整的涉及他们自己的记录。

这些数字令人赞叹。他们保有中部地区玩忽职守次数最少的纪录，市政委员会的行政费用最低，委员会工作人员与地方税收的比例是全不列颠最低，还有公共卫生合格证书与人数最少的环卫官员[①]。

这还不是全部。看来那里基本上所有的孩子都会读会写，尽管他们的教师给他们实施的是教育部推行的进步教育法。“而且，”卡特莱特博士总结说，“他们的社工是全联合王国人员编制最少的。”

根据他汇报这一事实的态度，我猜他认为这是一件好事。我要求他进一步解释。

“哦是。非常好。效率的标志。您知道帕金森的社会福利工作定律。众所周知，社会问题增加才会占用社会福利工作者的数额来处理这些问题。”

就在这个紧要关头，汉弗莱爵士突然闯进了卡特莱特的办公室。我相信他在这个时候来到卡特莱特的办公室绝非偶然。

---

① 捕鼠者。

我们开始了一番不自然的交谈。

“噢，大臣！天哪！”

“哦。你好，汉弗莱！”

“您好，大臣。”

“真巧呀。”

“是。的确。真意外。”

“是呀。”

“是呀。”

不知为什么，他让我有种罪恶感，而且我不知不觉努力为自己的出现辩解起来。

“我只是，呃，路过。”

“路过？”

“是。路过。”

“路过。我明白了。”他考虑了一会儿我的解释，“您打算去哪儿？”

我被困住了。我不知道卡特莱特这层楼上还有什么别的。我决定装茫然。

“哦，”我轻描淡写地说，“我只是去……经过。”我说得好像“经过”就是某个要去的地方似的。“经过这门口。”我补充。我感觉得到我听上去极不可信，可我还是笨头笨脑地继续下去。“卡特莱特的——理查德的门口，迪克的门口，所以我想打个招呼！”

“然后您有没有想到更多的事？”他不留情面。

“是。我想，为什么我过门而不入呢？我也可以……开一下门的。”

“想得好，大臣。门就是干这个用的。”

“的确，”我鼓起勇气，终于说到了点子上，“我想起有一两个问题想要弄清楚。”

“好哇。什么问题？”

我不明白为什么我应该告诉他，还有为什么我不应该在卡特莱特的办公室，还有为什么他能成功地让我觉得心虚，还有为什么他会认为他有权批准行政部员工对我说的话。他那样子仿佛他们都是他的部下，而不是我的。[的确是这样。——编者]

但是我也看不出该怎么不回答他。

“哦，只是些零碎的小问题。”我终于回答了，表现出恰当的模棱两可的姿态。

他等着，默不作声。然后他重复了一遍：“只是些零碎的小问题。”

“是的。”我说。

“有多零碎？”他问。

“这个，也不都是**那么**碎，”我争辩地说，“我们昨天开了个会，不是吗？”

汉弗莱爵士现在受够了这些躲躲闪闪。

“大臣，我可以跟您说句话吗？”

“当然，”我说，“只要理查德和我……”

他打断我：“我是说现在。”

现在轮到我来为难他一下了：“好，说吧。”我知道他不想当着一个下级的面跟我谈。

“楼上，大臣，到您的办公室，如果您愿意的话。”

“但是我相信理查德不会介意的。”

“楼上，大臣。我相信卡特莱特博士能容您走开几分钟的。”

卡特莱特完全没听出那浓郁的讽刺味道。“哦，是。”他诚恳地笑着说。

汉弗莱爵士打开屋门。我被弄得像个调皮的小学生似的，脚步沉重地走出了卡特莱特的办公室。

我奇怪他是怎么知道我在那间办公室的。我知道伯纳德不会告诉他，所以说肯定有什么人看见了而去报告的。我觉得像是在苏联。我总得有自己的行动自由——不过这就必须打赢这一场对抗汉弗莱的心理战。而且不知为什么，他总能让我觉得心虚而且对自己没有把握。

但愿我能找到他的纰漏。只要我能做到，他就**有的受**了！

总之，卡特莱特办公室发生的这场紧张的小小对决还不是事情的结束。几分钟后，结束了冰冷的电梯之旅，再走完无尽的走廊，回到我的办公室，一场大吵已经酝酿成熟了。

他告诉我不能在部里到处溜达和人说话，并诚恳地表示，希望这种事情不要再次发生。

我简直无法相信自己的耳朵。我命令他把话说清楚。

“大臣，如果我不知道谁对谁说了什么，我怎么能给您适当的建议呢？我必须知道有什么事情在发生。您就是不能私下跟人会谈。如果您被告知的不是实情怎么办？”

“如果不是实情，你可以向我指正。”

“但也有可能是实情。”

“如果**那样**的话……”我得意起来。他打断我，急忙改口。

“就是说，**不完全**的虚假，但会误导，造成曲解。”

我把一个直接的问题摆在他面前：“事实是，你就是尽量不让我知道实情，是不是，汉弗莱？”

他很气愤："绝对没有，大臣。我们必须留下记录。您不会永远在这里，我们也不会。若干年后，要知道谁告诉您了些什么可能至关重要。如果卡特莱特明天调走了，我们怎么核实您的信息呢？"

乍看起来，这是个似是而非的论据。"卡特莱特明天**不会**调走的。"我说。

"哦，不会吗？"他的回应傲慢无礼。

伯纳德打断了我们。《邮报》的亚历克斯·安德鲁斯要求明天采访我。我当然同意。我告诉伯纳德留下来记录我们的会谈。对于我私下会见卡特莱特，汉弗莱已经发表了**他的**意见。现在他要听听**我的**见解了。

我一开始就把卡特莱特告诉我的复述了一遍，即，在他看来——而且在任何稍微了解点地方政府的人看来——西南德比郡委员会是国内最有效率的。

"没效率，我想这是他的意思。大臣。"

"有效率，汉弗莱。有效果，节约。他们只是对给白厅上交蓝色报表没有特别的兴趣。"

汉弗莱随即说了一些我还听不大懂的话。显然他们**必须**交回那些愚蠢的蓝表，那是法规的要求。

而且我们知道为什么。我们知道是谁规定该这么做的。

即便如此，法规的要求有时也可以忽略。因此我问汉弗莱要是他们不交蓝表又会发生什么呢，西南德比郡照样运转，看来还相当不错。

"但是，"汉弗莱说，压根儿没明白我的话，"如果他们不把信息、计划和请求送上来求得批准，那么，我们在这里是干什么的？”

我立即告诉他这个问题问得好，随即又问他：“我们在这里**是**干什么的？”

“核实信息，审查计划，授予或者扣押许可。”

“那如果我们不做这些呢？”

他仔细端详着我，好像我在说古代中国话，尽管我这一切都讲得那么合情合理。

“对不起，大臣，我没理解。”

我不屈不挠：“如果我们不做这些。如果我们不在这里，也不做这些事——那又怎样？”

“对不起，大臣，您把我搞糊涂了。”

又一次地，汉弗莱证明了他的问题在于他关心的是手段，不是目的。

［当时很多文官轻率地声称，行政管理的唯一目的就是零星琐事，这就转移了人们对目的和手段问题所提出的批评。如果脱离现实来看行政管理，这话当然是实话。行政管理自身原无目的可言，所以是永恒的。永世长存，阿门。——编者］

［哈克的日记继续下去。——编者］

整个争论的结局就是我拒绝对全不列颠最有效率的地方政府采取纪律处分，理由是如果我这么做就会像个白痴。

汉弗莱爵士告诉我这就是我的职责。我**想**他是指对西南德比郡采取纪律处分，不是指像个白痴，但我不能确定。他说我没有其他的选择，也不能自行决定，而且财政部和内阁办公室都坚持这么做。

[提到内阁办公室，汉弗莱爵士显然是指内阁秘书，而不是首相。但是他绝不能这么说——不列颠是由向文官发号施令的大臣来统治，而非相反，这一虚构的事实必须保持下去。——编者]

我还是拒绝合作。

“大臣，看来您不明白。这由不得您或者我，这是法律。”

于是我们就把事情撂在这儿了。我觉得有点像一只拒绝出去遛腿儿的狗——蹲在地上用爪子死命刨着，却屁股着地活活儿被人拖过人行道。

但是一定会有出路的。我越想越觉得不愿意处分那个郡政务委员会，除非**真的**没的可选。

而且我越想越能断定伯纳德肯定告诉汉弗莱我去找卡特莱特谈话了。

11月18日

昨天我没空儿单独跟伯纳德说话。

但是今天早上，我的第一件事就是在处理信件的时候同伯纳德进行了严肃的谈话。我问他，汉弗莱昨天是怎么得知我和卡特莱特在一起的。

“上帝的行为神秘莫测。”他郑重其事地说。

“让我来明确一点，”我说，“汉弗莱爵士不是上帝。好吗？”

伯纳德点点头。“是您来告诉他，还是我来？”他回答。

很冷的笑话。但是我再一次问他汉弗莱怎么会知道去哪里找我的。

幸亏我的口述录音机正好开着，我是几分钟后才注意到这个的，因此让我能在这则日记中为子孙后代记录下他的回答。

“这话要私下里讲，大臣，所有您对我说的话都是绝对机密。因此，同样地，我相信您赞同这一点，提到赞同，我其实不是说赞同，我是指理解，所有汉弗莱爵士对我说的话也都是绝对机密。正如所有我对您说的话是绝对机密，就此事而言，所有我对汉弗莱爵士说的话也是绝对机密。”

“所以呢？”我问。

“所以，在绝对的机密下，我深信您会理解，我要保守汉弗莱爵士的机密以及您的机密就意味着我的谈话必须绝对机密。就像您和我之间的谈话那样机密的机密，现在我要带亚历克斯·安德鲁斯进来，因为他正等着要见您，大臣。”

就是这个，一字不差。我能指望从中理解到什么呢？当然什么也没有。

与《邮报》的亚历克斯·安德鲁斯见面就在今天。我一直盼着尽早安排和他见面。我一直希望做个人物专访，或者这类的，但是没碰到这个运气。不过，我今天为他做了件好事，于我毫无损害，那么也许他有朝一日会回报我。

他偶然发现一个精彩的消息，来找我帮忙：“你知不知道你们政府正要把价值四千万英镑的建筑、港口设施，一个简易机场送给一个私人开发商？白送？”

我以为他在捉弄我。“四千万英镑？”

“凭我童子军的荣誉担保。”

“为什么问我？”我说，突然感到一阵恐慌。“不是我干的吧，是我吗？”

[你可能会认为，如果这是哈克干的他就应该知道。但有太

多的事情是以大臣的名义干的，而这位大臣可能不太知道或者根本就不知道。——编者]

亚历克斯笑了，并让我放心。谢天谢地！

接着他告诉我这个消息。这事说来话长了。差不多三十年前，国防部租下一座苏格兰小岛，他们建造了营房、已婚军人居住区、一座司令部，还有港口和简易机场。现在租约到期，这一切都成了原土地所有者的财产，他正在把这座岛屿改成一个短期度假营。度假小屋、游艇码头、员工住宿区——全都是现成的。他就要发大财了。

我听着，目瞪口呆。“但是他不能这么做！”我开始说，“法律规定……”

安德鲁斯打断我。“你说的是英格兰法律，这份合同是根据苏格兰法律拟订的，某个白痴没意识到两者之间的差别。”

我松了口气，至少我是清白的。即使是《邮报》也不能把一件 1950 年代初期搞砸的事怪到我头上。不过我相信，只要能够，他们就会这么干。我一开始不明白他想从我这里得到什么帮助。他已经掌握了这个消息。迟了三十年，跟历来的新闻一样快——不过，对舰队街来讲算不错了！

他们明天就要刊登这则消息。但是显然他们还不想到此为止。主编想让亚历克斯跟进一篇特别调查专题，让他去查阅档案，搞清楚事情的来龙去脉。

我当时没看出有什么意义，现在也没有。

“这个，”他解释，“可能对今天有借鉴意义。而且我们有可能查出是谁的责任。”

我问他这又有什么要紧？反正就是个级别相当低的官员处理

的此事。

他点点头："对，但那是三十年前。他现在可能身居要职，甚至当上了常任秘书，管理一个庞大的部门，负责几十亿英镑的公款。"

在我看来这是一个非常不太可能发生的事。这些无聊文人为了无中生有，什么都干得出来。

他赞同说可能性相当小。不过他要求查阅文件。

自然，我对此要慎重。我不能就这么把文件交给他，这他知道得很清楚。不过我向他建议，既然他提到的是一个三十年的租约，他就可以根据"三十年规则"从档案局拿到文件。

他不为所动。"我知道你会这么说。我已经问过他们了。但是我要的保证是让我**能够**拿到文件，全部的。"

我痛恨要求我做任何保证。我认为这实在不公平。再说，我有这个资格吗？"这个，"我说，小心翼翼地试探着，"国防文件有时候……"

他打断了我："别来这一套了，又不是什么绝密的安全文件。听着，你们的竞选宣言承诺要让选民了解真相。这事就是个考验。你会担保档案开放之前所有的文件都原封不动吗？"

我看不出有什么理由不向他担保。"好，"我说，把谨慎抛到了九霄云外，"没问题。"

"这是个承诺吗？"新闻记者都是些疑神疑鬼的杂种。

"当然。"我带着让人安心的笑容说。

"一个真正的承诺？不是竞选宣言那种承诺？"

某些舰队街上的年轻人也真够能出言不逊的。

"你的问题，亚历克斯，"我说，"就在于你接受不了肯定的答复。”

“因为不然的话，”他继续说下去，好像我什么都没说似的，“我们就要做一篇大臣们违背竞选诺言的专题了。”

显然我现在不得不履行自己的诺言了。幸好我满心愿意这么做。

[第二天《邮报》就刊出了报道，恰如哈克日记中所断言（见后）。汉弗莱爵士当晚日记中包含如下内容。——编者]

恐怖的打击。

今天《邮报》上的一篇报道是关于格兰洛克岛军事基地的。

我于8:32从海塞米尔到滑铁卢的列车上读到这则消息。当即出现了辛德利医生所说的惊恐发作。胸口有种憋闷的感觉，难以呼吸，于是我不得不站起身在车厢里来回走动，使得8:32这班车上的一两个常客略感奇怪，当然或许只是由于惊恐发作让我有点多心。

幸亏维利姆安定随着时间慢慢开始起作用，今天晚上我还要吃几片硝基安定[1]。

我告诉自己，不会有人把这个事件和我联系起来的。不管怎么说，这都是久远的历史了，没人会想要了解的。

我告诉自己那些话——可不知怎么，没什么效果！

为什么这事现在又冒了出来，过了这么多年，在我以为它早被忘得一干二净的时候？

① 1980年代常用的安眠药品牌。——译者

真希望能有个人让我好好谈谈此事。

哦，我的上帝……

[哈克的日记继续下去。——编者]

11月21日

今天《邮报》发表了那篇报道。相当有意思。

纳税人损失四千万英镑

政府出差错—商人发横财

亚历克斯·安德鲁斯撰稿

一名低级政府官员三十年前犯下的低级错误使不列颠的纳税人损失了至少四千万英镑。幸运的受惠者是一名德国房地产开发商。

11月22日

今天是我大臣生涯中最快乐的一天。

我所有的祈祷都奏效了。

汉弗莱和我即将结束我们的部务周例会时，我问他有没有看到昨天《邮报》上的报道。

“我记不清了。”他说。

我提醒他。我知道他肯定看到了，肯定会有人让他注意这则消息的。“你知道，”我补充说，“关于三十年前那个苏格兰小岛军事基地条款里出的严重错误。”

现在我回想起来，在我说到“严重错误”的时候，他显得有点畏缩。不过我必须说，我当时真的没觉察到。

不管怎么说，他确实记得那篇文章，而且说他记得他还浏览了一下，是的。

“我必须得说，”我说，偷笑着，“我觉得这事够滑稽的——四千万英镑就这么打水漂了。真是有人出大错了，不是吗？”

他点点头笑着，有点不自然。

“不过，这种事不会发生在你的部门，是不是？”

“不，”他坚定不移地说，“噢，不，绝对不会。”

我说我一直想知道那个人是谁。

“那个，大臣，是我们永远没法知道的。”

我指出档案里肯定有。所有事情都是有文字记录的，正如他不断提醒我的那样。

汉弗莱同意会记录在什么地方，但是要查出来得花很长时间而且显然不值得耗费任何人的时间去干这个。

“实际上，你错了，”我说，“《邮报》就要用依照‘三十年规则’解密的文件做一个长篇专题报道。我已经允许他们自由查看所有档案了。”

汉弗莱站在那儿着实朝后晃了一下。

“大臣！”

我有点被他的愤怒震撼了。或者，是愤怒吗？我说不准。

“这没什么问题，不是吗？”我紧张地问。

是，那**确实**是愤怒！“没问题？**没问题**？不，当然有问题！”

我问他为什么有问题。他告诉我那“不可能，而且不可想象”。我觉得这听上去不像是个解释，于是这样对他说了。

“这……这是……绝对的安全机密，大臣。”

“就为了那几个营房？”

“可是那儿有秘密的海军设施、反潜系统、低空雷达站。”

我指出他根本不可能知道那里有过什么。他立刻同意，但又补充——我觉得相当牵强——那是岛屿军事基地上都会有的东西。

“那些应该已经拆除了。”我说。他的反对意见显然是无关紧要的。

“但文件里会提到。”

“都是久远的历史了。”

“无论如何，”他的口气明显放松下来，“我们必须得商量一下，这需要获批。”

几个月以前，我会接受汉弗莱这种意见的。现在，我可是老练点儿，也精明点儿了。

“谁的许可？”我问。

他四处张望了一下，完全语无伦次地说起话来：“牵涉到国家安全……MI5、MI6……国家利益……国外的压力……征询我们的盟国……上级领导……中情局……北约、东南亚条约组织、莫斯科！”

“汉弗莱，”我小心翼翼地问，“你还好吗？”

“**不是**莫斯科，不，我不是说莫斯科。”他急忙更正自己的话。我感觉他就是想起什么说什么，他脱口而出莫斯科只是因为和前面几个词押韵。

他看出我没有被说服，又补充说：“可能会有些情报伤害还在世的人。”

这似乎对他关系重大，但是对我毫无影响。

“不管是谁起草的合同，”我坚持，“他都**应该**受到伤害，如果他还在世的话。”

“哦，的确，绝对，不可能包庇政府官员，当然不。但是负责的大臣……”

我打断他。我一点也不关心三十年前负责的某位大臣。这是最无关紧要的事了。反正当时是另外一批人，因此这就相当有趣了。

我就是想不出他强烈反对公开那些文件的理由。我问他为什么**如此**关心这事。

他靠进椅背，若无其事地跷起二郎腿。“我没有。一点都没有。我是说，不是从个人角度，但这是原则问题，这个先例……这个……这个……”他找不着词儿了，“……政策。”

卡壳了。我逮到他了：“政策是我的事，汉弗莱，记得吧？”我笑着说。在他继续争论下去之前，我补充一句：“而且我已经答应了，所以就这么办了，好吧？”

他就坐在那儿，有点消沉地看着我。很明显他在决定某些话究竟该不该说。终于他放弃了。他疲惫地站起身，看都没看我一眼，静静地走出房间，关上了房门。

他看上去疲惫、无力，而且平时的精气神全没了。

整个会谈伯纳德始终在场。他耐心地等在那儿，和往常一样，听候差遣。

我凝视着汉弗莱刚才轻轻关在他身后的那扇门。

“汉弗莱怎么了？”我问。伯纳德没有回答。“我做错了什么吗？”还是没有回答。“**没有**什么安全问题吧，有吗？”这次我等了一会儿，但就是没有反应。“那问题在哪儿呢？”我转过身看着伯纳德，他茫然注视着空气，看上去就像一头心满意足地在反刍的小母牛。

“我是在自言自语吗？”

他把目光转向我。

“不，大臣，我正听着呢。”

“那你为什么不回答？”

“对不起，”他说，“我还以为您那几个问题纯粹是设问句。我看不出有什么理由可以让汉弗莱爵士这么不安。”

事情一下子变得明朗起来。

突然之间我明白了。

我不知道我怎么可能这么瞎！这么迟钝！不过这个答案——尽管十分明显——却似乎令人难以置信。

“除非……”我开始说，然后看着伯纳德，“你想的是不是和我想的一样？”

他一脸困惑。“我不这么认为，大臣，”他谨慎地回答，然后突然开心地老老实实补充说，“其实我什么都没想。”

“我**想**，”我说，不知要从何说起，“我闻到点味道。”

“哦。要不要我去叫个环卫官员来？”

我不想把我的怀疑明确说出来，还不到时候。我想我应该谨慎从事。于是我问伯纳德，汉弗莱爵士在行政事务部待了多久了。

“哦，他一直在这里，不是吗？自从这个部成立以来。”

“那是什么时候？”

“1964年，与经济事务部同时……”他戛然而止，瞪着我，眼睛张得大大的。“哦，”他说，“现在我想我想的和您想的一样了。”

“是吗？”我问。

他也要保持谨慎：“您想的是：1964年以前他在哪儿？”

我缓缓地点点头。

“《名人录》里会有。”他站起身，快步走向大理石壁炉旁装着玻璃门的红木书橱。他抽出《名人录》，边说边翻书页。“他以前肯定在其他某个部，行政部成立的时候被网罗进来的。”[“被网罗”，意即被抓到网里，是标准的文官用语，代指从其他部门物色人才。——编者]

他用食指顺着某一页跑下来，然后一口气没停地说：“啊找到了我的老天！”

我等着。

伯纳德转向我：“从1950年到1956年他是苏格兰事务部的一名助理主管。不只这个，他是从作战部借调过来的，他的职务是地区合同官员。三十年前。”

谁是那个罪魁祸首毫无疑问了。挥霍了纳税人四千万英镑的那名官员就是现任行政事务部常任秘书，汉弗莱·阿普尔比爵士，高级巴斯勋位爵士、皇家维多利亚勋章获得者、牛津大学硕士。

伯纳德说：“真糟糕。”可是他的眼睛在闪闪发亮。

“可怕，”我赞同，并且发现自己同样无法抑制住脸上的笑容，“而且那些文件几周之内就要解密了。”

我突然觉得非常开心。我告诉伯纳德立刻叫汉弗莱回到我的办公室来。

他拿起话筒拨通了号码。“你好，格雷厄姆，我是伯纳德。大臣想知道汉弗莱爵士最近这一两天能不能抽空儿来见他一次。”

“立刻。”我说。

“实际上，大臣真正想的是今天的某个时候。”

“立刻。”我重复。

“或者确切地说，从现在开始的60秒之内。”

他听了一会儿，然后放下话筒。“他现在正要过来。”

“怎么？”我感到一阵恶意的快感。“他晕过去了吗？”

我们默默地对视，两人都使劲忍着不要笑出声来。

伯纳德的嘴由于紧张而抽动着。

“这事很严肃，伯纳德。”

“是，大臣。”他紧张地尖声说。

而我，到这会儿，为了使劲忍住笑都快哭出来了。我用手帕蒙住我的眼睛和我的脸。

“这可不是开玩笑的事。”我用憋得快要窒息的声音气喘吁吁地说，同时眼泪顺着脸颊滚下来。

“绝对不是。”他喘着气说。

我们尽可能让自己恢复常态，默默地直哆嗦，但是有好一阵子不敢对视。我靠到椅背上，沉思地凝视着天花板。

“问题是，”我说，“我怎么处理才是最好的？”

“这个，要我说……”

“这个问题纯粹是个设问，伯纳德。”

然后门开了，一张愁容惨淡的小脸儿探了进来。

这就是汉弗莱·阿普尔比爵士。但不是我认识的那个汉弗莱·阿普尔比。这不是那个巨人般凌驾于行政事务部的上帝，而是一只犯了错的鼬鼠，一双小圆眼睛滴溜乱转。

“您有话要说，大臣？”他说，还是半遮半掩地躲在门背后。

我友善地招呼他。我请他进来，让他坐下，然后——相当抱歉地——把伯纳德打发走了。伯纳德匆匆忙忙很不得体地走了，他用手帕捂着嘴，发出古怪的憋不住的动静儿。

汉弗莱坐在我对面。我告诉他我一直在想这个苏格兰岛屿的丑闻，我觉得非常担忧。

他说些轻描淡写的话，但我坚持说下去："你瞧，你可能还没有想到，那位官员说不定还在行政部门任职。"

"非常不可能。"汉弗莱爵士说，大概是希望这样会扫了我的兴，使我不再追查下去。

"为什么？他那会儿可能只有二十五六岁。他现在应该有五十五六岁，"我尽情享受，"甚至可能当上常任秘书了呢。"

他不知该如何作答。"我，呃，我想不至于此。"他说，越来越见鬼了。

我赞同，并且说我真心希望犯了这种愚蠢错误的人**绝不会**提升为常任秘书。他点点头，但脸上那副表情看上去仿佛没打麻药就被人拔了牙似的。

"不过，事隔多年，"他说，"现在我们没法查得出来了。"

于是我痛下杀手。这是我一直在等待的时机。没想到哇，他刚刚在理查德·卡特莱特面前羞辱过我，这么快我就能回敬给他了。

用他自己的理论来对付他，尤其能让人满足。

"当然我们能查出来，"我说，"你一直告诉我，行政部门一切都有记录，而且一向完整保存。你说得相当正确。那么，一个有关仍在生效的租约的法律文件就绝不可能被扔掉。"

他站在那儿，惊恐万状。他激动地请求，在我的记忆中第一次看他做这种事："大臣，我们做得不是太过分了吗？可能断送了一个人的大好前程，就因为三十年前的一个小小的失误。浪费的钱也不是那么多呀。"

我不敢相信："四千万？"

“好吧，”他情绪激昂地争辩，“并不是那么多，如果您和其他的比一比，蓝光火箭、TSR2 攻击机、三叉戟导弹、协和式飞机、政务委员会的高层公寓、不列颠钢铁公司、不列颠铁路公司、不列颠利兰公司、上克莱德造船厂、原子能发电站计划、综合学校、埃塞克斯大学。”

[就这些情况而言，他的论辩当然完全合理。——编者]

“我接受你的观点，”我平静地回答，“可这笔钱仍然比我们提到的这位官员所能挣到的全部工资还多上一百倍不止。”

然后我有了个绝妙的主意，于是我补充说：“我要你去调查，查出那个人是谁，好吗？”

将军，死棋。他意识到没路可走了。他再次重重地坐了下来，停了片刻，然后告诉我，有些事情他认为应该让我知道。

我偷偷地把手伸进办公桌抽屉，打开了我的袖珍录音机。我要把他的供状记录下来。为什么不呢？所有的谈话都应该记录下来。必须保存记录，不是吗？

这就是他说的话：“据称对这一假定的疏忽负有责任的这名官员的身份，近来成为被猜测的对象，实则并未如某些先前披露的事实可能令您对此做出的猜测那样完全笼罩在如此密不透风的迷雾之中，而且，事实上，不必避讳地直言坦白，所说的这个人，也许您会惊讶地得知，被您目前的谈话对象惯常以垂直代词来加以称呼。”

“你能再说一遍吗？”我说。

一阵极其痛苦的停顿。

“那个人就是我。”他说。

我装出一副深受震撼的面部表情：“汉弗莱！不！”

他看上去好像马上要迸出眼泪了。他双拳紧握，指关节发白。然后他大喊出来："我有压力！我们工作过度！当时极为慌乱！议会质询已经提交了。"他抬头看着我求得支持。"显然我不是个训练有素的法学家，否则我也不会去负责法律部门了。"[此话不假。这是一个通才的时代，在这一时期看上去合情合理又合乎体统的事情，就是让一个古典文献学者负责法律部门，或者一个历史学者负责统计工作。——编者]"总之——就这么发生了。但那是三十年前了，大臣。人人都会犯错误。"

我不忍心再让他受折磨了。"很好，汉弗莱，"我用我最像教皇的语气说，"我原谅你。"

他连连感激、道谢，都快让我觉得不好意思了。

我对他以前从未告诉过我表示惊讶。"我们相互之间没什么秘密吧，有吗？"我问他。

他似乎没觉察出我的虚情假意，但他给我的也不是老实话。

"这话该您说，大臣。"

"并非完全如此。"我回答。

尽管如此，他还是明显在低声下气地表示感激，而且简直快要趴下了。现在他彻底服软了，我断定是时候提出我的交换条件了。

"那我该怎么处理这事呢？"我问。"我已经答应让《邮报》查阅所有文件了，如果我食言会受到严厉抨击的。"我直看到他的眼睛里去。"另一方面，我要不是手头有别的问题需要处理，或许还能做点什么。"

我在说什么他再清楚不过。他这样对付我的次数已经够多的了。

因此他立即警惕起来，问我别的问题是什么。

“因处分不列颠最有效率的政务委员会而受到报界的抨击。”

他立刻明白了，以值得称道的速度调整了自己的立场。

仅仅片刻的犹豫之后他告诉我，他一直在考虑西南德比郡的问题，显然我们无法改变法律本身，但是也许可以表现出一些宽宏大量。

我们一致同意，在目前，与行政长官私下谈一次话足以让他们有机会改正错误。

我赞同这会是处理政务委员会问题的正途。但仍有一个亟待解决的问题：我该如何向《邮报》解释那些失踪的文件呢？

我们到此结束。汉弗莱让我放心他会立即着手以最快速度解决这一问题。

我确信他会的。我期待着看他明天提出的办法。

11月23日

今天早上我一到办公室，伯纳德就通知我，汉弗莱爵士希望马上见我。

他手里抓着一份薄薄的文件夹急匆匆走进来，看上去明显开心多了。

我问他办法是什么。

“大臣，”他说，“我已经同大法官办公室联系过了，这就是我们在这种情况下通常说的。”

他把文件夹递给我。里面有一张纸，内容如下：

> 本档案包含全部有效文件，除下述情况：
>
> （a）少量机密文件；

（b）少数属于目前仍在使用中的档案的文件；

（c）1967 年洪灾中失踪的某些信函；

（d）运往伦敦途中遗失的某些记录；

（e）作战部并入国防部时遗失的其他一些记录；

（f）按规定抽出的文件，其公开发表可能给恶意诽谤的行为提供证据或泄露机密或造成令友邦政府难堪的局面。

[从某种意义上说，1967 年冬季的确是一个非常恶劣的冬季。从文官的角度来看，却是令人满意的。所有令人难堪的记录都失踪了。——编者]

我看过这张精彩的清单，然后看看文件夹里面。一份文件也没有！完全是空的。

“就剩下这些吗？什么都没有？”

“是，大臣。”